T0277511

UNA CORONA
DE HUESOS DORADOS

UNA CORONA DE HUESOS DORADOS

JENNIFER L. ARMENTROUT

Traducción de Guiomar Manso de Zúñiga

Argentina – Chile – Colombia – España
Estados Unidos – México – Perú – Uruguay

Título original: *The Crown Of Gilded Bones*
Editor original: Blue Box Press
Traductora: Guiomar Manso de Zúñiga

1.ª edición: mayo 2022
4.ª reimpresión: mayo 2024

Reservados todos los derechos. Queda rigurosamente
prohibida, sin la autorización escrita de los titulares del
copyright, bajo las sanciones establecidas en las leyes,
la reproducción parcial o total de esta obra por cualquier medio o procedimiento, incluidos la reprografía
y el tratamiento informático, así como la distribución
de ejemplares mediante alquiler o préstamo públicos.

© 2021 by Jennifer L. Armentrout
Publicado en virtud de un acuerdo con Taryn Fagerness Agency
y Sandra Bruna Agencia Literaria, SL
All Rights Reserved
© de la traducción 2022 *by* Guiomar Manso de Zúñiga
© 2022 *by* Urano World Spain, S.A.U.
Plaza de los Reyes Magos, 8, piso 1.º C y D – 28007 Madrid
www.mundopuck.com

ISBN: 978-84-17854-32-4
E-ISBN: 978-84-18480-91-1
Depósito legal: B-4.893-2022

Fotocomposición: Urano World Spain, S.A.U.

Impreso por: Rodesa, S.A. – Polígono Industrial San Miguel
Parcelas E7-E8 – 31132 Villatuerta (Navarra)

Impreso en España – *Printed in Spain*

Dedicado a los héroes: profesionales de la salud, servicios de emergencia, trabajadores esenciales e investigadores que han trabajado sin descanso y sin fin para salvar vidas y mantener las tiendas abiertas por todo el mundo, con gran riesgo para sus propias vidas y las vidas de sus seres queridos. Gracias.

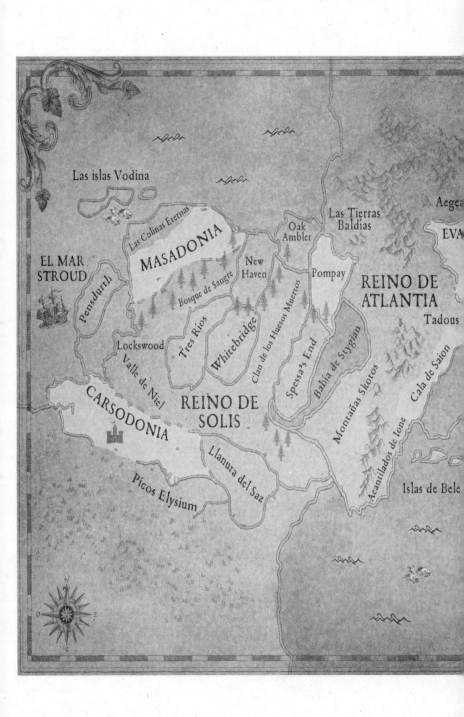

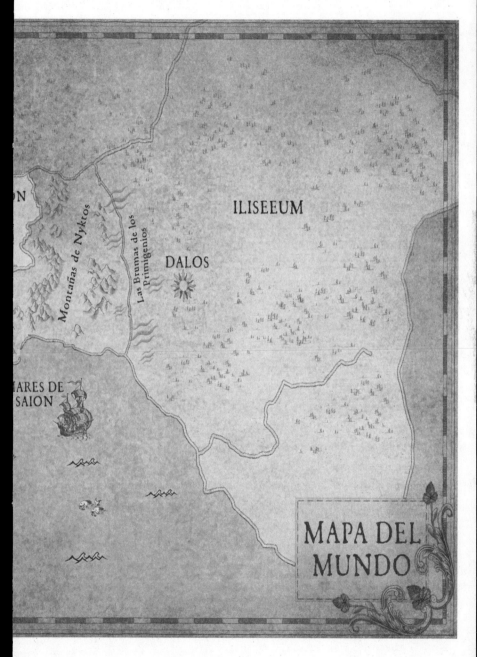

N

Montañas de Nyktos

Las Brumas de los Primigenios

ILISEEUM

DALOS

MARES DE
SAION

MAPA DEL
MUNDO

Capítulo 1

—Bajad las armas —ordenó la reina Eloana. Su pelo brillaba de un lustroso color ónice mientras hincaba una rodilla en tierra. La emoción cruda que emanaba de ella se filtró en los suelos del templo de las Cámaras de Nyktos, amarga y caliente, con sabor a angustia y a una especie de ira impotente. La emoción se estiró hacia mí, picoteó mi piel y rozó contra esta… cosa *primitiva* dentro de mí—. E inclinaos ante la última descendiente de los más antiguos. La que lleva la sangre del Rey de los Dioses en su interior. Inclinaos ante vuestra nueva reina.

¿La sangre del Rey de los Dioses? ¿Vuestra nueva reina? Nada de eso tenía sentido. Ni sus palabras ni cuando se había quitado la corona.

Una respiración demasiado escasa abrasó mi cuello cuando miré al hombre que estaba de pie al lado de la reina de Atlantia. La corona seguía sobre la cabeza de pelo dorado del rey, pero los huesos habían permanecido de un blanco descolorido. Nada parecido a la reluciente corona dorada que la reina había depositado a los pies de la estatua de Nyktos. Mis ojos se deslizaron por encima de los terribles seres rotos desperdigados por los antes prístinos suelos blancos. Yo les había hecho eso, había añadido su sangre a la que caía del cielo, llenando las fisuras del mármol. No miré a nadie más, cada rincón de mi ser centrado *en él*.

Permanecía arrodillado, mirándome entre la «V» de espadas que había cruzado delante de su pecho. Su pelo mojado, de un negro azulado a la luz del sol de Atlantia, se rizaba contra la piel de tono arena de su frente. Unos manchurrones rojos recorrían esos altos pómulos angulosos, la curva orgullosa de su mandíbula, y bajaban por unos labios que me habían roto el corazón. Unos labios que habían vuelto a unir esas piezas rotas con la verdad. Unos brillantes ojos dorados me miraban fijamente. Incluso inclinado ante mí, tan quieto que no estaba segura de que respirara, aún me recordaba a uno de los espectaculares gatos de cueva salvajes que había visto una vez enjaulados en el palacio de la reina Ileana cuando era pequeña.

Él había sido muchas cosas para mí. Un desconocido en una habitación en penumbra que me había dado mi primer beso. Un guardia que había jurado proteger mi vida con la suya. Un amigo que había visto más allá del velo de la Doncella para verme de verdad a mí debajo, que me había dado una espada para protegerme en lugar de obligarme a vivir en una jaula de oro. Una leyenda envuelta en oscuridad y pesadillas que había tramado un ardid para traicionarme. Un príncipe de un reino que se creía perdido en el tiempo y por la guerra, que había sufrido horrores inimaginables y, aun así, había logrado encontrar los pedazos de quien solía ser. Un hermano que haría cualquier cosa, cualquier hazaña, por salvar a su familia. Su gente. Un hombre que había desnudado su alma y abierto su corazón de par en par ante mí, y solo ante mí.

Mi primero.

Mi guardia.

Mi amigo.

Mi traidor.

Mi compañero.

Mi marido.

Mi corazón gemelo.

Mi *todo*.

Casteel Da'Neer esperaba delante de mí y me miraba como si fuese la única persona en el reino entero. Ya no necesitaba concentrarme como antes para saber lo que sentía. Todo lo que Casteel sentía estaba desplegado ante mí. Sus emociones eran un caleidoscopio de sabores cambiantes: fresco y ácido, denso y especiado, y dulce como bayas bañadas en chocolate. Esos tiernos labios firmes y decididos se entreabrieron para revelar apenas un indicio de colmillos afilados.

—Mi reina —murmuró, y esas dos palabras ahumadas calmaron mi piel. El tono de su voz apaciguó a esa cosa antigua en mi interior que quería tomar la ira y el miedo que irradiaba de todos los demás y retorcerlos, darles la vuelta y proporcionarles algo que temer de verdad. Y añadir más cosas a todo lo que había tirado y roto por el suelo. Un lado de sus labios se curvó hacia arriba y un profundo hoyuelo apareció en su mejilla derecha.

Mareada del alivio al ver ese estúpido e irritante (y adorable) hoyuelo, todo mi cuerpo se estremeció. Había temido que cuando viera lo que había hecho, le diera miedo. Y no hubiese podido culparlo por ello. Lo que había hecho debería aterrar a todo el mundo, pero no a Casteel. El calor que tornaba sus ojos del color de la miel fundida me indicó que el miedo era más bien lo último que se le pasaba por la mente. Lo cual también era un poco inquietante. Pero él era el Señor Oscuro, le gustara o no que lo llamasen así.

Parte de la conmoción se diluyó y la atronadora adrenalina amainó. Y cuando desapareció del todo, me di cuenta de que estaba *dolorida*. Mi hombro y un lado de mi cabeza palpitaban. Sentía el lado izquierdo de la cara hinchado, y no tenía nada que ver con las viejas cicatrices que tenía ahí. Un dolor sordo latía en mis piernas y brazos, y notaba el cuerpo raro, como si tuviese las rodillas débiles. Oscilé con la cálida brisa salada…

Casteel se levantó a toda prisa, y no debería sorprenderme por lo rápido que se movió, pero aun así lo hice. En un abrir y cerrar de ojos había pasado de estar arrodillado a estar de pie, un paso más cerca de mí. Y sucedieron varias cosas al mismo tiempo.

Los hombres y mujeres de detrás de los padres de Casteel, los que llevaban las mismas túnicas blancas y pantalones sueltos que los que estaban tirados en el suelo, también se movieron. La luz se reflejó en los brazaletes dorados que adornaban sus bíceps cuando levantaron sus espadas y se cerraron en torno a los padres de Casteel para protegerlos. Algunos echaron mano de las ballestas que llevaban cruzadas a la espalda. Tenían que ser guardias de algún tipo.

Un repentino gruñido de advertencia brotó de la garganta del *wolven* más grande que había visto en la vida. El padre de Kieran y Vonetta estaba a mi derecha. Jasper había oficiado el matrimonio entre Casteel y yo en Spessa's End. Había estado ahí cuando Nyktos mostró su aprobación convirtiendo el día en noche durante unos instantes. Pero, ahora, los labios del *wolven* de tono acerado se retrajeron para enseñar unos dientes que podían arrancar carne y romper huesos. Era leal a Casteel, pero aun así, el instinto me decía que no solo estaba advirtiendo a los guardias.

Otro gruñido sonó a mi izquierda. En las sombras del árbol de sangre que había brotado de donde mi sangre había caído, para adquirir una altura descomunal en cuestión de segundos, un *wolven* de color pardo entró en mi línea de visión, con la cabeza gacha y sus ojos de un azul invernal iridiscentes. *Kieran*. Miraba a Casteel con cara de muy pocos amigos. No entendía por qué ninguno de ellos se comportaría de este modo con el príncipe, pero sobre todo Kieran. Él tenía un vínculo con Casteel desde que nacieron, destinado a obedecerlo y protegerlo a toda costa. Pero era más que un *wolven* vinculado a Casteel. Eran hermanos, si no de sangre, sí por amistad, y yo sabía que se querían.

Sin embargo, en ese momento, no había nada en la postura gacha de las orejas de Kieran que reflejara *cariño*.

Empecé a sentirme muy inquieta cuando Kieran flexionó las patas de atrás, sus perfilados músculos en tensión mientras se aprestaba a atacar... a Casteel.

Se me cayó el alma a los pies. Esto no estaba bien. Nada de esto estaba bien.

—No —murmuré, mi voz ronca y apenas reconocible, incluso para mis oídos.

Kieran no dio muestras de oírme, o de que le importara. Si hubiese estado actuando con normalidad, simplemente habría dado por sentado que estaba intentando ignorarme, pero esto era diferente. Él estaba diferente. Tenía los ojos más brillantes de lo que recordaba habérselos visto nunca, y no estaban bien porque... porque ahora no solo eran azules. Sus pupilas refulgían de un tono blanco plateado, un aura que emanaba en zarcillos etéreos por encima del azul. Giré la cabeza a toda velocidad hacia Jasper. Sus ojos también habían cambiado. Yo había visto esa extraña luz antes. Era el tono que había teñido mi piel cuando curé las piernas rotas de Beckett, el mismo resplandor plateado que irradiaba de mí hacía unos minutos.

Unas ráfagas gélidas de sorpresa recorrieron a Casteel mientras miraba al *wolven*, y después sentí... *alivio* irradiar de él.

—Lo sabías. —La voz de Casteel sonó cargada de asombro, algo que no sentía ninguno de los que estaban de pie detrás de él. Incluso la sonrisa fácil estaba ausente en Emil, el atlantiano de pelo castaño rojizo que nos miraba con los ojos muy abiertos proyectando una dosis saludable de miedo; igual que Naill, que siempre había parecido completamente imperturbable, incluso cuando había estado en inferioridad de condiciones en batalla.

Casteel envainó sus espadas despacio a ambos lados de su cuerpo. Dejó las manos vacías, colgando.

—Todos sabíais que le estaba pasando algo. Por eso... —Dejó la frase a medio terminar, apretó la mandíbula.

Varios de los guardias se pusieron delante del rey y de la reina, rodeados ahora por completo.

Una mata de pelo blanco salió disparada hacia delante. Delano bajó la cola y la apretó mientras escarbaba sobre el suelo de mármol. Levantó la cabeza y aulló. El sonido, espeluznante a la par que precioso, me puso de punta todos los pelillos del cuerpo.

A lo lejos, se oyó el tenue sonido de la respuesta en forma de gemidos y ladridos, más altos a cada segundo. Las hojas de los árboles con forma de cono que separaban el templo de la Cala de Saion temblaron cuando un retumbar sordo surgió del suelo bajo ellos. Decenas de pájaros de alas azules y amarillas emprendieron el vuelo desde los árboles y se desperdigaron por el cielo.

—Maldita sea. —Emil se giró hacia las escaleras del templo. Alargó los brazos hacia las espadas envainadas en sus costados—. Están rodeando toda la condenada ciudad.

—Es ella. —La profunda cicatriz que cortaba por la frente del mayor de los *wolven* destacaba más que de costumbre. Una potente sensación de incredulidad emanaba de Alastir, de pie justo por fuera del círculo de guardias que habían cerrado filas en torno a los padres de Casteel.

—No es ella —replicó Casteel al instante.

—Sí que lo es —confirmó el rey Valyn, que me miraba desde una cara como la que un día tendría Casteel—. Están respondiendo a ella. Por eso se transformaron sin previo aviso los que estaban con nosotros en el camino. Ella los llamó.

—Yo... yo no he llamado a nadie —le dije a Casteel, con la voz quebrada.

—Lo sé. —El tono de Casteel se suavizó mientras me miraba a los ojos.

—Pero sí que lo hizo —insistió su madre—. Puede que no te des cuenta, pero sí los has llamado.

Mis ojos saltaron hacia ella y sentí que se me comprimía el pecho. Era todo lo que había imaginado que sería la madre de Casteel. Despampanante. Regia. Poderosa. Tranquila ahora, aunque siguiera con una rodilla hincada en tierra, aunque nada más verme le hubiese preguntado a su hijo «¿Qué has hecho? ¿Qué has traído de vuelta?». Me encogí un poco al recordarlo; mucho me temía que esas palabras se quedarían conmigo mucho tiempo después de hoy.

Los rasgos de Casteel se afilaron cuando sus ojos dorados se deslizaron por encima de mi cara.

—Si los idiotas que tengo detrás bajaran sus espadas en lugar de levantarlas contra mi mujer, no tendríamos a una colonia entera de *wolven* a punto de caer sobre nosotros —masculló—. Solo están reaccionando a la amenaza.

—Tienes razón —admitió su padre, mientras ayudaba con dulzura a su mujer a ponerse en pie. La sangre empapaba la rodilla y los bajos de su vestido lila—. Pero deberías preguntarte por qué el *wolven* que está vinculado a ti está protegiendo a alguien distinto *de ti*.

—La verdad es que ahora mismo no me importa lo más mínimo —respondió Casteel, mientras el sonido de cientos de patas (si no más) atronaban contra el suelo, cada vez más cerca. No podía decirlo en serio. Tenía que importarle, porque esa era una pregunta muy buena.

—Pues tiene que importarte —le advirtió su madre, un sutil temblor en su voz por lo demás serena—. Los vínculos se han roto.

¿Los vínculos? Con las manos temblorosas, mis ojos muy abiertos volaron hacia las escaleras del templo, hacia donde Emil retrocedía despacio. Naill había desenvainado ya sus espadas.

—La reina tiene razón —musitó Alastir, la piel de alrededor de su boca parecía aún más blanca de lo normal—. Puedo... puedo sentirlo... el *notam* primitivo. Su marca. Santo cielo. —Le temblaba la voz al tiempo que se tambaleaba hacia atrás y casi pisaba la corona—. Se han roto todos.

No tenía ni idea de lo que era un *notam*, pero entre toda la confusión y el creciente pánico, había algo raro en lo que había dicho Alastir. Si era verdad, ¿por qué no estaba él en su forma de *wolven*? ¿Era porque ya había roto su vínculo de *wolven* con el antiguo rey de Atlantia hacía muchos años?

—Mira sus ojos —indicó la reina con suavidad, señalando lo que yo ya había visto—. Sé que no lo entiendes. Hay cosas que nunca tuviste que aprender, Hawke. —Su voz se quebró entonces, más emocionada al usar el apodo de su hijo, un nombre que una vez creí que no era más que una mentira—. Pero lo que tienes que saber ahora es que ya no sirven al linaje elemental. No estás a salvo. Por favor —suplicó—. Por favor. Escúchame, Hawke.

—¿Cómo? —grazné—. ¿Cómo ha podido romperse el vínculo?

—Eso no importa ahora mismo. —Los ojos ambarinos de Casteel estaban casi luminosos—. Estás sangrando —dijo, como si ese fuese el tema más importante que teníamos entre manos.

Pero no lo era.

—¿Cómo? —repetí.

—Es lo que eres. —La mano izquierda de Eloana se cerró en torno a la falda de su vestido—. Tienes la sangre de un dios en tu interior...

—Soy mortal —apunté.

Un grueso mechón de pelo oscuro cayó de su moño cuando sacudió la cabeza.

—Sí, eres mortal, pero desciendes de una deidad... de un hijo de los dioses. No hace falta más que una gota de sangre divina... —Tragó saliva con esfuerzo—. Puede que tengas más de una gota, pero lo que hay en tu sangre, lo que hay dentro *de ti*, sustituye a cualquier juramento que puedan haber hecho los *wolven*.

Recordé entonces lo que me había dicho Kieran en New Haven acerca de los *wolven*: los dioses les habían dado forma humana a los antaño salvajes lobos *kiyou*, para que sirvieran como guías y protectores de los hijos de los dioses, las deidades. Algo más que Kieran había compartido aquel día explicaba la reacción de la reina.

Mis ojos volaron hacia la corona depositada cerca de los pies de Nyktos. Una gota de sangre de una deidad usurpaba cualquier derecho al trono de Atlantia.

Oh, por todos los dioses, empezaba a haber muchas opciones de que de verdad me desmayara. ¿Y cuán bochornoso sería eso?

La mirada de Eloana se deslizó hacia la espalda rígida de su hijo.

—Si te acercas a ella ahora mismo… te verán como una amenaza. Te harán pedazos.

Mi corazón trastabilló hasta pararse, muerto de miedo. Casteel tenía pinta de ir a hacer justo eso. Detrás de mí, uno de los *wolven* más pequeños se encaró con él, ladrando y lanzando dentelladas al aire.

—Casteel… —Todos los músculos de mi cuerpo se tensaron.

—No pasa nada. —Casteel no apartó los ojos de los míos en ningún momento—. Nadie va a hacer daño a Poppy. No lo permitiré. —Su pecho se hinchó con una respiración lenta y profunda—. Lo sabes, ¿verdad?

Asentí, con la respiración demasiado agitada, demasiado superficial. Era lo único que entendía en ese momento.

—Todo va a ir bien. Solo te están protegiendo. —Casteel me sonrió, pero fue algo tenso y forzado. Miró a mi izquierda, a Kieran—. No sé todo lo que está pasando ahora mismo, pero vosotros… todos vosotros… queréis mantenerla a salvo. Y eso es también lo único que quiero yo. Sabéis que jamás le haría daño. Me arrancaría el corazón antes de hacerlo. Está herida y tengo que asegurarme de que esté bien, y nada me va a impedir hacerlo. —No parpadeó mientras le sostenía la mirada a Kieran, mientras el ruido atronador de los otros *wolven* llegaba a las escaleras del templo—. Ni siquiera tú. Ninguno de vosotros. Destruiré a cada uno de vosotros que se interponga entre ella y yo.

El gruñido de Kieran se hizo más grave, y una emoción que nunca había sentido en él antes se filtró en mi interior. Era como ira, pero más antigua. Y la sentía como había sentido ese zumbido en mi sangre. Antiguo. Primitivo.

Y, en un instante, pude ver en mi mente cómo sucedería todo como si estuviera pasando delante de mí. Kieran atacaría. O quizá fuese Jasper. Ya había visto el tipo de daños que podía infligir un *wolven*, pero Casteel no caería con facilidad. Haría justo lo que había prometido: destruiría a todo el que se interpusiera entre él y yo. Morirían *wolven* y, si le hacía daño a Kieran… si le hacía algo peor, la sangre del lobuno no estaría solo sobre las manos de Casteel. Pesaría en su alma hasta el día de su muerte.

Una oleada de *wolven* coronó las escaleras del templo, tanto grandes como pequeños, y de un montón de colores diferentes. Su llegada trajo una certeza terrorífica. Casteel tenía una fuerza increíble y una velocidad inimaginable. Acabaría con muchos. Pero él caería junto con ellos.

Moriría.

Casteel moriría por mi culpa, porque yo había llamado a esos *wolven* y no sabía cómo parar aquello. Mi corazón martilleaba de manera errática. Cerca de las escaleras, un *wolven* seguía a Emil en su retirada. Otro acechaba a Naill, que le hablaba al lobuno con suavidad en un intento de razonar con la criatura. Los otros habían fijado como objetivo a los guardias que rodeaban al rey y a la reina, y unos pocos… Oh, por los dioses, varios se acercaban con sigilo por la espalda de Casteel. Esto se estaba convirtiendo en un caos, los *wolven* estaban fuera de control…

Aspiré una bocanada de aire brusca mientras mi mente corría a mil por hora, libre del dolor y la turbulencia. Algo había sucedido en mi interior para hacer que esa gota de sangre divina rompiera los vínculos. Yo había sustituido a sus juramentos anteriores y eso… tenía que significar que ahora me obedecían a mí.

—Para —ordené, al tiempo que Kieran lanzaba una tarascada a Casteel, cuyos propios labios también estaban retraídos—. ¡Kieran, para! No vas a hacerle daño a Casteel. —Mi voz subió de tono y un suave zumbido volvió a mi sangre—. Todos vosotros vais a parar. ¡Ahora! Ninguno va a atacar.

Fue como si hubiese apretado un interruptor en las cabezas de los *wolven*. En un momento estaban todos a punto de atacar y al siguiente se estaban tumbando sobre la barriga, la cabeza apoyada entre las patas delanteras. Todavía percibía su ira, ese poder antiguo, pero ya había menguado y se estaba disipando en oleadas constantes.

Emil bajó su espada.

—Eso… ha sido muy oportuno. Gracias por ello.

Se me escapó una bocanada de aire temblorosa mientras un escalofrío subía y bajaba por mis brazos. Miré a mi alrededor por el templo, a todos los *wolven* tumbados, y casi no podía creer que hubiera funcionado. Todo mi ser quería rebelarse contra cualquier confirmación adicional de lo que había afirmado la reina, pero, por todos los dioses, mis objeciones solo podían llegar hasta cierto punto. Con la garganta seca, miré a Casteel.

Él también me miraba, los ojos como platos una vez más. No podía respirar. Mi corazón no quería ralentizarse lo suficiente como para que pudiera encontrarle un sentido a lo que percibía de él.

—Él no me hará daño. Todos lo sabéis —expliqué, la voz temblorosa. Miré a Jasper y luego a Kieran—. Me dijiste que él era la única persona en ambos reinos con la que yo estaba a salvo. Eso no ha cambiado.

Las orejas de Kieran se movieron adelante y atrás. Después se levantó y retrocedió un poco, antes de girarse hacia mí y empujar mi mano con su nariz.

—Gracias —susurré, y cerré los ojos unos instantes.

—Solo para que lo sepas —murmuró Casteel, sus espesas pestañas medio cerradas—, ¿lo que acabas de hacer? ¿De decir? Hace que ahora mismo esté sintiendo todo tipo de cosas extraordinariamente inapropiadas.

Una risa débil y entrecortada escapó de mis labios.

—Hay algo muy mal en ti.

—Lo sé. —El lado izquierdo de sus labios se curvó hacia arriba y apareció su hoyuelo—. Pero te encanta eso de mí.

Era verdad. Oh, por los dioses, cómo me gustaba eso.

Jasper se sacudió y su gran cabeza me miró, y luego a Casteel. Se giró de lado y soltó una especie de resoplido ronco al hacerlo. Entonces los otros *wolven* se movieron. Salieron de detrás del árbol de sangre y pasaron trotando por delante de mí, por delante de Casteel y los demás, con las orejas tiesas y las colas meneándose, para reunirse con los que estaban bajando las escaleras y abandonando el templo. De todos los *wolven*, solo se quedaron Jasper, su hijo y Delano, y la sensación de tensión caótica se aligeró.

Un grueso rizo de pelo oscuro cayó sobre la frente de Casteel.

—Estabas brillando de color plata otra vez. Cuando ordenaste a los *wolven* que pararan —me dijo—. No mucho, no como antes, pero parecías envuelta en luz de luna.

¿En serio? Bajé la vista hacia mis manos. Parecían normales.

—Yo… no sé lo que está pasando —susurré, las piernas temblorosas—. No sé lo que está ocurriendo. —Levanté los ojos hacia él y vi cómo daba un paso hacia mí, luego otro. No hubo gruñidos de advertencia. Nada. Me empezó a arder la garganta. Podía sentirlas, las lágrimas que empezaban a arremolinarse en mis ojos. No podía llorar. *No lo haría*. Todo era ya bastante lioso como para que además me pusiese a llorar como una histérica. Pero estaba tan cansada… Me *dolía* todo, y el dolor iba más allá de lo físico.

Cuando entré por primera vez en este templo y contemplé las aguas claras de los mares de Saion, había sentido que estaba en *casa*. Y sabía que las cosas serían difíciles. Demostrar que nuestra unión era real no sería ni de lejos tan difícil como ganarse la aceptación de los padres de Casteel y del resto de su reino. Todavía teníamos que encontrar a su hermano, el príncipe Malik. Y al mío. Teníamos que encargarnos del rey y la reina Ascendidos. Nada de nuestro futuro sería fácil, pero había tenido esperanza.

Ahora, me sentía estúpida. Muy ingenua. Aquel *wolven* mayor de Spessa's End, al que había ayudado a curarse después de la batalla, me había advertido sobre la gente de Atlantia. *Ellos no te eligieron.* Y ahora tenía serias dudas de que fueran a hacerlo jamás. Aspiré una bocanada de aire entrecortada.

—Yo no quería nada de esto —susurré. La tensión enmarcaba la boca de Casteel.

—Lo sé. —Su voz sonó dura, pero su mano fue suave cuando me puso la palma sobre la mejilla que no notaba hinchada. Inclinó la cabeza para apoyar su frente contra la mía y el aluvión de sensaciones que nuestro contacto piel con piel me provocaba siempre seguía ahí, y me atravesó de arriba abajo mientras deslizaba la mano por la maraña enredada de mi pelo—. Lo sé, princesa —susurró, y apreté los ojos para reprimir el impulso aún más fuerte de echarme a llorar—. No pasa nada. Todo irá bien. Te lo prometo.

Asentí, aunque sabía que no era algo que él pudiera garantizar. Ni él ni nadie. Me obligué a tragarme el nudo de emoción que subía por mi garganta.

Casteel besó mi frente manchada de sangre y luego levantó la cabeza.

—¿Emil? ¿Puedes ir a buscar ropa en las alforjas de los caballos de Delano y de Kieran, para que puedan transformarse y no herir la sensibilidad de nadie?

—Sí, claro —respondió el atlantiano. Casi me eché a reír.

—Creo que su desnudez sería lo que menos heridas causaría hoy.

Casteel no dijo nada. Me acarició la mejilla de nuevo e inclinó mi cabeza con suavidad hacia un lado. Sus ojos se deslizaron entonces hacia varias de las rocas todavía desperdigadas por el suelo a mis pies. Un músculo se apretó en su mandíbula. Levantó la vista hacia mí y vi que sus pupilas estaban dilatadas, solo había un fino halo ámbar.

—¿Han intentado *lapidarte*?

Oí una exclamación suave que me pareció que provenía de su madre, pero no miré. No quería ver sus caras. No quería saber lo que sentían ahora mismo.

—Me acusaron de trabajar con los Ascendidos y me llamaron Come Almas. Les dije que no lo era. Intenté hablar con ellos. —Las palabras salían aceleradas por mi boca y levanté las manos para tocarlo, pero me detuve. No sabía lo que podía hacerle mi contacto. Demonios, ni siquiera sabía lo que podía hacer *sin* tocar a alguien—. Traté de razonar con ellos, pero empezaron a tirarme piedras. Les dije que pararan. Dije que ya bastaba y… no sé lo que hice… —Empecé a mirar por encima de su hombro, pero Casteel parecía saber lo que estaba buscando y me lo impidió—. No tenía intención de matarlos.

—Te estabas defendiendo. —Sus pupilas se contrajeron al mirarme a los ojos—. Hiciste lo que debías. Te estabas defendiendo…

—Pero no los toqué, Casteel —susurré—. Fue como en Spessa's End, durante la batalla. ¿Te acuerdas de los soldados que nos rodearon? Cuando cayeron, sentí algo en mi interior. Fue lo mismo que experimenté aquí. Fue como si algo en mi interior supiese qué hacer. Agarré su ira y… no sé, hice exactamente lo que *haría* un Come Almas. Les quité su ira y luego se la envié de vuelta.

—No eres una Come Almas —dijo la reina Eloana desde algún sitio no muy lejos—. En el momento en que el *eather* de tu sangre se hizo visible, las personas que te atacaron debieron de haber sabido exactamente quién eras. Lo que eres.

—¿*Eather*?

—Es lo que algunos llamarían «magia» —contestó Casteel, al tiempo que se desplazaba un poco para bloquear el contacto visual entre su madre y yo—. Ya lo has visto antes.

—¿La neblina?

Casteel asintió.

—Es la esencia de los dioses, lo que hay en su sangre, lo que les da sus habilidades y el poder para crear todo lo que tienen. Nadie lo llama así ya, no desde que los dioses se fueron a dormir y las deidades se extinguieron. —Sus ojos buscaron los míos—. Debí de haberlo sabido. Santo cielo, debí darme cuenta...

—Ahora es fácil decir eso —señaló su madre—. Pero ¿por qué hubieses pensado siquiera que esto era una posibilidad? Nadie se lo hubiera esperado.

—Excepto tú —la contradijo Casteel. Y tenía razón. Ella lo había sabido, sin lugar a dudas. Y vale, yo estaba reluciendo cuando ella llegó, pero la reina lo había sabido con una certeza absoluta.

—Puedo explicarlo —aportó, justo cuando volvía Emil con dos alforjas a cuestas. Pasó a buena distancia de todos nosotros y las dejó caer cerca de Jasper; luego retrocedió.

—Parece que hay muchas cosas que explicar —comentó Casteel con frialdad—, pero tendrán que esperar. —Sus ojos se demoraron otra vez en mi mejilla izquierda y ese músculo volvió a tensarse en su mandíbula—. Tengo que llevarte a lugar seguro donde pueda... Donde pueda cuidar de ti.

—Puedes llevarla a tus viejas habitaciones en mi casa —anunció Jasper, lo cual me sobresaltó, porque ni siquiera lo había oído transformarse. Empecé a girarme hacia él, pero vi solo piel mientras alargaba una mano hacia las alforjas.

—Perfecto. —Casteel tomó lo que parecían un par de pantalones ceñidos de manos de Jasper—. Gracias.

—¿Estarás a salvo tú, ahí? —pregunté, y una sonrisa irónica tironeó de las comisuras de los labios de Casteel.

—Estará a salvo ahí —repuso Kieran.

Me sorprendió tanto el sonido de la voz de Kieran que me giré hacia él. Y no paré. Había un montón de piel tostada a la vista, pero él ni se inmutó, como si no estuviera desnudo delante de todos los que quedaban en el templo. Por una vez, no tuve ningún problema en ignorar el hecho de que estaba en cueros. Lo miré a los ojos. Se veían normales: de un azul vívido y asombroso, pero sin el aura plateada.

—Ibas a atacar a Casteel.

Kieran asintió mientras aceptaba los pantalones que le ofrecía Casteel.

—Desde luego que sí —confirmó este último. Me giré hacia mi marido.

—Y tú amenazaste con destruirlo.

Volvió a aparecer el hoyuelo de su mejilla izquierda.

—Así es.

—¿Por qué estás sonriendo? Eso no es algo que debiera hacerte sonreír. —Lo miré indignada, unas lágrimas estúpidas volvían a escocer en mis ojos. No me importó que tuviéramos público—. Algo así no puede volver a ocurrir jamás. ¿Me oís? —Me giré hacia Kieran, que arqueó una ceja mientras se subía los pantalones por sus fibrosas caderas—. ¿Me habéis oído los dos? No lo permitiré. No...

—Shh. —La suave caricia de Casteel sobre mi mejilla atrajo mi atención otra vez hacia él. Dio un paso hacia mí. Estaba tan cerca que su pecho rozaba contra el mío a cada respiración—. No volverá a ocurrir, Poppy. —Su pulgar se deslizó deprisa por debajo de mi ojo izquierdo—. ¿Verdad?

—Verdad. —Kieran se aclaró la garganta—. No... —Se calló. Su padre, no.

—Siempre que el príncipe no nos dé a ninguno de nosotros una razón para comportarnos de manera diferente, lo protegeremos con la misma ferocidad con la que te protegeremos a ti.

Nosotros. Como si hablara en nombre de la raza entera de los *wolven*. Eso es lo que quería decir Alastir cuando dijo que se habían roto todos los vínculos. Tenía muchas preguntas, pero dejé caer la cabeza sobre el pecho de Casteel. No fue muy buena idea, pues un fogonazo de dolor me atravesó la sien. Tampoco me importó demasiado, porque cuando aspiré, todo lo que olí fueron especias exuberantes y pino. Casteel pasó con cuidado un brazo por mi espalda y me dio la impresión... de que se estremecía contra mí.

—Espera —dijo Kieran—. ¿Dónde está Beckett? Estaba contigo cuando te separaste del grupo.

—Es verdad. —Casteel se apartó un poco—. Se ofreció a enseñarte el templo. —Sus ojos se entornaron al mirarme—. Él te condujo hasta aquí.

Se me puso toda la carne de gallina. *Beckett*. Una intensa tensión se cerró en torno a mi pecho y apretó con fuerza mientras pensaba en el joven *wolven* que se había pasado la inmensa mayoría del viaje hasta aquí persiguiendo mariposas. Todavía no podía creer que me hubiese conducido hasta este lugar, consciente de lo que me esperaba. Pero recordé el sabor amargo de su miedo aquel día en Spessa's End. Se había mostrado aterrorizado por mí.

¿O estaría aterrorizado por otra razón?

Sus emociones habían corrido desbocadas por todo el lugar. Había pasado de estar normal en mi presencia, contento y sonriente, a mostrarse de repente asustado y ansioso, igual que cuando me había conducido aquí arriba.

—Desapareció justo antes de que aparecieran los otros —le dije a Casteel—. No sé dónde fue.

—Encuentra a Beckett —ordenó, y Delano, todavía en su forma de *wolven*, ladeó la cabeza—. Naill. Emil. Id con él. Aseguraos de traerlo vivo.

Ambos atlantianos asintieron e hicieron una reverencia. Nada en el tono de Casteel sugería que la parte de traerlo vivo fuese algo bueno.

—Es solo un chiquillo. —Observé a Delano salir a toda prisa, desapareciendo al instante junto a Naill y a Emil—. Estaba asustado. Y ahora que lo pienso…

—Poppy. —Casteel me tocó la mejilla con las puntas de los dedos, justo debajo del punto dolorido. Inclinó la cabeza y rozó el corte con los labios—. Tengo dos cosas que decir. Si Beckett tuvo algo que ver con esto, no me importa quién es ni qué es, y me importa una mierda lo que estuviera sintiendo. —Su voz subió de tono hasta que todos los que quedaban en el templo pudieron oírlo, incluidos sus padres—. Un acto contra mi mujer es una declaración de guerra contra *mí*. Su destino ya está sellado. Y segundo… —Bajó la cabeza aún más. Esta vez, sus labios rozaron los míos con un beso suave como una pluma. Apenas lo sentí, pero de algún modo consiguió que mis entrañas se retorcieran en nudos apretados.

Entonces levantó la cabeza y pude apreciar todos sus rasgos, la absoluta quietud de un depredador que fijaba la vista en su presa. Ya había visto esa expresión, justo antes de que le arrancara el corazón a Landell en la fortaleza de New Haven.

Casteel giró la cabeza hacia un lado para mirar al único *wolven* que quedaba, ahora de pie sobre sus dos piernas.

—*Tú*.

CAPÍTULO 2

Alastir Davenwell era consejero de los padres de Casteel. Cuando el rey Malec había Ascendido a su amante, Isbeth, fue Alastir el que alertó a la reina Eloana, con lo que rompió el vínculo entre él y el rey ahora exiliado, y seguramente muerto. Solo los dioses sabían a cuántos atlantianos había salvado Alastir a lo largo de los años; los ayudaba a escapar de Solis y de los Ascendidos, que empleaban su sangre para crear más *vamprys*.

¿Quién sabe lo diferentes que habrían podido ser las cosas para mi familia si hubiesen encontrado a Alastir? Quizás estarían vivos todavía, disfrutando de una vida feliz y plena en Atlantia. Y mi hermano Ian estaría aquí también. En vez de eso, estaba en Carsodonia y era probable que ahora fuese uno de ellos. Un Ascendido.

Tragué saliva y aparté esos pensamientos a un lado. Ahora no era el momento de eso. Alastir me gustaba. Había sido amable conmigo desde el principio, y lo que era aún más importante, yo sabía que Casteel respetaba y quería al *wolven*. Si Alastir había desempeñado algún tipo de papel en lo sucedido hoy, sería un golpe muy duro para él.

Para ser sincera, deseaba que ni Alastir ni Beckett hubiesen tenido nada que ver con esto, pero hacía mucho que había dejado de creer en las coincidencias. ¿Y la noche que habían llegado los Ascendidos a Spessa's End? Me había dado cuenta de algo acerca de Alastir que no me había sentado muy bien. La idea se había quedado relegada cuando llegaron los Ascendidos y todo lo que ocurrió después, pero ahora volvía a ocupar un lugar predominante.

Durante un tiempo, Casteel había planeado casarse con Shea, la hija de Alastir, pero entonces lo capturaron los Ascendidos y Shea había traicionado a Casteel y a su hermano en un intento por salvar su propia vida. Todo el mundo, incluido Alastir, creía que Shea había muerto de forma heroica, pero yo conocía la verdadera tragedia de cómo había fallecido. Sin embargo, Alastir también tenía una sobrina nieta, una *wolven* que tanto él como el rey Valyn esperaban casar con Casteel cuando él regresara al reino. Era algo que Alastir había anunciado durante una cena, afirmando que creía que Casteel ya me lo había contado. Yo no estaba tan segura de que de verdad lo creyera, pero eso no venía al caso.

Yo no podía ser la única persona que encontraba que todo ese asunto era… extraño. ¿La hija de Alastir? ¿Y ahora su sobrina nieta? Dudaba mucho de que no hubiese otras *wolven* o atlantianas adecuadas para casarse con Casteel, sobre todo cuando este no había dado ninguna indicación de estar interesado en semejante unión.

Nada de esto hacía culpable a Alastir, pero *sí* era raro…

Ahora el *wolven* aparentaba estar completamente pasmado mientras miraba a Casteel.

—No sé qué crees que hizo Beckett ni por qué tiene nada que ver conmigo, pero mi sobrino jamás se implicaría en algo como esto. Es un cachorro. Y yo…

—Cierra la maldita boca —gruñó Casteel. Yo me asomé por un lado de su hombro. Vi al *wolven* palidecer.

—Casteel…

—No me obligues a repetirlo —lo interrumpió, y se volvió hacia los guardias—. Apresad a Alastir.

—¿Qué? —explotó el *wolven* mientras la mitad de los guardias se giraban hacia él; los demás miraban nerviosos de Casteel a los únicos monarcas que conocían.

El rey miró a su hijo con los ojos entornados.

—Alastir no ha cometido ningún crimen, que sepamos.

—Tal vez, no. Tal vez sea inocente del todo, igual que su sobrino nieto, pero hasta que lo sepamos a ciencia cierta, quiero que esté retenido y confinado —declaró Casteel—. Apresadlo o lo haré yo.

Jasper avanzó en ademán acechante, un gruñido acumulado en lo más profundo de su garganta mientras sus músculos se abultaban debajo de su piel mortal. Los guardias se movieron con nerviosismo.

—¡Esperad! —gritó Alastir, con sus mejillas moteadas de rojo cuando la ira empezó a pulsar a su alrededor—. No tiene el tipo de autoridad que se requiere para dar órdenes a los guardias de la corona.

Supuse que la guardia de la corona sería muy parecida a la guardia real que servía a los Ascendidos. Solo recibían órdenes de la reina Ileana y del rey Jalara, y de cualesquiera Regios Ascendidos destinados a gobernar una ciudad o un pueblo.

—Corrígeme si estoy equivocado. No creo que lo esté, pero cosas más raras han pasado —dijo Casteel. Fruncí el ceño—. Mi madre se ha quitado la corona y le ha dicho a todo el mundo que se inclinara ante la nueva reina, que da la casualidad de que es mi mujer. Por lo tanto, según las tradiciones atlantianas, eso me convierte en rey, sin importar sobre qué cabeza repose esa corona.

Mi corazón trastabilló consigo mismo. Rey. Reina. Esos no podíamos ser nosotros.

—Tú nunca quisiste el trono ni las trabas que conlleva la corona —escupió Alastir—. Has pasado décadas tratando de liberar a tu hermano para que él pudiese ocupar el trono. ¿Y ahora pretendes reclamarlo? Entonces, ¿de verdad has renunciado a tu hermano?

Contuve la respiración cuando la ira me inundó. Precisamente Alastir sabía lo mucho que significaba para Casteel encontrar y liberar a Malik. Y sus palabras le habían hecho mucho daño. En ese momento, sentí en Casteel lo que había sentido la primera vez que lo vi: un dolor atroz que percibí como esquirlas de hielo contra mi piel. Casteel siempre sentía dolor y, aunque había menguado apenas con cada día que pasaba, la agonía que sufría por su hermano nunca estaba lejos de la superficie. Hacía muy poco que había empezado a permitirse sentir algo que no fuese culpa, vergüenza y angustia.

Ni siquiera me había dado cuenta de que me había movido hasta que vi que ya no estaba debajo del árbol de sangre.

—Casteel no ha renunciado a Malik —espeté cortante, antes de poder dar con mi maldita daga y lanzarla hacia el otro lado del templo—. Lo encontraremos y lo liberaremos. Malik no tiene nada que ver con todo esto.

—Oh, por todos los dioses. —Eloana se llevó una mano a la boca mientras se giraba hacia su hijo. El dolor tensó sus facciones y, en un instante, una aflicción desgarradora emanó de ella en ondas potentes. No podía verla, pero su pena era una sombra constante que la seguía adonde fuera, igual que le pasaba a Casteel. Martilleó contra mis sentidos y arañó mi piel como un cristal roto y helado—. *Hawke*, ¿qué has hecho?

Mis ojos volaron hacia Valyn al tiempo que cerraba la conexión con la madre de Casteel antes de que me superara. Un pulso de aflicción parpadeante rodeaba al rey, salpicado de una lluvia de ira fiera y desesperada. Pero lo reprimió todo con una fuerza que no pude evitar admirar y envidiar. Se inclinó hacia su mujer y le susurró algo al oído. Eloana cerró los ojos y asintió ante lo que fuese que le hubiera dicho.

Oh, Dios, no debería haber dicho eso.

—Lo siento. —Crucé las manos con fuerza delante de mí—. No debí…

—No tienes por qué disculparte —me interrumpió Casteel, y se giró hacia mí para mirarme a los ojos. Lo que irradiaba de él era cálido y dulce, y tapaba en parte el dolor gélido.

—Soy yo el que debería disculparse —declaró Alastir con tono hosco, lo cual me sorprendió—. No debería haber metido a Malik en esto. Tienes razón.

Casteel lo miró desconfiado y supe que no sabía qué hacer con la disculpa de Alastir. Yo tampoco. Optó entonces por centrarse en sus padres.

—Sé lo que es probable que estéis pensando. Es lo mismo que creyó Alastir. Creéis que mi matrimonio con Penellaphe es otra artimaña infructuosa para liberar a Malik.

—¿No lo es? —susurró su madre, con los ojos anegados de lágrimas—. Sabemos que la secuestraste para utilizarla.

—Es verdad —confirmó Casteel—, pero esa no es la razón de que nos hayamos casado. Esa no es la razón de que estemos juntos.

Oír todo esto solía molestarme. La verdad de cómo Casteel y yo habíamos llegado adonde estábamos ahora era incómoda, pero ya no me hacía sentir como si mi piel no me cupiera. Bajé la vista hacia la alianza en torno a mi dedo índice y la vibrante espiral dorada que centelleaba en la palma de mi mano izquierda. Las comisuras de mis labios se curvaron hacia arriba. Casteel había ido en mi busca con planes para utilizarme, pero eso había cambiado mucho antes de que ninguno de los dos nos percatásemos. El *cómo* ya no importaba.

—Quiero creerlo —susurró su madre. Su preocupación era agobiante, como una manta áspera y demasiado gorda. A lo mejor *quería* creerlo, pero estaba claro que no era así.

—Eso es otra cosa de la que tenemos que hablar. —Valyn se aclaró la garganta, y estaba claro que él también dudaba de los motivos de su hijo—. Desde este instante, tú no eres el rey y ella no es la reina. Eloana tuvo un arrebato muy apasionado cuando se quitó la corona —explicó, dándole un apretoncito en el hombro a su mujer. La manera en que toda su cara se frunció en respuesta al comentario de su marido fue algo que sentí en lo más profundo de mi alma—. Tendrá que haber una coronación, y el nombramiento no deberá encontrar oposición alguna.

—¿Oposición a *su* derecho al trono? —se rio Jasper, al tiempo que cruzaba los brazos delante del pecho—. Aunque no estuviera casada con un heredero, su derecho al trono no puede discutirse. Lo sabes de sobra. Lo sabemos todos.

Se me cayó el alma a los pies como si estuviese de vuelta en el borde del acantilado de las montañas Skotos. Yo no quería el trono. Como tampoco lo quería Casteel.

—Sea como fuere —prosiguió Valyn despacio, los ojos entornados—, hasta que descubramos quién estuvo implicado en esto y hayamos tenido tiempo de hablar, Alastir deberá ser retenido en algún lugar seguro.

Alastir se volvió hacia él.

—Eso es...

—Algo que aceptarás, con dignidad. —Valyn silenció al *wolven* con una sola mirada y me quedó muy claro de dónde había sacado Casteel esa habilidad—. Esto es tanto para tu propio beneficio como para el de todos los demás. Oponte a esto y estoy seguro de que Jasper, Kieran o mi hijo se tirarán a tu cuello en un abrir y cerrar de ojos. Y en este momento, no puedo prometerte que yo actuaría para detener a ninguno de ellos.

Casteel bajó la barbilla y su sonrisa fue tan fría como el primer aliento del invierno. Las puntas de sus colmillos asomaron por debajo de sus labios.

—Seré yo.

Alastir miró de Jasper a su príncipe. Dejó caer las manos a los lados y su pecho se hinchó con una respiración profunda. Clavó sus ojos invernales en Casteel.

—Eres como un hijo para mí. Hubieses sido mi hijo, de no haber tenido el destino otra cosa guardada para todos nosotros —dijo, y supe que estaba pensando en su hija. La sinceridad de sus palabras, la crudeza del dolor que sentía le cortó muy hondo y cayó como lluvia gélida, solo para aumentar cuando Casteel no dijo nada. Cómo me había ocultado ese nivel de dolor era algo asombroso—. La verdad de lo que está ocurriendo aquí saldrá a la luz. Y todo el mundo sabrá que yo no soy la amenaza.

Lo sentí entonces, mientras miraba a Alastir. Un arrebato de… resolución y determinación férrea bombeaba ardiente por sus venas. Fue algo rápido, pero todos mis instintos se despertaron al instante, me gritaban una advertencia que no comprendí del todo. Di un paso al frente.

—Casteel…

No fui lo bastante rápida.

—Proteged a vuestro rey y a vuestra reina —ordenó Alastir.

Varios de los guardias se movieron para rodear a los padres de Casteel. Uno de ellos estiró la mano hacia su espalda. Valyn se giró.

—¡No!

Jasper saltó hacia delante, transformándose en medio del aire mientras Eloana dejaba escapar un grito ronco.

—¡No!

Una flecha impactó contra el hombro del *wolven* y lo detuvo a medio salto. Empezó a caer, aunque recuperó su forma mortal antes de estrellarse contra el mármol agrietado. Me tambaleé hacia atrás, conmocionada, cuando vi a Jasper quedarse inmóvil. Su piel adquirió una tonalidad grisácea. ¿Estaba…?

Se me quedó el corazón helado al oír los agudos gemidos y gruñidos que procedían de la base del templo. Los otros *wolven*…

Una flecha pasó por el aire a la velocidad del rayo para incrustarse en Kieran, que saltaba hacia mí. Se me atascó un grito en la garganta mientras me lanzaba hacia él. Recuperó el equilibrio antes de caer, su espalda dio una sacudida, muy recta de pronto y luego combada. Los tendones de su cuello se pusieron en tensión cuando nuestros ojos se cruzaron. Sus iris lucían de un luminoso azul plateado cuando alargó la mano hacia la flecha que sobresalía de su hombro: una saeta fina que rezumaba un líquido grisáceo.

—Corre —gruñó, dando un paso rígido y antinatural hacia mí—. *Corre*.

Corrí hacia él y lo agarré del brazo mientras una de sus piernas cedía. Por todos los dioses, su piel era como un témpano de hielo. Intenté sujetarlo, pero pesaba demasiado, y cayó al suelo de espaldas justo cuando Casteel llegaba a mi lado y me pasaba un brazo por la cintura. Horrorizada, observé cómo ese tono gris invadía la piel morena de Kieran y... y no sentí nada. Ni de él. Ni de Jasper. No podían estar... esto no podía estar sucediendo.

—¿Kieran...?

Casteel me refugió detrás de él de repente y un rugido de furia explotó de su interior, con sabor a ira glacial. Algo impactó contra él y lo apartó de mí. Su madre gritó y levanté la cabeza a tiempo para ver a la reina Eloana dándole un codazo a un guardia en pleno rostro. Se oyó un crujido de huesos, que cedieron, y ella corrió hacia delante, pero otro guardia la agarró por detrás.

—¡Parad! ¡Parad ahora mismo! —bramó Eloana—. ¡Es una orden!

El terror clavó sus garras en mí cuando vi la flecha que sobresalía de la región lumbar de Casteel; también rezumaba esa extraña sustancia gris. Pero él seguía de pie delante de mí, con su espada en una mano. El sonido que retumbó desde su interior prometía muerte. Dio un paso al frente...

Otra flecha llegó volando de la entrada del templo y se clavó en el hombro de Casteel al tiempo que veía a Valyn incrustar una espada hasta la empuñadura en el estómago de un hombre que sujetaba un arco. El proyectil perforó la pierna de Casteel y lo lanzó hacia atrás. Lo agarré por la cintura cuando perdía el equilibrio, pero igual que Kieran, pesaba demasiado para mí. La espada cayó al mármol con un estrépito metálico cuando se desplomó, todo el cuerpo en tensión mientras echaba la cabeza hacia atrás con un espasmo. Los tendones de su cuello se abultaron. Me dejé caer a su lado, sin sentir siquiera el impacto sobre mis rodillas. Un líquido gris manaba de las heridas y se mezclaba con sangre; retrajo los labios y sus colmillos quedaron a la vista. Las venas se hincharon y luego se oscurecieron bajo su piel.

No. No. No.

No podía respirar mientras sus ojos desquiciados y dilatados se cruzaban con los míos. *Esto no está pasando.* Esas palabras se repetían una y otra vez en mi cabeza mientras me inclinaba sobre él, aferrada a sus mejillas con manos temblorosas. Pegué un grito al tocar su piel demasiado fría. Nada vivo tenía ese tacto tan frío. Oh, por todos los dioses, su piel ya ni siquiera parecía piel.

—Poppy, te... —boqueó, alargando las manos hacia mí. Una pátina gris invadió el blanco de sus ojos, y luego los iris. El intenso ámbar se fue apagando.

Se quedó quieto, su vista fija en algún punto detrás de mí. Su pecho no se movía.

—Casteel —susurré. Intenté sacudirlo, pero su piel... todo su cuerpo se había... se había puesto duro como una piedra. Estaba congelado, la espalda arqueada y una pierna doblada, un brazo levantado hacia mí—. *Casteel.*

No hubo respuesta.

Abrí mis sentidos de par en par, busqué a la desesperada cualquier atisbo de emoción, cualquier cosa. Pero no había nada. Era como si se hubiese sumido en el más profundo de los sueños o como si estuviese...

No. No. No. No podía haberse ido. No podía estar muerto.

Habían pasado solo un puñado de segundos desde que Alastir diera su orden inicial hasta que Casteel yacía delante de mí, su cuerpo drenado de la energía de la vida.

Me apresuré a mirar hacia atrás. Ni Jasper ni Kieran se movían y su piel había adquirido un color gris oscuro, el tono del hierro.

Una agonía azuzada por el pánico inundó todo mi ser y se atrincheró alrededor de mi corazón desbocado. Deslicé las manos por el pecho de Casteel, traté de detectar los latidos de su corazón.

—Por favor. Por favor —susurré, los ojos anegados de lágrimas—. *Por favor*. No me hagas esto. Por favor.

Nada.

No sentí nada procedente de él, ni de Kieran, ni de Jasper. Un zumbido se despertó en el centro mismo de mi ser mientras contemplaba a Casteel. A mi marido. Mi corazón gemelo. Mi *todo*.

Lo había perdido.

Mi piel empezó a vibrar a medida que una ira oscura y aceitosa que me llegaba hasta el alma crecía en mi interior. Tenía un sabor como a metal en el fondo de la garganta y ardía como el fuego en mis venas. Sabía a *muerte*. Y no del tipo que ocurría aquí, sino del tipo definitivo.

La furia bulló y se expandió hasta que ya no pude contenerla más. Ni siquiera intenté detenerla mientras las lágrimas rodaban por mis mejillas y caían sobre la piel color hierro de Casteel. La ira estalló, golpeó el aire y se filtró en la piedra. Debajo de mí, noté cómo el templo empezaba a temblar un poco otra vez. Alguien gritó, pero yo ya no tenía capacidad para oír palabras.

Me incliné por encima de Casteel, recogí su espada y rocé con mis labios los suyos, inmóviles y fríos como la piedra. Esa cosa *antigua* dentro de mí latía y palpitaba como había hecho antes; entonces me alcé por encima de mi marido y giré en redondo. Un intenso viento empezó a soplar por el suelo del templo. Apagó el fuego de las antorchas, y las hojas del árbol de sangre se sacudieron como huesos secos. Apreté la mano en torno a la espada corta. No veía a los padres de Casteel. Ni siquiera veía a Alastir.

Docenas de personas se alzaban delante de mí, todas vestidas de blanco, con espadas y dagas en las manos. Unas máscaras de metal cubrían sus rostros; las conocía, eran las que usaban los Descendentes. Verlas ahora debería de haberme aterrado.

Solo me *enfureció*.

Ese poder primitivo se intensificó, invadió todos mis sentidos. Silenció todas las emociones en mi interior, hasta que solo quedó una: *venganza*. No había nada más. Nada de empatía. Nada de compasión.

Yo era yo.

Pero al mismo tiempo era algo completamente diferente.

En el cielo en lo alto no había ni una nube, permaneció de un asombroso tono azul. No llovió sangre, pero mi piel empezó a echar *chispas*. Unas brasas de un blanco plateado danzaban sobre mi piel y crepitaban mientras brotaban unas finas hebras de mi interior. Se envolvieron alrededor de las columnas como centelleantes telarañas y fluyeron por el suelo en una red de venas rutilantes. Mi ira se había convertido en una entidad tangible, una fuerza viva que respiraba y de la que no podía escapar nadie. Di un paso al frente y la capa superior de la piedra se hizo añicos bajo mi bota.

Se soltaron trocitos de piedra y polvo que cayeron flotando hacia abajo. Varios de los atacantes enmascarados retrocedieron cuando aparecieron finas fisuras en las estatuas de los dioses. Las grietas del suelo se ensancharon.

Un atacante enmascarado salió de su fila y se abalanzó hacia mí. Los rayos de sol se reflejaron en la hoja de su espada cuando la levantó. No me moví mientras el viento revolvía los mechones enredados de mi pelo. Gritó cuando bajó la empuñadura de su arma contra mí...

Lo agarré del brazo para detener el golpe y clavarle la espada de Casteel bien hondo en el pecho. El líquido rojo empapó la pechera de su túnica al instante y el hombre se estremeció y cayó hacia un lado. Cuatro más se lanzaron al ataque. Giré por debajo del brazo de uno al tiempo que arremetía hacia arriba con la espada y le cortaba el cuello a otro. La sangre salpicó en todas direcciones cuando me di la vuelta y columpié la espada a través de la máscara de metal. Un intenso dolor punzante recorrió mi espalda mientras plantaba un pie en el centro del pecho del hombre y me daba impulso para extraer la hoja de su cráneo.

Una mano me agarró y yo di media vuelta para incrustar la hoja en la tripa de un atacante. Moví la empuñadura de la espada con determinación mientras la arrastraba a través del estómago del hombre, dando voz con un grito a la ira que se acumulaba en mi interior. Esa ira irradió hacia el aire a mi alrededor, y la estatua que había cerca del fondo del templo se partió en dos. Grandes pedazos de piedra se estrellaron contra el suelo.

Otra oleada de dolor fluyó por mi pierna. Me giré, columpiando la espada en un gran arco por encima de mi cabeza. La hoja no se topó con demasiada resistencia. Una daga cayó en mi mano mientras una cabeza y una máscara rodaban en dirección contraria. Por el rabillo del ojo, vi a uno de los Descendentes agarrar el cuerpo tieso de Kieran por los brazos. Di la vuelta a la daga en mi mano, eché el brazo atrás y la lancé. La hoja se clavó por debajo de la máscara, y el atacante giró sobre sí mismo, aferrado a su garganta.

Un movimiento captó mi atención. Una oleada de atacantes enmascarados corría por el templo. Una luz blanca teñida de plata se coló en mi visión mientras oía una voz, una voz de mujer, susurrar dentro de mí. *No debería de haber sucedido así.*

En un abrir y cerrar de ojos, la vi, su pelo como luz de luna mientras hundía las manos muy profundo en el suelo. Algún conocimiento inherente me dijo que ella se encontraba donde estaba este templo ahora mismo, pero en otro tiempo, allá cuando el mundo era un lugar desconocido. Echó la cabeza atrás y gritó con una especie de furia agónica que palpitó implacable en mi interior. Una luz plateada empapó la tierra e irradió desde donde ella tocaba. El suelo se abrió en canal y unos dedos delgados y blanquecinos brotaron de la tierra por todas partes a su alrededor, nada más que huesos. Sus palabras me llegaron otra vez. *Estoy harta de esto, de todo esto.*

Igual que yo.

Me estremecí y la imagen de la mujer se esfumó cuando tiré la espada a un lado. En el vacío de mi mente, me imaginé que las hebras centelleantes se separaban de las columnas. Lo hicieron delante de mis ojos, solo para extenderse por encima de una docena de los atacantes como una fina red. Quería que se sintieran como me sentía yo por dentro. Rota. Retorcida. Perdida.

Se oyó el crujido de huesos. Se partieron brazos y piernas. Se rompieron espaldas. Cayeron como arbolillos derribados por el viento.

Otros atacantes dieron media vuelta, para echar a correr. Para huir. No lo permitiría. Pagarían por lo que habían hecho. Todos ellos saborearían mi cólera y se ahogarían en ella. Destrozaría esta estructura y luego haría añicos el reino entero para asegurarme. Sentirían lo que había dentro de mí, lo que habían forjado. Multiplicado por tres.

La ira brotó de mi interior con otro grito mientras caminaba hacia delante, con los brazos en alto. Las hebras se levantaron del suelo. En mi mente, crecieron y se multiplicaron, se estiraron más allá de las Cámaras de Nyktos hasta los árboles y la ciudad en lo bajo. Empecé a levantarme…

En el caos, lo vi *a él*. Alastir estaba cerca de la entrada del templo, justo fuera del alcance de la energía y la ira palpitante. No percibí miedo en él. Solo aceptación mientras me miraba, como si hubiese esperado justo esto. Me miró a los ojos.

—Yo no soy la amenaza para Atlantia —dijo—. Lo eres tú. Siempre has sido la amenaza.

Un intenso dolor explotó en la parte de atrás de mi cabeza, tan repentino y abrumador que nada pudo evitar que la oscuridad viniera a por mí.

Caí en la nada.

CAPÍTULO 3

Vaya florecilla más bonita.
  Vaya amapola más bonita.
  Córtala y mira cómo sangra.
  Ya no es tan bonita…

Recuperé el conocimiento aspirando una profunda bocanada de aire que olía a tierra húmeda y a putrefacción antigua. Esa horrible rima resonaba en mi cabeza dolorida cuando abrí los ojos y solté una exclamación ahogada. Tuve que reprimir mi grito.

Unas cuencas de ojos oscuras y vacías me miraban desde una calavera sucia y polvorienta.

Mi corazón aporreaba contra mis costillas, pero me senté y me arrastré hacia atrás a toda prisa. Avancé apenas palmo y medio antes de que algo se apretara de manera dolorosa y tirara bruscamente de mis brazos y mis piernas. Rechiné los dientes y contuve un gemido cuando la piel de mis muñecas y por debajo de mis rodillas empezó a arder. Alguien me había quitado el jersey y me había dejado solo con la finísima combinación que llevaba debajo de la túnica. Toda preocupación que hubiese podido tener acerca de dónde habían ido a parar mis pantalones y mi jersey, o sobre cómo el ceñido corpiño de la combinación hacía muy poco por ocultar nada, desapareció de golpe cuando me miré las manos.

Huesos... Había unos huesos de marfil pulido enroscados alrededor de mis muñecas. Huesos y... enredaderas. Y alguna parte de ellas se hundía en mi piel. Levanté una pierna con cuidado, mi pecho subía y bajaba a toda velocidad, y vi exactamente lo mismo por debajo de mis rodillas. Al mirarlas con mayor atención, noté que no eran enredaderas. Parecían algún tipo de raíz. Unos manchurrones de sangre seca recorrían mis pantorrillas, y cuando hice ademán de tocar una de las esposas...

Un dolor atroz alanceó mis muñecas. Me quedé muy quieta.

«Por todos los dioses», bufé entre dientes mientras me inclinaba hacia atrás con sumo cuidado. Choqué con algo duro, húmedo y frío. ¿Una pared?

Con la garganta seca, mis ojos siguieron la maraña de huesos y raíces hasta donde se conectaba con la pared. Respiraba en jadeos cortos y entrecortados mientras miraba... la *cosa* que había a mi lado. Unos pegotes de estropajoso pelo rubio colgaban de algunas partes de la calavera. Solo quedaban trozos de ropa andrajosa, oscurecida por la edad y la mugre. No tenía ni idea de si había sido hombre o mujer, pero estaba claro que llevaba décadas aquí, quizás incluso siglos. Una especie de lanza descansaba sobre el pecho del cadáver, la hoja de un tono negro blancuzco. Una sensación gélida me recorrió de arriba abajo cuando vi los mismos huesos y raíces anudadas rodeando sus muñecas y tobillos. Se me quedó el aire atascado en la garganta cuando levanté la vista hacia lo que había al otro lado del cuerpo. Más restos, atados de la misma manera. Y había otro, y otro... apoyados a lo largo de toda la pared. Docenas de ellos.

Oh, por todos los dioses.

Mis ojos saltaban de un lado a otro, abiertos como platos. Unas antorchas sobresalían de unas oscuras columnas grises en el centro del espacio y más atrás, y proyectaban un resplandor anaranjado por...

Me invadió una sensación de horror cuando vi varias losas de piedra elevadas… cajas largas y rectangulares colocadas entre dos filas de columnas. Oh, por todos los dioses. Sabía lo que eran. *Sarcófagos*. Sarcófagos sellados con cadenas de huesos retorcidos y raíces, las ataduras bien ceñidas por encima de todos ellos.

Estaba en una cripta.

Y estaba claro que no era la primera a la que habían retenido ahí.

El pánico trepó por mi garganta, con lo que me costó aún más respirar en el aire frío y húmedo. Mi pulso aporreaba a una velocidad enfermiza. Sentí náuseas y el estómago se me agarrotó cuando escudriñé más allá de los sarcófagos y las columnas. No tenía ningún recuerdo de cómo había llegado ahí ni de cuánto tiempo había…

Casteel.

Una imagen de él se formó en mi mente, alargaba una mano hacia mí mientras su piel se volvía gris y se endurecía. Sentí una repentina presión sobre el pecho, que estrujaba mi corazón. Apreté los ojos con fuerza contra las lágrimas que se empezaban a acumular, pero no sirvió de nada. Aún podía verlo, su espalda arqueada y su cuerpo contorsionado, los ojos mortecinos, la mirada inmóvil. No podía haber muerto. Tampoco Kieran ni Jasper. Tenían que estar bien. Solo necesitaba salir de ahí y encontrarlos.

Hice ademán de levantarme…

Las ataduras se apretaron contra mi piel y se clavaron más profundo. Un grito ronco abrió mis labios resecos mientras caía hacia atrás contra la pared. Respiré hondo antes de levantar el brazo para echar un vistazo mejor a la cadena. Espolones. Los huesos tenían espolones afilados en ellos.

«Mierda», susurré. Hice una mueca al oír mi voz.

Tenía que calmarme. No podía darme un ataque de pánico. Los *wolven*… ellos me oirían, ¿verdad? Eso era lo que parecía que habían dicho Casteel y los otros. Que habían oído o percibido mi angustia antes y habían respondido. Bueno, pues ahora *seguro* que estaba angustiada.

Pero había oído sus gimoteos de dolor después de que les dispararan a Kieran y a Jasper. Y ninguno de ellos había llegado a la cima de las escaleras del templo después de eso. ¿Y si ellos también estaban...?

Me llevé las manos a la cara. La cadena tenía el largo suficiente para poder hacerlo sin dolor.

«Para», me dije. Ellos no podían haber matado a todos los *wolven*.

Ellos.

A saber, Alastir.

La ira y la incredulidad guerreaban en mi interior mientras me concentraba en calmar mi respiración. Saldría de aquí. Encontraría a Casteel, a Kieran y a los otros. Todos ellos tenían que estar bien.

Después mataría a Alastir. De un modo lento y doloroso.

Me guardé esa promesa cerca del corazón, forcé una exhalación lenta y calmada y bajé las manos. Ya había estado encadenada. Aquella vez en New Haven no había sido tan espantosa como esto, pero había estado en malas situaciones antes, con el duque de Teerman y lord Mazeen. Igual que en el carruaje con lord Chaney, que casi rezumaba sed de sangre, tenía que mantener la calma. No podía ceder al pánico. Si lo hacía, perdería la cabeza.

Como la había perdido en las Cámaras de Nyktos.

No. No había perdido el control cuando maté a esas personas. Yo seguía ahí cuando lo hice. Fue solo... que no me había molestado en reprimirme, en mantener a raya ese poder desconocido que había cobrado vida en mi interior. Ahora mismo ni siquiera sentía remordimientos. Tampoco creía que fuera a sentirlos más tarde.

Me escocían las piernas y la espalda por las heridas que esas cuchillas habían dejado mientras examinaba la unión de mis ataduras con la pared. No había ninguna argolla que sujetara la cadena en su sitio. No era solo que estuviese fusionada con la pared, era *parte* de ella… como si brotara de ella.

¿Qué demonios de cripta era esta?

No podía romper piedra, pero huesos… los huesos y las raíces eran frágiles en comparación. Con cuidado, giré la muñeca para crear tensión que no presionara contra mi piel. Agarré el otro tramo de huesos y raíces con mi otra mano…

—Yo no haría eso. —Mi cabeza voló en dirección a la voz masculina. Procedía de las sombras más allá de las columnas iluminadas—. No son huesos normales esos que estás manipulando —continuó la voz masculina—. Son los huesos de los antiguos.

Hice una mueca de asco y solté los huesos de inmediato.

Una risa grave brotó de entre las sombras y me quedé quieta una vez más. Esa risa… sonaba familiar. Igual que la voz.

—Y puesto que son los huesos de las deidades, llevan magia primigenia, el *eather*, dentro de ellos —añadió—. ¿Sabes lo que significa eso, Penellaphe? Esos huesos son irrompibles, imbuidos por otro que lleva sangre de los dioses en su interior. —La voz se acercó y me puse tensa—. Era una técnica bastante arcaica diseñada por los propios dioses, concebida para inmovilizar a aquellos que se habían vuelto demasiado peligrosos, que se habían convertido en una amenaza demasiado grande. Dicen que fue Nyktos en persona el que imbuyó el poder a los huesos de los muertos. Un acto que llevó a cabo cuando regía sobre los muertos en las Tierras Umbrías. Cuando era el Asher, el Bendecido, el Portador de la Muerte y el Guardián de las Almas. *El* dios primigenio del hombre común y los finales.

¿Las… Tierras Umbrías? ¿Regía sobre los muertos? Nyktos era el dios de la vida, el rey de todos los dioses. Rhain era el dios del hombre común y los finales. Jamás había oído hablar de las Tierras Umbrías, pero solo con ese nombre, sonaba como un sitio sobre el que no quería saber nada más.

—Pero me he desviado del tema —dijo, y vi el oscuro contorno borroso de un hombre en la penumbra. Entrecerré los ojos y me concentré, pero... no percibí nada procedente de él—. Si tiras de esas ataduras, solo se apretarán más. Si sigues haciéndolo, se hincarán en tu piel, luego cortarán tu carne e incluso el hueso. Al final, te cortarán las extremidades. Si no me crees, mira mejor al que tienes al lado.

No quería mirar, no quería apartar los ojos de la forma borrosa, pero no pude evitarlo. Eché un vistazo al cuerpo que había a mi lado y bajé la vista por su costado. Los restos esqueléticos de una mano yacían a su lado.

Oh, por todos los dioses.

—Por suerte para ti, solo llevas sangre de los dioses en tu interior. No eres una deidad como ellos. Tú te desangrarías y morirías bastante deprisa. ¿Las deidades como el cuerpo que tienes a tu lado? —inquirió el hombre y mis ojos volaron otra vez hacia él. La masa oscura estaba más cerca ahora, pero se había detenido en el límite del resplandor fogoso—. Él... bueno, él se fue debilitando, cada vez más hambriento, hasta que su cuerpo empezó a canibalizarse a sí mismo. Es muy probable que ese proceso llevara varios siglos.

¿Siglos? Me estremecí.

—Debes de estarte preguntando qué hizo para merecer un castigo tan horripilante. ¿Qué hicieron él y los otros que yacen a lo largo de las paredes y dentro de sus ataúdes? —preguntó.

Y sí, una parte de mí se preguntaba justo eso.

—Se volvieron demasiado peligrosos. Demasiado poderosos. Demasiado... impredecibles. —Hizo una pausa y tragué saliva. No hacía falta ser muy listo para asumir que los que estaban a lo largo de la pared y delante de mí eran deidades—. Una amenaza demasiado grande. Igual que tú.

—Yo no soy una amenaza —masculle.

—Ah, ¿no? Mataste a muchas personas.

Cerré los puños con fuerza.

—Ellos me atacaron sin razón alguna. Hicieron daño...
—Se me quebró la voz—. Hicieron daño a los *wolven*. A su
príncipe. Mi...

—¿Tu corazón gemelo? —sugirió—. Una unión no solo
de corazones sino también del alma. Más excepcional y más
poderosa que cualquier linaje. Muchos considerarían que semejante cosa es un milagro. Dime, ¿ahora crees que es un milagro?

—Sí —gruñí sin dudarlo.

El hombre se echó a reír y, una vez más, algo tironeó de los
rincones de mis recuerdos.

—Entonces te aliviará saber que están todos a salvo. El rey
y la reina, esos dos *wolven*, incluso el príncipe —dijo, y me dio
la impresión de haber dejado de respirar—. Si no me crees,
puedes comprobarlo con la marca del matrimonio.

Me dio un vuelco al corazón. Ni se me había ocurrido.
Casteel me dijo una vez que la marca se borraba cuando un
miembro de la pareja moría. Así era cómo se enteraban algunos del fallecimiento de su corazón gemelo.

Parte de mí no quería mirar, pero tenía que hacerlo. Un
vacío insondable llenó mi estómago cuando mis ojos se deslizaron hacia mi mano izquierda. Temblaba de la cabeza a los
pies cuando la giré. La espiral dorada de la palma de mi mano
centelleaba con suavidad.

Me invadió tal sensación de alivio que tuve que cerrar la
boca con fuerza para evitar que se me escapara el grito que
brotó de las profundidades de mi ser. La marca seguía ahí.
Casteel estaba vivo. Me estremecí otra vez, las lágrimas abrasaron mi garganta. Estaba *vivo*.

—Qué dulce —susurró el hombre—. Muy dulce.

Una sensación de inquietud reptó ahora por mi piel y me
robó pedacitos de ese alivio.

—Pero habría resultado muy malherido si no te hubiéramos detenido —continuó—. Habrías derribado el templo entero. Y el príncipe habría caído con él. Tal vez lo habrías matado incluso. Puedes hacerlo, ¿sabes? Tienes ese poder dentro de ti.

Mi corazón dio un traspié en mi pecho.

—Yo nunca le haría daño.

—Quizá no a propósito. Pero, por lo que he visto y oído, pareces tener muy poco control de tus poderes. ¿Cómo sabes lo que habrías hecho?

Empecé a negar lo que estaba diciendo, pero entonces opté por inclinar la cabeza hacia atrás contra la pared, perturbada. No... no estaba segura de en qué me había convertido en ese templo, pero no había perdido el control de mis actos. También estaba llena de ansia de venganza, igual que el extraño fogonazo de la mujer que había visto en mi cabeza. Había estado dispuesta a matar a los que huían de mí. Había estado dispuesta a destrozar el reino entero. ¿Lo hubiese hecho? La Cala de Saion estaba llena de gente inocente. Seguro que hubiese parado antes de llegar a ese punto.

Me estaba mintiendo a mí misma.

Había creído que Casteel estaba herido grave, si no muerto. No habría parado. No hasta haber saciado esa necesidad de vengarme. Y no tenía ni idea de lo que habría hecho falta para que eso sucediera.

El aire que respiraba se volvió amargo y me costó un gran esfuerzo archivar esa certeza para estresarme por ella más tarde.

—¿Qué le hiciste? A él, y también a los otros.

—Yo no les hice nada.

—Y una mierda —bufé.

—Yo no disparé ninguna flecha. Ni siquiera estaba ahí —repuso—. Lo que *ellos* hicieron fue utilizar una toxina derivada de la sombra umbría, una flor que crece en las regiones más orientales de las montañas de Nyktos. Provoca convulsiones y parálisis antes de endurecer la piel. Es bastante doloroso antes de entrar en el sueño profundo. Por lo que he oído, el príncipe tardará un poco más de lo normal en despertar. Unos días. Así que supongo que mañana, más o menos.

¿Unos… días? ¿Mañana?

—¿Cuánto tiempo he estado inconsciente?

—Dos días. Quizá tres.

Santo cielo.

No quería ni pensar en los daños sufridos por mi cabeza para haber estado sin sentido durante tanto tiempo. Los otros, sin embargo, no habían recibido tantos flechazos como Casteel. Lo más probable era que Kieran ya estuviera despierto. Lo mismo que Jasper. Y quizá los otros…

—Sé lo que estás pensando. —La voz interrumpió mis elucubraciones—. Que los *wolven* sentirán tu llamada. Que vendrán en tu busca. Pues no, no lo harán. Los huesos anulan el *notam* primigenio. También inutilizan todas tus habilidades y te reducen a lo que eres en el fondo. Mortal.

¿Sería por eso que no sentía nada procedente de este hombre? No era precisamente lo que habría querido oír. El dolor amenazaba con hincarme sus garras una vez más, pero la forma oscura se acercó. Se adentró en el resplandor de la antorcha.

Todo mi cuerpo se puso rígido al ver al hombre vestido completamente de negro. Cada rincón de mí se rebeló ante lo que vi. No tenía sentido. Era imposible. Pero reconocí el pelo rizado y oscuro, esa mandíbula fuerte y los labios finos. Ahora sabía por qué me sonaba tanto su risa.

Era el comandante de la guardia real.

El comandante Jansen.

—Estás muerto —murmuré, sin apartar la vista de él mientras se deslizaba entre las columnas. Arqueó una ceja oscura.

—¿Qué puede haberte dado esa impresión, Penellaphe?

—Los Ascendidos descubrieron que Hawke no era quien decía ser poco después de marcharnos. —Lo que me había dicho lord Chaney en ese carruaje volvió a la superficie—. Dijeron que los Descendentes se habían infiltrado en los más altos rangos de la guardia real.

—Así es, pero no me atraparon. —Un lado de los labios de Jansen se curvó hacia arriba mientras caminaba, sus dedos resbalaron por un costado de un ataúd. La confusión daba vueltas dentro de mí mientras lo miraba.

—No... no lo entiendo. ¿Eres un Descendente? ¿Apoyas al príncipe?

—Apoyo a Atlantia. —Se movió a toda velocidad y cruzó la distancia en menos tiempo de lo que tarda un corazón en latir. Se arrodilló para que nuestros ojos quedaran a la misma altura—. No soy ningún Descendente.

—¿En serio? —Su velocidad sobrenatural casi lo delataba—. Entonces ¿qué *eres*?

Su sonrisa de labios apretados se ensanchó. Sus rasgos se afilaron, se estrecharon y entonces, *cambió*. Encogió en altura y anchura, el nuevo cuerpo perdido ahora en la ropa que había llevado Jansen. Su piel se volvió más morena y suave. En un instante, su pelo se oscureció al negro y se volvió más largo, sus ojos se aclararon y se tornaron azules.

En cuestión de segundos, Beckett estaba arrodillado a mi lado.

CAPÍTULO 4

—Por todos los dioses —grazné, al tiempo que me apartaba todo lo que podía de… esa *cosa* que tenía delante de mí.

—¿Te he sorprendido? —preguntó Jansen/Beckett con la voz del joven *wolven*, procedente de una cara idéntica a la del sobrino nieto de Alastir.

—Eres… un cambiaformas.

Asintió.

No podía dejar de mirarlo, mi cerebro era incapaz de conciliar la idea de que era Jansen el que estaba delante de mí y no Beckett.

—No… no sabía que podían adoptar la forma de otras personas.

—La mayoría de los linajes de cambiaformas que quedan solo son capaces de adoptar formas de animales o tienen… otras habilidades —explicó—. Yo soy uno de los muy pocos que pueden hacerlo y mantener la forma de otra persona durante periodos largos. ¿Quieres saber cómo?

En realidad, sí, pero no dije nada.

Por suerte para mí, estaba de un humor hablador.

—Todo lo que necesito es tener algo de la otra persona sobre mí. Un mechón de pelo suele ser suficiente. Los *wolven* son superfáciles de replicar.

Ninguna parte de mí era capaz de comprender cómo alguien podía ser fácil de replicar.

—¿Y ellos… sabrían que lo has hecho? ¿Que has adoptado su apariencia?

Jansen negó con la cabeza mientras seguía sonriendo con las facciones infantiles de Beckett.

—Por lo general, no.

No podía ni empezar a procesar lo que supondría adoptar la identidad de otra persona ni cómo podía hacerlo alguien sin el permiso del otro. Me parecía una gran violación de la intimidad, sobre todo si se hacía para engañar a alguien…

De repente, con una oleada de ira fresca, me di cuenta de lo que había pasado.

—Fuiste *tú* —lo acusé, furiosa—. No fue el Beckett real el que me condujo hasta el templo. Fuiste tú.

—Siempre he sabido que detrás del velo vivía una chica lista —comentó, antes de cambiar otra vez al cuerpo que le pertenecía. Fue una hazaña no menos asombrosa que la vez anterior.

La idea de que no había sido el joven y juguetón *wolven* el que me había conducido hasta una trampa me produjo una cantidad decente de alivio.

—¿Cómo? ¿Cómo es que nadie se dio cuenta? ¿Cómo no me…? —Me interrumpí de golpe. Cuando leí sus emociones en el templo me habían parecido iguales que las de Beckett.

—¿Cómo no lo supisteis ni tú ni nuestro príncipe? ¿O ni siquiera Kieran o Jasper? Cuando los cambiaformas asumimos la identidad de otra persona, adoptamos sus características hasta un punto en el que es extremadamente difícil descifrar la verdad. A veces, incluso a nosotros puede costarnos recordar quiénes somos en realidad. —Una expresión turbada cruzó su rostro, pero desapareció tan deprisa que no estaba segura de haberla visto—. Por supuesto, nuestro príncipe sabía que soy un cambiaformas. Igual que muchos otros. Pero es obvio que nadie esperaba una manipulación así. Nadie la buscaba siquiera.

—¿Beckett está bien?

Jansen apartó la mirada.

—Debería haberlo estado. Se le administró un somnífero. Ese era el plan. A fin de que durmiera el tiempo suficiente para que yo ocupara su lugar.

Se me hizo un nudo en el corazón.

—Pero ¿no fue así?

—No. —Jansen cerró los ojos un instante—. Subestimé la cantidad de poción necesaria para que un *wolven* joven permaneciera dormido. Se despertó cuando entré en su habitación. —Se echó atrás mientras se frotaba la cara con una mano—. Lo que pasó fue muy desafortunado.

La bilis trepó por mi garganta.

—¿Lo has matado?

—Tenía que hacerse.

La incredulidad me dejó sin aliento mientras miraba al cambiaformas.

—¡Era solo un chiquillo!

—Lo sé. —Bajó la mano—. No fue algo que nos gustara a ninguno, pero tenía que hacerse.

—No tenía que hacerse. —Se me llenaron los ojos de lágrimas—. Era un niño y era inocente.

—Todos los días muere gente inocente, todo el rato. Tú has pasado toda tu vida en Solis. Sabes que es verdad.

—¿Y eso hace que esté bien hacerle daño a otra persona?

—No, pero el fin justifica los medios. La gente de Atlantia lo comprenderá —se defendió Jansen. No entendía cómo alguien podía *comprender* el asesinato de un niño—. Y, además, ¿a ti qué más te da? Tú te quedaste a un lado y viste cómo mataban a la gente de hambre, cómo la maltrataban y la entregaban en el Rito. No hiciste nada.

—Entonces no sabía la verdad —escupí, parpadeando para reprimir las lágrimas.

—¿Y eso hace que esté bien?

—No, no lo hace —dije, y sus ojos se abrieron un poco más—. Pero no siempre me quedé a un lado sin hacer nada. Hice lo que pude.

—No fue suficiente.

—No he dicho que lo fuera. —Aspiré una bocanada de aire temblorosa—. ¿Por qué estás haciendo esto?

—Es mi deber evitar y coartar toda amenaza a Atlantia.

Solté una carcajada ronca de incredulidad.

—Tú me conoces. Hace años que me conoces. Sabes que no soy una amenaza. No habría hecho nada en ese templo si no me hubieran amenazado.

—Eso es lo que dices ahora. Pero un día, cambiarás —insistió—. Aunque es extraño lo pequeño que es el mundo. El objetivo de asumir el papel que desempeñé fue para garantizar una vía abierta entre Casteel y tú. Pasé años viviendo una mentira, todo para que pudiera capturar a la Doncella y utilizarla para liberar a su hermano y recuperar parte de la tierra que nos habían robado. No tenía idea de lo que eras, ni siquiera de por qué eras la Doncella.

—Y que se casara conmigo te pareció una traición —conjeturé.

—En realidad, no —repuso, lo cual me sorprendió—. Todavía podía lograr su finalidad. Es probable que hubiera estado aún mejor posicionado para hacerlo contigo como su mujer y no como su cautiva.

—Entonces, ¿por qué? ¿Solo porque soy... porque tengo una gota de sangre divina dentro de mí?

—¿Una gota? —Jansen se rio—. Niña, sé lo que hiciste en ese templo. Tienes que darte más crédito.

Mi temperamento se avivó y le di la bienvenida, me aferré a la ira que sentía. Era mucho mejor compañía que la pena insondable.

—Hace años que no soy una *niña*, así que no me llames así.

—Mis disculpas. —Inclinó la cabeza—. Estaría dispuesto a apostar a que tienes mucho más que una gota. Tu linaje debe de haber permanecido muy limpio para que puedas exhibir ese tipo de habilidades divinas. —De repente, se movió y me agarró de la barbilla. Intenté soltarme, pero me sujetó con fuerza. Sus ojos oscuros escudriñaron mi rostro como si buscara algo—. Qué raro que no lo haya visto nunca antes. Debería haberlo visto.

Levanté la mano y lo agarré del antebrazo. Las esposas se apretaron en torno a mi muñeca a modo de advertencia.

—Quítame las manos de encima.

—¿O qué, Doncella? —Su sonrisa se amplió un pelín cuando mi ira se intensificó—. No hay nada que puedas hacerme que no acabe contigo haciéndote daño. Acabo de decir que siempre fuiste lista. No me hagas quedar como un mentiroso.

Una ira impotente espoleó la desesperación profundamente arraigada que sentía al no ser capaz de defenderme.

—¡Suéltame!

De repente, Jansen me soltó y se levantó. Echó un vistazo al montón de huesos que había a mi lado mientras yo aspiraba profundas bocanadas de aire. Mi corazón latía demasiado deprisa.

—Sabía que no sería sensato quedarme en Masadonia —explicó—. Así que me marché poco después que vosotros. Me encontré con Alastir en la carretera hacia Spessa's End. Fue entonces cuando me enteré de lo que eras.

Me clavé las uñas en las palmas de las manos.

—¿O sea que Alastir sabía lo que era?

—No cuando te vio por primera vez. —Le dio una patada a algo y lo hizo resbalar por el suelo polvoriento. Era la mano desmembrada. Se me revolvió el estómago—. Permanecí escondido hasta que fue el momento, y entonces adopté la identidad de Beckett.

—Te quedaste al margen cuando casi nos aniquilan los ejércitos de los Ascendidos. La gente estaba muriendo y ¿tú te limitaste a quedarte al margen? —Mi tono rezumaba desprecio.

Sus ojos volaron hacia los míos de nuevo.

—No soy un cobarde.

—Eso lo has dicho tú. —Mi sonrisa iba cargada de desdén—. No yo.

No se movió durante un buen rato.

—Contemplar cómo esos ejércitos caían sobre Spessa's End no fue fácil. Mantenerme escondido fue una de las cosas más difíciles que he hecho en la vida. Pero a diferencia de esas falsas guardianas, yo soy un Protector de Atlantia, un verdadero guardián de este mundo. Sabía que mi propósito era mucho mayor que la potencial caída de Spessa's End o incluso que la muerte de nuestro príncipe.

—¿Verdadero guardián? —Pensé en las mujeres que descendían de una larga estirpe de guerreras, mujeres que habían saltado del Adarve que rodeaba Spessa's End y habían blandido espadas de un modo mucho más intrépido de lo que le había visto hacerlo al comandante jamás. Solté otra carcajada ronca—. Eres pálido y patético, comparado con las guardianas.

El dolor que brotó en mi mejilla y por un lado de la cabeza fue la única advertencia de que Jansen se había movido, de que me había golpeado. Un sabor metálico llenó mi boca.

—Comprendo que las cosas deben de ser muy confusas y estresantes para ti —dijo, su tono estaba cargado de falsa simpatía mientras se ponía en pie y daba un paso atrás—. Pero si me insultas una sola vez más, no seré responsable de mis acciones.

Una sensación gélida y ardiente a la vez fluyó por mi piel. Mi mejilla palpitaba cuando giré la cabeza hacia él y lo miré a los ojos.

—Morirás —le prometí, y sonreí al ver el rubor de ira que tiñó sus mejillas—.Lo haré con mis propias manos, y será una muerte acorde a un *cobarde* como tú.

Se abalanzó sobre mí. Esta vez, la oscuridad llegó con un dolor atroz, del que no podía escapar por mucho que lo intentase.

Apreté los dientes contra la presión de las ataduras en torno a mi muñeca y deslicé la mano despacio hacia la izquierda sin quitarle el ojo a la lanza sobre el pecho del esqueleto. Sangre fresca goteó sobre la piedra, así que paré, con la respiración entrecortada.

Esperé, pues había aprendido que a cada centímetro que ganaba, las ataduras se aflojaban un poco. Aprender eso había sido un proceso arduo y lento.

Me concentré en aspirar bocanadas de aire profundas y tranquilas, y apoyé un lado de mi cabeza contra la pared mientras todo mi brazo palpitaba. No tenía ni idea de cuánto tiempo había transcurrido desde que perdí el conocimiento. Tenían que haber sido horas. Quizá más, visto que mis retortijones de hambre habían pasado de oleadas esporádicas a un intenso dolor sordo y constante en el estómago. Y tenía frío, hasta el último rincón de mi cuerpo estaba helado.

Mis ojos se deslizaron por encima de los ataúdes de piedra. ¿Por qué les habían concedido a ellos el honor de un lugar de descanso adecuado pero no a los otros que estaban contra las paredes? Esa era solo una de las preguntas que me hacía. Vale, no era ni de lejos la más importante, pero prefería pensar en eso antes que preguntarme por qué seguía viva.

Jansen había afirmado que yo era una amenaza. Y puede que lo que fuese que se había despertado en mí en el templo lo fuera. Tal vez yo *sí* fuese una amenaza. Pero entonces, ¿por qué mantenerme con vida? ¿O era esto lo que habían planeado desde el principio? Simplemente encerrarme en esta cripta y dejarme aquí tirada hasta que muriera de hambre y me convirtiese en nada más que otro polvoriento montón de huesos contra la pared.

El pánico me atenazó la garganta y cada vez me costaba más respirar, así que lo empujé bien hondo dentro de mí. No podía rendirme al miedo, que había formado una sombra acechante en el fondo de mi cabeza. Saldría de aquí, por mi cuenta o porque Casteel me encontrara.

Estaba segura de que debía de estar buscándome. Lo más probable era que hubiese empezado en el mismo momento en que se despertó. Y haría pedazos el reino entero si fuera necesario. Él me encontraría.

Iba a salir de aquí.

Aunque primero necesitaba un arma.

Me preparé otra vez para el dolor y estiré despacio el brazo. Mis dedos rozaron el polvoriento mango de la lanza. Mi emoción se avivó justo cuando las ataduras se apretaron más en torno a mi muñeca y se clavaron en mi piel. El dolor se intensificó…

En algún lugar de la oscuridad de la cripta se oyó piedra resbalar sobre piedra, así que interrumpí mi intento. Haciendo caso omiso de mi brazo palpitante, devolví la mano a mi regazo, donde se arremolinó la sangre fresca que luego empapó mi combinación. Clavé los ojos en las sombras, tratando de ver quién había llegado.

—Veo que por fin estás despierta.

Cerré los puños con fuerza al distinguir la voz de Alastir.

Un momento después, pasó por debajo del resplandor de una de las antorchas. Tenía el mismo aspecto que en el templo, excepto por que su túnica negra con bordados de oro no tenía mangas.

—Vine a verte antes, pero estabas dormida.

—Traidor hijo de puta —escupí.

Alastir se detuvo entre dos de las tumbas de piedra.

—Sé que estás enfadada. Tienes todo el derecho a estarlo. Jansen confesó que perdió los nervios y te pegó. Te pido perdón por ello. Pegar a alguien que no puede defenderse no es parte del juramento que hicimos.

—Me importa un bledo que me pegara —bufé, furiosa, mientras taladraba a Alastir con la mirada—. Lo que me importa es cómo has traicionado a Casteel. Cómo has participado en la muerte de tu propio sobrino nieto.

Alastir ladeó la cabeza y las sombras ocultaron la irregular cicatriz que surcaba su frente.

—Tú ves lo que he hecho como una traición. Yo lo veo como una necesidad engorrosa para garantizar la seguridad de Atlantia.

La furia ardía en mi pecho y en mi sangre.

—Como le dije a Jansen, solo me defendía. Solo defendí a Casteel, a Kieran y a Jasper. Y nunca hubiera…

—¿Nunca hubieras hecho lo que hiciste de no haber creído que esa reacción estaba justificada? —me interrumpió—. ¿Te viste forzada a emplear el poder que corre por tu sangre contra otras personas?

Mi pecho se hinchó y deshinchó de un modo exagerado.

—Sí.

—Hace mucho tiempo, cuando los dioses de nombres largo tiempo olvidados estaban despiertos y coexistían con los mortales, había normas que regían las acciones de esos mortales. Los dioses actuaban como sus protectores, los ayudaban en tiempos de crisis e incluso concedían favores a los más fieles —relató.

—No sabes lo poco que me importa esta clase de historia, aunque mi vida dependa de ella —espeté, indignada.

—Pero también actuaban como jueces, jurados y verdugos de los mortales si las acciones de estos eran consideradas ofensivas o injustificadas —continuó Alastir, como si yo no hubiese hablado—. El problema era que solo los dioses elegían qué era o no era un acto punible. Infinidad de mortales murieron a manos de esos dioses por ofensas tan nimias como causar la ira de un dios. Con el tiempo, los más jóvenes se rebelaron contra esos dioses, pero la tendencia a reaccionar sin pensar, a menudo alentados por la pasión o por otras emociones volátiles e impredecibles, y a reaccionar con violencia era un rasgo del que incluso los dioses caían presa, sobre todo los mayores. Por eso se fueron a dormir.

—Gracias por contármelo —repliqué—, pero sigues sin haber explicado por qué has traicionado al príncipe. Por qué has utilizado a Beckett para llevar a cabo esta treta.

—Hice lo que tenía que hacer porque la cualidad violenta de los dioses es algo que les transfirieron a sus hijos —declaró—. Las deidades eran aún más caóticas en sus pensamientos y acciones que sus predecesores. Algunos creían que se debía a la influencia mortal, pues los dioses anteriores habían coexistido con los mortales pero no vivido con ellos; permanecieron en Iliseeum, mientras que sus hijos vivían en el mundo mortal.

¿Iliseeum? ¿Tierras Umbrías? Todo esto sonaba a delirio y mi paciencia pendía ya de un hilo muy fino. Estaba *a puntito* de arriesgarme a perder una mano para agarrar esa lanza y tirársela al muy bastardo.

—No sé si fue por la influencia mortal o no, pero después de que los dioses decidieran irse a dormir, las deidades se volvieron…

—Demasiado poderosas y demasiado peligrosas —lo interrumpí—. Lo sé, ya he oído esa historia.

—Pero ¿te contó Jansen lo que hicieron para merecer ese final? Estoy seguro de que ya has deducido que todos los que están enterrados aquí fueron deidades. —Levantó los brazos para señalar hacia los sarcófagos y los cuerpos—. ¿Te contó por qué los elementales atlantianos se rebelaron contra ellos, igual que sus antepasados se habían rebelado contra los dioses originales? ¿Te contó el tipo de monstruos en los que se habían convertido?

—Estaba demasiado ocupado pegándome para llegar a ese punto —repuse en tono sarcástico—. O sea que no.

—Siento que debo disculparme por eso una vez más.

—Que te jodan —escupí. Odié su disculpa, la aparente sinceridad de sus palabras. Y las decía realmente en serio. No necesitaba mi habilidad para saberlo.

Arqueó las cejas, pero luego su expresión se suavizó.

—Las deidades construyeron Atlantia, pero casi la destruyeron con su avaricia y su sed de vida, su insaciable deseo de más. Siempre *más*. No tenían límites. Si querían algo, lo tomaban o lo creaban. A veces, para beneficiar al reino; de hecho, gran parte de la estructura interna que ves aquí existe gracias a ellos. Pero la mayoría de las veces, sus acciones los beneficiaban solo a ellos.

Lo que estaba diciendo me recordaba muchísimo a los Ascendidos, que gobernaban con sus propios deseos como punta de lanza de todos sus pensamientos.

—O sea que… —cavilé, con la vista fija en él—, ¿soy una amenaza de la que os tenéis que ocupar porque desciendo de una deidad que pudo tener o no problemas de control de ira? —Una risa estrangulada brotó de mis labios—. ¿Como si no tuviese ninguna autonomía y fuese solo un producto secundario de lo que sea que corra por mis venas?

—Puede que eso te suene increíble ahora, Penellaphe, pero acabas de iniciar el Sacrificio. Antes o después, empezarás a mostrar los mismos impulsos caóticos y violentos que ellos. Ahora eres peligrosa, pero con el tiempo te convertirás en algo distinto por completo. —Una imagen de la extraña mujer del pelo como luz de luna destelló ante mis ojos—. Peor aún, en lo más profundo de tu ser eres mortal, mucho más influenciable que un atlantiano o un *wolven*. Y debido a esa mortalidad, serás aún más propensa a tomar decisiones impulsivas.

La mujer se esfumó de mi cabeza mientras lo miraba, ceñuda.

—Estás equivocado. Los mortales son mucho más cautos y protectores con respecto a la vida.

Alastir arqueó una ceja.

—Aunque ese fuese el caso, desciendes de los nacidos de la carne y el fuego de los dioses más poderosos. Tus habilidades recuerdan de un modo sorprendente a las de aquellos que, cuando se enfadaban, podían volverse catastróficos en un santiamén; su temperamento era totalmente destructivo. Familias enteras fueron diezmadas porque alguno de sus miembros había ofendido a uno de ellos. Muchos pueblos fueron arrasados porque una persona había cometido un delito contra ellos. Pero todos pagaban el precio: hombres, mujeres y niños —me explicó, y la inquietud empezó a crecer bajo mi ira.

»Después empezaron a volverse unos contra otros, y se fueron eliminando a medida que luchaban por gobernar Atlantia. Y en el proceso, erradicaron linajes enteros. Cuando mataron a los descendientes de Saion, los *ceeren* se rebelaron contra las deidades responsables. No murieron porque hubieran caído en una depresión, ni su linaje tampoco se fue diluyendo tanto que al final se extinguieron. Los mató otra deidad. Muchos de esos linajes murieron a manos de una misma deidad, la que tanta gente creía que era diferente. —La ira tensó las arrugas alrededor de su boca—. Incluso yo lo creí durante un tiempo. ¿Cómo podía no creer que él era diferente? Después de todo, descendía del Rey de los Dioses. Él no podía ser como los otros.

—¿Malec? —aventuré. Alastir asintió.

—Pero mucha gente estaba equivocada. *Yo* estaba equivocado. Era el peor de todos ellos.

Me puse tensa al ver que se agachaba a mi lado. Se sentó en el suelo de piedra con un suspiro cansado, y apoyó un brazo en una rodilla flexionada mientras me miraba con atención.

—No mucha gente sabía de lo que era capaz Malec. Cómo eran sus poderes divinos. Cuando los utilizaba, dejaba muy pocos testigos. Pero yo sabía lo que podía hacer. La reina Eloana también lo sabía. Y el rey Valyn. —Sus fríos ojos azules se cruzaron con los míos—. Sus habilidades se parecían mucho a las tuyas.

Se me cortó la respiración.

—No.

—Podía sentir las emociones ajenas, como el linaje Empático. Se creía que esa estirpe provenía de la que dio origen a Malec, después de mezclarse con una estirpe cambiaformas. Había quien creía que esa era la razón de que los dioses favorecieran a los Empáticos. Que tenían más *eather* dentro que la mayoría —continuó.

»Malec podía curar heridas con su contacto, pero rara vez lo hacía porque no solo descendía del dios de la vida, sino que también descendía del dios de la muerte, Nyktos. El Rey de los Dioses es ambas cosas. Y las habilidades de Malec tenían un lado oscuro. Podía tomar las emociones y volverlas contra otros, como los Empáticos. Pero podía hacer muchísimas cosas más.

Todo esto era imposible.

—Podía imponer su voluntad a otras personas, romper y destrozar sus cuerpos sin tocarlos. Podía *convertirse* en muerte. —Alastir me sostuvo la mirada mientras yo sacudía la cabeza—. Me gustas. Sé que es posible que no lo creas y lo comprenderé si no lo haces, pero lo siento porque sé que Casteel te quiere de verdad. Al principio, no, pero ahora sé que vuestra relación es real y esto le va a doler, pero es la sangre que llevas dentro, Penellaphe. Desciendes de Nyktos. Llevas la sangre del rey Malec dentro de ti —me dijo, sin quitarme el ojo de encima—. Pertenezco a una larga sucesión de personas que hicieron un juramento para proteger Atlantia y sus secretos. Por eso quise romper mi vínculo con Malec, y es la razón por la que no puedo permitir que hagas lo que él casi consiguió.

Me costaba comprender del todo que llevara sangre de un dios en mi interior. Era obvio que no podía negar que no era solo medio atlantiana y medio mortal. Ninguna persona mestiza podría hacer lo que había hecho yo. Ni siquiera un atlantiano elemental era capaz de eso. Pero ¿descendiente de Nyktos? ¿Del rey Malec?

¿De la deidad que había creado a la primerísima Ascendida? Sus acciones habían conducido a miles de muertes, si no a más.

¿*Eso* era lo que había en mi sangre?

No podía creer lo que estaba diciendo Alastir. Sonaba tan imposible como lo que había dicho la duquesa de Teerman sobre que la reina de Solis era mi abuela. Eso era imposible. Los Ascendidos no podían tener hijos.

—¿Cómo puedo descender de Malec? —pregunté, aunque sonara quimérico.

—Malec tuvo muchas amantes, Penellaphe. Algunas eran mortales. Otras no —me explicó—. Y tuvo hijos con algunas de ellas, hijos desperdigados por todo el reino, algunos instalados en zonas muy al oeste de aquí. Es perfectamente factible. Hay muchos otros como tú, los que nunca llegaron a la edad del Sacrificio. Tú eres su descendiente.

—¿Otros que nunca llegaron…? —Dejé la frase a medio terminar cuando un horror totalmente nuevo empezó a cobrar forma en mi mente. Dios, ¿serían Alastir y Jansen, y quién sabía cuántos más, responsables de las muertes… de niños a lo largo de los siglos?

—Pero no es solo el linaje, Penellaphe. Nos advirtieron de tu existencia hace mucho tiempo. Estaba escrito en los huesos de tu tocaya antes de que los dioses se fueran a dormir —continuó Alastir.

Se me puso la carne de gallina.

—*Con la última sangre Elegida derramada, la gran conspiradora nacida de la carne y el fuego de los Primigenios se despertará como la Heraldo y la Portadora de Muerte y Destrucción a las tierras bendecidas por los dioses. Cuidado, porque el final vendrá del oeste para destruir el este y arrasar todo lo que hay entre medio.*

Lo miré en pasmado silencio.

—Eres la Elegida, nacida de la carne y el fuego de los dioses. Y vienes del este, a las tierras que han sido bendecidas por los dioses —recitó Alastir—. Tú eres a la que se refería tu tocaya en su advertencia.

—¿Estás… estás haciendo todo esto debido a mi linaje y a una *profecía*? —Una risa ronca brotó de mi interior. Tenía que haber cuentos de viejas sobre profecías y leyendas apocalípticas en todas las generaciones. No eran más que fábulas.

—No tienes por qué creerme, pero lo supe… creo que siempre lo supe. —Frunció el ceño al tiempo que sus ojos se entornaban un poco—. Lo percibí cuando te miré a los ojos por primera vez. Eran viejos. Primitivos. Vi la muerte en tus ojos, ya hace muchísimos años.

Mi corazón se atascó y luego aceleró.

—¿Qué?

—Ya nos habíamos visto. O bien eras demasiado pequeña para recordarlo o los acontecimientos de aquella noche fueron demasiado traumáticos —caviló Alastir, y hasta el último rincón de mi ser se puso al rojo vivo solo para congelarse al instante—. Cuando te vi en New Haven por primera vez, no me di cuenta de que eras tú. Pensé que me resultabas familiar y no hacía más que darle vueltas a esa idea. Era algo en tus ojos. Pero no fue hasta que dijiste los nombres de tus padres que supe exactamente quién eras. Coralena y Leopold. Cora y su *león*.

Me dio la sensación de que el suelo de la cripta se movía debajo de mí y di un respingo. Me quedé sin palabras.

—Te mentí —admitió en voz baja—. Cuando te dije que preguntaría si alguno de los otros los había conocido o quizás hubiese intentado ayudarlos a escapar hacia Atlantia. No pensaba preguntarle a nadie. No necesitaba hacerlo porque era yo.

Con el corazón desbocado, salí de mi estupor.

—¿Estuviste ahí esa noche? ¿La noche en la que los Demonios atacaron la posada?

Alastir asintió mientras las antorchas titilaban detrás de él.

Se formó una imagen de mi padre en mi mente, sus rasgos borrosos mientras no hacía más que echar miraditas por la ventana de la posada. Miraba y buscaba algo o a alguien. Más tarde esa noche, le había dicho a alguien que rondaba por las sombras de mi mente: *Esta es mi hija.*

No podía… respirar. Miré a Alastir. Su voz. Su risa. Siempre me habían sonado familiares. Había creído que me recordaban a Vikter. Pero había estado equivocada.

—Fui a su encuentro, para darles un salvoconducto —explicó, su voz cada vez más cansada.

Ella no lo sabe, le había dicho mi padre a esa sombra de mi recuerdo que nunca lograba recordar del todo. Las imágenes centelleaban trepidantes detrás de mis ojos, instantáneas de recuerdos, remembranzas que no estaba segura de si eran reales o fragmentos de pesadillas. Mi padre… su sonrisa había estado toda equivocada cuando miró hacia atrás. *Entendido*, había sido la respuesta de la voz fantasma. Ahora sabía a quién pertenecía esa voz.

—Tus padres no deberían haber compartido lo que sabían con nadie. —Alastir sacudió la cabeza con tristeza—. Y tenías razón al suponer que intentaban huir de Solis, alejarse del reino todo lo posible. Eso hacían. Ellos conocían la verdad. Pero ¿sabes qué, Penellaphe? Tu madre y tu padre siempre supieron exactamente lo que eran los Ascendidos.

Me eché atrás con brusquedad, apenas sentí el dolor en mis muñecas y en mis piernas.

—No.

—Sí —insistió, pero no había forma humana de que eso fuese verdad. Yo sabía que mis padres eran buenas personas. Lo *recordaba*. Unas buenas personas no se habrían quedado de brazos cruzados, sin hacer nada, si hubiesen sabido la verdad sobre los Ascendidos. Si hubiesen sabido lo que ocurría cuando se entregaba a los niños durante el Rito. Las buenas personas no se quedaban calladas. *No* eran cómplices de ese horror.

—Tu madre era una de las favoritas de la reina impostora, pero no era ninguna dama en espera destinada a Ascender. Era una doncella personal de la reina.

¿Doncella personal? Había algo en ese término que me sonaba. Entre el enmarañado caos de mi mente, vi… a unas mujeres que siempre estaban con la reina. Mujeres vestidas de negro que nunca hablaban y rondaban por los salones del palacio como sombras. De niña… me daban miedo. *Sí*. Ahora lo recordaba. ¿Cómo podía haberme olvidado de ellas?

—Sus doncellas eran su guardia personal. —Alastir frunció el ceño y la cicatriz de su frente se profundizó—. Casteel sabe bien que eran un tipo de pesadilla único.

Levanté una mano y me quedé paralizada. Casteel había sido prisionero de la reina durante cinco décadas, torturado y utilizado por ella y por otros. Lo habían liberado antes de que mi madre naciera, pero su hermano ocupó su lugar.

Pero mi madre, mi dulce, suave e impotente madre, no podía haber sido así. Si hubiese sido una de las guardias personales de la reina, pesadilla o no, habría estado entrenada para luchar. Habría…

Habría podido defenderse.

No lo entendía. No sabía si algo de todo esto era verdad. Pero sí sabía *una cosa*.

—Tú —murmuré. Todo mi cuerpo se tornó insensible mientras miraba al hombre con el que había trabado amistad.

En el que había confiado—. Fuiste tú. *Tú* los traicionaste, ¿verdad?

—No fui yo quien acabó con tu padre. No fui yo quien traicionó a tu madre —repuso—. Pero al final, da igual. Los hubiese matado de todos modos. Te hubiese matado a ti.

Una risa ronca surgió de mi interior mientras la ira y la incredulidad me retorcían las entrañas.

—Si no fuiste tú, entonces ¿quién fue? ¿Los Demonios?

—Hubo Demonios ahí aquella noche. Tú llevas sus cicatrices. Los condujeron directos hasta la puerta de la posada. —No parpadeó. Ni una sola vez—. *Él* los condujo hasta ahí. El Señor Oscuro.

—¡Eso es mentira! —grité—. Casteel no tuvo nada que ver con lo ocurrido.

—No he dicho que fuese Casteel. Sé que no fue él, aunque nunca vi la cara debajo de la capucha de la capa que llevaba cuando llegó a esa posada —contestó Alastir—. Había otras cosas en juego esa noche. Una oscuridad que se movía fuera de mi influencia. Yo estaba ahí para ayudar a tus padres. Eso es lo que hice entonces, pero cuando me dijeron lo que podías hacer, lo supe. *Supe* de quién provenías. Así que cuando la oscuridad llegó a esas puertas, la dejé pasar.

No sabía si lo creía, ni siquiera si importaba que mis padres hubiesen muerto a sus manos o no. En cualquier caso, había desempeñado un papel en la muerte de mis padres, y nos había dejado a Ian y a mí y a todos los demás que había ahí abandonados a nuestra suerte. Me había abandonado para que garras y dientes me hicieran trizas. Ese dolor. Esa noche. Me había atormentado toda la vida.

Alastir soltó un suspiro tembloroso.

—La dejé pasar y me marché, convencido de que la parte más sucia de mi trabajo estaba hecha. Pero sobreviviste, y aquí estamos.

—*Sí.* —La palabra retumbó desde mi interior como un gruñido que me hubiese sorprendido en cualquier otro momento—. Aquí estoy. ¿Y ahora qué? ¿Me vas a matar? ¿O me vas a dejar aquí para que me pudra?

—Ojalá fuese tan sencillo. —Se apoyó sobre una mano—. Y jamás te dejaría aquí para sufrir una muerte tan lenta. Eso es demasiado despiadado.

¿Acaso se oía?

—¿Y encadenarme con estos huesos y estas raíces no lo es? ¿Dejarnos abandonados a mi familia y a mí para que muriéramos no fue despiadado?

—Fue un mal necesario —declaró—. Pero no podemos simplemente matarte. Quizás antes de que llegaras, antes de que el *notam* primigenio arraigara… Pero ahora no. Los *wolven* te han visto. Te han sentido.

Clavé los ojos en él, suspicaz.

—¿Por qué no te transformaste como los otros? Por lo que decían el rey y la reina, daba la impresión de que no tenían ningún control sobre sus formas. Tenían que contestar a mi llamada.

—Se debe a que ya no puedo cambiar a mi forma lobuna. Cuando rompí mi juramento con el rey Malec, corté la conexión con mi lado *wolven*. Así que no pude sentir al *notam* primigenio.

Eso fue una inmensa sorpresa. No lo había sabido.

—Entonces, ¿sigues… siendo un *wolven*?

—Todavía tengo la esperanza de vida y la fuerza de un *wolven*, pero no puedo cambiar a mi verdadera forma. —Su expresión se nubló—. A veces, me da la sensación de que me falta una extremidad, porque soy incapaz de sentir el cambio. Pero lo que hice, lo hice muy consciente de las consecuencias. No muchos otros lo habrían hecho.

Dios mío, eso tenía que ser insoportable. Tenía que sentirse como… como me sentía yo cuando me obligaban a llevar el velo. Parte de mí estaba impresionada por la lealtad de Alastir a Atlantia y a la reina. Y eso decía mucho de su carácter; de quién era como hombre, como *wolven*, y lo que estaba dispuesto a hacer al servicio de su reino.

—Hiciste todo aquello, pero ¿no me vas a matar?

—Si te matara, te convertirías en mártir. Habría una revuelta, otra guerra, cuando la batalla real está al oeste de nosotros. —Se refería a Solis, a los Ascendidos—. Quiero evitar eso. Evitar que haya aún más problemas para nuestro reino. Y pronto, tú ya no serás nuestro problema.

—Si no vas a matarme ni a dejarme aquí para que muera, estoy un poco confundida acerca de lo que planeas hacer —mascullé.

—Les voy a dar a los Ascendidos lo que tan desesperados estaban por conservar —me aclaró—. Te voy a entregar a ellos.

CAPÍTULO 5

No podía haberlo oído bien. No había forma humana de que planeara hacer lo que había dicho.

—Nadie se dará ni cuenta hasta que sea demasiado tarde —sentenció—. Estarás fuera de su alcance, como todos los demás a los que han secuestrado los Ascendidos.

—Eso… ni siquiera tiene sentido —protesté, aturdida, cuando me di cuenta de que iba en serio.

—Ah, ¿no?

—¡No! —exclamé—. Por varias razones. Empezando por cómo piensas llevarme hasta ahí.

Alastir me sonrió y mi inquietud solo aumentó.

—Penellaphe, querida, ya no estás dentro de los Pilares de Atlantia. Estás en la Cripta de los Olvidados, en las entrañas de las montañas Skotos. Si alguien averigua alguna vez que estás aquí, no te encontrarán. Para entonces ya nos habremos marchado.

Se me heló hasta el alma a medida que aumentaba mi incredulidad.

—¿Cómo superaste a las guardianas?

—Las que no eran conscientes de nuestra presencia sintieron el beso de la sombra umbría.

—¿Y las que sí? —pregunté, aunque tenía la sensación de que ya sabía lo que les había pasado—. ¿Mataste a las guardianas?

—Hicimos lo que había que hacer.

—Santo cielo —susurré, tragándome el torbellino de ira y pánico que giraba en mi interior—. Ellas protegían Atlantia. Ellas…

—Ellas no eran las verdaderas guardianas de Atlantia —me cortó—. Si lo hubiesen sido, habrían acabado contigo en el momento en que apareciste.

Hice una mueca mientras obligaba a mi respiración a que siguiera pausada y regular.

—Aunque me entregues a ellos, ¿cómo no voy a ser un problema para Atlantia si me devuelves a la gente que planea utilizar mi sangre para crear más *vamprys*?

Quitó el peso de su mano y se sentó más erguido.

—¿Eso es lo que planean hacer?

—¿Qué más podrían planear? —exigí saber. De repente, recordé las palabras de la duquesa en Spessa's End. Había dicho que la reina Ileana estaría encantada de saber que me había casado con el príncipe. Que yo sería capaz de hacer lo que ella nunca pudo: destruir el reino desde dentro. Antes de dejar que esas palabras se mezclaran con lo que había dicho Alastir de que yo era una amenaza, las aparté a un lado. La duquesa de Teerman había dicho muchas mentiras antes de morir, empezando por que había sostenido que la reina Ileana, una *vampry* incapaz de tener hijos, era mi abuela. También había afirmado que Tawny había realizado la Ascensión usando la sangre del príncipe Malik. Eso tampoco me lo podía creer.

Alastir me miró en silencio durante un momento.

—Vamos, Penellaphe. ¿De verdad crees que los Ascendidos no tenían ni idea de que tenían a la descendiente de Nyktos en su poder durante casi diecinueve años? O más.

Ian.

Se me cortó la respiración. Se refería a Ian.

—Me dijeron que Ian había Ascendido.

—De eso no sé nada.

—Pero ¿crees que la reina Ileana y el rey Jalara sabían que somos descendientes de Nyktos? —Cuando no dijo nada, tuve que reprimir las ganas de lanzarme a su cuello—. De todos modos, ¿qué cambia saber eso?

—Podrían usarte para crear más *vamprys* —convino—. O bien, saben de lo que eres capaz. Saben lo que está escrito sobre ti y planean utilizarte contra Atlantia.

Se me hizo un nudo en el estómago. La idea de que me entregaran a los Ascendidos ya era bastante aterradora de por sí, pero que me utilizaran contra Atlantia, contra Casteel...

—Entonces, deja que te lo pregunte otra vez, ¿cómo puede no ser problema de Atlantia que ellos...? —Eché la cabeza atrás de repente. Chocó con la pared y abrí mucho los ojos—. Espera un minuto. Dijiste que muy pocas personas sabían lo que podía hacer Malec, y que mis habilidades son como las suyas. Podrían haber adivinado que Ian y yo teníamos sangre divina, pero ¿cómo averiguaron nuestro linaje? —Me incliné hacia delante todo lo que pude—. Estás trabajando con los Ascendidos, ¿verdad?

Apretó los labios.

—Algunos Ascendidos vivían ya cuando Malec gobernaba.

—Cuando Jalara se enfrentó a los atlantianos en Pompay, Malec ya no estaba en el trono —lo contradije—. No solo eso, sino que fue capaz de mantener a la inmensa mayoría de los atlantianos en la inopia con respecto a sus habilidades, a su ascendencia. Y, sin embargo, ¿algún Ascendido lo sabía? ¿Uno que logró sobrevivir a la guerra? Porque lo que es absolutamente seguro es que no fueron Jalara o Ileana. Ellos procedían de las islas Vodinas, donde estoy dispuesta a apostar que Ascendieron. —Mi labio se retorció de asco—. Dices que eres un verdadero Protector de Atlantia, pero has urdido planes con sus enemigos. Con la gente que ha tenido cautivos a tus dos príncipes. La gente que...

—Esto no tiene nada que ver con mi hija —se apresuró a decir, y yo apreté los labios—. Todo lo que he hecho, ha sido por la corona y por el reino.

¿La corona? Una frialdad espantosa se extendió dentro de mi pecho mientras mi mente daba tumbos de un descubrimiento al siguiente. Abrí la boca y luego la cerré, antes de hacer la pregunta cuya respuesta no estaba segura de querer saber.

—¿Qué? —preguntó Alastir—. No hay ninguna necesidad de jugar a ser callada ahora. Los dos sabemos que no eres así.

Mis hombros se tensaron cuando levanté la vista hacia él.

—¿Los padres de Casteel sabían que ibas a hacer esto? —Habían luchado contra los atacantes en el templo, pero podía haber sido una actuación—. ¿Lo sabían?

Alastir me estudió unos segundos.

—¿Acaso importa?

—Sí. —Sí que importaba.

—No saben nada —reconoció—. Tal vez hayan especulado con que nuestra... hermandad había vuelto a surgir, pero no han tenido nada que ver con esto. No les gustará lo que he hecho, pero creo que acabarán por comprender que era necesario. —Respiró hondo por la nariz y echó la cabeza hacia atrás—. Y si no lo hacen, entonces ellos también serán tratados como una amenaza.

Volví a abrir los ojos como platos.

—Estás... estás preparando un golpe de Estado.

Sus ojos volaron de vuelta a los míos.

—No. Estoy salvando Atlantia.

—¿Estás salvando Atlantia a base de trabajar con los Ascendidos, de poner a la gente del reino aún en más peligro y de derrocar, o hacerle algo peor, a la corona si no están de acuerdo con tus acciones? Eso se llama «golpe de Estado». Y también es traición.

—Solo si has jurado lealtad a las cabezas sobre las que reposa la corona —me contradijo—. Y no creo que la cosa llegue a eso. Tanto Eloana como Valyn saben que proteger Atlantia puede significar participar en unas cuantas empresas muy poco apetecibles.

—¿Y crees que Casteel aceptará todo esto? —pregunté—. ¿Que, cuando me entregues a los Ascendidos, se limitará a darse por vencido y a pasar página? ¿Que se casará con tu sobrina nieta después de que tu hija…? —Me callé antes de revelar lo que Shea había hecho en realidad. Guardar ese secreto no fue por su bien. Por todos los dioses, no. El deseo de ver su cara cuando se enterara de la verdad de lo que había hecho su hija ardía de un modo salvaje en mi interior, pero me callé por respeto a Casteel, por lo que él había tenido que hacer.

Alastir me miró, con la mandíbula apretada.

—Hubieses sido buena para Casteel, pero jamás habrías sido mi hija.

—¡Claro que no! —exclamé, mientras me clavaba las uñas en las palmas de las manos. Tardé unos momentos en poder confiar en mi lengua antes de volver a hablar—. Casteel me eligió a mí. No va a dar media vuelta y casarse con tu sobrina nieta ni con ningún otro miembro de la familia que puedas arrastrar ante él. Lo único que estás haciendo es poner en peligro su vida y el futuro de Atlantia. Porque vendrá a por mí.

Me miró con sus ojos pálidos.

—No creo que la cosa llegue a eso.

—Deliras si lo crees.

—No es que crea que vaya a renunciar a ti —dijo—. Es solo que no creo que tenga la oportunidad de montar un intento de rescate.

Todo mi cuerpo se bloqueó.

—Si le haces daño…

—No harás nada, Penellaphe. No estás en posición de hacer nada —señaló, y me tragué un grito de rabia y frustración—. Pero no tengo ningún plan para lastimar al príncipe. Y rezo a los dioses por que la cosa no acabe así.

—Entonces ¿qué...? —Ahí fue cuando se me ocurrió—. ¿Crees que los Ascendidos me van a matar? —Alastir no dijo nada—. *Sí* que deliras. —Eché la cabeza atrás y la apoyé contra la pared—. Los Ascendidos me necesitan. Necesitan sangre atlantiana.

—Dime, Penellaphe, ¿qué harás cuando estés en sus manos? En el momento en que te libres de esos huesos, los atacarás, ¿verdad? Matarás a todos los que puedas para liberarte y regresar con nuestro príncipe.

Tenía razón.

Mataría a todo el que se interpusiera entre Casteel y yo porque nos merecíamos estar juntos. Nos merecíamos un futuro, una oportunidad de explorar los secretos del otro. De amarnos. Nos merecíamos simplemente... *vivir*. Haría cualquier cosa por garantizar eso.

Alastir siguió observándome.

—¿Y qué crees que es la única cosa que valoran los Ascendidos por encima del poder? La supervivencia. Ellos no tendrán estos huesos para contenerte, y si creen que no pueden controlarte, si creen que eres un riesgo demasiado grande, acabarán contigo. Pero antes de que eso pase, supongo que tú te desharás de muchos de ellos.

Sentí náuseas y forcé a mis manos a relajarse.

—¿Matar dos pájaros de un tiro? —Alastir asintió—. Aunque tuvieses éxito, tu plan aún fracasará. ¿Crees que Casteel no sabrá que tú y todos los demás supuestos Protectores me habéis entregado a los Ascendidos? ¿Crees que los *wolven* no lo sabrán?

—Sigue habiendo un riesgo de que se produzca una revuelta —admitió—. Pero es un riesgo pequeño. Verás, les haremos creer que escapaste de tu cautiverio y caíste en manos de los Ascendidos. Nunca sabrán que nosotros te entregamos. Volverán su ira contra los Ascendidos, donde siempre debió estar. Matarán a todos los Ascendidos y todo el que los apoye caerá con ellos. Atlantia recuperará lo que nos pertenece. Volveremos a convertirnos en un gran reino.

Algo en su manera de hablar me indicó que percibiría orgullo y arrogancia en él si pudiera emplear mi don. También tenía la sensación de que percibiría una sed de *más*. No creí, ni por un segundo, que su única motivación fuese salvar a Atlantia. No cuando su plan hacía que el reino corriera aún más peligro. No cuando su plan era muy probable que lo beneficiara si sobrevivía a esto.

—Tengo una pregunta —dije, mientras mi estómago vacío gruñía. Alastir arqueó una ceja—. ¿Qué pasa contigo si Malik o Casteel se convierten en rey? ¿Seguirás siendo consejero?

—El consejero sería quienquiera que el rey o la reina eligieran. Por lo general, es un *wolven* vinculado o un aliado de confianza.

—En otras palabras, ¿no serías tú? —Cuando Alastir guardó silencio, supe que había dado en el clavo—. O sea que toda influencia que pudieras tener ahora sobre la corona, sobre Atlantia, ¿podría menguar o podrías incluso perderla?

Permaneció callado.

Y como Jasper era el portavoz de los *wolven*, ¿qué influencia tendría Alastir? ¿Y qué tipo de poder quería tener?

—¿A dónde quieres ir a parar, Penellaphe?

—Después de crecer entre los Regios y otros Ascendidos, aprendí desde muy temprana edad que toda amistad y todo conocido, toda fiesta o cena que daba una persona o a la que la invitaban, y todo matrimonio ordenado por el rey y la reina eran juegos de poder. Cada elección y decisión se basaba en cómo uno podía retener poder, o bien influir en él o aumentarlo. No creo que ese sea un rasgo exclusivo de los Ascendidos. Lo vi también entre los mortales adinerados. Lo vi entre los guardias reales. Dudo de que los *wolven* o los atlantianos sean diferentes.

—Algunos no lo son —confirmó Alastir.

—Crees que soy una amenaza debido a la sangre que llevo en mi interior y a lo que puedo hacer, pero ni siquiera me has dado una oportunidad de demostrar que no soy solo la suma de lo que hicieron mis antepasados. Puedes elegir juzgarme en función de lo que he hecho para defenderme a mí misma y a las personas que quiero, pero no me arrepiento de mis acciones —le informé—. Tal vez no puedas sentir el *notam* primigenio, pero si habías planeado que Casteel se casara con tu sobrina nieta para unir a los *wolven* y a los atlantianos, entonces no veo por qué no querrías apoyar nuestra unión. Por qué no querrías darle una oportunidad de fortalecer a la corona y a Atlantia. Pero eso no es todo lo que quieres, ¿verdad?

Abrió mucho las aletas de la nariz mientras seguía mirándome.

—El padre de Casteel quiere venganza, igual que tú. ¿Verdad? Por lo que le hicieron a tu hija. Pero Casteel no quiere la guerra y tú lo sabes. Está tratando de salvar vidas al mismo tiempo que gana tierras. Como lo hizo en Spessa's End.

Eso era lo que había planeado Casteel. Negociaría para recuperar tierras y para liberar al príncipe Malik. Yo encontraría a mi hermano y vería en qué se había convertido o no, y lidiaría con ello. El rey Jalara y la reina Ileana no conservarían el trono, ni siquiera si aceptaban todo lo que Casteel les pusiera delante. No podrían. Los mataría por las cosas a las que los habían sometido a él y a su hermano. Era curioso, pero esa idea ya no hacía que me retorciera con ningún tipo de conflicto moral. Todavía me costaba conciliar a la reina que había cuidado de mí después de la muerte de mis padres con la persona que había torturado a Casteel y a tantos más, pero ya había visto lo suficiente para saber que su trato hacia mí no bastaba para borrar los horrores que había infligido a otros.

No obstante, ahora, si Alastir se salía con la suya, ese plan jamás podría hacerse realidad.

—Lo que Casteel hizo con Spessa's End fue impresionante, pero no es suficiente —declaró Alastir; su voz era inexpresiva—. Incluso aunque pudiéramos reclamar más tierras, no sería suficiente. El rey Valyn y yo queremos ver pagar a Solis, no solo por nuestras pérdidas personales, sino por lo que los Ascendidos les han hecho a muchos de nuestros compatriotas.

—Eso es comprensible. —Saber en qué podría haberse convertido Ian ya era bastante duro, pero ¿Tawny también? Mi amiga, que era tan amable y estaba tan llena de vida y de amor... Si la habían convertido en una Ascendida, como había afirmado la duquesa de Teerman, sería difícil para mí no querer ver a Solis reducido a cenizas—. O sea que no apoyas el plan de Casteel. Quieres sangre, pero sobre todo quieres la influencia necesaria para obtener lo que deseas. Y ves que ese poder se te escapa entre los dedos aunque yo no haya hecho ni un solo movimiento para reclamar la corona.

—No importa si quieres la corona o no. Mientras vivas, es tuya. Te pertenece por nacimiento y los *wolven* se asegurarán de que así sea —afirmó, hablando de su gente como si ya no fuera uno de ellos. Quizá ya no se sintiera como uno de ellos... No lo sabía y no me importaba—. Igual que era de Casteel. No importa si detestas la responsabilidad tanto como la detesta el príncipe.

—Casteel no detesta la responsabilidad. Estoy segura de que ha hecho más por la gente de Atlantia en su vida de lo que has hecho tú desde que rompiste tu juramento hacia Malec —repliqué, furiosa—. Él solo...

—Se niega a creer que su hermano sea una causa perdida y, por tanto, se niega a asumir la responsabilidad del trono, cosa que hubiese sido lo mejor para Atlantia. —Un músculo se tensó en su mandíbula—. Así que a mí me corresponde hacer lo que es mejor para el reino.

—¿A ti? —Me reí—. Tú solo quieres lo que es mejor para ti mismo. Tus motivaciones no son altruistas. No eres distinto de ningún otro que tenga hambre de poder y sed de venganza. Y ¿sabes qué?

—¿Qué? —ladró, cuando su fachada de calma empezó a agrietarse.

—Este plan tuyo va a fracasar.

—¿Eso crees?

Asentí.

—Y no sobrevivirás. Si no te mato yo, lo hará Casteel. Va a acabar contigo. Y no te arrancará el corazón del pecho. Eso sería demasiado rápido e indoloro. Hará que tu muerte duela.

—No he hecho nada por lo que no esté dispuesto a aceptar las consecuencias —repuso, levantando la barbilla—. Si mi destino es morir, que así sea. Atlantia seguirá a salvo de ti.

Sus palabras me hubiesen perturbado de no haber visto la manera en que su boca se apretaba, o cómo tragó saliva. Entonces sonreí, igual que había hecho cuando le había sostenido la mirada al duque de Teerman. De repente, Alastir se puso de pie.

—Puede que mi plan fracase. Es posible. Sería un tonto si no tuviese eso en cuenta. Y lo he tenido. —Clavó los ojos en mí—. Pero si fracasa, no volverás a ser libre, Penellaphe. Prefiero que la guerra estalle entre mi gente que dejar que la corona repose sobre tu cabeza y que tu poder quede suelto sobre Atlantia.

🍃 🍃 🍃

En algún momento me trajeron comida, entregada por un hombre o una mujer con la máscara color bronce de un Descendente. Depositaron la bandeja justo a mi alcance y luego se apresuraron a retroceder sin decir una palabra. Eso hizo que me preguntara si estos *Protectores* habrían tenido algo que ver con el ataque al Rito. Casteel no había ordenado el ataque llevado a cabo en nombre del Señor Oscuro, pero había estado organizado y bien planificado de todos modos. Alguien había provocado un incendio para atraer a muchos de los guardias del Adarve, algo que Jansen podía haberse asegurado de que ocurriera.

Apreté los dientes mientras miraba el trozo de queso y el pedazo de pan envueltos en una tela floja al lado de un vaso de agua. Cuando Casteel se enterara de que no solo lo había traicionado Alastir, sino que también lo había hecho Jansen, su ira sería implacable.

¿Y su dolor?

Sería igualmente despiadado.

Pero ¿lo que sentía yo cuando pensaba en la implicación de Alastir la noche de la muerte de mis padres? La ira me abrasaba la piel. Él había estado ahí. Había ido a ayudar a mi familia y en cambio los había traicionado. Y ¿lo que había dicho acerca de que mis padres sabían la verdad sobre los Ascendidos? Era obvio que se habían enterado de la verdad y habían escapado. Eso no significaba que lo hubiesen sabido desde hacía años y se hubiesen quedado al margen sin hacer nada.

¿Y mi madre? ¿Una doncella personal? Si eso era verdad, ¿por qué no se defendió esa noche?

¿O sería solo que yo no recordaba que lo hubiera hecho?

Había tantas cosas que no lograba recordar de aquella noche, cosas que no podía descifrar como reales o como meras pesadillas. No podía creer que las hubiese olvidado. ¿Las había bloqueado porque me daban miedo? ¿Qué más había olvidado?

Fuera como fuere, no tenía ni idea de si las doncellas personales de la reina eran guardias o no. Y no creía que ninguna oscuridad, aparte de Alastir, estuviera implicada en lo de esa noche. Su retorcido sentido del honor y de la rectitud le impedía reconocer lo que había hecho. De algún modo, había conducido a esos Demonios hasta nosotros y luego había dejado que todos los que estaban en esa posada murieran. Todo porque yo tenía sangre de los dioses en mi interior.

Todo porque descendía del rey Malec.

Una parte de mí todavía no podía creer nada de eso, la vieja parte de mí que no había sido capaz de entender qué cosas de mí, aparte de tener un don que no me permitían usar y haber nacido envuelta en un velo, me hacían lo bastante especial como para ser la Elegida. Bendecida. La Doncella. Y esa parte de mí me recordaba a cuando era pequeña y solía esconderme detrás del trono de la reina Ileana, en lugar de volver a mi cuarto de noche porque la oscuridad me daba miedo. Era la misma parte que me había permitido pasar las tardes con mi hermano, fingiendo que mis padres estaban dando un paseo por el jardín, en lugar de desaparecidos para siempre. Me sentí increíblemente joven e ingenua.

Pero ya no era esa niña pequeña. Ya no era la joven Doncella. La sangre que llevaba explicaba los dones con los que había nacido y por qué me había convertido en la Doncella, cómo mi don había crecido y por qué mi piel relucía. También explicaba la incredulidad y la agonía que había percibido procedente de la reina Eloana. Ella había sabido exactamente de quién descendía, y debió de ponerla enferma saber que su hijo se había casado con la descendiente del hombre que la había traicionado una y otra vez y casi había destruido su reino en el proceso.

¿Cómo podía aceptarme nunca, ahora que sabía la verdad?

¿Podría Casteel volver a mirarme del mismo modo alguna vez?

Se me comprimió el pecho de manera dolorosa mientras miraba la comida. ¿Tendría siquiera la oportunidad de volver a ver a Casteel? Los segundos se convirtieron en minutos mientras trataba de evitar que mis pensamientos divagaran hacia lo que Alastir tenía planeado. No podía permitirme pensar demasiado en ello, ni imaginar el peor de los escenarios posibles dándole vueltas al tema en mi cabeza. Si lo hacía, el pánico que había estado reprimiendo tomaría el control.

No permitiría que el plan de Alastir saliese adelante. *No podía* permitirlo. Necesitaba escapar o pelear en cuanto tuviese ocasión de hacerlo, lo cual significaba que necesitaría todas mis fuerzas. Tenía que comer.

Alargué la mano con cuidado, partí un pedazo de queso y lo probé con cautela. Tenía poco sabor. El trozo de pan que probé a continuación estaba claramente rancio, pero me apresuré a comer ambas cosas y luego bebí el agua, tratando de no pensar en su sabor arenoso y en lo sucia que debía de estar.

Una vez que acabé, volví a prestar atención a la lanza. No podría esconderla, aunque por fin pudiese liberarla de manos de la pobre alma que yacía a mi lado. Pero si consiguiese romper la hoja, quizá tendría alguna oportunidad. Aspiré una bocanada de aire que me pareció extrañamente... pesada. Luego deslicé la mano con sumo cuidado hacia la lanza, pero me detuve de repente. No fue por las ataduras, que no se habían apretado.

Tragué saliva y mi corazón dio un traspié. Un dulzor extraño impregnaba el fondo de mi garganta y... me hormigueaban los labios. Los apreté con las puntas de los dedos y me dio la sensación de que no sentía la presión. Intenté tragar saliva otra vez, pero fue algo extraño, como si el funcionamiento de mi garganta se hubiese ralentizado.

La comida. El sabor *arenoso* del agua.

Oh, por todos los dioses.

Ese sabor dulzón. Las pociones somníferas que habían preparado los curanderos en Masadonia solían tener un regusto azucarado. Había una razón por la que siempre me negaba a beberlas, aunque apenas durmiera. Eran poderosas y te dejaban inconsciente del todo durante horas y horas. Te dejaban completamente impotente.

Me habían drogado.

Así era como planeaba trasladarme Alastir. Como planeaba entregarme a los Ascendidos. Cuando estuviera inconsciente, podría retirar las ataduras sin problema. Y cuando recuperara la conciencia…

Había muchas posibilidades de que estuviese otra vez en manos de los Ascendidos.

Y era probable que el plan de Alastir diera sus frutos porque yo jamás dejaría que los Ascendidos me utilizaran para *nada*.

Una intensa ira hacia ellos, y hacia mí misma, explotó en mi interior y luego enseguida dio paso al pánico mientras me tambaleaba contra la pared. Apenas noté el dolor de las ataduras al apretarse. Desesperada, alargué la mano hacia la lanza. Si pudiera llegar hasta esa hoja no estaría desarmada, a pesar de estas malditas ataduras de hueso y raíces. Intenté agarrarla, pero mi brazo se negaba a levantarse. Ya no parecía formar parte de mí. Mis piernas se volvieron de plomo, insensibles.

«No, no», susurré, pugnando con ese calor insidioso que se filtraba dentro de mis músculos, de mi piel.

Pero no sirvió de nada.

El entumecimiento se extendió por todo mi cuerpo, embotó mis párpados. Esta vez no sentí ningún dolor cuando la nada vino a mi encuentro. Simplemente me dormí, con la certeza de que despertaría en medio de una pesadilla.

CAPÍTULO 6

Unas luces parpadeantes destellaban en el techo de la cripta cuando abrí los ojos. Entreabrí los labios para aspirar profundas bocanadas de… aire fresco y limpio. Lo que veía no eran luces, ni el techo. Eran estrellas. Estaba al aire libre, no en la cripta.

—Maldita sea —masculló un hombre a mi derecha—. Está despierta.

Mi cuerpo reaccionó de inmediato al sonido de la voz. Me enderecé…

Noté una presión sobre todo mi ser, seguida de una oleada intensa y punzante. Mi mandíbula se apretó para reprimir el grito de dolor mientras levantaba la cabeza de una superficie plana y dura. Unos huesos de marfil entrelazados con gruesas raíces oscuras me cubrían desde el pecho hasta las rodillas.

—No pasa nada. No se va a soltar.

Mis ojos volaron en la dirección de la voz. El comandante Jansen estaba de pie a mi izquierda, una máscara de *wolven* plateada ocultaba su rostro. Giró el cuerpo hacia mí. Detrás de él, vi los restos medio derruidos de una pared de piedra bañada en luz de luna, y luego nada más que oscuridad más allá.

—¿Dónde estoy? —pregunté con voz rasposa.

Jansen ladeó la cabeza, sus ojos eran solo sombras tras las finas ranuras de la máscara.

—Estás en los restos de la ciudad de Irelone. Esto —añadió, mientras abría sus brazos a los lados— es lo que queda del antaño gran castillo de Bauer.

¿Irelone? El nombre me sonaba un poco. Mi mente tardó unos momentos en aclararse lo suficiente como para que los viejos mapas con su tinta descolorida, creados antes de la Guerra de los Dos Reyes, se formaran. Irelone… Sí, conocía el nombre. Había sido una ciudad portuaria al noreste de donde se alzaba Carsodonia ahora. La ciudad había caído antes que Pompay durante la guerra. Dios, eso significaba que…

Estaba en las Tierras Baldías.

Mi corazón atronaba en mi pecho. ¿Cuánto tiempo había estado dormida? ¿Horas o días? No conocía la ubicación de la Cripta de los Olvidados en las montañas Skotos. Por lo que sabía, las criptas podían haberse excavado en las laderas de las montañas, a medio día a caballo al norte de los límites de las Tierras Baldías.

Con la garganta seca, levanté solo la cabeza para mirar a mi alrededor. Había docenas de Protectores reunidos en el centro de lo que podía haber sido antaño el Gran Salón del castillo, y también por los bordes de la estructura en ruinas, todos ocultos tras relucientes máscaras de bronce. Era el tipo de imagen conjurada de las profundidades de las pesadillas más oscuras. ¿Estaría Alastir entre ellos?

En la oscuridad más allá de las ruinas, una única antorcha cobró vida.

—Han llegado —anunció un hombre enmascarado—. Los Ascendidos.

El aire se atascó en mi garganta cuando se prendieron más antorchas, que proyectaron un resplandor anaranjado sobre los montones de tierra y piedras caídas que se habían negado a albergar nueva vida en los cientos de años que habían transcurrido. Se formaron unas sombras, y oí el sonido de cascos y de ruedas sobre tierra compactada.

—Lo creas o no —Jansen se acercó y apoyó las manos en la piedra al inclinarse sobre mí—, no le desearía tu destino a nadie.

Mis ojos volaron hacia los suyos al tiempo que la ira impregnaba mis entrañas.

—Yo me preocuparía más por tu destino que por el mío.

Jansen me miró desde lo alto un momento y luego metió la mano en el bolsillo de sus pantalones.

—¿Sabes? —dijo, sacando la mano llena de tela—, cuando eras la Doncella, al menos sabías cuándo mantener la boca cerrada.

—Te voy a… —Me metió un trozo de tela en la boca y ató los extremos detrás de mi cabeza, lo cual silenció mis amenazas de un modo muy eficaz. Sentí náuseas por el sabor y el arrebato de impotencia.

Arqueó una ceja en mi dirección antes de apartarse de la losa de piedra. Su mano cayó sobre la empuñadura de una espada corta. Sus hombros se tensaron y deseé poder ver su expresión. Me dio la espalda mientras los otros desenvainaban sus espadas.

—Manteneos alerta —ladró—. Pero no ataquéis.

Los hombres enmascarados iban saliendo de mi campo de visión a medida que el crujido de las ruedas del carruaje cesaba. No podía permitirme pensar más allá del siguiente segundo, de ese mismo instante, mientras observaba las antorchas desplazarse hacia delante y luego clavarse en el suelo alrededor de los ruinosos restos del castillo de Bauer. Mi corazón latía con fuerza. No podía creer que estuviese sucediendo esto. Giré la cabeza hacia un lado con la esperanza de soltar las ataduras, pero no se movieron.

Me invadió el pánico cuando una sombra oscura se acercó a lo que quedaba de las escaleras y luego las subió despacio. Una figura envuelta en una capa negra y roja se alzaba en medio de las paredes medio derruidas. Dejé de moverme, aunque mi corazón continuó dando bandazos contra mi pecho.

Esto no podía estar sucediendo.

Dos manos pálidas levantaron la capucha de la capa y bajaron la tela para revelar a una mujer que no reconocí; tenía el pelo del color de la luz del sol, retirado de un rostro que era todo ángulos fríos. Empezó a andar, los tacones de sus zapatos repicaron sobre la piedra. No dedicó ni una sola mirada a los otros. Parecía que su presencia y sus espadas no le daban ningún miedo. Toda su concentración estaba puesta en mí, y me pregunté cómo cualquiera de los dos bandos podía estar en el mismo espacio que el otro. ¿Tan grande era la necesidad de deshacerse de mí que tenían estos supuestos Protectores y el deseo de poseerme que tenían los Ascendidos? ¿Y se contentarían los Ascendidos con llevarme con ellos sin intentar capturar a todos los atlantianos que se encontraban ahí, todos tan llenos de la sangre que tan desesperadamente anhelaban?

Por todos los dioses, una parte enferma de mí deseó que esto fuese una trampa. Que los Ascendidos se volvieran contra ellos. Les estaría tan bien empleado...

Me forcé a no mostrar reacción alguna cuando la Ascendida pasó por delante de mis piernas. Su labio hizo una mueca de asco mientras sus ojos se deslizaban por encima de las cadenas de huesos y raíces.

—¿Qué es esto? —preguntó con frialdad.

—Es para mantenerla... calmada —contestó Jansen desde algún sitio detrás de mí—. Tendréis que retirarlos. ¿Y la mordaza? Bueno, estaba siendo bastante maleducada. Os sugiero que se la mantengáis puesta todo el tiempo posible.

Bastardo, escupí en silencio. Observé a la Ascendida acercarse.

—Ahora parece bastante tranquila. —Me miró desde lo alto, y examinó mis cicatrices con ojos que engullían la noche. Soltó el aire despacio—. Es ella —le dijo a quienquiera que esperara en la oscuridad. Alargó una mano hacia mí y unos dedos fríos acariciaron mi frente. Di un respingo al sentir su contacto. Sus labios rojo sangre esbozaron una sonrisa—. Todo irá bien ahora, Doncella. Te llevaremos a casa. Adonde perteneces. Tu reina se va a poner muy…

Sin previo aviso, la Ascendida dio una sacudida hacia atrás y algo mojado y caliente roció mi cara y mi cuello. Bajó la mirada al mismo tiempo que yo, y tanto mis ojos como los suyos se abrieron como platos al ver la gruesa flecha clavada bien profundo en su pecho.

Retrajo los labios y dejó escapar un gruñido agudo que reveló unos colmillos afilados.

—¿Qué demon…?

Otra flecha atravesó su cabeza, destrozando huesos y tejidos. La imagen fue tan inesperada que ni siquiera oí los gritos al principio. Todo lo que podía hacer era mirar el lugar donde había estado la mujer, donde *había estado* su cabeza. De pronto, algo grande y blanco entró de un salto en mi campo de visión para derribar a un hombre enmascarado.

Delano.

Sentí tal alivio tan deprisa dentro de mí que pegué un grito, el sonido amortiguado por la mordaza. Habían venido. Me habían encontrado. Giré la cabeza todo lo que pude hacia un lado y hacia atrás para mirar lo más lejos que pude. Apareció otro *wolven* a la carrera, grande y oscuro. Pasó como una exhalación por el suelo en ruinas del castillo, con sus poderosos músculos en tensión cuando saltó por encima de una de las paredes medio derruidas. El lobuno desapareció en la noche, pero a continuación se oyó un chillido agudo. Había capturado a un Ascendido.

—*Poppy.*

Mi cabeza voló hacia la derecha y me estremecí al ver a Kieran. No se parecía en nada a la última vez que lo había visto, su piel era ahora de un cálido tono marrón contra el negro de su ropa. Hice ademán de tocarlo, pero el movimiento terminó en un bufido de dolor.

Con una maldición, agarró la mordaza y la sacó de mi boca mientras sus ojos pálidos me recorrían de arriba abajo.

—¿Estás muy malherida?

—No, no. —Me forcé a mantenerme quieta y traté de ignorar la sensación algodonosa que la mordaza había dejado en mi boca—. Son estas ataduras. Son...

—Los huesos de una deidad. —La repulsión retrajo sus labios, pero estiró la mano hacia el que se cernía justo por debajo de mi cuello—. Sé lo que son.

—Cuidado —le advertí—. Tienen espolones.

—No te preocupes por mí. Tú solo... no te muevas —me ordenó, tensando los músculos de sus brazos desnudos mientras tiraba con fuerza de la primera fila de ataduras.

Tenía un millar de preguntas a punto de estallar de mi interior, pero la más importante fue la primera en salir.

—¿Casteel?

—Ahora mismo está destripando a algún idiota con esa maldita máscara de Descendente —contestó, tirando de los huesos y de las raíces con ambas manos. Aunque eso sonaba muy grotesco, giré la cabeza hacia el otro lado para buscarlo con la mirada.

—Estate quieta, Poppy.

—Lo intento.

—Pues inténtalo con más ahínco —espetó Kieran, sus ojos entornados al ver mis muñecas casi en carne viva—. ¿Cuánto tiempo llevas con esto?

—No lo sé. No demasiado —dije. La mirada que me lanzó Kieran me indicó que sabía que no era así—. ¿Estáis todos bien? ¿Tu padre?

Asintió justo cuando un hombre corpulento surgió unos metros por detrás de Kieran, su pelo rubio recogido en un moño en la nuca. Un fogonazo de sorpresa corrió por mis venas cuando el hombre se giró hacia un lado para incrustar su espada en el pecho de un Descendente al tiempo que le arrancaba la máscara.

Era el padre de Casteel. Estaba aquí. Quizá fuese por el hambre o por el miedo residual de haber estado a escasos segundos de terminar en garras de los Ascendidos otra vez. Quizá, por todo lo que me había dicho Alastir. Pero fuera como fuere, las lágrimas treparon por mi garganta mientras miraba al rey Valyn. Estaba aquí, luchando para liberarme.

—Creo que mi padre está ahora mismo dando rienda suelta a su ira haciendo trizas a los Ascendidos junto con Naill y Emil —me dijo Kieran.

—Parece que el padre de Casteel está haciendo lo mismo. —Intenté seguir respirando a pesar del aluvión de sensaciones. No podía creer que Valyn estuviera aquí. Era muy peligroso para él estar tan lejos de Atlantia. Si alguno de los Ascendidos averiguaba que era él vestido todo de negro, se convertiría en su único objetivo. Tenía que ser consciente de los riesgos, pero aun así estaba aquí, ayudando a Casteel. Ayudándome *a mí*.

—No te haces una idea —repuso Kieran con una carcajada.

Aún tenía muchísimas preguntas, pero tenía que asegurarme de que Kieran supiera a qué se enfrentaban.

—No fue solo Alastir. No sé si él está aquí, pero el comandante Jansen sí. Lleva una máscara plateada de Descendente.

La mandíbula de Kieran se apretó y partió la atadura por la mitad. Los extremos cayeron hacia los lados.

—¿Reconociste a alguien más?

—No. —Mi corazón latía con fuerza—. Pero... Beckett... no fue él en el templo. Él... —Se me quebró la voz—. No fue él.

Kieran agarró la segunda fila de ataduras.

—Poppy...

—Beckett está muerto —le informé y sus ojos volaron hacia los míos. Se quedó paralizado—. Lo mataron, Kieran. No creo que lo tuviesen planeado, pero sucedió. Está muerto.

—Maldita sea —gruñó, aunque se puso en marcha de nuevo.

—Jansen adoptó la forma de Beckett. Fue él el que salió de Spessa's End con nosotros, no Beckett. Jansen lo reconoció todo. Y Alastir dijo que planeaba entregarme a los Ascendidos.

—Es evidente —repuso Kieran con tono irónico, al tiempo que rompía otra fila de huesos y raíces—. Menudo jodido idiota.

Me reí. Fue un sonido ronco y equivocado entre los gritos de dolor y los gruñidos furiosos. Me pareció igualmente equivocado, pero al mismo tiempo sorprendentemente maravilloso, que pudiera reír otra vez. Mi risa se diluyó cuando miré las cejas fruncidas de Kieran. Lo que dije a continuación salió como un susurro.

—Alastir dijo que desciendo de Nyktos. Que estoy emparentada con el rey Malec, y que él estaba presente la noche en que murieron mis padres. Fue… —Un movimiento más allá del hombro de Kieran llamó mi atención. Un hombre enmascarado corría hacia nosotros…

Antes de que pudiera dar un grito para avisar a Kieran, *él* estaba ahí, alto y tan oscuro como la noche que se extendía por las ruinas, con su pelo negro azulado agitado por el viento. Cada parte de mi ser concentró toda su atención en Casteel, cuya espada carmesí atravesó el estómago del Protector y se incrustó en la pared detrás de la figura enmascarada. Casteel giró en redondo y agarró el brazo de otro. Un retumbar ominoso escapó de su garganta mientras arrastraba al hombre hacia él. Con los labios retraídos y enseñando los dientes, inclinó la cabeza sobre el cuello del hombre y le desgarró la piel al incrustar la mano *a través* de su pecho. Levantó la cabeza y escupió un chorro de la sangre del Protector a la cara de su rival.

Casteel tiró el cuerpo al suelo y levantó la vista hacia otro hombre, con la boca empapada de sangre.

—¿Qué?

El hombre enmascarado dio medio vuelta y echó a correr.

Casteel era más rápido y lo alcanzó en un abrir y cerrar de ojos. Le incrustó el puño por la espalda y tiró hacia atrás con fuerza para arrancar algo blanco y cubierto de sangre y tejidos. Su columna. Santo cielo, era la *columna vertebral* del hombre.

Los ojos de Kieran se cruzaron con los míos.

—Está un poco enfadado.

—¿Un poco? —susurré.

—Vale. Está muy enfadado —se corrigió Kieran, a la vez que agarraba las ataduras que pasaban justo por debajo de mis pechos—. Se ha vuelto loco buscándote. Jamás lo había visto así. —Sus manos temblaban un poco cuando se cerraron sobre la cadena de huesos y raíces—. Jamás, Poppy.

—Yo… —Me interrumpí cuando Casteel se giró hacia donde yo estaba. Nuestros ojos se cruzaron, y Nyktos en persona podría haber aparecido ante mí, que no hubiese sido capaz de apartar la mirada de Casteel. Había tanta ira en sus ojos y en su expresión dura y determinada… Solo un fino halo de ámbar era visible, pero también vi alivio y algo tan potente, tan poderoso en su mirada, que no necesité ningún don para sentirlo.

El viento levantó los bordes de su capa mientras me miraba. Un guardia salió disparado desde la oscuridad, uno que llevaba el uniforme negro de la guardia del Adarve y había venido con los Ascendidos. Casteel pivotó en el sitio y lo agarró del cuello mientras clavaba su espada en el pecho del hombre.

—Lo amo —susurré. Kieran se detuvo un momento sobre mis piernas.

—¿Acabas de darte cuenta?

—No. —Mis ojos siguieron a Casteel mientras desenvainaba una daga de su cintura y la lanzaba hacia la noche. Un grito agudo casi instantáneo me indicó que había alcanzado su objetivo. Cada parte de mí vibraba con la necesidad de tocarlo, de sentir su piel debajo de la mía para borrar el recuerdo de cómo había sentido su piel la última vez que lo había tocado. Solté un suspiro tembloroso—. ¿Cómo me habéis encontrado?

—Casteel sabía que otros miembros de la guardia de la corona tenían que estar implicados —explicó Kieran—. Dejó muy claro que, si no averiguaba quién, empezaría a matarlos a todos.

Se me revolvió el estómago y mis ojos volaron hacia los de Kieran. No tuve que preguntar.

—Empleó su don de la coacción. Identificó a cuatro de ese modo, pero solo uno sabía algo en realidad —continuó—. Nos dijo dónde te retenían y lo que habían planeado. Llegamos a esas criptas solo unas horas después de que os marcharais, pero no salimos de ahí con las manos vacías.

Estaba demasiado esperanzada para preguntar siquiera, pero lo hice de todos modos.

—¿Alastir?

—Sí —confirmó, con una sonrisa salvaje.

Gracias a los dioses. Cerré los ojos un instante. Odiaba la traición que debía de sentir Casteel, pero al menos Alastir no estaba aquí fuera.

—¿Poppy? —Las manos de Kieran estaban sobre las últimas ataduras de hueso—. Voy a dar por sentado que aunque te pida con amabilidad que te quedes al margen de esta pelea, no me vas a escuchar, ¿verdad?

Me senté con cuidado. Esperaba sentir dolor, pero no encontré nada más que los dolores anteriores.

—¿Cuánto tiempo me han tenido?

Kieran abrió las aletas de la nariz.

—Seis días y ocho horas.

Seis días. Mi pecho se hinchó de golpe.

—Me mantuvieron encadenada a la pared de una cripta llena de restos de deidades. Me drogaron y planeaban entregarme a los Ascendidos —le dije—. No voy a quedarme al margen.

—Por supuesto que no. —Kieran suspiró.

La última atadura se rompió y Kieran la apartó a un lado. En cuanto se soltó, un intenso cosquilleo recorrió la parte de atrás de mi cabeza y bajó por mi columna, se extendió y siguió el camino de mis nervios. El centro de mi pecho se caldeó. Hasta ese momento, no me había dado cuenta de que el frío que sentía no se debía solo a la humedad de la cripta. También era por culpa de los huesos. Fue como si mi sangre volviera a inundar partes de mí que se habían entumecido. Aunque... no era sangre, ¿verdad? Era el... era el *eather*. Sin embargo, la sensación cosquillosa no era dolorosa en absoluto; era más como una oleada de liberación.

El centro de mi pecho empezó a zumbar, el sonido salió vibrante por mis labios. Mis sentidos se abrieron de par en par y se estiraron hacia fuera, conectaron con todos los que me rodeaban. Noté el sabor amargo y empapado de sudor del miedo, y el ardor ácido del odio. No intenté detenerlo. Dejé que el instinto, esa sabiduría primitiva que había despertado en las Cámaras de Nyktos, tomara el control. Columpié las piernas por el borde de la superficie elevada mientras Casteel derribaba a lo que parecía un Ascendido. Su padre luchaba a su lado. Me puse de pie y sentí una oleada de poder solo por ser capaz de levantarme después de que los huesos y las raíces me hubieran retenido tumbada durante tanto tiempo.

Kieran agarró una espada del suelo, frunció el ceño al mirarla, pero luego me la ofreció.

—Toma.

Negué con la cabeza al tiempo que daba un paso, mis piernas un poco temblorosas después de no haber sostenido mi peso durante tanto tiempo. El zumbido de mi pecho aumentó, el *eather* de mi sangre se intensificó mientras mantenía mis sentidos bien abiertos. Esta gente quería hacerme daño. Me *había hecho* daño. Y habían hecho daño a Casteel, a Kieran y a todos los demás. Habían matado a Beckett. Ninguno de ellos merecía vivir.

La periferia de mi visión se puso blanca y, en mi mente, las finas hebras de un blanco plateado brotaron de mi interior, crepitaron por el suelo y se reconectaron con las demás. Mi ira se unió a las emociones palpitantes que ahora inundaban mis sentidos. Respiré hondo, absorbí los sentimientos de todo el mundo, dejé que su odio, su miedo y su retorcido sentido de la justicia se filtraran en mi piel y se convirtieran en parte de mí. Esas emociones se entrelazaron con las cuerdas de mi mente. Lo absorbí todo y sentí la tormenta tóxica que vibraba en mi interior. No tendrían tiempo de arrepentirse de lo que habían hecho. Los iba a destruir a todos. Los iba a erradicar de...

En ese momento, las palabras de Alastir volvieron a mi memoria: *Ahora eres peligrosa, pero con el tiempo te convertirás en algo distinto por completo.*

La inquietud estalló en mi interior y dispersó las hebras plateadas de mi pensamiento. Estas personas se merecían todo lo que pudiera hacerles. Lo que Alastir había dicho no importaba. Si las mataba, no sería porque era incapaz de controlarme. Y tampoco sería porque fuera impredecible o caóticamente violenta, como se suponía que eran las deidades. Solo quería que saborearan sus emociones, que esa fealdad fuese lo último que sintieran en la vida. Deseaba eso más que...

Lo deseaba demasiado, cuando no debería desearlo en absoluto.

Yo no disfrutaba matando, ni siquiera a los Demonios. Matar era solo una dura realidad, una que no debería desearse ni disfrutarse.

Inquieta, aspiré una bocanada de aire seco e hice lo que siempre tenía que hacer cuando estaba en una multitud o en presencia de alguien que proyectaba sus emociones al espacio a su alrededor. Cerré mis sentidos y forcé a la red de luz plateada a salir de mi mente. El zumbido de mi pecho se apaciguó, pero mi mente no. Me había frenado a mí misma. Eso era todo lo que necesitaba saber para demostrar que lo que Alastir había dicho no era verdad. No era una entidad caótica y violenta incapaz de controlarme.

Kieran se acercó y orientó el cuerpo de modo que pudiera verme a mí y también todo lo que sucedía a nuestro alrededor. Desenganchó su capa.

—¿Estás bien?

—No soy un monstruo —susurré. Kieran se puso tenso.

—¿Qué?

Tragué saliva con esfuerzo y sacudí la cabeza.

—N… nada. Estoy… —Observé al rey Valyn acabar con otro hombre enmascarado. Su hijo y él luchaban con el mismo tipo de elegante fuerza brutal—. Estoy bien.

Kieran pasó la suave capa por encima de mis hombros. Me sobresalté.

—¿Estás segura?

—Sí. —Deslicé los ojos hacia los suyos mientras Kieran abrochaba el botón justo debajo de mi cuello. Fue entonces cuando me acordé de que no llevaba puesta más que la fina combinación ensangrentada. Kieran juntó ambos lados de la capa—. Gracias. Voy… a quedarme al margen de esta.

—Me gustaría dar gracias a los dioses —musitó Kieran—. Pero ahora sí que me tienes preocupado.

—Estoy bien. —Mis ojos siguieron a Casteel mientras giraba en redondo y arrancaba una espada de la mano de un Protector. La hoja cayó al suelo y Casteel echó su propia espada hacia atrás, preparado para asestar el golpe final. La luz de la luna centelleó sobre la máscara del hombre. Una máscara plateada.

Jansen.

—¡Casteel, para! —grité. Se detuvo a medio golpe, el pecho agitado con sus respiraciones jadeantes. Apuntó a Jansen con su espada. Más tarde, me maravillaría por el hecho de que Casteel hubiese parado sin dudarlo ni un momento. Sin hacer preguntas. Fui hacia él—. Le hice una promesa.

—Creía que te ibas a quedar al margen —comentó Kieran, que venía a mi lado.

—Así es —confirmé—. Pero esto es diferente.

Casteel se puso tenso al oír mis palabras y se abalanzó hacia el hombre, tan deprisa que pensé que le iba a asestar el golpe final de todos modos. Pero no lo hizo. En vez de eso, agarró la parte de delante de la máscara plateada y la arrancó de su rostro.

—Hijo de puta. —Tiró la máscara al suelo.

Los ojos de Jansen saltaron de Casteel a su padre.

—Ella va…

—Cierra la jodida boca —espetó Casteel, mientras daba un paso a un lado.

Avancé hacia él, la piedra era fría debajo de mis pies desnudos. Kieran me seguía de cerca. Cuando pasé por al lado de Casteel, puso la empuñadura de su espada en la palma de mi mano y sus labios ensangrentados tocaron mi mejilla.

—Poppy —murmuró, y el sonido de su voz taladró un pequeño agujero en el muro que había construido en torno a mi don. Todo lo que Casteel sentía en ese momento me llegó de golpe. La acidez ardiente de la ira, la refrescante sensación silvestre de su alivio y la calidez de todo lo que sentía por mí. Y dado lo que había vivido antes, la amargura del miedo y el pánico.

Me estremecí, sin quitarle los ojos de encima a Jansen.

—Estoy bien.

Casteel me apretó la mano que ahora sujetaba su espada.

—Nada de esto está bien.

Tenía razón.

No lo estaba.

Pero sabía lo que lo mejoraría un poco, estuviera bien o mal.

Me solté de Casteel.

—¿Qué te había prometido? —le pregunté a Jansen.

El comandante de la guardia, caído, alargó la mano hacia su espada, pero yo fui más rápida y le apunté con la mía. Con un ruido gutural, se tambaleó hacia atrás y se le doblaron las rodillas. Me fulminó con la mirada y cerró las manos sobre la hoja, como si de verdad pudiera impedir lo que estaba a punto de ocurrir.

—Te dije que sería yo quien te iba a matar. —Empujé despacio la espada dentro de su pecho, y sonreí cuando sentí que sus huesos se rompían bajo la presión de la hoja cuando esta se topó con tejidos más blandos. Brotaron burbujas sanguinolentas por la comisura de su boca—. Y mantengo mis promesas.

—Igual que yo —masculló Jansen con voz rasposa, y la vida se fue apagando en sus ojos mientras sus manos resbalaban de la hoja, la piel de las palmas y los dedos rajada por los bordes afilados.

¿Igual que yo?

Sin previo aviso, algo me empujó hacia atrás con tal fuerza que un dolor ardiente afloró en mi pecho. Perdí el agarre de la espada. El movimiento fue tan repentino, tan intenso, que durante un momento no sentí nada, como si me hubiese desangrado de algún modo. El tiempo se paró para mí, pero la gente seguía moviéndose, y vi un destello de Jasper que saltaba sobre la espalda de un Protector y cerraba las fauces sobre el cuello del hombre enmascarado. Algo cayó de la mano del hombre. Un arco… una ballesta.

Despacio, bajé la vista. Rojo. Tantísimo rojo por todas partes. Un virote sobresalía de mi pecho.

CAPÍTULO 7

Aturdida, levanté la vista, mis ojos se cruzaron con los de Casteel. Apenas había ámbar visible en ellos cuando un tipo de horror que no había visto jamás se iba instalando en su rostro. Su conmoción reventó mis muros protectores e inundó mis sentidos.

Abrí la boca y sentí un horrible sabor metálico en el fondo de la garganta. Un líquido viscoso burbujeaba con cada respiración que intentaba, rebosaba por mis labios.

—Casteel…

Un intenso dolor brotó por todo mi cuerpo, apabullante y total. La agonía llegaba ola tras ola, acortaba cada inspiración. Jamás había sentido nada igual. Ni siquiera la noche de la posada. Todos mis sentidos se bloquearon e inutilizaron mi don. No podía sentir nada más allá de la atroz agonía que incendiaba mi pecho, mis pulmones y cada terminación nerviosa.

Oh, santo cielo, ese tipo de dolor trajo consigo un terror tan afilado como una navaja. La certeza de que no podía escapar. Me sentía resbaladiza y mojada y fría *por dentro*. Aspiré una bocanada de aire para agarrar el virote. O intentarlo. El aire que inspiré hizo que me atragantara, y el poco que logró superar mi garganta chisporroteó y burbujeó en mi pecho. Mis dedos resbalaron sobre la suave superficie del virote de heliotropo, y mis piernas… ellas simplemente *desaparecieron*. O eso me pareció. Mis rodillas cedieron.

Unos brazos me atraparon a media caída y, por un instante, el aroma a pino y a especias exóticas superó al olor ferroso de la sangre que bombeaba a través de la herida. Levanté la cabeza.

—Te tengo. No pasa nada. Te tengo. —Unos ojos ambarinos dilatados y muy abiertos me miraron… desorbitados. Su mirada estaba *desquiciada* cuando echó un rápido vistazo a mi pecho—. Te vas a poner bien —me dijo, cuando sus ojos volvieron a enfocarse en mi cara.

No me sentía bien. Oh, por todos los dioses, no me sentía bien en absoluto.

Un movimiento removió el aire cuando Kieran apareció a nuestro lado; su piel, que solía ser tostada, ahora era muy muy pálida. Puso una mano sobre la base del virote en un intento por cortar la hemorragia.

Su mero contacto fue una tortura. Me retorcí y traté de apartarme de él.

—Du… *duele*.

—Lo sé. Lo siento. Sé que duele. —Casteel miró a Kieran—. ¿Logras ver si entró muy profundo?

—No veo la sierra del virote —dijo, mirando más allá de mi hombro. Me estremecí, consciente de que algunos eran como los astiles serrados de algunas de las flechas que yo misma había disparado, creados para causar el máximo daño posible—. La sangre, Cas. Es demasiada.

—Lo sé —masculló Casteel cuando el sonido de un gruñido y una tarascada, seguido de un ruido carnoso y mojado, sonó desde algún sitio detrás de nosotros y bloqueó lo que dijo después.

Kieran agarró mi hombro izquierdo y todo mi cuerpo sufrió un espasmo de dolor. Grité. O tal vez haya sido solo una exclamación. Algo mojado y caliente salpicó mis labios, y esa era mala señal. Mis ojos como platos saltaron de Casteel a Kieran. Sabía que esto era malo. Lo sentía. Sentía el virote y no podía respirar hondo y… y no sentía las yemas de los dedos.

—Lo siento. Procuro mantener tu cuerpo estable para que no movamos el proyectil. Lo siento. Lo siento, Poppy —decía Kieran una y otra vez. Siguió diciendo lo mismo, y yo quería que parara porque sonaba demasiado consternado, demasiado alterado. Y él nunca se alteraba. Sonaba como si él ya supiera lo que mi cuerpo trataba de decirme.

Casteel empezó a moverse y yo intenté hacerme un ovillo, darle la espalda al dolor, utilizar mis piernas. Pero… mi pulso trastabilló y mis ojos dieron vueltas en sus cuencas, frenéticos, mientras el pánico revoloteaba por mi interior.

—No… no siento… las piernas.

—Lo voy a arreglar, te lo prometo. Voy a arreglar todo esto —juró Casteel y, por encima de su hombro, contemplé el cielo nocturno, cada estrella brillante como un diamante que iba desapareciendo.

Casteel se arrodilló y me bajó al suelo despacio. Colocó mi cuerpo de modo que su pecho acunara mi lado derecho.

—¿Es muy grave? —El padre de Casteel apareció detrás de él; sus facciones familiares eran muy serias cuando me miró con los ojos abiertos de par en par.

—No podemos sacarlo —dijo Casteel.

—No —confirmó Kieran; su voz era espesa y pesada, y algo tensa.

Las nubes que habían ocultado las estrellas eran negras como el carbón. La mano de Kieran resbaló sobre mi pecho y se apresuró a recolocar la palma. Esta vez, no dolió tanto.

—Cas, tío…

—No ha llegado al corazón —lo interrumpió Casteel—. No estaría… —Su voz se quebró de nuevo y di un respingo. Me obligué a mirarlo; su piel había perdido el color por completo—. No ha llegado al corazón.

—Cas...

Casteel sacudió la cabeza mientras me acariciaba la mejilla. Limpió la zona de debajo de mi boca.

—Puedo darle sangre...

—*Cas* —repitió Kieran. El rey Valyn puso su mano sobre el hombro de su hijo.

—Te vas a poner bien —me dijo otra vez—. Voy a quitarte el dolor. Te lo prometo. —La mano que tenía sobre mi barbilla tembló, y Casteel... rara vez temblaba, pero ahora se estremeció todo su cuerpo—. Te lo prometo, Poppy.

Quería tocarlo, pero mis brazos parecían inmovilizados e inútiles. El aire que me forcé a aspirar fue mojado y escaso.

—Ya no... no me duele... tanto.

—Eso está bien. —Me sonrió... o al menos lo intentó—. No intentes hablar, ¿vale? Voy a darte algo de sangre...

—Hijo —empezó su padre—. No puedes. Y aunque pudieras...

Casteel enseñó los dientes y se quitó de encima a su padre.

—Déjanos en paz, maldita sea.

—Lo siento —susurró el rey Valyn. Y entonces llegó Jasper. Gruñó y lanzó mordiscos al aire para obligar a retroceder al padre de Casteel. Un relámpago cruzó el cielo—. No quería que te sucediera esto. A ninguno de los dos. Lo siento...

—Cas —dijo Kieran con voz rasposa, suplicante ahora.

Casteel se mordió la muñeca, desgarró la piel y enseguida brotó sangre, de un rojo intenso. Y mientras contemplaba los zigzagueantes relámpagos plateados que surcaban el cielo, me di cuenta de que ya no sentía dolor en absoluto. Mi cuerpo estaba entumecido y...

—*Frío*. Tengo... frío otra vez.

—Lo sé. —La sangre fresca manchaba los labios y la barbilla de Casteel. Bajó la muñeca hacia mi boca al tiempo que recolocaba mi cabeza de modo que descansara en el pliegue de su codo—. Bebe, princesa. Bebe para mí.

Su sangre tocó mis labios, caliente y exuberante. Llegó a la parte de atrás de mi garganta, pero no podía saborearla, no podía tragarla. Había tanto líquido ahí dentro, ya que el pánico se había extendido por todo mi ser.

—Cas...

—¿Qué? —bramó.

—Escúchame. Por favor, Cas. Escúchame. No le ha llegado al corazón. —Kieran se inclinó hacia delante, agarró el cuello de Casteel por detrás—. Mira la sangre. El virote perforó una arteria y al menos un pulmón. Lo sabes.

Un intenso fogonazo de luz explotó por encima de las ruinas y me cegó por un momento, seguido de un sonoro trueno. Varias piedras se agrietaron. Alguien chilló. Oí un grito. El suelo de piedra se estremeció cuando la cosa contra la que había impactado el relámpago, fuese lo que fuere, se cayó.

—*No. No. No.* Abre los ojos —imploró Casteel. ¿Los había cerrado?—. Vamos. No hagas esto. No me hagas esto. *Por favor*. Abre los ojos. Por favor, Poppy. Bebe. —Se encorvó por encima de mí, apretó la muñeca contra mi boca—. Por favor, Poppy, bebe.

Los rasgos de Casteel volvieron a unirse ante mis ojos, pero los veía borrosos, como si las líneas y los ángulos se hubiesen fusionado. Parpadeé deprisa para tratar de aclararme la vista.

—Ahí estás —exclamó. Su pecho subía y bajaba demasiado deprisa—. Quédate conmigo. ¿Vale? Mantén los ojos abiertos. Quédate conmigo.

Quería hacerlo. Por los dioses, quería hacerlo más que nada en el mundo, pero estaba cansada. Soñolienta. Se lo dije en un susurro. Al menos, eso pensé. No estaba segura, pero tampoco importaba. Me concentré en su cara, en el mechón de pelo oscuro, en las cejas arqueadas y expresivas. Me empapé de sus espesas pestañas y de sus pómulos altos y angulosos. Estudié cada centímetro de sus despampanantes facciones, desde la contundente curva de su mandíbula hasta su preciosa boca carnosa, y me los grabé en la memoria. Porque sabía... sabía que cuando mis ojos se cerraran de nuevo, no volverían a abrirse. Quería recordar su rostro cuando el mundo se oscureciera. Quería recordar lo que sentía al estar entre sus brazos, al oír su voz y sentir su boca sobre la mía. Quería recordar la manera en que sonreía cuando yo lo amenazaba, y cómo sus ojos se iluminaban y calentaban siempre que lo desafiaba. Quería recordar el orgullo que percibía en él cada vez que yo silenciaba a los que me rodeaban con palabras o con armas. Quería recordar cómo tocaba mis cicatrices con veneración, como si no fuese digno de ellas, de mí.

Otro relámpago recorrió el cielo por encima de nuestras cabezas, impactó contra el suelo y cargó el aire de electricidad estática. Trozos de piedra volaron por los aires. El padre de Casteel gritó algo y oí un coro de aullidos procedente de todas partes a nuestro alrededor. Pero seguí concentrada en Casteel. Tenía los ojos brillantes, las pestañas mojadas.

Estaba llorando.

Casteel estaba *llorando*.

Las lágrimas surcaban sus mejillas y creaban caminos centelleantes en la sangre seca mientras rodaban y rodaban... y supe... que me estaba muriendo. Casteel también lo sabía. Tenía que saberlo. Había tantas cosas que quería decirle, tantas cosas que quería hacer con él y tantas cosas que cambiar... El futuro de su hermano. El de Ian. El de la gente de Atlantia y de Solis. *Nuestro* futuro. ¿Alguna vez le había dado las gracias por haber visto más allá del velo? ¿O por no obligarme nunca a que me mantuviera al margen? ¿Le había dicho alguna vez cuánto había cambiado mi vida, lo mucho que eso había significado para mí, incluso cuando creía que lo odiaba... incluso cuando *quería* odiarlo? Creía haberlo hecho, pero no me parecía suficiente. Y había más. Quería un último beso. Una última sonrisa. Quería ver sus estúpidos hoyuelos otra vez y quería besarlos. Quería demostrarle que era digno de mí, de amor y de vida, sin importar lo que hubiese sucedido en su pasado ni lo que hubiese hecho. Pero, oh, santo cielo, no había tiempo suficiente.

Me abrí paso a través del pánico y de la sensación cada vez más mortecina de estarme ahogando, la sensación de que nada de aquello parecía real. Mis labios se movieron. Hice que se movieran, pero no salió ningún sonido.

Casteel... *se derrumbó.*

Echó la cabeza atrás y rugió. *Rugió,* y el sonido reverberó por todas partes a nuestro alrededor, a través de mí. Debajo de mí, la piedra se agrietó y se rajó. Unas gruesas raíces hebrosas brotaron por la raja, del color de la ceniza. Kieran cayó sentado cuando las raíces cubrieron mis piernas, la espalda de Casteel. Creció un árbol. Creció rapidísimo. Otro relámpago desgarró el cielo de nuevo, y otro y otro. Convirtieron la noche en día a medida que una corteza gruesa y centelleante crecía muy arriba y formaba cientos de ramas. Brotaron diminutos capullos dorados a lo largo de todas las ramas. Se abrieron y se desenroscaron para dar lugar a hojas de color rojo sangre.

Casteel bajó la cabeza de golpe, con sus ojos salvajes y desorbitados, como habían estado la mañana en que se despertó de la pesadilla. Agarró una de las raíces cuando cayó encima de mi estómago. La miró durante un momento antes de romperla y tirarla a un lado.

—No puedo dejarte marchar. No lo haré. Ahora no. Nunca lo haré. —Deslizó la mano sobre mi mejilla, pero apenas la sentí—. Kieran, necesito que extraigas el virote. Yo... no puedo... —Se le quebró la voz—. Te necesito. No puedo hacer eso.

—¿Vas a...? —Kieran se balanceó hacia delante—. Joder. Sí. Vale. —Se abrió paso entre las raíces—. Hagámoslo.

—¿Hacer... qué?

Kieran agarró el virote.

—Que los santos dioses nos perdonen —musitó—. Tienes que ser rápido. Dispondrás solo de unos segundos si tienes suerte, y luego...

—Luego lidiaré con lo que venga a continuación —declaró Casteel con firmeza.

—No —lo contradijo Kieran—. *Lidiaremos* con lo que venga a continuación. Juntos.

—¡Casteel, para! —aulló su padre—. ¡Lo siento, pero no puedes hacer eso! —Oí pánico. Había tanto pánico en su voz que inundó el aire—. Sabes lo que pasará. No lo permitiré. Puedes odiarme durante el resto de tu vida, pero no permitiré que lo hagas. ¡Guardias, apresadlo!

—Aléjalos de mí —gruñó Casteel—. Aléjalos a todos de nosotros o juro por los dioses que les arrancaré el corazón del pecho. Y no me importará si ese corazón pertenece a la persona que me dio la vida. No me detendrás.

—¡Mira a tu alrededor! —gritó su padre—. Los dioses nos están hablando ahora mismo. No puedes hacer eso...

—Los dioses tampoco me detendrán —juró Casteel.

El atronador retumbar sacudió el suelo, pero esta vez fue más rápido y más fuerte. Se oyó un coro de aullidos y gimoteos entre trueno y trueno. Hubo... *gritos*. Agudos chillidos de dolor, y gruñidos graves y roncos. Jasper entró acechante en mi línea de visión. Se agachó de modo que quedó sobre mis piernas, de pie entre Kieran y Casteel. Capté un atisbo de pelo blanco que daba vueltas y vueltas. Los sonidos que hacían los *wolven*, la intensidad y el lamento de sus aullidos, atormentaban cada bocanada de aire demasiado superficial, demasiado corta, que lograba aspirar.

—No se va a acercar nadie a nosotros. —Kieran avanzó un poco—. Si lo hacen, no estarán en pie mucho tiempo.

—Bien —dijo Casteel—. Después, no voy a ser de mucha... —Un velo de oscuridad se deslizó sobre mí y noté como si empezara a caer. La imagen de Casteel se difuminó y luego volvió—. Puede que ella esté diferente... Prométeme que la mantendrás a salvo.

—Me aseguraré de que *los dos* estéis a salvo —le respondió Kieran.

Lo siguiente que oí fue la voz de Casteel.

—Mírame —me ordenó, y giró mi cabeza hacia la suya. Mis párpados pesaban demasiado—. Mantén los ojos abiertos y mírame.

Abrí los ojos en respuesta a su petición y... y no pude apartar la mirada mientras sus pupilas se contraían.

—Sigue mirándome, Poppy, y escucha. —Su voz sonaba suave y profunda, y estaba por *todas partes*, alrededor de mí y dentro de mí. Todo lo que pude hacer fue obedecer—. Te amo, Penellaphe. *A ti.* Tu corazón fiero, tu inteligencia y tu fuerza. Amo tu infinita amabilidad. Amo cómo me aceptas. Tu comprensión. Estoy enamorado de ti, y seguiré estándolo cuando respire mi último aliento y luego más allá en el Valle. —Casteel inclinó la cabeza y apretó los labios sobre los míos. Algo mojado rebotó contra mi mejilla—. Pero no tengo intención de entrar en el Valle pronto. Y *no* estoy dispuesto a perderte. *Jamás.* Te amo, princesa, y aunque me odies por lo que estoy a punto de hacer, pasaré el resto de nuestras vidas compensándotelo. —Se echó atrás y soltó el aire con fuerza—. ¡Ahora!

Kieran arrancó el virote de mi cuerpo y eso... *eso* alanceó el frío entumecimiento que había envuelto todo mi ser. Mi cuerpo entero se sacudió, y siguió sacudiéndose y sufriendo espasmos. Una intensa presión se cerró sobre mi cráneo, mi pecho, se expandía y se retorcía...

Casteel actuó a la velocidad del rayo. Echó mi cabeza atrás y hundió los colmillos en mi cuello. Sentí una oleada de confusión. ¿Acaso no había perdido ya suficiente sangre? Mis pensamientos eran turbios y lo que estaba haciendo Casteel tardó en cobrar sentido. Estaba...

Oh, por todos los dioses, me iba a Ascender.

Un terror atroz clavó sus garras en mí. No quería morir, pero tampoco quería convertirme en algo inhumano. Fría y violenta y sin alma. Porque eso era lo que les faltaba a los Ascendidos, ¿verdad? Por eso no podía sentir nada procedente de ellos. No tenían alma para alimentar sus emociones. Eran incapaces de sentir siquiera los sentimientos más básicos. No quería...

Un dolor atroz desperdigó todos mis pensamientos, y agitó mi corazón ya vacilante de por sí. El dolor de su mordisco no se alivió cuando cerró la boca sobre la herida. No fue sustituido por ese tirón lánguido y sensual cuando Casteel succionó mi sangre. No se fue acumulando ningún calor glorioso y seductor. Había solo fuego en mi piel y dentro de mí, quemaba a través de cada célula. Era muchísimo peor que cuando estuve atrapada en el carruaje con lord Chaney, pero ahora no podía luchar ni defenderme. No funcionaba nada. No podía apartarme del dolor. Era demasiado, y el grito al que no lograba dar voz rebotó contra mi cráneo y explotó en el cielo en relámpagos plateados que cruzaban de una nube a otra y se estrellaban contra las ruinas del castillo y por todas partes a su alrededor. El mundo entero dio la impresión de estremecerse al tiempo que las hojas carmesíes empezaron a caer del árbol, sobre los hombros de Casteel, y tapizaron la espalda de Kieran y se asentaron sobre el pelaje plateado de Jasper.

Mi corazón... titubeó. Lo sentí. Oh, por los dioses, sentí cómo se saltaba un latido, luego dos, y después cómo intentaba mantener el ritmo demasiado despacio, cómo intentaba reiniciarse. Y entonces falló. Todo en mí quedó agarrotado. Mis pulmones. Mis músculos. Cada órgano. Mis ojos se quedaron abiertos, mi mirada fija mientras mi cuerpo entero se esforzaba por respirar, por tener un alivio, y entonces... la muerte llegó de un modo muy dulce y me tragó entera. Me ahogué en sus especias oscuras y exuberantes.

CAPÍTULO 8

No había nada de luz, ni color, y floté ahí dentro durante un rato, inconexa, vacía y fría. No pensé. No sentí. Solo existí en la nada…

Hasta que vi una mota de luz plateada que parecía lejísimos de mí. La iluminación parpadeó y, con cada latido, se expandió. Unos zarcillos efímeros se filtraron desde la periferia, se estiraron por el vacío. Poco a poco, me deslicé hacia ella.

El sonido volvió sin previo aviso. Una voz tan grave y poderosa que me encontró en la nada me agarró de modo que dejé de resbalar hacia la luz plateada. La voz me mantuvo cautiva.

—Bebe. Sigue bebiendo —me ordenó—. Eso es. Sigue tragando. Bebe, princesa, bebe por mí…

Las palabras se repitieron una y otra vez durante lo que me pareció una eternidad antes de por fin irse apagando, y me encontré otra vez en medio de la quietud. Ahora no había ninguna luz plateada. Nada más que una oscuridad cálida y vacía con un dulce y reconfortante aroma a… lilas.

Me quedé ahí hasta que unos destellos de color mate me rodearon. Rojos. Plateados. Dorados. Giraron y se fundieron y me deslicé entre ellos, retrocedí a través de las noches, de los años, hasta que era pequeña e impotente, y estaba de pie delante de mi padre.

Podía verlo con claridad, su pelo rojizo como el cobre a la luz del farolillo. Su mandíbula cuadrada cubierta de varios días de barba. Nariz recta. Ojos del color de los pinos.

—*Vaya florecilla más bonita. Vaya amapola más bonita.* —*Papá se inclinó hacia mí, me dio un beso en la coronilla*—. *Te quiero más que a todas las estrellas en el cielo.*

—*Te quiero más que a todos los peces en los mares.*

—*Esa es mi chica.* —*Las manos de papá temblaron sobre mis mejillas*—. *¿Cora?*

Mamá se adelantó, con su tez pálida.

—*Deberías haber sabido que encontraría una manera de bajar aquí.* —*Miró hacia atrás*—. *¿Confías en él?*

—*Sí* —*dijo papá, mientras mamá tomaba mi mano en la suya*—. *Nos va a llevar a lugar seguro…*

El viento rugió como un trueno a través de la posada, procedía de un lugar irreal. Se oyeron unas voces que no provenían de papá y mamá, sino de arriba, de algún lugar más allá del torbellino de colores al otro extremo de la nada.

—¿Quién queda? —Me llegó una voz masculina, la misma que me había encontrado cuando iba a la deriva hacia la luz plateada, pero ahora sonaba ronca y tenue, cansada y debilitada.

—Solo nosotros —repuso otra voz grave, tensa—. No tenemos que preocuparnos por los guardias. Creo que Jasper decidió que sería mejor si ya… no existiesen.

—¿Mi padre?

—No será un problema de momento. —Hubo una pausa—. No lograremos llegar a la Cala, pero hay… —Se esfumó de mi vista unos instantes—. Tendrá que valer, por si acaso ella… ¿Crees que puedes moverte?

No hubo respuesta durante un buen rato.

—No… no lo sé.

Caí de nuevo, resbalé a través de los años otra vez.

—*Quédate con tu mamá, cariño.* —*Papá me tocó las mejillas, apartó mi atención de las voces*—. *Quédate con ella y encuentra a tu hermano. Volveré a por vosotros pronto.*

Papá se levantó y se giró hacia la puerta, hacia el hombre que esperaba ahí, observando por la pequeña grieta entre los paneles.

—¿*Lo ves?*

El hombre de la puerta, cuyo pelo me recordaba a las playas del mar Stroud, asintió.

—*Sabe que estáis aquí.*

—*Sabe que ella está aquí.*

—*Sea como fuere, los está conduciendo hacia aquí. Si consiguen entrar…*

—*No vamos a dejar que eso ocurra* —*dijo papá. Alargó la mano hacia la empuñadura de una espada*—. *No pueden llevársela. No podemos dejar que eso ocurra.*

—*No* —*afirmó el hombre con suavidad. Se giró hacia mí para mirarme con unos extraños ojos azules*—. *No dejaré que ocurra.*

—*Ven, Poppy.* —*Mamá tiró de mi mano…*

La voz tiró de mí, más allá de los colores y la nada.

—No sé lo que pasará a partir de ahora. —Él sonaba más cerca, pero incluso más cansado que la última vez que su voz había llegado hasta mí. Cada palabra parecía requerir un esfuerzo que empezaba a ser incapaz de realizar—. Respira. Su corazón late. Así que vivirá.

—Eso es lo único que importa —dijo la otra voz, menos tensa—. Tienes que alimentarte.

—Estoy bien…

—Y una mierda. Apenas pudiste montarte en tu caballo y mantenerte sobre él. Has perdido demasiada sangre —protestó el otro—. Se va a despertar en algún momento y sabes lo que pasará. No serás capaz de cuidar de ella. ¿Te gustaría que Naill o Emil te alimentaran, o prefieres que luego alimenten a…?

—Naill —ladró—. Trae a Naill, maldita sea.

Se oyó una risa áspera y me perdí otra vez en la nada, solo para oír un rato después:

—Descansad. Yo os cuidaré a los dos.

Me perdí de nuevo, pero esta vez fue diferente. Dormía, dormía profundamente, un sueño en el que solo me llegaban fragmentos de palabras. Pero en ese lugar… me percaté de que tenía partes. Un cuerpo. Noté algo cálido y húmedo sobre mi frente, mi mejilla. Era suave. Un paño. Pasó por encima de mis labios y por debajo de ellos, por el lado de mi cuello y entre mis pechos. Desapareció y entonces hubo sonido. Agua que goteaba, y luego volvió el paño, se deslizó por mis brazos desnudos y entre mis dedos. El roce era agradable. Me arrulló, me permitió sumirme otra vez en el sueño profundo y caer una vez más.

Volvía a ser esa niña, aferrada al brazo ensangrentado de mi madre. *Habían logrado entrar, justo como había advertido el hombre. Los gritos… Había muchísimos gritos, y los chillidos de esas cosas al otro lado de la ventana. La arañaban, trataban de hincar sus garras en ella…*

—*Tienes que soltarme, cariño. Tienes que esconderte, Poppy…* —*Mamá se quedó muy quieta y luego soltó su brazo de un tirón.*

Mamá metió la mano en una de las botas de piel de cabrito que me gustaba ponerme para fingir que era mayor. Sacó algo, algo negro como la noche y fino y afilado. Se movió muy deprisa, más deprisa de lo que la había visto moverse jamás. Giró en redondo mientras se levantaba, con la pica negra en la mano.

—*¿Cómo pudiste?* —*exigió saber mamá, mientras yo me escabullía hasta el borde del armario.*

Y entonces estaba por encima de los colores y en la nada una vez más, pero no estaba sola.

Había una mujer ahí, su pelo largo flotaba a su alrededor, tan pálido que parecía hecho de luz de luna. Sus rasgos me resultaban familiares. La había visto otra vez en mi mente cuando estábamos en el templo. Pero ahora pensé que se parecía un poco a mí. Tenía pecas sobre el puente de la nariz y en las mejillas. Sus ojos eran del color de la hierba besada por el rocío, pero detrás de las pupilas había una luz. Un resplandor blanquecino con una pátina plateada que irradiaba hacia fuera y fracturaba el intenso verde.

Sus labios se movieron y habló. Sus pestañas bajaron y una lágrima cayó del borde de uno de sus ojos, una lágrima rojo sangre. Sus palabras me provocaron un fogonazo de sorpresa gélida, pero entonces se fue. Y yo también.

Una especie de hormigueo fue la primera sensación de la que fui consciente. Empezó en mis pies y luego subió por mis pantorrillas para extenderse por el resto de mi cuerpo. A continuación llegó el calor. Me invadió la fiebre y secó mi ya de por sí estropajosa garganta. Sedienta. Estaba *muerta de sed*. Intenté abrir la boca, pero daba la impresión de que tenía los labios sellados.

Enrosqué los dedos de los pies y al principio no me gustó la sensación. Hizo que el resto de mi piel adquiriera conciencia de la manta que me cubría, del colchón debajo de mí. Mi piel parecía demasiado sensible, la tela demasiado áspera.

Tenía tantísima sed…

Mis dedos se movieron sobre mi estómago desnudo. La piel parecía áspera y rugosa. Me concentré en mi boca, desesperada por que mis labios se separaran. Si pudiera abrirlos, podría pedir… agua. No. No quería agua. Quería otra cosa.

No tenía sed. Tenía… hambre. Estaba *muerta de hambre*. Forcé a mis labios a separarse y una respiración superficial logró abrirse paso. Había olores. Pino fresco. Algo silvestre. Mi piel empezó a hormiguear y a ponerse tensa, lo cual la volvió aún más sensible. Mis oídos vibraban con el sonido. El susurro de una brisa. Un ventilador que giraba perezoso. El sonido era agradable, pero me sentía hueca, como si fuera solo un agujero.

Tenía muchísima hambre.

Tenía un hambre *voraz*. El interior de mi boca palpitaba, y dentro de mí daba la impresión de que se estaba secando todo, de que se estaba marchitando, volviendo quebradizo. Se me agarrotaron los músculos mientras forcejeaba para abrir los ojos. Parecía que estaban cosidos, pero tenía hambre y necesitaba abrirlos. Pasó lo que me pareció una eternidad antes de que consiguiera separar las pestañas.

Veía todo borroso, una mezcolanza turbia de sombras y parches de luz. Parpadeé varias veces, medio temerosa de que mis ojos se negaran a abrirse otra vez, pero lo hicieron. Se me aclaró la vista. Una luz suave procedente de una lámpara de gas fluía por unas paredes grises y una silla vieja y ajada…

Una silla que no estaba vacía.

Había un hombre encorvado sobre ella, con su piel de un tono marrón claro y su pelo oscuro cortado muy corto. Se frotó los ojos y una sensación extraña arraigó en mi pecho, una sensación a la que me intenté agarrar. Pero fuera lo que fuere, no hacía más que escapar entre mis dedos. Estaba demasiado hambrienta como para concentrarme. Necesitaba…

El hombre suspiró y mis músculos se tensaron. Encogí las piernas y el dolor de la boca de mi estómago y en mi pecho creció y creció. Se me cerró la garganta y mi corazón empezó a aporrear contra mis costillas cuando el hambre se apoderó de mí. No fui consciente de que me estaba moviendo, de que me había sentado, hasta que el pelo cayó por encima de mis hombros e hizo que se me pusiera la carne de gallina. El hombre bajó la mano.

La sorpresa salpicó su rostro y mi piel acalorada como una lluvia gélida. Remetí las piernas debajo de mí, en tensión.

Se inclinó hacia delante. Apretaba tanto los reposabrazos de la silla que sus tendones se abultaron y sus venas…

—Todavía puedo sentir tu *notam*.

Sus palabras no importaban. El hambre alanceó mi pecho, bajé la barbilla y retraje los labios. Todo mi ser se centró en su cuello, en donde hubiera jurado ver cómo palpitaba su pulso.

—Mierda —susurró, al tiempo que se levantaba.

Salí disparada de la cama y me abalancé sobre él, que se tambaleó hacia atrás y me agarró por las muñecas. Sus corvas golpearon contra la silla. Desequilibrado, cayó de vuelta en el asiento y yo con él. Trepé a la silla, obsesionada con llegar hasta su cuello.

—Dios. Eres rápida. Y muy fuerte —gruñó. Le temblaban los brazos por el esfuerzo de mantenerme a distancia. Unos mechones de pelo color cobre cayeron por delante de mi cara cuando levanté la cabeza. El hombre soltó una exclamación ahogada, sus ojos azules muy abiertos—. Maldita sea.

Me abalancé otra vez sobre él. La silla gimió bajo nuestro peso combinado. Uno de sus reposabrazos cedió y me lancé a por su cuello, con la boca bien abierta, el estómago retorcido…

Un brazo se cerró en torno a mi cintura para retenerme. Otro se cerró por delante de mi pecho. Tiraron de mí hacia atrás, contra una piel dura y cálida. Sentí una corriente estática durante el contacto, lo cual me sobresaltó. Esa sensación… ese olor a pino y a especias. Un sonido ansioso y gimoteante brotó de mi garganta mientras estiraba los brazos hacia delante y trataba de agarrar al hombre, que se levantó de la silla de un salto, la túnica negra arrugada y manchada de… algo. ¿Sangre? Mi sangre. Lo miré con atención. Sentí que no era mortal. Era algo *diferente*. Algo que me pertenecía.

—No lo quieres a él. —Una voz danzó sobre mi oreja—. Él no será tan sabroso. Me quieres a mí.

—En cualquier otra situación —comentó el hombre de los ojos invernales—, quizá me ofendería.

El hambre arañaba mis entrañas. La desesperación bullía en mi piel. Estaba hambrienta y dolorida. Me dolía *todo*. La piel, los huesos, los músculos. El pelo. Un sonido grave y vibrante brotó de lo más profundo de mi ser para, por fin, formar una palabra áspera y gutural.

—*Duele*.

—Lo sé. Tienes hambre. Pero no puedes comerte a Kieran. Eso me pondría un poco triste.

No me importaba lo más mínimo si lo ponía triste. Di un fuerte cabezazo hacia atrás contra su mandíbula. Soltó un quejido gutural, pero no aflojó los brazos. Más bien los apretó.

—Cuidado —dijo el que se llamaba Kieran—. Es fuerte.

—La tengo bien sujeta —masculló, mientras me apretaba con energía contra su pecho—. Creo que deberías poner algo de distancia entre ella y tú.

El otro no se movió, pero el que me sujetaba recolocó un brazo, pasando la muñeca por encima de mi hombro. Un olor llenó el aire. Se me aceleró el corazón y me quedé muy quieta. Respiré hondo. Olía *fenomenal*, exuberante y delicioso. El hambre atroz se intensificó.

—Sus ojos —dijo el otro, mientras el que me sujetaba bajaba el brazo, su muñeca. Su muñeca sangrante—. No son negros. Siguen siendo verdes.

El hombre se puso rígido contra mí.

—*¿Qué?*

Me olvidé por completo del hombre que tenía delante, agarré el brazo del que me sujetaba y ataqué. Cerré la boca sobre las dos heridas abiertas y succioné con fuerza. El hombre dio un respingo y soltó una exclamación.

—*Santo cielo*.

El primer sorbo de su sangre fue una sorpresa para mis sentidos: ácido y dulce. La sangre bajó por mi garganta, caliente y espesa. Cayó en la oquedad de mi pecho, en el agujero vacío de mi estómago, y alivió el dolor. Gemí de placer y me estremecí cuando el agarrotamiento de mis músculos empezó a aligerarse. Las sombras teñidas de rojo en mi mente empezaron a difuminarse y fragmentos de pensamiento comenzaron a cortar a través del hambre. Pedazos de...

Una mano se cerró debajo de mi mandíbula, apartó mi mano de su muñeca.

—¡No! —grité, asustada. El hambre dolorosa cobró vida de nuevo. Necesitaba... necesitaba *más*.

—Mírame.

Forcejeé contra su agarre, me retorcí entre sus brazos, pero el tipo era *fuerte*. Me obligó a girar la cabeza.

—*Para*. —Su aliento danzó sobre mis labios y algo en sus palabras sonó diferente, más suave, más profundo. Retumbó en mi interior—. Deja de forcejear conmigo y abre los ojos, Penellaphe.

Su voz atravesó el hambre como había hecho antes, cuando iba a la deriva en la oscuridad. Mi respiración se apaciguó y mi cuerpo obedeció su orden. Unos ojos ambarinos miraron los míos, brillantes y salpicados de motas doradas. No podía apartar la mirada. Ni siquiera podía moverme mientras una aflicción cortante inundaba todo mi ser.

—*Poppy* —susurró, esos extraños ojos chispeantes centellearon humedecidos—. No has Ascendido.

Sabía que sus palabras deberían tener sentido. Una lejana y fragmentada parte de mí sabía que debería entender lo que decía. Pero no lograba pensar más allá del hambre, no podía concentrarme en nada más.

—No lo entiendo —musitó el otro hombre—. Incluso con la sangre de los dioses dentro de ella, seguía siendo mortal.

El que me sujetaba retiró la mano de mi barbilla y tocó mis labios. El impulso de darle un bocado en el dedo me recorrió de arriba abajo, pero no podía luchar contra él. La manera en que me sujetaba no lo permitiría. Levantó con suavidad mi labio superior.

—No tiene colmillos —dijo. Sus ojos volvieron a los míos a toda velocidad. Sentí… que la acidez de su confusión daba paso a la sensación silvestre y terrosa del alivio—. Sé lo que es esto. Es sed de sangre. Está experimentando sed de sangre, pero no Ascendió. Por eso sientes todavía el *notam* primigenio.

—Deslizó el dedo por mi labio y se estremeció—. Aliméntate —susurró. Y me soltó.

Unas ataduras que no podía ver ni sentir me abandonaron. Podía moverme. El hombre levantó la muñeca otra vez y me enganché a ella. Mi boca se cerró otra vez sobre su herida. La sangre no fluía con la misma alegría que antes, pero di sorbos profundos de todos modos. Lo absorbí a mi interior.

—Cuidado —advirtió el otro… el *wolven*—. Has dado mucha sangre, pero no has ingerido la suficiente ni de lejos.

—Estoy bien. Deberías marcharte.

—Eso no va a pasar —gruñó el lobuno—. Podría hacerte daño.

El que me alimentaba soltó una risa áspera.

—¿No deberías estar más preocupado por el bienestar de ella ahora?

—Estoy preocupado por los dos.

El hombre suspiró.

—Esto podría ponerse… intenso.

Hubo un breve momento de silencio.

—Ya lo es.

Algo en lo que dijo el *wolven* y en la voz pastosa con la que habló el que me alimentaba debería haberme preocupado. Y lo hizo, un poco. No estaba segura de por qué, pero volvía a estar perdida en el que me sujetaba, en su sabor y su esencia. Apenas lo sentí moverse. Se sentó y me abrazó con fuerza en su regazo, me acurrucó contra su pecho mientras mantenía la muñeca contra mi boca. Todo lo que importaba era su sangre. Era un despertar. Un *regalo* que cobraba vida en mis venas, que llenaba ese vacío una vez más y llegaba hasta la oscuridad de mi mente. La gruesa película de oscuridad que había ahí se agrietó y fueron entrando diminutos trocitos de *mí*.

Sus dedos rozaron mi mejilla, atraparon varios mechones de mi pelo y los remetieron por detrás de mi hombro. Me puse tensa, pero cuando no me apartó, me relajé. Me tocó otra vez, enterró los dedos en mi pelo con caricias reconfortantes y tranquilizadoras. Me gustaba. Esas caricias eran... especiales para mí. Hubo un tiempo en que estaban prohibidas, pero... *él* había hecho añicos esa regla desde el principio.

—Poppy —susurró. *Poppy*. Esa era yo—. Lo siento —dijo con su voz deshilachada—. Siento que te hayas despertado en este estado y que yo no estuviera aquí. Creo... creo que tal vez me haya desmayado. Lo siento muchísimo. Sé lo que se siente al tener sed de sangre. Sé que te puedes perder en ella, pero te encontrarás otra vez. No lo dudo ni por un segundo. Eres muy fuerte.

Sus dedos continuaron moviéndose por mi cabeza, y mi agarre sobre su brazo se aflojó mientras hablaba. El sabor de su sangre lo era todo, y con cada trago, el vacío en mí menguaba y las sombras de mi mente se agrietaban un poco más.

—Santo cielo, espero que de verdad entiendas lo fuerte que eres. Me asombras constantemente. Me has asombrado desde la noche de la Perla Roja.

Las respiraciones jadeantes se fueron regulando. Mi corazón y mi pulso acelerados se fueron apaciguando, y detrás de mis ojos, vi colores: un cielo azul y despejado y cálidos rayos de sol. Aguas negras que rielaban como estanques de obsidiana, y una tierra arenosa cálida bajo mis pies. Palmas de las manos unidas y él susurrando *Indigno*. Estas imágenes, estos pensamientos eran de él mientras hablaba con suavidad.

—Eres muy valiente, condenadamente valiente. Me di cuenta de eso en la Perla Roja. Que fueras la Doncella y hubieses sido educada como te educaron, y aun así quisieras vivir experiencias nuevas me indicó que eras valiente. Aquella noche en el Adarve, cuando subiste ahí con ese... maldito camisón. —Su risa fue ruda—. No te escondiste. Ni entonces ni cuando acudías a aliviar el dolor de los maldecidos por los Demonios. Has estado eligiendo cosas por ti misma desde hace más tiempo del que piensas, Poppy. Desde hace más tiempo del que quieres reconocer. Siempre lo hiciste cuando más importaba, y lo hiciste a sabiendas de las consecuencias. Porque eres valiente. Nunca fuiste la Doncella. Nunca fuiste realmente impotente. Eras lista, fuerte y valiente.

Soltó un gran suspiro.

—No creo que te haya dicho esto. No creo que haya tenido la oportunidad todavía. ¿Recuerdas cuando me pediste que te besara debajo del sauce? En el fondo, supe entonces que te daría cualquier cosa que me pidieras. Todavía lo haré. Lo que quieras —me prometió con voz ronca, sus dedos enredados en mi pelo—. Puedes tenerlo. Cualquier cosa. Todo. Puedes tenerlo todo. Yo me aseguraré de que así sea.

El calor zumbó a través de mí, borró la sensación cosquillosa de mi piel. Tragué su rica esencia y luego respiré lo que me pareció mi primera bocanada de aire real. No me quemó ni volvió a abrir esa sensación de vacío. Hizo algo diferente por completo. *La* sangre…

Su sangre…

Era como fuego líquido que avivó un tipo de necesidad diferente, una en la que caí de cabeza. Me incliné hacia delante, apreté mis senos contra su pecho desnudo. El contacto me dejó hambrienta de un modo muy diferente al anterior, pero igualmente potente. Me moví en su regazo. Los dos gemimos. El instinto se apoderó de mí, mi cuerpo sabía lo que quería, lo que *necesitaba*, mientras seguía bebiendo de su muñeca. Restregué mis caderas contra las suyas y me estremecí ante la intensa sensación que se enroscó muy profundo en mi bajo vientre.

Su sangre… oh, por los dioses. Mi piel hormigueaba de pronto, se había vuelto hipersensible. Me dolieron los pezones cuando rozaron contra la fina pelusilla de su pecho. Gimoteé y

apreté contra la dureza que tensaba sus pantalones. Quería...
no, lo necesitaba *a él*.

—Lo que quieras —dijo, sus palabras eran una promesa—.
Te lo daré.

A él. Lo quería a él.

Sin apartar la muñeca de mi boca, planté mi mano sobre
su pecho y empujé. Empujé fuerte. Cayó de espaldas y yo contoneé las caderas para frotarme contra su miembro. Con una
fuerza asombrosa, nos levantó a ambos justo lo suficiente para
bajarse los pantalones hasta los muslos con una mano. La sensación de él caliente y duro contra mí me arrancó un gemido
deshilachado.

—Joder —boqueó, y su gran cuerpo tembló. Entonces se
movió otra vez. Me levantó con un solo movimiento fluido y
orientó mis caderas. Me guio hacia abajo sobre él y se deslizó
bien hondo dentro de mí. Su muñeca ahogó mi grito de sorpresa cuando sus caderas se flexionaron y embistieron hacia arriba. Con los dedos de los pies enroscados, empujé hacia abajo y
adopté el mismo ritmo que él mientras me enroscaba en torno
a su brazo y bebía sin parar.

—Está tomando demasiado —dijo el otro hombre, su voz
era más próxima—. Tienes que hacerla parar.

Incluso en mi mente confundida por la lujuria, incluso a
medida que la tensión se enroscaba más y más fuerte en mi
interior, supe que el que se movía debajo de mí y dentro de mí
no me pararía. Me dejaría consumirlo entero. Me permitiría
dejarlo seco. Lo haría porque él...

—Por el amor de los dioses —gruñó el *wolven*. Un instante
más tarde, sentí que su brazo se cerraba en torno a mi cintura
mientras sus dedos apretaban contra la piel de debajo de mi
mandíbula. Tiró de mi cabeza hacia atrás, pero no me resistí
porque la sangre de este hombre lo era todo para mí.

El que estaba debajo de mí se sentó, pasó un brazo alrededor de mis caderas, justo por debajo del brazo del otro. Una

rápida espiral cosquillosa me recorrió de arriba abajo. Pasó el otro brazo por alrededor del *wolven* y cerró una mano en torno a un puñado de pelo mientras apretaba la frente contra la mía. Debajo de mí, movió su magnífico cuerpo a un ritmo furioso. Todo mi cuerpo se puso tenso y entonces unos relámpagos corrieron por mis venas. Mis músculos se apretaron sobre él, de un modo espasmódico. Mi gemido de placer se mezcló con su grito ronco mientras sus caderas bombeaban a un ritmo furioso y me seguía hacia el salvaje y descerebrado éxtasis que sacudió mi cuerpo entero. Poco a poco la tensión salió de mí, licuó mis músculos. No supe cuánto tiempo pasó, pero al cabo de un rato, la mano de debajo de mi mandíbula se relajó y uno de los brazos se separó de mí. Mi mejilla cayó sobre un hombro cálido y me quedé ahí sentada, con los ojos cerrados y la respiración superficial, mientras él me abrazaba con fuerza contra su pecho, su mano todavía enredada en mi pelo detrás de mi cabeza. Asintió y el *wolven* se marchó. El *clic* de una puerta cercana marcó su partida, pero yo me quedé donde estaba, saciada y relajada. El calor de la sangre que discurría en mi interior se enfrió. Su sangre…

La sangre de Hawke.

La sangre de *Casteel*.

La nada de mi mente se hizo añicos en un instante. Mil pensamientos me inundaron, conectaron con recuerdos. Llegaron a mis rincones más profundos y se unieron para aportarme una sensación de personalidad. La consternación me encontró primero: la completa incredulidad y angustia por lo que había hecho Alastir mientras estábamos en las Cámaras de Nyktos y todo lo que había sucedido después de eso.

Yo había confiado en él.

Había… había buscado la aceptación de la gente del templo, pero ellos me habían llamado Come Almas. Me habían llamado *zorra*. Me… habían llamado Doncella. Y yo no era ninguna de esas cosas. La ira espantó al horror. Una ira que se

talló en cada hueso de mi cuerpo. La furia zumbaba en mi mismísima alma, golpeaba contra ese ente salvaje que crecía en mi
interior. Pagarían por lo que me habían hecho. Cada uno de
ellos descubriría exactamente lo que yo era. Jamás volverían a
derribarme de ese modo. No triunfarían...

Aunque ¿no lo habían hecho ya?

Todavía podía sentir cómo el virote se clavaba en mi cuerpo, cómo desgarraba partes vitales de mi ser. Había saboreado
la muerte. La había sentido. Ese aire que no lograba aspirar, el
corazón que ya no latía, y las palabras que no lograba decir.
Me había estado muriendo, pero había habido también otro
tipo de dolor diferente, uno ardiente que me había destrozado
por dentro. *Bebe. Sigue bebiendo. Eso es. Sigue tragando. Bebe, Poppy, sigue bebiendo para mí...* El sabor a cítricos y a nieve todavía impregnaba el fondo de mi garganta, mis labios. Todavía
caldeaba y llenaba ese vacío voraz y doloroso en mi interior. Me
estremecí y la mano de la parte de atrás de mi cabeza se quedó
quieta. Oh, por todos los dioses, habían triunfado. Casteel...
me había Ascendido.

¿En qué había estado pensando? *No estoy dispuesto a perderte. Jamás. Te amo, princesa.* No había pensado. Solo había...
sentido.

De repente, fue como si un baúl en mi mente se hubiese
abierto y alguien hubiera levantado la tapa. Las emociones entraron en tromba. Casi diecinueve años de emociones que iban
más allá de lo ocurrido en el templo, los recuerdos y las creencias, las experiencias y los sentimientos. También vinieron las
pesadillas, cargadas de desesperación e impotencia. Pero lo
mismo hicieron los sueños, llenos de asombro y posibilidad.
Sueños que reventaban de necesidad y deseo y *amor.*

Me eché hacia atrás tan deprisa que perdí el equilibrio. Un
brazo bajó a mi cintura para atraparme antes de que cayera de
su regazo. Entre los enmarañados mechones de mi pelo, estaba *él.* Lo vi de verdad.

Su pelo oscuro, ahora desgreñado, caía por su frente. La tensión enmarcaba las comisuras de su boca y unas oscuras sombras teñían la piel debajo de sus ojos, pero estos lucían de un brillante color topacio mientras me sostenían la mirada. Ninguno de los dos nos movimos ni hablamos mientras nos mirábamos. No tenía ni idea de lo que él estaba pensando y apenas sabía lo que pensaba *yo* en ese momento. Habían pasado tantas cosas, tantísimas cosas que no comprendía... A saber, ¿cómo podía estar ahí después de haber Ascendido? Después de que él hubiese hecho lo impensable para salvarme. Recordé el pánico en la voz de su padre cuando le suplicaba que no lo hiciera, que no repitiera la historia. Pero se había arriesgado; santo cielo, lo había arriesgado todo. Y yo estaba viva gracias a él. Estaba aquí gracias a él. Pero nada de esto tenía sentido.

Los Ascendidos eran incontrolables después de transformarse, peligrosos para los mortales, no digamos ya para un atlantiano elemental. Podía costarles años aprender a controlar su sed, pero lo más increíble era que yo todavía era capaz de sentir todas esas emociones embriagadoras, emocionantes y aterradoras dentro de mí. Podía sentir *amor*, y no creía que ningún Ascendido fuese capaz de experimentar un milagro semejante. No lo comprendía. Tal vez fuera una especie de sueño. Quizás había muerto y estaba en el Valle, una eternidad de paraíso ante mí. No estaba segura de querer saberlo, si ese fuera el caso.

Levanté mi mano temblorosa y apreté los dedos contra la piel cálida de su mejilla.

—*Casteel*.

CAPÍTULO 9

—Poppy —susurró Casteel, y se estremeció al hacerlo.

—¿Esto es real? —pregunté.

Las motas doradas de sus ojos giraban a toda velocidad.

—No hay nada más real que ahora mismo.

No sé quién se movió primero. Yo. Él. ¿Los dos al mismo tiempo? No importaba. Nuestras bocas se encontraron y no hubo nada suave en cómo nos unimos. Agarró la parte de atrás de mi cabeza, cerró la mano en torno a mi pelo. Yo me aferré a él, los dedos clavados en la piel de sus hombros. Fue un beso devastador, exigente y crudo. Nos reclamamos. Nuestros labios se estrujaron. Nuestros dientes entrechocaron. Nuestros brazos se cerraron con ferocidad alrededor del otro, y el beso, la manera en que nos abrazamos, se convirtió en algo distinto del todo. Sus manos resbalaron por mis costados hasta mis caderas mientras tiraba de mí hacia él, donde sentí que se endurecía contra mí una vez más.

—Te necesito —gruñó contra mis labios—. Te necesito, Poppy.

—Ya me tienes —le dije, repitiendo las palabras que le había dicho antes. Ahora parecían un juramento inquebrantable—. Siempre.

—Siempre —repitió.

Me levantó de su regazo, se puso de pie, y luego giró para depositarme en el centro de lo que vi que era una cama bastante estrecha. Capté un atisbo de las paredes oscuras y rayos de sol fracturados que se colaban por la madera agrietada de una pared en la habitación. Pero luego, todo lo que vi fue a él.

Casteel.

Mi marido.

Mi corazón gemelo.

Mi salvador.

Por todos los dioses… me *había* salvado, aunque creyera que estaba cometiendo el acto prohibido de la Ascensión. Había corrido ese riesgo, aun a sabiendas de que me convertiría en una *vampry*. Su padre no había sido capaz de detenerlo. Tampoco los dioses. Nadie pudo porque no estaba dispuesto a dejarme marchar. Se negaba a perderme.

Porque me quería.

Y ahora estaba trepado sobre mí, con una expresión salvaje y posesiva. Cada músculo de mi cuerpo se tensó. Doblé una pierna cuando deslizó la mano hacia arriba por mi muslo; la piel áspera de su palma creó una fricción deliciosa. No podía apartar la vista del intenso ardor de sus ojos. Estaba completamente cautivada por ellos, por él. Pasó un brazo por debajo de mi cintura y me tumbó bocabajo. La sorpresa destelló a través de mí. Empecé a levantarme, pero el calor de su cuerpo contra mi espalda me apretó contra la áspera manta. Casteel me cubrió la espalda de besos, bajó por mi columna, por encima de mis caderas, y llegó a la curva de mi trasero. Me provocó un escalofrío.

—Si alguna vez me dices que te bese el culo —murmuró—, recuerda que ya lo he hecho.

Una risa ronca abrió mis labios, ante el sonido y el hecho sorprendentes.

—No creo que vaya a olvidarlo.

—Bien. —Me puso de rodillas y usó su muslo para abrir más mis piernas. Mis dedos se clavaron en la áspera tela mientras un estremecimiento de anticipación me recorrió de arriba abajo—. No voy a durar demasiado —me advirtió—. Pero tú tampoco.

No podía pensar, no podía respirar con él enroscando el brazo alrededor de mi cintura, su otra mano apretada contra mi cadera. No se movió. Mi pulso se desbocó.

—Cas… —Su nombre terminó en un grito repentino cuando me penetró.

Tiró de mí hacia atrás contra él mientras embestía, una y otra vez, a un ritmo perverso y salvaje. Apretó mi espalda contra su pecho y empujó con sus caderas contra mi trasero mientras su mano abandonaba mi cadera y se cerraba en torno a la base de mi cuello. Apretó los labios contra mi sien húmeda.

—Te quiero.

Me hice añicos, me rompí en mil pedazos diminutos cuando el clímax estalló dentro de mí con tal fuerza que un gruñido retumbó desde su pecho. Sus brazos se apretaron a mi alrededor. Una profunda embestida más y él también lo alcanzó, gritando mi nombre. Jadeando y cubiertos de una fina película de sudor, nos tumbamos en la cama. La manta rascaba contra mi piel, pero estaba satisfecha, relajada y tan aliviada de estar viva, que en realidad no podía ni molestarme porque la tela fuese irritante. No supe cuánto tiempo pasamos así, yo boca abajo y Casteel recostado encima de mí, pero la sensación de su peso me fascinaba, lo mismo que su corazón desbocado contra mi espalda.

En algún momento acabé sentada otra vez en su regazo, entre sus brazos, acunada contra él. Ahora estábamos a la cabecera de la estrecha cama. No recordaba ni cómo habíamos llegado hasta ahí, pero él me abrazaba mientras deslizaba una mano temblorosa por mi cabeza y entre mi pelo. Nos quedamos así muchísimo tiempo; parecieron horas.

—¿Cómo te encuentras? —preguntó Casteel con la voz ronca—. ¿Te duele algo?

Sacudí un poco la cabeza.

—En verdad, no. —Había pequeñas molestias, pero no eran importantes—. No… no lo entiendo. Me estaba muriendo. —Levanté la cabeza. Bajé la vista hacia mi pecho y retiré mi pelo enmarañado hacia un lado. Vi piel rosa y brillante con la forma aproximada de un círculo entre mis pechos. El virote me había atravesado—. Y tú… sorbiste mi sangre hasta que sentí que me fallaba el corazón y luego me diste la tuya.

—Así es. —Apoyó los dedos justo debajo de la herida apenas apreciable y una oleada de sensaciones discurrió por mi interior—. No podía dejarte ir. No quería.

Mis ojos volaron hacia los suyos, pero él miraba la cicatriz con el ceño fruncido.

—Pero no siento sed de sangre. Bueno, la sentía. Tenía un hambre voraz. Jamás había estado tan hambrienta. —Tragué saliva, deseosa de olvidar esa sensación. Deseosa de olvidar que Casteel había sufrido eso una y otra vez durante décadas. ¿Cómo se había encontrado a sí mismo? Estaba alucinada con él, estaba enamorada de él.

Te quiero. Esas palabras se repetían una y otra vez en mi mente, palabras que estaban tatuadas en mi piel y talladas en mis huesos. Lo que yo sentía por él era mucho más poderoso que las palabras, pero las palabras eran importantes. Yo, más que la mayoría, sabía del poder de decir lo que piensas, de poder hacerlo con sinceridad y franqueza, sin vacilar. Sabía de la importancia de no reprimirme ahora, porque cuando yacía en esas ruinas, con la sangre manando de mi cuerpo, jamás había pensado que iba a tener la oportunidad de decirle esas palabras.

Mis dedos se cerraron sobre su costado y lo miré a los ojos otra vez.

—Te quiero.

La mano de Casteel se detuvo debajo de mi pelo y a mitad de mi espalda.

—¿Qué? —susurró. Había abierto un pelín más los ojos y sus pupilas estaban un poco dilatadas. Pude ver su sorpresa y la noté como una ráfaga de aire frío contra mi piel. ¿Por qué parecía tan asombrado? Tenía que saberlo.

Pero Casteel no podía leer las emociones como lo hacía yo. Le había dicho cómo me hacía sentir y se lo había demostrado cuando me puse aquella daga en el cuello durante la batalla de Spessa's End, más que dispuesta a acabar con mi vida si eso significaba salvar la suya. Pero nunca había dicho las palabras.

Y necesitaba hacerlo. De manera desesperada.

Acaricié su mejilla con las yemas de mis dedos mientras respiraba hondo.

—Te quiero, Casteel —repetí. Su pecho se quedó inmóvil contra el mío, y luego se hinchó de golpe—. Te quiero...

Casteel me besó. Movió los labios con suma suavidad y ternura. Fue un beso dulce y lento, como si fuese la primera vez que nuestras bocas se tocaran, como si estuviera explorando la forma y la sensación de mi boca contra la suya. Se estremeció y una oleada de lágrimas llegó a mis ojos.

Se echó atrás lo suficiente como para apoyar la frente contra la mía.

—No lo... —Se aclaró la garganta mientras deslizaba mis dedos por su mandíbula—. Quiero decir... pensaba que me querías. Lo creía. O quizá necesitara creerlo. Pero no me parece que lo supiera de verdad. —Su voz se volvió más grave otra vez, al tiempo que levantaba una mano entre nosotros y secaba una lágrima que se me había escapado. Pasó un momento y su pecho se hinchó con un suspiro repentino. En ese instante, todas las máscaras que Casteel solía usar se agrietaron y desaparecieron, como había pasado en las ruinas, cuando había echado la cabeza hacia atrás y había gritado—. Sabía que te gustaba, pero ¿quererme? No sabía si podrías después de...

todo. No te habría culpado si no fueses capaz de sentir eso por mí. No después de lo que…

—Lo que hicimos en el pasado no importa. Comprendo por qué hiciste esas cosas. Lo tengo superado. —Mis dedos enredaron los suaves mechones de su pelo en la nuca—. Te quiero. Haría… —tragué saliva—, haría cualquier cosa por ti, Cas. Como lo hiciste tú por mí. Cualquier…

Su boca encontró la mía de nuevo, y esta vez… oh, por todos los dioses, el beso fue más profundo. Me derretí contra él cuando su lengua acarició mis labios y los abrió. Unos temblores minúsculos brotaron por todo mi cuerpo, y nos besamos hasta quedarnos sin aliento.

—*Cas* —murmuró contra mis labios—. No tienes ni idea de cuánto tiempo he estado esperando a que me llamases así.

—¿Por qué? —Ni siquiera me había dado cuenta de que había empleado esa abreviatura.

—No lo sé. Solo las personas en las que más confío me llaman así. —Su risa fue suave, y luego se echó más hacia atrás, me puso las manos sobre las mejillas con ternura—. Lo sabes, ¿verdad? —Buscó mis ojos con los suyos—. Lo que significas para mí. Lo que siento por ti.

—Sí.

Secó otra lágrima con el pulgar.

—Nunca supe que pudiera sentir algo así. Que pudiera sentir esto por otra persona. Pero lo siento, te quiero.

Me estremecí y mi pecho se hinchó de amor, de esperanza, de anticipación y de otras cien emociones salvajes que parecían muy extrañas después de todo lo que había pasado. Y aun así, eran tan apropiadas…

—Creo que igual me echo a llorar de verdad.

Agachó la cabeza para besar otra lágrima que se me había escapado. Conseguí recuperar la compostura y él me besó en la sien, en la frente, y luego sobre el puente de la nariz mientras levantaba mi mano izquierda. Mantuvo los ojos cerrados mientras depositaba pequeños besitos a lo largo de la marca dorada de nuestro matrimonio. Lo observé en silencio durante unos segundos, un poco perdida en él.

Tocó la alianza en torno a mi dedo índice.

—No… no quería que tu primera imagen de Atlantia, de *tu* hogar, fuese algo horripilante. Quería que vieras la belleza de *nuestro* hogar, de nuestra gente. Sabía que no sería fácil. —Tragó saliva con esfuerzo—. Alastir tenía razón cuando dijo que algunos de los nuestros son supersticiosos y desconfían de los desconocidos, pero quería que te sintieras bienvenida. Por encima de todo, quería que te sintieras segura. Odio que haya pasado todo esto, y lo siento. Lo siento muchísimo.

—No es culpa tuya. Tú hiciste todo lo que pudiste para asegurarte de que estuviera a salvo.

—¿Tú crees? —inquirió—. Sabía que podíamos encontrar resistencia. Sabía que habría gente hambrienta de venganza. Pero sobreestimé su deseo de sobrevivir. No debí dejar que te alejaras de ese modo. Debería haber estado ahí. No conseguí protegerte…

—Para. —Me incliné hacia delante y puse sobre su mejilla la mano que no sujetaba—. No fue culpa tuya —repetí—. Por favor, no pienses eso. Yo… —Respiré hondo. Compartir mis sentimientos nunca había sido fácil para mí, ni siquiera después de haber pronunciado esas palabras de poder increíble. ¿Cómo podía serlo cuando me habían educado para que no lo hiciera nunca? Pero tenía que continuar murmurando estas palabras. Tenía que hacerlo porque notaba el sabor amargo de la culpabilidad—. No podría soportar que pensaras que fuiste responsable. No quiero que eso te carcoma por dentro. No me has fallado. No sé dónde estaría ahora mismo si no fuese por ti. Ni siquiera sé si estaría viva.

Casteel no dijo nada, pero cerró los ojos y giró la cabeza de modo que su mejilla se apretó contra mi mano. Deslicé el pulgar por su labio inferior.

—Lo que sí sé es que sería… sería *menos*. No me sentiría de este modo… como si estuviera completa. Y eso es gracias a ti. —Volví a aspirar una profunda bocanada de aire—. Cuando vi los Pilares por primera vez y cuando entré en las Cámaras, sentí que este era mi hogar. Fue como una sensación de corrección. Como lo que siento por ti. Tuve la sensación de que era *correcto* estar aquí. Y a lo mejor eso tiene que ver con mi ascendencia. No… no sé lo que es Atlantia para mí ahora ni en qué se convertirá, pero no importa. —En ese momento, me di cuenta de lo real que era esa afirmación, y esa certeza repentina me quitó un peso enorme de encima. Tener la aceptación de Atlantia y de los padres de Casteel sería maravilloso, pero nuestra aceptación mutua era muchísimo más importante. Eso era lo que importaba cuando cerraba los ojos por la noche y los abría otra vez por la mañana—. Tú eres los cimientos que me ayudan a mantenerme en pie. Tú eres mis paredes y mi tejado. Mi refugio. *Tú* eres mi hogar.

Sus pestañas se abrieron, el ámbar de sus ojos chispeaba más que nunca.

—Y tú eres el mío, Poppy.

—Entonces, por favor no te culpes. Por favor. Si lo haces, yo… no sé lo que haría, pero estoy segura de que no te gustaría.

—¿Incluye apuñalarme? —Lo miré, alucinada—. Porque es probable que eso me gustara.

—Cas. —Suspiré. Apareció una leve sonrisa.

—Intentaré no echarme la culpa. ¿Vale? La culpabilidad que siento no desaparecerá de un plumazo, pero lo intentaré. Por ti.

—Por nosotros —lo corregí.

—Por nosotros.

Solté el aire despacio y asentí, aunque sí quería que desapareciera de un plumazo.

—Sabía que volvería a verte, incluso cuando estaba cautiva. —Deslicé una mano por su duro pecho satinado—. Sabía que, aunque no lograra liberarme, me encontrarías. Y lo hiciste. Me encontraste.

—¿Cómo podría no hacerlo? —preguntó—. Siempre te encontraré. Sin importar lo que pase.

Mi corazón se comprimió mientras le acariciaba la mejilla.

—¿Pero cuando ese virote me dio y estaba ahí tirada? Pensé que nunca volverías a abrazarme. Que nunca volvería a sentir tus besos ni a ver tus estúpidos hoyuelos.

Sonrió y apareció el hoyuelo de su mejilla izquierda.

—Te encantan mis hoyuelos.

Mi dedo serpenteó por la hendidura.

—Cierto. —Incliné la cabeza y puse mis labios donde había estado mi pulgar—. Lo que sentí antes cuando me desperté, cuando tenía... hambre... Nunca había sentido algo así. Esa necesidad. Fue aterrador y... —Cerré los ojos unos instantes—. Tú sabes muy bien lo que se siente. Te empujaron hasta ese punto una y otra vez cuando los Ascendidos te tenían retenido. No sé cómo pudiste soportarlo. —Lo miré a los ojos—. Dijiste que soy fuerte, pero... tú eres la persona más fuerte que conozco.

—Odio que hayas tenido que experimentar lo que se siente. Sabía que ocurriría, sobre todo si Ascendías. Debí...

—Te quedaste ahí. Hubieses dejado que siguiera alimentándome.

Todavía me miraba a los ojos.

—Te hubiese dado hasta la última gota de mi sangre si eso era lo que necesitabas.

Se me cortó la respiración.

—No puedes hacer eso. No debiste dejarme beber tanto tiempo. Tuvieron que darte sangre, ¿verdad? —En ese momento recordé la conversación—. Te... te alimentaste de Naill.

—Así es, y estoy bien. Mi sangre se reabastece deprisa —me tranquilizó, pero no estaba segura de si le creía o no. Su pecho subió con una respiración profunda. Puso la mano sobre la mía, la levantó y plantó un beso en el centro de la palma—. ¿Todavía tienes hambre?

—No. No me siento así ahora. Solo te siento a ti.

—Mi sangre…

—No. No es eso. —Bueno, sí que sentía su sangre dentro de mí, oscura y exuberante, pero se había enfriado. Ya no me volvía… ya no nos impulsaba a ambos a un abandono temerario…

Oh, por todos los dioses.

Me di cuenta justo entonces de que Kieran había estado ahí. Había estado en la habitación… cuando Casteel y yo nos unimos la primera vez. Había sido él quien me impidió consumir demasiada sangre. Muy tiesa de pronto, miré hacia atrás. Medio esperaba encontrar al *wolven* ahí de pie. No reconocí la habitación para nada.

—Kieran se marchó —me tranquilizó Casteel, y desplegó los dedos contra mi mejilla para atraer mis ojos hacia él de nuevo—. Se quedó porque estaba preocupado.

—Lo… lo sé. —Lo recordaba. *Estoy preocupado por los dos.* Esperé a que la vergüenza me ahogara, a que el bochorno se apoderara de mí, pero no tenía nada que ver con lo que había visto Kieran—. Traté… de comerme a Kieran.

—No te lo tendrá en cuenta.

—Traté de comerme a Kieran mientras estaba desnuda.

—Es probable que esa sea la razón por la que no te lo tendrá en cuenta.

—No tiene gracia. —Lo miré ceñuda.

—Ah, ¿no? —Un lado de sus labios se curvó hacia arriba y apareció el hoyuelo en su mejilla.

Ese hoyuelo tan, tan estúpido.

—No lo entiendo. ¿Cómo pasé de intentar comerme a Kieran a comerte a ti, a esto? Quiero decir, siento emociones. Me siento *normal*. Así no es como se siente un *vampry* recién transformado, ¿verdad? ¿O es porque me alimenté de ti? —Mi corazón aporreaba en mi pecho—. ¿Notas mi piel fría al tacto? ¿Tengo colmillos? —Tenía el vago recuerdo de que uno de ellos decía que no los tenía, pero me llevé la mano a la boca de todos modos, para asegurarme.

Casteel atrapó mi mano y la separó de mi cara.

—No tienes colmillos, Poppy. Y tus ojos... Todavía son del color de una primavera atlantiana. Los *vamprys* recién transformados no logran saciarse de sangre, no importa cuánto se alimenten. Lo sé. Los he visto en las horas y en los días posteriores a su conversión —me explicó, y odié que hubiese tenido que pasar por todo eso—. Si fueses una *vampry*, ahora mismo te estarías tirando a mi cuello. No te sentirías caliente y cómoda en mis brazos ni en torno a mi pene —añadió, y me puse roja como un tomate—. No has Ascendido.

—Pero eso no tie... —Mis ojos se deslizaron más allá de la cama, hasta las puertas. Luz solar. Los Ascendidos podían estar bajo la luz del sol indirecta sin problema. Pero ¿y la luz del sol directa?

Eso era diferente por completo.

Me moví antes de darme cuenta siquiera de que lo estaba haciendo. Me levanté del regazo de Casteel de un salto. Debí de pillarlo por sorpresa, porque alargó las manos hacia mí, pero me escurrí de su agarre. O tal vez fuese solo porque fui muy rápida. No lo sabía.

—¡Poppy! —gritó Casteel cuando llegué a la puerta—. No te atrevas a...

Agarré el picaporte y abrí de par en par. Me golpeó una brisa fresca cuando salí a un pequeño porche. La luz del sol entraba a raudales, empapaba la piedra agrietada del suelo con una luz fría. Estiré un brazo mientras la maldición de Casteel atronaba en mis oídos. La luz iluminó mis dedos, luego mi mano entera.

Casteel envolvió un brazo en torno a mi cintura y tiró de mí hacia atrás contra su pecho.

—Maldita sea, Poppy.

Me miré la mano, la piel, y esperé a que hiciera algo aterrador.

—No está pasando nada.

—Gracias a los dioses —gruñó. Me abrazó con fuerza—. Pero puede que me esté dando un ataque al corazón.

Fruncí el ceño.

—¿Los atlantianos pueden sufrir un ataque al corazón?

—No.

—Entonces estás bien —repuse, y tuve que morderme el labio cuando me percaté de la humedad entre mis muslos. Casteel apoyó la frente contra un costado de mi cabeza.

—Eso es debatible. Ahora mismo me da la impresión de que mi corazón podría salírseme del pecho.

Me llegó un sonido ronco y atragantado, que atrajo mi atención hacia la densa hilera de árboles medio muertos. Había sonado muy parecido a una risa. Por un momento, olvidé por completo lo que había estado haciendo. Entorné los ojos en dirección a las ramas desnudas de aspecto cadavérico; colgaban tan bajas que rozaban contra el suelo. Había un *wolven* de un blanco puro agazapado entre los árboles.

Delano.

Sus orejas se pusieron tiesas cuando ladeó la cabeza.

Y ese fue más o menos el momento en que me di cuenta de que no llevaba ropa alguna.

—Oh, santo cielo. —Sentí una intensa oleada de calor abochornado por todo el cuerpo—. Estoy desnuda.

—Muy —murmuró Casteel, aunque giró el cuerpo para taparme. Agarró la puerta antes de girarse—. Perdona por eso —le dijo a Delano.

El *wolven* emitió otra vez ese sonido rasposo parecido a una risa mientras Casteel cerraba la puerta. Me hizo girar de inmediato de modo que lo mirara de frente.

—No puedo creer que hayas hecho eso.

—Yo no puedo creer que otra persona más me haya visto desnuda —musité, y Casteel me miró con una expresión que indicaba que mis prioridades estaban muy equivocadas. Y quizá fuera así. Volví a centrarme—. Pero dijiste que no había Ascendido.

—Eso no significa que sepa exactamente lo que ocurrió. No tenía ni idea de lo que pasaría si salías al sol. —Me agarró de los hombros y mis sentidos desperdigados se conectaron con sus emociones. Sentí la agobiante sensación de la preocupación mezclada con la frescura del alivio. Debajo, un sabor especiado y ahumado, entreverado de dulzura—. Podía no ocurrir nada. O se te podría haber empezado a pudrir la piel y te hubiese perdido *otra vez*. —Su pecho se hinchó mucho mientras las motas doradas de sus ojos ardían con intensidad—. Porque *te perdí*, Poppy. Sentí cómo se te paraba el corazón. La marca en la palma de mi mano empezó a difuminarse. Te estaba perdiendo, y tú eres mi todo.

Me estremecí.

—Lo siento.

—No te disculpes —me dijo—. Nada de lo ocurrido fue culpa tuya, Poppy. Es solo que… no puedo volver a sentir eso.

—Y yo no quiero que lo sientas. —Di un paso hacia él, y envolvió los brazos a mi alrededor—. No pretendía hacerte sentir eso otra vez.

—Lo sé. —Me besó en la sien—. Lo sé. Sentémonos un rato. ¿Vale? —me llevó otra vez hacia la cama.

Me senté mientras él se agachaba para recoger sus pantalones. Me mordí el labio mientras observaba cómo se los ponía, aunque dejó la solapa sin cerrar. Colgaban de sus caderas a una altura indecente cuando se giró hacia mí. Había otra silla en la habitación, una de madera, y vi un pequeño montón de ropa sobre ella.

—Jasper encontró algo de ropa y unas botas que creyó que te servirían. Es solo una combinación, un par de pantalones y un jersey. Si te soy sincero, no sé dónde la encontró y no estoy muy seguro de querer saberlo. —Me dio la combinación y un jersey marrón oscuro—. Al menos está limpia.

—¿Dónde estamos? —pregunté, mientras me hacía un gesto para que levantara los brazos. Hice lo que me pedía—. Estamos en… Irelone, ¿verdad? Ahí es adonde me llevaron, ¿no?

A la tenue luz, vi que un músculo se tensaba en su mandíbula mientras pasaba la combinación por encima de mi cabeza. La tela era suave y olía a aire fresco.

—Ya no estamos en Irelone ni en las Tierras Baldías. Estamos al pie de las montañas Skotos; esta es una vieja cabaña de caza que a veces utilizamos cuando viajamos y debemos atravesarlas. De hecho, no estamos demasiado lejos de Spessa's End, pero no quisimos…

Casteel no terminó lo que estaba diciendo mientras me enderezaba y dejaba que la combinación resbalase a su sitio, pero sabía lo que estaba pensando. No habían querido llevarme a Spessa's End por si acaso había Ascendido y me volvía incontrolable.

Aún completamente estupefacta por el hecho de estar viva y de no haberme convertido en una *vampry*, no dije nada mientras me ayudaba a pasar el grueso jersey por encima de mi cabeza. Era un poco áspero contra la piel, pero caliente. Levanté el cuello y lo olí. La prenda olía a humo de chimenea, pero por alguna razón pensé que también olía a… lilas.

Lo *recordaba*.

Levanté la vista y encontré a Casteel observándome con una ceja arqueada mientras por fin abrochaba la solapa de su pantalón. Solté el cuello del jersey.

—Cuando me diste tu sangre por primera vez en New Haven, creo… que vi tus recuerdos. O que sentí tus emociones. Olí a lilas entonces, y ahora las he vuelto a oler —le dije, pensando en las flores que inundaban la cueva de Spessa's End—. Cuando bebí tu sangre esta vez… ¿estabas pensando en cuando nos casamos?

—En efecto.

—Pero ¿cómo es que vi tus recuerdos? ¿La otra vez y ahora? Eso no es lo mismo que leer emociones.

—Es algo que ocurre a veces cuando dos atlantianos se alimentan. —Inclinó la cabeza y rozó mi frente con sus labios—. Cada uno puede ver recuerdos del otro. Creo que eso es lo que sucedió.

Pensé en la primera vez en New Haven. Él me había detenido justo cuando estaba llegando a sus recuerdos.

Esta vez no lo había hecho.

—¿Pudiste leer alguno de los míos? —cavilé.

—Nunca me he alimentado de ti el tiempo suficiente como para intentarlo —repuso, y sentí un pequeño runrún de anticipación—. Pero ahora mismo, desearía saber lo que estabas pensando.

—Estaba pensando… —Respiré hondo. Dios mío, estaba pensando en todo. Mis pensamientos rebotaban de un acontecimiento a otro, de una conversación a otra—. ¿Sabes lo que hice en las Cámaras? ¿Después… de que te atacaran?

Se sentó a mi lado.

—Algo me han contado.

Bajé las manos adonde el jersey se arremolinaba en mi regazo. Parecían normales.

—Cuando estábamos en las Cámaras de Nyktos y te dispararon esa flecha y tu cuerpo se volvió frío y gris, pensé que habías muerto. No creí que nada fuera a ir bien nunca más. Me olvidé de la marca —admití, al tiempo que giraba la mano. Ahí estaba: la espiral dorada centelleaba con suavidad—. Yo… no lo sé. Fue como si… perdiera el control.

—Te defendiste —me corrigió—. Eso es lo que hiciste.

Asentí, sin dejar de mirar la marca dorada mientras mi mente volaba del templo a las criptas, a Alastir, tan seguro de que iba a mostrar la misma violencia caótica que los antiguos.

Capítulo 10

—Sé que han pasado muchas cosas —dijo Casteel. Pescó un mechón de mi pelo con ternura y lo remetió detrás de mi oreja—. Y sé que las cosas son un lío de mil demonios ahora mismo, pero ¿crees que puedes contarme lo que ocurrió? Sé algunas cosas —añadió—. Pude sonsacarles algo de información a Alastir y a los otros por medio de la coacción, pero no es como un suero de la verdad y tampoco puedo obligarlos a contármelo todo. Tengo que ser muy preciso con lo que pregunto, y mi mayor prioridad en ese momento era encontrarte y averiguar quién más podía estar implicado. Así que me gustaría oír lo que puedas relatarme tú. Creo que es la única manera de que podamos empezar a unir las piezas de lo que ha sucedido aquí y de que vayamos solucionando cosa por cosa.

Aparté los ojos de mis manos y me giré hacia él.

—Sí, puedo contártelo.

Sonrió y me acarició la mejilla.

—¿Te parece bien que llame a Kieran? Él debería oír esta información.

Asentí.

Casteel me besó donde sus dedos me habían tocado segundos antes y luego se levantó. Fue hacia la puerta y mis ojos volvieron a mis manos. Solo pasaron unos momentos antes de que Kieran entrara otra vez en la habitación. Le eché una miradita y estiré con cautela mis sentidos hacia él mientras me observaba y luego se acercaba a la cama. No sabía lo que esperaba percibir en él, pero lo único que sentí fue la sensación abrumadora de la preocupación y una frescura que me recordó a una brisa primaveral. Alivio.

Kieran se arrodilló delante de mí y Casteel volvió a sentarse a mi lado.

—¿Qué tal estás?

—Bien. Y un poco confundida —reconocí—. Tengo muchas preguntas.

Un lado de los labios del *wolven* se curvó hacia arriba.

—Menuda sorpresa —murmuró, y sus ojos pálidos centellearon divertidos.

—Siento haber intentado comerte. —Noté que me sonrojaba. Kieran sonrió.

—No pasa nada.

—Ya te dije que no te lo tendría en cuenta —apuntó Casteel.

—No sería la primera vez que un atlantiano hambriento tratara de comerme —comentó Kieran, y arqueé las cejas. Ahora tenía aún más preguntas, pero entonces me vino un recuerdo a la mente.

Cuando desperté, había estado demasiado perdida en mi sed de sangre como para percatarme de que no estaba cubierta de sangre. Y debería haberlo estado. La herida había sangrado muchísimo.

—Tú me lavaste, ¿verdad?

—No me parecía bien dejaros a ninguno de los dos rodeados de sangre —explicó. Se encogió de hombros, como si no tuviese importancia—. No quería que ninguno de los dos vierais eso al despertar.

La emoción atoró mi garganta mientras miraba a Kieran. Reaccioné sin pensarlo demasiado. Me incliné hacia delante, y no sé si se dio cuenta de lo que estaba a punto de hacer o si estaba preocupado porque pudiera estar por arrancarle la garganta otra vez, pero me atrapó sin caerse, aunque sí se tambaleó un poco. Cerró los brazos a mi alrededor sin dudarlo ni un instante, y me abrazó con la misma fuerza que yo a él. Noté la mano de Casteel sobre mis riñones, justo por debajo de los brazos de Kieran, y los tres nos quedamos así un ratito.

—Gracias —susurré.

—No tienes por qué darme las gracias por eso. —Deslizó una mano hasta mi nuca y se echó atrás lo suficiente como para poder mirarme a los ojos—. Es lo menos que podía hacer.

—Pero eso no fue todo lo que hiciste —intervino Casteel. Alargó una mano y la plantó sobre el hombro del *wolven*—. Te aseguraste de que llegáramos aquí a salvo y luego nos vigilaste. Hiciste todo lo que necesitábamos y más. Estoy en deuda contigo.

Kieran retiró la mano de mi cabeza y la cerró sobre el antebrazo de Casteel. Su mirada pálida se cruzó con la expresión ambarina de mi marido.

—Hice todo lo que pude —reiteró.

Verlos juntos me causó otra oleada de emoción. Recordé lo que habían dicho en las Cámaras de Nyktos acerca de que los vínculos se habían roto. Sentí una punzada de dolor en el pecho mientras me desenredaba de Kieran y miraba a uno y a otro.

—¿De verdad se ha roto el vínculo? —pregunté—. ¿Entre vosotros?

Casteel miró a Kieran y pasaron unos segundos largos antes de contestar.

—Así es.

El dolor de mi pecho se intensificó.

—¿Qué significa? De verdad.

Kieran me miró.

—Esa conversación puede esperar a…

—Esa conversación puede tener lugar ahora mismo. —Crucé los brazos—. Alastir y Jansen dijeron unas cuantas cosas

mientras estuve en las criptas —les dije. Me encogí un poco
para mis adentros cuando sentí fogonazos gemelos de ira esta-
llando contra mi piel—. No sé cuánto de ello era verdad, pero
ninguno de los dos explicó por qué el hecho de que yo descendiera de una deidad… —Me atraganté un poco con mi propia
respiración cuando pensé en quién afirmaba Alastir que era
parte de mi ascendencia. ¿Lo sabría ya Casteel?—. No entiendo cómo eso puede sustituir algo que lleva vigente desde hace
siglos. Yo no soy una deidad.

—No creo que de verdad sepamos lo que eres —apuntó
Casteel.

—No soy una deidad —protesté.

—El hecho de que estés aquí y no seas una *vampry* significa que no podemos descartar ninguna posibilidad —intervino
Kieran. Pues yo *sí* pensaba descartar esta—. Pero sea como
fuere, desciendes de los dioses. Eres su única descendiente
viva. Tienes…

—Como oiga que tengo la sangre de un dios dentro de mí
una sola vez más, tal vez me ponga a gritar —le advertí.

—Vale, vale. —Kieran se rascó la cara, luego se levantó para
sentarse al otro lado. Una leve pelusilla cubría su mandíbula—.
Debido a la sangre que llevas, a los *kiyou* les dieron forma mortal. No para servir a los linajes elementales, sino para servir a los
hijos de los dioses. Si las deidades no hubiesen… —Dejó la frase
a medio terminar y sacudió la cabeza—. Cuando los dioses dieron forma mortal a los *kiyou*, estábamos vinculados a ellos y a
sus hijos a un nivel instintivo que pasaba de generación en generación. Y ese vínculo innato e instintivo te reconoce.

A nivel técnico comprendía lo que me decía, pero en lo
más profundo, era para mí una completa locura.

—Eso es… yo soy solo Poppy, con o sin sangre de los dioses.

—No eres solo Poppy, y eso no tiene nada que ver con que
no te hayas convertido en *vampry*. —Casteel me puso una
mano sobre el hombro—. Y lo digo en serio, princesa. No

puedo afirmar a ciencia cierta que no seas algún tipo de deidad. Las cosas que te he visto hacer... lo que he *visto* y lo que he oído que has hecho... Eres distinta de cualquiera de nosotros, y todavía no me puedo creer que no lo dedujera la primera vez que noté esa luz a tu alrededor.

—¿Cómo es que tú no lo supiste? —le pregunté a Kieran—. Si mi sangre es de verdad tan potente, ¿cómo es que ningún *wolven* supo lo que soy?

—Creo que lo sabíamos, Poppy —repuso Kieran—. Pero igual que Casteel, no estábamos uniendo las piezas de lo que estábamos viendo o sintiendo cuando estábamos contigo.

Empecé a comprenderlo.

—Por eso dijiste que huelo como algo muerto...

—Dije que olías *a* muerte —me corrigió Kieran con un suspiro—. No que olieras a algo muerto. La muerte es poder. Poder del antiguo.

—¿La muerte es poder? —repetí, no del todo segura al principio de si eso tenía sentido. Pero entonces se me ocurrió—. La muerte y la vida son dos caras de la misma moneda. Nyktos es...

—Es el dios de la vida y la muerte. —Los ojos de Kieran saltaron hacia Casteel—. Y eso explica por qué pensaste que su sangre sabía a viejo.

—Antiguo —murmuró Casteel. Empecé a fruncir el ceño—. Su sangre sabe a algo antiguo.

De verdad no tenía ganas de seguir discutiendo a qué sabía mi sangre.

—Delano pensó que me había oído llamarlo cuando estaba encerrada en aquella habitación de Spessa's End.

—Por tu propia seguridad —apuntó Casteel. Hice caso omiso de su comentario, todavía enfadada porque me hubiesen retenido en esa habitación.

—En aquel momento, me sentía algo... emotiva. ¿En eso consiste esto de las llamadas? ¿Reaccionabais a mis emociones?

Kieran asintió.

—En cierto modo, sí. Es parecido al vínculo que tenemos con los atlantianos. Una emoción extrema solía ser un aviso de que la persona a la que estábamos vinculados estaba en peligro. Podíamos sentir esa emoción.

Lo pensé un poco.

—También se producían corrientes de electricidad estática cuando un *wolven* me tocaba —murmuré. Las señales habían estado ahí, pero como había dicho la madre de Casteel, ¿por qué habría de sospechar nadie esto cuando la última de las deidades había muerto hacía una eternidad? Parecía haber confundido incluso a Alastir... el alcance de mis... poderes. Pero si de verdad descendía del Rey de los Dioses, ¿cómo podía no tener otras habilidades asombrosas?

Bueno, matar a las personas volviendo sus propias emociones contra ellas era probable que contara como una habilidad asombrosa, una que daba miedo, pero ¿por qué no podría transformarme en algo como un dragón?

Eso sí que sería increíble.

—¿De verdad desciendo de Nyktos? Alastir dijo que era así, pero puesto que Nyktos es el padre de los dioses...

—Esa es una figura retórica —me corrigió Casteel—. Nyktos no es el verdadero padre de los dioses. Es su rey. Alastir dijo la verdad, o al menos dijo lo que cree que es la verdad —explicó, y apretó la mandíbula. Resoplé con fuerza.

—¿Por qué pude hacer siquiera lo que hice en las Cámaras? ¿Qué cambió? ¿El Sacrificio? —pregunté, en alusión al proceso por el que pasaban los atlantianos cuando dejaban de envejecer como mortales y empezaban a desarrollar sentidos superiores, además de experimentar numerosos cambios físicos. Casteel creía que era la razón de que los Ascendidos hubiesen esperado hasta ahora para hacerme pasar por la Ascensión. Mi sangre sería más útil para ellos ahora, capaz de crear más Ascendidos.

¿Habían sido conscientes los Ascendidos de la sangre que tengo en mi interior? ¿Lo había sabido la reina Ileana desde un principio? Alastir había estado en contacto con los Ascendidos. Estaba convencida de ello. ¿Funcionaría siquiera mi sangre ahora que había…?

Que había casi muerto.

De hecho, quizás había muerto un poquito. Recordaba haber flotado hacia una luz plateada, sin cuerpo ni pensamiento. Y había sabido que, si llegaba hasta ella, ni siquiera Casteel sería capaz de alcanzarme.

—Eso creo —dijo Casteel. Sentí el calor de su cuerpo apretado contra mi costado y eso me sacó de mi ensimismamiento—. Creo que estar en suelo atlantiano, combinado con la sangre que te he dado, debió de fortalecer de algún modo la sangre que hay en ti.

—Y supongo que lo que ocurrió en las Cámaras de Nyktos solo lo desencadenó todo. —Me incliné hacia Casteel—. Despertó esta… cosa en mi interior.

—Lo que hay dentro de ti no es una *cosa*, Poppy. —Casteel bajó la vista hacia mí—. Es un poder. Magia. Es el *eather* que se despierta, que se convierte en parte de ti.

—No estoy segura de que eso me haga sentir mejor.

Apareció una sonrisa torcida.

—Lo haría si dejaras de pensar en tu ascendencia como una cosa. Aunque si tenemos en cuenta todo lo que ha pasado, no has tenido tiempo para asimilar nada de esto.

No estaba segura de cómo podría asimilarlo ni aunque tuviera tiempo.

—No…

—No quieres esto —terminó Kieran por mí, y sus ojos invernales se cruzaron con los míos.

—No quiero… —Cerré los ojos un instante—. No quiero interponerme entre vosotros dos. No quiero interponerme entre ningún *wolven* y el atlantiano al que estuviera vinculado.

—No quiero ser el monstruo en el que Alastir había dicho que me convertiría.

—Poppy —empezó Casteel.

—No puedes decirme que la ruptura de tu vínculo con Kieran no te ha afectado —lo interrumpí—. Estabais dispuestos a haceros pedazos el uno al otro en el templo. Fue algo que parecía muy equivocado. —Un nudo de emoción hizo que me atragantara—. No me gustó nada.

—Si nos hubieses conocido cuando éramos más jóvenes, habrías pensado que nos odiábamos. —Casteel me dio un apretoncito afectuoso en el hombro—. Nos hemos pegado por cosas muchísimo menos importantes que tú.

—¿Se supone que eso tiene que hacerme sentir mejor? —pregunté—. Porque lo estás haciendo fatal ahora mismo.

—Supongo que no. —Casteel me rozó la mejilla y echó mi cabeza hacia atrás para mirarme a los ojos—. Verás, saber que el vínculo no está ahí es extraño. No te voy a mentir. Pero saber que el vínculo ha pasado a ti, que no solo Kieran sino todos los *wolven* te protegerán, es un alivio. Es parte de la manera en que seguimos tu rastro hasta las criptas en las montañas Skotos y luego hasta las Tierras Baldías. Ellos te sentían. Si no hubiesen podido hacerlo, no habríamos llegado hasta ti a tiempo —reconoció, y todo ello hizo que se me revolviera el estómago—. No puedo estar enfadado por eso, ni molesto. No cuando sé hasta dónde llegará Kieran para asegurarse de que estás a salvo.

Mi labio inferior empezó a temblar.

—Pero él es tu mejor amigo. Es como un hermano para ti.

—Y sigo siéndolo. Los vínculos son cosas extrañas, Poppy. —Kieran puso su mano sobre la de Casteel, que aún estaba sobre mi hombro. Me estremecí—. Pero mi lealtad hacia Cas nunca ha tenido nada que ver con un vínculo creado cuando ninguno de los dos andábamos siquiera. Nunca lo será. No tienes de qué preocuparte con respecto a nosotros. Y dudo de que tengas demasiado de qué preocuparte con respecto a ninguno de los otros *wolven* vinculados. La mayoría de nosotros hemos forjado amistades que no pueden romperse. Así que simplemente... te hemos hecho hueco a ti.

Me habían hecho hueco.

—Me... me gusta cómo suena eso —susurré con voz ronca.

Kieran me dio unas palmaditas en el hombro, o más bien en la mano de Casteel. Tal vez las dos cosas.

—¿Crees que puedes contarnos todo lo que recuerdes? —preguntó Casteel después de unos instantes. Asentí—. Necesito saber con exactitud lo que sucedió en el templo. Lo que hablasteis tú y ese hijo de puta de Jansen transformado en Beckett. Cómo actuaba. Quiero saber exactamente lo que te dijo esa gente. —Me miró a los ojos—. Sé que no va a ser fácil, pero necesito saber lo que recuerdes.

Asentí y le conté todo. Fue más fácil de lo que esperaba. Lo sucedido me había provocado un intenso dolor en el centro del pecho, pero no dejé que esa sensación aumentara ni se interpusiera en mi camino. Casteel no lo permitiría. No percibí casi nada procedente de él mientras hablé; ahora no era momento para las emociones. Solo los hechos eran necesarios.

—Esa profecía que mencionó —dije, y miré de uno a otro—. ¿La habíais oído alguna vez?

—No. —Casteel negó con la cabeza—. Sonaba como un montón de patrañas, sobre todo la parte sobre la diosa Penellaphe. Parece insultante relacionar todas estas absurdidades con la diosa de la sabiduría.

No podía estar más de acuerdo.

—Pero ¿seguro que no habéis oído nada al respecto?

—No. Nosotros no tenemos profecías —confirmó Kieran—. No creemos en ellas. Suena como una cosa mortal.

—En Solis no están muy extendidas, pero sí existen —les dije—. Yo tampoco lo creí. Todo sonaba demasiado conveniente

152 • UNA CORONA DE HUESOS DORADOS

y exacto, pero hay muchas cosas que no sé o en las que no creo.

—Bueno, esa es una cosa por la que no creo que tengas que preocuparte —declaró Casteel. Asentí y mis pensamientos cambiaron de dirección.

—Cuando empezó a llover sangre del cielo, dijeron que eran las lágrimas de los dioses —le dije—. Lo tomaron como una señal de que lo que estaban haciendo era lo correcto.

—Estaban equivocados.

—Lo sé —dije.

—¿Sabes cómo fuiste capaz de detenerlos? —preguntó Kieran—. ¿Sabes cómo utilizaste tus habilidades?

—Esa es una pregunta difícil. Yo… no sé cómo explicarlo. Solo puedo decir que era como si supiera qué debía hacer. —Fruncí el ceño y apreté la palma de mi mano sobre el centro de mi pecho—. O como si fuera algún instinto que no sabía que tuviera. Simplemente, sabía lo que tenía que hacer.

—*Eather* —me corrigió Casteel con suavidad.

—*Eather* —repetí—. Fue como si… lo viera en mi mente y sucedió. Sé que suena raro…

—No es así. —Volvió a ponerse delante de mí—. Cuando yo uso la coacción, el *eather* me da la capacidad para hacerlo. Veo en mi mente lo que quiero que haga la persona mientras lo digo en voz alta.

—Oh. O sea que es… ¿algo así como proyectar tus pensamientos?

Casteel asintió.

—Suena como que lo que hiciste es igual. También es la manera en que podemos distinguir si estamos tratando con un elemental o con otro linaje… según la cantidad de *eather* que sintamos.

—Está escrito que los dioses también lo sentían, cuando se utilizaba —intervino Kieran—. Ellos lo sentían como un cambio sísmico.

Pensé en todo lo que habían dicho.

—En cualquier caso, es raro. Cuando alivio el dolor de alguien, pienso cosas alegres, cosas buenas. Y entonces… —Puse los ojos en blanco y suspiré—. Entonces proyecto esos sentimientos hacia la persona. —Casteel me sonrió—. Supongo que no es tan diferente.

Casteel sacudió la cabeza.

—¿Crees que podrías hacerlo de nuevo?

Se me revolvió un poco el estómago.

—No lo sé. No sé si quiero…

—Deberías —me cortó; tenía la mandíbula apretada cuando me miró a los ojos de nuevo—. Si alguna vez vuelves a encontrarte en una situación como esa, en cualquier situación en la que no puedas defenderte físicamente, no vaciles. Escucha ese instinto. Deja que te guíe. No te llevará por mal camino, Poppy. Te mantendrá viva, y eso es todo lo que importa.

—Estoy de acuerdo con todo lo que acaba de decir Cas —apuntó Kieran—. Pero yo sé que puedes utilizar esos poderes. Que sabes hacerlo. Ibas a hacerlo allá en las ruinas antes de que vieses a Jansen, pero te detuviste. —Sus ojos buscaron los míos—. Te detuviste y dijiste que no eras un monstruo.

Noté una quietud antinatural a mi otro lado.

—¿Por qué? —preguntó Casteel—. ¿Por qué dijiste algo así?

Kieran tenía razón. Sabía bien cómo usar el *eather*. Todo lo que tenía que hacer era imaginarlo en mi mente. El conocimiento existía como una especie de instinto antiguo.

—Poppy —dijo Casteel, su tono era más suave—. Háblame. Háblanos.

—Yo… —No estaba segura de por dónde empezar. Mis pensamientos seguían siendo tan inconexos y desordenados… Miré a uno y otro—. ¿Entrasteis en las criptas?

—Sí —confirmó Casteel—. Unos instantes.

—Entonces, ¿visteis a las deidades ahí encadenadas, abandonadas hasta su muerte? —Su destino me daba náuseas—. Me encadenaron con ellas. No sé durante cuánto tiempo. ¿Un par de días? Alastir y Jansen dijeron que las deidades se habían vuelto peligrosas. —Les conté la historia. Repetí lo que me habían dicho Jansen y Alastir sobre los hijos de los dioses—. Dijeron que yo también acabaría por ser peligrosa. Que era una amenaza para Atlantia y que por eso estaban... haciendo lo que hacían. ¿De verdad eran tan violentas las deidades?

Kieran miró a Casteel por encima de mi cabeza.

—Las deidades ya no estaban cuando nosotros nacimos.

—Pero... —insistí.

—Pero he oído que podían ser propensas a actos de ira y violencia. Podían ser impredecibles —explicó Casteel con cuidado. Me puse tensa—. Sin embargo, no siempre eran así. Y tampoco todas eran así. Pero no tenía nada que ver con su sangre. Se debía a su edad.

Fruncí el ceño.

—¿Qué quieres decir?

Casteel resopló.

—Tú crees que la esperanza de vida de un atlantiano es algo impensable, pero una deidad es como un dios. Son inmortales. En lugar de vivir dos o tres mil años, vivían el doble y el triple que eso —dijo, y mi corazón tartamudeó—. Vivir tantísimo tiempo volvería a cualquiera apático o aburrido, impaciente e intolerante. Fue solo que... eran demasiado viejos y se volvieron fríos.

—¿Fríos? ¿Igual que los Ascendidos?

—En cierto modo, sí —confirmó—. Es la razón de que los dioses se hubiesen ido a dormir. Era la única forma de que pudieran retener algún sentido de la empatía y la compasión. Las deidades nunca eligieron hacer eso.

—Así que aunque fuese a pasarte a ti —empezó Kieran, y me giré hacia él—, tendrías varios miles de años antes de que te llegara la hora de echarte una siestecita muy larga y agradable.

Empecé a fruncir el ceño, pero lo que Kieran acababa de decir me impactó con la fuerza y la velocidad de un carruaje descontrolado. Mi corazón se aceleró mientras lo miraba a él primero y luego me volvía hacia Casteel. Una sensación cosquillosa se extendió por mi piel y mi boca no parecía del todo capaz de formar las palabras.

—¿Ahora soy... inmortal?

Capítulo 11

El pecho de Casteel se hinchó con una respiración profunda.

—Lo que sé es que yo extraje la sangre que quedaba en tu cuerpo y, cuando noté que tu corazón fallaba —se aclaró la garganta—, te di la mía. Fue mi sangre la que reinició tu corazón y mantuvo sus latidos, y fue mi sangre la que alimentó tu cuerpo. No queda ni una gota de sangre mortal dentro de ti.

Entreabrí los labios mientras intentaba asimilar lo que estaba diciendo. Y lo que significaba.

—Y eso no es todo lo que sé —continuó, y un delicado temblor danzó por mi cuerpo—. A mí... no me pareces mortal. No es la sensación que transmites.

—Me pasa lo mismo —aportó Kieran—. Y ya no hueles a mortal.

—¿Qué... qué sensación transmito? ¿A qué huelo? —preguntó, y Kieran tenía pinta de no querer contestar a eso—. ¿Huelo más a muerte?

Parpadeó despacio.

—Desearía no haber dicho eso nunca.

—¿Entonces? —insistí. Kieran suspiró.

—Hueles más a poder. Absoluto. Final. Jamás había olido nada así.

—No pareces atlantiana, tampoco Ascendida —añadió Casteel. Cerró los dedos alrededor de mi barbilla y guio mis ojos hacia los suyos—. Jamás había sentido nada como tú. No sé si eso significa que transmitas sensación de deidad. Mis padres seguro que lo saben. Quizás incluso Jasper, aunque él era muy joven cuando estuvo en presencia de cualquiera de las deidades, así que no estoy seguro de que él pueda saberlo.

Antes de que pudiera exigir que fueran a buscar a Jasper de inmediato, siguió hablando.

—Y ni siquiera sé si vas a seguir necesitando sangre.

Oh, por todos los dioses.

—Ni siquiera había pensado en eso. —Mi recién reiniciado corazón iba a colapsar. Los *vamprys* necesitaban sangre, mortal o atlantiana, casi a diario, mientras que un atlantiano podía pasar semanas sin alimentarse. No sabía lo que pasaba con las deidades y los dioses. No estaba segura de si necesitaban sangre o no. Nadie lo había especificado en realidad, y yo tampoco lo había pensado—. ¿Las deidades y los dioses necesitan sangre?

—No creo —contestó Casteel—. Pero las deidades eran reservadas con respecto a sus debilidades y necesidades. Los dioses, aún más. Es posible.

Estaba segura de que su madre lo sabía. Pero aunque necesitaran sangre, tampoco importaba, porque yo no era ninguna de esas cosas.

—Ni siquiera sé si puedo pensar en eso ahora mismo. No porque lo encuentre repulsivo ni nada...

—Ya lo sé. Es solo que es diferente y algo muy gordo que añadir encima de otras cosas muy gordas. Pero lo averiguaremos juntos. —Retiró un mechón de pelo de mi rostro—. Así que no, no sé si eres inmortal o no, Poppy. Tendremos que ir averiguándolo día a día.

Inmortal.

¿Vivir miles y miles de años? No podía procesarlo. Ni siquiera lo comprendía del todo mientras fui la Doncella y creía que iba a Ascender. La idea de vivir cientos de años ya me daba miedo entonces. Mucho de ese miedo tenía que ver con lo fríos e intocables que eran los Ascendidos. Ahora sabía que los atlantianos y los *wolven* no eran así, pero todavía era algo muy difícil de asimilar.

Y si acababa por ser inmortal, Casteel no lo era, aunque pudiera vivir cien vidas mortales o más antes de empezar a envejecer de verdad. Pero aun así lo haría. Al final moriría. Y si yo era... diferente, no lo haría.

Empujé a un lado ese pánico innecesario para preocuparme por él otro día, como cuando tuviera la certeza de si de veras era inmortal.

Asentí, sintiéndome bastante lógica ahora mismo.

—Vale —dije. Aspiré una bocanada de aire larga y lenta—. Lo iremos viendo día a día. —Entonces se me ocurrió algo y me giré hacia Kieran—. Te vas a alegrar de oír esto. Tengo una pregunta.

—Estoy muy emocionado. —Solo la luz en los ojos de Kieran me dijo que estaba contento de que estuviera viva y fuese capaz de hacer preguntas.

—Si los *wolven* estaban vinculados con las deidades, ¿cómo es que no las protegieron durante la guerra?

—Muchos sí lo hicieron, y muchos murieron en el proceso —repuso Kieran, y mis hombros se tensaron—. Además, no todas las deidades murieron. Quedaron varias después de la guerra, deidades que no tenían ningún interés en gobernar. Los *wolven* se volvieron muy protectores con ellas, pero hubo un periodo duro después de la guerra en el que las relaciones entre los *wolven* y los atlantianos eran tensas. Según nuestra historia, un antepasado de tu marido se encargó del asunto.

—¿Qué? —Miré a Casteel.

—Sip. Fue Elian Da'Neer. Llamó a un dios para que ayudara a suavizar la situación.

—¿Y el dios contestó?

—Fue Nyktos en persona, junto con Theon y Lailah, el dios de la concordia y la guerra y la diosa de la paz y la venganza —explicó, y supe que mis ojos estaban abiertos como platos—. Hablaron con los *wolven*. No tengo ni idea de lo que se dijo y ni siquiera estoy seguro de que los *wolven* que viven hoy en día lo sepan, pero de aquella reunión salió el primer vínculo entre un *wolven* y un atlantiano, y las cosas se calmaron.

—¿Tu antepasado fue el primero en crear un vínculo?

—Así es —confirmó Casteel, con una sonrisa y un gesto afirmativo.

—Guau. —Parpadeé—. Me encantaría saber lo que se dijo en esa reunión.

—A mí también. —Me miró y volvió a sonreír, aunque la sonrisa no le llegó a los ojos. Me miró con atención—. Poppy.

—¿Qué? —Me pregunté si estaba empezando a brillar, así que bajé la vista hacia mi piel, pero la vi normal.

—No eres un monstruo —murmuró, y esa bocanada de aire profunda y lenta se quedó atascada en mi garganta—. Ni hoy. Ni mañana. Ni dentro de una eternidad, si ese fuera el caso.

Sonreí al oír sus palabras y se me hinchó el corazón. Sabía que lo decía en serio. Podía saborear su sinceridad, pero también sabía que cuando Alastir había hablado de las deidades, no había mentido. Había dicho la verdad, fuese o no la verdad que él creía o la historia real. Aun así, todavía quedaban personas vivas que habían estado en contacto con las deidades. Ellas sabrían si su violencia se debió a que eran demasiado viejas o a que estaban demasiado amargadas. O si fue por algo distinto.

Los padres de Casteel lo sabrían.

—Sé que es un poco difícil cambiar de tema —empezó Kieran y, por alguna razón, me entraron ganas de reírme ante la sequedad de su tono.

—No, no. Yo quiero cambiar de tema —afirmé, y retiré algo de pelo que había vuelto a caer hacia delante—. Casi necesito hacerlo, si no quiero que mi cabeza explote.

Una sonrisa irónica se dibujó en el rostro de Kieran.

—Uy, no querría que sucediera eso. Sería una porquería y ya no quedan toallas limpias —comentó, y yo me reí. Sus ojos pálidos se caldearon—. ¿Jansen te habló de quién más podría estar implicado en esto? Cas coaccionó a Alastir para que nos dijera todo lo que sabía, pero o de verdad no tenía ni idea de quién más estaba metido en el tema, o fueron lo bastante listos como para que la identidad de la mayoría de ellos fuese desconocida.

—¿Como si supieran que alguien podría emplear coacción contra ellos? —pregunté. Ellos asintieron. Eso era inteligente.

Apreté los labios y repasé las conversaciones que había mantenido.

—No. No dijeron ningún nombre, pero los dos hablaban como si fuesen parte de una… organización o algo así. No lo sé. Creo que Alastir mencionó una hermandad, y todos los que vi, excepto cuando llegué a las Cámaras, eran hombres… al menos eso me parecieron. No sé si de verdad eran parte de lo que había mencionado Alastir o si habían manipulado de algún modo sus acciones. Pero sí sé que Alastir debía de estar trabajando con los Ascendidos. Insinuó que sabían de lo que yo era capaz y que planeaban utilizarme contra Atlantia.

Les conté lo que Alastir creía que harían los Ascendidos, y mi mente no hacía más que traerme el recuerdo de la duquesa.

—Pensaba que los Ascendidos me matarían cuando yo los atacara, pero también tenía un plan alternativo. No lo entendí cuando dijo que jamás volvería a ser libre. Debía de haber dado a los otros la orden de que me mataran si el plan con los Ascendidos fracasaba. Dijo que preferiría ver una guerra entre su gente antes de que yo pudiera… que mi poder pudiera quedar suelto sobre la gente.

—Es un jodido idiota —gruñó Casteel. Se levantó de la cama—. Al principio, en las Cámaras, parte de mí quería darle a Alastir el beneficio de la duda. Que no sería tan condenadamente estúpido.

—No creo que ninguno de nosotros creyéramos que fuese a hacer algo como esto —declaró Kieran—. Llegar tan lejos como para traicionarte a ti, a tus padres. ¿Matar a Beckett? Ese no es el hombre que yo conozco.

Casteel maldijo de nuevo, se pasó una mano por el pelo y la tristeza se instaló sobre sus hombros. No pude evitar que se me apareciera la imagen de Beckett en su forma de *wolven*, meneando la cola mientras correteaba y daba saltos a nuestro lado cuando llegamos a Spessa's End. La ira se mezcló con la aflicción.

—Lo siento.

Casteel se volvió hacia mí.

—¿De qué tienes que disculparte tú?

—Respetas a Alastir y le tienes cariño. Sé que eso tiene que doler.

—Es verdad, pero es lo que hay. —Ladeó la cabeza—. Pero no sería la primera traición de alguien con su sangre.

Sentí una punzada de dolor en el pecho, aunque Casteel tenía sus emociones a buen recaudo.

—Entonces lo siento aún más, puesto que te pasaste las últimas décadas protegiéndolo a él de la verdad.

Un músculo se tensó en la mandíbula de Casteel y pasó un buen rato antes de que Kieran hablara de nuevo.

—Creo que Alastir quiere mucho a tu familia, pero ante todo es leal al reino. Luego a los padres de Casteel, y después a él mismo y a Malik. La única razón que se me ocurre para que se implicara en algo como esto es que averiguase de algún modo lo que eras antes que cualquier otro, y que supiera lo que significaría para Atlantia y para la corona.

No les había contado la implicación de Alastir en la muerte de mis padres y estaba convencida de que era algo que no saldría a la luz ni siquiera con coacción. Se me hizo un nudo en el estómago y el centro de mi pecho zumbó.

—Es que sí lo sabía. —Los dos me miraron pasmados—. Estuvo ahí la noche en que los Demonios atacaron la posada. Había ido a ayudar a mis padres a trasladarse a Atlantia —expliqué. Sacudí la cabeza—. Confiaron en él. Le contaron lo que yo era capaz de hacer, y supo al instante lo que significaba. Dijo que mis padres sabían lo que estaban haciendo los Ascendidos, que mi madre era una… doncella personal. —Miré a Casteel para descubrir que se había quedado muy quieto—. No las recordé hasta que las mencionó, pero entonces me acordé de haber visto a unas mujeres vestidas de negro que solían pulular alrededor de la reina Ileana. No sé si ese recuerdo era verdadero.

La tensión tallaba profundos surcos a ambos lados de la boca de Casteel.

—Las doncellas personales son reales. Son el séquito y las guardias particulares de la Reina de Sangre —dijo. Me estremecí—. No sé si tu madre era una de ellas. No veo cómo podía serlo. Dijiste que no se defendió; sin embargo, esas mujeres estaban entrenadas en todo tipo de muerte conocido.

—No lo sé —admití—. No recuerdo haberla visto luchar, pero… —Había captado esos atisbos de ella con algo en la mano aquella noche—. De verdad que no lo sé, pero Alastir dijo que él no los había matado. Que algo distinto condujo a los Demonios hasta ahí. Dijo que fue el Señor Oscuro. No tú, sino alguien diferente.

—Eso suena como un montón de patrañas —masculló Kieran—. También suena como que tuvo suerte con que los Demonios aparecieran para hacerle el trabajo sucio.

Estaba de acuerdo con él, pero también estaban esas breves imágenes que rondaban por los límites de mi conciencia. Aunque eran como humo. Cuando intentaba agarrarlas, resbalaban entre mis dedos. Suspiré.

—Gran parte de la forma en que se comportó conmigo fue una actuación. —Eso dolía, porque Alastir... me recordaba un poco a Vikter—. Acudió a mí más de una vez a preguntar si quería ayuda para escapar. Que él no sería cómplice en que me viera forzada a casarme. Creí que eso significaba que era un buen hombre.

—Puede que al principio fuese una oferta genuina —dijo Kieran—. ¿Quién sabe?

—¿Y su oferta tenía motivos ulteriores? —Miré a Casteel—. ¿No te parece raro que quisiera que te casaras con su sobrina nieta?

—No era solo él —precisó Casteel—. También era mi padre.

—Y Alastir es el consejero de tu padre —le hice ver—. Es solo que me resulta extraño cuando estabas prometido a su hija. Quizá no sea tan raro, después de tantos años, pero no sé... me sigue escamando.

—Es raro pero tampoco es inaudito. —Entornó los ojos, pensativo—. Se me ocurren varios ejemplos de viudas y viudos que han acabado como parejas de algún hijo de los fallecidos años después.

Pues era algo que yo no podía ni empezar a imaginar. No porque juzgara a alguien en esa situación, sino porque me preocuparía que el otro pudiera pensar que eran un mero sustituto.

—Sé que tendría mayor control sobre la corona si te casaras con alguien a quien él pudiera supervisar. Sin embargo, al casarte conmigo y él saber la verdad de lo que yo era, estaba a punto de perder cualquier influencia que tuviese sobre Atlantia. No creo ni por un momento que sus motivos se limitasen solo a su afán por proteger Atlantia. Creo que quería conservar el control; lo que estaba preparando era virtualmente un golpe de Estado. De hecho, le dije justo eso.

Una sonrisa lenta y sombría se desplegó por la cara de Casteel.

—¿Eso hiciste?

—Sí. —Una sonrisita tironeó de mis labios—. No le gustó demasiado. Protestó mucho.

—¿Protestó de un modo exagerado? —preguntó Kieran. Asentí.

—Creo que estaba convencido de que hacía lo correcto, pero además quería conservar su influencia y también quería venganza.

—Tiene sentido —caviló Casteel—. Mi padre también la quiere, igual que Alastir. Malik no hubiese querido una guerra, y Alastir sabía que yo tampoco la quiero. Tanto mi padre como Alastir estaban impresionados con lo que se había hecho en Spessa's End.

—Pero Alastir no creía que fuese suficiente —apunté, al recordar cómo había respondido Alastir—. Dijo que tampoco era suficiente para tu padre.

—No lo ha sido, no —admitió Casteel—. Y Alastir no era un fan de mi plan de negociar. Quiere que Solis sangre. Mi padre quiere lo mismo. Alastir cree que mi hermano es una causa perdida. —Cruzó los brazos delante del pecho y percibí el toque ácido de la aflicción. Hice ademán de moverme hacia él para quitarle el dolor, pero me forcé a parar porque una vez me había pedido que no lo hiciera. Crucé las manos mientras él continuaba hablando—. Y quizá haya pensado que con Gianna como mi esposa podría influir en mí.

Gianna.

No estaba segura de qué pensar de la *wolven* a la que jamás había conocido ni visto. Por lo que sabía, Casteel nunca había tenido la intención de casarse con ella y, según él, ella tampoco había mostrado ningún interés por él. Ella no tenía la culpa de lo que Alastir o el padre de Casteel quisieran. Al menos eso era lo que no hacía más que decirme a mí misma. Alastir no la había mencionado en absoluto.

—Fuesen cuales fueren sus motivaciones —sentenció Kieran—, en realidad ya no importa.

Supuse que así era, puesto que Casteel lo había encontrado y estaba segura de que el *wolven* ya no respiraba.

Entonces Casteel se acercó y se arrodilló delante de mí. Me agarró las manos. Yo me limité a mirarlo. Sentía su ira, dirigida a sí mismo y a su familia; pero la ira por lo que me habían hecho, su preocupación, era aún mayor.

—Siento que tuvieras que averiguar la verdad de ese modo. —Levantó mis manos, envueltas en las suyas—. No puedo ni imaginar lo que debiste de sentir.

—Quería matarlo —admití. Casteel acercó los labios a mis manos y besó el dorso de cada una.

—Bueno, princesa, ¿recuerdas cuando te dije que te daría todo lo que quisieras?

—Sí...

Casteel sonrió de nuevo y, esta vez, era una sonrisa que prometía sangre.

—Alastir todavía vive.

—¿Qué? —susurré.

—Nos aseguramos de que quedara encerrado a buen recaudo antes de dirigirnos a las Tierras Baldías —explicó Kieran—. Pensamos que era mejor mantenerlo con vida, por si acaso no llegábamos a tiempo de salvarte.

Casteel me miró a los ojos.

—Es todo tuyo, Poppy.

Me informaron que íbamos a viajar directos a través de las Skotos, sin parar. Según Kieran, podríamos llegar al otro lado al anochecer, puesto que ya estábamos muy cerca de las montañas. Me alivió saberlo, porque no tenía ningunas ganas de pasar otra noche en las montañas con su niebla. El hecho de que casi me hubiera tirado por un acantilado la última vez todavía me atormentaba, y de verdad que no necesitaba una repetición de la jugada ahora mismo.

Mi mente aún deba bandazos en todas direcciones cuando Kieran se marchó para avisar al resto de los *wolven* y de los atlantianos; mis pensamientos saltaban de un descubrimiento a otro. Había tres cosas en las que no me iba a permitir pensar mientras hacía uso de la pequeña sala de baño y volvía a la austera habitación.

Lo de la inmortalidad y todo lo que llevaba aparejada. Sorprendentemente, no me costó no pensar en ello, porque no me sentía para nada diferente de como me sentía antes de que el virote impactara contra mi pecho. Tampoco me daba la impresión de que tuviese un aspecto distinto. No había ningún espejo en la sala de baño para confirmarlo, pero Casteel no había mencionado nada. Me sentía como yo misma.

Tampoco me iba a permitir pensar en el tema de ser reina, que era algo que ni Kieran ni Casteel habían mencionado, gracias a los dioses. De haberlo hecho, lo más probable era que hubiese acabado en un rincón de la cabaña de caza.

La tercera cosa era más peliaguda y no logré no pensar en ella. A cada par de segundos, me volvía a la mente el dios con el que Alastir afirmaba que estaba emparentada. Observé a Casteel mientras se ponía una gruesa túnica. ¿Lo sabría él? ¿Se lo habría dicho Alastir cuando Casteel lo capturó? A lo mejor, no. Mejor me lo callaba. Si Casteel no lo sabía, era probable que fuese para mejor. Porque ¿cómo se sentiría si supiera que estaba casado con la descendiente del rey que casi había destruido Atlantia? ¿Y su madre? Mi estómago daba vueltas como loco. ¿Qué pensaría ella?

¿O acaso ya lo sabría? ¿Sería por eso que le había preguntado a Casteel qué había llevado de vuelta a casa con él? El rey Valyn había luchado a su lado, pero eso no significaba que no lo supiera. Alastir había llegado antes que nosotros, e incluso aunque sus padres no estuviesen implicados, podían saber con quién estaba emparentada.

Y su padre… recordaba oírle gritar a Casteel que parara, que no me diera su sangre. Su padre había sabido lo que Casteel estaba a punto de hacer y, Dios, era lo que Malec había hecho hacía varios cientos de años: había convertido a su amante en la primera *vampry* en un acto de desesperación.

Era como una repetición trágica de la historia, excepto por que yo no me había convertido en una *vampry*.

Pero eso el rey Valyn no lo sabía.

—¿Dónde está tu padre? —pregunté, mientras examinaba una de las botas que había encontrado Jasper.

—Emil y unos pocos más lo escoltaron de vuelta a Atlantia. En estos momentos lo tienen vigilado —añadió. Levanté la vista de la bota.

—¿Crees que es necesario? ¿Mantenerlo bajo vigilancia?

Casteel asintió, al tiempo que envainaba una de sus espadas en su costado.

—Lo más probable es que ahora mismo crea que te he convertido en una *vampry* —dijo, en una réplica exacta de lo que yo había estado pensando—. Si lo hubiéramos enviado de vuelta a Atlantia sin más, habría vuelto aquí de inmediato.

—¿Para hacer qué? —Me puse la bota de suave cuero curtido. Me quedaba un poco apretada en torno a la pantorrilla, pero haría el apaño—. ¿Cortarme la cabeza? —pregunté, solo medio en broma.

—Lo intentaría, y moriría en el intento —declaró inexpresivo. Me quedé helada.

—Casteel…

—Sé que suena brutal. —Se agachó, pescó la otra bota y me la trajo adonde estaba sentada sobre el borde de la silla de madera—. Pero aunque fueses una Ascendida sedienta de sangre y trataras de arrancarle la garganta a todo el que se acercara a ti, seguiría destruyendo a cualquiera que quisiese hacerte daño.

Mi corazón dio un traspié y luego una voltereta. Levanté la vista hacia él.

—No sé si eso debería preocuparme o halagarme.

—Quedémonos con lo de halagarte. —Se arrodilló, aún con la bota en la mano—. Y da gracias a que la cosa no llegará a eso. Cuando te vea, sabrá que no has Ascendido; al menos no para convertirte en una *vampry*.

¿En qué entonces? Deseaba que él u otra persona pudiesen contestar a eso.

—Puedo ponerme los zapatos sola.

—Lo sé. Pero así me siento útil. Déjame ser útil, por favor.

—Vale, pero solo porque lo has pedido «por favor» —murmuré. Levanté la pierna. Me lanzó una sonrisa rápida.

—¿Qué tal te encuentras? ¿De verdad? Y no me refiero a ti en el aspecto físico.

Me quedé quieta mientras deslizaba la caña de la bota por mi pierna.

—Estoy… bien —dije, con la mirada perdida en los bucles oscuros de su cabeza inclinada—. Es solo un poco raro, porque… me siento igual que antes. No me da la sensación de que haya cambiado nada. Quiero decir, ¿a lo mejor no ha cambiado nada? —conjeturé—. A lo mejor solo me curaste y…

—No solo te curé, Poppy. —Me miró mientras ajustaba la bota en su sitio—. Se te paró el corazón. Si hubiese tardado un segundo o dos más, habrías muerto. —Me sostuvo la mirada mientras se me hacía un nudo en el estómago—. A mí no me pareces la misma.

Agarré el borde de la mesa.

—De verdad que no sé lo que significa eso. Yo me siento igual.

—Es difícil de explicar, pero es como una combinación de olor e instinto. —Puso las manos en mis rodillas—. Cuando te toco, reconozco el tacto de tu piel en mi alma y en mi corazón. Sigues siendo Poppy, pero no siento sangre mortal en tus venas y ya no pareces igual a nivel instintivo.

—Oh —susurré. Casteel me miró durante unos segundos.

—¿De verdad es eso todo lo que tienes que decir al respecto?

—Es todo lo que se me ocurre ahora mismo.

Me miró a los ojos con atención y asintió.

—No puedo ni empezar a imaginar todas las cosas que deben de estar dando vueltas por tu mente en este momento.

Solté una risa seca, más como una tos.

—Un montón. Algunas puedo… no sé, archivarlas para preocuparme por ellas más tarde, pero…

—¿Qué? —me instó Casteel con suavidad.

Abrí la boca, luego la cerré, y después lo intenté de nuevo. Una parte de mí todavía quería permanecer callada, no sacar el tema del rey Malec, pero no… no quería que quedaran cosas sin hablar entre nosotros. No después de lo que había pasado. No después de lo que Casteel había arriesgado por mí. No después de haber estado tan cerca de perdernos el uno al otro.

Y aunque lo que iba a decirle le sorprendiera, no podía creer que abriera una brecha entre nosotros. Estábamos… juntos. Éramos demasiado fuertes para eso. Apreté más las manos sobre el borde de la silla.

—¿No te dijo nada Alastir cuando lo alcanzaste? ¿Sobre mí? Aparte de todo eso de que soy un peligro para Atlantia y demás, cosa que estoy segura de que dijo.

—Dijo unas cuantas cosas, sí —confirmó—. Pero no disponíamos de demasiado tiempo, y tampoco estaba yo de humor para escuchar mucho más allá de lo que necesitaba saber para encontrarte. —Me dio un apretón en las rodillas—. ¿Por qué?

Tragué saliva.

—Me dijo que soy descendiente de Nyktos y también de… del rey Malec.

Ninguna oleada de sorpresa ni de horror irradió de Casteel mientras me miraba.

—Sí, a mí también me lo dijo.

—¿Te lo dijo? —Casteel asintió—. ¿Y eso no te molesta? —le pregunté. Frunció el ceño.

—¿Por qué habría de molestarme?

—¿Por qué? —repetí, un poco perpleja—. Él fue el que creó a la primera *vampry*. Traicionó a tu madre…

—Sí, *él* hizo esas cosas. No tú. —Retiró las manos de mis rodillas para ponerlas por encima de las mías. Despacio, soltó mis dedos uno a uno—. Ni siquiera sabemos si eso es verdad.

—Dijo que mis habilidades se parecen mucho a las de Malec. Que él podía curar con su contacto y emplear sus poderes para hacer daño a la gente sin siquiera tocarla —insistí.

—Nunca he oído decir eso. —Casteel entrelazó los dedos con los míos.

—Dijo que muy poca gente sabía lo que era capaz de hacer en realidad. Que tus padres lo sabían.

—Entonces, tendremos que confirmarlo.

Me puse tensa.

—Tu madre…

—Mi madre no te tendrá rencor por tu ascendencia —me interrumpió—. Puede que la sorprenda. Puede que incluso le haga recordar cosas que ha hecho un gran esfuerzo por olvidar, pero no te hará responsable de lo que hizo uno de tus familiares lejanos.

Deseaba de todo corazón creer lo que decía. Y quizá tuviese razón. Él conocía a su madre, pero no podía dejar de recordar su mirada cuando me vio por primera vez, así como lo que había dicho. Claro que podía haber sido solo por la conmoción.

—¿Por qué no habías dicho nada al respecto?

—Porque de verdad no pensé que importara —dijo, y la sinceridad de sus palabras me supieron a vainilla—. No tenía ni idea de si te lo había dicho, ni de si era verdad. Para ser sincero, para mí no tiene sentido. Por lo que sé, eso no explica tus habilidades ni lo fuertes que son. Solo porque compartáis dones parecidos no significa que desciendas de él.

Se puso de pie y tiró de mí para levantarme; luego pasó los brazos alrededor de mi cintura.

—Además, aunque compartas su linaje, no importa. Eso no te cambia. —Sus ojos brillaban de un intenso tono ámbar mientras me miraba desde lo alto—. ¿De verdad creías que me molestaría?

—No pensé que fuese a interponerse entre nosotros —admití—. Es solo que… no quiero estar emparentada con él. No quiero hacer que tu madre se sienta incómoda, no más de lo que ya la he hecho y la haré sentirse.

—Eso lo entiendo, pero ¿sabes qué? —Apoyó la frente contra la mía—. No me preocupa cómo vaya a sentirse. Estoy preocupado por ti, por todo lo que te ha pasado. Has sido tan condenadamente fuerte. Te atacaron, luego te mantuvieron cautiva y después casi perdiste la vida. —Puso una mano sobre mi mejilla, justo sobre las cicatrices que la surcaban—. No tenemos ni idea de por qué no has Ascendido, o si lo hiciste pero todavía no sabemos en qué te has convertido. Y además de todo eso, has sufrido una conmoción tras otra: desde enterarte de la verdad acerca de los Ascendidos hasta temer por tu hermano y por Tawny, pasando por enterarte ahora de que tienes sangre divina en tu interior.

—Bueno, cuando lo enumeras de ese modo, creo que a lo mejor tengo que sentarme —comenté. Me besó en el puente de la nariz.

—Pero no lo estás. Estás de pie. Estás lidiando con ello, y no sabes lo alucinado que me tienes. Pero también sé que no has asimilado nada de esto todavía y eso me preocupa. No haces más que decirme que estás bien cada vez que te pregunto qué tal te encuentras, y sé que no puede ser verdad.

—Sí que estoy bien. —*En gran parte*. Apoyé la mejilla contra su pecho. Tenía que estar bien porque nada de lo que había pasado desde el momento en que entré en las Cámaras de Nyktos cambiaba el hecho de que teníamos que encontrar a su hermano y al mío…

Ian.

Me eché atrás de golpe, con los ojos muy abiertos.

—Oh, por todos los dioses. Ni siquiera había pensado en esto. —La esperanza estalló muy profundo en mi interior y relajó mis músculos tensos—. Si yo no me convertí en *vampry*, significa que puede que Ian tampoco se convirtiese. Podría ser como yo. Lo que soy yo. Puede que no sea como ellos.

Una oleada de recelo emanó de Casteel.

—Es posible, Poppy —empezó, en un tono cauto—. Pero solo se le ha visto de noche. Y está casado con una Ascendida.

El resto de lo que no quiso decir flotó silencioso en el aire de la polvorienta cabaña de caza. Tal vez Ian no fuese mi hermano biológico, o tal vez no compartiéramos el progenitor que llevara el *eather* en su interior. No lo sabía, pero solo porque Casteel no hubiese visto a Ian durante el día o solo porque estuviera casado con una Ascendida, no significaba que Ian se hubiese convertido en uno. La esperanza que sentía ahora no era tan enclenque ni ingenua como había sido hacía una semana, y era algo a lo que agarrarse.

Así que eso hice.

Cuando nos dirigimos al pequeño porche de la cabaña, Casteel se aseguró de que no saliera corriendo al sol de mediodía. Kieran esperaba entre un enorme caballo negro, Setti, y uno castaño. Setti relinchó con suavidad mientras sacudía su reluciente crin negra. Casteel me obligó a andar más despacio y solo me permitió exponerme al sol poco a poco.

Aparte de disfrutar de la sensación del sol sobre mi cara, no pasó nada.

Acaricié a Setti un momento y lo rasqué detrás de la oreja mientras escudriñaba los árboles de alrededor de la cabaña. Cada tanto veía un destello de plata, o blanco o negro, entre las nudosas ramas bajas. Las hojas marrones y enroscadas, y otras más verdes, tapizaban el bosque que rodeaba la cabaña. Era como si una ola de frío extremo hubiese pasado por ahí, sorprendiendo al follaje. Aunque claro, estábamos en las laderas de las Skotos y veía las montañas envueltas en niebla acechar por encima de los árboles. ¿No estaría la vida vegetal del lugar acostumbrada al aire frío de las montañas?

Me agarré a la montura mientras Casteel terminaba de ajustar las alforjas y monté a Setti. Una vez instalada, levanté la vista para encontrar no solo a Kieran y a Casteel mirándome, sino también a un atlantiano de piel oscura. Naill había salido de detrás de la cabaña de caza, y los tres me observaban ahora como si me hubiese encaramado en el caballo haciendo un salto mortal hacia atrás.

—¿Qué? —pregunté, mientras me llevaba una mano a la maraña que era mi pelo. No había peine en la casita, así que estaba segura de que tenía pinta de haberme quedado atrapada en un túnel de viento.

Naill arqueó las cejas y parpadeó despacio.

—Eso ha sido… impresionante.

—¿El qué? —pregunté, con el ceño fruncido.

—Te acabas de subir en Setti —dijo Casteel.

—¿Y? —Las comisuras de mis labios se curvaron hacia abajo.

—No has usado el estribo —señaló Kieran, mientras Naill montaba al caballo que estaba a su lado.

—¿Qué? —Fruncí el ceño aún más—. ¿Estás seguro? —Debí de haberlo usado. Me resultaría imposible subirme en Setti sin meter el pie en el estribo o sin ayuda. El caballo era demasiado alto, y yo tampoco tenía la fuerza suficiente en el tren superior como para hacer una proeza semejante sin tomar carrerilla.

Y aun así, lo más probable era que hubiese sido un fracaso estrepitoso.

—Completamente seguro —confirmó Naill. Me miraba con un asombro que pensé que tendría más que ver con el hecho de que no era una *vampry*.

—Espera. —Casteel alargó los brazos hacia mí y meneó los dedos—. Baja un momento.

—Pero si me acabo de subir.

—Ya lo sé, pero no tardaremos nada. —Meneó los dedos otra vez—. Quiero comprobar una cosa.

Con un suspiro, puse mis manos en las suyas y dejé que me ayudara a bajar de Setti, que nos observaba con curiosidad. Esperaba de todo corazón que ninguno de ellos me pidiera que volviese a montarme con todos mirando.

—¿Qué?

Casteel bajó las manos y dio un paso atrás.

—Pégame. Fuerte. Como si lo hicieras en serio.

Volví a fruncir el ceño.

—¿Por qué quieres que te pegue?

Naill cruzó los brazos sobre el pomo de la montura.

—Buena pregunta.

—Pégame —insistió Casteel.

—No quiero pegarte.

—Sería la primera vez —repuso él, los ojos centelleantes a la luz del sol.

—No quiero pegarte *ahora mismo* —me corregí.

Casteel se quedó callado un momento, luego se volvió hacia Kieran y Naill.

—Tíos, ¿os he contado lo de esa vez que descubrí a Poppy encaramada en el alféizar de una ventana con un libro apretado contra el pecho?

Entorné los ojos con suspicacia mientras Naill contestaba.

—No, pero tengo un montón de preguntas.

—Cas —masculle. Él me lanzó una sonrisa lenta de advertencia.

—Tenía el libro ese... es su favorito. Incluso lo trajo consigo cuando partimos de Masadonia.

—No es verdad —protesté.

—Le da vergüenza —continuó—, porque es un libro sobre sexo. Y no cualquier libro sobre sexo. Está lleno de todo tipo de actos obscenos e inimaginables...

Avancé un paso y le di un puñetazo en el estómago.

—Mierda. —Casteel se dobló por la cintura con un gemido gutural mientras Naill soltaba un silbido—. Por todos los dioses.

—¿Ya estás contento? —Crucé los brazos.

—Sí —boqueó—. Lo estaré cuando consiga respirar otra vez. —Puse los ojos en blanco—. Maldita sea. —Casteel levantó la vista hacia mí; tenía los ojos un poco más abiertos de lo habitual—. Eres... fuerte.

—Te lo dije —comentó Kieran—. Te dije que era fuerte.

Me vino un recuerdo de Kieran diciéndole eso a Casteel después de que hubiera tratado de comérmelo. Se me cayó el alma a los pies y dejé los brazos relajados a los lados.

—¿Creéis que me he vuelto más fuerte?

—¿Que si lo creo? —preguntó Casteel con una carcajada—. Lo sé. Siempre has pegado fuerte, pero esto ha sido distinto.

—Pues en realidad no te he pegado lo más fuerte que podía —dije. Me miró pasmado.

—Joder, menos mal.

—No me pidas que te pegue otra vez, porque no voy a hacerlo —le informé. Una sonrisa seductora se desplegó despacio por su cara y en la lengua noté… especias exuberantes—. Hay algo muy mal en ti —musité.

Mientras me giraba para darle la espalda, apareció un hoyuelo en su mejilla derecha. Unas décimas de segundo después, estaba a mi lado y me plantó un beso en la comisura de los labios.

—Me gusta —dijo, y me puso las manos en las caderas—. Mucho.

Me puse roja como un tomate, pero no dije nada mientras me agarraba a la silla. Esta vez, Casteel me dio el impulso que puede que no necesitara. Él montó detrás de mí y agarró las riendas. Para ser sincera, no sabía qué pensar sobre la posibilidad de que fuese más fuerte. No tenía espacio en el cerebro para elucubrar sobre ello, así que lo añadí a la lista de cosas en las que pensar más tarde. Me giré hacia Naill.

—Gracias.

Me miró confundido, con el ceño fruncido.

—¿Por qué?

—Por haber ayudado a Casteel en Irelone. Y por ayudarme —precisé.

Sonrió mientras miraba primero a Casteel y luego a mí. Sacudió la cabeza.

—De nada, Penellaphe.

—Puedes llamarme Poppy —dije. Acababa de decidir que a todos los que ayudaban podía considerarlos amigos. No importaba si lo hacían porque se sentían comprometidos con Casteel. A mí no me importaba.

Su medio sonrisa se convirtió en una sonrisa radiante.

—De nada, *Poppy*.

Noté que me sonrojaba de nuevo, así que miré a nuestro alrededor.

—¿Dónde están Delano y Jasper? —pregunté, mientras Casteel hacía girar a Setti hacia el bosque—. Y los demás.

—Están por todas partes, a nuestro alrededor —explicó Casteel. Instó a Setti a avanzar.

—¿No van a caballo? —Fruncí el ceño en dirección a la coronilla de Kieran—. ¿Dónde está tu caballo?

Kieran negó con la cabeza.

—El trayecto a través de las Skotos va a ser rápido y duro. Gastamos menos energía si vamos en nuestra forma de *wolven*. Además, cubrimos mucho más terreno de ese modo.

Ah. No lo sabía. Observé a Kieran adelantarse. Cuando se acercaba a los árboles, se agachó y agarró el borde de su túnica. Me di cuenta de que ya iba descalzo. Se sacó la túnica por encima de la cabeza. Los potentes músculos de su espalda se marcaron y sus brazos se tensaron cuando tiró la camisa a un lado.

—Eso parece un desperdicio innecesario —musité. Observé cómo la túnica negra flotaba durante unos momentos antes de caer despacio al suelo. Sus pantalones aterrizaron sobre ella unos segundos después.

Naill suspiró, pero guio a su caballo hasta ahí. Se inclinó de lado en la montura, estiró un brazo y, así colgado, recogió la ropa.

—Debería dejarla ahí sin más para que tuvieras que volver al reino en pelota picada.

Por el rabillo del ojo, vi a Kieran levantar un brazo y extender el dedo corazón. Me dije que no debía mirar, pero sabía que estaba a punto de transformarse y había algo completamente fascinante en eso. No pude evitarlo. Eché un vistacito, aunque procuré mantener los ojos dirigidos al norte.

Tampoco sirvió de mucho.

Kieran se inclinó hacia delante y, por un instante, presencié mucho más de lo que debería haber visto. Después cambió. Su piel se afinó y se oscureció. Los huesos crujieron y se estiraron, solo para volver a fusionarse al instante. Le salió pelo pardo por la espalda, que cubrió esos músculos mientras se abultaban y crecían aún más. Sus enormes patas delanteras se estrellaron contra el suelo y levantaron una nube de hojas y polvo. Segundos. Solo había tardado unos segundos, y entonces Kieran echó a andar delante de nosotros en su forma de *wolven*.

—Creo que jamás me acostumbraré a ver eso —susurré.

—¿Qué parte? —preguntó Casteel—. ¿El cambio o cuando se desnuda?

Naill soltó una risotada mientras se enderezaba en la montura y metía de cualquier manera la ropa de Kieran en su bolsa.

—Las dos —admití. Levanté los ojos hacia los árboles cuando nos adentramos en el bosque. Las copas estaban deformadas, las ramas retorcidas hacia abajo como si una gran mano hubiese aterrizado sobre ellas y hubiese intentado incrustarlas en el suelo—. ¿Estos árboles siempre están así?

—Estaban así cuando llegamos a la cabaña —repuso Casteel, pasando un brazo alrededor de mi cintura mientras multitud de hojas y ramitas crujían bajo los cascos de Setti—. Pero nunca habían tenido este aspecto.

—¿Qué crees que pudo haberlo causado?

—Debió de haber una tormenta de mil demonios —caviló. Cuando miré a Naill, él también los estudiaba. Por lo que se veía, los árboles estaban doblados y deformes.

¿Qué tipo de tormenta era capaz de hacer eso? Inquieta por lo que habíamos visto, me quedé callada y seguimos camino. No tardamos mucho en llegar a las montañas ocultas por la niebla. Era tan espesa y blanca que parecía sopa. Aunque sabía que no me haría daño, eso no evitó que me pusiera tensa al ver a Kieran adentrarse en ella. Entonces vi a los otros *wolven*, que salían sigilosos del bosque a nuestro alrededor y entraban en la neblina sin vacilar. Vi a Jasper y a Delano, que vinieron a colocarse a ambos lados de nosotros, cerca de los dos caballos. Zarcillos deshilachados de niebla se enroscaban alrededor de sus patas y de sus cuerpos.

Delano levantó la cabeza al pasar entre el caballo de Naill y Setti. Me miró y yo lo saludé con la mano con cierta timidez, mientras pensaba en cuando Beckett desapareció en la neblina la primera vez que yo me interné en las Skotos.

Aunque ese no había sido Beckett.

Con el corazón apesadumbrado, miré hacia delante y me preparé para adentrarnos en esa nada opaca. Entorné los ojos. La niebla no parecía tan espesa como la recordaba. O más bien se *movía*, rotaba y se dispersaba.

—Eso es diferente —destacó Casteel. Apretó más el brazo en torno a mi cintura.

La niebla de dispersó cuando entramos, y abrió un camino despejado para nosotros. Me giré para mirar atrás y vi que la niebla volvía a cerrarse. Se selló como una masa densa que parecía impenetrable. Me di la vuelta otra vez y vi a varios de los *wolven* más adelante, con su pelaje brillante a la luz del sol.

Ansiosa por ver el impresionante despliegue de los árboles dorados de Aios, levanté la vista en cuanto salimos de lo que quedaba de niebla.

—Por todos los dioses —susurró Naill.

Casteel se puso rígido detrás de mí y Setti ralentizó el paso. Empezó a agitar la cabeza, nervioso. Delante de nosotros los *wolven* se habían detenido, sus cuerpos estaban rígidos por la tensión mientras ellos también miraban arriba. Me quedé boquiabierta al tiempo que un pequeño temblor estallaba por toda mi piel.

Rojo.

A la luz del sol, las hojas de un profundo tono carmesí relucían como un millón de charcos de sangre.

Todos los árboles dorados de Aios se habían convertido en árboles de sangre.

CAPÍTULO 12

Bajo una cubierta de centelleante rubí en lugar de rutilante oro, trepamos las montañas Skotos a un ritmo sostenido que dejaba poco espacio para preguntar lo que les había pasado a los árboles de Aios. Tampoco creía que Casteel o Naill lo supieran. Sentía su consternación y su desasosiego con la misma intensidad que esas mismas emociones irradiaban de los *wolven*, mientras la corteza de los enormes y magníficos árboles centelleaba roja en lugar de dorada.

Nos dividimos en grupos, como la otra vez, aunque solo vimos tenues hilillos de niebla que se filtraban entre los arbustos espinosos y giraban en espiral a lo largo de la gruesa capa de musgo que tapizaba el suelo del bosque en la montaña. Kieran y Delano se quedaron con nosotros durante la trabajosa subida. No se oían pájaros ni otros animales y, aunque las ramas, cargadas de relucientes hojas carmesíes, oscilaban por encima de nosotros, no se oía tampoco el viento. Nadie habló, aparte de Casteel para preguntarme si tenía hambre o Naill para ofrecer su petaca, afirmando que el whisky ayudaría a mantenernos calientes según avanzábamos. Horas después, paramos el tiempo suficiente para ocuparnos de nuestras necesidades personales, alimentar a los caballos, y para que tanto Naill como Casteel se pusieran sus capas. Una vez que quedé, básicamente, envuelta en la manta que Casteel había traído de la cabaña, continuamos montaña arriba; seguía siendo preciosa, aunque de un modo silencioso e inquietante. No podía parar de mirar las hojas por encima de mí y las de un rojo más oscuro que habían caído al suelo y se asomaban desde detrás de rocas y arbustos. Era como si la montaña entera se hubiese convertido en un enorme Bosque de Sangre; uno sin Demonios.

¿Qué había hecho que cambiaran los árboles dorados que habían crecido por las laderas de las montañas y luego por la cordillera entera después de que la diosa Aios se hubiese ido a dormir en alguna parte de ella? Esa pregunta me atormentaba a cada hora que pasaba. Puede que me entretuviera negar todo y nada de vez en cuando, pero lo que había ocurrido aquí y lo que me había sucedido no podían ser mera coincidencia. Tres veces ya había crecido un árbol a toda velocidad donde había caído mi sangre, y en las ruinas del castillo de Bauer, las raíces de aquel árbol habían dado la impresión de cerrarse a mi alrededor, alrededor de Casteel y de mí, como si el árbol hubiese querido introducirnos en la tierra o protegernos. No lo tenía claro, pero recordaba bien a Kieran rompiendo las resbaladizas raíces de color gris oscuro.

Raíces que habían sido idénticas a las que se habían enroscado en torno a las cadenas de hueso.

¿Había sido mi cuasimuerte lo que les había hecho esto a los árboles? ¿Y el bosque deforme del exterior de la cabaña de caza? ¿Había sido mi potencial pérdida de mortalidad la tormenta que había barrido el bosque y transformado los árboles de Aios en árboles de sangre? Pero ¿cómo? ¿Y por qué? ¿Y habría tenido algún impacto sobre la diosa que dormía aquí? La que Casteel y Kieran creían que había despertado para evitar que yo cayera a una muerte segura.

Esperaba que no.

A pesar de la naturaleza inquietante de las montañas y del ritmo brutal, el agotamiento se apoderó de mí y empecé a hundirme cada vez más en el abrazo de Casteel. Cada vez que parpadeaba, me costaba más vólver a abrir los ojos a los rayos de sol que se colaban entre los huecos que dejaban las hojas en lo alto.

Arrebujada en la manta, enrosqué los dedos sin apretar en torno al brazo de Casteel y deslicé los ojos hacia donde Kieran y Delano corrían lado a lado delante de nosotros. Mis pensamientos divagaron mientras mis ojos empezaban a cerrarse. No tenía ni idea de cuánto tiempo había dormido después de que Casteel me diera su sangre y llegásemos a la cabaña. No se me había ocurrido preguntar, pero me daba la impresión de que había sido bastante. Sin embargo, ese sueño no había sido profundo. No todo él, en cualquier caso, puesto que había soñado. Ahora lo recordaba. Había soñado con la noche en la que murieron mis padres, y esos sueños habían sido diferentes de los anteriores. Mi madre había sacado algo de su bota, algo largo, fino y negro. Ahora no lograba verlo, por mucho que tratara de recordar, pero había habido alguien más ahí, alguien con quien ella había hablado y que no había sonado en absoluto como la voz que oía en el pasado, la que había hablado con mi padre y ahora sabía que pertenecía a Alastir. Esta había correspondido a una figura de negro. Sabía que había soñado con más cosas, pero no hacían más que escaparse de mi alcance en mi mente cansada. ¿Acaso lo que había soñado, fuese lo que fuere, eran viejos recuerdos que por fin estaban saliendo a la luz? ¿O los habían implantado ahí y se habían convertido en parte de mi imaginación debido a lo que había dicho Alastir acerca del Señor Oscuro?

Sin embargo, lo que no había parecido un sueño, lo que me había parecido real, era la mujer a la que había visto. La del pelo largo de un rubio plateado que había llenado mi mente cuando estuve en las Cámaras de Nyktos. Había aparecido cuando ya no era un cuerpo, sin sustancia ni pensamiento, flotando en la nada. Se parecía un poco a mí. Tenía más pecas, el pelo era diferente y sus ojos eran extraños: de tonos verde y plata fracturados que me recordaban a los ojos de los *wolven* cuando acudieron a mí en las Cámaras.

Una lágrima sanguinolenta había rodado por su mejilla. Eso significaba que tenía que ser una diosa, pero no conocía ninguna que fuera representada con ese pelo o esos rasgos. Fruncí los labios, cansada, mientras intentaba sentarme más erguida. La mujer me había dicho algo... algo que había sido una sorpresa. Casi podía oír su voz en mi mente ahora, pero igual que con los sueños de la noche en la posada, era frustrante que la claridad existiera solo en la periferia de mi conciencia.

Casteel me reacomodó de modo que mi cabeza descansara mejor contra su pecho.

—Descansa —me instó con voz suave—. Yo te sujeto. Puedes reposar.

No parecía correcto que yo lo hiciera cuando nadie más podía, pero no podía resistirme a la atracción del sueño. No fue el más profundo de los sueños. Cosas que quería olvidar me siguieron hasta ahí. Me encontré de vuelta en las criptas, encadenada a la pared. La bilis subió por mi garganta cuando giré la cabeza hacia un lado.

Oh, por todos los dioses.

Me encontré de frente con uno de los cadáveres; las cuencas vacías de sus ojos eran como túneles hacia la nada. Se *estremeció*.

Una nubecilla de polvo se removió por el aire cuando se le aflojó la mandíbula y sonó una voz rasposa y seca procedente de la boca sin labios.

«Eres igual que nosotros». Varios dientes se cayeron de las mandíbulas, solo para desintegrarse al hacerlo. «Acabarás justo igual que nosotros».

Me eché hacia atrás todo lo que pude, sentí cómo se apretaban las ataduras sobre mis muñecas y mis piernas.

«Esto no es real...».

«Eres igual que nosotros», repitió otro de los cadáveres tras girar la cabeza hacia mí. «Acabarás igual que nosotros».

«No. No». Forcejeé contra las ataduras, sentí cómo los huesos cortaban mi piel. «No soy un monstruo. No lo soy».

No lo eres, se entrometió una voz dulce que provenía de todas partes y de ninguna en absoluto, mientras los cadáveres de las paredes seguían estremeciéndose y moviéndose, y sus huesos crujían y se rozaban. La voz sonaba como la de... ¿Delano? *Eres una «meyaah Liessa». Despierta.*

La boca de la cosa que tenía al lado se abrió en un grito que empezó silencioso pero se convirtió en un largo aullido lastimero...

—Despierta, Poppy. Puedes despertarte. Yo te sujeto. —*Casteel*. Tenía el brazo apretado a mi alrededor mientras me abrazaba con fuerza contra su pecho y los poderosos músculos de Setti se movían debajo de nosotros—. Estás a salvo. Nadie va a hacerte daño. —Apretó la boca contra mi sien, cálida y reconfortante—. Nunca más.

Mi corazón latía de un modo errático mientras hacía un esfuerzo por respirar hondo. ¿Habría chillado? Parpadeé deprisa y tironeé para liberar mis manos de donde estaban remetidas entre los brazos de Casteel y la manta. Logré sacar una y me apresuré a frotarme las mejillas frías mientras mis ojos se adaptaban a los tenues restos de sol y a las hojas oscuras, casi negras, por encima de nosotros. Tragué saliva con esfuerzo y miré hacia donde cabalgaba Naill, que miraba recto al frente, y luego más adelante. El *wolven* blanco corría al lado del pardo. Giró la cabeza para mirarnos, con las orejas tiesas. Por un breve instante nuestros ojos se cruzaron, y sentí su preocupación. El zumbido de mi pecho vibró cuando una vía singular se abrió a lo largo de la conexión con las emociones del *wolven*, una cuerda más clara que me transmitió algo distinto que los sentimientos. Una sensación elástica y ligera como una pluma que no tenía nada que ver con el alivio. Era casi como una marca a fuego, una huella de Delano, de quién era en el centro de su ser, única solo para él. Su impronta.

El *wolven* apartó la mirada al saltar por encima de una roca y luego se adelantó a Kieran. Solté una bocanada de aire tembloroso.

—¿Poppy? —Los dedos de Casteel rozaron mi barbilla y luego un lado de mi cuello—. ¿Estás bien? —preguntó en voz baja. Aparté la mirada de Delano y asentí.

—Sí, muy bien.

Sus dedos se quedaron quietos, y luego bajó la mano para retirar los mechones de pelo sueltos.

—¿Con qué estabas soñando?

—Con las criptas —admití. Me aclaré la garganta—. ¿He… gritado? ¿O hablado?

—No —me tranquilizó, y di gracias a los dioses en silencio—. Empezaste a retorcerte un poco. Sufrías como pequeños espasmos. —Hizo una pausa—. ¿Quieres hablar de ello?

Negué con la cabeza.

Se quedó callado unos segundos antes de volver a hablar.

—Te sintieron. Sintieron lo que fuese que estabas soñando. Tanto Kieran como Delano. No hacían más que mirar hacia aquí —me contó. Mis ojos volvieron hacia los dos *wolven*. Galopaban por el suelo, que ya no era musgoso—. Delano empezó a aullar. Ahí fue cuando te desperté.

—Yo… ¿crees que es esa cosa primigenia? —le dije, preguntándome al mismo tiempo si de verdad había oído la voz de Delano. Eso no tenía sentido porque había contestado a lo que yo había dicho en mi sueño.

—¿El *notam* primigenio? Supongo.

Me recosté contra Casteel y levanté la vista. Los árboles empezaban a ralear y veía parches de cielo, ahora pintado de intensos tonos rosas y azules oscuros.

—¿Ya hemos cruzado las Skotos?

—Así es —confirmó Casteel. El ambiente no era tan frío como antes de que me quedara dormida.

Seguimos adelante. El cielo se oscureció y el terreno se fue suavizando y nivelando. Casteel aflojó la manta alrededor de nosotros cuando salimos de los últimos árboles y el resto de los *wolven* emergió por ambos lados para unirse al grupo. Me giré por la cintura y miré detrás de Casteel, aunque estaba demasiado oscuro para ver los árboles de Aios.

No quería ni pensar en lo que la gente de Atlantia habría sentido al ver cómo se transformaban los árboles. Mi corazón tropezó consigo mismo cuando me giré hacia delante otra vez. Escudriñé el terreno rocoso y escarpado. No reconocía el lugar, aunque el aire parecía más cálido a cada momento.

—¿Dónde estamos? —pregunté, justo cuando vi al gran *wolven* plateado moverse por delante de nosotros. Jasper esquivaba las rocas con facilidad y saltaba de unas a otras con los demás *wolven* pisándole los talones.

—Hemos salido un poco más al sur de la Cala de Saion —explicó Casteel—. Más cerca del mar, en los acantilados de Ione. Hay un viejo templo aquí.

—Es probable que pudieras ver los acantilados desde las Cámaras —comentó Naill, que frenó un poco a su caballo cuando el terreno se volvió más irregular—. Pero no creo que el templo.

—Aquí es donde nos espera mi padre y donde están reteniendo a Alastir —me informó Casteel.

Me senté más recta. Atrapé la manta antes de que cayera y se enredara entre las patas de Setti. Altos cipreses salpicaban el paisaje, más tupidos a lo lejos. El aire llevaba un inconfundible aroma salino.

—Podemos parar aquí o seguir camino hasta la Cala de Saion —ofreció Casteel—. Podemos encargarnos de Alastir ahora o más adelante. Tú decides.

No dudé ni un momento, aunque encargarnos de Alastir también significaba encontrarme con el padre de Casteel.

—Nos encargaremos de esto ahora.

—¿Estás segura?

—Sí.

Algo similar al orgullo emanó desde Casteel hacia mí. Sus labios tocaron mi mejilla.

—Eres fuerte.

Desde la izquierda, nos llegó el sonido de agua que fluía. A la luz de la luna, se veía agua centellear por la cara de las montañas Skotos y luego discurrir por la ancha franja de tierra. El agua bajaba con fuerza y saltaba desde los acantilados para caer sobre las rocas más abajo.

El cielo estaba estrellado cuando el titilar de numerosas antorchas fue visible de pronto entre los enormes árboles. Proyectaban un resplandor anaranjado por unas columnatas laterales casi tan altas como los cipreses circundantes.

Kieran se reunió con su padre en su raid entre los árboles y siguieron corriendo hacia la ancha escalinata del templo vallado. Había gente entre las columnas, todos vestidos de negro, y supe sin necesidad de preguntar que eran hombres de Casteel y guardianes de Atlantia. Personas en las que confiaba.

Mientras varios de los *wolven* subían las escaleras, Casteel frenó un poco a Setti.

—Lo más probable es que vayamos a ver a mi padre primero. Necesita verificar que no Ascendiste. —Asentí. Una energía nerviosa y algo más crudo zumbaron en mi interior—. *Después*, nos ocuparemos de Alastir —continuó Casteel. El brazo que rodeaba mi cintura se movió y su mano se deslizó por mi vientre, dejando un escalofrío a su paso—. Yo ya le he sonsacado a Alastir todo lo que puede sernos de utilidad, así que ¿sabes cómo terminará esta noche?

El nerviosismo se asentó a medida que la decisión se extendía por mi interior. Sabía cómo iba a concluir la noche. La determinación se grabó en mi piel, se abrió camino hasta mis huesos y llenó el centro de mi pecho. Levanté la barbilla.

—Con muerte.

—¿A tus manos o a las mías? —preguntó, y sus labios rozaron la curva de mi mandíbula.

—A las mías.

Casteel y yo subimos las escaleras al templo de Saion, con nuestras manos unidas. Casi dos docenas de *wolven* rondaban por la columnata, mientras que Jasper y Kieran esperaban delante de las puertas, tan negras como el cielo y casi tan altas como el templo.

La acidez de la incertidumbre y el sabor más fresco y cítrico de la curiosidad saturaron el aire cuando los que esperaban entre las columnas se percataron de nuestra presencia. Lo que fuera que Casteel estuviera percibiendo diferente en mí, ellos también lo sentían. Lo vi en la forma en que los guardianes se tensaron y llevaron sus manos hacia sus armas, solo para pararse un instante después y ladear la cabeza mientras trataban de comprender lo que estaban notando. No sentí miedo procedente de ninguno de ellos, ni de los guardianes ni de los otros. Tenía ganas de preguntarle a alguno qué era lo que sentían cuando me miraban, qué los hacía querer desenvainar sus espadas pero luego los detenía. Sin embargo, la mano de Casteel se apretó en torno a la mía y me impidió acercarme a una de las mujeres, cosa que al parecer había empezado a hacer.

Aunque, claro, solo los dioses sabían qué aspecto tenía en ese momento, con el pelo hecho una maraña nudosa y rizada, los pantalones demasiado ceñidos y las botas demasiado apretadas, además de la capa de Casteel por encima de una túnica prestada que me quedaba grande. Era muy posible que creyeran que era un Demonio.

Uno de los atlantianos se adelantó cuando llegamos a la cima de las escaleras. Era Emil, su pelo castaño rojizo era aún más rojo a la luz de las antorchas. Deslizó los ojos de Casteel a mí. Las aletas de su nariz se abrieron, su garganta subió y bajó al tragar saliva, y su apuesto rostro palideció un poco mientras agarraba la empuñadura de su espada y se inclinaba un poco por la cintura.

—Me siento aliviado de verte aquí, alteza.

Di un pequeño respingo. El uso del título formal me pilló un poco desprevenida y me costó un momento recordar que, como la mujer de Casteel, ese era mi título oficial. No tenía nada que ver con todo el asunto de la corona.

—Yo también —dije, con una sonrisa. Percibí otra oleada de sorpresa procedente de Emil mientras me miraba como si no pudiese creer del todo que yo estuviera ahí de pie. Dado el estado en que me había visto la última vez, no podía culparlo por ello—. Gracias por tu ayuda.

La misma expresión que había cruzado la cara de Naill cuando le di las gracias atravesó ahora el rostro del atlantiano, pero inclinó la cabeza con un asentimiento. Se volvió hacia Casteel.

—Tu padre está dentro y no está muy contento que digamos.

—Apuesto a que no —murmuró Casteel.

Un lado de los labios de Emil se curvó hacia arriba cuando Naill se reunió con nosotros.

—Como tampoco lo está el puñado de atlantianos y mortales que encontraron su camino hasta aquí en un intento por liberar a Alastir.

—¿Cómo fue eso? —preguntó Casteel.

—Fue un poco… sangriento. —Los ojos de Emil relucían a la luz de las antorchas cuando miró a su príncipe—. Los que siguen vivos están siendo retenidos junto con Alastir para tu... disfrute.

Una sonrisa tensa y sombría apareció cuando Casteel echó la cabeza hacia atrás.

—¿Alguien más se ha enterado de que mi padre está prisionero aquí?

—No —respondió Emil—. Tu madre y los guardias de la corona creen que todavía está contigo.

—Perfecto. —Casteel se giró hacia mí—. ¿Preparada?

Asentí.

Emil empezó a retroceder, pero se detuvo.

—Casi lo olvido. —Metió la mano debajo de su túnica, y yo me puse tensa al oír un gruñido grave de advertencia cuando Jasper dio un paso al frente, con la cabeza gacha. Casteel se movió de un modo muy sutil a mi lado, todo su cuerpo en tensión. El atlantiano lanzó una mirada nerviosa hacia atrás en dirección al gran *wolven*—. Esto le pertenece a ella —declaró—. Solo se lo voy a devolver.

Bajé la vista para verle sacar una daga, que centelleaba de un negro rojizo a la luz del fuego. Se me atoró el aire en la garganta cuando le dio la vuelta y me ofreció el mango de hueso. Era mi daga de heliotropo, la piedra de sangre. La que Vikter me había regalado en mi decimosexto cumpleaños. Aparte de los recuerdos del hombre que había arriesgado su carrera, y seguramente su vida, para tener la certeza de que supiera defenderme, era lo único que me quedaba de él.

—¿Cómo...? —Me aclaré la garganta mientras cerraba los dedos en torno al frío hueso de *wolven*—. ¿Cómo la has encontrado?

—Por casualidad, creo —dijo. Se apresuró a dar un paso atrás y casi chocó con Delano, que se había acercado con sigilo por su espalda—. Cuando varios de nosotros volvimos a buscar pruebas, la vi tirada al pie del árbol de sangre.

Me tragué el nudo que se me había hecho en la garganta.

—Gracias.

Emil asintió y Casteel le dio una palmada en el hombro. Yo me aferré a la daga y la deslicé debajo de mi capa mientras echábamos a andar y cruzábamos la ancha columnata. Un chico joven y delgado esperaba contra la pared. Casi no reconocí las líneas sombrías, suaves y casi frágiles del rostro de Quentyn Da'Lahr. No sonreía, tampoco parloteaba, rebosante de energía como solía estar. Se acercó a nosotros con pasos dubitativos. En cuanto mis sentidos se conectaron con sus emociones, el sabor ácido de su aflicción me robó la respiración. Noté incertidumbre en él, junto con la amargura de la culpa, pero también había algo… *amargo* por debajo. Miedo. Se me comprimió el pecho mientras mis sentidos trataban de descifrar a toda velocidad si su temor iba dirigido a mí o… Después recordé que había tenido una relación estrecha con Beckett. Habían sido amigos. ¿Sabía ya lo que le había sucedido a su amigo? ¿O todavía creía que Beckett había estado implicado en el ataque? No estaba segura, pero no podía creer que Quentyn hubiese tenido nada que ver. No estaría ahí de pie ahora mismo si así fuera.

Los fríos ojos ambarinos de Casteel se posaron en el joven atlantiano, pero antes de que pudiera hablar, Quentyn hincó una rodilla en el suelo e inclinó su cabeza dorada ante nosotros.

—Lo siento —dijo, en su voz había un ligero temblor—. No tenía ni idea de lo que iba a hacer Beckett. Si lo hubiese sabido, habría impedido…

—No tienes de qué disculparte —lo tranquilicé, incapaz de permitir que el joven atlantiano cargara con una culpa inmerecida. Me di cuenta de que los otros no debían de saber aún lo que había pasado en realidad—. Beckett no tuvo culpa de nada.

—Pero él… —Quentyn levantó la cabeza, sus ojos dorados estaban húmedos—. Él te condujo hasta las Cámaras y…

—No era él —explicó Casteel—. Beckett no cometió ningún delito contra Penellaphe ni contra mí.

—No lo entiendo. —La confusión y el alivio se esparcieron por el interior del atlantiano, que se puso de pie, un poco inestable—. Entonces, ¿dónde ha estado, alteza... quiero decir, Casteel? ¿Está con vosotros?

Mi mano apretó la de Casteel y vi que se tensaba un músculo en su mandíbula.

—Beckett nunca salió de Spessa's End, Quentyn. Lo asesinaron los que conspiraban con su tío.

Si el resto de los presentes tuvo alguna reacción a la muerte del joven *wolven*, no pude saberlo. Todo lo que pude sentir fue la oleada de pena que invadió al atlantiano a toda velocidad, seguida de un puñetazo brutal de negación. Su dolor era tan crudo y potente que explotó en el aire salado a nuestro alrededor y se espesó al caer sobre mi piel. Oí a Casteel decirle que lo sentía y vi a Quentyn negar con la cabeza. Su dolor... era extremo, y una parte lejana de mí se preguntó si esta sería su primera pérdida real. Quentyn era mayor que yo, aunque parecía más joven, pero en años atlantianos seguía siendo muy joven. Hizo un esfuerzo por no mostrar su dolor: apretó los labios, enderezó la columna en una postura antinatural. Intentaba mantener la compostura mientras su príncipe le hablaba y los *wolven*, atlantianos y guardianes lo rodeaban. Por desgracia para él, estaba perdiendo la batalla y noté cómo la aflicción lo recorría en oleadas sucesivas. Si perdía la cabeza Casteel no se lo tendría en cuenta, pero advertí que quería que lo vieran como alguien valiente y fuerte. Y odié eso. Odié aún más a los responsables, por el dolor que habían infligido a otras personas y las vidas que habían robado.

Reaccioné sin pensar, solo por instinto. Más tarde, me obsesionaría con todo lo que podría haber salido mal, puesto que no tenía ni idea de lo que mi contacto podía hacer ahora. Solté mi mano de la de Casteel y la puse sobre el brazo del atlantiano. Sus ojos, muy abiertos, volaron hacia los míos. Tenía las pestañas empapadas de lágrimas.

—Lo siento —susurré, deseando que hubiera algo mejor para decir, algo más útil, más inspirador. Sin embargo, las palabras rara vez eran lo bastante buenas para aliviar la sensación de pérdida. Hice lo que sabía hacer y recurrí a mis momentos alegres, a las emociones cálidas y llenas de esperanza. Pensé en cómo me sentía cuando Casteel me decía que me quería, cómo me sentí cuando me di cuenta de que realmente era así en Spessa's End. Tomé esas emociones y las dejé fluir a través de mi cuerpo y hacia el de Quentyn.

Dio un respingo cuando sentí que su pesar y su incredulidad palpitaban con intensidad y luego se desvanecían a toda velocidad. La piel de alrededor de su boca se relajó y la tensión de sus hombros se dispersó. Soltó el aire despacio y ya no experimenté aflicción. Solté su brazo, consciente de que el alivio no duraría para siempre. Con suerte, le daría algo de tiempo para asimilar la muerte de su amigo en privado.

—Tus ojos —susurró Quentyn, al tiempo que parpadeaba despacio—. Están raros… —Se sonrojó bajo la luz de las antorchas—. Quiero decir, son realmente preciosos. Raros de una manera preciosa.

Arqueé las cejas y miré a Casteel. Las líneas y los ángulos de su cara se habían suavizado.

—Están brillando —murmuró. Se inclinó un poco hacia mí—. De hecho, no es todo el ojo. —Ladeó la cabeza—. Tienen como hilillos de luz. Luz plateada por todo el iris.

Ojos fracturados.

Casteel miró hacia donde esperaban Kieran y Delano y vio lo mismo que yo: ojos azul pálido veteados de luminoso blanco plateado.

Ojos como los de la mujer a la que había visto en un sueño que sabía que no era un sueño, la mujer que me había hablado. Hasta el último rincón de mi ser en ese momento supo que lo que me había dicho era *la respuesta* a todo.

CAPÍTULO 13

Casteel se volvió hacia mí y me tomó de la mano una vez más. Se la llevó a la boca.

—Ya no brillan. —Depositó un beso en mis nudillos y ese solo acto alivió gran parte de la tensión que ya me invadía. Acercó la boca a mi oreja y susurró—: Gracias por lo que has hecho por Quentyn.

Sacudí la cabeza y él besó la línea de piel irregular que discurría por mi mejilla. Con los dedos entrelazados con los míos, les hizo un gesto a los guardianes.

Dos de ellos se adelantaron, se pusieron una mano sobre el corazón e hicieron una reverencia antes de agarrar un asa de las puertas negras cada uno. La piedra chirrió cuando las abrieron y la columnata quedó iluminada por las velas del interior. Jasper entró con cautela, su pelo plateado brilló a la luz. Lo siguieron su hijo, después Delano y a continuación Casteel y yo, con la daga de hueso de *wolven* todavía aferrada en mi mano, oculta por la capa. Los demás *wolven* nos flanqueaban. Caminaron a lo largo de las gruesas columnas alineadas por las cuatro paredes de la cámara, columnas de piedra negra, tan reflectantes como las de los templos de Solis. Observé a los *wolven* deslizarse entre esos pilares relucientes; tenían las orejas gachas y los ojos de un luminoso azul invernal. Recorrieron la cámara con ademán acechante, y luego rodearon al hombre de anchos hombros sentado en uno de los numerosos bancos de piedra que ocupaban el centro del templo de Saion, de espaldas a nosotros. Estaba muy rígido mientras su cabeza seguía el recorrido de los *wolven*.

—Padre —lo llamó Casteel, al tiempo que la puerta se cerraba detrás, con un golpe suave.

El rey de Atlantia se levantó despacio, con cautela, y luego se dio la vuelta. Su mano se escurrió hacia su costado, adonde hubiera estado envainada su espada. El hombre había sido difícil de descifrar en las Cámaras de Nyktos, pero ahora no tenía ni de lejos el mismo control sobre sus emociones mientras miraba primero a su hijo y luego a mí.

Dio un paso atrás y sus piernas chocaron contra el banco detrás de él.

—No has… —Se quedó callado y un chorro de sorpresa gélida congeló mi piel. Tenía los ojos muy abiertos, las pupilas dilatadas tan deprisa que solo un fino halo dorado era visible. Seguía sin quitarme los ojos de encima, boquiabierto.

Se me secó la boca y tuve que hacer un esfuerzo por reprimir el impulso de cerrar mis sentidos. Los mantuve abiertos cuando dio un paso al frente. La cabeza de Kieran voló en su dirección y un gruñido grave retumbó por toda la sala. El padre de Casteel, sin embargo, no pareció oírlo.

—Te estabas muriendo —murmuró con voz ronca. Me estremecí al recordarlo.

—Así es.

Unos mechones de pelo rubio cayeron contra la áspera pelusilla que crecía por su mandíbula y sus mejillas.

—No era posible salvarte —insistió con voz rasposa. Kieran dio la sensación de relajarse e incluso retrocedió un poco a pesar de que el padre de Casteel dio otro paso tentativo hacia nosotros—. Te vi. Vi tu herida y lo mucho que sangrabas. No era posible salvarte a menos que…

—Extraje la sangre que le quedaba y le di la mía —explicó Casteel—. Por eso está aquí hoy. La Ascendí.

—Pero… —El rey parecía no encontrar las palabras. Aspiré una pequeña bocanada de aire y recuperé el habla.

—Puedo caminar al sol; de hecho, cabalgamos todo el día bajo el sol. No tengo la piel fría al tacto y conservo mis emociones —le dije—. Y no siento la necesidad de arrancarle la garganta a nadie.

Los ojos de Casteel se deslizaron hacia mí y noté un dejo de diversión.

—¿Qué? —susurré—. Creo que era necesario mencionarlo.

—No he dicho nada.

Entorné los ojos en su dirección y luego devolví mi atención a su padre.

—Lo que estoy intentando decir es que no soy una *vampry*.

El pecho del rey Valyn se hinchó con una respiración profunda, y con ella, sentí cómo su sorpresa menguaba a cada segundo que pasaba, más y más tenue. Pero no creí que se hubiese recuperado de la conmoción tan pronto. Estaba guardando sus emociones, escondiéndolas donde yo no pudiera llegar hasta ellas; era lo mismo que hacía su hijo cuando no quería que supiera lo que sentía. Una parte de mí, en el centro de mi pecho, vibraba de energía y quería escarbar en esos muros que había levantado, encontrar las juntas más frágiles y abrirlas para dejar al descubierto…

No.

No quería hacer eso. No quería hacerlo por multitud de razones; para empezar, porque sería una enorme violación de su intimidad. Si alguien quería dejarme fuera, estaba en su derecho. Esa era la única razón que importaba, pero además ni siquiera estaba segura de poder hacer algo como eso.

Valyn se aclaró la garganta y mis ojos volaron otra vez hacia él.

—No puedo creer que lo hicieras, Casteel. —Dio unos pasos atrás, se sentó en el banco y estiró una pierna. No intenté leer sus sentimientos—. Sabías lo que podía pasar.

—Claro que sabía lo que podía pasar —replicó Casteel—. Conocía los riesgos y aun así volvería a hacerlo aunque hubiese Ascendido.

Mi corazón dio un pequeño brinco de alegría, pero el padre de Casteel no parecía nada impresionado.

—Sabes lo que ese acto le hizo a nuestro reino, a nuestra gente, y ¿estarías dispuesto a correr nuevamente ese riesgo?

—Si crees que lo que hice fue un escándalo, entonces tienes que entender que haré cualquier cosa y todo lo que esté en mi mano por *mi mujer*. —Casteel clavó los ojos en los de su padre—. No hay riesgo demasiado grande, tampoco hay nada demasiado sagrado. Porque ella lo es *todo* para mí. No hay nada más importante que ella, y quiero decir *nada*.

Entreabrí los labios en una exclamación ahogada mientras miraba a Casteel. Una bola de emociones caóticas trepó por mi garganta.

—No lo dudo, hijo. Estaba ahí cuando recuperaste la conciencia y descubriste que había desaparecido. Te vi, y nunca te había visto así. No lo olvidaré jamás —añadió su padre, y giré la cabeza hacia él. Ya era la segunda vez que alguien decía eso—. Incluso puedo comprender tu necesidad de protegerla. Dios, cómo lo entiendo. —Se pasó una mano por la cara, pero paró para rascarse la barba—. Pero, como rey, no puedo aprobar lo que hiciste.

La mano de Casteel resbaló de la mía al tiempo que varios de los *wolven* levantaban la mirada hacia el rey. Una ira fría y completamente aterradora bullía dentro del príncipe; la reconocí como el tipo de furia por la que se lo había llegado a conocer como el Señor Oscuro.

—No sabía que hubiese pedido tu aprobación.

Mi corazón dio un tropiezo cuando su padre resopló con desdén.

—Creo que eso es obvio, dado que el acto ya se ha completado.

—¿Y? —lo desafió Casteel, con una voz demasiado suave. Demasiado calmada.

Se me pusieron de punta todos los pelillos del cuerpo y mi mano empezó a sudar en torno a la empuñadura de la daga de heliotropo. Una gran sensación de desconfianza emanó de los *wolven*. Se quedaron muy quietos, de un modo inquietante.

—Esperad —intervine, sin estar del todo segura de si les hablaba a ellos o a toda criatura viviente en la sala—. Casteel corrió un riesgo inmenso, uno que muchos creerán que no debería haber asumido, pero lo hizo. Ya pasó. No soy una *vampry*. —Recordé la sed de sangre que había sentido al despertar—. O, al menos, no soy como los otros. Y aunque puede que merezca un sermón… —Su padre arqueó una ceja mientras Casteel me miraba con el ceño fruncido—. Ahora mismo parece irrelevante —maticé.

—Tienes razón —convino el rey Valyn después de un momento—. Tiene suerte. O la tienes tú. O la tenemos todos en el reino porque no has Ascendido. Eso lo sé. Si lo hubieses hecho, mi hijo sabe lo que yo estaría obligado a hacer. —Me miró a los ojos—. Y lo digo a sabiendas de que sería muy improbable que llegara hasta ti siquiera antes de que estos *wolven*, aquellos a los que conozco desde hace cientos de años, me hicieran pedazos. —Sus ojos saltaron ahora hacia su hijo—. Habrías provocado una guerra, una que nos hubiera debilitado frente a la amenaza real que viene del oeste. Solo quiero que lo sepas.

Un lado de los labios de Casteel se curvó hacia arriba. Me puse tensa al ver esa sonrisa de suficiencia.

—Sé lo que habrían causado mis acciones.

—¿Y aun así?

—Aquí estamos —repuso.

Respiré hondo mientras sentía el ardor de la ira filtrarse a través de los muros que el rey Valyn había levantado.

—Sí, aquí estamos, al parecer decididos a irritarnos unos a otros hasta la eternidad. Menos yo, yo no quiero irritar a nadie; ya sabéis, la persona que fue atacada no una sino dos veces y a la que luego dispararon en el pecho con una ballesta —espeté cortante y los ojos de ambos volaron hacia mí—. Y aun así, soy yo la que tiene que deciros a los dos que lo dejéis estar ya, maldita sea.

El rey pestañeó varias veces.

—¿Por qué me estoy acordando de tu madre, Cas?

—Porque suena como algo que diría ella —repuso él—. O que es probable que haya dicho. Menos lo de ser disparada.

Puse los ojos en blanco.

—Vale, bueno, como he dicho, no soy una Ascendida, al menos no como los otros. Todos estamos de acuerdo en eso, ¿no? Así que ¿no sabréis por casualidad lo que soy? —pregunté. Luego se me escapó una risa incómoda. El sonido se ganó unas cuantas miradas curiosas por parte de los *wolven*—. Eso ha sonado muy raro al decirlo en voz alta.

—He oído cosas mucho más raras —comentó Casteel, y con eso se ganó una mirada curiosa por *mi* parte—. Me transmite una sensación distinta de cualquier cosa que haya sentido hasta ahora —le explicó Casteel a su padre; su tono estaba desprovisto de esa calma letal que siempre era una advertencia de que iban a pasar cosas muy malas—. Pero ya no es mortal.

Era muy raro oír eso, a pesar de que ya lo sabía.

—No, no lo es. —Su padre me estudió con tal intensidad que me costó quedarme ahí parada y no reaccionar. Sobre todo cuando ese tipo de escrutinio siempre había venido acompañado de alguien que miraba fijamente mis cicatrices. En ese momento, sin embargo, no creo que el rey las viera siquiera—. Y no eres una *vampry*. Ninguno de ellos puede caminar al sol ni estar entre los nuestros tan pronto después del cambio, así que puedes estar tranquila.

—Eso creía yo también —aportó Casteel—. ¿Puedes explicar lo sucedido?

Su padre tardó un buen rato en contestar y, mientras lo miraba, no pude sentir nada procedente de él.

—Tiene que ser su ascendencia. Su linaje —musitó—. Ha debido de desempeñar un papel en esto de algún modo. La percibo como… no entiendo lo que siento.

Unas campanas de advertencia empezaron a repicar en mi cabeza, y tenían mucho que ver con el repentino sabor a conflicto que llenó mi boca. ¿Sabía el rey más de lo que decía? El instinto me dijo que así era. Miré por la sala a nuestro alrededor y vi solo *wolven* entre nosotros. Respiré hondo.

—Alastir me dijo con quién estoy emparentada…

—Puedo imaginar lo que te ha contado Alastir —me interrumpió el rey Valyn—. Parte puede que sea verdad. Parte puede que no. Y habrá cosas que mi mujer y yo quizá podamos confirmar para ti.

Mi corazón dio un vuelco y el calor del cuerpo de Casteel presionó contra mi costado cuando se acercó un poco más a mí.

—¿Pero?

—Pero esta es una conversación que no mantendré sin que Eloana esté presente —declaró, y sentí otro vuelco al corazón. Me miró a los ojos—. Sé que rogarte que esperes es mucho pedir, pero ella tiene que ser parte de esta conversación.

Me estaba pidiendo que esperara para averiguar si de verdad estaba emparentada con el rey Malec, que aguardara a descubrir, probablemente, por qué no me había convertido en *vampry* cuando Casteel me Ascendió. Pues claro que no quería esperar, pero miré a Casteel. Sus ojos se cruzaron un instante con los míos y luego miró a su padre.

—Eso es mucho pedir, padre.

—Lo sé, pero igual que tú harás cualquier cosa por tu mujer, yo haré cualquier cosa por proteger a la mía.

—¿De qué tienes que protegerla? —preguntó Casteel.

—De una historia que nos ha atormentado durante siglos —contestó su padre, y yo me estremecí. Se levantó despacio—. Así que puedes insistir todo lo que quieras, pero no hablaré de nada de esto hasta que Eloana esté presente. Puedes hacerla venir ahora si quieres, pero supongo que tendréis asuntos más urgentes de los que ocuparos.

Alastir.

—Y también creo que querrás que hable con tu madre antes de que averigüe que me habéis retenido aquí —continuó su padre, y un sentido del humor irónico se coló en su tono de voz—. Además, eso os da tiempo de descansar. A los dos. Habéis viajado sin descanso y habéis pasado por un montón de cosas. Aunque todo ello depende de vosotros.

Casteel me miró a los ojos y me costó bastante esfuerzo asentir.

—¿Estás segura? —preguntó en voz baja.

—Sí —confirmé, aunque quería gritar de frustración.

El pecho del rey Valyn se hinchó en un suspiro.

—Gracias. Creo que todos necesitamos este tiempo extra —musitó. Unas pequeñas pelotas de inquietud arraigaron en mi interior. Alastir había dicho que los padres de Casteel no estaban implicados, pero había alguna razón por la que quería retrasar esta conversación, por la que quería que su mujer estuviese presente—. También creo que sería muy sensato que no habláramos de esto con nadie que no estuviese presente en las ruinas —nos aconsejó. En otras palabras, nadie necesitaba saber que Casteel me había Ascendido—. Y que todos los que estuvieron ahí, jurasen guardar el secreto.

—De acuerdo —aceptó Casteel.

—Pero ¿vosotros percibís algo distinto en mí? —Miré a uno y a otro—. ¿No lo sabrá cualquiera que pueda sentir eso?

—Solo sabrán que no eres *vampry* ni mortal. Lo que sientan no les dirá lo que ocurrió —explicó, y desde luego fue un consuelo saberlo. Pero ¿y los árboles de Aios? Eso debía de haber alertado a la gente de Atlantia de que algo había pasado—. Entonces, ¿soy libre de marcharme? —le preguntó a su hijo. No pude distinguir si lo preguntaba en serio.

Casteel asintió. Kieran y los otros vigilaron al rey de cerca cuando se dirigió hacia nosotros. Se paró a pocos pasos y miró a su hijo. Ninguno de los dos dijo nada. No era tan ingenua como para creer que su relación no había sufrido ningún daño, aunque deseara que ese no fuese el caso. Solo podía rezar por que pudieran repararlo.

Los ojos del rey Valyn se deslizaron hacia mí.

—Siento lo que te hicieron cuando llegaste y lo que ha ocurrido desde entonces. Atlantia no es así. De haber sabido lo que planeaba Alastir, ni Eloana ni yo hubiésemos permitido que nada de esto sucediera —me dijo. La empatía se abrió paso a través de los muros que había levantado y llegó hasta mí—. También sé que mi disculpa hace muy poco por cambiar o rectificar lo que ha pasado, en lo que podía haber acabado semejante traición y maldad. Y eso es lo que han cometido Alastir y todos los que conspiraron con él.

Asentí.

—Está… —Me callé antes de decirle que estaba bien. Porque no lo estaba, nada de esto estaba bien. Así que todo lo que pude hacer fue asentir de nuevo.

El rey Valyn se volvió hacia su hijo.

—Solo puedo suponer lo que planeas hacer con Alastir y los otros que están retenidos abajo, pero quiero tu confirmación de que no sobrevivirán a esta noche. Si lo hacen, serán ejecutados por la mañana —le informó a Casteel—. Y mientras la corona siga sobre mi cabeza, es una orden que me aseguraré personalmente de que se cumpla.

Aunque me alegré de que no exigiera indulgencia para Alastir, la parte sobre la corona me produjo una oleada de ansiedad. Sabía a qué se refería sin necesidad de que lo dijese con mayor claridad: no esperaba soportar el peso de la corona durante mucho más tiempo.

—Alastir no sobrevivirá a la noche —le aseguró Casteel—. Ninguno de ellos lo hará.

El rey Valyn asintió; luego vaciló un instante.

—Acudid a nosotros cuando los dos estéis listos. Os estaremos esperando.

Observé cómo el padre de Casteel pasaba a nuestro lado, y los *wolven* despejaron un pasillo para él.

—Esperad, por favor. —Consciente de la mirada de Casteel, me giré hacia donde su padre se había detenido delante de la puerta. Se volvió hacia mí—. Estuvisteis en las ruinas de las Tierras Baldías. Gracias por ayudar a Casteel, y a mí —dije, rezando por no quedar como una tonta más tarde por haber sido agradecida—. Gracias.

El rey Valyn ladeó la cabeza.

—No tienes por qué darme las gracias. Ahora eres de la familia. Por supuesto que siempre te ayudaré.

Casa.

Estaba de pie entre los cipreses, bajo los fracturados rayos de luna, con Kieran sentado a mi lado en su forma de *wolven*. El borde del acantilado se asomaba sobre las aguas ahora oscuras de la Cala de Saion, que reflejaban los intensos azules y negros del cielo nocturno. Desde aquí, veía las luces de la ciudad que centelleaban como estrellas posadas más allá de los árboles y los valles. Parecía un lienzo precioso, casi irreal. Me recordaba un poco a Carsodonia, pero incluso en medio de la noche, la bahía estaría llena de barcos que transportaban mercancías y personas de acá para allá. Aquí, sin embargo, todo era pacífico, con el sonido de las cataratas y las lejanas llamadas de los pájaros nocturnos, y me sorprendió y alivió sentir lo mismo que cuando estuve en las Cámaras de Nyktos.

Todavía sentía que estaba en casa.

¿Sería mi linaje, el *eather* que había en él, que reconocía la tierra, el aire y el mar? ¿Tan poderosa era mi ascendencia? Porque, para ser sincera, no creí que fuese a sentir lo mismo después del ataque.

Una brisa cálida sopló un mechón de pelo enredado por mi cara. Lo atrapé para remeterlo detrás de mi oreja, pero la corriente captó los bordes de la capa que llevaba y los levantó. ¿Se hubieran sentido mis padres (al menos el que tenía sangre atlantiana) de este modo al ver Atlantia? Si lo hubiesen logrado. Se me comprimió el pecho de pena y de ira, y me costó un esfuerzo supremo guardarlas bien hondo en mi interior y no dejar que se apoderaran de mí. Si lo permitiera, la desagradable bola de emoción que se había instalado en mi pecho se liberaría y… no podía dejar que eso ocurriera. Ahora, no.

Un peso presionó contra mi pierna y mi cadera, y cuando bajé la vista descubrí que Kieran se había apoyado contra mí. Como me pasaba a menudo con Delano, el impulso de acariciarlo o de rascarle la cabeza era difícil de ignorar. Kieran se había quedado fuera conmigo después de que Casteel me llevara hasta un pabellón de piedra detrás del templo de Saion y luego fuese bajo tierra con unos cuantos más para sacar a Alastir de las criptas.

No era la misma cripta donde me habían retenido, pero Casteel me había pedido que me quedara fuera. Supuse que lo hacía porque no quería que me viese rodeada por los muertos otra vez, que tuviese que recordar el tiempo que pasé con ellos. Su consideración era otra cosa por la que le estaba eternamente agradecida.

Me giré hacia el mar y recuperé de mi interior la esperanza que había sentido cuando me di cuenta de que había una posibilidad de que Ian fuese como yo. Si lo fuera, podría venir aquí. Esto le encantaría. Estaba segura, a pesar de no haber visto aún casi nada. Él también percibiría la paz. ¿Y cuando viera el mar, tan claro como era durante el día y tan oscuro como era por la noche? No podía esperar a descubrir qué historias le inspiraría. Una sonrisa tironeó de mis labios.

Kieran se puso de pie, con las orejas atentas al oír las pisadas varios segundos antes que yo. Quizá yo fuese más fuerte, pero al parecer no había desarrollado la excelente capacidad auditiva de los atlantianos. Claro que no.

Me giré hacia atrás. Emil se acercaba despacio, consciente de que Kieran no era el único *wolven* entre los árboles.

—¿Ha llegado la hora? —pregunté.

Emil asintió al detenerse a pocos pasos de mí.

—Cuando Alastir vio que Cas estaba solo, creyó que habías muerto. No lo corregimos. Cas pensó que esa suposición haría que Alastir se mostrase más propenso a hablar, a incriminar a cualquier otro que pudiera estar implicado. Pero el muy bastardo no está diciendo gran cosa.

—Pero ¿está diciendo algo?

Emil apretó la mandíbula.

—Nada que merezca la pena repetir.

—Deja que adivine. Dijo que solo estaba haciendo lo que tenía que hacer para proteger Atlantia y que yo era una amenaza —conjeturé. La mirada del atlantiano se volvió dura como el acero—. E imagino que también se mostró supereducado y arrepentido mientras decía esas cosas.

—Más o menos fue así —confirmó Emil con tono sarcástico. No me sorprendió que ratificara mis sospechas, y tampoco me desilusionó. En verdad, ¿qué más podía decir Alastir? ¿Admitir que no había habido nadie más ahí aquella noche, en la posada? No importaría si lo hiciera. No había nada que ninguno de nosotros necesitáramos oír de él. Al menos, nada que yo quisiera oír—. Por eso creo que Casteel dejó que creyera que estabas muerta. Creo que ya está disfrutando de la cara que casi seguro pondrá Alastir cuando se dé cuenta de que ha fracasado. Vamos. —Emil empezó a darse la vuelta—. Cas nos hará llamar cuando quiera que se sepa de nosotros.

Pero ¿había fracasado?

Sí.

Di un respingo y mi corazón se aceleró. Bajé la vista hacia Kieran, se me puso la carne de gallina. Él seguía mirando a Emil con esos ojos de un azul plateado.

—¿Acabo de…? —Me interrumpí. Era imposible que acabara de oír la voz de Kieran en mi mente. Ni siquiera Casteel podía comunicarse de ese modo. Pero ¿no había oído también la voz de Delano hacía un rato? Aunque entonces había estado dormida.

—¿Estás bien? —me preguntó Emil; su preocupación era evidente.

—Sí. Claro. —Me apresuré a agacharme para recoger la daga de hueso de *wolven* de donde la había dejado en el suelo—. Estoy lista.

En silencio, seguí a Emil entre la espesa arboleda hasta que llegamos a la luz de las antorchas del pabellón. Me detuve cuando Emil levantó una mano pidiendo silencio. Todavía estábamos a varios metros del pabellón, pero podía ver a Casteel.

Estaba de pie en el centro de la estructura, con los brazos a los lados y la cabeza un pelín ladeada, revelando solo la elegante curva de su mejilla y un asomo de sus labios carnosos. Vestido todo de negro, parecía como un espíritu de la noche llamado a ejecutar la venganza.

Deslicé la daga debajo de un pliegue de mi capa cuando vi a los guardianes sacar a una media docena de hombres de la parte de atrás del templo, todos con las manos atadas a la espalda. Me puse tensa cuando Naill hizo pasar al último. La cara desfigurada de Alastir no mostraba emoción alguna cuando lo alinearon junto a los otros.

El odio abrasó mi alma mientras observaba cómo los obligaban a arrodillarse. Mis padres. Casteel. Sus padres. Yo. Todos nosotros habíamos confiado en Alastir, y él no solo había planeado entregarme a los Ascendidos sino que también había ordenado mi muerte. Y, en cierto modo, no había fracasado. Me habían matado. Solo que Casteel me había salvado y me había despertado como algo distinto.

Lo que piense Alastir sobre mí no importa, me dije. Observé a Casteel avanzar despacio en dirección a esos hombres sin nombre que emanaban el sabor amargo del miedo. Yo no había hecho nada para merecer lo que Alastir y ellos habían hecho. Solo me había defendido. Mis padres solo habían confiado en él. Apreté más la mano en torno a la daga.

Casteel fue increíblemente rápido.

Ni siquiera me di cuenta de lo que había hecho hasta que el hombre más alejado de Alastir se desplomó. Los otros cinco lo siguieron como fichas de dominó, y no vi la luz de la luna centellear sobre su espada mojada hasta que se detuvo a apenas un par de centímetros del cuello de Alastir. Les había cortado la cabeza. A todos excepto a Alastir. En unos instantes.

Aspiré la bocanada de aire que dio la impresión de abandonar el cuerpo de Alastir. El *wolven* estaba tan quieto que parecía hecho de piedra.

—Has traicionado a tu rey y a tu reina —dijo Casteel, con la voz desprovista de emoción. Y… no sentí nada procedente de él cuando puso el filo de su espada, empapado de sangre, contra el cuello de Alastir—. Me has traicionado y has traicionado a Atlantia. Pero ninguna de esas cosas constituye el peor de tus crímenes.

Alastir giró la cabeza justo lo suficiente para poder levantar la vista hacia Casteel.

—Hice…

—Lo impensable —terminó Casteel por él.

—La profecía…

—Es una completa absurdidad —gruñó Casteel.

Alastir se quedó callado unos instantes.

—Siento el dolor que te he causado, Casteel. Tenía que hacerlo. Había que encargarse de ella. Espero que algún día lo comprendas.

Un temblor atravesó a Casteel de arriba abajo y sentí bullir su temperamento, tan caliente como el metal fundido con el que se forja el acero. Por un momento pensé que Casteel lo haría. Que terminaría con la vida de Alastir ahí mismo. Para ser sincera, no se lo hubiese echado en cara. Si Alastir le hubiera hecho esto a Casteel, yo no sería capaz de reprimirme.

Pero Casteel sí pudo.

Con un autocontrol asombroso, apartó la espada del cuello de Alastir y la bajó. Luego utilizó la túnica de Alastir para limpiar lentamente el arma.

El insulto avivó el color de las mejillas de Alastir.

—Tú eres el responsable de los años de pesadillas que han atormentado a Poppy, ¿verdad? —preguntó Casteel cuando terminó de limpiar la espada—. Y después te ganaste su amistad. La miraste a los ojos y le sonreíste, plenamente consciente de que la habías abandonado para que sucumbiera a una muerte espantosa.

Alastir mantuvo la mirada al frente.

—Así es.

—Puede que esos Demonios fuesen los que le desgarraran la piel, pero en el fondo tú eres el responsable de su dolor, de sus cicatrices, tanto las que se ven como las que no. Solo por eso, debería matarte. —Casteel envainó su espada—. Pero no lo haré.

—¿Q... qué? —Alastir se giró hacia él—. ¿Me... me estás ofreciendo el indulto?

—Lo siento. —Casteel no sonaba como si lo sintiera en absoluto. Emil tenía razón. *Sí* que le divertía aquello—. Creo que me has malinterpretado. He dicho que debería matarte, pero

que no lo haré. No he dicho que no vayas a morir esta noche.
—Giró la cabeza hacia los árboles.

Hacia donde esperaba yo.

Emil asintió y dio un paso a un lado.

Empecé a caminar hacia ellos.

Una respiración rasposa fue el único sonido mientras cruzaba la distancia. Alastir abrió los ojos como platos. Nuestros ojos se cruzaron y le sostuve la mirada. Desde detrás de mí, me llegó un gruñido gutural de advertencia. Un pelaje cálido rozó mi mano cuando Kieran vino hasta mí y se paró a mi lado.

Con el corazón extrañamente calmado sujeté la daga debajo de la capa, mientras Alastir me miraba estupefacto.

—¿Cómo…? —Su rostro apuesto, a pesar de la cicatriz, se contorsionó cuando se le pasó la sorpresa y la ira se grabó en sus facciones. Su odio era una entidad tangible—. Hazlo. Te desafío a que lo hagas. No importará. Esto no termina conmigo. Demostrarás que tengo razón. Vas a…

Columpié el brazo en un arco amplio, a toda velocidad. La piedra de sangre cortó bien profundo a través de su cuello para poner punto final a sus palabras envenenadas con un borboteo.

Me arrodillé y agarré a Alastir por el hombro antes de que cayera hacia delante. Teníamos los ojos a la misma altura, la consternación por la herida sustituyó al odio en los de él. No tenía ni idea de lo que podían mostrar los míos. Si acaso mostraban algo.

—Jamás volveré a pensar en ti después de esta noche —le prometí, al tiempo que limpiaba la hoja de la daga sobre la pechera de su túnica, como lo había hecho Casteel—. Solo quería que lo supieras.

Abrió la boca, pero no salió más que sangre por ella. Me levanté mientras lo soltaba. Se desplomó, sufriendo espasmos mientras se desangraba.

—Bueno. —Casteel lo dijo arrastrando la palabra—. Esa no va a ser una muerte rápida.

Tras observar durante un momento cómo la piedra se iba poniendo negra a la luz de la luna, me giré hacia Casteel.

—Estaba equivocada. Algunas personas no merecen el honor de una muerte rápida.

Un lado de su boca se curvó un poco y asomó un atisbo de hoyuelo. Deslizó los ojos por mi cara.

—Menuda criatura más asombrosa y violenta.

Me volví al ver que Kieran pasaba por mi lado hacia donde el cuerpo se contorsionaba en el suelo. Plantó una enorme pata sobre la espalda de Alastir y le hincó las garras al tiempo que levantaba la cabeza hacia el cielo. Un aullido grave atravesó el silencio de la noche y resonó por los valles y por encima del mar. Se me puso la carne de gallina. El sonido era cautivador, dio la impresión de flotar por el aire incluso después de que ya hubiese bajado la cabeza.

Pasó un instante.

Mucho más abajo, cerca del mar oscuro, un aullido apasionado contestó. Más allá, se oyó otro, y otro más. A continuación, por toda la ciudad, *cientos* de voces respondieron a la llamada de Kieran, sus ladridos y gemidos solo sobrepasados por el sonido atronador de sus patas contra el suelo, el roce de sus cuerpos al correr entre los árboles. Las miles de garras que se hincaban en la tierra y sobre la piedra.

Estaban viniendo.

Como una de las implacables olas que se estrellaban contra las rocas al pie del acantilado, llegaron en destellos de pelo y dientes, tanto grandes como pequeños. Llegaron y devoraron.

CAPÍTULO 14

El amanecer llegó con vívidos tonos rosas y azules y nos encontró siguiendo un sendero arbolado alrededor del templo de Saion. Empezaba a darme cuenta de que el placer derivado de la venganza era, por desgracia, breve.

No era que me arrepintiera de haber acabado con la vida de Alastir ni de haberme asegurado de que su muerte no fuese rápida. Era solo que habría querido que no hubiese sido necesaria. Mientras el sol subía por el cielo, deseé que no lo estuviera haciendo en un día ensombrecido por la muerte.

No me di cuenta de que iba aferrada a mi daga de hueso de *wolven* hasta que Casteel la soltó de mis dedos y la guardó en la vaina adosada a mi costado.

—Gracias —susurré.

Bajó la vista hacia mí, sus ojos eran de un centelleante tono topacio. Creí que estaba a punto de hablar, pero no dijo nada. Los *wolven* salieron de entre los arbustos y los árboles. Había muchísimos, unos grandes y otros pequeños, apenas mayores que Beckett. Se me comprimió el pecho al observar cómo caminaban acechantes junto a nosotros. Todos ellos iban alertas, con las orejas tiesas.

No podía dejar de pensar en lo que les habían hecho a Alastir y a los otros, en el sonido de la carne desgarrada y los huesos que crujían. Esta noche me perseguiría durante mucho tiempo. Me pregunté si un acto semejante podría alterar su digestión.

En cualquier caso no lo pregunté, porque pensé que era una pregunta bastante inapropiada.

En ese momento, además, estaba más concentrada en poner un pie delante de otro. Cada paso consumía una energía que se me estaba agotando por momentos. Ello podía deberse a la falta de sueño al cruzar las montañas Skotos por segunda vez, a la falta de descanso después de nuestro primer viaje, o a todo lo sucedido desde el momento en que había llegado a Atlantia. Podía ser una combinación de todas esas razones. Casteel tenía que estar igualmente exhausto, pero la buena noticia era que volvía a estar expuesta a la luz del sol y mi piel no se estaba pudriendo ni haciendo nada perturbador.

Así que eso era un plus.

—¿Todavía aguantas en pie? —me preguntó Casteel en voz baja mientras nos acercábamos a Setti; el pelo del caballo era de un reluciente ónice a la luz de la mañana. Pastaba un poco más allá.

Asentí, mientras pensaba en que esta no debía de ser la vuelta a casa con la que había soñado Casteel. ¿Cuánto tiempo había pasado desde la última vez que había visto a sus padres? Años. Y *así* era como tenía que saludarlos, tras un ataque contra él, contra mí, y una potencial brecha entre él y su padre.

Sentí que la pesadumbre se instalaba en mi pecho y observé mientras un guardián conducía a Setti hasta nosotros. Levanté la vista hacia las inmensas Skotos para ver una cubierta vegetal de un rojo centelleante.

El paisaje de Atlantia había cambiado para siempre, pero ¿qué significaba?

—¿Poppy? —La voz de Casteel sonó callada.

Al darme cuenta de que me estaba esperando, aparté los ojos de las montañas y estiré las manos hacia la montura de

Setti. No intenté comprobar si era verdad que tenía la fuerza suficiente para izarme como había hecho en la cabaña de caza. Casteel me aupó y luego se apresuró a montar detrás.

Kieran se reunió con nosotros, de nuevo en su forma mortal, vestido con la ropa que Naill había traído consigo. Subió a uno de los caballos y vi las sombras que empezaban a teñir la piel debajo de sus ojos. Estábamos todos cansados, así que no fue ninguna sorpresa que nos alejáramos del templo en silencio, seguidos por los *wolven*. No vi a Emil ni a Naill cuando nos marchamos, y tampoco alcancé a ver a Quentyn.

Tardamos un poco en recorrer los acantilados para llegar al campo de flores silvestres rosas y azules. Miré hacia los árboles al otro extremo del campo, pero no logré ver las Cámaras de Nyktos desde la carretera. Me pregunté si el templo habría quedado muy dañado. Con un suspiro, me giré hacia delante. Mi corazón dio un vuelco cuando vi los Pilares de Atlantia al frente, una vez más. Las columnas de mármol y piedra caliza eran tan altas que casi llegaban hasta las nubes. Había unas marcas oscuras talladas en la piedra en un idioma que no conocía. Era el lugar de descanso de Theon, el dios de la concordia y la guerra, y de su hermana Lailah, la diosa de la paz y la venganza. Las columnas estaban conectadas con una muralla tan grande como el Adarve que rodeaba la capital de Solis, y continuaba hasta donde alcanzaba la vista y más allá.

Mi casa.

Me lo seguía pareciendo. Lo notaba en el aleteo en mi pecho. En la sensación de corrección. Me giré hacia Casteel para decírselo, pero percibí de pronto la ira que bullía en su interior. Se arremolinó en mi boca como ácido, y su preocupación fue como una crema espesa en el fondo de mi garganta.

—Estoy bien —le dije.

—Me encantaría que dejaras de decir eso. —Cerró las manos con más fuerza en torno a las riendas—. No estás bien.

—Sí que lo estoy —insistí.

—Estás cansada. —Casteel deslizó el brazo alrededor de mi cintura, sin apretar—. Has pasado por un montón de cosas. Es imposible que estés bien.

Miré sus manos sobre las riendas. A veces me preguntaba si podía sentir mis emociones o leerme los pensamientos. No podía, pero me conocía mejor que los que me habían tratado durante años. Era asombroso cómo había sucedido eso en un periodo tan corto. Sin embargo, en este momento, casi deseé que no pudiera hacerlo. Parpadeé para eliminar el escozor caliente de unas lágrimas sin sentido. Ni siquiera entendía por qué estaba de repente tan sensible, pero no quería que eso fuese un peso en su mente. Hice ademán de tocarlo, pero opté por dejar caer la mano en mi regazo.

—Lo siento —susurré.

—¿Por qué?

Tragué saliva con cierto esfuerzo antes de levantar la vista hacia la espalda de Kieran.

—Pues... por todo.

Casteel se puso rígido detrás de mí.

—¿Lo dices en serio?

—¿Sí?

—Exactamente, ¿qué es ese *todo* por el que te estás disculpando?

Dudaba de que repetir la palabra fuese suficiente.

—Solo estaba pensando en cómo no has visto a tus padres en años, y que tu vuelta a casa debería haber sido algo bueno... algo feliz. Y en cambio, ha ocurrido todo esto. Y Alastir... —Negué con la cabeza—. Lo has conocido durante mucho más tiempo que a mí. Su traición tiene que molestarte. Y también estaba pensando en las Cámaras de Nyktos y me preguntaba si habrán resultado muy dañadas. Apuesto a que el templo lleva ahí miles de años. Y llego yo y...

—Poppy, no te voy a dejar decir más tonterías. Parte de mí quiere echarse a reír...

—Lo mismo digo —comentó Kieran desde más adelante.

Entorné los ojos en dirección al *wolven*.

—La otra parte de mí no encuentra gracioso en absoluto que no hagas más que disculparte por cosas sobre las que no tienes ningún control.

—También estoy de acuerdo con eso —soltó Kieran.

—¿Quién te ha dado vela en este entierro, *Kieran*? —espeté cortante.

El *wolven* encogió un hombro.

—Solo doy mi opinión. Pero continuad. Mi padre y yo fingiremos que no podemos oíros.

Lo fulminé con la mirada mientras me giraba hacia donde Jasper iba montado en otro caballo. Pasó por nuestro lado en su forma mortal. No tenía ni idea de cuándo se había transformado.

—Mira —dijo Casteel en voz baja—, vamos a tener que hablar de un montón de cosas cuando estemos solos y haya tenido la oportunidad de asegurarme de que tus heridas se han curado.

—¿Qué heridas?

Casteel suspiró detrás de mí.

—Puesto que al parecer no te habías dado cuenta, seguías cubierta de moratones y magulladuras después de haber *descansado* en la cabaña de caza.

Después de que me Ascendiera y me convirtiera en… lo que fuese que era ahora.

—Estoy…

—No vuelvas a decirme que estás bien, Poppy.

—No iba a decir eso —mentí.

—Ya. —Tiró un poco de mí de modo que estuviera más cerca de él, así que me apoyé contra su pecho—. Lo que tienes que saber ahora es que nada de esto es culpa tuya. Tú no has hecho nada mal, Poppy. Nada de esto es responsabilidad tuya. ¿Lo entiendes? ¿Te lo crees?

—Lo sé. No he hecho nada para provocarlo —le dije, y era verdad. No me culpaba por las acciones de otras personas, pero eso no quitaba que yo fuese una presencia perturbadora, lo quisiera o no. Era una culpa diferente.

Nos quedamos callados mientras mis ojos se deslizaban más allá de Kieran, hacia la extensa ciudad de la Cala de Saion. Cientos de edificios de color arena y marfil, algunos cuadrados y otros circulares, relucían bajo el sol poniente, desperdigados por los valles y las ondulantes colinas. Algunas estructuras eran tan anchas como altas, más cercanas al suelo. Una vez más, me recordaban a los templos de Solis, aunque estos no estaban hechos con la misma piedra negra reflectante. Estos captaban el sol, lo adoraban. Otros edificios eran aún más altos que el castillo de Teerman, sus torres esbeltas se alzaban con elegancia hacia el cielo. Y todos los tejados que pude ver estaban cubiertos de verde. Crecían árboles en ellos, y por los bordes rebosaban enredaderas, cargadas de vistosas flores rosas, azules y moradas.

La Cala de Saion era casi del tamaño de Carsodonia, y esta era solo una de las ciudades de Atlantia. No podía ni empezar a imaginar el aspecto que debía de tener Evaemon, la capital de Atlantia.

Advertimos los primeros signos de vida en las granjas de las afueras de la ciudad. Multitud de vacas y ovejas lanudas pastaban en los prados. Un rebaño de cabras mordisqueaba los hierbajos y las ramas bajas cerca de la carretera. Había huertas con frutas amarillas entremezcladas con varios cultivos, y, un poco retiradas de la carretera, casas con paredes color crema asomaban desde detrás de cipreses musgosos. Había muchos edificios entre los árboles, todos bastante separados y con capacidad para acoger a una familia de tamaño decente. Esto no se parecía en nada a Masadonia o a Carsodonia, donde prevalecían las fincas enormes con grandes mansiones, y los trabajadores, o bien procedían de la ciudad, o residían en cabañas apenas habitables en las propias fincas.

El ganado ni se inmutó al ver a los *wolven* que nos seguían en nuestro camino. Quizás estuvieran acostumbrados a su presencia o no los percibieran como una amenaza. ¿Habrían oído los granjeros o la gente de la ciudad a los *wolven* en medio de la noche cuando fueron al templo de Saion? Debió de ser un sonido impresionante con el que despertar.

Sin embargo, todo pensamiento sobre los *wolven* quedó relegado cuando una repentina energía nerviosa sacudió todo mi cuerpo. La ciudad acababa de aparecer ante nosotros.

No había puertas, ni murallas interiores, ni edificios amontonados unos sobre otros. El olor de gente forzada a vivir apelotonada en muy poco espacio no impregnaba el aire. Eso era lo primero que uno notaba al entrar en Masadonia o en Carsodonia. Siempre me recordaba a miseria y a desesperación, pero la Cala de Saion olía a fruta de las huertas cercanas y a sal del mar. Las tierras de labor y los cipreses cubiertos de musgo brindaban una transición suave hacia la ciudad, y eso era decir mucho.

No había separación entre los que alimentaban a la ciudad y las mesas sobre las que se servía esa comida.

Ver eso me produjo una oleada de fe y posibilidad que hizo que me sentara un poco más erguida. No sabía gran cosa sobre política atlantiana, pero era consciente de que el reino no estaba libre de problemas. El mayor era el tema apremiante de la superpoblación, algo que Casteel esperaba poder aliviar mediante negociaciones con los funcionarios de Solis y reclamando las tierras al este de New Haven, un pedazo grande y en su mayor parte deshabitado de Solis. Puede que algunas personas no se dieran cuenta siquiera de lo significativa que era esta diferencia, pero era enorme. Y era prueba de que si Atlantia podía hacerlo, Solis también.

Pero ¿cómo podía ser eso? Si Casteel y yo teníamos éxito y lográbamos derrocar a la Corona de Sangre, Solis seguiría como estaba, solo que más segura para los mortales porque solo sobrevivirían los Ascendidos que aceptaran controlar su sed de sangre. Sin embargo, el poder lo conservarían los ricos. Y los más ricos eran los Ascendidos, que prosperaban en un sistema estratificado que sería más difícil de romper que terminar con los Ritos y el asesinato de gente inocente.

Además, ¿podíamos confiar en que la mayoría de los Ascendidos cambiaran? ¿Aceptarían estas condiciones los nuevos reyes que sustituyeran a los que regentaban ahora la Corona de Sangre? ¿Cambiaría Solis de verdad? En cualquier caso, teníamos que intentarlo. Era la única manera de evitar la guerra y de prevenir más destrucción e infinidad de muertes. Primero, teníamos que convencer a la reina Ileana y al rey Jalara de que, a diferencia de lo que había afirmado la duquesa, mi unión con el príncipe supondría el fin de los Ascendidos y no la perdición de Atlantia. Tanto la duquesa como Alastir estaban equivocados. Y muertos.

En cierto modo, los Ascendidos habían propiciado su propia caída al crear a la Doncella y convencer a la gente de Solis de que yo había sido *Elegida* por los dioses, dioses que los mortales creían que estaban perfectamente despiertos y en estado de vigilancia constante. Los Ascendidos me habían convertido en su cabeza visible y un símbolo de Solis para la gente que controlaban mediante una manipulación constante. Mi matrimonio con Casteel serviría para dos cosas. Demostraría que los atlantianos no eran responsables de la plaga conocida como Demonios (otra mentira tejida por los Ascendidos para encubrir sus maldades e incitar al miedo, y así poder controlar a la gente con mayor facilidad). Y la gente de Solis creería que los dioses habían aprobado que la Elegida se uniera a un atlantiano. Debido a sus mentiras, teníamos ventaja. La única manera de que cualquier Ascendido pudiera conservar el poder era si comprendía eso. Porque si se volvieran contra mí, su reino entero de mentiras se agrietaría debajo de ellos. Casteel había tenido razón cuando dijo que la reina Ileana era lista. Lo era. Tenía que admitirlo. Evitaríamos una guerra catastrófica y quizá fuésemos capaces de remodelar Solis en el proceso. Para mejor.

Sin embargo, en lo más profundo de mi ser existía una voz, una voz extraña que sonaba muy parecida a la mía pero no lo era y provenía del mismo sitio en el que parecía haberse despertado esa cosa antigua. Lo que esa voz susurraba me dejaba inquieta y helada de miedo.

A veces, la guerra no puede evitarse.

Había dos grandes coliseos a ambos lados de la carretera por la que viajábamos. Me recordaron a las ruinas de Spessa's End. Por dentro de las columnas se alineaban múltiples estatuas de dioses, y las paredes exteriores más alejadas de la carretera eran más altas, llenas de filas y filas de asientos. Cada escalón que llevaba hacia las estructuras estaba decorado con ramos de vistosas flores moradas. Las gradas estaban desiertas, así como los pabellones más pequeños por los que pasamos; sus toldos dorados y azules ondulaban con suavidad a la brisa cálida, y los edificios con ventanas y tejados, pero la paz no duró mucho.

—Casteel —musitó Kieran, con su voz cargada de advertencia.

—Lo sé. —El brazo de Casteel se apretó a mi alrededor—. Esperaba que pudiéramos llegar más lejos antes de que se percataran. Está claro que eso no va a pasar. Estas calles están a punto de llenarse.

Esa extraña voz en mi interior y la inquietud que me provocaba se esfumaron enseguida cuando la gente empezó a salir despacio y con cautela. Hombres. Mujeres. Niños. No parecían fijarse en Jasper ni en Kieran, como si verlos descamisados a caballo fuese un hecho común. Quizá lo fuera. En vez de eso, nos miraban a Casteel y a mí con los ojos como platos. La confusión irradiaba de todas las personas. Todos parecían paralizados, hasta que un hombre mayor vestido de azul empezó a gritar:

—¡Nuestro príncipe! ¡El príncipe Casteel! ¡Nuestro príncipe ha vuelto!

Un murmullo colectivo se extendió como una ráfaga de viento. Las puertas de las tiendas y de las casas empezaron a abrirse por toda la carretera. No debían de saber que Casteel se había recuperado de la sombra umbría. Me pregunté qué sabían exactamente sobre lo que había sucedido en las Cámaras de Nyktos. ¿Acaso no había caído la lluvia de sangre sobre la ciudad? Seguro que los árboles de Aios lo habían visto, aunque enormes edificios bloquearan ahora las montañas.

Las calles se llenaron de gritos de emoción y vítores a medida que la gente clamaba y salía de los edificios o se asomaba por las ventanas en lo alto. Cientos de brazos se levantaron por los aires y temblaron mientras algunos chillaban el nombre de Casteel y otros alababan a los dioses. Un hombre mayor cayó de rodillas y cruzó las manos delante del pecho. *Se echó a llorar.* Y no fue el único. Mujeres. Hombres. Muchos lloraban sin disimulo mientras gritaban su nombre. Casteel se movió detrás de mí, y mis ojos se abrieron hasta tener el mismo tamaño que el sol. Ja… jamás había visto algo así. Jamás.

—Están… Algunos de ellos están llorando —susurré.

—Creo que temían que estuviera muerto —comentó—. Hace bastante tiempo que no vengo a casa.

No estaba segura de si esa era la razón. Por lo que había visto en New Haven y en Spessa's End, Casteel era querido y respetado por su gente. Paseé la vista a mi alrededor y se me cerró la garganta al ver un conglomerado de caras eufóricas y sonrientes. Esto no pasaba nunca cuando los Ascendidos cruzaban sus ciudades a caballo. Ni siquiera cuando el rey o la reina aparecían en público, cosa que, si no recordaba mal, había sucedido muy escasas veces. En esas ocasiones, siempre había habido silencio.

La gente se calló de pronto; sus vítores se convirtieron en susurros. Al principio, no entendí la causa de semejante cambio.

Los *wolven*.

Debían de haberse quedado atrás en algún momento, pero ahora habían vuelto a nuestro lado. Merodeaban por las calles y se esparcían por las aceras para moverse tanto entre los mortales como entre los atlantianos. No gruñían ni lanzaban tarascadas, pero la tensión de sus cuerpos era patente.

Se me puso la piel de gallina al sentirme observada; los ojos pasaron de Casteel a los *wolven* y después a mí. Me quedé tiesa. Sentía sus miradas sobre mi ropa sucia y ensangrentada, y sobre los moratones que seguro todavía eran visibles. Las *cicatrices*.

—Habría tomado una ruta distinta hasta casa de Jasper, si hubiera sido posible —me dijo Casteel, su voz baja mientras girábamos por una calle en la que los edificios trepaban hasta las nubes y las aguas cristalinas de los mares de Saion empezaban a asomar desde detrás de las estructuras. Había olvidado la oferta que nos había hecho Jasper en las Cámaras. Era revelador que Casteel viniese aquí y no a la residencia de su familia—. Pero este es el camino menos poblado.

¿Esta era la zona menos poblada? Tenía que haber... por todos los dioses, tenía que haber miles de personas en las calles, asomadas a las ventanas, y de pie en terrazas y balcones tapizados de enredaderas.

—Sé que esto es algo muy gordo —se disculpó—. Y siento que no pudiéramos retrasarlo.

Alargué la mano hacia donde una de las suyas descansaba ligera sobre mi cadera. Esta vez, no me detuve. Cerré la mano por encima de la suya y apreté.

Casteel le dio la vuelta a su mano para devolverme el gesto. Luego, no nos soltamos.

Parte de mí quería apartar la mirada, no permitirme percibir lo que sentía la gente, pero eso me convertiría en una cobarde. Dejé que mis sentidos siguieran abiertos, que se estiraran hacia fuera justo lo suficiente para captar el más breve atisbo de sus emociones, por si acaso perdía el control de… lo que fuese capaz de hacer de verdad. Mi corazón atronador y mis pensamientos salvajes me dificultaban la concentración, pero después de unos momentos saboreé… la acidez de la confusión, y el sabor más ligero y chisposo de la curiosidad procedentes de la gente de Atlantia.

No había miedo.

Ni odio.

Solo curiosidad y confusión. No lo había esperado. No después del templo. Mi cuerpo se relajó contra el de Casteel y apoyé la cabeza en su pecho. Las emociones de la multitud podían cambiar cuando supieran lo que había hecho, y lo que quizá fuese o no fuese. Pero, ahora mismo, no me iba a preocupar por eso. Ya estaba cerrando los ojos cuando una tela azul oscuro captó mi atención.

Una mujer de pelo blanco observaba la escena desde un balcón en uno de los edificios más altos, el viento removía el vestido azul que llevaba. Agarrada a una barandilla negra, apoyó una rodilla en el suelo, despacio, y se llevó un puño a su delgado pecho. Inclinó la cabeza y dejó que el viento revolviera su pelo blanco como la nieve. En otro balcón, un hombre con el pelo canoso recogido en una trenza larga y gruesa, hizo lo mismo. Y en las aceras…

Hombres y mujeres cuya piel y cuyos cuerpos mostraban los signos de la edad se arrodillaron entre los que seguían en pie.

—¡*Liessa*! —gritó un hombre, al tiempo que estampaba una mano contra la acera y me daba un susto de muerte—. *¡Meyaah Liessa!*

Setti levantó la cabeza de golpe cuando dos niños salieron corriendo de uno de los edificios, su largo pelo castaño ondeaba a su espalda. Uno de ellos no debía de tener más de cinco años y se transformó ahí mismo: cayó hacia delante al tiempo que un suave pelaje blanco y marrón brotaba de su piel. El *wolven* era muy chiquitín, daba ladriditos y brincaba, con sus orejas saltando en todas direcciones, mientras que el otro niño, que debía tener solo un año más que él, corría al lado del cachorro.

Casteel agarró las riendas de Setti un poco más fuerte cuando el niño empezó a gritar:

—¡*Liessa*! ¡*Liessa*!

Liessa. Había oído eso mismo otra vez, cuando había tenido esa pesadilla en las montañas Skotos y había oído la voz de Delano. Había dicho esas palabras. O al menos yo había soñado que las decía.

Un niño más grande agarró al chiquillo y se giró para perseguir al que se había transformado. En las aceras y en lo alto aparecieron hombres y mujeres más jóvenes con bebés sentados sobre las caderas mientras se arrodillaban. La conmoción emanaba de otros en oleadas gélidas mientras el cántico aumentaba de volumen: *Liessa*.

—¿Qué significa eso? —le pregunté a Casteel mientras otro niño se transformaba en una cosita peluda al que uno de los *wolven* más grandes que nos seguían empujó con suavidad hacia la acera. El chiquillo, o la chiquilla, le lanzó un mordisquito y al instante empezó a perseguirse la cola—. ¿*Liessa*?

—Es atlantiano antiguo. El idioma de los dioses —explicó Casteel, con su voz áspera. Se aclaró la garganta y me dio otro apretoncito en la mano—. *Meyaah Liessa*. Significa «mi reina».

CAPÍTULO 15

La casa de Jasper se encontraba en la cima de un acantilado con vistas al mar y a una ancha franja de las casas de la ciudad. Solo las torres de apartamentos y una casa palaciega en otro acantilado eran más altas. Supuse que esa última era la residencia del rey y la reina, aunque no tenía ni idea de si habían llegado ya a la Cala de Saion o de si habían oído los gritos.

Meyaah Liessa.

Mi reina.

Esa era una de las tres cosas en las que había conseguido no pensar demasiado desde que me desperté en la cabaña de caza. Reina. Era algo que no podía procesar, y ni siquiera iba a intentarlo mientras contemplaba los tallos colgantes de flores blancas y violetas que pendían de numerosas cestas de mimbre colgadas a mitad de las paredes del patio. No hasta que me bañase, durmiese y metiese algo de comida en el estómago.

A medida que nos acercábamos a los establos, el centro del patio llamó mi atención. El agua rebosaba por una fuente de varios niveles fabricada en piedra del color de la medianoche e incluso más reflectante que el material utilizado para construir los templos de Solis.

Un hombre con pantalones ceñidos beige y una camisola blanca salió a toda prisa de los establos. Su mirada saltó de Jasper y de Kieran a Casteel. La sorpresa lo recorrió de arriba abajo. Hizo una profunda reverencia.

—Alteza.

—Harlan —lo saludó Casteel—. Sé que hace bastante que no me ves, pero no tienes por qué llamarme así.

No pude evitar imaginar a alguno de los Ascendidos, no digamos ya al rey y la reina, permitiendo semejante familiaridad. Cualquiera que no saludara al duque de Teerman de manera formal tendía a desaparecer poco después.

Harlan asintió mientras Jasper echaba pie a tierra.

—Sí, alt... —Se interrumpió con una sonrisa avergonzada—. Sí, ha pasado un tiempo.

Cuando el hombre tomó las riendas de Setti, me fijé en que sus ojos eran marrón oscuro. O bien era mortal o del linaje de los cambiaformas. Me hubiese gustado preguntárselo, pero parecía un poco maleducado hacerlo. Levantó la vista hacia mí y sus ojos se demoraron un instante en mi cara antes de seguir camino.

—Harlan, quiero presentarte a alguien muy importante para mí —dijo Casteel al tiempo que Kieran se giraba hacia nosotros—. Esta es mi mujer, Penellaphe.

Mi mujer.

A pesar de todo, mi corazón seguía dando un saltito tonto.

—¿Tu mujer? —El hombre parpadeó una vez, luego otra. Una sonrisa desdentada se desplegó por su cara—. Enhorabuena, alt... Enhorabuena. Guau. No sé qué es más sorprendente, que hayas regresado o que te hayas casado.

—Le gusta hacer las cosas a lo grande o no hacerlas en absoluto —comentó Kieran mientras acariciaba el costado de su caballo—. Por si lo habías olvidado.

Harlan se rio y rascó su mata de pelo rubio.

—Supongo que eso es lo que hizo. —Me miró otra vez—. Es un honor conoceros, alteza. —A continuación hizo una reverencia con muchas más florituras. Kieran arqueó las cejas y pronunció *alteza* sin decirlo en voz alta.

Si no hubiera estado tan cansada y poco interesada en causar nuevamente una mala primera impresión, habría saltado de Setti para darle al *wolven* un puñetazo en la cara. Fuerte. En lugar de eso, despegué la lengua del paladar.

—Gracias —logré decir, con la esperanza de no sonar tan rara para él como sonaba para mí—. A mí tampoco tienes por qué llamarme así. Con Penellaphe bastará.

El hombre sonrió, pero me dio la sensación de que mi sugerencia le entraba por un oído para salir al instante por el otro.

—Setti lleva bastante tiempo sin descansar. Seguro que apreciará unos cuidados extra —comentó Casteel, apartando la atención de mí. Por suerte.

—Me aseguraré de que él y los otros los reciban. —Harlan sujetaba las riendas mientras acariciaba el hocico de Setti.

Casteel desmontó de un salto con tal elegancia que me pregunté si era un pozo de energía sin fin. Se giró de inmediato hacia mí. Tomé sus manos y me ayudó a bajar. Ya de pie a su lado, sus manos se deslizaron hasta mis caderas y se quedaron ahí unos segundos. Levanté la vista hacia él, que se inclinó y me dio un beso en la frente. Ese gesto tierno tironeó de mi corazón.

—Solo un par de minutos más —murmuró, al tiempo que retiraba unos mechones de pelo hacia atrás—. Y estaremos solos.

Asentí. Casteel mantuvo el brazo a mi alrededor al darnos la vuelta.

Kieran y Jasper se habían detenido delante de nosotros, pero los *wolven*, que no estaban en su forma mortal, captaron mi atención. Nos habían seguido hasta el patio y había… por todos los dioses, tenía que haber cientos de ellos. Se habían extendido por toda la parcela y hasta los establos. Docenas de ellos se encaramaron de un salto sobre los muros del patio.

Otros habían subido las anchas escaleras de la mansión y observaban entre los pilares. Se abrieron para crear un camino entre nosotros y las puertas de bronce. Sin embargo, antes de que Casteel o yo pudiésemos movernos, se transformaron. Todos al mismo tiempo. El pelo raleó y dio paso a la piel. Los huesos crujieron y se encogieron para luego volver a fusionarse. Las extremidades se enderezaron y las garras se retrajeron para no ser más que uñas. En cuestión de segundos, nos rodeaban en sus formas mortales. Había muchísima piel a la vista. Más de la que necesitaba ver. Me sonrojé mientras hacía un esfuerzo supremo por no mirar a… bueno, a ninguna parte. Empecé a preguntarle a Casteel qué estaba pasando, pero todos los *wolven* se movieron al unísono.

Cerraron el puño derecho, lo llevaron al centro de su pecho y luego hincaron una rodilla en tierra e inclinaron la cabeza como habían hecho antes los que vimos por la calle. Todos ellos. Los *wolven* del patio, los encaramados en el muro y los que se habían repartido por las escaleras y entre las columnas.

Me sentía un poco mareada cuando Jasper y Kieran se volvieron hacia nosotros e hicieron otro tanto.

—Jamás han hecho esto por mí —señaló Casteel en voz baja.

Kieran levantó la cabeza justo lo suficiente para que pudiera ver que estaba sonriendo.

—No sé por qué lo están haciendo por mí.

Casteel bajó la vista hacia mí, con el ceño fruncido.

—Es porque tienes la sangre…

—Ya lo sé —lo interrumpí. Mi corazón se aceleró de nuevo—. Lo sé, pero… —¿Cómo expresar con palabras la locura que todo esto suponía para mí? Cuando era la Doncella la gente me hacía reverencias, pero esto era diferente y no tenía nada que ver con el hecho de que gente *desnuda* se postrara ante mí.

Aunque eso también parecía importante.

Kieran se levantó y miró a Casteel a los ojos. Este asintió. No tenía ni idea de cómo se comunicaban si ya no había vínculo. Demonios, no tenía ni idea de cómo lo hacían cuando sí lo había habido. Le dijo algo a Jasper y su padre volvió a su forma de *wolven*. Todos los demás lo imitaron y tuve que preguntarme cómo lo hacían todos a un tiempo. Los observé alejarse de la casa, esparcirse por el patio y más allá de los muros, y me pregunté si sería una especie de impulso instintivo o algo más sofisticado.

La mano de Casteel se movió hacia la parte central de mi espalda y echó a andar.

—Bueno, eso ha sido divertido, ¿no crees?

Levanté la vista hacia él y arqueé las cejas.

—Eso ha sido mucha... desnudez.

Una medio sonrisa asomó a su rostro mientras me miraba.

—Te acostumbrarás —aportó Kieran, que había empezado a subir las escaleras.

No estaba tan segura.

—Más bien te verás obligada a hacerlo —comentó Casteel, mientras Kieran entraba por las puertas abiertas—. Los *wolven* tienden a considerar engorrosa la ropa.

Pensé en todos los pantalones y camisas por los que pasaban y casi pude comprender por qué se sentían así.

Una brisa cálida removía las cortinas de gasa de los grandes salones por los que nos condujo Kieran, repletos de butacas enormes de tonos vistosos. El aire llevaba un toque de canela que flotaba en el ambiente mientras lo seguíamos hasta un pasillo techado con un toldo. No vi ni rastro de la madre de Kieran ni de nadie más, y me pregunté si estaría entre los *wolven* que nos habían saludado a la entrada.

Acabamos otra vez dentro de la casa, solo que en un ala diferente, caminando por un pasillo que parecía interminable. Ralenticé el paso con un suspiro cuando pasamos por delante de la enésima puerta.

—¿Cuánta gente vive aquí?

—Depende de la época del año —contestó Kieran—. A veces están ocupadas todas las habitaciones, y muchos van y vienen, gente necesitada de una casa de manera temporal.

—Oh —respondí, llorando para mis adentros cuando pasamos por delante de dos puertas más—. ¿Cuán largo es este pasillo?

—No mucho más —me dijo, y la mano de Casteel se movió en un círculo lento y reconfortante por mi espada. Unos instantes después, el pasillo giraba y vi el final, gracias a los dioses. Kieran se detuvo delante de unas puertas color crema—. Supuse que querrías quedarte en tus antiguos aposentos.

—¿Has vivido mucho tiempo aquí? —le pregunté a Casteel. Justo entonces retiró la mano de mi espalda y la eché de menos de inmediato.

Casteel asintió al tiempo que abría una hoja de las puertas.

—Mis padres no vienen aquí demasiado a menudo, sobre todo después de lo que ocurrió con Malik —explicó, y pensé que tenía sentido—. Yo prefería estar aquí antes que en una casa vacía.

Si este era el tamaño de la casa de Jasper, no podía ni empezar a imaginar lo grande que sería la de sus padres aquí o en la capital.

—Me encargaré de que os envíen vuestras bolsas desde los establos —se ofreció Kieran.

—Eso sería genial, gracias. —Casteel lo miró mientras me tomaba de la mano—. Vamos a necesitar algo de tiempo antes de recibir visitantes.

—Me aseguraré de que mi madre lo comprenda —repuso Kieran con una sonrisa cómplice.

Por alguna razón, mi estómago dio una voltereta ante la idea de conocer a la madre de Kieran.

Entonces el *wolven* desapareció, y lo hizo a una velocidad impresionante. Quizá tuviera miedo de que empezara a hacerle preguntas. Qué poco sabía, no tenía que preocuparse por eso. Casteel abrió la puerta un poco más y entré en la habitación arrastrando los pies.

¿Dónde estaba la cama?

Eso era todo lo que podía pensar mientras cruzaba el suelo de baldosas color crema y entraba en una sala en cuyo centro había un sofá de tono perla y dos grandes butacas. Más allá de la zona de estar había una mesa con patas de mármol talladas con forma de enredadera y dos sillas de comedor de altos respaldos tapizadas con una gruesa tela gris. Había un diván delante de unas puertas de celosía cerradas y, sobre nuestras cabezas, un ventilador de techo giraba a un ritmo perezoso.

—El dormitorio está por aquí. —Casteel se coló por debajo de un arco a nuestra derecha.

Casi tropecé al entrar en la habitación.

—Es la cama más grande que he visto en la vida. —Contemplé alucinada la cama con dosel, equipada con vaporosas cortinas blancas.

—Ah, ¿sí? —preguntó. Abrió las cortinas de un lado y las fijó a los postes del dosel—. La cama de mi residencia en Evaemon es más grande.

—Vaya… —Me aclaré la garganta—. Pues enhorabuena.

Me lanzó una sonrisa por encima del hombro mientras desenvainaba mi daga y la dejaba sobre la mesilla. Luego se quitó las espadas. Al lado de un armario grande reconocí unas alforjas, las que llevábamos cuando entramos en Atlantia por primera vez. ¿Cuánto tiempo haría que estaban ahí, esperándonos? Me giré un poco. Había varias butacas enfrente de la cama, y otras puertas de celosía conducían a lo que parecía ser una veranda. Y había un ventilador de techo enorme, con aspas en forma de hoja que removían el aire a nuestro alrededor.

—Espera. —Mis ojos volaron de vuelta a él—. ¿Tienes tu propia residencia?

—Sí. —Terminó de asegurar las cortinas de la cama y se enderezó—. Tengo aposentos en la casa de mi familia, en el palacio, pero también tengo una casa pequeña en la ciudad.

Estaba segura de que conocía a Casteel mejor que la mayoría de la gente, pero todavía me quedaban tantas cosas por saber de él. Cosas que no eran tan importantes y cosas que lo hacían ser quien era hoy. Aún no habíamos tenido el tiempo suficiente para descubrir nuestros respectivos secretos, y anhelaba disfrutar de ese tiempo tanto como anhelaba abrazar a mi hermano, ver a Tawny otra vez y comprobar que no había Ascendido como afirmaba la duquesa. Lo anhelaba tanto como ver a Casteel reunido con su hermano, y que Malik estuviese sano y de una pieza.

Y casi habíamos perdido la oportunidad de disfrutar de más tiempo.

Casteel dio un paso a un lado y se giró hacia mí. Vi la puerta abierta a su espalda. Una tenue luz natural iluminaba unas paredes de azulejos color marfil y centelleaba sobre una gran bañera de porcelana. Atraída por la imagen, casi me quedé sin respiración cuando me di cuenta de lo grande que era la bañera y de que todas las botellas de las estanterías estaban llenas de sales de colores, cremas y lociones. Sin embargo, de donde no lograba apartar la vista era de lo que había en un rincón de la sala de baño: varias tuberías bajaban desde el techo, cada una con una cabeza ovalada al final, todas llenas de agujeritos. El suelo debajo de ellas estaba hundido y en el centro había un gran… desagüe. En un lado, debajo de la ventana, había un gran banco de obra.

—Esa es la ducha —dijo Casteel desde detrás de mí—. Cuando abres el grifo, el agua sale de arriba.

Todo lo que pude hacer fue mirar pasmada.

—Los grifos del lavabo son como los de la ducha y la bañera. La manivela pintada de rojo es para el agua caliente, y la azul, para la fría. Solo tienes que girarla y… ¿Poppy? —Había una sonrisa en su voz—. Mira.

Parpadeé varias veces antes de apartar la mirada de la ducha para ver cómo abría el grifo rojo. Un chorro de agua cayó en el lavabo.

—Ven. —Casteel me hizo un gesto para que me acercara—. Toca el agua. Puede que al principio salga fría unos segundos.

Metí una mano bajo el agua. Estaba fría, luego empezó a templarse, se puso caliente y luego abrasaba. Solté una exclamación y la retiré. Mis ojos volaron hacia Casteel. Apareció el hoyuelo de su mejilla.

—Bienvenida a la tierra del agua caliente al alcance de tu mano.

Estaba alucinada. A Tawny le encantaría esta habitación. Lo más probable sería que no quisiera salir de ella jamás; incluso pediría que le sirvieran las comidas ahí. La tristeza amenazó con invadirme y sofocar mi alegría. De hecho, me costó apartarla a un lado y permitirme disfrutar del momento. Hice ademán de meter la mano otra vez debajo del agua, pero Casteel la cerró.

—Eh...

Me tomó de la mano.

—Puedes jugar con los grifos y el agua el día entero, pero deja que me ocupe de ti primero.

Levanté la vista y empecé a decirle que no era necesario, pero vi mi reflejo y dejé de moverme, dejé de pensar.

Era la primera vez que me veía desde que había despertado en la cabaña. No podía apartar la mirada. Y no era por el absoluto desastre de mi pelo. Apoyé las manos en el borde del lavabo y contemplé mi reflejo fijamente.

—¿Qué haces? —preguntó Casteel.

—Es... estoy igual —dije. Reconocí mi frente grande, la línea de mi nariz y la anchura de mi boca—. Pero, al mismo tiempo, no. —Levanté una mano y toqué la cicatriz de mi mejilla izquierda. Sus ojos siguieron a los míos en el espejo—.

¿Crees que las cicatrices han… menguado? —pregunté, porque me lo parecía. Aún se veían claramente, la del nacimiento del pelo que cortaba a través de mi frente, y la otra que cortaba por mi sien y me recordaba lo cerca que había estado de perder un ojo. Las cicatrices ya no parecían un tono más pálidas que mi piel, como antes. Eran del mismo color rosa que el resto de mi rostro y la piel ya no se veía tan áspera; tampoco parecían tan irregulares.

—No me había fijado —dijo Casteel y mis ojos volaron hacia los suyos en el reflejo. Noté… sorpresa en él. No mentía. De verdad no se había dado cuenta de la diferencia, porque él nunca se había fijado en las cicatrices para empezar. Nunca habían sido un *problema* para él.

Puede que en ese momento me haya enamorado aún más de él, si eso fuera posible.

—Están un poco más tenues —continuó, con la cabeza ladeada—. Debió de ser por mi sangre. La cantidad. Puede que haya curado parte de las heridas viejas.

Entonces bajé la vista hacia mi brazo y miré. Miré *de verdad*. La piel era menos brillante y menos rugosa.

—Me sorprende —comentó Casteel—. Que las cicatrices sean lo primero en lo que te fijes.

—Bueno, las cicatrices son lo primero que parece ver todo el mundo cuando me mira por primera vez —musité.

—No lo creo, Poppy. Antes, no —dijo, echando un mechón de pelo apelmazado por encima de mi hombro—. Y desde luego que ahora tampoco.

Desde luego que ahora tampoco.

Levanté la vista una vez más y miré más allá de las cicatrices y las pecas salpicadas por mi nariz. Miré mis ojos. Eran verdes, tal como recordaba los de mi padre, pero también estaban distintos. No es que se notase mucho a primera vista, pero ahora lo vi.

Era una especie de pátina plateada detrás de mis pupilas.

—Mis ojos…

—Llevan así desde el templo de Saion —me informó.

Parpadeé una vez, luego otra. Seguían iguales cuando los volví a abrir.

—Cuando brillan no están así, ¿verdad?

Casteel negó con la cabeza.

—Esa luz que hay detrás de tus pupilas irradia a través del verde. Es algo mucho más intenso.

—Oh —susurré.

—Creo que es el *eather* en tu interior —me dijo. Giró el cuerpo hacia mí.

—Oh —repetí. Pensé que debía de ser lo mismo que hacía que los ojos de Casteel y los otros atlantianos se volvieran luminosos y chispeantes.

Casteel arqueó una ceja.

—¿Eso es todo lo que tienes que decir sobre tus ojos? ¿Oh?

—Mis ojos… no sé, los siento igual que siempre —expliqué. En realidad, no tenía ni idea de qué decir. Un lado de sus labios se curvó hacia arriba.

—Y siguen siendo los ojos más preciosos que he visto en la vida.

Me giré hacia él y levanté la vista.

—¿No te molesta nada de esto? ¿Mi ascendencia? ¿Lo que sea que soy?

Su medio sonrisa se borró de su cara.

—Ya tuvimos esta conversación cuando hablamos de Malec.

—Es verdad, pero… cuando me conociste, era la Doncella. Creías que era mortal y luego te enteraste de que era medio atlantiana. Pero ahora sabes que desciendo de un dios y en realidad no sabes lo que soy —le dije—. Mis dones ni siquiera son iguales. Estoy *cambiando*.

—¿Y?

—¿Y?

—Cuando me conociste, tú creías que era un guardia mortal que había jurado protegerte. Pero luego te enteraste de que era atlantiano y que era el príncipe —me rebatió—. ¿Algo de eso cambió la forma en que me veías?

Al principio, sí, pero…

—No, no lo hizo.

—Entonces, ¿por qué te cuesta tanto creer que esto no modifica nada para mí? Sigues siendo Poppy. —Me tocó la mejilla—. No importa cuánto cambies, en el fondo aún eres tú.

Volví a mirar al espejo y vi un rostro familiar que al mismo tiempo no lo era de maneras muy sutiles. En mi corazón, me sentía yo misma…, y esperaba que eso no cambiara nunca.

CAPÍTULO 16

—Ven —repitió Casteel, tirando de mi mano—. Deja que te mire.

—Ya te he dicho que estoy bien.

Me alejó del espejo para llevarme de vuelta al dormitorio.

—Y yo ya te he dicho que dejes de decir eso cuando sabes que no lo estás.

—Ni siquiera siento esos moratones que mencionaste —protesté cuando me colocó al lado de la cama. Sus ojos color ocre se deslizaron hacia los míos.

—Sé que hay heridas que no son visibles para el ojo humano, y desearía que dejases de intentar ocultármelas. —Cerré la boca de golpe—. Creo que hay muchas cosas de las que tenemos que hablar. —Alargó las manos hacia el borde de mi túnica para levantarla—. Pero hay algo realmente importante de lo que debemos hablar antes que de cualquier otra cosa.

Me hizo un gesto para que levantara los brazos. Lo hice y el aire fluyó por mis brazos desnudos mientras lo observaba tirar la camisa a un lado. La combinación que llevaba era mucho más fina y mucho más adecuada para este clima, pero sus tirantes delgados y el corpiño ceñido y casi inexistente escondían muy poco.

Casteel deslizó un dedo por uno de los tirantes sin quitarle el ojo de encima, luego lo metió por debajo de la ligerísima tela.

—Estos ridículos tirantes finos... —Arrastró la punta de los colmillos por su labio inferior.

—¿De eso es de lo que quieres hablar? —Me hormigueaba la piel mientras recorría con un dedo el corpiño de la combinación, la curva de mi piel. Mis pezones se tensaron y se endurecieron mientras sus ojos volvían a los míos.

—Creo que estos tirantes son muy importantes y muy absorbentes, pero no es el asunto del que tenemos que hablar —repuso—. Siéntate, Poppy. Sé que estás agotada.

Bajé la vista hacia mis pantalones polvorientos.

—Si me siento, voy a ensuciar la cama.

—Entonces, tendrás que quitarte los pantalones.

Arqueé las cejas.

—¿Estás intentando que me desnude?

—Poppy —murmuró con voz seductora, al tiempo que retiraba varios mechones de pelo de mi cara—. ¿Cuándo *no* estoy intentando desnudarte?

Solté una risita suave.

—Es verdad. —Puse las manos sobre la solapa de los pantalones, consciente de que Casteel estaba de broma y lo estaba disfrutando, y aliviada de que el jugueteo todavía pudiera divertirme a pesar de todo lo que había pasado. Abrí los botones.

—Las botas —me recordó—. Espera. Agárrate de mis hombros.

Casteel se arrodilló delante de mí y solo verlo... la anchura de sus hombros, su pelo que se había secado en una maraña de ondas y rizos sueltos y caía sobre su frente, y las espesas pestañas oscuras... Casi perdí la cabeza. Era bello. Era valiente. Era inteligente. Era amable y tolerante. Era feroz.

Y era *mío*.

Con las manos un poco temblorosas, las apoyé sobre sus hombros, y él se apresuró a quitarme las botas mientras yo hacía equilibrio. Los pantalones salieron a continuación, y entonces estaba de pie delante de él, con nada más que una combinación que me llegaba hasta los muslos.

Casteel se quedó donde estaba, sus ojos recorrieron mis piernas. Se demoraron, no en las antiguas cicatrices de la noche del ataque de los Demonios, sino más bien en las zonas de piel azulada, magulladas ahora solo los dioses sabían por qué. Sus ojos siguieron recorriendo mi torso, mis brazos, la piel por encima de mis pechos, mi cara.

Sus ojos eran como esquirlas de ámbar escarchadas cuando llegaron a los míos.

—Si cualquiera de los que te infligieron un solo segundo de dolor aún respirara, lo haría pedazos, extremidad a extremidad. Rezo por que la muerte que les diste haya sido lenta y dolorosa.

—Para la mayoría no fue lenta. —Una imagen de ellos emergió en mi mente: se agarraban la cabeza y gritaban mientras sus cuerpos se retorcían—. Pero fue dolorosa para todos.

—Bien. —Me miró a los ojos—. No malgastes ni un segundo en sentir remordimiento ni pena. Ninguno de ellos lo merece; y el que menos, Alastir. —Asentí—. Te prometo que si alguien más estuvo implicado en esto, lo encontraremos y pagará. Lo mismo digo de cualquier otro que pretenda amenazarte. Sea quien fuere.

Hablaba en serio, y el instinto me decía que eso no excluía a nadie. Ni siquiera a sus padres.

—Yo te prometo lo mismo. No permitiré que nadie te haga daño —le juré, y el centro de mi pecho empezó a vibrar.

—Lo sé. —Casteel tomó mis manos y tiró de mí hacia abajo para sentarme en el borde de la mullida cama. Pasó unos segundos—. Soy tu marido, ¿verdad? —preguntó, aún en cuclillas. Arqueé las cejas ante esa pregunta inesperada.

—¿Sí?

—Bueno, no sé demasiado acerca de esto de ser marido —continuó, mientras dejaba mis manos en su regazo, y de verdad que no sabía a dónde quería ir a parar—. ¿Sabes lo que está grabado en nuestras alianzas? Está en atlantiano antiguo —me dijo cuando negué con la cabeza—. Las dos dicen lo mismo: *Siempre y para siempre*. Esos somos nosotros.

—Sí —susurré, con un nudo de emoción en la garganta—. Lo somos.

—Es obvio que no tengo experiencia en el departamento del matrimonio, pero, de todos modos, eres mi mujer. Eso significa que ya no fingimos, ¿correcto? Que, siempre y para siempre, somos reales entre nosotros.

—Sí. —Asentí.

—Sobre nada. Ni siquiera cuando no quieres que me preocupe. Sé que eres fuerte y tan resiliente que es condenadamente increíble, pero no tienes que ser fuerte conmigo todo el rato. Está bien que no estés bien cuando estás conmigo —me dijo, y se me cortó la respiración—. Es mi deber como tu marido asegurarme de que te sientes lo bastante segura para ser real. No tienes que fingir que estás bien después de todo lo que ha pasado, Poppy.

Oh…

Oh, por todos los dioses.

Sus palabras me destrozaron. Las lágrimas abrasaron mi garganta e inundaron mis ojos. Hice la única cosa madura posible: me planté las manos delante de la cara.

—Poppy —susurró Casteel, y cerró los dedos en torno a mis muñecas—. Eso ha sonado doloroso.

—Lo ha sido. —Mi voz se amortiguó—. No quiero llorar.

—¿Crees que darte manotazos en la cara ayudará?

—No. —Me reí, con los hombros temblorosos, mientras las lágrimas humedecían mis pestañas.

—No pretendía hacerte llorar. —Dio unos tironcitos de mis brazos. Mis manos no se movieron de mi cara.

—Entonces, no digas cosas superdulces y comprensivas.

—¿Preferirías que dijera algo desagradable y poco comprensivo?

—Sí.

—Poppy. —Pronunció mi nombre alargando las sílabas al tiempo que apartaba las manos de mi cara. Me regaló una sonrisa torcida, que hizo que pareciera muy joven—. No pasa nada por llorar. No pasa nada por ser vulnerable. Es posible que este haya sido el peor recibimiento de la historia. Esta última semana ha sido una jodienda, y no de un modo divertido.

Me volví a reír, pero acabó en un sollozo. Esta vez no corté el aluvión de emociones. Me vine abajo y, justo como me había prometido Casteel, él estaba ahí para recoger mis pedazos, para sujetarlos y mantenerlos a salvo hasta que pude recomponerme. De algún modo acabé en el suelo con él, sentada en su regazo, con los brazos y las piernas enroscados con fuerza a su alrededor.

Y dejé de fingir.

Porque no estaba bien.

No estaba bien con lo que había ocurrido, con lo que podía indicar y lo que significaba, cuando ni siquiera sabía ya lo que era. Tampoco estaba bien haberme enterado de que a mis padres los había traicionado alguien en quien confiaban, que de verdad habían estado intentando escapar de Solis con Ian y conmigo pero nunca lo consiguieron, que habían arriesgado sus vidas por mí, por nosotros. Esa traición dolía, y ese dolor palpitaba con intensidad. Todas esas cosas en las que había procurado no pensar se estrellaron contra mí, dentro de mí, y ¿quién... quién podría estar bien en una situación así?

Los segundos se convirtieron en minutos, y esos minutos se amontonaron unos encima de otros. Mis lágrimas empaparon el pecho de Casteel. La última vez que había llorado de este modo fue cuando perdí a Vikter. Esa había sido una explosión de emoción más dura, pero Casteel… también había estado ahí para mí. Y mientras me abrazaba ahora, con su mejilla apretada contra mi coronilla, y sus manos subiendo y bajando por mi espalda, no me preocupó que pudiera considerarme débil. No temí que fuese a regañarme por mostrar emoción, mientras me mecía, nos mecíamos, adelante y atrás. No me había permitido hacer esto ni siquiera con Vikter, aunque sabía que él no me hubiera juzgado. Me hubiese dejado llorar hasta desahogarme y luego me hubiese dicho que lidiara con ello. Y en ocasiones, eso era lo que necesitaba. Esta no era una de esas ocasiones y, desde que mis padres murieron e Ian se marchó a Carsodonia, nunca me había sentido bastante a salvo como para mostrarme tan vulnerable.

Y supe por qué podía ser así con Casteel. Fue una prueba más de lo que sentía en lo más profundo de mi ser cuando abrí mis sentidos a él ahora. Me estaba ahogando en el sabor a fresas mojadas en chocolate.

Amor.

Amor y aceptación.

No supe cuánto tiempo nos quedamos así, pero cuando las lágrimas cesaron de fluir, parecía haber pasado una pequeña eternidad. Me dolían un poco los ojos, pero me sentía más ligera.

Casteel giró la cabeza y me dio un beso en la mejilla.

—¿Te apetece darte la primera ducha de tu vida? Después, meteremos un poco de comida entre pecho y espalda, y luego, por desgracia, te buscaremos algo de ropa. A continuación, hablaremos de todo lo demás.

Al principio, mi cerebro se quedó atascado en lo de la *ducha*, y luego se quedó atorado en lo de *todo lo demás*. Todo lo demás era encontrarnos con sus padres, el tema ese de ser reina y… bueno, todo lo demás.

—O podemos comer algo primero. Tú decides —me ofreció—. ¿Qué prefieres?

—Creo que me gustaría darme una ducha, Cas. —Solté una exclamación ahogada cuando me dio un mordisquito en un dedo. Abrió los ojos, brillantes como joyas de cuarzo.

—Perdona. Solo oírte decir eso... me produce cosas por dentro.

Como me hacía una idea bastante precisa de lo que eran esas cosas, un agradable calorcillo fluyó por mis venas. Mis ojos se deslizaron por encima de su hombro y una intensa emoción burbujeó en mi interior.

—Va a ser raro bañarme mientras estoy de pie.

—Te va a encantar. —Casteel se levantó y tiró de mí para ayudarme a que me pusiera en pie. Su fuerza siempre me asombraba; no estaba segura de que fuese a acostumbrarme jamás.

Lo seguí hasta la sala de baño, iluminada solo por la más tenue luz procedente de la ventana de encima del banco. Casteel giró la palomilla de una lámpara sobre el tocador y un suave resplandor dorado se extendió por el suelo alicatado. Observé cómo colocaba dos toallas gruesas sobre una pequeña banqueta entre la bañera y la ducha que ni siquiera había visto antes.

Casteel se quitó la ropa con una absoluta falta de pudor que era fascinante y envidiable. No podía quitarle los ojos de encima mientras entraba en el recinto y empezaba a toquetear los grifos de la pared.

Empezó a brotar agua de las múltiples tuberías por encima de su cabeza para crear una lluvia intensa. Debería de haberme centrado en la brujería que hacía eso posible, pero estaba hipnotizada por él, por la sombra de pelo oscuro sobre sus pantorrillas, por la anchura de sus hombros y su pecho, y por los duros y marcados músculos de su abdomen. Su cuerpo era prueba de una vida rara vez ociosa. Me tenía embelesada, todo él, desde las líneas perfiladas de su pecho hasta la malicia de su miembro, pasando por la vida que había vivido y que se reflejaba sobre su piel bronceada con un surtido de cicatrices pálidas.

Su cuerpo era... santo cielo, era una obra maestra de perfección y defectos. Ni siquiera el escudo real, ese círculo con la flecha atravesada por el centro, grabado a fuego sobre la parte superior de su muslo derecho, hacía menguar su belleza cruda.

—Cuando me miras de ese modo, todas las buenas intenciones que tenía de dejar que disfrutaras de tu primera ducha desaparecen por momentos —murmuró, y el agua empezó a resbalar por sus hombros cuando se adentró en ese diluvio artificial—. Y quedan sustituidas por unas intenciones muy inapropiadas.

El calor inundó mis venas mientras jugueteaba con el dobladillo de mi combinación. Mis ojos se deslizaron por debajo de sus abdominales marcados, más abajo que su ombligo. Estaba duro, la piel de la zona era de un tono más intenso. Sentí una repentina tensión, honda y serpenteante, en el bajo vientre y luego entre los muslos. Mi pecho se hinchó con una respiración profunda.

—Creo que estás muy interesada en esas intenciones inapropiadas.

—¿Y qué, si lo estoy?

—Me costaría mucho no ceder a ellas. —Sus ojos se iluminaron—. Y eso sería un problema.

Mi pulso era como un tamborileo mareante.

—No estoy segura de cómo podría ser eso problemático.

—¿El problema? Si entro dentro de ti ahora mismo, no creo que pueda controlarme. —Se paró delante de mí y bajó la cabeza. Sus labios rozaron la parte externa de mi oreja y deslizó un dedo por debajo del tirante de la combinación—. Tendría que tomarte contra esa pared, mi pene y mis colmillos tan profundos dentro de ti que ninguno de los dos sabríamos dónde acaba uno y empieza el otro.

Un pálpito doloroso e intenso me recorrió en oleadas sucesivas. El recuerdo del roce de sus colmillos contra mi piel, el mordisco, y el breve dolor que luego daba paso al placer que ocupaba un lugar primordial en mi mente.

—Sigo sin ver por qué eso puede ser un problema.

Un sonido profundo y grave brotó del fondo de su garganta.

—Eso es porque no me has visto perder el control.

—¿No perdiste el control en ese carruaje? ¿Después de la batalla de Spessa's End?

—No. —Ladeó la cabeza y todo mi cuerpo se estremeció al sentir un afilado colmillo contra un lado de mi cuello.

Un dolor prometedor se instaló entre mis piernas y palpitó.

—¿Y esa mañana en la que te despertaste con hambre y...? —Contuve la respiración cuando su lengua apaciguó la zona que había rozado su colmillo.

—¿Cuando mi boca estaba entre tus muslos y todo tu sabor bajaba por mi garganta?

Me estremecí otra vez y cerré los ojos.

—Sí. Esa mañana. Esa mañana perdiste el control.

—Ahí me llegaste, Poppy. —Sus dedos se deslizaron debajo de ambos tirantes de mi combinación y la bajó despacio, por encima de las cosquillosas puntas de mis pezones—. Pero aquella vez no perdí el control.

—¿Y después... después de que me alimentara de ti? —pregunté. Me costaba tragar—. ¿En la cabaña de caza?

—Seguía manteniendo el control, Poppy.

Se me quedó el aire atascado en la garganta. Si de verdad no había perdido el control ninguna de esas veces, no estaba segura de poder imaginar lo que sería si lo perdiera. Cuando la combinación se arremolinó en mi cintura y luego cayó al suelo, me encontré queriendo saberlo con una desvergüenza absoluta.

—Ahora sí perdería el control. —Sus dedos resbalaron por mi hombro y por encima de la curva de mi pecho. El toque fue

suave como una pluma, pero arqueé la espalda de todos modos. Rozó mi mejilla con sus labios mientras su pulgar empezaba a dibujar círculos enloquecedores sobre un pezón ya
hipersensible—. Mi boca estaría por todas partes. Bebería de
tu cuello. Bebería de aquí —susurró contra mis labios mientras cerraba una mano en torno a un seno y masajeaba la piel.
Contuve la respiración cuando sentí su otra mano entre mis
muslos—. Y desde luego que bebería de aquí.

¿Podía... beber *de ahí*?

—No tengo ningún problema con ninguna de esas cosas.

Hizo ese sonido ronco y anhelante otra vez.

—Tu cuerpo ha pasado por mucho, Poppy, y en muy
poco tiempo. Puede que te encuentres bien. Tal vez incluso
lo estés, pero hace menos de dos días apenas te quedaba una
gota de sangre. No me voy a arriesgar a alimentarme de ti.
Hoy, no. Así que uno de nosotros tiene que ser la parte responsable.

Se me escapó una risa áspera.

—¿Tú eres el responsable?

—Es obvio. —Deslizó un dedo por la humedad que se
arremolinaba en el centro de mí y avivó el fuego que ya ardía
en mis venas.

—No creo que sepas lo que significa ser responsable.

—Puede que tengas razón. —Casteel me besó, succionó de
mi labio inferior—. Entonces, tendrás que serlo tú.

—No quiero.

Se rio contra mi boca y luego me besó otra vez, y sacó la
mano de entre mis muslos.

—Ducha —me recordó. O se recordó a sí mismo.

El grado de decepción que sentí cuando me tomó de la
mano fue bastante vergonzoso, sobre todo cuando se giró y
su duro miembro rozó contra mi muslo. Otro pulso de deseo
me recorrió de arriba abajo mientras me conducía hacia el
recinto. Se metió en la ducha y se volvió hacia mí. El agua le

mojó el pelo, resbaló por sus hombros, y gotitas (gotitas *calientes*) salpicaron mi brazo estirado. Su mirada era tan intensa que fue como si una caricia física se deslizara por todo mi cuerpo.

Temblaba de la cabeza a los pies mientras me quedaba ahí quieta y dejaba que me mirara todo lo que quisiera. No fue del todo fácil. Tuve que hacer un esfuerzo por reprimir el deseo de taparme mientras él no me soltaba la mano. No era que me sintiera incómoda delante de él, ni avergonzada de mis numerosas imperfecciones. Daba igual cuánto entrenara con armas y con mi cuerpo, mi cintura nunca sería estrecha, como tampoco mis caderas serían delgadas como las de las damas en espera de Solis.

Me gustaban demasiado el queso y el beicon y todo lo que estuviera cubierto de chocolate, para eso.

Tampoco me daban vergüenza mis cicatrices. No cuando me miraba como lo hacía ahora, como si muy bien pudiese ser una deidad o una diosa. No cuando esas cicatrices, como las suyas, eran prueba de la vida que había vivido y de las cosas a las que había sobrevivido.

Era solo que esta… falta de pudor era nueva para mí. Había pasado la mayor parte de mi vida vestida desde la barbilla hasta el suelo, y con más de la mitad de mi rostro cubierto. Sabía cómo esconderme. Y solo ahora empezaba a aprender a dejarme ver. Reprimí ese impulso, un poco henchida de orgullo y muy consciente de mí misma, aunque a cada segundo me iba sintiendo más cómoda.

—Eres preciosa. —La voz de Casteel fue como una agradable noche de verano—. Y eres mía.

Lo era. Del todo.

Y eso no hacía que me hormigueara la piel ni que mi lengua ardiera en deseos de negarlo. No era una declaración de dominancia ni de control. Sabía muy bien lo que eran esas cosas. Esto era simplemente la verdad. *Era* suya.

Y él era mío.

Casteel me atrajo hacia él y di un paso. El agua cayó sobre mí y pegué un gritito ante la sensación de la lluvia que salpicaba mi piel.

—¿Te habías olvidado de que ibas a meterte en una ducha? —me preguntó. Soltó mi mano.

—Eso creo. —Giré las palmas de las manos hacia arriba y observé cómo el agua formaba charquitos poco profundos. Rayaba en el casi demasiado caliente, justo como me gustaba. Eché la cabeza atrás y gemí de placer cuando el agua rodó por mi cara y entre mi pelo. Era como una lluvia recalentada. Giré en un círculo lento, encantada por cómo sentía el agua sobre mi piel, incluso sobre las partes magulladas y doloridas.

Abrí los ojos para mirar a Casteel. Estaba sonriendo. Una sonrisa real. Una de las raras, con ambos hoyuelos a la vista.

—¿Parezco tonta?

—Pareces perfecta.

Sonreí y me moví hacia la siguiente tubería, donde el agua caía con mayor fuerza. Pegó el pelo a mi cara y me eché a reír. Retiré los mechones empapados y le vi agarrar una de las botellas de la repisa cercana a los grifos. El líquido era claro y olía a limones y a pino.

Mientras jugaba bajo el agua, pasando de una alcachofa (como la había llamado Casteel) a otra, se enjabonó para lavarse. Cuando terminó, se acercó a mí por detrás, con más de ese jabón de olor delicioso en la mano.

—Cierra los ojos —me indicó.

Obedecí y disfruté de la sensación de sus dedos sobre mi cuero cabelludo mientras frotaba el jabón hasta hacer espuma.

—Podría acostumbrarme a esto —susurré.

—Yo también. —Se acercó más y sentí su cuerpo caliente contra mis riñones—. Echa la cabeza atrás, pero mantén los ojos cerrados.

Hice lo que me pedía. Sus labios tocaron los míos y sonreí. Luego recogió mi pelo y enjuagó el jabón. Era mucho más fácil de hacer en una ducha. Solo tenía que quedarme ahí parada.

Puede que simplemente me mudara a la ducha y no saliera nunca.

La idea continuó aumentando su atractivo cuando Casteel abandonó mi lado un momento solo para volver con un cuadrado jabonoso. La espuma seguía el rastro de la suave esponja mientras la deslizaba por mis brazos, mi pecho, mi vientre, y luego por la parte baja de mi espalda. Tuvo sumo cuidado con los pequeños cortes que me habían dejado las piedras, y la ternura de sus atenciones tironeó de mi corazón. Se me hinchó el pecho con todo el amor que sentía por él y luego empecé a sentir un intenso deseo, doloroso incluso, cuando la esponja pareció desaparecer y fue reemplazada por el roce más áspero de las palmas de las manos jabonosas de Casteel.

Volví a cerrar los ojos y mi mente divagó a lugares puros y pecaminosos mientras sus manos recorrían el mismo camino por el que había pasado hacía unos minutos la esponja. Pensé en lo que había dicho que haría con sus colmillos y con… su pene. Mi sangre empezó a bullir cuando el fuego se avivó con un rugido dentro de mí una vez más. ¿Podía hacer eso aquí, debajo de la ducha? Daba la impresión de que sería bastante resbaladizo, pero si alguien podía hacerlo, ese era él.

Deslizó las manos por encima de mis pechos. Dejé caer la cabeza hacia atrás contra su torso cuando se quedaron ahí. Me mordí el labio cuando una de sus manos resbaló por mi vientre. Mi piel se tensó cuando el placer se enroscó más abajo. Sus dedos sobre la punta endurecida de mi seno me provocaron un gemido de placer mientras su otra mano se abría paso por debajo de mi ombligo. Mi cuerpo reaccionó sin pensarlo, abrió el espacio entre mis muslos.

—¿Disfrutas de la ducha? —Su voz sonó gruesa, como ahumada.

Sabía muy bien cuánto la estaba disfrutando, y la idea de que pudiera oler mi excitación me hizo estallar en llamas más que avergonzarme. Asentí de todos modos.

—¿Estás siendo responsable?

—Por supuesto. —Su mano se escurrió entre mis muslos—. Solo estoy siendo meticuloso —dijo, y dibujó unos círculos con el pulgar por encima del haz de nervios que había ahí.

Solté una exclamación y me puse de puntillas. El deseo se enroscó en lo más profundo de mi ser. Entreabrí los labios y gemí mientras mis caderas subían para encontrarse con su mano.

Besó mi hombro al retirar las manos. Abrí los ojos de golpe y empecé a girarme hacia él.

—No he terminado —dijo, antes de que pudiera hablar—. Todavía tengo que limpiar tus piernas.

—¿En serio? —Arqueé las cejas. Sus ojos eran como charcos de miel fundida.

—Muy en serio.

No podía importarme menos el estado de mis piernas.

—Casteel…

—Jamás me perdonaría que creyeras que tu primera ducha no fue tan eficaz como un baño —dijo. Me resistí al impulso de poner los ojos en blanco—. Pero deberías sentarte. Pareces un poco… acalorada.

—Me pregunto por qué.

Soltó una risa profunda y, por un momento, me planteé pegarle, pero al final decidí no hacerlo, aunque se lo mereciera de verdad por estar tomándome el pelo de este modo. Dejé que me llevara hasta el banco y me sentara, y solté una suave exclamación de sorpresa cuando me di cuenta de que caía una leve nubecilla de vapor por el lugar.

Casteel añadió jabón a sus manos y se puso de rodillas delante de mí.

—¿Cómoda?

Bajé la vista entre sus piernas y asentí. No estaba ni remotamente afectado por todo esto.

—Bien. Tu comodidad es mi prioridad. —Tenía agua sobre las pestañas cuando pasó una mano en torno a mi tobillo. Sonrió y desvió la vista hacia mis ojos mientras levantaba mi pierna. Se me cortó la respiración cuando puso mi pie sobre su hombro. La posición me dejaba... oh, por todos los dioses, me dejaba totalmente expuesta a él.

Se me escapó una respiración temblorosa cuando lo vi enfocar los ojos en mi mismísimo centro. Un indicio de colmillos asomó tras sus labios entreabiertos, y todo dentro de mí se enroscó de un modo de lo más delicioso. Mis palmas se apretaron contra el suave banco cuando subió sus manos jabonosas por mi pantorrilla y luego por mi muslo. Contuve la respiración cuando sus dedos llegaron al pliegue entre la cadera y el muslo. Deslizó la mano por la cara interna del muslo, sus nudillos rozaron mi parte más sensible. Se me escapó todo el aire de los pulmones.

La mano de Casteel se detuvo ahí mientras me miraba a los ojos.

—¿Aún estás cómoda?

—Sí —susurré.

Apareció esa sonrisa suya, de una sensualidad cruel, y la tensión se acumuló con gran dulzura dentro de mi cuerpo. Volvió a bajar la mano mientras el agua neblinosa seguía empapando mi piel. Cuando terminó, devolvió mi pie al suelo y levantó la otra pierna. Un aire más fresco rozó mi piel recalentada. Hizo lo mismo que antes, pasando el jabón entre los dedos, por la planta del pie, y luego más y más arriba por mi pierna. Me puse tensa, casi abrumada por la anticipación; mi corazón se desbocó cuando sus nudillos rozaron una vez más mi centro. Volvió a bajar la mano por mi pierna, retiró el jabón e inclinó la cabeza para besar la cicatriz irregular de la cara interna de mi rodilla.

Pasó su brazo alrededor de mi pantorrilla, pero no dejó mi pie en el suelo. Se acercó más a mí y la anchura de sus hombros me separó las piernas.

Mi corazón trastabilló y abrí los ojos como platos. Una oleada de temblores tensos me recorrió en cascada. No había estado tan expuesta a él ni siquiera aquella mañana en que se había despertado de esa pesadilla y había estado cerca de sentir sed de sangre. Un revoloteo reptó de mi pecho a mi estómago.

—¿Todavía... estás siendo meticuloso? —le pregunté, con la voz ahogada.

—Sí. Creo que me he saltado un punto. —Besó el espacio por encima de la antigua cicatriz—. Creo que veo muchos puntos que me he saltado. Y ya me conoces, soy un perfeccionista. Tampoco querría que esos puntos se sintieran marginados. ¿Y tú?

—No. —Mi corazón latía con tal fuerza que me pregunté si él podría notarlo, pero cuando bajé los ojos todo lo que vi fueron mis pezones duros entre mechones de pelo cobrizo empapado. Perdí un poco más la respiración cuando me miré bien: mis hombros apoyados contra los azulejos, los pechos empujados hacia delante y las piernas abiertas de par en par para Casteel. Mantuve los ojos abiertos mientras mi cabeza caía hacia atrás contra la pared. Observé a Casteel mientras su pelo mojado acariciaba mi piel.

—¿Qué tal aquí? —Besó la cara interna de mi muslo mientras deslizaba la palma por la parte de atrás de mi pierna—. ¿O aquí? —Sus labios encontraron una de esas cicatrices irregulares de la parte interna de mis muslos. Movió la cabeza para acariciar con los labios la palpitante piel entre mis piernas. Di un respingo—. Sí, creo que este punto está especialmente sucio y solitario.

Perdí el habla cuando agachó la cabeza de nuevo. El roce mojado de su lengua por mi centro me provocó un gemido de placer. Mis párpados aletearon antes de cerrarse, para luego abrirse solo hasta la mitad cuando volvió a hablar.

—Necesito prestar especial atención a esta zona. —Dio otra pasada con su lengua, aunque esta vez además la hizo girar alrededor del apretado haz de nervios—. Puede que tarde un poco.

Temblé cuando su lengua jugueteó con la piel un instante y luego se deslizó dentro de mí. Un estallido de placer mareante sacudió mis sentidos. Bajó la cabeza otra vez y su lametón fue profundo y lento y maravillosamente indecente. Levanté las caderas en respuesta a sus caricias, juguetonas y superficiales. Lo que estaba haciendo era maravilloso y para nada parecido a lo que hubiese imaginado al pensar en bañarme.

Jamás volvería a ser capaz de pensar en nada más cuando estuviera cerca del agua.

Mis caderas sufrieron un espasmo cuando sentí que un largo dedo sustituía a su lengua. Se movió con suavidad por encima de la piel turgente, luego entró dentro de mí, poquito a poco. Mi cuerpo empezaba a ser un infierno.

—Cas —gemí, al tiempo que me estremecía, cada vez más y más cerca del precipicio. Se detuvo y me miró con unos ojos ahora luminosos.

—Deberías agarrarte al banco.

Con manos temblorosas, me aferré al borde del asiento. Un lado de sus labios se curvó hacia arriba.

—Eso es.

Inclinó la cabeza de nuevo, su aliento caliente contra mi piel. Pasó un instante. Sentí sus labios y luego el roce erótico de un colmillo…

Di un grito cuando la afilada punta del colmillo me produjo una corriente eléctrica por todo el cuerpo. Una apretada espiral de placer ardiente subió disparada por mis piernas y mi columna. Tenía los ojos abiertos como platos, pero hubiese jurado que veía estallidos de luz blanca. Entonces su boca se cerró sobre el palpitante haz de nervios e introdujo el dedo con fuerza en mi interior. Succionó profundo y con energía, atrayendo no solo mi excitación sino también el poquito de sangre que sabía que me había hecho. Todo mi cuerpo se levantó del banco, mi mano resbaló…

Casteel me puso la otra mano sobre el abdomen para empujarme de vuelta al asiento. Se dio el festín con mi cuerpo mientras su dedo entraba y salía sin descanso. Me *consumió* y me perdí en la sensación, me perdí voluntariamente en las sensaciones crudas que me inundaban, devorada por el gemido gutural que emitió contra mi piel. Me contoneé contra él con una desesperación desquiciada. Su contacto era demasiado para mí, pero al mismo tiempo no era suficiente. El placer rayaba en lo doloroso envuelto en hermosura. Era emocionante y aterrador, y un calor intenso se enroscó cada vez más profundo y más apretado en mi interior.

—Cas —gemí otra vez, sin reconocer mi voz siquiera cuando su mano abandonó mi vientre. Me deslicé hacia delante en el banco, me equilibré con el otro pie. Bajé la barbilla al tiempo que levantaba las caderas de los azulejos y presionaba contra su dedo, contra su boca. La imagen de mí restregándome contra él se grabó a fuego en mi mente. La imagen de los músculos de su brazo flexionándose y tensándose mientras su mano se movía entre mis piernas quedó grabada en mi piel. Sus pestañas se entreabrieron y sus ojos se cruzaron con los míos mientras su brazo hacía movimientos rápidos y fuertes y me empujaba por encima del borde. Me deshice gritando su nombre mientras él soltaba un grito ronco contra mi piel. Me rompí en mil pedazos, una y otra vez, y me desintegré en esquirlas envueltas en placer. El clímax fue tan devastador y glorioso en su intensidad, me golpeó en oleadas tan interminables, que me quedé tirada contra la pared como si ya no tuviera huesos. Cuando sacó el dedo de mi interior, pequeños estallidos de placer todavía se encendieron como chispas por todo mi cuerpo.

Esbozó una sonrisa contra mi piel hinchada.

—Miel.

Casteel envolvió una toalla a mi alrededor. Antes de que pudiera dar ni un paso, me levantó en sus brazos. Lo agarré de un hombro.

—Puedo andar.

—Lo sé. —Me llevó al dormitorio lleno de sombras.

—Esto no es necesario.

—Todo lo que tiene que ver contigo es necesario. —Casteel me depositó sobre la cama y, en un abrir y cerrar de ojos, me tenía tumbada sobre el costado con él sentado a mi lado. Estaba desnudo por completo, con total descaro, mientras que yo seguía envuelta en la esponjosa toalla—. Bueno, ¿te ha gustado tu primera ducha?

Me sonrojé al sonreír.

—Ha sido una de esas cosas que… te cambia la vida.

—Cierto. —Un lado de sus labios se curvó hacia arriba mientras estiraba la mano para retirar un mechón de pelo mojado de mi cara—. ¿Tienes hambre? —Asentí, al tiempo que reprimía un bostezo—. Veré lo que puedo conseguir. —Se inclinó sobre mí y capturó mis labios. El beso fue suave y lánguido, y envolvió mi corazón en calor y en luz.

Luego se apartó y se levantó de la cama, y yo observé con los ojos medio abiertos cómo iba hasta el armario de madera de roble. Se puso un par de pantalones negros antes de volver hasta mí. Desenvainó la daga de heliotropo.

—Los *wolven* están en el exterior ahora mismo, patrullando.

Arqueé las cejas.

—Ah, ¿sí? —Cuando asintió, una soñolienta mueca pensativa tironeó de mis labios—. ¿Cómo es que yo no puedo sentirlos y tú sí?

—Porque yo soy especial —respondió, con una sonrisilla de suficiencia. Puse los ojos en blanco y él se rio entre dientes—. No es que los sienta. Los oigo. Aun así, eso me hace especial —añadió, y yo suspiré.

Pensé en lo que creía que había pasado con Kieran y con Delano.

—¿Crees que esa cosa del vínculo primigenio significa que ahora puedo sentirlos de un modo diferente?

—Creo que quieres decir *notam* primigenio.

—Lo que sea.

—Pero ¿a qué te refieres con *sentirlos* de un modo diferente?

—No sé. —Encogí uno de mis hombros—. Desde que desperté en la cabaña, un par de veces me ha dado la impresión de oír a Delano y a Kieran en mi mente.

—¿Qué? —arqueó una ceja.

—Sí, oí sus voces en mi cabeza. —Suspiré—. ¿Recuerdas cuando estaba en las Skotos y tuve ese sueño? Oí a Delano contestar algo en esa pesadilla y le oí decir que era su... *Liessa* —le conté—. Y después, juraría que oí la voz de Kieran cuando esperábamos fuera del templo de Saion. No tuve ocasión de preguntarles a ninguno de los dos, pero con Delano también sentí más que sus emociones cuando me concentré en él en las montañas. Sentí... no sé explicarlo, pero era como su impronta única. Su marca. Nunca había sentido algo así. Sé que suena irreal...

—No creo que suene irreal —me corrigió Casteel, aunque frunció el ceño—. Creo que cualquier cosa es posible. Está claro que debemos preguntarle a Kieran si él te oyó a ti o si cree que eso es posible siquiera. Lo que sí sé es que es algo que no pasaba entre nosotros cuando estábamos vinculados.

Apreté los labios y asentí. Casteel me miró un momento.

JENNIFER L. ARMENTROUT • 257

—Eres completamente única, Poppy. Lo sabes, ¿verdad?

Volví a encoger un solo hombro, de un modo perezoso. Esbozó una leve sonrisa que luego desapareció.

—Aquí estás a salvo —me dijo, aunque dejó la daga al lado de mi mano—. Pero solo por si acaso, si alguien entra, apuñálalo primero y pregunta después. Creo que estás familiarizada con esa mentalidad.

—¿Por qué todo el mundo actúa como si yo fuese por ahí apuñalando a la gente? —Casteel me miró pasmado y luego lanzó una mirada significativa a su pecho—. Lo que tú digas —masculló—. Te lo merecías.

—Cierto. —Sonrió mientras ponía una rodilla sobre la cama y se inclinaba sobre mí—. Volveré enseguida.

—Aquí estaré. —Cerré la mano en torno a la daga—. Con suerte, sin haber apuñalado a nadie.

Apareció el hoyuelo de su mejilla derecha. Inclinó la cabeza y depositó un beso en mi frente, y luego más abajo, sobre la cicatriz.

—¿Princesa?

Esbocé una sonrisita. Lo que había empezado como un mote se había hecho realidad.

—¿Sí?

—Te quiero —dijo contra mi boca. Mi sonrisa se amplió al tiempo que mi corazón daba un saltito de alegría en mi pecho.

—Te quiero.

Hizo ese sonido grave y retumbante.

—Nunca me cansaré de oír eso. Dilo todas las veces que quieras, cien mil veces, y siempre me parecerá que lo oigo por primera vez.

Levanté la cabeza y lo besé. Tardó en irse, pero por fin lo hizo, y mis ojos cansados se posaron en las puertas de celosía. Se había hecho de noche y agucé el oído para intentar percibir lo que había sido obvio para Casteel. No oí nada más que el discreto zumbido de los insectos y la melodía de los pájaros nocturnos. Apreté la mano en torno al frío mango de hueso de *wolven* de mi daga.

Casteel no tenía de qué preocuparse. Si alguien entraba en esta habitación, estaría preparada.

CAPÍTULO 17

Cuando volvió, supuse que Casteel estaba aliviado al ver que no había tenido que apuñalar a nadie.

O quizá, no.

Me daba la impresión de que le gustaba cuando apuñalaba a la gente.

Sobre todo a él mismo.

Había regresado con una botella de vino y una bandeja de fiambre y queso cortado en dados. También había pequeños trozos de chocolate con leche, y me metí tres en la boca de golpe. Me había puesto una de las túnicas color crema de Casteel, muy parecida a la que él mismo llevaba, y me ayudó a enrollar las mangas demasiado largas. La túnica cubría más de lo que hubiese tapado una combinación o de lo que cubría ese camisón indecente. Aunque teníamos muchas cosas de las que hablar, la barriga llena, el vino y lo que había hecho Casteel en esa ducha trabajaban en contra. Acabé por quedarme dormida cuando llevó la bandeja de vuelta a la sala de estar, y solo fui consciente a medias de cuando volvió a la cama conmigo, enroscó su largo cuerpo en torno al mío y me abrazó con fuerza.

Dormí ese tipo de sueño profundo al que ni siquiera los sueños te siguen. En algún momento me desperté para descubrir que la luz grisácea del amanecer empezaba a entrar en la habitación. Medio dormida, hice uso de la sala de baño, y, cuando volví a la cama, Casteel envolvió de inmediato su cuerpo alrededor del mío. No supe cuánto tiempo dormí esa vez antes de volver a despertarme. Mis pestañas aletearon y abrí los ojos a la suave luz de una lámpara de aceite. Al moverme debajo de una manta ligera, mi pierna rozó contra otra.

—Buenas tardes —me saludó Casteel con voz melosa.

Rodé sobre la espalda y miré hacia arriba.

Casteel estaba sentado contra el cabecero de la cama, vestido con pantalones ceñidos negros y una camisa blanca parecida a la que llevaba yo. Hojeaba un libro con tapas de cuero.

—Me he ocupado de sacar lo que traíamos en las alforjas y he colgado tu ropa en el vestidor. Kirha, la madre de Kieran y de Netta, ha traído algo más de ropa que cree que será de tu talla y me ha recomendado a una modista, aunque me gusta la idea de que tengas opciones de vestimenta limitadas.

No me sorprendió lo más mínimo oír eso último.

—¿Qué hora es?

—Casi las ocho de la noche. —Giró la cabeza hacia mí—. Has dormido cerca de veinticuatro horas seguidas.

Por todos los dioses, jamás había dormido tanto en toda mi vida.

—Lo siento...

—No te disculpes. Tenías que descansar. Yo también —añadió—. Aunque empezaba a sentirme un poco solo aquí.

—¿Cuánto tiempo llevas...? —Entorné los ojos al ver el libro que sujetaba. Me resultaba espantosamente familiar—. ¿Qué estás leyendo?

—Tu libro favorito. —Sus ojos se deslizaron hacia los míos con una mirada significativa. Me puse tiesa al instante—. ¿Sabes? Tengo una teoría acerca de la señorita Willa Colyns.

—No me puedo creer que todavía tengas ese maldito diario.

—Menciona algo aquí, en el capítulo veintitrés, que me ha hecho pensar. —Se aclaró la garganta—. *Andre era el más desinhibido de todos mis amantes…*

—No necesitas leerlo para contarme tu teoría.

—No estoy de acuerdo —repuso—. *Era bastante desvergonzado en su búsqueda de placer así como en su disposición a proporcionarlo, pero su seducción más impresionante no era su virilidad.* —Me miró de soslayo—. Sí te acuerdas de lo que significa «virilidad», ¿verdad?

—Sí, Casteel, me acuerdo bien.

Esbozó una sonrisilla y volvió a ese maldito diario.

—¿Por dónde iba? Oh, sí. Algo sobre su virilidad.

—¿Por qué te gusta tanto decir esa palabra?

—Porque a ti te gusta oírla.

—No es verdad. —Me quité el pelo de la cara con brusquedad.

—Deja de interrumpirme. Esta es una observación muy importante —me dijo—. *Pero su seducción más impresionante no era su virilidad. Era el oscuro y perverso beso de nuestra especie, uno que estaba siempre dispuesto a dar en los puntos más escandalosos.*

Me di cuenta entonces de a dónde quería ir a parar Casteel. Los oscuros y perversos besos de *nuestra especie*. Sin embargo, mi mente se atascó en la parte de estar *dispuesto a darlo en los puntos más escandalosos.* Casteel no me había mordido en ese punto muy escandaloso en la ducha, pero sí había sacado sangre.

—Estoy convencido de que la señorita Willa era atlantiana o tenía ascendencia atlantiana. Quizás incluso perteneciera a otro linaje —señaló—. Me pregunto si vivirá todavía. Si es así, también me pregunto si tendrá planeado escribir un segundo volumen. —Hizo una pausa—. Te veo muy acalorada, Poppy. ¿Ha sido por lo del beso perverso? ¿O quieres saber más cosas sobre Andre? —Devolvió la vista al diario—. *Mientras que los presentes celebraban el cumpleaños de alguna joven, Andre me*

262 • UNA CORONA DE HUESOS DORADOS

convenció de salir a los jardines, donde él y su confidente, Torro, me
celebraron a mí.

Me mordí el labio por dentro. Las palabras murieron en la
punta de mi lengua. ¿Ellos... la celebraron? ¿Ellos? Casteel
continuó.

—*Torro me tomó por detrás, y mientras su duro miembro ya me*
llevaba hacia el éxtasis, Andre se arrodilló delante de mí, cerró la
boca sobre mí...

—Ya basta. —Salí disparada hacia delante y le quité el
libro de las manos, aunque no llegué muy lejos.

Casteel cerró un brazo alrededor de mi cintura y me inmo-
vilizó con el diario entre nuestros pechos.

—No deberías haberme interrumpido ahí. —Sus ojos se caldearon—. La señorita Willa estaba a punto de disfrutar de una
noche muy emocionante en ese jardín. Estaba a punto de que se
les uniera una dama muy poco inocente.

—No me importa... espera. —La curiosidad se apoderó de
mí—. ¿Qué? ¿Los... los *cuatro*? ¿Juntos?

Casteel sonrió mientras su otra mano recorría mi espalda.

—Oh, sí. —La palma de su mano bajó por encima de mi
trasero, que había quedado al descubierto en mis prisas por
quitarle el diario. Cerró la mano en torno a él y me estremecí.

—Cuatro. Juntos. Mucha virilidad. Muchas partes femeninas escandalosas.

—¿Partes femeninas? —Me atraganté con una risa.

Asintió mientras arrastraba el borde de sus colmillos por
su labio inferior.

—¿Cómo te encuentras?

—Me encuentro... incómodamente curiosa —admití. Tenía preguntas. Por ejemplo, ¿cómo funcionaba eso siquiera?

Las cejas de Casteel volaron hacia arriba. Su sorpresa
fue como una ráfaga de aire frío sobre mi piel, y luego algo
especiado y exuberante aterrizó sobre la punta de mi lengua.

—Poppy —dijo con voz sensual, sus ojos eran del color de la miel fundida—. Me refería a cómo te encontrabas después de haber dormido un rato.

—Oh. —Noté que se me ponía rojo el cuerpo entero. Arrugué la nariz y enterré la cara en su pecho—. Estoy bien. —Y abochornada.

Su risa retumbó a través de mí. Apretó los brazos a mi alrededor.

—Me alegro de saberlo. Me alegro de saber ambas cosas.

—Oh, por todos los dioses —musité—. Por favor, olvida que he dicho que siento curiosidad.

—No es probable que lo haga.

—Te odio.

—Eso es mentira.

—Ya lo sé.

Otra risa grave brotó de su interior y yo sonreí, porque me encantaba ese sonido. Lo profundo y real que era.

—Hablaremos de tu curiosidad incómoda con gran detalle más tarde, pero tienes que quitarte de encima de mí y ponerte algo que haga que resulte más difícil que mi virilidad encuentre el camino hasta tus partes femeninas.

Levanté la cabeza de su pecho.

—Pero si eres tú el que me estás sujetando.

—Cierto. —Retiró el brazo y empecé a levantarme, y entonces me dio un azote suave en el trasero. Solté un gritito y esos malditos hoyuelos aparecieron en ambas mejillas. Lo miré con fingida indignación.

—Eso ha sido muy inapropiado.

—Sí, ¿verdad? —No sentía ni un ápice de remordimiento.

Aún roja como un tomate, empecé a moverme pero me paré. La tensión se coló en mis músculos, una mezcla enfrentada de reticencia y determinación.

—¿Qué? —Los ojos de Casteel buscaron los míos—. ¿Qué pasa?

—Yo... —Era difícil explicar lo que sentía. Era una mezcla de varias cosas. Me puse de rodillas entre sus piernas—. Casi no quiero salir de la cama. Las cosas... todo parece distinto aquí. Como si no existiera o no importara nada fuera de este sitio. Y sé... —Eché un vistazo hacia la puerta de celosía y hacia la noche más allá—. Sé que, cuando lo haga, tendré que enfrentarme a todas las cosas que sí importan. —Bajé la vista hacia el diario que sujetaba contra el pecho—. Supongo que eso me hace sonar como una niña inmadura.

—No. Para nada. Entiendo lo que sientes. —Puso los dedos debajo de mi barbilla para que lo mirara—. Cuando Malik y yo íbamos a las cavernas, era nuestra forma de escapar.

—¿De qué escapabais vosotros? —pregunté. Nunca había dado detalles al respecto.

—Malik y yo oíamos sin querer muchas conversaciones. —Esbozó una sonrisa melancólica—. Conversaciones que más bien eran discusiones entre nuestra madre y nuestro padre. Mis padres se aman con locura y siempre han tenido el mismo objetivo en mente: proporcionar una vida mejor para todos los que consideran a Atlantia su hogar; asegurarse de que todo el mundo esté a salvo y bien atendido. Pero sus métodos para lograr ese objetivo no siempre coinciden.

Lo pensé un poco.

—Gobernar un reino y querer lo que es mejor para la gente de la cual eres responsable no puede ser fácil.

—No, no lo es —convino—. Mi padre siempre ha tenido una mentalidad más agresiva con respecto a cómo perseguir ese objetivo.

Una de las ideas más agresivas de su padre era enviarme de vuelta con la reina de Solis, cortada en pedacitos.

—¿Y tu madre no tiene esa misma ideología?

—Creo que mi madre ha visto suficientes guerras como para que la impresión le dure cuatro vidas —me dijo—. Incluso cuando Malik y yo éramos demasiado pequeños para comprender de verdad los problemas a los que se enfrentaba Atlantia con la cada vez mayor escasez de tierras y la amenaza de Solis justo al otro lado de las montañas Skotos, percibíamos el peso que cargaba sobre los hombros nuestro padre, y la tristeza que minaba a nuestra madre. Es una mujer de una fortaleza increíble. Igual que tú. Pero se preocupa mucho por la gente y, algunos días, la tristeza eclipsa a la esperanza.

—¿Sabes si tu madre quería a Malec? —pregunté. Según Casteel, era raro que los atlantianos se casaran sin que los uniera el amor, pero el matrimonio de su madre con el rey original no sonaba como que hubiese sido muy feliz. Parte de mí esperaba que no lo quisiera, después de cómo había acabado el matrimonio, pero le había puesto a su hijo un nombre tan asombrosamente parecido al de su primer marido que era imposible no hacerse preguntas.

Casteel pareció pensarlo un poco.

—En realidad, nunca hablaba de él. Malik y yo solíamos pensar que era por respeto a nuestro padre, pero él no es el tipo de hombre que se sentiría afectado por otro que ya no formara parte de la vida de mi madre. Creo que ella lo quería, a Malec, y por ilógico que pueda parecer, creo que Malec también la quería.

Eso sí me sorprendió.

—Pero tenía un montón de aventuras, ¿no? ¿Y no me habías dicho que había rumores de que él e Isbeth eran corazones gemelos?

Casteel asintió mientras jugueteaba con un mechón de mi pelo entre sus dedos.

—Creo que Malec estaba enamorado de estar enamorado y no hacía más que perseguir ese sentimiento en lugar de alimentar lo que ya tenía. —Deslizó el pulgar por el pelo que sujetaba—. Si el rumor de que Malec e Isbeth eran corazones gemelos es verdad, puede que esa haya sido la primera vez que dejó de buscar y decidió prestar atención a lo que tenía delante.

Fruncí el ceño.

—Todo eso suena increíblemente triste. También esperanzador. Quiero decir, si tu madre quería a Malec, aun así fue capaz de encontrar el amor de nuevo. De abrirse de ese modo una vez más. No sé... —Apreté el diario contra mi pecho—. No sé si yo podría hacer eso.

—Yo nunca te daré razones para hacerlo, Poppy.

Mi corazón se derritió en mi pecho y luego se congeló. Pero ¿y si era inmortal? Parecía totalmente incomprensible pensar que viviría más que Casteel, pero seguíamos sin tener ni idea de en qué me había convertido después de Ascenderme. Y aunque harían falta varias vidas humanas para que Casteel mostrara señales de envejecimiento siquiera, al final lo haría. Y yo... no quería ni pensar en pasar mi futuro sin él, sin importar la cantidad de años que sí compartiríamos. Existían pruebas para demostrar si éramos corazones gemelos, pero los dioses dormían. También existía la Unión, pero no tenía ni idea de si eso funcionaba en sentido inverso, vinculando la duración de su vida a la mía.

Y tampoco tenía idea de por qué estaba pensando siquiera en nada de eso cuando no sabíamos lo que yo era ahora ni cuál era mi esperanza de vida. ¿Qué me había dicho Casteel una vez?

¿Que no debíamos preocuparnos hoy por los problemas de mañana?

Tenía que empezar a vivir de ese modo.

—Cuando Malik y yo íbamos a las cavernas —continuó, por suerte ajeno a donde habían divagado mis pensamientos—, podíamos fingir que ninguna de esas conversaciones había tenido lugar. El peso de la responsabilidad y la tristeza no nos seguía hasta ahí. No existía nada fuera de ese lugar.

—Pero erais muy pequeños.

—No importa. El sentimiento aún perdura, varios cientos de años más tarde —dijo, y me sentí mareada al recordar lo viejo que era. ¿Cuán anciana llegaría a ser yo algún día?—. Esta cama, esta habitación, pueden convertirse en nuestra versión de las cavernas. Cuando estamos aquí, nada del exterior importa. Este será nuestro remanso de paz. Nos lo merecemos, ¿no crees?

Se me cortó la respiración, pero logré asentir.

—Sí.

Sus ojos se suavizaron y deslizó el pulgar por mi labio de abajo.

—Desearía que pudiésemos quedarnos aquí dentro para siempre.

—Yo también —reconocí, con una leve sonrisa.

Pero no lo hicimos. No pudimos. Porque un instante después llamaron a la puerta. Rodé para quitarme de encima de él y me puse en pie.

Casteel suspiró mientras se levantaba también. Paró un segundo para darme un beso en la mejilla.

—Ahora mismo vuelvo.

Un momento después, oí la voz de Kieran. Dejé el diario en la mesilla y me dirigí a la sala de baño. Me ocupé de mis necesidades personales en un santiamén, pero no me molesté en hacer gran cosa con mi pelo. Comprobé mis ojos en el espejo antes de salir, y vi que todavía tenían esa pátina plateada detrás de las pupilas. Mi estómago se removió un poco al verla, pero me recordé que seguía siendo la misma.

En gran parte.

Casteel justo entraba en el dormitorio cuando regresé. Llevaba una bandeja de comida y otra botella de lo que parecía ser algún tipo de vino dulce. Una sola mirada a la línea dura de su mandíbula y supe de inmediato que las noticias que le había traído Kieran no eran buenas. Me senté en la cama.

—¿Qué ha pasado?

—Nada relevante.

—¿De verdad? —No le quité los ojos de encima mientras caminaba hacia mí.

—Sí. Es solo mi padre. Al parecer ha cambiado de opinión en lo de esperar a que fuésemos a verlo. Quiere hablar conmigo.

Me relajé mientras él descorchaba el vino y servía una copa.

—Entonces, ve a hablar con él. Es probable que solo esté preocupado.

—¿Soy mal hijo si digo que no me importa? —Me pasó la copa.

Esbocé una sonrisita irónica mientras levantaba las piernas y las cruzaba. Bebí un sorbo. El vino sabía a bayas azucaradas.

—Un poco.

—Oh, vaya.

Me incliné hacia él.

—Además, sé que sí te importa. Quieres a tus padres. No los has visto desde hace un montón de tiempo y no has tenido la oportunidad de hablar con ninguno de los dos en circunstancias normales. Ve a hablar con tu padre, Cas. Yo estaré bien.

—Cas. —Se mordió el labio, plantó los puños en la cama y se inclinó hacia mí—. He cambiado de opinión acerca de que me llames así.

—¿Por qué? —Bajé mi copa. Él se acercó aún más y rozó mis labios con los suyos.

—Porque oírte decirlo me da ganas de meter la boca entre tus piernas otra vez, y ese anhelo me distrae bastante.

Un intenso calor recorrió mis venas.

—Suena como que eso es problema tuyo. —Sonreí—. *Cas.*

—Por todos los dioses —murmuró. Las palabras salieron retumbantes de su interior. Me dio un beso rápido, con un mordisquito en el labio inferior al retirarse.

Kieran apareció en la entrada justo cuando Casteel se enderezaba. Se había cambiado desde que nos dejó, y ahora llevaba unos pantalones marrones y una camisa blanca sin mangas que había remetido por la cinturilla.

—¿Has descansado un poco o te has pasado horas haciéndole pregunta tras pregunta a Cas?

—He dormido —le dije, mientras pescaba una fresa cubierta de chocolate de la bandeja—. Después de haberle hecho unas cuantas preguntas.

—¿Unas cuantas? —se burló Kieran.

—Sí, solo… —Me quedé sin palabras cuando Casteel me agarró por la muñeca, levantó mi cabeza y cerró la boca sobre mi dedo.

Un escalofrío perverso recorrió mis venas. Su lengua rodó por encima de mi piel y lamió el chocolate que se derretía. Se me quedó atascado el aire en la garganta cuando la punta de su colmillo pinchó mi piel al echarse atrás. Sentí la lánguida succión de su boca por todo mi cuerpo.

El dorado de sus ojos se volvió miel caliente.

—Sabroso.

La tensión se enroscó en lo más profundo de mi ser mientras lo miraba. Apareció una sonrisa hambrienta.

—¿Os habéis olvidado de que estoy aquí? —preguntó Kieran—. ¿Y de que estábamos manteniendo una conversación? O intentándolo, al menos.

Yo casi me había olvidado.

—Para nada —dijo en cambio Casteel—. Poppy tuvo una noche muy relajada. Después de algo de lectura ligera los dos juntos.

¿Lectura ligera?

—Ah, ¿sí? —Kieran arqueó las cejas.

Espera.

—Sí, del diario favorito de Poppy, escrito por una tal señorita Willa…

—Era él el que estaba leyendo eso —lo corté, al tiempo que pescaba un dado de queso—. Me desperté y Casteel estaba leyendo...

—Ya sabes, con el que la encontré en el alféizar de aquella ventana. La escena hablaba de un beso lujurioso muy perverso en un lugar muy inapropiado —continuó Casteel mientras Kieran nos miraba inexpresivo—. Y de un cuarteto.

Levanté la vista despacio hacia Casteel. Oh, por todos los dioses. Entorné los ojos mientras me planteaba si tirarle el queso a la cara. No lo hice. En vez de eso, me lo comí de un modo bastante agresivo. Cas tenía suerte de que me encantara el queso.

—¿Un cuarteto? —repitió Kieran, y deslizó los ojos hacia mí—. Supongo que tuviste muchas preguntas sobre eso.

—Pues no —espeté cortante.

—No me lo creo ni por un segundo —declaró Kieran, con una medio sonrisa—. Lo más probable es que preguntaras cómo era posible.

Solo me lo había estado preguntando, pero esas palabras no habían llegado a salir por mi boca.

—¿Te gustaría explicárselo? —le preguntó Casteel.

—No será necesario —los interrumpí, justo cuando Kieran abría la boca—. Tengo una imaginación bastante calenturienta, muchas gracias.

Kieran parecía un poco desilusionado.

La risa de Casteel rozó la parte de arriba de mi cabeza cuando se inclinó a por otra fresa del bol de fruta y me la ofreció.

—Estoy muy intrigado por esa imaginación tuya.

—Estoy segura de que sí —musité, aceptando la fresa—. ¿Quieres saber lo que estoy imaginando ahora? En estos momentos me entretengo con imágenes de mí dándoos una patada en la garganta a cada uno.

Kieran me miró de arriba abajo y, vestida aún solo con la camisa de Casteel, estaba segura de que parecía tan amenazadora como un gatito soñoliento.

—Ahora yo también estoy intrigado —comentó.

Puse los ojos en blanco mientras me metía un trozo de melón en la boca.

—Lo que tú digas —farfullé mientras masticaba. Kieran se marchó con disimulo.

—No tardaré mucho. Kieran se quedará contigo. Y sí, ya sé que no necesitas guardias —añadió, antes de que pudiera decirle nada—. Pero él insistió y me siento mejor al saber que hay alguien más aquí. Deberías intentar descansar un poco más. Estoy seguro de que no te hará ningún mal.

Me tragué el impulso de decirle que no necesitaba a un guardaespaldas.

—Vale.

Entornó los ojos en mi dirección.

—Vaya, esa sumisión ha sido sorprendentemente rápida.

—¿Sumisión? —Arqueé una ceja mientras bebía un traguito de vino—. Yo no lo llamaría así.

—¿No?

Sacudí la cabeza.

—Odio la idea de tener un canguro, pero un grupo de gente sí que ha tratado de matarme antes y no tenemos ni idea de si hay más personas con las mismas intenciones. Así que a mi rápida *aceptación* de la situación la llamaría más bien *sentido común*.

Apareció el hoyuelo en su mejilla derecha.

—Sentido común. Eso debe de ser algo nuevo para ti.

—Ahora me estoy imaginando dándote una patada en la cara.

Se rio y me dio otro beso rápido.

—No tardaré mucho.

—Tarda todo lo que necesites.

Casteel me acarició la mejilla y después se marchó. Solté el aire y deslicé la mirada hacia mi copa medio llena. Me incliné por encima de la bandeja y dejé la copa en la mesilla. Mientras comía unos cuantos trozos fríos de pechuga de pollo braseada, no oí nada más que silencio en la sala de estar. ¿Qué estaría haciendo Kieran? Era probable que simplemente estuviese ahí de pie al lado de la puerta, con los brazos cruzados y aspecto de estar aburriéndose como una ostra.

Puse los ojos en blanco y suspiré.

—¿Kieran?

—¿Poppy? —me llegó su respuesta.

—No tienes por qué quedarte fuera.

—Se supone que estás descansando.

—Todo lo que he hecho hoy es descansar. —Me metí otro trozo de queso en la boca—. Pero saber que estás acechando al otro lado de la pared no me va a permitir descansar lo más mínimo.

—No estoy acechando —respondió en tono seco.

—Estás ahí de pie, vigilando, justo donde no puedo verte. No sé si puede haber un ejemplo mejor de lo que es acechar —lo contradije—. O puedo ir yo. Aunque no estoy segura de lo relajada que estaría en… —Sonreí cuando Kieran apareció en el umbral de la puerta. Fue hasta un rincón del dormitorio y se dejó caer en una butaca. Me miró y yo lo saludé con la mano—. Hola.

—Hola. —Estiró sus largas piernas y las cruzó por los tobillos.

Lo miré. Él me miró. Levanté el platito de la bandeja.

—¿Queso?

Esbozó una leve sonrisa mientras sacudía la cabeza.

—No vas a hacer que esto sea incómodo, ¿verdad?

—Te he ofrecido queso. —Devolví el plato a la cama—. ¿Por qué sería incómodo?

—Me has saludado con la mano.

Crucé los brazos.

—Estaba siendo educada.

—El hecho de que seas educada también es raro.

—Siempre soy educada. —Kieran arqueó las cejas y no tuve que leer sus emociones para percibir su incredulidad—. Iba a ofrecerte el último chocolate, pero ahora puedes olvidarte de eso.

Se rio y se echó hacia atrás.

—Bueno, ¿con qué te sientes más incómoda ahora mismo, con el hecho de que intentaras alimentarte de mí o con que te haya visto desnuda? Aunque vi mucho más que eso...

—De verdad, no hay ninguna necesidad de que saques ese tema —lo regañé, ceñuda.

—¿O es por lo del *notam* primigenio?

—Ya me estoy arrepintiendo de haberte invitado a entrar —murmuré—. ¿Quieres que sea sincera? Todo ello hace que me sienta un poco incómoda.

—No tienes por qué preocuparte por cómo estabas cuando te despertaste —me tranquilizó Kieran—. Son cosas que pasan.

—¿Cuántas veces te has encontrado con alguien que ha intentado comerte al despertarse?

—Te sorprendería saberlo.

Abrí la boca para pedirle más detalles, pero luego la cerré, pensando que en realidad era un jardín en el que no hacía falta que me metiera ahora mismo.

—No sé qué pensar de nada de esto.

—Es mucho. Han cambiado un montón de cosas para ti en muy poco tiempo. Creo que nadie sabría qué pensar.

Lo miré de reojo. Quería saber cómo se sentía él acerca de todo esto, aunque en realidad lo que quería saber era si se había comunicado conmigo de algún modo sin palabras.

—Yo...

—Deja que lo adivine —me cortó—. Tienes una pregunta. —Fruncí el ceño y crucé los brazos delante del pecho—. ¿Qué? —Me lanzó una mirada inquisitiva.

—Nada. —Solté un suspiro. Pasó un momento—. ¿Kieran?

—¿Sí?

—Tengo una pregunta.

Suspiró, pero vi una ligera curva en sus labios.

—¿Cuál es tu pregunta, Poppy?

—¿Qué piensas del *notam*?

Se quedó callado por un momento.

—¿Que qué pienso del *notam*? —preguntó—. ¿Qué piensa mi gente? Están asombrados. Impresionados.

—¿En serio? —susurré. Levanté una de las almohadas y la abracé contra mi pecho.

—Sí. —Se levantó y vino hasta la cama. Se sentó a mi lado, de modo que nuestros hombros se tocaban—. Lo mismo que yo.

Noté que me sonrojaba.

—No lo estés. Me hace sentir extraña.

Sonrió y agachó la cabeza.

—No creo que comprendas por qué nos sentimos… honrados de estar vivos cuando una descendiente de los dioses está presente. Muchos de mi especie no son bastante mayores como para haber vivido entre ellos. Alastir era uno de los pocos y, bueno, que le den, ¿no?

—Sí. —Sonreí—. Que le den.

Kieran sonrió a su vez.

—Pero los hijos de los dioses siempre han tenido un lugar especial entre los *wolven*. Existimos en esta forma gracias a ellos. No gracias a los atlantianos. —Apreté la almohada con fuerza y me escurrí por la cama para acabar tumbada sobre el costado. No dije nada—. Mis antepasados eran salvajes y fieros, leales a sus manadas, pero los *kiyou* se regían solo por instinto, por supervivencia, y tenían mentalidad de manada. Todo era un reto: la comida, las parejas, el liderazgo. Muchos no sobrevivían demasiado tiempo y los *kiyou* estaban a punto de extinguirse cuando apareció Nyktos ante la última gran manada y les pidió que defendieran a los hijos de los dioses en este mundo. A cambio, les ofreció forma humana para que pudiesen comunicarse con las deidades y tener una esperanza de vida prolongada.

—¿Se lo *pidió*? ¿No se limitó a convertir a los *kiyou* en *wolven*?

—Podría haberlo hecho. Después de todo, es el Rey de los Dioses. Pero dejó claro que el acuerdo no era una cuestión de servidumbre sino de colaboración entre los *kiyou* y las deidades. No puede haber equilibrio de poder si no hay elección.

Tenía razón.

—Me pregunto por qué Nyktos pidió esa colaboración. ¿Fue porque él es el único dios que puede crear vida? Supongo que conferir una forma mortal era como crear nueva vida. ¿O sería porque es el Rey de los Dioses?

—Es probable que fuese por todas esas razones, pero también porque es uno de los pocos dioses que pueden cambiar de forma —dijo.

—¿Qué? —Eso no lo sabía. Kieran asintió.

—Era capaz de adoptar la forma de un lobo. Uno blanco. No has visto demasiado de Atlantia, pero cuando lo hagas, verás cuadros y estatuas de Nyktos. A menudo se le representa con un lobo a su lado o detrás de él. Cuando el lobo está detrás, simboliza la forma que puede adoptar, y cuando el lobo está a su lado, representa la oferta que les hizo a los *kiyou*.

Dejé que mi cerebro registrase eso y, por supuesto, mi mente fue a un sitio.

—Pero, aun así, yo no puedo transformarme en nada.

—Eso te molesta de verdad, ¿no?

—Quizá —musité—. En cualquier caso, ¿algún *kiyou* rechazó la oferta?

Kieran asintió.

—Algunos la rechazaron porque no confiaban en el dios, y otros simplemente querían quedarse como estaban. Los que aceptaron su oferta obtuvieron forma mortal y se convirtieron en *wolven*. Nosotros ya estábamos aquí antes de que apareciera el primer atlantiano.

Eso hizo que me preguntara por qué no gobernaba un *wolven*, sobre todo cuando se los consideraba iguales a los atlantianos elementales y a las deidades. ¿Habría otros *wolven* en posiciones de poder, como Jasper? ¿Como... lo había estado Alastir?

—¿Alguna vez ha querido un *wolven* gobernar Atlantia?

—Estoy seguro de que alguno habrá tenido ese deseo, pero el instinto de manada de nuestros antepasados permanece dentro de nosotros. Hasta hoy, preferimos cuidar de nuestras manadas. Un reino no es una manada, aunque algunos *wolven* sí son lores y damas y gobiernan sobre algunos pueblos y ciudades pequeñas —me explicó. Se acomodó mejor para colocarse de lado, con el peso apoyado sobre un codo, de modo que quedamos frente a frente—. Los lores y las damas de Atlantia a menudo son propietarios de tierras o de negocios. No todos provienen de un linaje elemental. Algunos son *wolven*, otros son medio mortales y otros incluso son cambiaformas. Ayudan a gobernar junto al rey y a la reina. Eso sí, no hay duques ni duquesas, y los títulos no siempre quedan dentro de la misma familia. Si se venden tierras o un negocio, el título y sus responsabilidades se transfieren también.

Oír todo eso fue un crudo recordatorio de que necesitaba aprender un montón de cosas sobre Atlantia, pero tampoco es que me sorprendiera demasiado que tuviesen estructuras de clase similares, y me parecía bastante probable que esta fuese otra cosa que los Ascendidos habían copiado. Lo que sí me sorprendió, sin embargo, fue que los títulos se transfirieran. En Solis, solo a los Ascendidos se los consideraba nobleza o de una clase dirigente, y conservaban esa posición para toda su vida, que era, básicamente, una eternidad.

—Descubrir lo que eres no significa que ya no respetemos al rey y a la reina —añadió Kieran después de un momento—. Pero tú… lo que tú seas es diferente para nosotros. Eres la prueba de que procedemos de los dioses.

Ladeé la cabeza en ademán inquisitivo.

—¿Alguien necesita que se lo recuerden?

—Siempre habrá gente a la que le tengan que recordar la historia —repuso con una sonrisa.

—Explícamelo —le pedí. Sus ojos pálidos se suavizaron.

—Cada pocas décadas, algún atlantiano elemental, joven y arrogante, exige un vínculo o se comporta como si él o ella fuese mejor que todos los demás. Somos más que capaces de recordarles que consideramos a todo el mundo como a iguales, pero que a fin de cuentas no estamos al servicio de nadie.

Sonreí, aunque mi sonrisa se esfumó pronto.

—Pero últimamente ha habido problemas entre los *wolven* y los atlantianos, ¿no?

—Gran parte tiene que ver con el tema de la tierra. Perdimos a muchos de los nuestros durante la guerra, pero nuestra población está creciendo deprisa. Pronto será un problema.

—¿Y los otros problemas? ¿Tienen que ver con que los padres de Casteel sigan reinando?

—Nadie está cómodo con eso, pero además sentimos que algo va a dar un giro radical. Nuestros problemas de espacio. La incertidumbre sobre la corona. Los Ascendidos y Solis. Sé que tal vez suene extraño, pero es parte de los instintos que conservamos de cuando éramos *kiyou*. Percibimos agitación —explicó. Lo escuché con atención, porque quería entender lo que estaba causando la división entre los *wolven* y los atlantianos—. Y han pasado cosas que han aumentado esa sensación de agitación.

—¿Qué cosas?

—Por lo que me han contado mi hermana y mi padre, ha habido unos cuantos incidentes sin explicación. Cosechas destruidas de un día para otro, cortadas y pisoteadas. Casas que se han incendiado de manera inexplicable. Negocios vandalizados.

Asombrada, bajé la almohada para dejarla en el espacio entre nosotros.

—Aparte del tema de los incendios, ninguna de esas cosas suena exactamente inexplicable. No son incidentes naturales.

—Exacto.

—¿Ha habido heridos?

—Ninguno grave.

Pero, *aun así*, no se lo mencionaba.

—Casteel no me ha contado nada de esto.

—Supongo que no quería…

—¿Preocuparme? —terminé por él, irritada—. Eso va a tener que cambiar.

—En su defensa, han pasado muchas cosas.

Eso no podía discutírselo.

—¿Alguien tiene alguna idea de quién está detrás de esto y por qué?

—No. Y es raro. —Kieran se sentó más erguido—. Todo el que vive en Atlantia cree en la comunidad, en la fuerza y en el poder que hay en ella.

—Es obvio que alguien no cree en la fuerza ni en el poder de la comunidad —comenté, y él asintió. Ni siquiera habíamos tenido tiempo de hablar de lo que había sucedido en el templo—. ¿Crees que Alastir estaba implicado en algo de eso?

—No lo sé. —Kieran resopló—. He conocido a ese *wolven* toda mi vida y jamás hubiese podido imaginar que haría lo que hizo. A menudo no he estado de acuerdo con él. Mi padre tampoco, pero siempre pensó que era un buen hombre—. Se pasó una mano por la cabeza y luego me miró otra vez—. Pero si él y los otros que actuaban de acuerdo con sus ideas creían que estaban protegiendo Atlantia, no entiendo cómo dañar las cosechas y los negocios podría beneficiar a su causa.

Mis ojos se posaron en la almohada verde azulada y forcé a mis manos a relajarse. Para mí tampoco tenía sentido, pero esas acciones provocaban agitación. Al final, la cosa se reducía a lo que una persona creyera que podía lograr perturbando la paz. Si pensaba en los Ascendidos, a mí me parecía muy claro. La gente de Solis vivía bajo adversidades constantes, y eso los hacía más fáciles de manipular y controlar. En resumidas cuentas, Alastir había estado orquestando un golpe de Estado, y hubiese sido más fácil de llevar a cabo si la gente de Atlantia fuese infeliz. Pero ahora que Alastir y los otros ya no estaban, ¿quedaría más gente ahí afuera que buscara crear conflictos en Atlantia y que me considerara una amenaza? Casteel y Kieran debían de pensar que era posible. Por eso me había dado Casteel la daga antes de ir en busca de comida y era la razón de que ahora Kieran estuviera aquí sentado.

Lo que me había dicho la duquesa en el carruaje y lo que Alastir había afirmado volvió a la superficie como un espectro decidido a atormentarme.

Kieran alargó un brazo y tiró con suavidad de un mechón de mi pelo.

—¿En qué piensas?

Solté la almohada.

—¿Te ha contado Casteel lo que me dijo la duquesa antes de que la matara?

—No.

Me sorprendió, pero no creí que tuviese nada que ver con que Casteel no quisiera que Kieran lo supiera. En realidad, no habían tenido tiempo para hablar.

—Me dijo que la reina Ileana se alegraría mucho cuando se enterara de que me había casado con Casteel y que yo podría conseguir lo que ella nunca fue capaz. Que me apoderaría de Atlantia.

—Eso no tiene sentido. —Kieran frunció el ceño.

—Sí que lo tiene, ¿no crees? Ser descendiente de los dioses significa que usurpo el trono sin necesidad de emplear la fuerza. Me apodero de Atlantia.

—Sí. Eres la legítima regente —afirmó. Yo tragué saliva e hice ademán de levantar la copa de vino una vez más—. Pero no veo en qué puede ayudar eso a Solis.

—Yo tampoco, pero es lo que dijo y...

—¿Y crees que hay algo ahí debido a todas las patrañas que te contó Alastir? —conjeturó. No dije nada—. Escúchame, Poppy. —Se inclinó hacia mí de modo que nuestros ojos quedaron a la misma altura y apenas había espacio entre nosotros—. Todos y cada uno de los que vivimos dentro de Atlantia somos una amenaza potencial para el reino. Nuestras acciones, nuestras creencias... Cualquiera de nosotros podría hacer trizas el reino. Que seas descendiente de los dioses no te convierte en una amenaza mayor que cualquier otro. Solo tú controlas tus acciones. No tu sangre, no tu linaje. Alastir estaba equivocado. También la duquesa. Y el hecho de que no te convirtieras en una *vampry* cuando Casteel te Ascendió debería ser prueba de ello. Y si te apoderas de la corona, no lo harás en nombre de Solis.

—No podría decir que eso pruebe nada cuando no tenemos ni idea de en qué me he convertido —señalé, aunque sus palabras me hicieron pensar en lo que le había dicho a Casteel antes—. Tengo otra pregunta para ti.

Kieran se inclinó hacia atrás.

—Por supuesto que la tienes.

—Cuando estábamos esperando fuera del templo de Saion y Emil nos estaba hablando, pensé algo en respuesta a lo que dijo.

—Te preguntaste si el plan de Alastir había fracasado —terminó Kieran por mí. Se me cortó la respiración mientras lo miraba estupefacta—. Pero eso lo dijiste en alto, Poppy.

Me quedé paralizada.

—No, no lo hice.

Las comisuras de sus labios se curvaron hacia arriba.

—Sí lo hiciste.

—No —insistí, con el corazón acelerado—. Solo *lo pensé*, Kieran. Y oí tu respuesta.

No se movió ni habló durante un momento. Luego recogió sus largas piernas y se inclinó hacia delante.

—Estaba en mi forma de *wolven*.

—Lo sé.

—No dije esa respuesta en voz alta. Yo...

—La pensaste. —Me senté bien erguida—. Eso es lo que intento decirte. Y esa no fue la única vez que pasó —añadí. Entonces le conté lo de Delano—. De algún modo, nos comunicamos... por telepatía.

—Pu... —Noté la sorpresa de Kieran como agua gélida—. ¿Puedes notar mi impronta... mi huella, como hiciste con Delano?

—No sé. No lo he intentado.

—¿Puedes? —Cuando asentí, se enderezó, su rodilla apretada contra la mía—. Entonces, inténtalo.

Deseosa de averiguar si podía, respiré hondo y me concentré en Kieran. La sensación de su sorpresa seguía ahí, fría y resbaladiza, pero empujé un poco más. El centro de mi pecho zumbó y entonces lo sentí: el camino invisible que iba más allá de las emociones y los pensamientos. Era como una cuerda que nos conectaba, invisible a simple vista. Me devolvió una sensación terrosa, silvestre, que me recordaba al...

—Cedro.

—¿Qué? —Kieran pestañeó.

—Lo que percibo de ti es cedro.

Me miró pasmado.

—¿Te parezco un árbol?

—En realidad, no. Quiero decir, eso es solo lo que percibo en tu... impronta o lo que sea. Algo rico y silvestre, conectado a la tierra. —Me encogí de hombros—. Solo puedo explicarlo así.

—¿Y qué percibiste en Delano? ¿Un retoño ligero como una pluma?

Solté una carcajada repentina.

—No. No era un retoño, ni un arbolillo. Parecía... no sé. Como primavera.

—Y yo soy silvestre.

—Empiezo a pensar que no tendría que haber dicho nada.

Un lado de sus labios se curvó hacia arriba.

—Aunque, bien pensado, no está mal... lo de rico y silvestre.

Puse los ojos en blanco mientras me recostaba contra las almohadas.

—Nunca había sido capaz de sentir esas cosas. Ni de oír pensamientos.

—Antes de que me lo preguntes, no, no puedo leerte los pensamientos. Ni entonces, ni ahora. Solo oí ese —dijo. Y en efecto, había estado a punto de preguntar justo eso—. Tal vez haya pasado porque estabas experimentando una emoción fuerte. —Igual que cuando había llamado a los *wolven* sin darme cuenta—. Para ser sincero, me alegro de no poder hacerlo. Tu mente debe de ser un ciclón constante de preguntas que pelean a muerte para ver cuál tiene el honor de salir por tu boca.

Fruncí el ceño en su dirección.

—Eso ha sido un poco maleducado. —Luego me incliné hacia él de repente, lo cual lo sobresaltó—. ¿Podemos intentarlo ahora? ¿Ver si puedo hacerlo a propósito?

—¿Sabes cómo hacerlo?

—No —admití, abrazada a la almohada verde azulada otra vez—. Pero creo que tiene algo que ver con esa huella, ese camino singular. Creo que solo tengo que seguirlo. Quiero decir, eso es algo nuevo, así que tendría sentido que esa fuese la forma —expliqué, mientras Kieran me miraba como si estuviese hablando en un idioma que no entendía—. Vale, solo dame un segundo para concentrarme.

—¿Estás segura de que solo necesitas un segundo? —se burló.

—¿Y tú estás seguro de que no quieres encontrarte mirando la empuñadura de una daga clavada en tu pecho?

El *wolven* me sonrió.

—Eso dificultaría tu prueba de si eres capaz de hacer esto a propósito o no.

Lo fulminé con la mirada. Se rio con suavidad.

—Adelante. Prueba a ver si puedes.

Aspiré una bocanada de aire superficial y abrí mis sentidos para leer a Kieran. Noté el sabor dulce y azucarado de la diversión en la lengua, y después... hurgué más allá hasta encontrar esa sensación terrosa y silvestre. Me agarré a esa cuerda. *¿Kieran?*

—¿Sí?

Me eché hacia atrás de sopetón, con los ojos muy abiertos.

—¿Me has oído?

Kieran asintió.

—Casi sonó como si lo dijeras en voz alta, pero sé que no lo hiciste y... y sonó como un susurro. Prueba otra vez. A ver si te puedo responder.

Me concentré en él y noté que la frescura de la curiosidad sustituía a la diversión. Esta vez, conecté con ese camino incluso más deprisa. *¿Kieran?*

Y entonces pasó una cosa rarísima. No estaba segura de si había sucedido antes y no me había dado cuenta, pero sentí a Kieran... sentí su marca rozar contra mi mente como una brisa silvestre con aroma a bálsamo. *Tienes una gran obsesión con apuñalar a la gente.*

Con una exclamación, di un respingo.

—¡No es verdad!

Una gran sonrisa se desplegó por el rostro de Kieran.

—¿O sea que me has oído?

—Sí. —Dejé caer la almohada y le di un manotazo en el brazo—. Y no tengo una gran obsesión con eso. Es solo que estoy rodeada de gente que tiene una *gran* obsesión con irritarme.

Se rio entre dientes.

—Debe de ser el *notam*. Es lo único que se me ocurre que tenga sentido. Más o menos.

Arqueé las cejas.

—¿Qué significa *más o menos*? ¿Las deidades podían comunicarse con los *wolven* de este modo?

—Que yo sepa, no —dijo. Me miraba con tal intensidad que me dio la sensación de que trataba de ver dentro de mi mente—. Pero ¿cómo crees que se comunicó Nyktos con los *kiyou*? Ellos no hubiesen entendido el lenguaje. No el lenguaje hablado. Se comunicó directamente con sus mentes.

CAPÍTULO 18

Mi estómago dio una voltereta mientras miraba a Kieran, estupefacta.

—Entonces, ¿cómo es que yo…? —Dejé la frase a medio terminar—. Nada de esto tiene sentido, Kieran. Entiendo que llevo la sangre de Nyktos en mi interior, e incluso la de Malec, si lo que dijo Alastir es cierto, pero eso no explica cómo pueden mis habilidades ser tan fuertes cuando, por lo que yo recuerdo, ninguno de mis dos padres tenía estos dones. Ian, tampoco. Y sí, sé que tal vez no sea mi hermano de padre y madre —me apresuré a decir antes de que pudiera recordármelo—. Pero si soy descendiente de Malec y una de sus amantes, eso debió de ser hace varias generaciones. ¿Cómo he acabado con tanto *eather*?

—Buena pregunta —dijo después de un momento—. Quizá tu habilidad para comunicarte con nosotros como hizo Nyktos con los *kiyou* se deba a que Casteel te Ascendió. Toda tu sangre mortal fue sustituida por sangre atlantiana. Eso podría… no sé, haber abierto algo en ti.

—¿Como si fuese una puerta?

Esbozó una sonrisita burlona.

—Una analogía mejor sería como si se abriera un baúl en tu interior, aunque incluso antes de que Casteel te Ascendiera, tus dones eran mucho más fuertes de lo que deberían ser, así que…

—De pronto, Kieran giró la cabeza a toda velocidad hacia las puertas de celosía y entornó los ojos en dirección a la oscuridad más allá.

Dejé la almohada a un lado.

—¿Qué pasa?

—No lo sé. Me ha parecido oír algo. —Se levantó; toda su atención estaba centrada en las puertas cerradas mientras metía una mano en su bota y sacaba una daga con una hoja larga y estrecha—. Quédate aquí.

¿Quédate aquí? Arrugué la nariz y me apresuré hasta el otro lado de la cama. Al hacerlo, casi tiré la bandeja con los restos de la carne y el queso, pero aun así agarré la daga de heliotropo, la saqué de su funda y me puse en pie.

—Y por supuesto, no me vas a hacer ni caso —musitó Kieran, antes de abrir una de las puertas.

—Nop. —Fui tras él.

Kieran salió a la veranda. La única luz provenía del dormitorio y de un pequeño farolillo sobre un ancho sofá cama en el exterior. Clavó los ojos en la pared a varios metros de distancia mientras avanzaba para apartar una fina cortina.

Se puso rígido.

Escudriñé los árboles y el muro más allá. Apenas lograba distinguir las gruesas enredaderas que colgaban por encima de la piedra a la luz de la luna.

—¿Qué?

—Sage estaba patrullando esta sección del muro. Es una *wolven* —explicó—. No la veo por ninguna parte.

Llegó un grito desde nuestra izquierda, cerca de los establos. Me giré por la cintura y bajé de la veranda a un suelo de piedra que aún estaba caliente después de haberse entibiado todo el día al sol.

Kieran me agarró del brazo.

—Ni se te ocurra.

Forcejeé y levanté la vista hacia él, sorprendida. No podía creer que me estuviese deteniendo.

—Está pasando algo. Casteel se ha…

—Cas estará bien —espetó cortante, mientras me arrastraba a la veranda cerrada una vez más—. Sé que sabes luchar. Eres muy dura, Poppy, pero si te ocurre algo, no solo Casteel me arrancaría la cabeza. También eres nuestra reina.

Contuve la respiración de golpe.

—No soy la reina de nadie. Solo soy Poppy.

—Reclames el trono o no, sigues siendo nuestra *Liessa*.

—Entonces, ¿esperas que me esconda o qué? ¿Eso es lo que significa para los *wolven* que sea la reina? —Lo miré ceñuda. Sentí el ardor ácido de su ira y la presión más pesada de su preocupación. Era una experiencia nueva sentir algo distinto que la diversión irónica por parte de Kieran—. ¿En qué tipo de reina me convertiría eso?

Apretó la mandíbula.

—En el tipo que conserva la vida.

—Y en el tipo de reina indigna de los que están dispuestos a defenderla —repliqué. Tuve que hacer un esfuerzo por recordar que sus reticencias tenían origen en su preocupación—. Así que suéltame el brazo.

—¿O?

Dejé de pensar en todas sus posibles buenas intenciones.

—O te obligaré a hacerlo.

Los ojos pálidos de Kieran ardían con intensidad cuando bajó la cabeza de modo que nuestros ojos quedaran casi a la misma altura.

—Ya eres digna de todos los que te protegen —escupió—. Lo cual es irritante.

Tiré de mi brazo otra vez.

—Estoy un poco confundida.

—Si no fueses tan valiente, mi vida y la de Casteel serían muchísimo más fáciles —musitó, al tiempo que me soltaba el brazo—. No hagas que te maten.

—¿Qué tal si tú procuras hacer lo mismo, eh? —espeté, y frunció el ceño mientras me miraba—. Por cierto, tú y yo vamos a hablar de esto luego.

—Estoy impaciente —masculló Kieran.

Nos llegó otro grito antes de que pudiera responderle. Giré en redondo hacia el sonido. Se oyó más cerca, seguido casi al instante por un gruñido retumbante.

Sin previo aviso, se encendieron unas luces por el muro que me sobresaltaron. Di un paso atrás y choqué con Kieran. Su mano aterrizó sobre mi hombro para estabilizarme, mientras unos intensos rayos de luz cortaban a través de los árboles y los arbustos cargados de flores.

Una sombra se separó de un árbol y se adentró en un haz de luz. Todo mi cuerpo se heló de golpe. Delante de nosotros se alzaba un hombre pálido y descamisado, con el rostro oculto tras la habitual máscara de los Descendentes.

Las palabras de despedida de Alastir me alancearon la piel. *Esto no termina conmigo*. Había albergado la esperanza de que así fuera, pero el hombre que teníamos enfrente era prueba de que la trama en la que había estado implicado Alastir no había finalizado con su muerte.

—Mierda —murmuró Kieran en voz baja cuando al menos una docena más emergió de detrás de los árboles y arbustos del patio.

—Me da la impresión de que estos no son Descendentes amistosos —comenté. El Descendente más cercano a nosotros desenvainó una daga de su cadera—. En efecto, no son amistosos —contesté a mi propia pregunta. Se me aceleró el pulso mientras miraba su arma—. Y también voy a dar por sentado que ya no tienen ninguna intención de no matarme a la primera de cambio.

—Eso no va a ocurrir —me prometió Kieran.

—No, para nada. —Apreté más la mano en torno a la daga de heliotropo sin quitarles el ojo de encima. Por lo que veía, me daba la impresión de que eran todos varones. Tenían que ser parte de la hermandad de la que había hablado Alastir, pero eso no podía significar que todos los Descendentes estuvieran implicados. Aunque si alguien en Atlantia iba a mirarme como a la Doncella, una herramienta de los Ascendidos, serían ellos.

Dejé que mis sentidos se estiraran hacia fuera, y lo que recibí de vuelta fue... una vaciedad gélida.

—No... no siento nada —susurré. Me concentré en el de la daga oscura. Desconcertada, me di cuenta de que seguía sin percibir nada—. Es como con los Ascendidos.

—No son Ascendidos —dijo Kieran, las aletas de la nariz abiertas mientras olisqueaba el aire.

Había algo... extraño en los hombres que estaban bajo los rayos de luz. Algo que no tenía nada que ver con mi incapacidad para leer sus emociones. Sentí escalofríos por todo el cuerpo mientras los miraba. Era su piel. Parecía fina como el papel y demasiado pálida, como si no les quedara ni una gota de sangre en las venas. Se me retorció el estómago.

—¿Son...? No son atlantianos, ¿verdad? Ni de ningún otro linaje.

—No —gruñó Kieran—. No tengo ni idea de lo que son estas *cosas*.

¿Cosas?

Tragué saliva cuando todos mis instintos me exigieron que pusiera la máxima distancia posible entre esas cosas y yo. Los Demonios siempre me provocaban la misma reacción, pero no huía de ellos. Y no huiría ahora.

Kieran agachó la cabeza.

—No tengo ni idea de qué demonios sois, pero sea lo que fuere lo que tengáis planeado, os recomiendo encarecidamente que lo dejéis.

Un movimiento en el muro llamó mi atención. Había otro hombre enmascarado ahí, en cuclillas; su piel era rosada. No tenía la tonalidad de la muerte. Estiré mis sentidos y saboreé… algo seco y amaderado, como whisky, con un toque casi a nuez. Determinación. El del muro era distinto. Para empezar, estaba vivo. Entorné los ojos al ver la cadena que llevaba sobre el pecho, de un tono marfil y marrón grisáceo. La ira me atravesó como un enjambre de avispones. Si había tenido alguna duda sobre lo que querían, acababa de desaparecer de golpe. Esas ataduras no volverían a tocar mi piel.

—No tienes ni idea de qué estás protegiendo, *wolven* —dijo el hombre enmascarado, con su voz grave amortiguada desde detrás de la máscara—. Lo que pretendes proteger.

—Sé muy bien a quién protejo —declaró Kieran.

—No es así, pero lo sabrás —repuso el hombre—. Solo queremos a la Doncella.

—Yo no soy la Doncella. —Agradecí el ardor de mi ira. Ahogó el dolor de la pena por el hecho de que otras personas opinaran lo mismo que Alastir. La empujé a un lado antes de que la tristeza pudiera arraigar en mi interior.

—¿Preferirías que te llamaran la Bendecida? ¿La Elegida? —contestó—. ¿O quizá te guste el nombre de Heraldo? ¿La Portadora de Muerte y Destrucción?

Me puse tensa. Había oído esos títulos antes, pero los había olvidado. Jansen había llamado a Nyktos algo parecido. El zumbido de mi pecho empezó a vibrar.

—Si de verdad crees que eso es lo que soy, entonces eres un tonto por estar ahí de pie y amenazarme.

—No soy ningún tonto. —El hombre levantó una mano y desenganchó la cadena de su hombro—. Tú, la anunciada por los huesos, jamás deberías haber sobrevivido a aquella noche en Lockswood.

Se me puso la carne de gallina mientras mi cuerpo entero se quedaba paralizado por la sorpresa. No tenía nada que ver con la supuesta profecía. *Lockswood*. No había oído a nadie mencionar el nombre de ese pequeño pueblo en años. Ni siquiera Alastir lo había nombrado.

Pero estaba claro que Alastir había compartido con este hombre las acciones en las que había tomado parte hacía tantos años.

—¿Quién eres?

—No soy nadie. Soy todo el mundo. —Se levantó despacio—. Y tú serás la reina de nada. Matadla.

Las cosas que teníamos delante se movieron al unísono, avanzando como un solo ser. El gruñido que brotó de la garganta muy mortal de Kieran debería de haberlos hecho huir, pero no fue así. Nos rodearon varios de ellos. Con una palabrota que hubiese puesto rojas como tomates las orejas curtidas de Vikter, me agaché por debajo de la violenta estocada de un atacante. Un rancio aroma floral llenó el aire cuando el brazo de Kieran salió disparado para deslizar el afiladísimo borde de su espada a través del cuello de dos de esas cosas.

—Por todos los dioses —exclamó Kieran cuando surgí detrás de esos seres con máscaras de Descendentes y lancé una patada. El talón de mi pie impactó contra la parte de atrás de una rodilla. La cosa no hizo ni un ruido cuando su pierna cedió. Me giré en ese mismo instante e incrusté mi daga en el pecho de otra. El olor rancio aumentó cuando una sustancia negra y oleosa roció mi mano.

Desde luego, no era sangre.

Boqueé mientras liberaba la daga. La cosa se tambaleó y luego se hizo añicos para acabar desintegrándose en una fina capa de polvo y aceite negro que relucía morado a la luz. Los Caballeros Reales habían hecho algo parecido cuando los apuñalaron con heliotropo; sin embargo, la piel de los caballeros y sus cuerpos se habían agrietado primero. Estas cosas se limitaban a explotar en un géiser de porquería morada que olía a lilas podridas.

Cuando la otra criatura empezó a recuperar el equilibrio, giré en redondo y envolví un brazo alrededor de su cabeza enmascarada. Tiré hacia atrás e incrusté la daga en el punto débil de la base de su cráneo. Lo solté de golpe y retrocedí de un salto antes de que la cosa estallara.

—¿Qué son estas cosas? —grité, al tiempo que me apartaba de la mancha aceitosa que las dos últimas habían dejado atrás.

—No tengo ni idea. —Kieran eliminó a otra; una mueca de asco le surcó la cara—. Solo mátalas.

—Oh, vaya, estaba pensando en quedarme con una. —Unos dedos fríos y pegajosos rozaron mi brazo mientras me daba la vuelta—. Ya sabes, como…

—Si dices «mascota», voy a pensar que estás más loca que Cas.

—Iba a decir «amiga».

Kieran me miró de reojo, con las cejas arqueadas.

—Eso es aún peor.

Salté hacia delante, agarré el borde de una máscara y tiré con fuerza. La cuerda se rompió. La máscara se soltó y…

—¡Oh, santo cielo! —aullé mientras me tambaleaba hacia atrás.

Esa cosa no tenía cara.

No una real. No había nariz. Ni boca. Solo unas finas ranuras negras donde deberían de haber estado los ojos. Todo lo demás era piel suave, fina y pálida.

Jamás me podría quitar esa imagen de la cabeza.

—¡Te la devuelvo! Toma. —Tiré la máscara de bronce hacia la cosa. El metal rebotó contra su pecho y cayó al suelo. La criatura ladeó la cabeza.

—¿Qué? —Kieran se movió hacia mí—. Joder, es… creo que es un *gyrm*.

—¿Un *qué*?

—Algo que no pertenece a este mundo.

—Eso no ayuda. —La señalé con mi daga—. ¡No tiene cara!

—Ya lo veo.

—¿Cómo respira siquiera?

—Ahora —gruñó, cuando una de las cosas saltó sobre su espalda. Kieran se dobló por la cintura y se la quitó de encima— no es momento de hacer preguntas, *Poppy*.

Cierto. Pero, aun así, ¿cómo respiraba si no tenía boca ni nariz?

Esa cosa, el *gyrm*, se abalanzó hacia mí y me obligué a olvidar mi repugnancia. Necesitaba concentrarme, porque el que al parecer tenía boca y podía hablar sabía cosas sobre Lockswood. Tendría que agobiarme por todas estas cosas más tarde. Bloqueé su ataque clavando mi daga hondo en el pecho de la criatura. No fui tan rápida como antes y el líquido negro salpicó la camisa de Casteel con la que me cubría.

Giré en redondo y busqué al hombre del muro. Me dirigí hacia él, haciendo caso omiso de las piedras afiladas bajo mis pies desnudos.

Otro *gyrm* salió disparado hacia mí y me preparé para defenderme. Levantó su espada, pero yo golpeé primero e incrusté mi daga por debajo del borde de la máscara. Me eché atrás según caía. Su cuerpo se fracturó y quedó en nada en cuestión de segundos. Me volví para ver cómo Kieran clavaba su espada en el cuello de otro. Un chorro de pringue morado salió rociado al tiempo que sus ojos encontraban los míos.

—Tus ojos —murmuró, mientras se limpiaba la cara con el dorso de la mano—. Brillan un montón.

Ah, ¿sí?

El zumbido de mi pecho era un susurro en mi sangre cuando me giré otra vez hacia el muro. El hombre seguía ahí y la energía que se acumulaba en mi interior se parecía a la de las Cámaras de Nyktos. Mi corazón tropezó consigo mismo cuando otra criatura enmascarada apareció bajo la brillante luz. Apreté la mano sobre la daga para resistirme a la atracción de esa vibración. No quería hacer eso otra vez. No hasta que la comprendiera del todo y supiera que podía pararla.

Una mano mojada se cerró en torno a mi brazo. Dejé que todas esas mañanas tempraneras y esas tardes pasadas con Vikter tomaran el control y roté hacia dentro al tiempo que efectuaba un barrido con la pierna. El *gyrm* no había esperado ese movimiento, o quizá solo haya sido que me moví más deprisa de lo que él podía reaccionar. Le saqué las piernas de debajo y luego arremetí con la daga. Un golpe certero al pecho. Me levanté de un salto y di media vuelta para encontrar a otro.

La criatura levantó su espada y me abalancé sobre ella para bloquear su golpe e incrustar la daga en el centro de su pecho. Liberé la hoja y me aparté hacia un lado mientras se desintegraba. Levanté la vista hacia la alta figura que había sustituido a la que acababa de caer…

Di un paso atrás. El padre de Casteel estaba ahí, su propia camisa color crema salpicada de líquido morado. ¿Cuántas de esas cosas rondaban por ahí? La sorpresa irradió de él en oleadas sucesivas mientras deslizaba sus ojos como platos por encima de mí. Y ahí fue más o menos cuando recordé que no llevaba puesto nada más que la camisa de Casteel, su camisa ahora destrozada.

Dios mío.

¿Acaso no podía encontrarme nunca con la familia de Casteel en circunstancias normales?

—Hola —murmuré, tras erguir la espalda.

Las cejas del rey Valyn treparon por su frente y luego encaró hacia donde yo estaba, con la espada en alto. Mi corazón vaciló cuando el pánico se apoderó de mí. Me quedé paralizada con una incredulidad horripilada. Me iba a…

Me agarró del brazo mientras daba una estocada y tiraba de mí hacia un lado. Se me escapó todo el aire de los pulmones al tambalearme y encontrar a un *gyrm* enmascarado empalado en la espada del rey.

—Gr... gracias —tartamudeé. La criatura se desintegró. Unos ojos ambarinos volaron hacia los míos.

—¿Creíste que mi golpe iba destinado a ti? —preguntó.

—Yo... —Por los dioses, sí que lo había creído.

En ese momento, Casteel emergió de entre las sombras; gotas de sangre morada salpicaban las despampanantes líneas y los ángulos de su rostro. No estaba solo. Unos cuantos guardias lo flanqueaban. Sus ojos se clavaron en mí, en busca de señales de nuevas heridas o lesiones. No había ninguna, pero si las hubiese habido, sabía que las habría encontrado. Vino directo hacia mí; su espada empapada de lo que fuese que existía dentro de esas criaturas colgaba a su lado. Sus ojos brillantes como estrellas se cruzaron con los míos y me sostuvieron la mirada. Se me cortó la respiración cuando cerró el brazo alrededor de mi cintura y me atrajo con fuerza contra su pecho. El calor de su cuerpo se filtró a toda velocidad a través de nuestras camisas. Cuando plantó su boca sobre la mía, fue como si no hubiese nadie más en el jardín, desde luego no su padre, pues el beso fue feroz y apasionado. Se me aceleró el corazón.

Cuando la boca de Casteel abandonó la mía, mi aliento salía en pequeños jadeos entrecortados. Apoyó su frente contra mí y me abrazó con fuerza. Su voz sonó rica y sensual cuando habló.

—¿A cuántos has matado? —preguntó.

—A unos pocos —contesté. Cerré mi mano libre sobre la pechera de su camisa y sus labios rozaron mi oreja.

—¿Unos pocos?

—Una cantidad decente —me corregí. Casteel me dio un beso en la mejilla.

—Esa es mi chica.

Una garganta se aclaró ahí cerca. Sospeché que era la del padre de Casteel. Mis mejillas se caldearon y luego se incendiaron cuando oí las palabras de Kieran.

—No puedes culpar a nadie más que a ti misma por la incapacidad de Cas para recordar que no está solo.

El rey Valyn soltó una risa ronca.

—Bien dicho.

Casteel besó el centro de mi frente.

—¿Estás bien?

—Sí. ¿Y tú?

—Siempre.

Esbocé una leve sonrisa al oírlo, pero se borró enseguida. Me escurrí de entre los brazos de Casteel y me giré hacia el muro. Lo escudriñé de un extremo a otro.

Maldita sea, el muro estaba desierto.

—Se ha ido —mascullé.

—¿Quién? —preguntó Casteel.

La frustración me quemaba por dentro.

—Había un hombre con esas criaturas. Sabía lo de Lockswood.

—¿Lockswood? —repitió el padre de Casteel.

—Está cerca del valle de Niel, en Solis. —Me giré hacia Casteel. Se había quedado muy quieto y podía sentir su ira palpitante—. La posada en la que mis padres se detuvieron para pasar la noche, la que atacaron los Demonios, estaba en el pueblo de Lockswood. Es allí donde murieron mis padres. Es obvio que Alastir le habló a este Descendente de aquella noche.

—Ese no era un Descendente —apuntó el rey Valyn, y tanto Casteel como yo nos volvimos hacia él. Se agachó para recoger una de las máscaras de las criaturas—. Y esas cosas que llevaban estas máscaras… Por todos los dioses, no solo no pertenecen aquí, sino que las máscaras no tienen nada que ver con los Descendentes.

Confundida, miré a Casteel. Él frunció el ceño mientras bajaba la vista hacia lo que sujetaba su padre.

—Los Descendentes recurrían a estas máscaras en Solis para ocultar su identidad —explicó.

—Pero no fueron los primeros en hacerlo —afirmó su padre—. Esos fueron los Arcanos.

CAPÍTULO 19

—¿Los Arcanos?

—Estás de broma, ¿no? —exigió saber Casteel—. Tenía la impresión de que los Arcanos habían sido desarticulados o habían muerto mucho antes de la Guerra de los Dos Reyes.

—Eso es lo que creíamos todos —admitió el rey Valyn—. Hasta hace poco.

—¿Qué son exactamente los Arcanos? —pregunté.

El rey miró hacia atrás y fue entonces cuando me fijé en la mujer. Era alta y musculosa, su piel de un marrón claro con trasfondo dorado, el pelo negro como el carbón a la luz de los focos, recogido en una peculiar trenza apretada mucho más pulcra que la que solía llevar yo. Iba vestida de blanco, como los guardias de la corona, pero unos bordados dorados cruzaban el centro de su pecho. Sujetaba una espada en una mano y la empuñadura de otra era visible a su espalda. El rey y ella intercambiaron una orden silenciosa y la mujer asintió. Luego dio media vuelta, envainó su espada y soltó un silbido grave.

Varios guardias más emergieron de entre las sombras de los árboles y de los espacios en los que no penetraban los focos.

—Registrad todo el lugar —les ordenó—. Aseguraos de que no haya nadie que no pertenezca aquí.

Observé cómo los guardias se apresuraban a obedecer. Se separaron y fueron todos en direcciones diferentes, pasando por al lado de Jasper, que se acercaba a nosotros en su forma de *wolven*. Fuese quien fuere esta mujer, ocupaba un puesto de mando. En cuestión de unos momentos, era la única guardia que quedaba allí.

El rey se volvió hacia nosotros. Hacia mí.

—¿Quieres que entremos? —me ofreció—. Al parecer te pillaron desprevenida y no estabas preparada para la batalla ni para las visitas.

Sin olvidar la daga que llevaba en la mano, crucé los brazos delante del pecho.

—Ponerme ropa más apropiada no cambiará el hecho de que ya me hayáis visto sin nada más que una camisa —dije, y fue una sorpresa incluso para mí misma. No estaba acostumbrada en absoluto a llevar tanta piel a la vista, pero bueno, acababa de enfrentarme a un puñado de criaturas sin rostro. Que mis piernas fuesen visibles no era una de las cincuenta primeras cosas que me preocupaban en ese momento—. Yo estoy bien, si vos lo estáis. Me gustaría oír detalles sobre lo que sea que son los Arcanos.

Sentí diversión irradiar tanto del rey Valyn como de su hijo. Una medio sonrisa que me resultaba familiar apareció en la cara del rey y, cómo no, había un indicio de hoyuelos.

—Por mí, perfecto —convino él. Luego le dio la máscara a la guardia y envainó su espada—. Esta es Hisa Fa'Mar. Es una de mis personas de mayor confianza. Comandante de la guardia de la corona.

La mujer dio un paso al frente y, desde el momento en que la vi, supe que era atlantiana, posiblemente una elemental. Hizo una leve reverencia por la cintura, primero en dirección al príncipe, luego a mí.

—No creo que nos hayamos visto antes —comentó Casteel.

—No, no nos conocíamos. —La sonrisa de la mujer fue rápida, luego deslizó sus ojos dorados hacia mí—. Eres bastante buena en combate. Te vi durante unos segundos —añadió—. ¿Has entrenado?

—Sí. Se supone que no debía, pero no quería sentirme impotente como la noche en que un grupo de Demonios atacó una posada en la que estábamos mis padres y yo —expliqué, cuando me llegó el sabor fresco y crujiente de la curiosidad, consciente de que el rey Valyn estaba escuchando con intensidad—. Uno de mis guardias personales me entrenó para que pudiera defenderme. Lo hizo en secreto con gran riesgo para su carrera e incluso para su vida, pero Vikter era valiente de ese modo.

—¿Era? —preguntó el rey Valyn en voz baja.

Un nudo de aflicción se me atascó en la garganta, como me pasaba siempre que pensaba en Vikter.

—Lo mataron los Descendentes durante el ataque al Rito. Aquella noche murió mucha gente. Gente inocente.

—Siento oírlo. —Una oleada de empatía emanó del rey—. Y siento enterarme de que los partidarios de Atlantia fueron la causa.

—Gracias —murmuré. Me miró durante un largo momento antes de empezar a hablar.

—Los Arcanos eran una antigua hermandad que se originó hace al menos mil años, después de que hubieran nacido ya varias generaciones de atlantianos y hubieran arraigado otros linajes. Más o menos cuando… —Respiró hondo—. Cuando las deidades empezaron a interactuar más con los mortales que vivían en tierras alejadas de las fronteras originales de Atlantia. Los antiguos empezaron a temer que los atlantianos y los otros linajes no apoyasen del todo sus decisiones con respecto a los mortales.

—¿Qué tipo de decisiones eran esas? —pregunté, medio temerosa de la respuesta, por las cosas que ya me habían contado.

—Las deidades querían aunar todas las tierras, los mares y las islas en un solo reino —explicó el rey Valyn. Eso no sonaba tan mal… durante un instante—. No les importaba que algunas de esas tierras ya tuvieran gobernantes. Creían que podían mejorar las vidas de otras personas, como habían hecho con las tierras justo al otro lado de las montañas Skotos que ya habían sido ocupadas por mortales. Muchos atlantianos y otros linajes no estaban de acuerdo con ellos, pues creían que era mejor reservar la atención y la energía para las vidas de los atlantianos. Las deidades temieron una revuelta, así que crearon a los Arcanos para que sirvieran como una… red de espías y soldados, designados a aplastar cualquier tipo de rebelión antes de que empezara. Eso se lograba a base de mantener en secreto las identidades de los Arcanos. De ese modo, podían moverse con libertad entre la gente de Atlantia como espías. Y cuando llegaba el momento de ser vistos y oídos, llevaban máscaras fabricadas para parecer *wolven*.

—En cierto modo, estaban imitando lo que había hecho Nyktos —añadió Kieran, mientras se pasaba el dorso de la mano por delante de la cara—. Es obvio que fue un intento bastante débil, pero bueno.

—¿Cómo se sentían los *wolven* acerca de eso? —me pregunté en voz alta.

—No creo que por aquel entonces les importara —repuso el padre de Casteel mientras Jasper seguía caminando con sigilo a nuestro alrededor, atento a cualquier señal de un intruso—. Tanto los Arcanos como los *wolven* tenían el mismo objetivo: proteger a las deidades. O al menos eso era lo que pensaban los *wolven*.

Tendrían los mismos objetivos *entonces*, porque estaba claro que esos motivos habían cambiado y divergido.

—Los Arcanos no se parecían en nada a los *wolven*. Eran más bien un grupo de extremistas —aportó Casteel—. Atacaban a cualquiera al que consideraran una amenaza para las deidades, aunque esa persona solo estuviese haciendo preguntas o no estuviera de acuerdo con lo que querían las deidades.

—Eso me recuerda a los Ascendidos. —Enrosqué los dedos de los pies sobre el suelo de piedra—. Nadie podía cuestionar nada. Si lo hacías se te consideraba un Descendente, y eso era algo que nunca acababa bien. No obstante, si los Arcanos fueron creados para proteger a las deidades, ¿por qué vendrían a por mí?

—Porque así fue como empezaron. No como terminaron. —Me miró a los ojos un instante—. Los Arcanos juraron proteger a la corona y al reino, pero no a las cabezas sobre las que reposaban dichas coronas. Al final, se volvieron en contra de las deidades. Cuál fue la causa, todavía no está del todo claro, pero comenzaron a considerar que algunas de las elecciones de las deidades con respecto a los mortales no eran ya lo mejor para Atlantia.

De inmediato, se me vinieron a la mente Alastir y Jansen. Eso era lo que habían afirmado los dos: que lo que habían hecho era lo mejor para su reino.

—Así que los disolvieron —continuó el rey Valyn—. O al menos eso era lo que todo el mundo creyó durante al menos mil años.

—¿De verdad crees que Alastir estaba con ellos? —preguntó Casteel con una mueca—. ¿Un grupo de hombres que se siente castrado por el hecho de que las verdaderas guardias de Atlantia sean todas mujeres, de modo que se aferran de manera desesperada a su grupito especial?

—Alastir dijo que pertenecía a una especie de hermandad —le recordé a Casteel—. Se llamó a sí mismo un Protector de Atlantia.

—No tenía conocimiento de la implicación de Alastir en nada de esto antes del ataque a las Cámaras —aclaró el rey—. Pero después de ver esas máscaras en las ruinas, empecé a preguntarme si no serían los Arcanos. Si no han regresado y si no son responsables de un montón de cosas más.

Pensé en lo que me había contado antes Kieran. Casteel pensaba más o menos lo mismo.

—¿Te refieres a las cosechas destruidas, los incendios y el vandalismo?

Los labios de su padre estaban apretados en una línea fina cuando asintió.

—No creemos que hayan estado activos durante todo este tiempo —dijo Hisa—. Y si han estado practicando, no lo hacían bajo ningún juramento. Sin embargo, eso ha cambiado. Y cambió antes de la noticia de que el príncipe... —Dejó la frase en el aire y frunció el ceño mientras parecía buscar cómo expresar lo que quería decir a continuación—. Cambió antes de la noticia de que el príncipe tenía una relación contigo.

Relación sonaba mucho menos incómodo que *captura*, lo cual me pareció un punto a su favor. La mujer tenía tacto.

—¿Cómo podéis estar seguros de que son responsables del vandalismo? —preguntó Kieran.

—La máscara. —Hisa levantó la que todavía sujetaba—. Encontramos una en la escena de un incendio que destruyó varias casas cerca del mar. No estábamos seguros de que todo ello estuviese conectado, sigue sin haber pruebas contundentes. Pero ¿con esto? —Miró a nuestro alrededor por el patio ahora desierto—. ¿Y luego, cuando llevaban estas máscaras en las ruinas? Tienen que estar vinculados con todo esto.

—Creo que tiene razón —aporté—. Me recuerda a los Ascendidos. Ellos utilizaban el miedo, las medias verdades y mentiras flagrantes para controlar a la gente de Solis. A menudo creaban histeria, como hizo el duque después del ataque al Rito. ¿Recuerdas? —Lo pregunté mirando a Casteel, que asintió—. Les echaron la culpa del ataque de los Demonios a los Descendentes cuando, en realidad, ellos mismos habían creado a esos monstruos. Pero hacerlo, crear agitación y sospecha entre la gente, los hacía más fáciles de controlar. Porque la gente estaba demasiado ocupada señalándose con el dedo, en lugar de unirse y mirar hacia los Ascendidos como la raíz de todos sus infortunios. —Remetí un mechón de pelo detrás de mi oreja, poco acostumbrada a tener a tanta gente escuchando, mirándome—. Solo estaba pensando que si los Arcanos estuviesen detrás de la destrucción de las cosechas y del vandalismo, tal vez sería para crear más agitación, para que la gente se enfadara y empezara a sospechar, justo a tiempo de proporcionarles alguien a quien culpar por lo que está sucediendo.

—¿Y esa alguien serías tú? —preguntó el rey. La tensión se coló en mis músculos.

—Eso parece.

El rey Valyn inclinó la cabeza mientras me miraba con atención.

—La agitación y la ansiedad son dos elementos muy poderosos para desestabilizar a cualquier sociedad. Da igual lo grande que pueda ser, puede deshacerse pieza a pieza desde el interior, y a menudo debilita los cimientos hasta el punto del colapso antes de que nadie se dé cuenta de lo que está sucediendo.

—Tengo muchas preguntas —anuncié en el instante en que Casteel me llevó de vuelta a nuestra habitación después de que el rey Valyn se hubiera marchado.

—No hay ni una sola persona en cualquiera de los reinos que se sorprendería con eso —declaró Kieran mientras cerraba las puertas de la veranda a su espalda—. Ni de lejos.

Los labios de Casteel se curvaron hacia arriba mientras yo fulminaba al *wolven* con la mirada.

—Lo siento, quizá la gente sin cara sea algo habitual en Atlantia, pero yo no estoy acostumbrada a ello.

—No es algo habitual —intervino Casteel, mientras trataba de llevarme hacia la sala de baño.

—Además, tú y yo nos debemos una charla rápida —continué. Me paré y Casteel soltó un gran suspiro.

—Ah, ¿sí? —Kieran arqueó las cejas.

—Oh, sí, tenemos que hablar de lo que intentaste hacer ahí afuera.

Casteel giró la cabeza despacio hacia el *wolven*.

—¿Qué intentaste hacer?

Kieran cruzó los brazos delante del pecho.

—Traté de que se quedara dentro y permaneciera a salvo.

Casteel soltó una sonora carcajada.

—¿Y cómo fue la cosa?

—Tan indolora como puedes imaginar —repuso Kieran con sequedad—. Solo le dije que preferiría que saliera ilesa y que lo que significa ella para ti, para mí y...

—Casteel jamás me ha pedido que no intervenga en algo —lo corté—. Y él es mi *marido*.

Casteel dejó caer la cabeza contra la mía, y un sonido profundo y retumbante irradió de su pecho.

—Marido. —Apretó los labios contra mi sien—. Me encanta oírte decir eso. —Levantó la cabeza para mirar a Kieran—. Mi mujer puede defenderse. Ya lo sabes.

—Lo sé.

—Pues parece que lo olvidaste —dije con los ojos entornados.

—No lo olvidé. —Kieran apretó la mandíbula, tenía los ojos fijos en Casteel—. Las cosas ahora son diferentes y lo sabes.

—No, no lo son. —Me solté de Casteel—. No soy reina, pero, como te dije antes, aunque lo fuera, nunca sería del tipo que espera a que otras personas arriesguen sus vidas mientras yo me quedo de brazos cruzados sin hacer nada. Yo no seré así jamás y dudo mucho de que Casteel vaya a ser ese tipo de rey.

—No lo sería. —Casteel se puso a mi lado y pasó los brazos alrededor de mi cintura—. No solo sabe defenderse —repitió—, sino que tiene que ser capaz de defenderse. Y esa es la razón de que siempre *se le permitirá* hacerlo, sea nuestra reina o nuestra princesa.

Mi corazón se hinchó tan deprisa que fue asombroso que no me levantara flotando hasta el techo. Casteel… simplemente me entendía. Entendía mi necesidad de no sentirme impotente nunca.

—Y tú eres la única persona en la que confío de verdad para estar con Poppy. Solo tú —continuó Casteel, y se me quedó el aire un poco atascado en el pecho—. Sé que tu preocupación proviene de un lugar bueno, y Poppy también lo sabe.

Mis labios permanecieron sellados. Casteel me dio un apretoncito.

—¿A que sí, Poppy?

Me tragué una maldición.

—Sí, lo sé. —Y era verdad, pero estaba irritada y confundida por esas cosas que había habido ahí afuera. Alterada e inquieta sobre todo lo que había dicho el hombre del muro—. Sé que proviene de un lugar bueno.

Kieran se frotó la mandíbula, al tiempo que deslizaba la mirada hacia las puertas de la terraza.

—Sé que eres capaz de defenderte. Detenerte no tenía nada que ver con eso. Es solo que aquí estás en peligro y no deberías estarlo. Este es el único lugar en el que deberías estar a salvo. —Dejó caer la mano y se giró hacia mí—. Sé que nada de eso me daba derecho a decirte que te quedaras al margen. Lo siento.

La sinceridad de su disculpa estaba clara en su voz. Sabía a vainilla caliente, pero también noté un sabor a algo ácido, igual que me había pasado con Casteel, cosa que me provocó un dolor en el pecho. Ninguno de ellos era responsable de lo que había ocurrido.

—No pasa nada —dije. Levanté la vista hacia él—. Me aseguraré de poder estar a salvo aquí. *Nos* aseguraremos de ello.

Kieran asintió con una leve sonrisa.

—Por supuesto que lo haremos.

Sonreí al oírlo.

—Bueno, pues ahora que hemos aclarado eso, sé que tienes muchas preguntas —dijo Casteel, al tiempo que me hacía girar hacia la sala de baño—. Pero vamos a quitarte primero todo este pringue de encima. —Hizo una pausa—. Y así puedes ponerte algo limpio.

Bajé la vista hacia mis manos y arrugué la nariz al ver que estaban salpicadas de morado.

—¿Es sangre siquiera?

—La verdad es que no sabría decirlo a ciencia cierta. —Casteel me condujo hacia el tocador de la sala de baño y abrió los grifos. Agarró una botella y echó un poco de ese delicioso jabón con aroma a pino en mis manos—. Sea lo que fuere, huele raro.

Asentí mientras me frotaba las manos.

—Me recuerda a lilas podridas.

Frunció el ceño y echó mano de una pastilla de jabón.

—¿Sabes?, creo que tienes razón. —Se dio la vuelta y le pasó el jabón a Kieran. En el espejo, contemplé cómo se quitaba la mugrienta camisa, la tiraba a un lado y abría un grifo de la ducha. De una de las alcachofas en lo alto empezó a manar agua—. El que dijiste que estaba sobre el muro —empezó Casteel en voz baja, y me sacó de mi ensimismamiento—. ¿Habló?

Asentí mientras me frotaba el jabón líquido por los antebrazos.

—No era como los demás. Era mortal o atlantiano.

—Llevaba una máscara plateada —dijo Kieran, con los músculos de la espalda y los hombros tensos mientras metía la cabeza bajo el chorro de agua y se frotaba la cara y el pelo rapado—. Como la de Jansen en las ruinas. También llevaba consigo esas malditas ataduras de hueso.

—¿Qué? —ladró Casteel.

—Es verdad —confirmé, con las manos metidas bajo el chorro de agua caliente.

—Esos huesos no volverán a tocar tu piel jamás. —La voz de Casteel sonó llena de humo y sangre, y sus ojos, tan fríos como el ámbar helado, encontraron los míos—. Eso te lo puedo prometer.

—Yo misma me prometo eso —murmuré. Una fría esquirla de inquietud me atravesó cuando volví a pensar en los Arcanos—. Nadie había pronunciado el nombre de ese pueblo en meses.

Casteel apretó la mandíbula y pasó las palmas de sus manos por mis antebrazos para enjuagar el jabón.

—Yo sabía dónde estaba esa posada porque indagué un poco en tu pasado antes de conocernos, pero no era una información al alcance de todos. —Retiró el pelo de mi cara mientras yo alargaba los brazos hacia el jabón otra vez—. No sabemos con cuánta gente compartió Alastir esa información.

Me sujetó el pelo mientras me lavaba la cara deprisa. Cuando terminé, al menos el olor a flores rancias ya no impregnaba mi piel, y Kieran había cerrado el grifo.

—Gracias —le dije cuando me tendió una toalla.

—Alastir dijo que había otra persona en la posada, ¿verdad? —El agua empapaba el cuello y el pecho de Kieran cuando su mirada se cruzó con la nuestra en el espejo—. ¿No lo llamó «el Señor Oscuro»?

Me retiré un poco del tocador y bajé la toalla.

—Sí. ¿Por qué?

—¿Es posible que Alastir simplemente compartiera esa información con otras personas? —caviló Kieran—. ¿O hay alguna posibilidad de que estuviera diciendo la verdad? Que de verdad hubiera otra persona ahí.

Cualquier cosa era posible, pero…

—Alastir lo hizo sonar como que esa figura misteriosa había conducido a los Demonios hasta allí. —Observé a Casteel quitarse la camisa repugnante. Esa extraña sangre morada manchaba la parte de arriba de su pecho. Tomó la pastilla de jabón que aún sujetaba Kieran—. ¿Pueden estos… Arcanos controlar a los Demonios?

La tensión tallaba profundos surcos a ambos lados de su boca mientras hacía espuma con el jabón entre las manos.

—Los Arcanos habían desaparecido mucho antes de que el primer Demonio fuese creado siquiera. O eso creíamos. Sea como fuere, los Demonios pueden dirigirse como una manada hacia un lugar concreto, pero no pueden controlarse más allá de eso. —Miró a Kieran—. Si quieres, puedes ponerte una de mis camisas.

Kieran asintió y fue hacia el vestidor, justo fuera de la sala de baño. Yo deposité mi toalla usada en un cesto.

—Pero yo…

—¿Qué? —Casteel se pasó las manos cubiertas de jabón por la cara y luego por el pelo.

Tardé un momento en ordenar mis pensamientos.

—Me dijeron que mis padres se habían marchado de Carsodonia porque querían llevar una vida más tranquila. Pero era mentira. Descubrieron la verdad, o siempre habían sabido lo que estaban haciendo los Ascendidos y decidieron que ya no podían ser parte de ello —cavilé, y odié el mero hecho de pronunciar esas palabras—. Alastir también afirmó que mi madre era una doncella personal, entrenada para luchar. —Corrí hasta la banqueta y agarré una toalla más pequeña como la que había usado Kieran mientras Casteel agachaba la cabeza, se lavaba la cara y luego metía el pelo debajo del grifo—. Puede que fuese verdad, pero también podía ser mentira. Pero ¿y si Alastir decía la verdad? ¿Y si había alguien más en la posada y hubiese llevado a los Demonios hasta ahí? —Le pasé la toalla a Casteel—. Ten... tengo varios recuerdos de esa noche —murmuré. Miré a Kieran y vi que se había puesto una túnica negra—. Sé que oí la voz de Alastir. Lo oí hablar con mi padre. Pero... he soñado con alguien con una capa oscura. Puede que hubiese alguien más ahí y, por cómo lo dijo Alastir, no parecía que tuviera nada que ver con él. ¿Y si... y si aquel ataque de Demonios no tuviera nada que ver con Alastir ni con los Arcanos?

—¿Crees que los Ascendidos podrían tener algo que ver con ello? —preguntó Kieran desde la puerta—. Aunque si sabían lo que eras, hubiesen querido mantenerte con vida.

—Exacto. —Casteel pasó la toalla por su pecho y por su cara—. Atraer a los Demonios a esa posada hubiese sido un riesgo demasiado grande. A esas criaturas no puede controlarlas nadie.

—Y todo depende de si los Ascendidos sabían o no lo que yo era antes de que mis padres partieran, antes de que fuese atacada. Todavía no lo sé a ciencia cierta —dije—. Alastir nunca me lo confirmó.

Casteel se frotó el pelo con la toalla.

—Pero si lo sabían, eso significaría que los Ascendidos, la Corona de Sangre, sabía que uno de tus padres descendía de Atlantia.

—Y eso nos deja con la pregunta de por qué no los utilizaron del mismo modo que todos los demás descendientes de Atlantia —murmuré con un suspiro. Una posible respuesta o pregunta solo nos llevaba a otra. Me empezaba a doler la cabeza.

También el corazón.

—Antes de que esas cosas aparecieran esta noche, preguntaste cómo era posible que tus habilidades fuesen tan fuertes... cómo eran tan fuertes incluso antes de que Casteel te Ascendiera. —Kieran llamó mi atención hacia él—. Uno de tus padres tenía que ser un atlantiano puro.

—Pero ¿cómo es posible, si desciendo de Malec? Sus hijos con una amante hubiesen sido mortales. Y si mi madre era una doncella personal, no podría ser ella, ¿no? —Miré a Casteel.

—No lo creo, no —respondió. Tiró la toalla dentro del cesto—. Ninguna de las que vi lo eran, pero eso no significa que sea imposible. Poco plausible, quizá, pero no imposible.

—Y me parezco a mi madre —los informé—. Excepto por los ojos.

—¿Y tu padre? —preguntó Kieran, aunque estaba segura de que ya habíamos tenido esta conversación.

—Era de Carsodonia, igual que mi madre —contesté.

—Sé que no te gusta oír esto —empezó Kieran, y me puse tensa, consciente de a dónde iba a parar—, pero estás dando por sentado que tus padres eran de verdad tus padres biológicos. O… —añadió a toda prisa cuando me vio abrir la boca—. O lo que recuerdas, lo que te contaron acerca de quiénes eran tus padres, simplemente no era la verdad.

Capítulo 20

—Tiene razón —dijo Casteel con suavidad. Sus ojos buscaron los míos—. No sé por qué querría mentirte Alastir sobre lo de que tu madre era doncella personal. Si decía la verdad, tu madre nunca fue una dama en espera, destinada a Ascender. Eso significa que tu padre puede que tampoco fuese hijo de un comerciante. —Hizo una pausa—. También podría significar que solo uno, o incluso ninguno, era tu padre biológico.

¿Y si ninguno de ellos lo era? Entonces Ian... tal vez no fuese como yo en absoluto si Ascendió. Podría ser igual a cualquier otro *vampry*.

Me apoyé contra los azulejos fríos y eché la cabeza atrás. Empecé a responder, pero luego me callé. Los dedos de mis pies se enroscaron contra el suelo.

—Era pequeña. Los recuerdos que tengo de antes de esa noche son fragmentarios, en el mejor de los casos. Solo sé lo que me contaron sobre ellos, y aunque Ian era mayor, no tendría por qué saber nada más. —Sacudí la cabeza, abrumada por todo ello—. Pero me parezco a mi madre, así que quizá mi padre fuera atlantiano, y mi madre, una descendiente mortal de Malec y su amante. ¿Explicaría eso por qué mis habilidades son tan fuertes?

—Sería una coincidencia de mil demonios —objetó Kieran, y tenía razón. Casteel y Kieran intercambiaron una mirada.

—No lo sé —contestó Casteel—. Ese sería un linaje complicado para desentrañar, pero además estamos dando por sentado que desciendes de Malec. Puede que no sea así. Alastir podría haberse equivocado, aunque lo creyese de verdad.

Me pregunté si la madre de Casteel sabría algo. Me miró a los ojos.

—Al final, averiguaremos la verdad.

Aparte de su madre, por improbable que pudiera parecer, solo había otra persona que quizá la supiera.

La reina Ileana.

Casteel se volvió hacia Kieran.

—Creo que hay una bata vieja ahí dentro. ¿Te importa pasármela?

Kieran le dio una prenda larga y negra.

—Hay algo que necesito hacer ahora mismo. Vuelvo enseguida.

Casteel asintió sin apartar los ojos de mí, y colgó la bata de un gancho al lado de la puerta.

—Estaremos aquí. —Esperó a que Kieran desapareciera—. Vamos a quitarte esa camisa para que pueda quemarla.

Una sonrisa pícara curvó las comisuras de mis labios.

—Supongo que esta camisa no es salvable, ¿no?

—Es poco probable. —Vino hasta mí y cerró los dedos alrededor del borde—. Ya sabes cómo se hace.

En efecto.

Levanté los brazos.

—Lo que creo es que te gusta quitarme la ropa.

—Así es. —Casteel levantó la camisa y la pasó por encima de mi cabeza. Una corriente de aire fresco acarició mi piel recién expuesta. Casteel dejó caer la túnica al suelo y me miró de arriba abajo. Sus labios se entreabrieron justo lo suficiente para ver la punta de sus colmillos mientras deslizaba los ojos por todo mi cuerpo en un escrutinio lento y minucioso. Los músculos de mi bajo vientre se tensaron. Me puso una mano en un lado de las costillas, justo debajo de un pecho. El contacto me produjo un intenso escalofrío. Su otra mano hizo lo mismo al otro lado de mi cuerpo—. Sin embargo, no me gusta desvestirte solo para taparte de inmediato.

Bajé la vista y enrosqué los dedos de los pies aún más contra las baldosas ante lo que vi más allá de los rosáceos pezones turgentes de mis senos. Su piel broncínea formaba un contraste tan marcado con la mía, y sus manos eran tan grandes y fuertes...

—Lo que te ha pedido Kieran esta noche, no le guardes rencor por ello. Se preocupa por ti. Y su preocupación... —Hizo una pausa—. Yo mismo tengo que reprimir mis instintos cuando sales a luchar contra todo y contra todos. No es porque crea que no eres capaz de hacerlo. Es solo que temo perderte. —Agachó la cabeza y su aliento cálido resbaló por mi pecho y hasta la curva de un seno—. Pero tu necesidad de defenderte es mayor que mi miedo. Esa es la única razón por la que no te detengo. Será lo mismo para Kieran.

—Lo sé... —Solté una exclamación ahogada cuando su boca se cerró sobre mi pecho. Abrí los ojos como platos mientras contemplaba los oscuros y húmedos rizos de su pelo. Su lengua dibujaba círculos sobre el pezón, lo que me provocó otro sonido estrangulado. Levantó la vista hacia mí, sus ojos ardientes. Arqueó una ceja para instarme a continuar—. No... no le guardaré rencor a Kieran por ello.

Una breve sonrisa complacida cruzó su rostro. Después capturó la piel sensible entre los bordes de sus dientes y luego entre sus labios.

—¿Sabes lo que me ayuda a superar mi miedo? —Negué con la cabeza—. Esto. —La punta rosa de su lengua pasó por encima de la piel palpitante y tensa—. Esto ayuda. Lo mismo que tu valentía. ¿Y sabes qué más? Te voy a recompensar por tu valentía.

Mi pulso, que ya latía con intensidad, atronó ahora a través de mí.

—¿Te... tengo una recompensa?

—Sí, pero yo también tengo una recompensa por haber superado mi miedo —me informó. Levantó sus espesas pestañas una vez más. Las motas doradas chispeaban como locas en sus ojos—. Es una suerte que esta recompensa vaya a ser mutuamente beneficiosa.

—¿Lo será?

Casteel asintió, y entonces su boca se cerró en torno a mi pecho otra vez. Sentí cómo deslizaba la lengua mojada, luego el perverso roce de sus colmillos. Se me quedó el aire atascado en la garganta ante esa sensación prohibida. Y entonces golpeó: hundió sus afilados dientes en la carne por encima de mi pezón. Di un grito y enterré las manos en su pelo cuando todo mi cuerpo dio una sacudida. El dolor, afilado como una cuchilla, fue intenso y se extendió por todo mi cuerpo. Hubo un segundo en el que tuve la tentación de apartarme, cuando el doloroso placer era casi demasiado, pero desapareció en un santiamén. Casteel selló los labios por encima de la hormigueante piel de mi pecho y succionó con fuerza. Introdujo la punta sensible en su boca y sorbió mi sangre.

Un fuego estalló en mi interior y calentó mi sangre y todos los rincones de mi cuerpo. Me daba vueltas la cabeza y me estremecí cuando su gruñido retumbó contra mi piel. Lo agarré del pelo y lo sujeté en el sitio de un modo totalmente desvergonzado mientras un calor húmedo inundaba todo mi ser. Una dolorosa punzada de placer me atravesó de arriba abajo. Mis caderas se contonearon mientras él succionaba mi piel.

—Cas —murmuré.

Hizo ese sonido otra vez, ese sonido ronco y sensual, y luego se movió. Apretó mi espalda contra la pared, la dura línea de su muslo entre mis piernas. Contuve la respiración al sentir el contacto de los azulejos fríos contra mi piel desnuda y ante la sensación de su muslo enfundado en pantalones contra el centro de mi cuerpo. Bajó una mano a mi cadera y, mientras chupaba más fuerte de mi pecho, tiró de mi cadera hacia abajo y hacia delante para mecerme contra su muslo. Unas oleadas de placer tensas y apretadas emanaron de entre mis muslos y desde mis pechos mientras me sostenía de puntillas, casi todo mi peso sujeto por él. La succión de su boca sobre mi pecho parecía conectada con el intenso palpitar entre mis piernas. Mis caderas se movían contra su muslo, y no había nada lento en ello. Embestí con fuerza contra él, impulsada por las sensaciones producidas por el movimiento de su boca sobre mi pezón y la suave fricción de su pierna contra mi piel turgente e hinchada. La tensión se enroscó y giró, una espiral más y más apretada, más y más rápida. Él se dio un festín y yo me volví loca, tiraba de su pelo y le clavaba las uñas. Mis piernas se apretaron en torno a su muslo y toda la tensión en mi interior estalló de golpe y se propagó del modo más delicioso y alucinante. Me quedé ahí temblando, gritando su nombre mientras el clímax me recorría entera.

Seguía temblando y estremeciéndome cuando su lengua se deslizó calmante por encima de su mordisco. Casteel se enderezó y me abrazó con fuerza contra su pecho. Su boca se cerró sobre la mía en un beso lento, lánguido, almizcleño y rico en hierro. El sabor de mi sangre en sus labios me provocó otra oleada de placer.

—Vaya —murmuró, con la voz gruesa y juguetona—. Sí que te ha gustado esa recompensa.

Apoyé la frente contra la suya mientras intentaba recuperar el control de mi respiración.

—Un poco.

—¿Un poco? —Su risa fue como humo—. Tu orgasmo fue tan intenso que pude sentirlo a través de mis pantalones.

—Oh, por todos los dioses. —Me atraganté con una risa—. Eso es muy…

—¿Qué? —Rozó mis labios con los suyos—. ¿Inapropiado?

—*Sí.*

—Pero es verdad. —Me besó y me ayudó a levantarme—. ¿Te sostienes en pie? ¿O te he dejado sin cerebro y sin músculos?

—Tu ego es ridículo. Claro que me sostengo en pie. —Apenas—. Y por si te lo estás preguntando, me gustaría recibir más de estas recompensas, por favor y gracias.

Apareció una sonrisa devastadora y esos dos hoyuelos cobraron vida.

—Aunque me encanta oír las palabas *por favor* salir por tu boca, no tienes por qué decirlas nunca.

Sonreí cuando se apartó. Cuando se giró para agarrar la bata, bajé la vista. Me sonrojé al ver las dos heridas punzantes rojizas y la piel hinchada a su alrededor. Santo cielo. La marca que había dejado era indecente.

Me encantaba.

Sujetó la bata abierta para mí, así que me giré y metí los brazos por las mangas. El material era de una suavidad increíble y aun así de una ligereza tal que no creía que fuese a sentirme acalorada. Era un poco demasiado larga y ocultaba mis dedos por completo, pero olía a él, a especias y a pino.

Casteel apareció delante de mí para abotonar a toda velocidad ambos lados y apretar el cinturón.

—Esto tiene mucha mejor pinta sobre ti de lo que la tuvo jamás sobre mí.

—No puedo ni imaginarte con esto puesto. —Miré las mangas largas y anchas y moví los brazos arriba y abajo.

—Preferiría estar desnudo. —Guiñó un ojo cuando arqueé una ceja—. También preferiría que tú estuvieras desnuda.

—Idiota —murmuré.

Mientras Casteel iba al vestidor a sacar ropa limpia, me apresuré a recoger mi pelo en una trenza. La agradable bruma de su perversa recompensa se había difuminado, por desgracia, cuando me senté en el sofá de la sala de estar y Kieran regresó con un libro en la mano y su padre detrás de él.

La mirada penetrante de Jasper encontró la mía. Hizo ademán de inclinarse, pero me puse tensa y él pareció pensárselo mejor antes de hacer una reverencia. La palabrota que murmuró me produjo una sonrisita.

—¿Estás bien? —me preguntó.

Asentí.

—Muy bien. ¿Y tú?

—Genial —musitó. Luego se dejó caer en una de las butacas—. ¿Dónde está…?

—Aquí mismo. —Casteel entró en la habitación mientras se pasaba una mano por la cabeza para retirar los mechones aún húmedos de su cara. Fue hasta un aparador pegado a la pared—. ¿Una copa? —ofreció. Solo Jasper asintió. Casteel sirvió dos vasos y Kieran vino a sentarse a mi lado—. Bueno, los Arcanos…

—Sí —gruñó Jasper—. Esta es la primera vez que oigo que hay una posibilidad de que estuvieran implicados en esto, cosa que me irrita profundamente. Sin ofender a tu padre —añadió, sin mucho entusiasmo—. Pero es algo que debería haberme contado, aunque no tuviese nada que ver con ella.

—Estoy de acuerdo —musitó Casteel. Miró de reojo a Kieran—. ¿Ese libro tan gordo que has traído tiene las respuestas a por qué mi padre se guardó la información?

—Por desgracia, no. —Kieran abrió el libro—. ¿Esas cosas que había fuera? Supuse que tendríais muchas preguntas sobre ellas.

—¿Quién no las tendría? —respondió Casteel, dándole un vaso a Jasper—. Si fuese la primera vez que las veía.

—Exacto. —Observé cómo Kieran pasaba las páginas.

—Bueno, pues pensé que lo mejor sería traer esto —explicó Kieran—. Es un viejo libro de texto que se centra en la historia de Atlantia. Los dioses y sus hijos.

—Oh. —Me incliné hacia él, mi interés más que picado, pero en cuanto vi una de las páginas, suspiré—. Está en otro idioma.

—Es atlantiano antiguo, el idioma primitivo de los dioses. —Casteel se sentó en el reposabrazos del sofá—. Apenas puedo leerlo ya.

Jasper resopló desdeñoso.

—No me sorprende.

Un lado de los labios de Casteel se curvó hacia arriba mientras bebía un sorbo.

—Espero que este libro que guardasteis por alguna razón nos diga con exactitud cómo puede ser que los *gyrms* estén aquí, en nuestro mundo, y por qué fueron a por Poppy.

¿Nuestro mundo? ¿Por qué me sonaba eso?

—Kieran guardó todos sus libros de texto —explicó Jasper—. Bueno, lo hizo su madre. Están en uno de los cuartos de atrás.

Todavía no había conocido a Kirha, y tenía muchas ganas de hacerlo. Quería darle las gracias por la ropa.

—¿Está bien?

—Sí, muy bien. —Jasper sonrió y las duras líneas de su rostro se suavizaron—. Estaba durmiendo y no se enteró de nada.

Arqueé las cejas.

—¿De verdad?

Jasper asintió.

—Siempre ha tenido un sueño muy profundo, pero ahora, con el bebé de camino, podría dormir aunque se despertaran los dioses.

—Aquí está —anunció Kieran. Bajó el libro a sus rodillas y echó un vistazo a Casteel—. ¿Los viste sin la máscara?

—Sí —murmuró—. Al principio, creí que mis ojos no funcionaban como es debido, pero luego oí a mi padre decir algo como «¿Qué demonios?», y supe que no era solo yo.

Me distraje unos momentos imaginando la figura alta y ominosa de su padre diciendo algo así. Kieran dio unos golpecitos en la página. Bajé la vista y se me revolvió el estómago cuando vi un dibujo a tinta de una de las criaturas. Era muy realista: la cabeza, las finas ranuras para los ojos y luego nada más que piel lisa. Aunque claro, no había demasiado para que capturara el artista más allá de la forma general y musculosa de un cuerpo masculino.

—¿Cómo respiran? —pregunté otra vez, porque eso parecía una pregunta bastante importante.

Los labios de Casteel se curvaron un poco cuando Kieran cerró los ojos.

—Si eran *gyrms* —intervino Jasper, levantándose de la butaca para mirar el dibujo—, no necesitan respirar porque no están vivos.

La confusión frunció mi ceño.

—¿Cómo es posible? ¿Cómo puede algo andar por ahí e interactuar con gente y no estar vivo?

—Bueno, podríamos preguntar lo mismo de los Demonios —apuntó Casteel—. Reaccionan a los que están a su alrededor. Tienen bocas y sus cuerpos realizan los movimientos de la respiración. Sienten hambre. —Bajó el vaso a su rodilla—. Pero ¿crees que están vivos? ¿De verdad?

La respuesta a eso no tuve que pensarla.

—No —dije, y volví a mirar el dibujo—. Cuando se transforman, no. Ya no están vivos. Al menos, no queda nada que los haga mortales.

Y eso era triste porque todos ellos habían sido mortales en algún momento, personas con una vida, que eran el hijo o la hija de alguien, el amigo o la amada, antes de que los Ascendidos se lo arrebataran todo.

Mis puños se cerraron en torno a la suave tela de la bata. La cantidad de vidas que los Ascendidos habían destruido era incalculable. Podían haberles hecho eso a Ian y a Tawny, y habrían devastado todo lo que los hacía ser quienes eran.

Había que detener los actos de los Ascendidos.

—La diferencia en este caso es que los *gyrms* nunca estuvieron vivos —explicó Kieran. Deslizó un dedo por unas oraciones que a mí no me parecían más que garabatos en una página color marfil—. Se creaban a partir de la tierra de los dioses y del *eather* (la magia), y se los empleaba para cumplir la voluntad de la persona que los invocaba. Que los creaba. No tienen pensamientos, ningún objetivo aparte de la razón por la que fueron invocados.

Parpadeé una vez, luego otra.

—¿Los crearon a partir de tierra y magia? ¿En serio?

Jasper asintió antes de empezar a caminar por la sala.

—Sé que suena como un cuento inventado para asustar a los niños…

—¿Como los *lamaea*? —pregunté.

Jasper se detuvo y me miró, con el vaso a medio camino de su boca, mientras Casteel tosía una risa silenciosa. Sus ojos pálidos volaron hacia el príncipe.

—Ni siquiera tengo que preguntar quién de vosotros le habló de eso. De todas las cosas que podías haber compartido con ella, ¿elegiste esa?

—Fue un comentario de pasada en una conversación más amplia y mucho más importante que, de algún modo, se le ha quedado grabada y nunca ha olvidado. —Casteel bebió un sorbo—. No es mi culpa.

—¿Cómo podría olvidar jamás a una criatura que tiene aletas por piernas y colas por brazos? —me pregunté en voz alta.

—Los *lamaea* nunca fueron reales. Era solo una cosa que se inventaban los padres realmente retorcidos. —Kieran le lanzó a su padre una mirada significativa—. Pero los *gyrms* sí lo eran y solían invocarlos para que sirvieran como soldados o como guardias. Protectores de lugares sagrados. Aquí dice que se los puede matar con cualquier herida punzante. Al parecer, eso rompe la magia que los mantiene unidos, así que no hay que preocuparse de apuntar al corazón o a la cabeza.

—Es bueno saberlo —murmuré.

Kieran continuó leyendo la página.

—Una vez que han servido a su propósito, lo que fuese que contuviera la tierra y la magia utilizadas para conjurarlos (suele ser un jarrón o un trapo de algún tipo) se destruye con fuego. Cuando no queda nada más que ceniza, desaparecen.

—¿Solo se conjuran para hacer lo que sea que alguien necesite y después... *puf*, desaparecen? —Arrugué la nariz—. Eso parece equivocado y triste. Y, sí, entiendo que técnicamente no están vivos. Pero aun así no parece correcto.

—No lo es —reconoció Casteel, un músculo tenso en su mandíbula—. Es la razón de que ese tipo de magia esté prohibido tanto por los atlantianos como por los mortales en este mundo.

Ahí estaba esa palabra otra vez. Removió mis recuerdos del tiempo que pasé en las criptas con Jansen.

—Cuando dices «mundo», ¿a qué te refieres?

—A las Tierras de los Dioses, ese mundo —contestó Casteel. Me acarició la espalda con una mano y la deslizó por debajo de mi trenza—. Se llama Iliseeum.

—¿Iliseeum? —Se me cortó la respiración cuando por fin recordé lo que me había dicho Jansen—. Jansen mencionó un sitio llamado Iliseeum. Y otro llamado Tierras Umbrías. Creí que estaba inventando cosas. —Miré a mi alrededor—. ¿Los dos son reales?

—Sí. —Casteel alargó la mano y enderezó el cuello de la bata—. Iliseeum es la Tierra de los Dioses. En las Tierras Umbrías se encuentra el Abismo y el lugar por el que se accede al Valle.

—También... dijo que a Nyktos se lo conocía como el... ¿el Asher? Dijo que lo llamaban el Bendecido, el Portador de Muerte y el Guardián de Almas —continué, el ceño fruncido—. Y dijo que Nyktos gobernaba sobre la Tierra de los Muertos y que era el dios primigenio del hombre común y los finales.

—Técnicamente, Nyktos es todas esas cosas —contestó Jasper—. Como dios de la vida y la muerte, gobierna tanto las Tierras Umbrías como los mundos de los vivos, pero no es el dios del hombre común. Y nunca he oído que lo llamaran el Asher o el Bendecido. —Me miró, rebosante de curiosidad—. De todos modos, ¿no te llamaban a ti la Bendecida? —Asentí—. Interesante —murmuré—. Creo que Jansen dijo algunas verdades y luego se inventó unas cuantas cosas para sonar más entendido e importante, igual que se decía que hacían a menudo los Arcanos.

Arqueé las cejas. Era verdad que Jansen tenía una autoestima bastante inflada.

—¿Cómo puede ser que nunca haya oído hablar de Iliseeum hasta ahora?

—Apuesto a que hay muchas cosas que no has oído. —Jasper bebió un trago—. ¿Sabías que Nyktos tiene una consorte?

—Ah, ¿sí? —Miré al mayor de los *wolven*. Kieran me miró.

—¿Cómo crees que tenía hijos?

—Primero, podía tener a múltiples personas especiales en su vida —señalé—. Pero, por sobre todo, es el dios de la vida. ¿No podía simplemente *crear* a sus hijos?

—Es probable que pudiera. —Casteel me dio un tironcito de la trenza—. Pero no creaba a sus hijos así. Él y su consorte lo hacían a la vieja usanza.

—¿Cómo se llama? —pregunté—. ¿Y por qué es esta la primera vez que oigo hablar de ella?

—Nadie sabe su nombre —contestó—. Siempre se la ha conocido solo por «la consorte».

—Vaya, pues suena muy... sexista —musité.

—Eso no puedo discutírtelo —repuso Casteel—. Y para contestar a tu otra pregunta, nadie sabe por qué los Ascendidos decidieron borrar algunos de los detalles más importantes de su historia.

—A lo mejor no lo sabían —conjeturó Jasper—. Solo los más viejos de los Ascendidos, los primeros en transformarse, debían conocer la verdadera historia de nuestras tierras y gentes. Y la mayoría de ellos, si no todos, murieron antes de la guerra. —La reina Eloana había dado esa orden: la de ejecutar a todos los *vamprys* cuando se volvieron demasiado numerosos y demasiado sedientos de sangre como para controlarlos—. Fueron los más tardíos, los convertidos por los atlantianos y los que viajaron más al este los que lucharon con más ahínco.

—La magia divina puede encontrarse aquí, ¿verdad? Como el *eather* en los huesos de las deidades —dije, y un pulso caliente de ira emanó de Casteel.

—No solo en los huesos de una deidad, sino también en la sangre de un dios. —Jasper dejó de andar y se quedó de pie cerca de las puertas de la terraza del salón. Se terminó el whisky de un trago largo—. Claro que es más fácil visitar una cripta y retirar los huesos de las deidades que tratar de echarle el guante a la sangre de un dios.

Me estremecí al pensar en lo perturbador que sería ese acto para los muertos. No era algo que me hubiese planteado de verdad cuando estuve en las criptas.

Los dedos de Casteel continuaron moviéndose por la parte de atrás de mi cuello, masajeó los nudos de los músculos que tenía agarrotados.

—Sin embargo, lo que no entiendo es cómo alguien podría conseguir tierra de Iliseeum. ¿Cómo sabrían dónde estaba y cómo llegar hasta ahí? —caviló Casteel—. Sobre todo cuando solo aquellos con sangre divina podían viajar entre mundos.

—Eso no es del todo exacto —intervino Jasper.

Tanto la cabeza de Casteel como la de Kieran volaron en su dirección.

—Repite eso —dijo su hijo.

—Iliseeum no existe en un mundo en el que solo los dioses puedan entrar —explicó. Dejó su vaso vacío en la mesa de al lado de las puertas—. Y unas cuantas personas sí saben dónde está Iliseeum. —Miró al príncipe—. ¿Qué crees que existe más allá de las montañas de Nyktos?

La mano de Casteel se quedó quieta sobre mi cuello.

—No hay nada más que montañas y tierras inadecuadas para crear o sostener vida.

—Durante miles de años, se repitió eso una y otra vez hasta que se convirtió en sabiduría popular y nunca se lo cuestionó. Pero era una mentira para desalentar a los que eran demasiado curiosos —lo contradijo Jasper—. Iliseeum se encuentra al otro lado de las montañas de Nyktos.

CAPÍTULO 21

La mano de Casteel resbaló de mi cuello ante la sorpresa. Por un momento, pensé que se le iba a caer el vaso de whisky.

—¿Hablas en serio?

—No puede ser. —Kieran cerró el grueso libro.

—Es verdad —confirmó Jasper. La habitación se notaba cargada de una confusión ácida.

—¿Cómo es posible que no lo haya averiguado nadie? —pregunté—. ¿Que nadie haya intentado cruzar las montañas o atravesar el mar en barco?

—Más cosas que las simples palabras han mantenido oculta la ubicación de Iliseeum. —Jasper se inclinó hacia delante y apoyó los brazos en sus rodillas dobladas—. Iliseeum está bien protegido por tierra y por mar

—¿El *eather*... como la niebla de las montañas Skotos? —aventuré. Jasper asintió.

—Tanto mi hijo como Casteel saben que el mar es demasiado violento para navegar una vez que cualquier barco se acerca a la costa de Iliseeum.

—No son solo aguas revueltas. —La mano de Casteel volvió a la base de mi cuello. Sus dedos se deslizaban de un modo lento y constante—. Alrededor de la costa, hay estacas marinas que pueden destrozar un barco si alguien se acerca lo suficiente como para ver siquiera a través de la niebla que oculta la orilla. Igual que la niebla de las Skotos, esta protege las costas de Atlantia tanto del mar Stroud como de los mares de Saion.

—Nosotros lo intentamos una vez, Casteel y yo, cuando éramos más jóvenes. Tratamos de llevar un barco lo más cerca de la costa posible, para ver si alguna parte de la tierra era habitable —nos contó Kieran—. Estuvimos a un pelo de morir ahogados en el proceso.

—Eso es porque sois idiotas los dos —apuntó Jasper, y yo parpadeé. Casteel bebió un buen trago de su whisky.

—En realidad, no puedo discutirte eso.

—Esperad. —Fruncí el ceño—. ¿El mar Stroud llega hasta las costas de Atlantia? Creía que la cordillera de las Skotos se extendía hacia el agua y…

—¿Llegaba hasta el final del mundo? —terminó Casteel por mí—. No. Por eso es tan densa la niebla. Hace que parezca que las montañas están ocultas detrás, pero eso es solo para que nadie intente viajar a través de ella.

Sacudí un poco la cabeza y volví a la carga.

—¿Y viajar a través de las montañas?

—Las montañas de Nyktos son imposibles de cruzar para atlantianos y mortales. ¿La niebla del lugar? Ese tipo de magia es letal. —Los ojos invernales de Jasper saltaron de su hijo al príncipe antes de volver a mí—. Es posible que tú seas la única que podría cruzar las montañas.

Casteel bajó la vista hacia mí y sus labios esbozaron una leve sonrisa.

—Eres así de especial.

Hice caso omiso de su comentario.

—¿O sea que causa alucinaciones como la niebla de las Skotos?

—No. —Jasper se echó a reír y negó con la cabeza—. La magia de estas montañas asfixia a cualquiera al que no reconozca como un dios.

Me quedé boquiabierta.

—Oh. Vale. Eso es gordo. —Retorcí el cinturón de la bata alrededor de mi mano—. Pero yo desciendo de un dios. No soy un dios. Esas dos cosas son muy diferentes.

Jasper arqueó las cejas.

—No creo que sepamos lo que eres con exactitud, y esa es una información por la que estoy dispuesto a darlo todo.

Cerré la boca, porque Jasper tenía razón.

—Entonces, ¿cómo pudo cruzar nadie hasta Iliseeum para obtener la tierra? —Kieran nos devolvió al asunto que teníamos entre manos.

—Unas cuantas personas saben cómo superar las montañas. —Jasper se echó hacia atrás y apoyó un tobillo sobre una rodilla.

Todos esperamos a que continuara.

Y esperamos.

Lo miré con intensidad.

—¿Nos vas a decir cómo?

Jasper nos miró a cada uno durante un buen rato antes de concentrarse en Casteel.

—Tu padre y tu madre han matado por mantener oculta la ubicación de Iliseeum. —Su voz sonó callada y fría, como la nieve al caer—. Yo también.

Casteel ladeó un poco la cabeza, su mano volvió a pararse sobre la parte de atrás de mi cuello.

—Y yo me siento inclinado a matar para descubrir la verdad.

Un escalofrío bajó reptando por mi columna cuando Jasper le sonrió al príncipe, o bien inafectado por la amenaza, o bien inconsciente de lo que indicaba ese tono demasiado plano. Solían ocurrir cosas sangrientas después de haber usado ese tono.

—No creo que tenga que haber muerte de ningún tipo —aventuré.

—Eso es muy gracioso viniendo de ti —comentó Kieran.

Me giré hacia él a toda velocidad.

—Estoy intentando aligerar la situación.

Kieran resopló con desdén.

—Lo que es gracioso es que todos habéis matado por mantener en secreto la ubicación de las Tierras de los Dioses —intervino Casteel—, y aun así, es obvio que los Arcanos descubrieron cómo viajar a Iliseeum. Bueno, a no ser que haya un cubo de tierra de Iliseeum de cuya existencia no soy consciente.

—No creo que haya un cubo de tierra por ahí tirado —apuntó Jasper con los ojos centelleantes mientras su diversión se filtraba hasta mí—. La mayoría de las personas ni siquiera tendrían los conocimientos para saber cómo usar semejante magia. Solo los más viejos de nuestra especie podrían. Supongo que los Arcanos debieron de averiguarlo cuando más prevalentes eran e imagino que debieron de guardar registros escritos de ese tipo de cosas.

—Aparte de ti y de mis padres, supongo que Alastir lo sabía, ¿no? —Casteel deslizó su mano por mi columna. Jasper asintió—. ¿Quién más lo sabe?

—Muy pocos que sigan vivos. —Jasper pasó un dedo por la pelusilla que cubría su barbilla, pensativo—. Creo que Hisa lo sabe. También Dominik, otro de los comandantes.

—Me acuerdo de él. Es uno de los elementales de mayor edad —me dijo Casteel. Levantó su vaso y miró otra vez a Jasper—. ¿Está en la Cala de Saion?

—Por lo que sé, está en Evaemon. O justo a las afueras de la capital —precisó—. Supongo que Wilhelmina lo sabe… —Casteel se atragantó con su bebida al tiempo que yo me quedaba boquiabierta. Jasper entornó los ojos—. ¿Estás bien?

—Espera. —Casteel volvió a toser, los ojos llenos de lágrimas—. Espera un maldito segundo. ¿Wilhelmina? ¿Quién es Wilhelmina?

Jasper frunció el ceño, su confusión evidente.

—¿Nunca has conocido a Willa?

Oh, por todos los dioses. Era imposible.

—¿Cómo se apellida? —preguntó Casteel.

Por favor, no digas «Colyns». Por favor, no digas «Colyns», repetí una y otra vez mientras el padre de Kieran miraba a Casteel como si hubiese perdido la cabeza.

—Creo que es Colyns.

Mi mandíbula estaba ya en mi regazo. Maldita sea, Casteel había estado en lo cierto. La señorita Willa era atlantiana. No podía creérmelo… Espera… ¿Eso significaba que estaba aquí, en Atlantia?

Oh, guau, si era así, tenía… un montón de preguntas para hacerle.

—Por lo último que supe de ella, estaba en Evaemon, o cerca de Aegea —contestó Jasper.

Casteel se volvió hacia mí, despacio, con los labios curvados en una sonrisa tan amplia que sus hoyuelos ya habían aparecido.

—No puedo decir que yo la haya conocido en persona, pero Poppy podría…

—¡No la he visto jamás! —protesté, casi gritando, mientras me giraba hacia él y le daba un puñetazo en el muslo.

—Auch. —Casteel se apartó un poco de mí y se frotó el muslo sin parar de reír.

—¿Qué os pasa a vosotros dos? —preguntó Jasper.

—Al parecer, existe una Willa que escribió un diario sexual de algún tipo —explicó Kieran con un suspiro—. Es el libro favorito de Poppy o algo así.

Me giré hacia el *wolven* mientras Casteel hacía otro ruido atragantado.

—No es mi libro favorito.

—No hay nada de lo que avergonzarse si lo es —insistió, con un gesto de indiferencia, aunque noté el sabor azucarado de su diversión.

—¿Un libro sobre sexo? —repitió Jasper. Me iba a marchitar y a morir ahí mismo. Kieran asintió.

—Casteel justo estaba diciendo que creía que Willa podía ser atlantiana debido a...

—Vale —lo interrumpí, antes de que Kieran o Casteel pudiesen entrar en más detalles sobre eso—. En realidad, nada de esto es demasiado importante ahora mismo.

—Oh, no estoy de acuerdo. —Casteel estiró un brazo para dejar su vaso en una mesita al lado del sofá—. ¿Willa es una elemental? ¿U otra cosa? ¿Y no tenías ni idea de que la señorita Willa Colyns fuera una biógrafa popular de determinado aspecto de su vida en Solis?

Por todos los dioses, cómo los odiaba a todos ahora mismo. Me odiaba a mí misma aún más por querer saber las respuestas.

—Es del linaje cambiaformas, o eso creo —empezó Jasper, luego frunció el ceño—. Es verdad que a veces tenía mis dudas. Pero, no, no sabía lo otro. Sin embargo, explica muchas cosas, ahora que lo pienso.

Los labios de Kieran se curvaron hacia arriba, aunque Casteel parecía aún más interesado en lo que significaba eso. Levanté la mano para adelantarme a ellos.

—¿Por qué sabría ella nada sobre Iliseeum?

—Porque Willa es vieja —dijo Jasper—. Es la cambiaformas más vieja que conozco. Es una de las Ancianas de Atlantia.

—¿Cuán vieja es la *más vieja*? —insistí. Jasper arqueó una ceja.

—Unos dos mil años.

—¿Q... qué? —balbuceé. Se me vino a la mente de inmediato Cillian Da'Lahon, de quien *La historia de la Guerra de los Dos Reyes y el reino de Solis* afirmaba que había alcanzado los dos mil setecientos años antes de su muerte—. ¿Es común? ¿Vivir tanto tiempo?

Jasper asintió.

—En épocas de paz y prosperidad, sí.

—Y, sí, un *wolven* también puede vivir tanto —aportó Kieran antes de que pudiera preguntarlo.

Mi cabeza estaba… bueno, ni siquiera podía comprender lo que sería vivir semejante tiempo. ¿Cómo conseguías no aburrirte de todo después de tantos años? Pensé en el tema del libro de Willa y supuse que era probable que eso explicara muchas cosas. Sacudí la cabeza con la esperanza de poder despejarla.

—¿Puede hacer lo que hacía Jansen? Adoptar la forma de otras personas.

Jasper negó con la cabeza.

—No. Jansen era… santo cielo, debió ser el último de los cambiaformas capaz de hacer algo así.

Por terrible que pudiera sonar, me sentí aliviada.

—¿Quiénes son los Ancianos de Atlantia?

—Son una especie de consejo que ayuda a gobernar junto al rey y la reina cuando es necesario —explicó Casteel. Me dio un tironcito de la trenza—. No se los suele convocar más que para las decisiones más trascendentales. Creo que la última vez que se reunieron fue cuando apresaron a Malik. —Una repentina espiral de aflicción irradió de su interior—. Yo no estaba en Evaemon cuando ocurrió. De hecho, estaba aquí.

Se había estado recuperando, intentando recomponerse pedazo a pedazo. Me dolió el pecho por él.

—Pues más vale que creas que ahora los han convocado. —El tono de Jasper fue seco y se me hizo un nudo en el estómago—. Puede que tengas la ocasión de preguntarle a Willa acerca de ese libro del que estabais hablando.

Oh, por todos los dioses.

Aunque era verdad que tenía un montón de preguntas para ella, no estaba segura de poder mantener una conversación razonable, porque me pasaría el rato pensando en besos perversos y en cuartetos.

No obstante, tampoco tenía por qué pensar en eso ahora. Porque si habían convocado a un consejo, sabía por qué era: por mi llegada y todo lo que había sucedido.

—Por mucho interés que tenga en saber más acerca de la señorita Willa, tenemos cosas más urgentes de las que hablar —declaró Casteel, lo cual me sorprendió—. ¿Cómo entra alguien en Iliseeum si no puede hacerlo por tierra o por mar?

Jasper tardó un rato en contestar.

—¿Sabes? Te habrías enterado cuando ocuparas el trono. —Sus ojos tocaron los míos un breve segundo y supe lo que quería decir: que Casteel se habría enterado cuando *yo* ocupara el trono—. Las montañas de Nyktos no las cruzas por encima, ni pasas a través. Lo haces por *debajo*.

Una oleada de sorpresa fría atravesó a Casteel.

—¿El sistema de túneles?

Jasper asintió.

—El que parte de Evaemon lleva hasta Iliseeum si (y es un gran *si*) sabes cómo encontrar el camino.

—Maldita sea —musitó Kieran. Se frotó la cabeza—. Tantos años enredando en esos túneles y podíamos haber acabado en las malditas Tierras de los Dioses.

Me pareció una coincidencia muy extraña que Casteel y Kieran se hubiesen pasado la infancia entera tratando de cartografiar esos túneles y cavernas que, durante todo ese tiempo, habrían podido llevarlos directos a estas Tierras de los Dioses. ¿Había existido alguna especie de atracción especial para él o para su hermano? Y si así era, ¿había sido algún tipo de intervención divina?

A la mañana siguiente, me quedé muchísimo tiempo debajo de la ducha, poniendo a prueba los límites de la duración del agua caliente.

Sentir el agua caliente bombardeando mi piel y enjuagar los churretes de jabón era una sensación demasiado mágica para hacerlo corriendo. Me dio la impresión de que la ducha limpiaba más que solo el jabón, como si estuviera eliminando también la sensación pegajosa de la confusión que me impedía mirar más allá de la sorpresa de todo lo que había descubierto y averiguado. Puede que fuesen solo imaginaciones mías, pero cuando por fin me forcé a cerrar los grifos, sentí que podía enfrentarme a todo lo que me esperaba hoy.

Lo que me esperaba en Atlantia.

Y tal vez no fuese solo la ducha, sino también todas las horas de sueño profundo que había acumulado a lo largo del último día o dos. Podía haber sido la noche anterior, cuando Jasper se marchó y Kieran quiso hablar de los sistemas de túneles. Casteel se había instalado en la butaca que había ocupado Kieran y me había acomodado de modo que estaba casi acunada entre sus brazos mientras hablaban. Me asombró lo mucho que recordaban de los túneles, todavía capaces de acordarse de las particularidades de ciertas formaciones de rocas subterráneas y de los olores, que cambiaban en función del túnel en el que estuvieran. Yo solo había estado un poco en el que llevaba a la preciosa caverna llena de lilas en Spessa's End, y en la otra que descansaba debajo de New Haven, para ver los nombres de los que habían muerto a manos de los Ascendidos.

Habría que añadir tantísimos nombres…

En cualquier caso, mientras hablaban, no pude evitar preguntarme si existía algún tipo de profecía. Si casi nadie sabía que Iliseeum estaba detrás de esas montañas, ¿sería posible que existiera una profecía de la que nadie supiera nada? ¿O era como comparar la velocidad con el tocino? No lo sabía.

Antes de que Kieran se marchara, le había preguntado por la *wolven* llamada Sage, la que se suponía que debía de estar patrullando el muro. La habían encontrado al otro lado, después de que la hubiesen golpeado por la espalda. La herida y la caída subsiguiente hubiesen lastimado de gravedad o matado a un mortal, pero según Kieran, que había ido a ver a la lobuna antes de volver a nuestra habitación con el libro, la mujer se recuperaría en un par de días. Oír eso y saber que no había habido bajas entre los *wolven* ni entre ninguno de los otros que se habían enfrentado a los *gyrms* me había llenado de un gran alivio. Puede que eso hubiese ayudado a que no me sintiera tan abrumada.

También podría haber sido por el dulce beso que me había dado Casteel después de despertarme esta mañana, antes de que se fuese a la ducha. O por cómo sus ojos habían sido como charcos de oro fundido cuando me miraba. Antes de salir de la cama, me había contado que la visita de su padre había surgido de su preocupación. Que no le había gustado cómo habían terminado las cosas entre ellos en el templo de Saion. Me alegré de oír que habían aliviado un poco la tensión, al menos un poco, antes de que esas criaturas aparecieran. Yo le conté lo que había confirmado con Kieran sobre ser capaces de comunicarnos sin palabras. Casteel... bueno, se tomó este nuevo cambio como se había tomado todo lo demás: se mostró curioso, asombrado y nada molesto por él. Y eso me ayudó a casi no inmutarme por el hecho de hacer algo que solo Nyktos podía hacer.

Fuera como fuere, podía haber sido una de esas cosas o todas lo que hacía que me sintiera preparada para todo lo que Casteel y yo teníamos que discutir y averiguar.

Encontré la ropa que me había dado Vonetta en Spessa's End, colgada entre varias otras prendas de colores vistosos que la madre de la *wolven* le había dado a Casteel para mí. El único blanco visible en el ropero eran un par de combinaciones. Una sonrisa curvó mis labios y no la reprimí, no tuve ni que pensar en disimularla como tenía que hacer cuando era la Doncella.

Casteel.

Esto era todo cosa de él. Se había asegurado de que hubiese pocas prendas blancas entre mis opciones de vestimenta.

Por todos los dioses, cómo quería a ese hombre.

Hice ademán de sacar una túnica con mangas de encaje, pero una muselina de un asombroso tono azul cobalto, suave como la mantequilla, llamó mi atención. El vestido era senci-llo. Me recordaba a lo que las damas de Solis solían llamar «un vestido de día», pero era mucho más apropiado para el clima más cálido de la Cala de Saion. El corpiño tenía varias capas y era ceñido, por lo que no necesitaría combinación. El finísimo vestido se recogía en la cintura y en las caderas con una cadenita azul cielo, y la tela se abullonaba en los hombros. No tenía mangas.

Mis ojos volvieron hacia las túnicas y los otros vestidos que contaban con mangas más anchas y hasta el codo, y ofrecían un poco de cobertura. Vacilé. Por lo general, prefería llevar pantalones, o *leggins* más ligeros, y algo que ocultara las cicatrices en mis brazos, pero el color era precioso. Jamás había usado nada así. Jamás me lo habían permitido.

Y no necesitaba ocultar mis cicatrices.

Agarré algo de ropa interior y descolgué el vestido de la percha. Me cambié, aliviada al descubrir que me quedaba bien de talla. Encontré un cepillo y me desenredé el pelo. No podía hacer gran cosa con él aparte de trenzarlo, así que lo dejé suelto y luego encontré en el vestidor un par de sandalias que se ataban en los tobillos. Me levanté las faldas del vestido y ajusté la vaina de mi daga pegada a mi muslo.

Casteel me esperaba en el salón, de pie delante de una de las puertas de celosía, con los brazos cruzados con soltura delante del pecho. Una brisa cálida entraba en la habitación y luego giraba por efecto de los dos ventiladores de techo. Empezó a darse la vuelta hacia mí cuando pasé por debajo del arco.

—Hay algo de fruta. Y por supuesto, tu queso favorito… —Dejó la frase a medio terminar y entreabrió los labios hasta que las puntas de sus colmillos fueron visibles.

—¿Qué? —Me paré y me miré, luego alisé una arruga imaginaria de la falda—. ¿Estoy ridícula? El corpiño es un poco apretado. —Jugueteé con el cuello holgado—. ¿O es muy anticuado? Supongo que este debe de ser uno de los vestidos viejos de Vonetta, dado que ahora es más alta que yo, pero la longitud es casi perfecta para...

—Indigno.

—¿Perdona?

—Soy indigno de ti —murmuró con voz ronca—. Eres un sueño. —Dejé caer los dedos del cuello del vestido y deslicé los ojos hacia él. Casteel había bajado los brazos mientras me miraba de arriba abajo. Su pecho se hinchó con una respiración profunda—. Tu pelo. Ese vestido. —Sus ojos se caldearon—. Eres tan hermosa, Poppy.

—Gracias. —Noté que me ardía la garganta y se me henchía el corazón—. Y *sí* que eres digno.

Sonrió mientras se aclaraba la garganta.

—Por favor, dime que llevas tu daga. —Reprimí una sonrisa y levanté el lado derecho de la falda hasta mi muslo. Casteel gruñó—. Por los dioses, eres perfecta.

—Y tú estás como una cabra —dije—. Digno, *pero* como una cabra.

—Lo compro.

Me eché a reír.

—¿Has mencionado «queso»?

—Sip. —Tendió un brazo hacia la mesa—. Sírvete.

Hice justo eso. Me senté y eché mano de inmediato a todos esos bocados apetitosos.

—¿Qué quieres beber? —me ofreció al unirse a mí—. Hay agua, vino y whisky. Las tres bebidas básicas para la vida.

Arqueé una ceja.

—Vino.

Sonrió mientras servía el líquido rosa claro y luego se preparó un vaso de whisky. Probé el vino con tiento y me alegré de descubrir que sabía a fresas.

—¿Qué opinas de todo este tema de Iliseeum? —pregunté, puesto que no habíamos hablado de verdad sobre ello.

—¿Sinceramente? —Soltó una risa grave—. Pues no lo sé. Crecí convencido de que Iliseeum existía en un mundo paralelo al nuestro, pero que no era el nuestro. Igual que el Valle y el Abismo. ¿Y pensar que mis padres ya lo sabían? ¿Alastir? ¿Jasper? —Casteel sacudió la cabeza—. Aunque, claro, tú no sabías que Iliseeum fuese real para nada. Así que tuvo que ser una sorpresa mayor para ti.

—Lo fue —reconocí, guiñando los ojos—. Pero hay tantas cosas que todavía no sé que estoy casi en un estado de sorpresa constante. Sin embargo, es asombroso pensar que hubo un tiempo, cuando los dioses estaban despiertos, en que estaban aquí mismo. Me pregunto con qué frecuencia interactuaban con atlantianos y mortales.

—No con demasiada, por lo que me han dicho. Aunque eso también podría no ser del todo cierto. —Comió un pedazo de queso—. ¿Sabes qué es desquiciante, Poppy? Que Malik, Kieran y yo debimos de llegar cerca de Iliseeum en algún momento. Recorrimos muchísimos de esos túneles que llevaban al este, pero en algún punto siempre acabábamos por detenernos.

—¿Había alguna razón para que os detuvierais?

Arqueó las cejas.

—Entonces, no. Pero si echo la vista atrás, sí. Siempre empezábamos a sentirnos raros, como si necesitáramos volver a casa. Era algo que ninguno de nosotros podía explicar. Lo achacamos a nuestro miedo a que nos pillaran por estar ausentes demasiado tiempo. Sin embargo, ahora creo que la magia que protege Iliseeum nos estaba repeliendo. Se aseguró de que nunca nos acercáramos demasiado.

—Supongo que fue una suerte. ¿Quién sabe lo que habría pasado si hubierais llegado a Iliseeum?

—Bueno —sonrió—, si nuestra presencia hubiese despertado a los dioses, estoy seguro de que nos habríamos ganado su favor con nuestras asombrosas personalidades.

Me eché a reír.

—Yo pensé ayer por la noche que vuestro interés por los túneles casi parecía intervención divina.

—Sí que lo parece, ¿verdad?

Asentí y transcurrieron unos momentos antes de que lo mirara de reojo otra vez. Guardó silencio mientras hurgaba en la fruta. Me pasó una uva regordeta y luego una rodaja de melón húmeda.

—Sé que tenemos que hablar. No tienes que demorarlo más.

—Sí. —Se echó atrás en su silla y deslizó los dientes por su labio de abajo mientras continuaba hurgando entre la fruta—. Algo que no mencioné con demasiado detalle esta mañana fue una cosa que me contó mi padre ayer por la noche. Todos los miembros de la guardia de la corona, desde aquí hasta Evaemon, están siendo investigados por su posible implicación o por haber tenido conocimiento de lo que estaban haciendo los otros.

—¿Han descubierto a otros? —pregunté.

—Hasta ahora, nadie que crean que haya estado involucrado directamente —dijo. Tomé la fresa que me ofrecía y él se sirvió una loncha de carne asada—. Pero sí han encontrado a algunos que sospechaban que pasaba algo raro con los que trabajaban con Alastir. Y varios expresaron su preocupación por tu presencia.

—Bueno, eso no es sorprendente, ¿no crees?

—En realidad, no, pero hace que me pregunte exactamente cuánto sabían de verdad acerca de lo que planeaban los otros. —Cerró los dedos en torno al vaso—. Mi padre incluso cree que los implicados en el ataque podrían haber hablado abiertamente con los que no lo estaban. Y podrían haber infectado a otras personas con sus tonterías.

Las creencias y palabras de Alastir y los otros eran una verdadera infección, pero ¿podía curarse? Mientras comíamos, pensé en los primeros que me habían atacado.

—Las personas que estaban en las Cámaras —dije, y Casteel se quedó inmóvil un momento antes de agarrar una servilleta y limpiarse los dedos—, cuando se dieron cuenta de lo que era, uno de ellos les pidió a los dioses que lo perdonaran.

Una sonrisa tensa y cruel se formó sobre el borde de su vaso mientras bebía un sorbo.

—No lo harán.

—Es… espero que sí.

Casteel arqueó las cejas.

—Eso es demasiado amable por tu parte, Poppy.

—No me mataron.

—Querían hacerlo.

—Gracias por el recordatorio innecesario.

—Suena como un recordatorio muy necesario —repuso en tono neutro. Me resistí al impulso de arrojar el trozo de queso que tenía en la mano.

—Solo porque desee que no tengan que pudrirse en el Abismo para toda la eternidad no significa que esté contenta con lo que intentaron hacerme.

—Pues yo sí lo deseo.

Hice caso omiso de su comentario.

—Es obvio que estaban muy mal informados.

—¿Y?

—Lo que trato de decir es que no eran como Alastir, como Jansen o como los que llevaban máscara de Descendentes. Ellos habían hecho una elección. Nada iba a cambiar eso. —Tiré el trozo de queso sobre la bandeja—. Pero ¿los que estaban en las Cámaras? ¿Los que hubieran podido saber que se estaba cociendo algo, o los que tenían reticencias? Las opiniones que hayan podido formarse pueden cambiar. No es una… infección fatal. No son demonios o *gyrms* descerebrados.

—A mí me suena bastante fatal, la verdad —comentó. Aspiré una breve bocanada de aire.

—Si la gente de las Cámaras hubiera cambiado de opinión antes de que fuese demasiado tarde y luego hubiera sobrevivido, no querría verlos muertos ahora. —Casteel abrió la boca para hablar y dejó su vaso sobre el mantel color crema que cubría la mesa—. Sé lo que vas a decir. Que tú preferirías verlos muertos. Pues yo preferiría que les dieran una segunda oportunidad si los habían llevado por el mal camino. *Después* —dije con énfasis— de que los hubieran castigado de manera adecuada. Es obvio que... los adoctrinaron para que pensaran de ese modo. ¿Y la gente que podría haber sabido en qué estaban metidas otras personas? ¿Las que tienen reservas ahora? Eso puede cambiarse.

Me observó mientras deslizaba los dedos por el borde de su vaso.

—¿De verdad lo crees?

—Sí. No se puede matar a la gente solo porque tenga reservas. Eso es lo que harían los Ascendidos —le dije—. Y si creemos que no son capaces de cambiar su forma de pensar y lo que creen o cómo actúan, ¿de qué sirve dar a los Ascendidos una oportunidad de modificar sus costumbres? ¿De qué serviría desear que variara nada?

—*Touché* —murmuró. Inclinó su vaso hacia mí.

—¿No crees que la gente sea capaz de cambiar? —pregunté.

—Sí lo creo —aceptó—. Es solo que no me importa que lo sean si son las personas que te han hecho daño.

—Oh. —Pesqué otro cubito de queso. No era que me sorprendiese demasiado, la verdad. Pasé a algo de lo que no habíamos hablado en profundidad, ni siquiera cuando salió el tema con Jasper—. Bueno, pues tiene que empezar a preocuparte. No quiero que nadie mate solo porque no confíe en mí o yo no les guste. No quiero ser parte de eso.

—Me estás pidiendo que me preocupe por personas que es probable que supieran de otras que no solo han sido desleales conmigo, sino que también lo han sido contigo —contrarrestó en voz baja—. Creo que el término técnico sería que han cometido «traición» contra mí y contra ti.

—Sí, pero tener creencias o reticencias sin haber pasado a la acción no puede equipararse de inmediato con la traición. Si hay pruebas de que eran conscientes de lo que ocurría y no hicieron nada, deberían, como poco, tener un juicio. ¿O es que Atlantia no es distinta a Solis cuando se trata de juicios justos?

—Atlantia cree en el procedimiento debido y en los juicios justos, pero hay excepciones. A saber, sí, lo has adivinado, los casos de traición.

—Aun así, si a una persona le han lavado el cerebro, debería tener la oportunidad de redimirse, Cas.

Sus ojos centellearon de un intenso tono ámbar.

—No estás jugando limpio, princesa, porque sabes lo mucho que me gusta oírte llamarme así. —Las comisuras de mis labios se curvaron hacia arriba lo más mínimo. Chasqueó la lengua con suavidad—. Ya me tienes comiendo de tu mano.

Tuve que hacer un esfuerzo por reprimir mi sonrisa.

—Solo te tengo comiendo de mi mano si estás de acuerdo conmigo.

Casteel se rio.

—Vale, acepto —declaró—. *Pero…* mi condición es que acepto oír lo que tengan para decir. Van a tener que ser muy convincentes si quieren tener alguna esperanza de sobrevivir.

Mi grito de victoria murió justo después de llegar a mis labios.

—No me gusta tu condición.

—Mala suerte. —Entorné los ojos—. Lo siento —Se disculpó, sin sonar ni remotamente arrepentido—. Lo que quería decir es que estamos llegando a un acuerdo mutuo entre nuestros dos deseos. Yo cedo en parte. Les voy a dar una oportunidad.

No estaba segura de qué oportunidad les estaba dando, pero esto era un... compromiso. También era una mejoría clara.

—Vale. Entonces, yo también cederé en parte.

—Deberías, puesto que casi estás obteniendo lo que querías —señaló con una sonrisa. Era cierto, aunque no confiaba demasiado en que muchos de ellos pudieran convencerlo. Casteel se quedó callado unos instantes—. Y hablo en serio cuando digo que le daré a la gente una segunda oportunidad, para permitirles demostrar que no serán un problema para *nosotros*. Pero si actúan empujados por sus sentimientos, o sospecho que lo harán, no puedo prometer que no vaya a interceder de manera violenta.

—Siempre y cuando tus sospechas se basen en pruebas y no en sentimientos, puedo aceptarlo.

Sus labios se torcieron en una medio sonrisa.

—Míranos, poniéndonos de acuerdo en a quién matar y a quién no.

—Que es una conversación en la que nunca esperé participar —dije, negando con la cabeza.

—Pero se te da genial —murmuró Casteel. Solté un bufido mientras jugueteaba con el pie de mi copa.

—Bueno, con un poco de suerte, la cosa no llegará a eso.

—Yo espero lo mismo.

—¿Y qué pasa con la familia de Alastir o con la de Jansen?

—A Jansen no le quedaba familia viva, y a los familiares vivos de Alastir ya los han contactado o están en proceso de ser notificados sobre su implicación —dijo—. No creo que vayamos a tener problemas con ellos, sobre todo cuando se enteren de lo que le pasó a Beckett.

Una aguda punzada en el pecho acompañó la mención del nombre del joven *wolven*. Después pensé en la sobrina nieta de Alastir.

—¿Y Gianna? Puesto que esperaba casarse contigo, ¿crees que también podría estar implicada en esto?

—La verdad es que no puedo contestar a eso con seguridad. No he visto a Gianna en años. Cuando la conocía, era de convicciones férreas y más o menos hacía lo que quería. Pero ahora es una virtual desconocida para mí —precisó—. Por cierto, no está aquí.

—¿Hmm? —murmuré, en un intento por parecer muy poco interesada en esa información.

Casteel me sonrió y apareció su hoyuelo. Se ve que no había sido demasiado convincente.

—Se lo pregunté a Kirha cuando la vi esta mañana. Gianna está en Evaemon. —Me sentí un poco aliviada, pero también extrañamente desilusionada. Quería verla. Aunque ni siquiera sabía por qué—. Hay algo más de lo que tenemos que hablar antes del inevitable encuentro con mis padres. —Casteel apuró su vaso y me dio la sensación de que sabía a dónde iba esto. Me puse tensa—. Tenemos que hablar de tu derecho a reclamar el trono.

Sentí como si el suelo cabeceara bajo mi silla. Tragué saliva y un nudo de incertidumbre se agarró con fuerza a mi estómago.

Casteel dejó en la mesa su vaso vacío y se echó atrás en su asiento sin quitarme el ojo de encima.

—Tienes sangre de los dioses en tu interior, Poppy. Cuánta tienes y su verdadero significado aún no se sabe con exactitud, pero lo que está claro es que el reino es tuyo. Alastir lo sabía. Mi madre lo reconoció. Y a pesar de lo que dijo mi padre acerca de que ella había reaccionado de un modo impulsivo, se da cuenta de lo que significa. Que los vínculos con los *wolven* se hayan roto y hayan cambiado a ti es aún mayor confirmación. ¿Los atlantianos que viste en la calle cuando entramos en la Cala de Saion? Muchos de los que vieron lo que hicieron los *wolven* estaban confundidos, pero el rumor de lo que eres ya ha empezado a extenderse. Llegará a la capital pronto, sobre todo si han contactado a los Ancianos.

—¿Sabes... lo que han dicho sobre los árboles de Aios? Estoy segura de que se han dado cuenta.

—Sí. Por lo que dijo mi padre, la gente lo ve como una señal de gran cambio.

—¿No como algo malo?

—No. La mayoría no lo ve como tal. —Sus ojos no se separaron de los míos—. Aunque hay quien no es tan positivo. Estoy seguro de que ya sabes que algunos atlantianos se resistirán a lo que esto indica. Solo porque no te conocen —añadió a toda velocidad—. Solo porque tienen miedo de los cambios y las diferencias. Te considerarán una forastera.

—Y la Doncella —destaqué. La línea de su mandíbula se marcó.

—Si es así, es un malentendido que rectificaré de inmediato.

—Yo también. —Levanté la barbilla. La sonrisa de Casteel rebosaba aceptación.

—Los *dos* lo rectificaremos de inmediato —se corrigió—. En cualquier caso, la mayoría te verá como lo que eres: como a la siguiente reina de Atlantia. —El aire que inspiré no fue a ninguna parte. Sus ojos serenos me sostuvieron la mirada—. Igual que yo te veo por quien eres. Mi reina.

La sorpresa inundó mis sentidos. Esa era solo la segunda vez que me había llamado así, y me di cuenta entonces de que desde que su madre se había quitado la corona, Casteel me había llamado «princesa» solo un puñado de veces.

—Pero tú no quieres ser rey —exclamé.

—Esto no tiene nada que ver con lo que quiero.

—¿Cómo puede no tenerlo? Si yo soy la reina, tú eres el rey, algo que no quieres ser —le recordé.

—Es algo que nunca creí que necesitaría ser —dijo, tan callado que cada centímetro de mi ser se concentró en él—. Era algo que *necesitaba* creer porque siempre me dio la impresión de que si aceptaba mi futuro, también estaba aceptando el destino de Malik. Que ya estaba perdido para nosotros. —Deslizó los dedos por la curva de su mandíbula y fijó los ojos en su vaso vacío—. Pero en algún punto, empecé a darme cuenta de la realidad: que simplemente no quería aceptarlo.

Mi corazón dio un traspié.

—¿No... no crees que siga con vida?

—No, creo que vive. Todavía creo que lo liberaremos —afirmó. Frunció el ceño—. Pero sé... santo cielo, lo he sabido desde hace más tiempo del que quisiera admitir, que no estará... en condiciones de ocupar el trono. Los dioses saben bien que yo tampoco estaba exactamente cuerdo cuando me liberaron.

Sentí otra punzada dolorosa. Kieran también había aceptado eso ya, y parte de mí se sintió aliviada de saber que Casteel entendía la realidad de lo que encontraría cuando liberara a su hermano. Todavía dolería, pero ni de lejos con tanta intensidad.

—Sin embargo, tú te encontraste.

—Por desgracia, Atlantia no tiene el lujo de poder esperar a que él haga lo mismo. Mis padres ya han ocupado el trono durante demasiado tiempo —me dijo. Un rey y una reina solo podían gobernar durante cuatrocientos años. Y como decía Casteel, sus padres ya habían cumplido ese tiempo con creces—. Ha habido agitación, Poppy. Es una combinación de miedo a lo que pueda deparar el futuro si no podemos alimentar a nuestra población, y la inquietud general que se produce cuando dos personas gobiernan durante demasiado tiempo.

—Me dijiste que nadie había reclamado el trono.

—Y también sabías que no quería decirte la verdad porque no quería asustarte —me recordó—. Y pareces estar a segundos de...

—¿Tirarte un plato de queso? Pues sí, estoy a segundos de hacerlo.

—No lo hagas. —La diversión se coló en su cara, lo cual me irritó aún más—. Te enfadarás cuando no tengas más queso para comer.

—Sería tu culpa —espeté cortante, y un hoyuelo apareció en su mejilla derecha—. Deja de sonreír. Deberías habérmelo dicho. Igual que deberías haberme contado lo de los daños perpetrados a las cosechas y el vandalismo.

—Solo me enteré de lo peor cuando hablé con mi padre ayer por la noche. —Su diversión se esfumó—. Quería oírlo de él antes de contarte nada. —Ladeó la cabeza—. Nadie ha reclamado el trono de manera oficial, Poppy, pero la agitación se acabará convirtiendo en eso, con tu llegada o sin ella.

—Mi llegada no tiene nada que…

—No sigas negando lo que eres. Eres más lista y más fuerte que eso —me interrumpió, y yo cerré la boca de golpe—. No tienes el lujo de hacerlo. Yo tampoco, y el reino aún menos. Tu llegada lo cambia todo.

Me eché atrás, agobiada por la verdad de sus palabras. Después de salir de la ducha, me había dicho que estaba preparada para hablar, para enfrentarme a todo esto. Ahora mismo, estaba demostrando que era mentira. También me estaba mostrando muy infantil. Mis inesperados orígenes, lo que Casteel había hecho para salvarme, y sus implicaciones, no desaparecerían solo porque me costara aceptarlos. Tenía que afrontarlo.

Una semilla de pánico arraigó en mi pecho, allí donde esa extraña energía zumbaba en silencio. Miré la fruta y el queso.

—Cuando liberemos a tu hermano, no necesitará la presión extra de que todo el mundo espere que ocupe el trono. No sería correcto echarle ese peso encima.

—No —convino Casteel con solemnidad—. No lo sería.

Pero ¿y si Malik sí quería lo que había crecido considerando su derecho de nacimiento una vez que se reencontrara? No estaba segura de que esa pregunta importara ahora mismo.

348 • UNA CORONA DE HUESOS DORADOS

Ese puente ni siquiera se había construido aún como para poder cruzarlo. Me tragué la sensación de pesadumbre en mi
garganta. Tenía sentido que Casteel hubiese rechazado el trono. Entendía lo que significaba para él.

—Entonces, ¿ahora quieres ser rey?

Tardó un buen rato en contestar.

—Esto hubiese acabado por ocurrir antes o después, aunque
no fueses descendiente de los dioses. Malik no estaría preparado
para gobernar y habríamos tenido que tomar una decisión. Al
final del día, quiero lo que sea mejor para Atlantia —declaró, y
recordé entonces cómo lo había descrito Kieran como niño pequeño. Había dicho que mucha gente lo habría tomado a él por
heredero y no a su hermano. Lo oí entonces, la seriedad en su
tono. Ya lo había oído unos momentos antes, cuando me había
llamado la atención por negar lo que era—. Pero también quiero
lo que sea mejor para ti.

Levanté la vista hacia él.

—Los dos sabemos lo que tenemos que hacer —continuó—. Yo necesito liberar a mi hermano. Tú necesitas ver a
Ian. El rey y la reina de Solis deben ser detenidos. Pero ¿después de eso? Si quieres reclamar el trono, te apoyaré. Estaré
ahí a tu lado. Juntos, aprenderemos a gobernar Atlantia —me
dijo. Se me hizo un nudo en el estómago—. Si no, solo dime lo
que quieres hacer, a dónde quieres ir. Estaré ahí, a tu lado.

—¿Que a dónde quiero ir? —pregunté, confundida.

—Si decides que no quieres ocupar el trono, no podemos
quedarnos aquí.

Capítulo 22

—¿Por qué no? —Me eché hacia delante.

—Porque estarías usurpando el trono, Poppy. Ninguna otra reina podría gobernar contigo en Atlantia. Los *wolven* te tratarán como a la reina aunque no te sientes en el trono. Algunos atlantianos te tratarían igual. Otros seguirán a quien llevase la corona, ya sea mi madre o alguien distinto. Crearía una división, una que no se conoce desde que gobernaban las mismísimas deidades. No puedo hacerle eso a Atlantia —terminó.

—No quiero que pase eso. —Mi corazón empezó a latir con fuerza y tuve que agarrar el borde de la mesa—. Pero este es tu hogar.

—Tú me dijiste que *yo* era tu hogar, tu casa. Eso funciona en los dos sentidos —me recordó—. Tú eres mía. Lo que importa es que estemos juntos y felices.

Sus palabras me agradaron, pero él se estaría marchando porque yo había elegido no aceptar la corona. Me apreté contra el respaldo de la silla cuando comprendí de pronto lo que estaba diciendo.

—Si no fuese descendiente de los dioses y Malik no estuviese listo para gobernar, ¿qué habrías hecho si yo dijese que no quería ocupar el trono?

—Entonces no lo aceptaríamos —contestó. No hubo ni un ápice de duda.

—Pero, en ese caso, ¿qué pasaría con la corona? ¿Tus padres seguirían gobernando?

—Lo harían, hasta que otra persona reclamase la corona.

—¿Y qué pasa si alguien la reclama?

—Varias cosas, Poppy. Ninguna de la que tengas que preocuparte...

—En verdad, creo que sí tengo que hacerlo. —Entonces percibí su preocupación, pesada y densa—. Te estás conteniendo porque no quieres que me preocupe.

—No deberías leerme las emociones —me regañó—. Es de mala educación.

—Casteel —gruñí—. Estamos hablando de la posibilidad de que tú y yo nos convirtamos en el rey y la reina, y no puedo ser reina cuando mi marido me oculta cosas porque teme que me sentiré abrumada.

—Yo no diría que te estaba ocultando cosas... —Cerró la boca cuando vio la expresión de mi cara.

—¿Sabes lo que me indica eso? Que crees que no puedo lidiar con lo de ser reina —le dije.

—Eso no es lo que estoy diciendo en absoluto. —Se inclinó hacia delante y puso las manos en la mesa—. No es mi intención ocultarte cosas. Parte de lo que no te he contado fue porque no tenía toda la información y... —Se pasó una mano por el pelo—. No estoy acostumbrado a compartir este tipo de cosas con nadie excepto con Kieran. Sé que no es una excusa, no digo que lo sea. Para ser sincero, has lidiado con todo lo que te ha ido sucediendo mucho mejor de lo que lo hubiese hecho la mayoría de las personas. No es que me dé miedo de verdad que vayas a acobardarte. Es solo que no quiero que te sientas agobiada. Pero tienes razón. Si al final eliges aceptar la corona, no puedo reservarme cosas.

Asentí, consciente de su contrición.

Casteel volvió a sentarse bien.

—Si no aceptáramos el trono, mis padres podrían ceder, pero solo lo harían si sintieran que la persona que lo reclama está preparada para gobernar, y *eso* solo podrían hacerlo si lo reclamaran de uno en uno. Si más de una persona reclama el trono al mismo tiempo, entonces entran en juego los Ancianos. Podría haber pruebas en las que los aspirantes tendrían que demostrar su valía.

—¿Como las pruebas de los corazones gemelos? —pregunté.

—Supongo. No lo sé a ciencia cierta. Nunca ha… llegado a ese punto hasta ahora.

Otra oleada de incredulidad me recorrió de arriba abajo.

—¿Y estarías dispuesto a marcharte? ¿A dejar abierta la posibilidad de que suceda lo que no ha sucedido nunca?

—Sí —afirmó, otra vez sin un instante de vacilación—. No quiero forzarte a aceptar otro papel más que no pediste y no deseas. *No* sustituiré el velo que tanto aborrecías con una corona que odias. Si no quieres aceptar la corona, te apoyaré —me prometió, y la intensidad de sus palabras me atrapó; el juramento que estaba haciendo era irrevocable—. Y si decides que quieres aceptar lo que es tuyo y reclamar el trono, prenderé fuego al reino entero y contemplaré cómo se quema si eso garantiza que la corona descanse sobre tu cabeza.

Eso sí que me dejó perpleja.

—Tú amas a tu gente…

—Pero te amo más *a ti*. —Las motas doradas ardían con intensidad en sus ojos, dando vueltas sin descanso—. No subestimes lo que haría o no haría para garantizar tu felicidad. Creo que ya lo sabes. No hay nada que no haría, Poppy. *Nada*.

Sí que lo sabía. Dios, ya había cometido el acto impensable de Ascenderme, y había estado preparado para que me convirtiera en *vampry*. Hubiese luchado con todo y con todos los que se acercaran a él solo para mantenerme con vida, aunque me convirtiera en un monstruo. No dudé en absoluto de lo que decía.

—Ahora se trata de ti, de lo que te hace sentir cómoda y de lo que quieres —continuó—. Nadie te va a forzar a tomar esta decisión. Será tu elección, y después tendremos que lidiar con lo que ocurra o no ocurra. Juntos.

Un suave temblor se abrió paso por mi cuerpo. No dudaba de sus palabras. No lo subestimaba. No supe qué decir mientras lo miraba en silencio, abrumada por completo. Este tipo de devoción... esta promesa... era... era algo que te cambiaba la vida.

A lo mejor la verdad era que yo no era digna de él.

Me levanté y di la vuelta a la mesa hasta donde estaba él sentado, sin comprender muy bien lo que estaba haciendo. Casteel echó la cabeza atrás y me observó en silencio. No me permití pensar en lo que hacía, ni en si era normal o aceptable. Solo hice lo que me apetecía, lo que me parecía correcto. Tenía los sentidos abiertos a él, y percibí una oleada de calor y dulzura cuando me senté en su regazo. Sus brazos se cerraron de inmediato a mi alrededor y me sujetaron con fuerza mientras yo me apretaba contra él todo lo posible. Remetí la cabeza debajo de su barbilla y cerré los ojos.

—Espero que esta silla no colapse.

Casteel se rio mientras acariciaba mi pelo con una mano.

—Yo frenaré tu caída si se rompe.

—Deja de ser tan dulce.

—Solo estaba recalcando que en verdad sería yo quien frenaría tu caída si la silla se rompiera, ya que sería el primero en golpear el suelo —dijo, y retiró mi pelo del lado de mi cara—. Y ahora mismo eres tú la que estás siendo dulce. —Sus brazos se apretaron a mi alrededor y luego se aflojaron solo un poquito—. Me gusta.

—A mí me gustas tú —murmuré. Apreté los dedos contra su pecho—. Sabes lo que significa para mí tener esa elección.

Esa libertad. —La emoción se acumuló en mi pecho y subió ardiente por mi garganta—. Lo es todo para mí.

Deslizó una mano por mi mejilla, inclinó mi cabeza hacia atrás. Agachó la cabeza y me besó con suavidad.

—Lo sé.

—Eres digno de mí, Cas. Necesito que lo sepas.

—Contigo entre los brazos, me siento digno —murmuró, y apretó los labios contra los míos una vez más—. De verdad que sí.

—Quiero que te sientas digno cuando no esté entre tus brazos. —Acaricié sus mejillas con mis dedos—. ¿Por qué podrías creer que no lo eres? Después de todo lo que has hecho por mí.

Se quedó callado y pude sentir la acidez de la vergüenza cuando levantó sus tupidas pestañas.

—¿Y qué pasa con todo lo que *te he* hecho? Sé que has aceptado esas cosas, pero eso no cambia que te mintiera, y que debido a esas mentiras, te hicieran daño. Debido a lo que hice, murió gente. Gente que te importaba.

Me dio una punzada en el corazón.

—Ninguno de nosotros puede cambiar el pasado, Cas, pero debido a que mintieras, vi la verdad sobre los Ascendidos. Hubo gente que resultó herida o murió… Loren, Dafina. —Inspiré una bocanada de aire tembloroso—. Vikter. Pero ¿cuántas vidas has salvado? Innumerables, estoy segura. Salvaste la mía de más maneras de las que podemos saber siquiera.

Esbozó una sonrisita, pero se le borró enseguida, y sentí que esto no solo tenía que ver con lo que me había pasado a mí. Su vergüenza y su culpa discurrían mucho más profundo.

—Háblame —susurré.

—Ya lo hago.

—No, háblame *de verdad*. —Deslicé los dedos por su mejilla—. ¿Qué te hace pensar que eres indigno de mí?

Su garganta subió y bajó al tragar saliva.

—¿Estás leyendo mis emociones?

—No. —Cuando arqueó una ceja, suspiré—. Más o menos.

Se rio entre dientes, con un sonido áspero.

—No lo sé, princesa. Hay cosas que... me vienen a la cabeza a veces. Cosas que vivían en mi cabeza cuando los Ascendidos me tenían encerrado. No sé cómo expresarlas con palabras, pero aunque lo supiera, ninguno de los dos debe luchar con esas cosas ahora mismo.

—No es verdad —lo contradije con énfasis—. Sí debemos hacerlo.

Un lado de sus labios se curvó hacia arriba.

—Tenemos muchas cosas entre manos. Tú tienes un montón entre las tuyas. No voy a añadir más cosas a eso —se apresuró a decir cuando abrí la boca—. Estoy bien, Poppy. Créeme cuando digo eso.

—Cas...

Me besó, con un beso profundo y anhelante.

—Estoy bien, princesa. Lo juro.

Sentí que no iba a sacarle nada más ahora mismo, así que asentí y luego cerré las manos en torno a sus muñecas mientras él devolvía mi cabeza al hueco bajo su barbilla. No sería la última vez que hablaríamos de esto, me aseguraría de ello. Nos quedamos ahí sentados en silencio mientras pensaba en todo, desde el momento en que había estado prisionero hasta las decisiones que tenía por delante. Mi inclinación natural era a rechazar de inmediato cualquier pretensión al trono. Era la única reacción sensata. No tenía ni idea de cómo ser reina de nada, ni siquiera de un montón de cenizas. Y aunque puede que Casteel no hubiese sido criado desde el día de su nacimiento para ocupar el trono, sí lo habían educado como a un príncipe. Yo lo había visto con su gente y tenía claro que sería un rey maravilloso. Pero ¿yo? A mí me criaron como la Doncella, y muy poco de mi educación me serviría para nada aquí. No tenía ningún deseo de gobernar a nadie, de decidir lo que

la gente podía o no hacer, ni de asumir ese tipo de responsabilidad. ¿Dónde estaba la libertad en eso? ¿La libertad para vivir
mi vida como creyera más oportuno? No tenía hambre de poder, ninguna gran ambición.

Pero no dije nada. A cambio, me quedé ahí sentada y disfruté de la simple sensación de la mano con la que Casteel acariciaba mi pelo. Habría disfrutado de su contacto aún más si
no me hubiese percatado de que había una manera totalmente
diferente de considerar esto. No tenía ni idea de cómo gobernar, pero podía aprender. Tendría a Casteel a mi lado y ¿qué
mejor profesor que él? Gobernar a gente no necesariamente
significaba controlarla. Podía significar protegerla, como sabía
que lo haría Casteel, como sabía que lo habían hecho sus padres lo mejor que habían podido. Cómo pudieran o no pudieran sentirse con respecto a mí no cambiaba el hecho de que se
preocupaban por su gente. No tenían nada que ver con los Regios de Solis. Ese tipo de responsabilidad daba miedo, pero
también podía ser un honor. Yo no tenía ninguna sed de poder,
pero ¿quizás esa fuese la llave para ser un buen líder? No estaba segura. Pero sí sabía que tenía grandes ambiciones. Quería
liberar a la gente de Solis de la tiranía de los Ascendidos, y
¿qué podía ser más ambicioso que eso? Sin embargo, ¿cómo
podía lograrlo si me negaba a asumir el peso de una corona?
¿Quién sabía qué tipo de influencia podríamos tener Casteel y
yo sobre Solis si nos viéramos obligados a abandonar Atlantia
y dejarla en manos de alguien con intenciones muy diferentes
en lo que a Solis y los Ascendidos respectaba? Alguien que tal
vez viera a Ian como nada más que un *vampry*. Y quizás eso
fuese todo lo que era Ian ahora. Era posible que incluso Tawny
lo fuera. No lo sabía, pero ¿y si mi hermano era diferente? ¿Y si
otros Ascendidos podían cambiar como había dicho Casteel
que habían hecho unos pocos? ¿Qué pasaría si alguien nuevo
ocupara el trono y les declarara la guerra? No lo sabía, pero
la libertad era la elección. La libertad estaba en la forma que

eligiera vivir mi vida. ¿Y qué tipo de libertad habría si yo fuese la razón por la que Casteel tuviera que dejar a su gente, a su familia?

Esa idea conllevaba una jaula de un tipo diferente, ¿verdad? Igual que el miedo era otra cárcel y yo estaba...

—Tengo miedo —admití con voz queda, los ojos perdidos en las enredaderas iluminadas por el sol al otro lado de las puertas de la terraza—. Tengo miedo de decir que sí.

La mano de Casteel se quedó parada sobre mi espalda.

—¿Por qué?

—No sé cómo ser reina. Sé que puedo aprender, pero ¿tu gente o Atlantia tendrán la paciencia para eso? ¿Me permitirán el lujo de esperar a que adquiera el mismo tipo de experiencia que tú? Y ni siquiera sabemos lo que soy. ¿Ha tenido Atlantia alguna vez una reina que es probable que no sea mortal ni atlantiana ni deidad? No te molestes en contestar. Ya sé que la respuesta es un «no». ¿Qué pasa si soy una reina horrible? —pregunté—. ¿Y si soy un fracaso?

—Ante todo, no vas a ser una reina horrible, Poppy.

—Sí, claro, ¿qué vas a decir, si no? —dije, y puse los ojos en blanco—. Eres mi marido, y además te da miedo que te apuñale si dices otra cosa.

—Miedo es lo último que siento cuando pienso en que puedes apuñalarme.

Arrugué la nariz y negué con la cabeza.

—Eres un retorcido.

—Quizá —reconoció—. Pero volviendo a lo que has dicho, ¿cómo sé que no serás una reina horrible? Por las elecciones que has hecho una y otra vez. Como cuando elegiste ayudar a los que habían sido maldecidos por los Demonios, arriesgándote a sufrir solo los dioses saben qué tipo de castigo para aliviar su paso al otro mundo. Ese es solo un ejemplo de tu compasión, y es algo que todo gobernante necesita. Como cuando subiste al Adarve durante el ataque de los Demonios. O cuando luchaste en Spessa's End, dispuesta a correr los mismos riesgos que las personas que habían jurado proteger a su gente. Esos son solo dos ejemplos que demuestran que tienes el valor y la voluntad de hacer lo que le pedirías a tu gente. Es algo que un rey y una reina deberían estar dispuestos a hacer. Tienes más experiencia de la que crees. Lo demostraste en la cabaña de caza, cuando hablaste de poder e influencia. Prestaste atención cuando llevabas el velo. Más atención de la que ninguno de los Regios pensaba.

En eso tenía razón. Era verdad que *había* observado y escuchado sin ser vista. De ahí, había aprendido qué no hacer si alguna vez me encontraba en una posición de liderazgo, empezando por la cosa más simple de todas.

No le mientas a tu gente.

Ni la mates.

Sin embargo, el baremo no estaba muy alto en Solis. Atlantia era diferente por completo.

—Y el hecho de que estés dispuesta a dar una segunda oportunidad a gente que es posible que haya estado implicada en una trama para hacerte daño demuestra que eres mucho más adecuada para gobernar que yo.

Fruncí el ceño y levanté la cabeza. Nuestros ojos se cruzaron.

—Serías un rey maravilloso, Cas. Te he visto con tu gente. Es evidente que te quieren tanto como los quieres tú.

Su mirada se suavizó.

—Pero no soy, ni de lejos, tan generoso, compasivo o indulgente como tú, todas ellas cualidades que pueden acabar con una corona si están ausentes —insistió. Se calló un momento para retirar un mechón de pelo de mi cara—. Si aceptase el trono, tendría que aprender unas cuantas cosas. Cosas en las que necesitaría *tu* ayuda. Pero el hecho de que tengas miedo de fracasar dice muchísimo de ti, Poppy. Es algo que debe darte miedo. Diablos, a mí me aterra.

—¿Sí?

Casteel asintió.

—¿Crees que no tengo miedo de fallarle a la gente, de tomar las decisiones equivocadas, de poner al reino entero en el camino incorrecto? Pues sí lo tengo, y sé que mis padres todavía lo tienen, incluso tantos años después. Es probable que mi padre te dijera que harías justo eso si dejaras de tener miedo a fracasar. También diría que ese tipo de miedo te mantiene valiente y honrado.

Pero ¿no podía ese tipo de miedo hacerte también indeciso, detenerte incluso antes de empezar algo? El miedo al fracaso era algo poderoso, igual que lo era el miedo a lo desconocido y a los destinos inciertos. Y yo había sentido ese miedo al menos cien veces en la vida. Cuando fui a la Perla Roja. Cuando le sonreí al duque a sabiendas de lo que me ocurriría por hacerlo. Cuando me metí con Casteel debajo de aquel sauce. En esas ocasiones había tenido miedo. Me sentí aterrada cuando por fin me atreví a reconocer en mi interior lo que sentía por Casteel. Pero entonces no había dejado que el miedo me detuviera. Sin embargo, esto era diferente. Muchísimo más importante que unos besos prohibidos.

Esto era más importante que nosotros.

—¿Qué pasaría con tu hermano? ¿Y con Ian? ¿Cómo resultaría afectado eso?

—Lo único que cambiaría es que negociaríamos como rey y reina, en vez de como príncipe y princesa —contestó.

—Dudo de que eso sea lo único que cambie —murmuré con recelo—. Supongo que acudiríamos a la mesa de negociación con mucho más poder y autoridad.

—Sí, bueno, eso también. —Casteel apretó los brazos a mi alrededor—. No tienes que decidirlo hoy, Poppy —continuó, para gran alivio mío—. Tienes tiempo.

Algunos de los nudos de mi estómago se aflojaron un poco.

—Pero no mucho.

—No —confirmó. Levantó la vista hacia mi cara—. Me hubiese gustado que vieras un poco de Atlantia antes de tomar una decisión. Lo que ocurrió ayer por la noche...

—No debería tener nada que ver con que yo vea Atlantia —dije. Lo miré a los ojos—. No debería interferir con nuestros planes, ni con nosotros para nada. Me niego en redondo a dejar que este grupo de personas me encierre en una jaula diferente. No voy a dejar de vivir ahora que acabo de empezar a hacerlo.

Los ojos de Casteel lucían calientes como un sol de verano cuando levantó una mano hacia mi mejilla.

—Nunca dejas de asombrarme.

—No estoy segura de qué he dicho que pueda ser tan asombroso.

Esbozó una sonrisa y apareció uno de sus hoyuelos.

—Tu determinación y tu voluntad de vivir, de disfrutar de la vida sin importar lo que esté pasando o lo confusas que sean las circunstancias, es una de las muchas cosas que encuentro asombrosas en ti. La mayoría de las personas no serían capaces de gestionar todo lo ocurrido.

—He de admitir que hay momentos en que no estoy segura de poder hacerlo —reconocí.

—Pero lo haces. —Deslizó el pulgar por mi labio inferior—. Y lo harás. Sin importar lo que pase.

Su fe en mí tocó un punto pequeño e inseguro en mi interior que no sabía que existía hasta ese momento. Una parte de mí que se preocupaba por ser una persona que hacía demasiadas preguntas, que entendía demasiado poco de este mundo y que solo se tambaleaba de una sorpresa a la siguiente. Pero Casteel tenía razón: seguía en pie, seguía luchando. Era fuerte.

Empecé a inclinarme hacia él para besarlo, pero justo entonces alguien llamó a la puerta y me paré a medio camino. Casteel soltó un gemido gutural.

—No me suele gustar que me interrumpan, pero mucho menos cuando estás a punto de besarme.

Agaché la cabeza y le di un beso rápido antes de saltar de su regazo. Casteel se levantó y me lanzó una mirada sensual que escaldó mi piel mientras se dirigía a la puerta. Con la esperanza de no lucir tan sofocada como me sentía, me giré para ver a Delano de pie en el umbral. La sonrisa que tironeó de mis labios se congeló en el momento en que conecté con sus emociones.

Todo lo que saboreé fue crema espesa y amarga. Pesar y preocupación. Fui hasta la puerta.

—¿Qué ha pasado? —pregunté. Casteel se giró hacia mí.

—Ha venido un hombre a verte —respondió Delano. Casteel giró la cabeza a toda velocidad hacia el *wolven* rubio.

—¿Para qué? —exigió saber Casteel cuando me reuní con ellos.

—Su hija ha resultado herida en un accidente de carruaje —nos informó—. Está muy gr...

—¿Dónde está? —Se me hizo un nudo en el estómago, pero di un paso al frente.

—En la ciudad. Es su padre el que ha venido —empezó Delano, y sus ojos saltaron de Casteel a mí—. Pero la niña...

De golpe, todas esas dudas sobre la corona y los Arcanos y todo lo demás quedaron a un lado. No tuve que pensar dos veces en lo que podía hacer para ayudar. Pasé por al lado de Casteel, con el corazón acelerado. Había visto los resultados de accidentes de carruaje tanto en Masadonia como en Carsodonia. Casi siempre terminaban de manera trágica para los cuerpecitos pequeños, y nunca me habían dejado actuar para aliviar su dolor o su miedo.

—Maldita sea, Poppy. —Una puerta se cerró detrás de Casteel cuando salió al pasillo.

—No intentes detenerme —le dije sin mirar atrás.

—No iba a hacerlo. —Él y Delano me alcanzaron enseguida—. Es solo que no creo que debas salir corriendo ahí fuera cuando los Arcanos justo trataron de matarte ayer por la noche.

Miré a Delano sin parar de andar.

—¿Los padres y la niña tenían cara?

Frunció el ceño ante lo que había sonado como una pregunta muy rara.

—Sí.

—Entonces, está claro que no son *gyrms*.

—Eso no significa que no sean parte de los Arcanos, ni cambia el hecho de que debas proceder al menos con cierta dosis de cautela —protestó Casteel—. Cosa con la que sé que no te llevas demasiado bien.

Le lancé una mirada ceñuda. La ignoró mientras doblábamos una curva del pasillo.

—¿Está solo el padre?

—Sí —repuso Delano—. Parece muy desesperado.

—Por todos los dioses —musitó Casteel—. Tampoco debería sorprenderme que supieran de sus habilidades. A lo largo de los últimos dos días ha estado llegando gente de Spessa's End.

Nada de eso importaba.

—¿Alguien ha mandado llamar a un curandero?

—Sí. —La tristeza de Delano se hizo más densa y me dio un vuelco al corazón—. De hecho, el curandero está ahora mismo con la madre y la niña. El padre dijo que el curandero les aseguró que no hay nada que hacer...

Agarré la falda de mi vestido y eché a correr. Casteel maldijo, pero no me detuvo. Corrí por el interminable pasillo, vagamente consciente de que no creía haber corrido tan deprisa en toda mi vida. Salí al aire cálido y soleado e hice ademán de ir hacia las puertas del extremo de la pasarela cubierta, pero Casteel me agarró del codo.

—Por aquí llegaremos antes —me dijo, y me guio afuera entre las columnas y hacia un sendero rodeado de tupidos arbustos cubiertos de diminutas chispitas amarillas.

En cuanto entramos en el patio y antes de que pudiera ver a nadie al otro lado del muro, el pánico crudo y descontrolado que irradiaba del hombre que estaba de pie cerca de un caballo se estrelló contra mí.

—Harlan —gritó Casteel—. Tráeme a Setti.

—Ya mismo —respondió el joven, sacando al caballo justo cuando el hombre se giraba hacia nosotros.

Se me cortó la respiración al verlo. Toda la pechera de su camisa y sus pantalones estaban manchados de sangre. Tantísima sangre…

—Por favor. —El hombre dio un paso hacia nosotros, pero luego se paró de golpe. Al principio, pensé que era por la repentina presencia de varios *wolven* que dieron la impresión de aparecer de la nada, pero el hombre empezó a hacer una reverencia.

—No hay ninguna necesidad de eso —lo cortó Casteel. Su mano se deslizó hacia la mía cuando solté mi vestido—. ¿Tu hija está herida?

—Sí, alteza. —Los ojos del hombre, ojos atlantianos, saltaron de Casteel a mí justo cuando Kieran salía por las puertas principales, una mano sobre la empuñadura de su espada. Con una sola mirada, aceleró el paso y entró en las cuadras—. Mi hijita, Marji. Estaba justo a nuestro lado —nos contó el hombre, con la voz quebrada—. Le dijimos que esperara, pero ella… simplemente echó a correr y no vimos el carruaje. No nos dimos cuenta hasta que fue demasiado tarde. El curandero dijo que no puede hacer nada, pero aún respira, y oímos… —Sus ojos dilatados y desesperados saltaron hacia mí mientras Harlan acercaba a Setti—. Oímos lo que hiciste en Spessa's End. Si pudieras ayudar a mi niñita… Por favor. Te lo suplico.

—No hay ninguna necesidad de suplicar —le dije, al tiempo que se me comprimía el corazón cuando su dolor me atravesó—. Puedo intentar ayudarla.

—Gracias. —La palabra salió por la boca del hombre con un suspiro de alivio—. Gracias.

—¿Dónde está? —preguntó Casteel, al tiempo que agarraba las riendas de Setti.

Según contestaba, agarré el pomo de la montura y me encaramé en Setti sin que se me enredaran las piernas en el vestido. Nadie reaccionó a cómo fui capaz de montarme a caballo. Casteel subió detrás de mí y Kieran se unió a nosotros, ya sobre su propio caballo. Nadie dijo nada mientras salíamos del patio y seguíamos al hombre hacia la carretera bordeada de árboles. Bajamos por la colina deprisa, acompañados por los *wolven* y por Delano, que se había transformado y era ahora un manchurrón blanco que saltaba por encima de rocas y serpenteaba entre los árboles y luego entre estructuras y caballos.

Acabábamos de hablar sobre ver la ciudad, aunque no era así como imaginaba mi visita. La galopada fue un remolino de cielos azules y un mar de rostros, calles estrechas y agobiantes, y jardines asentados entre enormes edificios decorados con enredaderas cargadas de flores. No era capaz de fijarme en nada, toda mi atención estaba centrada en ayudar a esa niña. Y ese deseo… era diferente. Era difícil de entender, porque la necesidad de ayudar a otros con mi don siempre había estado ahí, pero esto era más intenso. Como si fuese un instinto, al mismo nivel que la respiración. Y no sabía si tenía algo que ver con todo lo que había ocurrido o si se originaba en la necesidad de averiguar si mis dones todavía podían aliviar el dolor y curar, en lugar de lo que había hecho en las Cámaras.

Mi corazón atronaba en mi pecho cuando entramos en una calle atestada de gente. Estaban delante de las casas y por las aceras de adoquines, y su inquietud y pesar se clavó en mi piel cuando mi mirada se posó en un anodino carruaje blanco abandonado en medio de la calle.

El padre frenó a su caballo delante de una estrecha casa de dos plantas con ventanas que daban a la centelleante bahía. Cuando Casteel paró a Setti, una salvaje mezcla de emociones emergió del interior del patio con valla de hierro forjado y se estrelló contra mí. Me quedé sin respiración, al tiempo que me giraba para encontrar a Kieran a nuestro lado. Se estiró hacia mí y me agarró de los brazos.

—¿La tienes? —le preguntó Casteel.

—Siempre —respondió.

Casteel retiró los brazos de mi cintura y Kieran me ayudó a bajar. En cuanto mis pies tocaron el suelo, Casteel estaba a mi lado. Eché una miradita hacia el carruaje y vi mechones de pelo enredados en la rueda. Me apresuré a apartar la mirada antes de que pudiera ver nada más.

—Por aquí —nos indicó el padre. Sus largas piernas le permitieron cruzar la acera de dos zancadas y cruzar la verja.

En la entrada del jardín, encontramos a un hombre vestido de gris. Se giró hacia nosotros; tenía una bolsa colgada del hombro y varios saquitos enganchados al cinturón. Supe al instante que era el curandero.

—Alteza, debo disculparme por esta molestia —se apresuró a decir el hombre. El sol relucía sobre su cabeza calva y sus ojos eran de un intenso tono dorado. El curandero era atlantiano, pues—. Les dije a los padres que la niña no tenía remedio y que pronto entraría en el Valle. Que no podía hacer nada por ella. Pero insistieron en haceros ve... venir. —Balbuceó la última palabra cuando me vio. Tragó saliva con esfuerzo—. Habían oído que ella...

—Ya sé lo que han oído sobre mi mujer —lo interrumpió Casteel mientras Delano se adelantaba—. No es ninguna molestia.

—Pero la chiquilla, alteza. Sus heridas son graves y sus signos vitales no son compatibles con la vida. Aunque vuestra mujer pueda aliviar el dolor y curar huesos solo con el contacto de sus manos —insistió el curandero, y quedó muy claro su rechazo a semejante habilidad—, las lesiones de la niña son muchísimo más graves que eso.

—Ya veremos —contestó Casteel.

Respiré hondo y contuve la respiración cuando entramos por la verja. Había muchísimas personas apelotonadas en el pequeño jardín. Se me secó la garganta mientras forcejeaba por encontrarle sentido a lo que sentía procedente de ellas. Me supo a… a miedo y a pánico amargo. Impregnaba el aire a nuestro alrededor, pero lo que de verdad me puso los pelos de punta fue el intenso dolor abrasador que me llegaba a través de mis sentidos y pintaba el cielo azul de granate, a lo que oscurecía el suelo y mancillaba las flores cuidadas con tanto esmero. Caía en ondas interminables de aguda agonía, como navajas romas arañando contra mi piel.

Un hombre de tez pálida se giró hacia mí mientras se pasaba las manos por la cabeza y se mesaba los cabellos color trigo. La consternación y la amargura del horror atravesaron el asfixiante dolor. Su pánico era tan potente que era una entidad tangible cuando miró a Casteel.

—No la vi, alteza —se lamentó el hombre, mirando hacia atrás—. Ni siquiera la vi. Oh, dioses, cuánto lo siento. —Avanzó hacia el grupo a trompicones—. Lo siento muchísimo.

Casteel le dedicó al hombre unas palabras amables mientras Delano se adelantaba, abriendo camino entre la gente a empujones. Oí el sonido de unos gritos ahogados, el tipo de sollozos que robaba la respiración y la mayoría del sonido.

—He traído ayuda —oí decir al padre—. ¿Me oyes, Marji? He traído a alguien que va a intentar ayudarte…

Se me cayó el alma a los pies cuando vi el cuerpo inerte: una forma demasiado pequeña aferrada contra el pecho de una mujer arrodillada en el suelo, que compartía con la niña el mismo pelo castaño rojizo. El padre se acuclilló al lado de la cabeza de la niña. Era la mujer la que hacía esos sonidos rotos y entrecortados. Sus emociones eran una locura, iban del terror a la pena, pasando por una incredulidad turbia.

—Venga, bebé, abre los ojos para tu papá. —El hombre se acercó más, retiró con cuidado el pelo de la cara de la niña...

Ese pelo no era pelirrojo.

Eso era sangre que manchaba los mechones castaño claro. El mismo pelo del padre. Miré a la niña de arriba abajo mientras Delano caminaba en torno al grupo ahí apelotonado. Tenía una pierna deformada, retorcida en un ángulo antinatural.

—Abre los ojos para mí —suplicó el padre. En ese momento, se oyó un murmullo de sorpresa entre los presentes en el jardín cuando se dieron cuenta de que el príncipe se encontraba entre ellos—. Abre los ojos para tu mamá y para mí, hijita. Ha venido alguien a ayudarte.

Los ojos de la mujer saltaban de unos a otros, y pensé que no debía de estar registrando ninguna de las caras.

—No quiere abrir los ojos.

Las pestañas de la niña lucían oscuras contra sus mejillas desprovistas de color. Ya apenas podía sentir su dolor, y sabía que eso era mala señal. Para que ese tipo de dolor se aliviara tan deprisa y de un modo tan total, las cosas tenían que ser graves. Los atlantianos, incluso los del linaje elemental, eran básicamente mortales hasta que pasaban por el Sacrificio. Cualquier herida o lesión que pudiera ser letal para un mortal podía hacerles lo mismo a ellos.

Los ojos de la madre aterrizaron sobre mí.

—¿Puedes ayudarla? —susurró, al tiempo que se estremecía—. ¿Puedes? Por favor.

Con el corazón atronando y la piel vibrando, me acerqué a ellas.

—Lo haré.

Al menos, creía que podía. Había curado los huesos rotos de Beckett. No tenía ni idea de si eso ocurriría ahora, pero sabía que podía imbuirle calor y felicidad. Aunque temí que eso era todo lo que podía hacer. Me preocupaba que el curandero tuviese razón y que la niña estuviese más allá de la habilidad de nadie. Solo rezaba por que mi contacto no se manifestara del mismo modo que lo había hecho en el templo.

Casteel se adelantó para acuclillarse al lado de los padres. Puso una mano sobre el hombro de la mujer mientras yo me agachaba. Kieran se había quedado muy quieto, excepto por el movimiento de su pecho. Abrió las aletas de la nariz y Delano gimoteó, al tiempo que se sentaba a los pies de la niña.

Los ojos de Casteel se cruzaron con los míos y lo vi: esa pena abrumadora.

—Poppy...

—Puedo intentarlo —insistí. Me arrodillé enfrente de la madre. Noté la piedra dura debajo de las rodillas e intenté no fijarme en lo flácida que colgaba la cabeza de la niña, en cómo no parecía tener la forma correcta. Estiré los brazos hacia ella, pero los brazos de la madre se tensaron a su alrededor—. Puedes seguir teniéndola en brazos —la tranquilicé—. No tienes que soltarla.

La mujer no dijo nada, pero no se movió cuando levanté mis manos otra vez. Respiré hondo y mantuve la atención puesta en la niña cuando abrí mis sentidos de par en par. Sentí... no sentí nada de la niña. Me invadió una sensación de inquietud. Podía estar sumida en una inconsciencia profunda, en un lugar donde el dolor no podía seguirla, pero lo que había visto en el carruaje y la manera en que su cabeza parecía hundida...

Solo había curado heridas y huesos en mi vida, y además era una cosa reciente. Nunca había hecho nada como esto.

Pero todavía podía intentarlo.

Cerré una mano en torno a su brazo y tragué saliva ante la quietud de su piel. Esa era la única forma en que podía describir la sensación que me transmitió. Reprimí un escalofrío y dejé que el instinto me guiara. Con suavidad, puse mi otra mano sobre su frente. Las palmas de mis manos se calentaron y una sensación cosquillosa se extendió por mis brazos y a lo largo de mis dedos. La niña no se movió. Sus ojos permanecieron cerrados. Beckett había respondido casi de inmediato cuando lo toqué, pero ahora no sentí nada de ella. Se me comprimió la garganta al mirar su pecho. O bien su respiración era demasiado superficial, o bien no respiraba... llevaba un tiempo sin respirar. Una punzada de dolor cortó a través de mi pecho.

—Poppy —susurró Cas. Un momento después, sentí su mano sobre mi hombro. No me permití sentir lo que estaba sintiendo él.

—Solo unos segundos más —murmuré. Devolví mis ojos a la cara de la niña, a la lividez azul de sus labios.

—Oh, por todos los dioses —gimió el padre, echándose hacia atrás—. Por favor. Ayúdala.

Uno de los *wolven* rozó contra mi espalda a medida que la desesperación se apoderaba de mí.

—Esto es innecesario —declaró el curandero—. Esa niña ya ha entrado en el Valle. No estáis haciendo nada más que darles falsas esperanzas y debo decir algo...

Casteel levantó la cabeza, pero yo fui más rápida. Giré la cabeza hacia atrás y miré al curandero a los ojos. Una corriente de electricidad estática danzó por mi piel.

—Yo no me rindo tan deprisa —afirmé, y sentí que el calor de mi piel se intensificaba—. Seguiré intentándolo.

Fuera lo que fuere lo que el curandero vio en mi cara, en mis ojos, se encogió sobre sí mismo y se tambaleó un paso hacia atrás mientras apretaba una mano contra su pecho. No me importaba lo más mínimo, la verdad. Me volví otra vez hacia la niña con un resoplido de desdén.

No podía ser demasiado tarde para ella, porque eso no sería justo, y no tenía ningún interés en lo injusta que podía ser la vida. La niña era demasiado pequeña para que esta hubiese sido toda su vida, para que ya se hubiese acabado para ella, todo porque había salido corriendo a una calle.

Reprimí mi pánico creciente y le ordené a mi cerebro que se concentrara. Que pensara en la mecánica. Cuando curé a Beckett, no había tenido que pensar en ello demasiado. Simplemente ocurrió. A lo mejor esto era diferente, porque esta niña tenía heridas mucho más graves. Solo necesitaba intentarlo con más ahínco.

Tenía que intentarlo con más ahínco.

Mi piel seguía vibrando y mi pecho zumbaba como si un centenar de pájaros levantaran el vuelo dentro de mí. Se empezaron a oír exclamaciones ahogadas a mi alrededor cuando un tenue resplandor plateado emanó de mis manos.

—Santo cielo —murmuró alguien con voz rasposa. Sonó también el ruido de botas arrastrándose por tierra y gravilla.

Cerré los ojos y busqué recuerdos en mi interior, recuerdos buenos. Ya no tardaba tanto en encontrarlos. Recordé al instante cómo me había sentido, arrodillada en la tierra arenosa al lado de Casteel mientras él deslizaba el anillo en mi dedo. Todo mi ser había estado envuelto en sabor a chocolate y a bayas, y ahora lo sentí de nuevo. Las comisuras de mis labios se curvaron hacia arriba y me aferré a ese sentimiento. Tomé esa alegría palpitante y esa felicidad y me las imaginé como una luz brillante que discurría a través de mis manos hasta la niña y se envolvía a su alrededor como una manta. Y, todo el tiempo, me repetía una y otra vez que no era demasiado tarde, que viviría. *No es demasiado tarde. Vivirá. No es demasiado tarde. Vivirá…*

La niña dio una sacudida. O fue la madre. No lo sabía. Abrí los ojos de golpe y mi corazón trastabilló. La luz plateada se había esparcido para asentarse sobre la niña como una fina red rutilante que cubría todo su cuerpo. Solo veía partes de su piel debajo. De su piel *rosada*.

—Mami —llegó la voz débil y suave desde debajo de la luz. Luego más fuerte—: *Mami*.

Con una exclamación ahogada, retiré las manos. La luz plateada centelleó como un millar de estrellas antes de difuminarse. La chiquilla, con la piel rosa y los ojos abiertos, se estaba sentando, alargaba los brazos hacia su madre.

Aturdida, me incliné hacia atrás y deslicé la mirada hacia Casteel, que me miraba con sus ojos dorados llenos de asombro.

—Yo... —Tragó saliva—. Eres... eres una diosa.

—No. —Crucé las manos sobre mis piernas—. No lo soy.

Los rayos de sol rebotaban contra su mejilla cuando se inclinó hacia delante. Apoyó todo su peso sobre la mano que había puesto en el suelo y se acercó para rozar mi nariz con la suya, mientras me ponía la otra mano sobre la mejilla.

—Para mí, lo eres. —Me besó con suavidad, lo cual desperdigó mis sentidos ya inconexos de por sí—. Para ellos, también lo eres.

CAPÍTULO 23

¿Para ellos?

Me eché atrás y miré a Casteel a los ojos. Él asintió y yo me levanté sobre mis piernas temblorosas para mirar por el jardín ahora silencioso. Deslicé los ojos por delgados carillones de cristal que colgaban de ramas delicadas, y por flores amarillas y blancas tan altas como yo. Entreabrí los labios por el asombro. Casi media docena de personas se habían reunido dentro del jardín, sin contar a los *wolven*. Todas ellas se habían hincado sobre una rodilla, las cabezas inclinadas. Me giré hacia donde Kieran *había* estado de pie antes.

Se me cortó la respiración. Él también estaba arrodillado. Observé su cabeza gacha y luego levanté la vista para ver que el curandero, que no había creído que pudiera ayudar, que se había enfadado incluso al creer que estaba dando falsas esperanzas a los padres, también se había arrodillado, una mano plana sobre el pecho y la otra contra el suelo. Detrás de él y de la valla de hierro forjado, todos los que habían estado en la calle ya no estaban de pie. Ellos también habían hincado una rodilla en tierra, una mano apretada contra el pecho y la palma de la otra contra el suelo.

Cerré una mano en torno a mi vientre y me giré otra vez hacia Casteel. Me sostuvo la mirada mientras se arrodillaba también y ponía la mano derecha sobre su corazón y la izquierda en el suelo.

Ese gesto... lo conocía. Era una variante de lo que habían hecho los *wolven* cuando llegué a la Cala de Saion. Entonces me di cuenta de que ya lo había visto. Los sacerdotes y las sacerdotisas hacían esto mismo cuando entraban por primera vez en los templos de Solis, para reconocer que estaban en presencia de los dioses.

Eres una diosa.

Mi corazón tropezó consigo mismo mientras miraba a Casteel. Yo no era una...

Ni siquiera podía forzar a mi cerebro a terminar ese pensamiento porque no tenía ni idea de lo que era. Nadie la tenía. Y cuando mis ojos bajaron hacia donde la niñita seguía abrazada con fuerza por su madre y ahora también por su padre, no... no pude descartar esa posibilidad, por imposible que pudiera parecer.

—Mami. —La voz de la niña atrajo mi atención. Había enroscado los brazos en torno al cuello de su madre, mientras su padre las abrazaba a ambas y plantaba un beso sobre la cabeza de la niña y luego de la madre—. Estaba soñando.

—Ah, ¿sí? —La madre tenía los ojos apretados con fuerza, pero las lágrimas rodaban por sus mejillas.

—Había una señora, mami. —La niña se acurrucó contra su madre—. Tenía... —Sus palabras sonaron amortiguadas, pero lo que dijo a continuación fue claro—. Dijo que yo... que siempre tuve el poder en mí...

Siempre tuviste el poder en ti...

Esas palabras me sonaban extrañamente familiares. Me daba la sensación de haberlas oído ya, pero no lograba ubicarlas ni recordar quién las había dicho.

Casteel se levantó y, aturdida, observé cómo se dirigía hacia mí, sus pasos llenos de gracia fluida. Si alguien dijera que él era un dios, no lo cuestionaría ni un segundo.

Se paró delante de mí y mis sentidos caóticos se centraron en él. El aire que inspiré estaba lleno de especias y de humo. Caldeó mi sangre.

—Poppy —dijo, su tono era ardiente. Pasó el pulgar por la cicatriz de mi mejilla—. Tus ojos brillan tanto como la luna.

Parpadeé.

—¿Siguen así?

Su sonrisa se amplió, y un hoyuelo amenazó con aparecer.

—Sí.

No supe lo que les dijo a los otros, pero sí que les habló con la confianza serena de alguien que se había pasado la vida entera en un lugar de autoridad. De lo único que fui consciente fue de él. Me guio entre la gente, por delante del hombre que había sentido tanto pánico pero ahora permanecía arrodillado. Levantaba la vista hacia mí y sus labios se movían sin parar. Decía *gracias* una y otra y otra vez.

Cuando salimos del jardín, los *wolven* volvían a estar a nuestro lado. La gente de la calle y las aceras de adoquines seguía ahí. Se habían levantado, pero estaban ahí plantados como paralizados, y todos parecían compartir la misma emoción chisposa y burbujeante. Emoción y asombro, mientras nos observaban a Casteel y a mí… mientras me observaban.

En lugar de llevarme hacia donde esperaba Setti, Casteel miró a Kieran. No dijo nada, pero una vez más, me maravilló cómo parecían comunicarse o conocerse tan bien que las palabras no eran necesarias.

No lo fueron ahora, porque una sonrisa lenta se desplegó por la cara de Kieran antes de hablar.

—Os esperaremos aquí.

—Gracias —repuso Casteel, su mano cerrada con fuerza en torno a la mía. Luego no dijo nada más, se limitó a hacerme girar y echó a andar.

Lo seguí. La conmoción por lo que acababa de suceder dio paso a la curiosidad. Me llevó calle abajo, al parecer ajeno a las

miradas estupefactas, los murmullos, las reverencias apresuradas. Yo tampoco era muy consciente de ello, incapaz de sentir
gran cosa más allá del sabor denso y especiado en mi boca y la
tensión que aumentaba en mi estómago.

Me condujo por debajo de un arco color arena y hasta una
callejuela estrecha que olía a manzanas y estaba bordeada por
urnas rebosantes de frondosos helechos. Unas cortinas vaporosas ondeaban en las ventanas abiertas por encima de nuestras
cabezas mientras me conducía más adentro por el pasadizo. La
suave melodía de una música nos llegó desde lo alto, más fuerte cuanto más nos adentrábamos. Torció de repente a la derecha y después de pasar por otro arco nos encontramos en un
pequeño patio. Unas gruesas vigas de madera cruzaban de edificio a edificio. Cestas de flores colgantes oscilaban al aire, el
surtido de colores creaba una cubierta que solo permitía entrar
deshilachados rayos de sol. Unos enrejados cubiertos de enredaderas creaban un recoveco privado alrededor de cientos y
cientos de flores de delicados pétalos blancos.

—Este jardín es precioso —murmuré. Hice ademán de acercarme a una de las frágiles flores blancas.

—En realidad, el jardín me importa una mierda. —Casteel
me frenó y tiró de mí hacia un rincón oscuro.

Abrí los ojos como platos, pero antes de que pudiera decir
nada, se giró hacia mí y me apretó contra la pared de piedra. A
la tenue luz sus ojos resplandecían, eran de un color miel chis-
peante.

—Lo sabes, ¿verdad? —Casteel puso una mano detrás de
mi cabeza mientras se apretaba contra mí. Sentí su miembro,
largo y erecto, contra mi estómago mientras rozaba mi sien
con sus labios—. Lo que hiciste ahí.

Me permití empaparme de su exuberante aroma a pino y
de su calidez, y dejé que se me cerraran los ojos mientras pasaba los brazos a su alrededor, con espadas y todo.

—La curé.

Me besó en la mejilla, justo sobre la cicatriz. Luego se echó atrás. Me miró a los ojos y habría jurado que un delicado escalofrío lo recorrió de arriba abajo.

—Sabes que eso no es lo que hiciste —me contradijo—. Trajiste a esa niña de vuelta a la vida.

El aire que inspiré se atascó en mi garganta. Abrí los ojos.

—Eso no es posible.

—No debería serlo —admitió. Deslizó una mano por mi brazo desnudo y luego por mi pecho. Una espiral apretada se hizo sentir muy abajo en mi estómago cuando la palma de su mano rozó mi seno—. Ni para un mortal. Ni para un atlantiano. Ni siquiera para una deidad. —Su mano bajó por mi cadera, después por mi muslo. Sentí el calor de su palma a través del vestido cuando pasó por al lado de la daga de hueso de *wolven*—. Solo un dios puede hacer eso. Solo un dios en particular.

—Nyktos. —Me mordí el labio cuando sus dedos recogieron la tela del vestido en un puño—. Yo no soy Nyktos.

—No jodas —dijo contra mi boca.

—Tu lenguaje es muy inapropiado —lo regañé. Él soltó una risa ronca.

—¿Vas a negar lo que hiciste?

—No —susurré, aunque mi corazón dio un traspié—. No entiendo cómo lo hice, y no sé si su corazón de verdad había entrado en el Valle, pero la niña...

—Se había ido. —Me dio un mordisquito en el labio de abajo. Solté una exclamación ahogada—. Y la trajiste de vuelta porque lo *intentaste*. Porque te negaste a rendirte. Tú hiciste eso, Poppy. Y gracias a ti, esos padres no pasarán la noche llorando a su hija. La pasarán observando cómo duerme.

—Yo... mi limité a hacer lo que podía —le dije—. Eso es todo...

La pura intensidad de la forma en que reclamó mis labios interrumpió mis palabras. Esa espiral en mi estómago se intensificó cuando ladeó la cabeza y profundizó el beso.

Un aire cálido se enroscó alrededor de mis piernas cuando me levantó la falda del vestido. La sorpresa ante sus intenciones guerreó con el pulso de placer que despertó.

—Estamos en un lugar público.

—En realidad, no. —Las puntas de sus colmillos rozaron la cara inferior de mi mandíbula y me dio la impresión de que se tensaban todos los músculos de mi cuerpo. Subió mi falda más y más, hasta que sus dedos rozaron la curva de mi trasero—. Este es un jardín privado.

—Pero hay gente... —Se me escapó un gemido ahogado cuando la falda subió por encima de la daga—. En alguna parte.

—No hay nadie ni remotamente cerca de nosotros —me aseguró, y sacó la mano de detrás de mi cabeza—. Los *wolven* se han asegurado de eso.

—No los veo —insistí.

—Están en la boca del callejón —explicó, al tiempo que pillaba mi oreja entre sus dientes. Me estremecí—. Nos están dando privacidad para hablar.

Se me escapó una risita.

—Estoy segura de que eso es lo que creen que estamos haciendo.

—¿Acaso importa? —preguntó.

Lo pensé un poco mientras se me aceleraba el pulso. ¿Importaba? Lo que había ocurrido la noche anterior destelló ante mis ojos, igual que el recuerdo de ver a Casteel tirado en el suelo de las Cámaras. Convencida de que estaba muerto. En un abrir y cerrar de ojos, recordé lo que había sentido cuando me había quedado sin sangre en todo el cuerpo, cuando me di cuenta de que no habría más nuevas experiencias, no más momentos de abandono salvaje. La niña de esta noche había ganado una segunda oportunidad, lo mismo que yo.

No la malgastaría.

—No —dije, y Casteel levantó los ojos hacia mí. Con el corazón a mil por hora, metí la mano entre nosotros. El dorso de mis temblorosos dedos rozó contra él y dio un respingo cuando desabroché los botones de la solapa del pantalón—. No importa.

—Gracias, joder —gruñó, y entonces me besó otra vez, aniquilando cualquier reserva surgida de una vida entera de limitaciones. Su lengua acarició la mía mientras rodeaba mi cintura y me levantaba. Su fuerza nunca dejaba de provocarme una oleada de emoción—. Enrosca las piernas a mi alrededor.

Lo hice y gemí ante la sensación de su dura virilidad apretada contra el centro de mi ser.

Metió la mano entre nosotros y sentí que empezaba a empujar dentro de mí.

—Solo para que lo sepas —masculló y levantó la cabeza para mirarme a los ojos—. Estoy completamente en control.

—¿Lo estás?

—Totalmente —juró, y me penetró.

Mi cabeza empujó hacia atrás contra la pared cuando lo sentí muy adentro, caliente y grueso, y eso me consumió. Su boca se cerró sobre la mía y me encantó la manera en que me besó, como si mi mero sabor fuese suficiente para que él sobreviviera.

Se movió contra mí y dentro de mí, el calor dual de su cuerpo y los bloques de piedra contra mi espalda fueron un delicioso ataque a mis sentidos. El empuje de nuestras lenguas adoptó el mismo ritmo que las embestidas de sus caderas. Y las cosas... las cosas no siguieron así. Metió una mano entre mi espalda y la pared y se meció contra mí hasta que mi cuerpo se convirtió en un fuego que él avivó con cada caricia y cada beso embriagador. Apretó con fuerza, presionando contra el pequeño haz de nervios, solo para retirarse y luego volver con otra embestida profunda. Cuando empezaba a retirarse, apreté las piernas alrededor de su cintura y lo sujeté contra mí.

Se rio contra mis labios.

—Avariciosa.

—Provocador —dije, e imité su acción anterior pillando su labio con mis dientes.

—Joder —jadeó, y movió sus caderas para embestir contra mí, una y otra vez. Sus movimientos aumentaron de intensidad hasta que se volvieron febriles, hasta que sentí como si fuera a hacerme añicos. Me daba vueltas la cabeza a medida que aumentaba el placer. Me daba la sensación de que Casteel estaba por todas partes, y cuando bajó la boca a mi cuello y sentí el roce de sus colmillos, fue demasiado. Los espasmos sacudieron mi cuerpo en oleadas húmedas y apretadas, llevándome tan arriba que ni siquiera volví a bajar hasta que él me siguió a ese éxtasis con un estremecimiento. Mi cuello ahogó su profundo gemido de liberación.

Nos quedamos así durante un ratito, unidos, y ambos pugnando por recuperar el control de nuestra respiración. Aturdida, tardé unos minutos en recobrar la noción de la realidad, y entonces salió de mí y me depositó con cuidado sobre mis pies.

Con el brazo todavía apretado con fuerza a mi alrededor, Casteel miró hacia atrás.

—¿Sabes qué? Es un jardín precioso.

Casteel y yo caminamos de la mano por la ciudad en la costa de los mares de Saion, el sol y la brisa salada calientes contra nuestra piel mientras salíamos de la tienda de la costurera, donde una tal señorita Seleana me tomó medidas a toda prisa. No estábamos solos. Kieran caminaba a mi otro lado, y Delano y otros cuatro *wolven* nos seguían mientras Casteel me conducía por las serpenteantes y coloridas calles llenas de escaparates pintados de amarillos y verdes, y casas con puertas delanteras de un vistoso color azul. Además, llevaba una flor de amapola naranja remetida en el pelo, una por la que Casteel había pagado casi el triple de lo que valía, aunque el vendedor ambulante había intentado darnos una docena gratis. Nuestras manos estaban pegajosas por los pasteles de canela que nos habían dado pocas manzanas antes de la floristería, frente a una tienda que olía a todo tipo de cosas azucaradas y estaba pintada a juego con la hierba cubierta de rocío. Y llevaba una sonrisa plantada en la cara que ni siquiera los breves fogonazos de desconfianza que irradiaron de vez en cuando a lo largo de la tarde pudieron borrar. Solo me dio la sensación de percibir esa emoción cauta de los habitantes mortales y de unos pocos de los atlantianos de pelo canoso. Eran pocos y dispersos. Por lo demás, todo lo que sentía era curiosidad y sorpresa. Ni uno solo, ni siquiera los que hacían reverencias con una sensación de recelo, se mostró maleducado o amenazador. Claro que eso podía deberse a la presencia de Casteel, Kieran y los *wolven*. También podía haber sido por los guardias de la corona vestidos de blanco que vimos poco después de haber comprado la flor y cuya presencia era prueba clara de que los padres de Casteel sabían que nos estábamos moviendo por la ciudad.

También podía deberse a lo que habían oído sobre mí, sobre lo que era capaz de hacer.

Fuera como fuere, me importaba un comino. Me estaba divirtiendo, a pesar de las preguntas sin responder, la sombra de los Arcanos que flotaba sobre nosotros, lo que había hecho con la niña en ese jardín y todo lo que aún había que hacer y decidir.

Cuando Casteel me había preguntado si quería dar un paseo por la ciudad, lo había dudado un momento. Teníamos que hablar con sus padres. No solo se lo debíamos, sino que también era posible que tuvieran algunas de las respuestas a nuestras preguntas. Pero Casteel se había limitado a besarme.

«Tenemos mañana, Poppy», me había dicho. «Y tenemos ahora mismo. Tú decides cómo quieres pasar el rato».

Quería esas respuestas. Quería hacer algo para asegurarme de que sus padres no... bueno, no pensaran que era una amenaza. Pero con los músculos aún laxos y la sangre todavía caliente por esos momentos de abandono en el jardincillo, había decidido que ahora mismo quería pasar el rato explorando. Divirtiéndome. Viviendo.

Así que eso fue lo que hicimos.

Caminábamos a buen ritmo hacia la parte más baja de la ciudad y las centelleantes playas, por delante de edificios con mesas dispuestas al aire libre, atestadas de gente que charlaba y compartía comida. Kieran los había llamado «cafés». Sabía que en Solis existían, pero solo los había visto en Masadonia, y de lejos. Jamás había estado en uno, pero como acababa de tomarme un granizado de hielo y frutas, no nos aventuramos a entrar en ninguno.

Sin embargo, Casteel sí se detuvo cuando llegamos a un edificio achaparrado y sin ventanas. Tiró de mí hacia un lado y vi que había unos bancos de piedra entre una ancha fila de columnas.

—¿No dijiste que te interesaban los museos?

Eso me sorprendió. En nuestro viaje hacia las Skotos cuando salimos de Spessa's End, Delano y Naill me hablaron de los distintos museos de Atlantia y yo mencioné que en Solis no me habían permitido entrar en uno nunca. No me había dado cuenta de que Casteel hubiese estado prestando atención, ni esperaba que se acordara de algo que yo había olvidado.

Asentí y reprimí el impulso de cerrar mis brazos a su alrededor como una de las criaturas peludas que colgaban de los árboles agarradas por la cola en los bosques cercanos a los Picos Elysium. No creí que a Casteel fuese a importarle, pero era probable que Kieran suspirara.

—¿Quieres entrar? —preguntó Casteel.

—Me encantaría. —Ansiosa por ver algo de la historia de Atlantia, conseguí subir las escaleras al lado de Casteel y de Kieran a un ritmo pausado.

El interior estaba poco iluminado y un pelín cargado, con un leve olor a alcanfor. Mientras pasábamos por delante de una escultura hecha en piedra caliza de una de las diosas, Kieran explicó que no había ventanas para que la luz no decolorara los cuadros o las piedras.

Y había un montón de cuadros de los dioses, tanto juntos como de uno en uno. Era fácil identificar los que representaban a Nyktos, pues su rostro siempre quedaba oculto por una luz deslumbrante o sus rasgos simplemente no se plasmaban en detalle.

—¿Te acuerdas de que te dije que lo representaban con un lobo? —me preguntó Kieran, y mis ojos se posaron en un cuadro del Rey de los Dioses de pie al lado de un gran lobo grisáceo.

—¿Así se representa su relación con los *wolven*?

Kieran asintió. Había muchos cuadros similares, incluso pequeñas esculturas de Nyktos con un lobo a su lado. Y un poco más allá por la pared, había un boceto con un lobo blanco dibujado detrás de él, lo cual simbolizaba su capacidad para adoptar la forma de un lobo.

—Me pregunto qué hay en los museos de Solis —comenté, justo cuando llegábamos delante de un cuadro de la diosa Ione acunando a un bebé envuelto en una toquilla—. ¿Tendrán cuadros como este? ¿Los habrán copiado?

—¿Es verdad que solo las clases altas tienen derecho a entrar en los museos? —preguntó Kieran.

Asentí, el estómago revuelto.

—Sí. Solo los ricos y los Ascendidos. Y muy pocos mortales son ricos.

—Ese es un sistema de castas arcaico y brutal. —Los ojos de Casteel se entornaron mientras contemplaba un paisaje de lo que parecía ser la Cala de Saion—. Diseñado solo para crear y fortalecer la opresión.

—Crean una brecha entre los que tienen acceso a todos los recursos y los que no tienen acceso a ninguno —expliqué; sentía el pecho cada vez más pesado—. ¿Y Atlantia no es así? ¿Ni siquiera un poquito? —Eso último se lo pregunté a Kieran, mientras pensaba en esas personas que necesitaban que les recordaran quiénes eran los *wolven*.

—Nosotros no somos así —dijo—. Atlantia nunca ha sido así.

—Eso no significa que hayamos sido perfectos —aportó Casteel, una mano enredada en mi pelo—. Ha habido conflictos, pero el Consejo de Ancianos fue creado para evitar que nadie tomara decisiones o hiciera elecciones que pudieran poner en peligro a la gente de Atlantia. Eso no significa que la corona no tenga la última palabra —continuó—, pero el Consejo tiene voz, y sería muy insensato no escuchar sus opiniones. Solo ha sucedido dos veces hasta ahora y los resultados no fueron favorables.

—¿Cuando Malec Ascendió a Isbeth y los demás empezaron a hacer lo mismo? —conjeturé. Casteel asintió.

—El Consejo se mostró en contra de permitir que ocurriera y pensaba que Malec debía disculparse, corregir lo que había hecho y prohibir futuras Ascensiones.

—¿Qué quieres decir con corregir lo que había hecho? —Tenía la desoladora sensación de que ya lo sabía.

—Se le aconsejó que se deshiciera de Isbeth de un modo u otro —confirmó Casteel—. No hizo ninguna de esas cosas.

—Así que aquí estamos —murmuró Kieran. Tragué saliva.

—¿Y la otra vez qué pasó?

Una expresión pensativa contrajo los rasgos de Casteel.

—Fue antes de que gobernara Malec, cuando había otras deidades. El Consejo se creó entonces, cuando los linajes empezaron a superar en número a las deidades. El Consejo sugirió que había llegado el momento de que la corona reposara sobre la cabeza de uno de los linajes. Pero esto también fue ignorado.

Alastir no había mencionado eso en su desagradable lección de historia. Si hubiesen escuchado al Consejo, ¿habrían sobrevivido las deidades?

Una pareja con dos niños pequeños se apresuró a inclinarse ante nosotros cuando doblamos una esquina. Su sorpresa al vernos era evidente en sus ojos muy abiertos. Mientras Casteel y Kieran los saludaban con una sonrisa y unas palabras cordiales, me fijé en que lo más probable era que fuesen mortales. Yo los saludé del mismo modo, rezando por que no resultase algo demasiado rígido.

Pasamos a una vitrina que albergaba lo que parecía algún tipo de jarrón de barro.

—¿Puedo haceros a los dos una pregunta y que me deis una respuesta sincera? —pregunté a mis acompañantes.

—Estoy impaciente por saber lo que es —murmuró Kieran, mientras Casteel asentía. Le lancé una mirada asesina al *wolven*.

—¿Parezco incómoda o rara cuando me encuentro con otras personas? —Noté que me sonrojaba—. Como ahí atrás, cuando he saludado a esa pareja. ¿Sonó bien?

—Sonaste como cualquier persona que saluda a otra. —Casteel levantó una mano y retiró un mechón de pelo de mi cara—. Si acaso pareces un poco tímida, no incómoda.

—¿En serio? —pregunté, esperanzada—. Porque... bueno, no es que esté demasiado acostumbrada a interactuar con otras personas. En Solis, la gente ni me saludaba, a no ser en una situación en la que estuviese permitido. Así que me siento extraña, como si lo estuviese haciendo mal.

—No lo haces mal, Poppy. —Los rasgos de Kieran se suavizaron—. Suenas normal.

Casteel depositó un beso rápido sobre el puente de mi nariz.

—Lo juramos.

Kieran asintió.

Me sentía un poco mejor después de oír eso, así que seguimos adelante. Si me iba a convertir en reina, supuse que tendría que superar estas inseguridades irritantes.

Sin estar muy segura de cómo ocurriría eso, caminamos despacio por delante de cuadros y estatuas, muchos de los cuales representaban a los dioses o ciudades fantásticas que se extendían hasta las nubes; Casteel dijo que eran las ciudades de Iliseeum. Todas las obras eran preciosas, pero me detuve delante de un dibujo a carboncillo. Parte se había borrado, pero estaba claro que representaba a un hombre sentado sobre un trono gigantesco. La falta de detalle me indicó que era Nyktos, pero era lo que había a sus pies lo que había llamado mi atención. No lograba apartar la mirada. Dos felinos de un tamaño impresionante descansaban delante de la figura, las cabezas inclinadas en su dirección. Entorné los ojos y ladeé la cabeza.

—Este es un dibujo muy antiguo —aportó Casteel, mientras deslizaba con calma una mano arriba y abajo por mi espalda—. Se supone que lo dibujó una de las deidades.

Tardé unos momentos en darme cuenta a qué me recordaban esos gatos dibujados.

—¿Son gatos de cueva?

—No lo creo —repuso Kieran, observando el cuadro con atención.

—Se les parecen —declaré—. Una vez vi uno… —Fruncí el ceño cuando el sueño que había tenido en las criptas volvió a la superficie—. O quizá más de una vez.

Casteel bajó la vista hacia mí.

—¿Dónde lo viste? ¿En un cuadro o en un dibujo como este?

—No. —Sacudí la cabeza—. Había uno enjaulado en el castillo en Carsodonia.

Kieran arqueó las cejas.

—No creo que fuese un gato de cueva.

—Vi un gato tan grande como tú en tu forma de *wolven* —lo contradije—. Ian también lo vio.

Kieran sacudió la cabeza.

—Es imposible, Poppy. Los gatos de cueva se extinguieron hace al menos doscientos años.

—¿Qué? No. —Miré de uno a otro. Casteel asintió—. Viven en las Tierras Baldías.

—¿Quién te dijo eso? —preguntó Casteel.

—Nadie. Es solo… —Dejé la frase sin acabar al tiempo que volvía a mirar el dibujo. Era algo que *se sabía*, ya está. Aunque en realidad, habían sido los Ascendidos los que lo habían dicho. La reina me lo había contado cuando le pregunté acerca de la criatura que había visto en el castillo—. ¿Por qué mentirían acerca de algo así?

Kieran soltó un bufido desdeñoso.

—¿Quién sabe? ¿Por qué han borrado a dioses enteros y han creado otros que no existen, como Perus? Creo que es solo que les divierte inventar cosas —sentenció, y la verdad es que podría tener razón.

—Entonces, ¿qué había en esa jaula? —pregunté, sin apartar la mirada de los dos gatos.

—Supongo que otro gato salvaje grande —repuso Casteel con un gesto de indiferencia—. En cualquier caso, creo que estos dos felinos se supone que simbolizan a los hijos de Nyktos y a su consorte.

—Cuando dices *hijos*, ¿te refieres a Theon o a todos los dioses? —pregunté.

—Me refiero a sus verdaderos hijos —confirmó Casteel—. Y Theon nunca fue su verdadero hijo. Esa es otra cosa sobre la que los Ascendidos mintieron o simplemente malinterpretaron debido a sus numerosos títulos.

Era muy posible que fuese una mala traducción. Miré a los gatos y pensé en cómo uno de ellos era responsable de la existencia de Malec.

—¿Podían transformarse en gatos?

—No estoy seguro —contestó Kieran—. No recuerdo haber leído nunca nada que dijera eso, y no creo que la habilidad de Nyktos para transformarse pasara a la siguiente generación.

Por supuesto que no.

—¿Cómo se llaman?

—Como en el caso de su consorte —explicó Casteel—, no se sabe. Ni siquiera se conoce su género.

Arqueé una ceja.

—Deja que lo adivine. Nyktos era sobreprotector con sus identidades.

Casteel esbozó una sonrisilla.

—Eso es lo que dicen.

—Suena como si fuera muy controlador —musité.

—O tal vez fuera solo muy reservado —sugirió Kieran, al tiempo que estiraba el brazo y me daba un tironcito del mechón de pelo que Casteel había remetido detrás de mi oreja hacía un rato—. Al ser el Rey de los Dioses, estoy seguro de que buscaba privacidad siempre que podía.

Quizá.

Mientras continuamos nuestro paseo por el museo, era difícil no seguir pensando en ese cuadro o en la criatura que había visto en esa jaula de niña. Recordaba bien la forma en que el animal había rondado por sus confines, desesperado, y con una inteligencia avispada en los ojos.

Capítulo 24

Acabamos compartiendo una cena de pescado recién braseado y verduras asadas en uno de los cafés más próximos al agua. Delano, que había adoptado su forma mortal en algún momento, se unió a nosotros. Yo pregunté si los otros *wolven* querían unirse a nosotros, pero habían optado por permanecer en sus formas lobunas para vigilar a todo el que se acercara a nosotros, incluidos los guardias de la corona.

Y cuando el sol comenzó su paulatino descenso hacia el horizonte, bajamos a las playas. Lo primero que hice fue desatarme las sandalias. En el mismo momento en que mis pies se hundieron en la áspera arena, una sonrisa tironeó de mis labios cuando me golpeó un aluvión de recuerdos. Recuerdos de mis padres e Ian paseando por otra playa. Con las sandalias colgando de los dedos y la mano de Casteel apretada en torno a la mía, miré hacia el mar y observé cómo las aguas claras se tornaban plateadas a medida que salía la luna. Esas tardes en el mar Stroud parecían haber sucedido en otra vida, hacía una eternidad, y eso me entristeció. ¿Cuánto tiempo pasaría hasta que se convirtieran en recuerdos que pareciesen pertenecer a otra persona?

Delano, que caminaba por delante, se volvió hacia nosotros.

—Si no estás cansada, hay algo más adelante que podría gustarte, Penellaphe.

—No, no estoy cansada. —Levanté la vista hacia Casteel—. ¿Y tú?

Apareció una leve sonrisa mientras negaba con la cabeza. Delano pasó los ojos de Casteel a Kieran antes de volver a mí, todo ello sin dejar de caminar marcha atrás.

—Es la celebración de una boda —explicó—. Justo ahí a la vuelta.

—¿Podemos ir? Quiero decir, no me conocen...

—Te recibirán con los brazos abiertos —me interrumpió Delano—. A los dos.

—¿Quieres ir? —preguntó Casteel. Por supuesto que quería. Asentí. Se giró hacia atrás, hacia donde sabía que nos seguían los miembros de la guardia de la corona a varios pasos de distancia—. Gracias por vuestra atención. Eso será todo por esta noche.

Me giré justo a tiempo para ver que varios guardias hacían una reverencia y luego daban media vuelta.

—¿De verdad se van?

—Saben que no pertenecen a una celebración como esta —explicó Kieran—. No es nada personal. Simplemente es.

¿Simplemente es?

Mis pies se hundieron en la arena húmeda mientras rodeábamos una duna, los sonidos de risas y música eran cada vez más fuertes. Había tanto en lo que empaparse... los gritos de alegría, las carpas que ondeaban a la brisa salada, las gruesas mantas y los almohadones desperdigados por la arena, y los grupos de personas reunidas, bailando y charlando. Había tanta vida, tanto calor y alegría, que inundó mis sentidos y me dejó expuesta como un cable pelado, pero de un modo que por primera vez en mi vida era agradable. De un modo que *anhelaba*. Mis ojos saltaron de un sitio a otro hasta detenerse en los que se movían en torno a las llamas.

—Durante este tipo de celebraciones, solo los *wolven* pueden bailar alrededor del fuego —explicó Casteel, siguiendo la dirección de mi mirada—. Aunque apuesto a que a ti te lo permitirían. Eres su *Liessa*.

—Es raro ser la reina de los *wolven* y no ser lobuna —dije, mientras observaba a la gente rodear a Delano y a los *wolven* que nos habían estado siguiendo todo el día correr a reunirse con los demás y desaparecer entre la multitud.

—Esta es una noche de celebración —nos informó Kieran—. No tendrás que preocuparte por que nadie te haga reverencias o dé golpes con el puño en la arena.

—¿Tan evidente era mi incomodidad la última vez? —pregunté con una sonrisita tímida.

—Sí —contestaron Casteel y Kieran al unísono.

—Vaya —murmuré, y agaché la barbilla contra el brazo de Casteel mientras sonreía.

Pero Kieran tenía razón. Cuando se separó de nosotros para reunirse con varios otros que estaban cerca de una de las carpas, solo recibimos sonrisas y saludos con las manos. Casteel me quitó las sandalias y las dejó caer en la arena; luego soltó sus espadas y las depositó sobre una manta. Señal de que pensaba que era seguro hacerlo aquí. Se sentó y tiró de mí hacia abajo de modo que acabé instalada entre sus piernas, de cara a la hoguera.

Había perdido por completo de vista a Delano mientras me relajaba entre los brazos de Casteel, pero encontré a Kieran con la mirada unos instantes después. Estaba hablando con una mujer alta de pelo oscuro. Eso fue más o menos todo lo que pude ver de ella desde la distancia.

—¿Con quién habla Kieran? —pregunté.

Casteel miró por encima de mi cabeza.

—Creo que se llama Lyra, si es quien creo que es. Es un poco más joven que Kieran y que yo, pero sus familias son buenas amigas.

390 • UNA CORONA DE HUESOS DORADOS

—Oh —susurré. Los observé y recordé lo que me había dicho Kieran una vez sobre haber amado y luego haber perdido a alguien. Nunca había dado más detalles al respecto, pero lo que había percibido en él cuando me lo contó era el tipo de aflicción que uno siente cuando la persona a la que amas ya no está en el reino de los vivos. Me alegró verlo con alguien, aunque solo estuvieran charlando y riendo. Tampoco pensaba decírselo; era muy probable que lo considerara una pregunta.

—¿Sabes? Eso que has dicho de que era raro ser reina de los *wolven* pero no ser una *wolven*... —inquirió Cas después de unos momentos—. Me hizo pensar en cómo, cuando yo te conocí, iba en busca de una Doncella, pero a cambio encontré a una princesa. A una reina. A mi mujer. —Se rio, y sonó a risa de asombro—. No lo sé... solo me hizo pensar en cómo a veces encuentras cosas que no sabías que necesitaras cuando estás buscando algo completamente opuesto.

—O cuando no estás buscando en absoluto —confirmé, la nariz arrugada—. O quizá yo *sí* estuviese buscando. Fui a la Perla Roja aquella noche porque quería vivir. Y te encontré a ti.

Casteel enroscó los brazos a mi alrededor para estrecharme con más fuerza. Pasaron un par de instantes, dedicados a contemplar a los *wolven* alrededor del fuego.

—¿Qué te gustaría estar haciendo ahora mismo, si pudieras? Aparte de ver a tu hermano o de todo lo que se relaciona con las cosas que necesitamos hacer.

Arqueé las cejas ante la pregunta inesperada y dejé que mis sentidos se estiraran hacia él. Percibí una sensación de curiosidad infantil, que me trajo una sonrisa a la cara. No tuve ni que pensarlo.

—Esto. ¿Y tú?

—Lo digo en serio.

—Yo también. Querría estar haciendo esto mismo, todo lo que hemos hecho hoy —insistí—. ¿Y tú?

—Lo mismo —dijo en voz baja, y supe que decía la verdad—. Pero contigo desnuda y más sexo.

Solté una sonora carcajada porque percibí que eso también era verdad.

—Me alegro de haber decidido pasar este momento de este modo.

—Yo también. —Apretó los labios contra mi mejilla.

En realidad, no sabía cuándo volveríamos a disfrutar de un día como este, ni en qué momento habría tiempo para ello siquiera. Sin embargo, no quería pensar en las razones por las que era probable que faltara un tiempo para eso. Así no era como quería pasar estos momentos, así que observé a los que bailaban alrededor del fuego con un interés ávido, cautivada por el alegre frenesí de los oscuros contornos de sus cuerpos, cómo se movían de una pareja a la siguiente, tanto hombres como mujeres, con el tipo de abandono despreocupado que Casteel y yo habíamos compartido en el jardín. Lo que percibía en ellos solo podía describirse como una liberación, como si bailaran para quitarse de encima las cadenas de lo que acechaba a sus mentes y a sus almas y, al hacerlo, encontraran la libertad.

Un cuerpo se separó del fuego y vino hacia nosotros. El sudor centelleaba sobre los hombros desnudos de Delano mientras se inclinaba por la cintura. Su pelo pálido le cayó por la frente cuando extendió un brazo hacia mí.

—¿Quieres bailar?

Empecé a tomar su mano, pero me invadió una oleada de incertidumbre. ¿Era apropiado que lo hiciera? Casteel pegó la mejilla a la mía.

—Puedes bailar con él. —Aflojó el brazo en torno a mi cintura—. Puedes hacer lo que quieras.

Hacer lo que quieras.

Cuatro palabras que no había oído durante la mayor parte de mi vida.

—Yo... la verdad es que no tengo ni idea de bailar.

—Nadie la tiene —dijo Delano con una amplia sonrisa—. Hasta que aprenden. —Meneó los dedos—. ¿Qué dices, Penellaphe?

La emoción y el nerviosismo bulleron en mi interior cuando mis ojos se deslizaron por encima de su hombro hacia las figuras que se movían en torno a la hoguera. *Hacer lo que quieras*. El aliento que salió por mi boca fue embriagador. Me giré, cerré los dedos en torno a la barbilla de Casteel y tiré de él hacia mí. Le di un beso rápido en la boca.

—Te quiero, Cas.

Su brazo se apretó un instante a mi alrededor.

—Pásalo bien.

Me volví otra vez hacia Delano y puse mi mano en la suya.

—Poppy —le dije—. Llámame Poppy.

Con una sonrisa, Delano tiró de mí para levantarme.

—Entonces bailemos, Poppy.

Con los nervios agarrados al estómago, lo seguí hacia las ondulantes llamas. Delano se giró hacia mí al tiempo que el calor del fuego presionaba contra mi piel.

—De verdad que no sé bailar —me disculpé.

—Mira a nuestro alrededor. —Sin soltarme los dedos, levantó mi mano y la colocó sobre su cadera antes de poner la suya sobre mi cintura—. ¿Todos estos tienen aspecto de saber bailar? ¿O de estar divirtiéndose?

Miré a nuestro alrededor y no vi nada parecido a lo que veía cuando me colaba por los pasillos traseros para espiar los bailes que celebraban en el Gran Salón del castillo de Teerman. No había movimientos rígidos y tampoco estaba todo el mundo repartido por parejas. Una chica de pelo largo y rubio bailaba sola; estiraba los brazos por encima de su cabeza mientras sus caderas se movían al son de la música. Un hombre de tez morena también bailaba solo, moviendo el cuerpo con una gracia fluida. Las parejas giraban entre sí y otras bailaban tan agarradas que era difícil distinguir dónde acababa un cuerpo y empezaba el otro. Vi a Kieran con la chica morena, que tenía los brazos de un tono dorado enroscados alrededor de su cuello. Eran una de las parejas que bailaban tan cerca que en Masadonia la gente los hubiese mirado jadeando. Kieran levantó a la joven y la hizo girar por los aires mientras ella echaba la cabeza atrás y se reía.

—¿Qué ves? —insistió Delano. Aparté la vista de ellos y levanté los ojos hacia él.

—Se están divirtiendo.

—Eso puedes hacerlo, ¿verdad? —me preguntó, con una sonrisa.

Eché una miradita hacia donde Casteel estaba sentado sobre la mullida alfombra, con un brazo apoyado sobre una rodilla flexionada mientras nos observaba. Una pequeña parte de mí no estaba segura de si sabía divertirme, pero... hoy me había divertido. También lo había hecho cuando Tawny y yo nos escapábamos juntas a visitar el lago. Aquellas veces no había pensado en divertirme. Era solo... *vivir*. Y esa era la clave, ¿no? No pensar demasiado y solo vivir.

Levanté la vista hacia Delano.

—Puedo.

—Lo sé. —Su sonrisa se ensanchó y luego empezó a moverse, dando pequeños pasos oscilantes a nuestra izquierda y luego a la derecha. Lo seguí.

Sus pasos eran mucho más seguros, mientras que los míos eran rígidos y estaba segura de que se me veía ridícula, los brazos tiesos y torpes mientras agarraba su mano. Otras personas se movían más deprisa a nuestro alrededor, pero mientras seguíamos bailando en nuestro pequeño círculo, me di cuenta de que cada uno de sus pasos iba al ritmo del son regular del tambor. Mis músculos se soltaron, igual que mi agarre sobre su mano. Delano dio un paso atrás y levantó nuestros brazos unidos. La falda de mi vestido se abombó alrededor de mis piernas cuando me hizo girar. El zumbido de mi pecho se avivó y mi pelo se levantó de mis hombros cuando me hizo girar de nuevo. Se me escapó una risa silenciosa y luego una más sonora cuando alzó nuestros brazos una vez más y rotó él mismo. Su mano volvió a mi cintura y nos movimos más deprisa en nuestro circulito, dando vueltas alrededor de la hoguera.

El zumbido de mi pecho encontró mi sangre mientras el borde de mi vestido danzaba en torno a mis tobillos. Una mano nueva se cerró alrededor de la mía y Delano me soltó. Giré sobre mí misma y me encontré sujeta por Kieran. Le sonreí.

—Hola.

Sus labios se curvaron hacia arriba.

—Hola, Poppy. —Dio un paso atrás e hizo que diera vueltas. Me tambaleé y me eché a reír cuando él me atrapó—. Me sorprendes.

—¿Por qué? —pregunté, sin dejar de girar en torno a las llamas.

—No creí que bailaras —dijo, al tiempo que tiraba de mí contra su pecho húmedo—. Nos honras al hacerlo.

Antes de que pudiera empezar siquiera a cuestionar por qué eso podría ser un honor, Kieran me hizo rotar hacia fuera y otra mano se cerró en torno a la mía. Me volví para descubrir que era Lyra quien bailaba ahora conmigo. Estábamos casi tan cerca como lo habían estado Kieran y ella, sus piernas enfundadas en mallas rozaban contra las mías a cada contoneo de sus caderas. Agarró mi otra mano y nos movimos juntas alrededor del fuego. Se me empezó a pegar el pelo al cuello y a la sien mientras serpenteábamos entre los demás que fluían al son de la música en torno a la hoguera, todos girando e intercambiándose las parejas. Bailé y bailé, tanto con gente a la que no conocía como con quienes sí, y todo el rato, el zumbido de mi pecho y de mi sangre vibraba bajo mi piel. Incliné la cabeza hacia atrás, la cara expuesta a las llamas y a la luz de la luna, mientras alguien me llevaba a los brazos de Delano y luego a los de Kieran, que levantó mis pies de la arena. Me agarré de sus hombros y reí mientras nos hacía dar vueltas una y otra vez.

—Alguien está celoso —me dijo cuando mis pies tocaron la arena de nuevo. Seguimos girando y...

La risa de Kieran me hizo cosquillas en la mejilla justo cuando Casteel me agarró por la cintura. Prácticamente caí en sus brazos.

—Por supuesto que estoy celoso.

—No es verdad. —Todo lo que sentí en él fue especias ahumadas—. Estás...

—¿Qué? —preguntó, mientras me alejaba del fuego y de los bailarines para llevarme de vuelta a las sombras moteadas por la luz de la luna. Sin aliento, lo seguí sobre pies cosquillosos.

—Estás excitado.

Agachó la cabeza para apoyar la frente contra la mía.

—¿Cuándo *no* estoy excitado en tu compañía?

—Buena pregunta. —Me reí entre dientes.

—Pero he de reconocer que estoy más excitado que de costumbre. —Tiró de mí para sentarme otra vez en la gruesa manta y apretó mi espalda contra su pecho—. Aunque es tu culpa.

—¿Por qué es mi culpa? —Me retorcí hacia atrás y sonreí al oír su gemido gutural.

—Es tu risa. —Sus labios rozaron la piel húmeda de mi cuello—. Jamás me acostumbraré a oírla ni creeré que lo haces lo suficiente. —Su pecho se hinchó con brusquedad contra mi espalda y sentí algo crudo y cortante desde muy profundo dentro de él—. Después de todo lo ocurrido con Shea y con mi hermano, te juro por los dioses que nunca pensé que una risa podría destrozarme como lo hace la tuya. Y cuando digo que me destroza, me refiero a del mejor modo posible, de la manera más completa que puedas imaginar. Y... —Soltó una bocanada de aire tembloroso—. Solo quiero darte las gracias por eso.

—¿Me estás dando las gracias? —Me giré todo lo que pude entre sus brazos para buscar sus ojos—. Yo debería darte las gracias. Eres tú el que ha hecho posible que me ría sin remedio.

—¿Sí? —Dejó caer la frente contra mi sien.

—Sí —confirmé. Cerré la mano por detrás de su cuello—. Vivo gracias a ti, Cas, y me refiero tanto a nivel literal como figurado. ¿Crees que no eres digno de mí? En realidad, a veces me pregunto si yo soy digna de ti.

—Poppy...

—Es verdad. —Le di un apretoncito en el cuello—. No hay nada que puedas decir que vaya a cambiar eso, pero lo sé. Lo sé aquí dentro. —Apreté la palma de la mano contra mi pecho—. Que haría cualquier cosa por ti. Y sé que tú harías cualquier cosa por mí. Ya lo has hecho, y nada en este mundo o en ningún otro cambiará eso jamás, ni lo que siento por ti. Nada debería hacerte olvidar jamás que río gracias a ti.

Con un escalofrío, apretó los labios contra mi sien y luego pasó un brazo alrededor de mi cintura y apoyó la mano contra mi cadera, donde sus dedos trazaron círculos perezosos. No dijo nada mientras apoyaba la barbilla sobre mi cabeza y yo tampoco. Las palabras no siempre eran necesarias y, por instinto, supe que este era uno de esos momentos.

Nos limitamos a ser, mientras contemplaba a los que bailaban alrededor del fuego dividirse en grupos más pequeños y alejarse hacia donde las olas iban y venían sobre la arena o hacia las carpas de lona. Vi a Kieran una vez más. Estaba con quien creíamos que era Lyra, o al menos eso pensé. La verdad era que no podía estar segura. Tenía el brazo alrededor de los hombros de la mujer y la cabeza inclinada hacia ella mientras se dirigían hacia las sombras de los acantilados.

Observé durante un par de minutos más a los que seguían cerca del fuego, antes de mirar otra vez hacia los acantilados.

Entreabrí los labios. No tenía ni idea de cómo habían llegado Kieran y la mujer desde donde los había dejado por última vez a estar tumbados en la arena, con ella arrodillada entre sus piernas, las manos en las proximidades de una zona que desde luego se consideraría traviesa.

—¿Están…? —Aspiré una brusca bocanada de aire cuando la cabeza de Kieran cayó hacia atrás. Abrí los ojos como platos.

La risa de Casteel fue sensual y dulce.

—¿Todavía me necesitas para responder a esa pregunta?

Tragué saliva.

—No.

La mano de mi cadera continuó moviéndose en pequeños círculos desquiciantes mientras contemplaba a quien creía que podía ser Lyra mover la cabeza adelante y atrás de un modo que me recordaba a cómo me movía yo contra Casteel.

—¿Estás escandalizada? —susurró Casteel.

¿Lo estaba? No estaba segura. Quizá debería estarlo, porque lo que seguro que no debería estar haciendo era mirar. Todas y cada una de las convenciones sociales exigían que apartara la mirada y fingiera no tener ni idea de lo que estaban haciendo. Pero lo sabía. Había leído sobre el acto que realizaba ahora Lyra en el diario de la señorita Willa. Mi corazón atronaba en mi pecho. Era como cuando Casteel me besaba entre las piernas, excepto que por lo que describía Willa, había menos besos y lametones y más… succión. Todo el acto me confundió mucho la primera vez que leí sobre él, pero eso fue antes de que aprendiera que había todo tipo de cosas que uno podía hacer con muchas partes distintas del cuerpo.

—Me tomaré tu falta de respuesta como un «no» —murmuró Casteel.

Noté que me sonrojaba y arrastré mi mirada hasta la hoguera, donde la gente estaba ahora sentada charlando, o bien ajena a lo que sucedía entre las sombras, o bien indiferente.

—Es verdad que dijiste que los *wolven* no tenían reparos en demostrar su afecto en público.

Casteel volvió a reírse.

—Sí, eso dije, y son muy abiertos con sus… afectos. No sienten vergüenza alguna. De hecho, estoy seguro de que en algún momento verás un culo desnudo o dos.

Me gustaba que no sintieran vergüenza, y que posiblemente nunca conocieran siquiera la acidez de la emoción vinculada a ese tipo de acciones. Había una libertad envidiable en ello, en existir, y en ser tan libre y tan abierto.

—Si te incomoda, no te avergüences de decirlo —sugirió Casteel en voz baja—. No tenemos por qué quedarnos, podemos marcharnos cuando tú quieras.

Su oferta me tocó el corazón y me giré hacia él para besar su mandíbula por abajo.

—Gracias por decirlo, pero no me incomoda.

—Genial. —Inclinó la cabeza y me besó.

Y era verdad que no estaba incómoda. Me eché hacia atrás contra Casteel y apoyé la cabeza en su pecho. Si no había ninguna vergüenza en sus acciones, entonces no había ninguna en mi corazón.

Sin embargo, no debería de estar mirando y eso era justo lo que hacía. Mis ojos encontraron el lugar al que habían ido Kieran y Lyra con una precisión asombrosa. Vi a Lyra poner una mano en el pecho de Kieran y empujarlo hacia atrás cuando él empezó a sentarse o a… estirar los brazos hacia ella. Lyra tenía el control de la situación y Kieran retrocedió para apoyarse sobre los codos; se mostraba confiada en lo que hacía mientras movía la cabeza y una mano seguía todos sus movimientos.

Debería haber mantenido mis sentidos cerrados cuando me concentré en Lyra, pero sentí ese control que había dado por sentado, mezclado con un calor ahumado. El rubor de mis mejillas aumentó, bajó por mi cuello cuando me reacomodé un poco y estiré una pierna. Se me cortó la respiración cuando los dedos de Casteel se movieron unos centímetros hacia la izquierda desde mi cadera, sin dejar de dibujar esos circulitos desquiciantes.

Y de verdad, no debería haber dejado mis sentidos abiertos cuando mis ojos saltaron hacia Kieran. El sabor especiado se acumuló en el fondo de mi garganta y en mi bajo vientre, el lugar al que los dedos de Casteel se acercaban peligrosamente. Cerré mis sentidos antes de poder cotillear más, pero…

—¿Poppy?

—¿Sí? —susurré, cuando Lyra pareció inclinar la cabeza y presionar imposiblemente cerca del cuerpo de Kieran.

—¿Los estás mirando? —me preguntó Casteel, con la voz llena de humo. Lo primero que me vino a la mente fue negarlo—. Si lo estuvieras haciendo, no serías la única, y ellos tampoco son los únicos observados —añadió, al tiempo que estiraba uno de sus dedos por encima de la fina tela de mi vestido—. No sienten vergüenza por ningún acto de afecto, ya sea que estén participando en él, sean público casual… u observadores más activos.

¿Observadores activos?

Mis ojos se deslizaron por las ondulantes carpas y sus oscuras profundidades hasta donde un brazo delgado llamaba a otro que había estado sentado en la arena. El hombre dejó la botella de lo que había estado bebiendo y se levantó, luego se agachó para entrar en el espacio debajo del toldo, donde los oscuros contornos de unos cuerpos se movían al unísono. El hombre se reunió con ellos mientras Casteel se movía detrás de mí otra vez. Se inclinó hacia delante para deslizar una mano por debajo de donde el dobladillo de mi vestido estaba arremolinado a la altura de mis rodillas. Mi corazón debió dar un traspié cuando llevó esos dedos hacia arriba por mi piel desnuda, aunque de algún modo logró mantener la falda del vestido en su sitio. Los dedos de su mano derecha continuaron reptando más y más abajo mientras yo veía al hombre agacharse detrás de la figura que se movía encima. Mi pulso atronaba y los dedos de Casteel vacilaron debajo de mi vestido en la unión de mis piernas.

Un ligero temblor de anticipación teñido de incertidumbre discurrió a través de mí, seguido de una aguda punzada en mi mismo centro.

—Poppy, Poppy, Poppy —murmuró Casteel, cuando un dedo por encima del vestido llegó al hipersensible haz de nervios—. ¿Crees que lo que estás viendo en esa carpa contesta alguna de las preguntas que pudieras tener sobre cómo pueden tres amantes disfrutar unos de otros?

¿Sí? ¿No? Vi a la mujer que se había estado moviendo encima del hombre quedarse muy quieta, su espalda se arqueó cuando el hombre detrás de ella la pegó bien a su pecho.

—El recién llegado puede moverse dentro de ella o contra ella —explicó Casteel, mientras su dedo hacía esos malditos círculos por encima del vestido y a lo largo del pliegue entre mi muslo y mi cadera—. ¿El diario de Willa explicaba los detalles técnicos?

El calor de mi piel había invadido ya mis venas y bullía en mi sangre cuando asentí.

—Sí. —Me mojé los labios—. Sonaba como si pudiera ser… doloroso.

—Puede serlo, sí, si no se hace con cuidado —Admitió—. Pero parece que ellos sí lo están teniendo.

La verdad era que nadie parecía sufrir dolor, y nadie parecía prestar atención alguna a donde estábamos sentados sobre nuestra manta. Sentí que me faltaba un poco el aliento al tiempo que separaba un pelín las piernas.

—¿Están participando en la Unión? —pregunté.

—No lo sé. —Los dedos se deslizaron por mi piel desnuda hacia el punto de ese deseo prohibido. Se me escapó un sonido estrangulado cuando Casteel insertó un dedo lentamente a través de la humedad ahí acumulada—. Este tipo de actos no requieren una Unión

—¿Alguna vez has...? —Me mordí el labio cuando su dedo penetró en mi piel. Todo mi cuerpo dio un respingo, se estremeció, igual que lo hacían los tres de la carpa. De verdad que tenía que dejar de mirar.

Y por supuesto, me encontré mirando hacia donde estaban Kieran y Lyra. Ahora se besaban, pero el brazo de ella aún se movía a la altura de las caderas de él a un ritmo lento.

—¿Que si he qué?

Con el pulso acelerado mientras el dedo de Casteel entraba y salía despacio de mí, mientras continuaba excitando ese punto tan sensible, me di por vencida y renuncié a quedarme quieta antes incluso de haberlo intentado. Levanté las caderas contra su mano y forcé a mi cerebro a recordar cómo formar palabras.

—¿Alguna vez has hecho eso, lo que están haciendo bajo esa carpa?

Sus labios bajaron por un lado de mi cuello y tiró con suavidad de él.

—Sí. —Me dio un mordisquito en la piel que me provocó un gemido—. ¿Te molesta?

Algo de la pasión se diluyó lo suficiente como para poder contestarle con otra pregunta.

—¿Por qué habría de hacerlo?

—El pasado de algunos atormenta el futuro de otros —dijo, y sus manos se detuvieron. Fruncí el ceño y parpadeé, confundida.

—Tienes más de doscientos años, Cas. Supongo que has hecho todo tipo de cosas.

Sus dedos empezaron a moverse de nuevo.

—¿Con todo tipo de personas?

La forma en que lo dijo me hizo reír como una niña.

—Sí. —Aunque mi sonrisa se esfumó enseguida porque quería preguntarle si lo había hecho con Shea. Un momento después, me di cuenta de que podía simplemente preguntárselo. Así que eso hice. Casteel me besó en el cuello.

—No, Poppy. No lo hicimos.

Sorprendida, empecé a girarme hacia él, pero justo entonces enroscó los dedos y tocó un punto en mi interior que hizo que mis piernas se pusieran rígidas y los dedos de mis pies se enroscaran sobre la manta.

—¿Por... por qué no?

—Éramos amigos, y luego lo fuimos más —explicó, la tensión enroscada cada vez más profundo en mi interior mientras mis ojos se deslizaban hacia el fuego, las carpas, las sombras. De algún modo, mis ojos acabaron en Lyra y Kieran. Ya no se besaban. La cabeza de Lyra estaba en la cintura de Kieran otra vez y él había cerrado la mano en torno al pelo de ella mientras movía las caderas—. Pero nuestra relación nunca fue de necesidad cruda. Eso no significa que la quisiera menos, pero no era como esto. No había una necesidad constante de estar dentro de ella de todas las formas imaginables, e incluso de formas todavía inimaginadas. Nunca me encontré con esta hambre constante, y creo que necesitas eso para explorar ese tipo de cosas con alguien que te importe mucho —prosiguió. Mis respiraciones eran cada vez más cortas y superficiales—. Con ella nunca tuve lo que tengo contigo, Poppy.

No supe si eran las cosas que le estaba haciendo a mi cuerpo, lo que estaba sucediendo a nuestro alrededor o sus palabras, pero hice equilibrio sobre ese precipicio y luego caí por él. Caí y me estrellé como las olas que rompían contra la playa. El devastador clímax me dejó tiritando.

Una vez que mi corazón se ralentizó lo suficiente como para que la bruma inducida por el placer se difuminara, giré mi cabeza hacia él.

—¿Quieres... hacer eso conmigo?

Me besó al mismo tiempo que sacaba la mano de debajo de mi vestido.

—Quiero hacer todo lo imaginable contigo, y cosas que nadie ha imaginado todavía —me dijo—. Pero solo *te necesito* a ti, Poppy. Ahora. Siempre.

Mi corazón trastabilló y luego se aceleró, mientras se henchía con tanto amor que sentía que podía flotar hasta las estrellas. Me retorcí entre sus brazos y puse las manos sobre sus mejillas al tiempo que me arrodillaba.

—Te quiero. —Lo besé, con la esperanza de que todo lo que sentía por él pudiera comunicarse con ese beso. Luego decidí que el beso no era suficiente. Un gusanillo de emoción se extendió dentro de mí. Me eché hacia atrás y lo agarré de las manos—. Quiero ir a algún lugar… privado.

El ámbar refulgió desde unos ojos sensuales, las pestañas medio cerradas.

—Podemos volver a…

—No. —No quería esperar. Si lo hacía, perdería el valor—. ¿No hay ningún sitio privado aquí?

Las puntas de sus colmillos asomaron de pronto cuando se mordió el labio de abajo y miró hacia atrás.

—Sí —murmuró—. Sí que lo hay.

Sin decir una palabra más, nos levantamos. Bajo la luz de la luna, Casteel me condujo más allá por la playa, hacia donde no había visto las dunas cuajadas de árboles en la oscuridad. Me guio alrededor del primer grupo de árboles y luego se paró. Estaba tan oscuro que apenas lograba distinguir sus rasgos cuando bajó la vista hacia mí.

—Estás tramando algo, ¿verdad?

—Quizá —admití, agradecida de las sombras más oscuras aquí. Agarré la pechera de su camisa, me puse de puntillas y atraje su boca hacia la mía.

Mi corazón vibró cuando nuestras lenguas se tocaron y danzaron, de un modo muy parecido a como lo había hecho yo al lado del fuego. Nos besamos y besamos, y aunque Casteel tenía que saber que no era para esto que había buscado privacidad, no me presionó. Se limitó a seguirme, sin decir nada cuando planté besitos por la base de su garganta. Deslizó las palmas de sus manos arriba y abajo por mis brazos y permaneció callado mientras yo bajaba las manos por su pecho. Cuando llegué a su abdomen, me puse de rodillas.

Sus manos se separaron de mí y quedaron colgando a los lados mientras desabrochaba la solapa de sus pantalones, sintiendo la rigidez de su miembro en el interior.

El sabor a especias ahumadas consumió mis sentidos cuando metí la mano. Cerré los dedos alrededor de su piel caliente y dura. Casteel respiraba con jadeos bruscos y mi corazón latía a toda velocidad cuando saqué su miembro. Su piel parecía acero caliente enfundado en seda cuando me incliné hacia delante. Me paré cuando sentí que se estremecía en mi mano.

—Poppy —masculló. Levanté la vista, aturdida por un momento al ver las chispeantes y brillantes motas doradas en sus ojos. Un escalofrío lo recorrió de arriba abajo—. No tienes que hacer esto.

—Quiero hacerlo —le dije—. ¿Tú quieres que lo haga?

—Puedes hacerme lo que quieras y lo querré. —Otro temblor lo atravesó—. ¿Esto? ¿Mi pene en tu boca? Tendría que estar muerto y no ser nada más que ceniza para no desearlo.

—Eso es... halagador. —Mis labios esbozaron una sonrisita. Él soltó una carcajada atragantada.

—Eres... —Gimió cuando deslicé los dedos desde la base hasta la punta.

—¿Soy qué?

Las yemas de sus dedos acariciaron mi mejilla.

—Todo.

Con una sonrisa, bajé la cabeza. El sabor salado de su piel fue una sorpresa que danzó por mi lengua. De modo tentativo, moví la mano por su miembro, explorando mientras lo introducía más profundo en mi boca como había leído en el diario de Willa.

—Poppy —gimió Casteel, y su mano se aplanó sobre mi mejilla.

Willa había escrito sobre otras cosas, actividades que me recordaban a lo que Casteel había hecho por mí pero que no estaba segura de si a él le gustarían o no. Sin embargo, yo... quería hacer esas cosas, así que deslicé la lengua por su piel tensa, encontré una pequeña hendidura bajo la punta e hice girar mi lengua sobre ella.

—Joder. —Todo su cuerpo sufrió un espasmo—. Eso no... no me lo esperaba. —Reprimí una sonrisa y lo hice otra vez. Casteel maldijo entre dientes—. ¿Leíste sobre eso en el libro de la señorita Willa?

—Hmm —dije a modo de afirmación, y el acto pareció vibrar a través de él. Todo su cuerpo se flexionó y *sentí* cómo palpitaba.

—Joder —repitió con voz rasposa—. Me encanta ese maldito diario.

Entonces se me escapó una risa y, por cómo se sacudieron sus caderas, le gustó la sensación. En el diario de la señorita Willa no aparecía nada sobre reírse mientras hacías esto, pero cerré la mano en torno a la base de su miembro y dejé de pensar en ese maldito diario para permitir que el instinto me guiara. Deslicé la lengua por la cabeza de su pene y me maravillé ante su reacción, ante el calor nebuloso que inundó mis sentidos. Me gustaba hacer esto. Me gustaba saber que él lo disfrutaba.

Su mano se apartó de mi mejilla para enterrar los dedos en mi pelo. Cerró la palma por detrás de mi cuello, pero sin ejercer presión. Todo lo que hizo fue mover el pulgar para masajear con suavidad los músculos. Fue una... presencia que me acompañó mientras él siguió dejándome aprender qué cosas hacían que su cuerpo se moviera con embestidas cortas y poco profundas, cuáles hacían que se le cortara la respiración y qué intensificaba el sabor especiado. Y me di cuenta de algo más. No solo me gustaba esto sino que también disfrutaba del control que me proporcionaba, la manera en que podía ralentizar su respiración o aumentar el modo en que palpitaba contra mi lengua solo con la presión de mi boca o lo fuerte o suave que succionara contra su piel.

—Poppy, no voy a... Dios, no voy a durar mucho más. —Su mano se apretó contra mi cuello mientras se mecía contra mi mano y mi boca—. Y no sé si ese diario hablaba de lo que ocurre.

Sí lo había hecho.

Y lo quería. Quería sentir cómo acababa, experimentarlo, saber que yo lo había llevado hasta ese punto. Deslicé la mano por todo su miembro y cerré la boca sobre la cabeza. Casteel gritó mi nombre y después sus caderas se pusieron tensas mientras palpitaba y se estremecía contra mi lengua.

Nada más acabar y antes de que pudiera sentirme siquiera un poco orgullosa de mí misma, cayó de rodillas delante de mí y me agarró las mejillas. Inclinó la cabeza hacia un lado y su boca de repente estaba contra la mía, su lengua contra la mía. El beso fue tan exigente como adorador, lo consumió todo y dejó muy poco espacio para nada más.

Casteel levantó la cabeza y me miró a los ojos.

—Tú —me dijo, con su voz gruesa y su tono reverente—. Todo lo que necesito eres tú. Ahora. Siempre.

CAPÍTULO 25

Casteel y yo habíamos pasado el día anterior viviendo, así que dedicaríamos el día de hoy a asegurarnos de que pudiéramos tener más días como el de ayer.

Nos encontraríamos con sus padres.

Pero primero teníamos que salir de la cama, algo que ninguno de los dos parecía tener prisa por hacer. Mientras Casteel jugueteaba con mi pelo, charlamos sobre lo que había visto el día anterior, lo cual incluyó una descripción entusiasta y bastante poética por mi parte del granizado que había tomado.

En un receso de silencio durante el cual trataba de convencerme de que ya era hora de levantarnos, Casteel preguntó algo nuevo.

—Cuando curaste a esa niña ayer, ¿notaste alguna diferencia en tus habilidades?

—En realidad, no —le dije, mientras trazaba un ocho por su pecho con la yema de un dedo—. Bueno, no estoy muy segura. Cuando curé las heridas de Beckett, no tuve que pensar en ello. Solo… ocurrió. Esta vez, sin embargo, tuve que hacer lo que solía hacer antes.

—¿Pensar en recuerdos felices? —Enroscó un mechón de mi pelo alrededor de su dedo.

—Sí. Pensé en nuestra boda. —Levanté la cabeza y apoyé la barbilla en su pecho. Me sonrió con dulzura—. Y pensé en lo injustas que eran las heridas de la niña y también…

—¿Qué?

Me mordí el labio entre los dientes.

—Parece tonto pensarlo siquiera, pero pensé para mis adentros que no era demasiado tarde, que viviría mientras mis manos estuvieran sobre ella.

Me miró con atención.

—¿Sabías que ya se había ido?

—Yo… —Empecé a negarlo, pero me callé cuando lo que Casteel había dicho la mañana anterior volvió a la superficie: negar las cosas era un lujo que ya no tenía. Se refería a la corona, pero la misma lógica se podía aplicar a esto—. No podría afirmar a ciencia cierta que ya se había ido, pero estaba cerca.

Desenroscó poco a poco el pelo de su dedo.

—Entonces, Poppy, o convenciste a su alma de que permaneciera con ella, o la trajiste de vuelta a la vida.

Mi corazón se tropezó consigo mismo.

—Me cuesta aceptarlo, pero creo que así fue. —El pelo cayó sobre mis hombros cuando me puse de rodillas—. Tiene sentido que pueda hacerlo debido a quién es Nyktos, pero es un poco…

—Asombroso. —Desenredó con cuidado la mano de mi pelo.

—Iba a decir «inquietante» —murmuré. Casteel frunció el ceño.

—Le diste a esa niña una segunda oportunidad de vivir. ¿Cómo puede ser eso nada más que maravilloso?

Bajé la vista hacia mis manos sin tener muy claro cómo explicar lo que pensaba.

—Es solo que ese tipo de habilidad… es poderosa de un modo que asusta.

—Explícate.

Con un suspiro, sacudí la cabeza.

—Sé que la gente que vio lo que pasó ayer cree que soy una deidad...

—Creo que piensan que eres una diosa —me contradijo—. Y existe una diferencia entre ambos conceptos.

—Vale. Creen que soy una diosa, pero los dos sabemos que ese no es el caso —destaqué. Casteel se limitó a arquear una ceja y yo puse los ojos en blanco—. Sea como fuere, hacer eso fue como... jugar a ser dios. Parece una habilidad que podría utilizarse mal incluso sin darte cuenta; es decir, si es que puedo volver a hacerlo alguna vez.

Se quedó callado durante unos instantes.

—¿Crees que era su hora y tú interferiste?

Me puse rígida.

—No puedo pensar que fuese la hora de que nadie tan joven pasase al Valle. No lo creo para nada.

—Yo tampoco. —Tamborileó con los dedos sobre mi mano—. Pero estás preocupada por interferir cuando llegue la hora de alguien, ¿no? Porque si alguien está herido y muriéndose, no serás capaz de mantenerte al margen y permitirlo.

Me conocía demasiado bien.

—¿Cómo sabes cuándo ha llegado la hora de alguien? —pregunté, y luego me eché a reír por la absurdidad de la pregunta—. ¿Cómo podría saberlo nadie?

—No podemos. —Me miró a los ojos—. Creo que todo lo que podemos hacer es lo que nos parezca bien. A ti te pareció bien salvar a esa niña. Pero quizá llegue otro momento en el que no te lo parezca.

No podía imaginar un momento en el que ayudar a alguien pudiese no parecerme bien, pero ese tipo de pregunta imposible de responder tendría que esperar. Teníamos que prepararnos para el día.

En mi interior, zumbaba una especie de energía nerviosa que no tenía nada que ver con nuestra conversación. Me puse

410 • UNA CORONA DE HUESOS DORADOS
410 • UNA CORONA DE HUESOS DORADOS

unos pantalones ceñidos negros y una túnica sin mangas, teñida de un color que me recordaba al pelo de Jasper. Me sorprendió que la delicada cadena de plata sujetara la túnica cerrada y solo pude rezar por que siguiera de ese modo a lo largo de todo el día. Lo último que necesitaba era dejar a la vista la combinación casi transparente que llevaba debajo.

Claro que, si tenía en cuenta cómo me había visto el padre de Casteel la última vez, era probable que no le sorprendiera demasiado.

En cualquier caso, quería que las cosas fueran bien entre sus padres y yo, porque sabía que, si no era así, el camino sería rocoso entre Casteel y sus padres a partir de ahora.

En cuanto me reuní con él en el salón, sus dedos encontraron la manera de enterrarse en las ondas y en los rizos de mi pelo.

—Me encanta cuando llevas el pelo así —murmuró—. Empiezo a pensar que lo haces porque sabes que me distrae.

Sonreí mientras salíamos de la habitación, mi nerviosismo se había aliviado un poco.

—Tal vez —dije, aunque claro que me lo había dejado suelto porque sabía que le gustaba así.

Y porque me había pasado años con la pesada mata de pelo muy bien recogida en una coleta alta.

—¿Todavía quieres ver a Kirha antes de que nos vayamos? —me preguntó. Asentí.

Esa mañana había mencionado que quería darle las gracias por la ropa y por su hospitalidad antes de ir a ver a los actuales reyes de Atlantia. Casteel ya había enviado un mensaje para avisar de nuestra llegada inminente. Con las manos entrelazadas, me condujo hacia la pasarela exterior, donde unos ventiladores de techo giraban en lo alto y removían el aroma a canela y a clavo que se filtraba por las ventanas abiertas de las habitaciones que daban al camino.

Si no fuese por las descoloridas manchas aceitosas de las paredes y la tierra más oscura cada par de metros, sería difícil de imaginar que esas criaturas sin rostro habían estado aquí hacía solo dos noches. Pero así era, y Casteel y yo estábamos preparados por si los *gyrms* aparecían de nuevo. Yo llevaba la daga de heliotropo oculta bajo mi túnica y Casteel tenía dos espadas cortas atadas a los lados. Tampoco estábamos solos.

Un *wolven* con el pelo tan oscuro como la bahía de Stygian caminaba por la parte superior del muro del patio, vigilando nuestro avance; me daba la sensación de que no era el único lobuno que estaba cerca. Salimos de la pasarela y fuimos a parar a un camino de tierra bordeado por altas palmeras. Las hojas con forma de abanico nos proporcionaban una sombra adecuada para el sol de última hora de la mañana mientras seguíamos el sendero serpenteante. De entre la maraña de enredaderas que cubrían algunas de las secciones de las paredes y tapizaban la mayor parte del suelo del jardín asomaban estallidos de color de las diminutas flores silvestres y las vistosas flores rosas y moradas. El jardín no tenía nada que ver con los jardines ostentosos y llenos de diversidad de Masadonia, pero me gustaba su aspecto natural y sencillo. Y me daba la impresión de que no importaba las veces que caminases por los senderos, que siempre encontrarías algo nuevo entre el follaje.

Doblamos una esquina y llegamos a un patio. Varios bancos y taburetes de madera que parecían tallados a partir de troncos de árbol rodeaban un gran pozo de fuego. El patio de piedra gris conducía directo a las puertas abiertas de una espaciosa sala bañada por el sol.

Entre las plantas colocadas sobre pequeñas mesas y las que crecían en grandes macetas de barro sobre el suelo de baldosas, había unas sillas extragrandes con gruesos cojines y unas otomanas de colores brillantes situadas en grupos al lado de anchos sofás y canapés. Había también grandes almohadones de todos los tonos de azul imaginables desperdigados por el suelo, aunque Kirha Contou estaba sentada sobre una mullida alfombra verde azulada en el centro de la sala, con las piernas cruzadas y la cabeza gacha. Tenía estrechas hileras de trencitas apretadas recogidas para retirarlas de su cara, y rebuscaba dentro de una cesta de hilos y lanas. Su hijo estaba con ella.

Kieran, todo vestido de negro, destacaba de un modo bastante pronunciado en la colorida habitación. Se sentó al lado de su madre y se recostó contra el respaldo de una silla, con sus largas piernas estiradas delante de él. Sujetaba una madeja de hilo naranja en una mano y una blanca en la otra. Tenía varias más en el regazo, y la imagen de él ahí, con una leve sonrisa que suavizaba las apuestas líneas de su cara mientras observaba a su madre, quedaría grabada en mi memoria para siempre.

Los dos levantaron la vista cuando Casteel y yo nos acercamos a las puertas. Mis sentidos estaban abiertos y sus emociones se estiraron de inmediato hacia fuera. El chorro fresco de sorpresa que sentí procedente de Kieran cuando la bola de lana naranja cayó de su mano y rodó por la alfombra me pilló un poco desprevenida. Si Kieran había sido consciente de que Casteel y yo habíamos sido testigos de sus… actividades entre las sombras, no había dado muestras de ello en la cabalgata de vuelta a la casa de su familia bajo un cielo cubierto de interminables estrellas.

Y si lo era, no me dio la impresión de que ese fuese el origen de su sorpresa. No tenía ni idea de lo que era, pero decidí concentrarme en la mujer a su lado.

Su madre era una absoluta belleza, la viva imagen de Vonetta, desde su intensa piel marrón y sus anchos pómulos hasta la boca carnosa que parecía insinuar una risa. Lo que percibí en ella también me recordó a su hija: el sabor a vainilla suave fue tan reconfortante como una manta cálida en una noche fría.

Me di cuenta de que ya la había visto, cuando llegué por primera vez. Había estado entre la multitud de *wolven* y había sonreído cuando Casteel y yo discutimos.

—Kieran —empezó Casteel con tono burlón. Me dio un apretoncito en la mano al entrar por las puertas y luego la soltó—. ¿Me estás tejiendo una camisa?

La expresión de Kieran se suavizó.

—Eso es justo lo que hago, sí —repuso en tono neutro.

—De hecho, es muy bueno con las agujas —comentó Kirha, dejando la cesta a un lado.

El sabor dulzón de la vergüenza irradió desde Kieran al tiempo que sus mejillas se ruborizaban. Entornó los ojos en dirección a su madre y yo arqueé las cejas. La imagen que se me había grabado en la memoria fue sustituida ahora por una que incluía a Kieran tejiendo una camisa. Era algo que no olvidaría jamás.

Kirha empezó a incorporarse, pero Casteel se apresuró a decirle que no lo hiciera.

—No tienes por qué levantarte.

—Oh, sí. Llevo demasiado tiempo sentada y tengo las piernas entumecidas ya —repuso, mientras más bolas de lana caían del regazo de Kieran y rodaban por la alfombra. Agarró a toda prisa el brazo de su madre para ayudarla.

Kirha murmuró unas palabras de agradecimiento mientras se enderezaba. Debajo del vestido lavanda y sin mangas que llevaba, su vientre hinchado tiró de la suave tela. Apoyó una mano detrás de su cadera y estiró la espalda.

—Por los dioses, más vale que este sea el último bebé.

—Sí, bueno, alguien tendrá que asegurarse de que tu marido se meta eso en su gruesa mollera —musitó Kieran.

—Tu *padre* lo pensará mejor cuando se pase el día entero cambiando pañales otra vez. Yo los paro, él los limpia —comentó con una sonrisa cuando Kieran arrugó la nariz—. Ese es el trato.

—Tendré que recordar eso —murmuró Casteel.

Se me cayó el estómago a los pies, tan deprisa que casi tropiezo con él cuando mis ojos como platos volaron hacia

Casteel. Por alguna razón, ni siquiera había pensado en... *bebés* desde la caverna, desde que había pensado que él no quería tener hijos conmigo. Me había sentido dolida entonces, lo cual fue irracional y una tontería, dado que aún ni siquiera habíamos admitido nuestros sentimientos entre nosotros. Él seguía tomando la hierba que prevenía embarazos y, como Doncella, había estado convencida de que Ascendería. Tener hijos, pues, no era una cosa que me hubiese planteado nunca, así que no era algo que tuviera en la cabeza. Ahora, sin embargo, ocupaba un papel primordial. Un bebé. *Bebés*. Un bebé de Casteel y mío. Casteel con un pequeñajo envuelto en mantas entre los brazos. Entreabrí los labios pero casi no podía respirar. Esto era algo en lo que de verdad no debía pensar ahora mismo.

—Poppy parece mareada. —Kieran esbozó una sonrisilla burlona. Casteel se giró hacia mí y frunció el ceño, la preocupación era bien patente en su expresión.

—¿Estás bien?

Parpadeé y aparté esa imagen innecesaria de mi cabeza. Di un paso adelante.

—Sí, muy bien. —Me planté una sonrisa radiante en la cara antes de que ninguno de los dos pudiera averiguar a dónde había ido mi cabeza—. No pretendíamos interrumpir. Solo quería darte las gracias por haber permitido que me quedara aquí, y por la ropa.

Una sonrisa fácil apareció en la cara de Kirha, que me agarró de los brazos.

—No tienes por qué darme las gracias. Nuestra casa siempre ha estado abierta a Cas. Por lo tanto, siempre estará abierta a ti —me dijo, y la sinceridad de sus palabras estaba muy clara—. Me alegro de que te guste la ropa. He de decir que eres demasiado guapa para este de aquí. —Hizo un gesto con la barbilla en dirección a Cas.

—Auch —murmuró Casteel, y se llevó una mano al corazón—. Has herido mis sentimientos.

Kirha se echó a reír y me dio un fuerte abrazo. Bueno, tan fuerte como pudo con la barriga entre nosotras, pero el abrazo fue cálido e inesperado y muy… *agradable*. Era el tipo de abrazo que no había sentido desde hacía una eternidad. Uno que esperaba en secreto recibir de la reina Eloana cuando nos viéramos. Era el tipo de abrazo que daba una madre y me provocó un aluvión de emociones agridulces. Mi sonrisa no fue en absoluto forzada cuando se retiró y me aferró otra vez los brazos.

—Me alegra muchísimo conocerte. —Sus ojos recorrieron mi cara y no se demoraron ni un instante en las cicatrices—. Espero que estés bien.

—Muy bien—. Asentí.

—Bien. —Me dio otro apretoncito en los brazos y después los soltó y puso una mano sobre su tripa—. Kieran me contó que habías conocido a Vonetta.

—Así es —confirmé, mientras Casteel aparecía a mi lado y apoyaba la palma de una mano sobre el centro de mi espalda—. Vonetta fue muy amable conmigo. Me prestó uno de sus vestidos y me ayudó a prepararme para la ceremonia de la boda. Espero volver a verla pronto.

—¿Y yo qué? —preguntó Kieran. Su madre y yo nos giramos hacia él—. Yo también he sido amable contigo.

—Alguien suena como si estuviera experimentando el síndrome del hijo del medio —murmuró Casteel en voz baja.

—Bueno, también estoy, no sé, de pie aquí mismo —añadió Kieran—. Delante de ti.

Mis labios se curvaron un poco mientras lo miraba.

—Tú estás… bien.

—¿Bien? —repitió, con un resoplido ofendido. Cruzó los brazos.

—No le prestes atención —dijo Kirha—. Está enfadado porque los curanderos creen que pronto tendrá otra hermanita.

—Casteel se rio entre dientes—. Tú y Jasper estáis a punto de quedar en inferioridad numérica.

—Dímelo a mí —musitó Kieran.

—¿Cuándo sales de cuentas? —pregunté.

—En un mes o así, si los dioses quieren —contestó, al tiempo que acariciaba su tripa—. Y ya tarda. Juro que este bebé ya es tan grande como Kieran.

—Eso suena fatal. —Kieran frunció el ceño, y tuve que estar de acuerdo con él en eso—. ¿Dijiste que ibais a ver a tus padres?

Casteel asintió.

—Íbamos hacia allí ahora mismo.

—Entonces, iré con vosotros. —Kieran se giró hacia su madre—. ¿Necesitas algo antes de que me vaya?

—No.

—¿Estás segura?

—Sí —aseguró con una carcajada—. Tu padre llegará en cualquier momento. Él puede ayudarme con esto. —Señaló la lana—. Estoy segura de que estará encantado de hacerlo.

La expresión de Kieran sugería que lo dudaba mucho. En cualquier caso, Casteel y yo ayudamos a recoger las bolas de lana y las colocamos al lado de la cesta.

—¿Penellaphe? —Kirha nos detuvo cuando dimos media vuelta para marcharnos—. Sé que no conociste a los padres de Casteel en la mejor de las circunstancias.

La expresión de Casteel era estoica cuando lo miré.

—No, no lo fue.

—Y por ello, me causa aún más tristeza lo que te hicieron —prosiguió—. Eloana y Valyn son buenas personas. De haberlo sabido, jamás habrían permitido que ocurriera lo que ocurrió. Estoy segura de ello. Y una vez que superen la conmoción inicial de todo lo sucedido, también sé que Eloana te aceptará con el mismo cariño y la misma sinceridad que yo.

Una vez que llegamos cerca de los establos, miré de reojo a Kieran pensando en lo que nos había dicho Kirha antes de marcharnos.

—¿Tu madre? —empecé—. ¿Tiene algún don para saber cosas, como tu padre? —*Como tú*, iba implícito en mi pregunta.

—A veces, sí. —Frunció un poco el ceño—. ¿Por qué?

Bueno, como me imaginaba, no había sido una extraña coincidencia.

—Por nada. —Sacudí la cabeza, consciente de que Casteel estaba escuchando con atención—. Solo sentía curiosidad.

—Está claro que en algún momento del pasado del linaje de ambos hubo unos cuantos cambiaformas poderosos —comentó Casteel. Tomó las riendas de un mozo de cuadra que no me sonaba y miró hacia un lado.

Vi a tres *wolven* en su forma real. Uno de ellos era el negro que había visto cerca del muro, pero fue la hembra de aspecto mortal vestida toda de negro, con pantalones y túnica, la que llamó mi atención. La reconocí de inmediato, aunque llevara el pelo castaño, liso como una tabla, recogido a la altura de la nuca.

Era Lyra.

Le lancé una miradita a Kieran cuando vi que se acercaba a nosotros, pero no detecté ninguna emoción clara en ninguno de los dos.

Lyra se detuvo a pocos pasos de nosotros e hizo una reverencia rápida, con una rodilla en el suelo.

—*Meyaah Liessa* —dijo. Detrás de ella, los *wolven* bajaron las cabezas hasta el suelo.

Sin saber muy bien qué hacer con un saludo tan formal después de haber bailado en torno a una hoguera con ella la noche anterior, miré a Kieran y a Casteel, y este último asintió como para darme confianza. Antes de que pudiera decir algo probablemente bochornoso, Lyra se puso de pie. Sus ojos pálidos se deslizaron hacia Casteel.

—Os serviremos como guardias en este trayecto.

—Gracias, Lyra —dijo Casteel—. Es muy amable por vuestra parte.

Asentí para mostrarme de acuerdo y recé por no parecer tan ridícula como me sentía. Era probable que lo pareciera. Lyra me regaló una rápida sonrisa torcida cuando sus ojos se cruzaron un instante con los míos. Me giré para ver a Casteel mordiéndose el labio, como si tuviera ganas de echarse a reír, y sospeché que no tenía nada que ver con mi respuesta a su saludo y todo que ver con lo que habíamos presenciado la noche anterior. Entorné los ojos en su dirección mientras me agarraba de la montura, y dio la impresión de que le costaba aún más mantener la seriedad.

Monté a Setti y Casteel se reunió conmigo casi al instante. Pasó un brazo por mi cintura y yo acaricié un lado del cuello de Setti. Mientras esperábamos a que Kieran montara su caballo, me giré un poco hacia atrás.

—¿Esto de las reverencias va a suceder a menudo?

—Sí —contestó. Agarró las riendas de su caballo.

—¿Por qué no lo hizo tu madre? —me pregunté en voz alta—. No es que quisiera que lo hiciese, pero siento curiosidad. ¿Es porque está embarazada? —Dudaba de que fuese capaz de adoptar semejante posición.

—Le dije que te incomodaría que lo hicieras —repuso Kieran—. Igual que le dije a mi padre que no lo hiciese.

Sentí un calorcillo en el pecho.

—¿Sabes qué?

—¿Qué? —preguntó, con una ceja arqueada.

Estiré un brazo y le di unas palmaditas en el pecho.

—Estás más que bien.

—Ahora que crees que estoy más que bien, ya podré dormir bien esta noche. —Su tono fue tan seco como las Tierras Baldías, pero sonreí de todos modos.

—Por cierto, cuando te vuelva a ocurrir, puedes decir «puedes levantarte» —me indicó Casteel, mientras ponía a Setti en marcha—. O si quieres usar algo menos formal, puedes simplemente decir «sí», o saludarlo por el nombre si conoces a quien está delante de ti. Y antes de que les pidas que olviden las formalidades, quiero que sepas que yo también se lo he pedido a muchos de ellos y ya has visto lo bien que me ha funcionado.

No demasiado bien, desde luego.

Con un suspiro, me apoyé contra Casteel y salimos del patio. Los *wolven*, ahora cuatro, nos siguieron a una distancia discreta.

—No tendremos que pasar por las zonas más ajetreadas de la ciudad para llegar a la residencia —me contó Casteel, al tiempo que giraba hacia una carretera adoquinada rodeada de espectaculares cipreses, altos y frondosos. Los *wolven* desaparecieron enseguida entre el follaje—. Podemos seguir los acantilados hasta ahí. Habrá gente, pero nada parecido a cuando entramos en la ciudad o a ayer.

Aunque había disfrutado a tope de mi visita demasiado breve a la Cala de Saion, mi mente ya era una maraña enredada, centrada en el inminente encuentro con los padres de Casteel.

—Gracias.

Casteel se agachó y me dio un beso en la mejilla mientras Kieran le lanzaba una mirada irónica.

—No dejes que te convenza de que sus motivos son solo altruistas. Él tampoco quiere recibir gritos y largas miradas de admiración.

Había habido muchos de esos el día anterior.

—Me siento cohibido —admitió Casteel.

—¿En serio? —pregunté, y cuando Casteel asintió, miré a Kieran en busca de confirmación—. ¿Me está mintiendo?

—Un poco.

—No tiene ni idea de lo que está hablando —protestó Casteel, y aprovechó para deslizar la mano que había estado descansando sobre mi cadera hacia mi bajo vientre. Empezó a mover el pulgar en esos desquiciantes circulitos lentos alrededor de mi ombligo.

—Creo que le creeré a Kieran —decidí.

—¿Cómo te atreves? —se burló, y sentí el mordisquito de sus dientes afilados contra la curva de mi cuello. Di un respingo cuando una oleada de calor inundó mi organismo—. Soy muy tímido.

—Y muy mentiroso —repliqué. Eché un vistazo hacia los altísimos árboles. Con lo fina que era la túnica, me dio la sensación de que no había nada entre su mano y mi piel.

Era difícil no mostrar reacción alguna a su contacto cuando atisbos de estructuras de piedra caliza empezaron a asomar entre los árboles que bordeaban el camino. Cuanto más avanzábamos, más abajo se escurría su dedo meñique. Empecé a ver gente detrás de los árboles; cargaban carros y carretas con cestas y canastos. Me retorcí un poco cuando su dedo serpenteó más abajo y me giré hacia Casteel.

Tenía una expresión de pura inocencia cuando me miró.

—¿Sí?

Entorné los ojos.

Un lado de sus labios se curvó hacia arriba. El hoyuelo de su mejilla derecha apareció cuando un carro tirado por un caballo se acercó a nuestro camino. El sombrero de ala ancha del cochero medio ocultaba su rostro, pero percibí la fría sacudida de sorpresa cuando él y el chico joven que lo acompañaba y parecía recién entrado en la adolescencia pasaron al lado del gran caballo negro.

El conductor nos saludó con la mano y el joven se apresuró a hincar una rodilla en tierra antes de levantarse para saludar a su vez.

Empecé a ponerme tensa, pero luego me forcé a relajarme y a comportarme de un modo más o menos normal. Les devolví el saludo, junto con Casteel y con Kieran.

Me sentía bastante orgullosa de mí misma, así que sonreí a los *wolven* cuando pasaron por al lado de los dos de la carretera. Mientras me preguntaba cuál de los *wolven* era Lyra, apareció una mujer entre los árboles varios metros más adelante, su túnica naranja chillón se veía espectacular contra su piel de un intenso tono negro. Tenía un ojo puesto en una niña pequeña que perseguía a un pájaro de alas doradas que saltaba por las ramas más bajas de un árbol. Al vernos, esbozó una gran sonrisa, puso las manos en los hombros de la niña y le susurró algo al oído. La chiquilla levantó la vista con un gritito emocionado y comenzó a saltar de inmediato de un pie al otro.

Casteel se rio en voz baja cuando la mujer negó con la cabeza y se inclinó por la cintura, tratando de convencer con paciencia a la niña de que hiciera lo mismo. Ellas también me saludaron con la mano y, esta vez, no me quedé paralizada. Les devolví el saludo como habían hecho Casteel y Kieran, y me sentí… menos incómoda. Como si mi brazo no estuviese tan rígido. Sin embargo, me olvidé del aspecto de mi brazo al instante cuando la niñita se escurrió de las manos de su madre y casi placó al *wolven* blanco y negro. Una risa atragantada provino de Kieran cuando la pequeña envolvió sus bracitos alrededor del cuello del *wolven*.

—Oh, santo cielo, Talia —exclamó la mujer—. ¿Qué te he dicho de ir por ahí abrazando a la gente?

Sonreí mientras ella desenredaba con cuidado a su hija del *wolven*, que le dio un mordisquito juguetón en un brazo. Una cascada de risitas brotó de la garganta de la niña, que un segundo después estaba persiguiendo al pájaro otra vez. El *wolven* al que había abrazado se alejó al trote; habría jurado que lo vi sonreír.

Una vez que nos alejamos un poco me giré hacia Casteel, pero antes de que pudiese hacer la misma pregunta que había hecho la víspera casi cada vez que nos cruzamos con alguien y no lograba distinguir si era de ascendencia atlantiana o de uno de los linajes, Casteel se inclinó hacia mí.

—Ambas parejas eran atlantianas —me dijo, mientras su pulgar retomaba sus círculos lentos y desquiciantes—. Los de la primera eran descendientes de atlantianos. Mortales. Los de la otra eran elementales.

—Oh —susurré, con la vista fija al frente. Los atlantianos siempre se habían mostrado más fríos hacia mí, excepto por unas pocas excepciones como Emil, Naill y Elijah. Se me comprimió el corazón de un modo doloroso al pensar en Elijah y en Magda. Al pensar en *todos* esos atlantianos, Descendentes y *wolven* asesinados sin ningún sentido por los Ascendidos. Todavía podía oír la grave risa retumbante de Elijah.

Sin embargo, ayer, la gran mayoría de los que se cruzaron con nosotros se mostraron cálidos y cordiales, igual que los que acabábamos de ver ahora. ¿Sería verdad que los que pensaban como los Arcanos eran un porcentaje pequeño de la población? Justo cuando una pequeña semilla de esperanza real se formaba en mi pecho, el brazo de Casteel se apretó a mi alrededor.

A veces me preguntaba si podía leerme el pensamiento, lo cual me hizo pensar en otra cosa.

—¿Tú tienes algún cambiaformas entre tus antepasados, Cas?

—No estoy seguro, pero sí te puedo asegurar que algo está cambiando en mis pantalones ahora mismo —murmuró.

—Oh, por todos los dioses. —Solté una sonora carcajada, al tiempo que varios de los *wolven* más cercanos emitían bufidos ásperos y roncos—. Eso ha sido muy...

—¿Ingenioso? —sugirió Casteel, y Kieran resopló con desdén.

—Estúpido —dije, y tuve que morderme el labio porque se me estaba escapando una risita—. No puedo creer que hayas dicho eso.

—Yo tampoco —convino Kieran, sacudiendo la cabeza—. Sin embargo, la estirpe Da'Neer es más pura que sus pensamientos.

Sonreí cuando pasamos por al lado de grupos pequeños de gente que entraba y salía por los estrechos caminos laterales.

—No es mi culpa que mis pensamientos sean tan poco inocentes —protestó Casteel, mientras saludaba con una mano a alguien que se había detenido para hacer una reverencia—. Pero yo no indagué por mi cuenta en el mundo de la señorita Willa.

—Oh, santo cielo —refunfuñé, medio distraída por mis intentos de leer las emociones de la gente con la que nos cruzábamos.

—Para ser sincero —continuó—, creo que me sorprendió más el hecho de que yo tuviera razón, y fuera atlantiana, que cualquier otra cosa que haya dicho tu padre.

—¿Por qué no me sorprende? —musité.

Casteel se echó a reír y, cuando continuamos nuestro camino, empecé a sentir otra vez el nerviosismo de antes. Pero entonces Casteel me dio las riendas de Setti y dejó que controlara y guiara al caballo, lo cual me entretuvo. Al cabo de un rato, los árboles se despejaron para dar paso a una exuberante hierba verde que se extendía hasta los mismísimos acantilados que se asomaban sobre el mar. Delante de nosotros, una especie de seto rodeaba un gran templo circular situado sobre una alta plataforma, sus columnas blancas en claro contraste con el azul intenso del cielo. Detrás de él, una hilera de jacarandás, con sus flores color lavanda con forma de trompeta, me trajo recuerdos. Esos árboles crecían en abundancia alrededor del jardín del castillo de Teerman y ya entonces me encantaban. Ahora me hicieron pensar en Rylan, uno de mis guardias. Había muerto a manos de Jericho, un *wolven* que había estado trabajando con Casteel. Un gran peso se instaló sobre mi pecho. Rylan no había merecido morir así.

Y Casteel no había merecido todo lo que le habían hecho.

Dos cosas erróneas nunca hacían que las cosas fuesen correctas o mejores, y tampoco se cancelaban una a otra. Simplemente eran.

Todo pensamiento sobre las cosas que había hecho hasta llegar aquí quedó relegado cuando los *wolven* aparecieron a nuestro lado mientras pasábamos por el templo y nos adentrábamos en la sombra de los jacarandás con ligero aroma a miel. A través del seto vi una especie de jardín, que debía dar al templo. El otro extremo fluía hasta un edificio elegante de mármol y piedra caliza. Había elaboradas molduras doradas pintadas alrededor de ventanas abiertas en las que vaporosas cortinas blancas ondeaban a la brisa salada procedente del mar. El centro era una amplia estructura con numerosas ventanas y puertas, de varios pisos de altura, con un tejado de cristal abovedado y las afiladas torres que había visto al llegar aquí. Alas de dos pisos se extendían a ambos lados, conectadas por pasarelas cubiertas de enredaderas. Del piso de arriba sobresalían balcones, las cortinas abiertas y recogidas a los lados contra las columnas. En la planta baja, había verandas privadas separadas por muretes cubiertos de vegetación y diminutas florecillas azul pálido. El Palacio de la Cala no era ni la mitad de grande que el castillo de Teerman, ni tan alto, y parecería enano al lado del castillo de Wayfair, donde residían el rey y la reina de Solis. Pero era precioso de todos modos.

Detrás de mí, Casteel se había puesto rígido.

—Los guardias son nuevos —le dijo a Kieran.

¿No solía haber guardias apostados en las entradas de donde los reyes vivían en ese momento?

—Lo son. —Kieran acercó su caballo al nuestro mientras miraba a los guardias—. Aunque tampoco es que sean una sorpresa total.

—No, eso es verdad —convino Casteel.

Los guardias hicieron reverencias profundas, pero observaron a los *wolven* con ojos recelosos. Irradiaban suspicacia teñida de curiosidad mientras cruzábamos la pasarela. No detecté ninguna hostilidad patente en ellos al guiar a Setti por delante de sus puestos, pero estaban claramente en guardia cuando entramos en el patio, donde una fuente escalonada borboteaba agua. Unas rosas carmesíes trepaban por la base, perfumando el entorno. Echamos pie a tierra y aparecieron al instante varios mozos de cuadra para encargarse de los caballos.

Casteel me puso una mano tranquilizadora en los riñones y me guio hacia las escaleras redondeadas. Un hombre vestido con una túnica dorada esperaba frente a la puerta. Hizo una reverencia antes de abrir ambas hojas. Mi nerviosismo volvió a aflorar con fuerzas redobladas cuando entramos en un pequeño vestíbulo que daba a una sala circular. Los últimos rayos de sol iluminaban las numerosas filas de bancos vacíos y brotaba luz de apliques eléctricos dentro de nichos a ambos lados de la enorme sala. El espacio podía acoger con facilidad a varios cientos de personas, y no pude evitar fijarme en lo distinto que era al Gran Salón de Masadonia. Había muy poca separación, o ninguna, entre donde la gente se sentaba y el estrado delante de ellos.

Mis ojos se habían quedado atascados en los estandartes blancos que colgaban por la pared de atrás mientras Casteel nos conducía hacia la izquierda. En el centro de cada estandarte había un emblema bordado en oro, con la forma del sol y sus rayos. Y en medio del sol había una espada en diagonal encima de una flecha. Fue entonces que me di cuenta de que la flecha y la espada no estaban cruzadas por igual. Se tocaban por la parte superior, no por el centro, y no sabía cómo no había advertido eso antes ni por qué había llamado mi atención ahora. Pero, colocadas de este modo, la espada era más larga, más prominente que la flecha.

—¿El escudo siempre ha sido así? —pregunté. Kieran me lanzó una mirada inquisitiva y nos detuvimos delante de los estandartes.

—Preguntas las cosas más aleatorias.

Era verdad, así que ni siquiera pude responder nada ingenioso.

—El escudo puede cambiar con cada regente, si lo desea. —Casteel miró los estandartes—. Pero siempre contiene los tres símbolos: el sol, la espada y la flecha.

—Entonces, ¿este no es el que eligieron tu padre y tu madre?

Negó con la cabeza.

—Creo que este fue el que eligió el rey Malec —me dijo, y me sorprendió un poco oír que su elección de escudo no había cambiado.

—¿El sol representa a Atlantia? —aventuré, sin quitarle el ojo al escudo—. Y deja que lo adivine, ¿la espada representa a Malec y la flecha a tu madre?

—Has acertado —contestó Casteel—. No te gusta, ¿verdad? —Negué con la cabeza—. ¿Qué es lo que no te gusta de él?

—La espada y la flecha no son iguales —le dije—. Deberían serlo.

Un lado de sus labios se curvó hacia arriba.

—Sí, eso es verdad.

—Hubo un tiempo en que eran iguales —dijo Kieran. Levantó la vista hacia los estandartes—. Antes de Malec, y cuando dos deidades se sentaban en los tronos. Supongo que la espada es más prominente porque, técnicamente, Malec era mucho más fuerte que la reina Eloana. —Le lanzó a Casteel una mirada de disculpa—. Sin ofender.

—Técnicamente o no, me deja mal sabor de boca —dije, antes de que Casteel pudiera responder.

Los ojos invernales de Kieran se cruzaron con los míos.

—Si aceptas la corona, muchos esperarán que la flecha sea más prominente, puesto que tú eres más poderosa que Cas.

—Si acepto la corona, la flecha y la espada serán iguales —repliqué—. Un rey y una reina deberían tener el mismo poder, sin importar qué sangre circule por sus venas.

El *wolven* sonrió.

—No esperaba menos de ti.

Abrí la boca, pero él pasó por mi lado, se alejó y me dejó mirándole a la espalda.

—Qué irritante es —musité solo para Casteel.

—Pero tiene razón. —Casteel bajó la vista hacia mí, sus ojos eran como miel caliente—. Yo tampoco esperaba menos de ti.

Volví a mirar los estandartes y pensé que había que cambiarlos, aceptara la corona o no.

Aparté la vista y alcanzamos a Kieran mientras avanzábamos por un pasillo con pasarelas cubiertas a ambos lados y que llevaba directo a un gran salón de banquetes. La mesa podía acoger a un ejército entero, pero ahora estaba vacía, con solo un jarrón de peonías en el centro. Cruzamos una sala más pequeña, con una mesa redonda diminuta que parecía recién limpiada, y sillas con cojines grises. Capté un atisbo de mis ojos como platos en un espejo de la pared y me apresuré a mirar hacia delante. Delante de nosotros había una puerta entreabierta y dos guardias de la corona. Ambos hombres hicieron una reverencia y luego uno dio un paso a un lado mientras el otro se estiraba hacia la puerta.

Se oían los sonidos amortiguados de una conversación en el interior de la sala y mi corazón se paró unos instantes. Ralenticé el paso. ¿Y si Kirha estaba equivocada? ¿Y si los padres de Casteel solo se habían enfadado más a medida que su sorpresa se diluía? Su padre no había sido maleducado la noche anterior, pero habíamos estado juntos solo unos minutos.

Pensé que estaba a punto de usar la espada contra mí. Y su padre se había dado cuenta.

Miré la puerta, con el corazón acelerado. ¿Quién podría culparlos si no me aceptaban nunca? Yo era una forastera, la ex Doncella de los Ascendidos, que les había robado a su hijo y era probable que estuviera a punto de robarles más que eso.

Su reino.

CAPÍTULO 26

Los ojos de Casteel se cruzaron con los míos. Percibí un hilillo de preocupación en él, así que asentí antes de que pudiera empezar a hacerme preguntas. Esbozó una leve sonrisa y luego le hizo un gesto al guardia para que abriera la puerta.

La espaciosa habitación era luminosa y olía a café, y a la primera persona que vi fue a la madre de Casteel. Estaba sentada sobre un sofá gris claro, vestida con un sencillo traje de manga corta de tono azul pálido. Su pelo color ónice volvía a estar recogido en un moño simple en la nuca. Acababa de dejar una pequeña taza en una mesa baja y parecía congelada en el sitio mientras miraba a Casteel con brillantes ojos ambarinos. Una cascada de emociones rebosaba de ella: alivio, alegría, amor, aunque por debajo de todo ello había algo amargo. Pena. Cuando se puso de pie, noté una corriente palpitante y constante de aflicción, muy parecida a lo que a menudo sentía emanar de Casteel cuando nos conocimos.

Mis ojos se deslizaron con discreción hacia donde esperaba el hombre rubio, al fondo de la sala, con un vaso de líquido amarillento en la mano. Ni él ni la reina lucían sus coronas, pero no estaba segura de si eso era común o no cuando estaban en sus residencias privadas. Estaba casi convencida de que la reina Ileana y el rey Jalara llevaban las suyas incluso en la cama.

Se me puso la carne de gallina al darme cuenta de que el padre de Casteel me estaba mirando directamente. No le sostuve la mirada, sino que la desvié hacia otro sitio. Apenas sentí nada procedente de él. O era muy reservado, o bien sabía cómo bloquear sus emociones. En cualquier caso, no eran las únicas personas en la sala.

De pie al lado del gran ventanal que daba al jardín estaba la comandante de la guardia de la corona. Hisa esperaba en silencio, con las manos cruzadas a la espalda.

—*Hawke*. —El mote salió por los labios de la reina como un suave aliento, toda su atención puesta en él.

—Madre. —Noté una aspereza en su voz que hizo que me escocieran los ojos. Me di cuenta entonces de que no habían tenido ocasión de hablar siquiera desde el regreso de Casteel.

La reina corrió hacia él, pero tropezó con la esquina de una alfombra color crema. Casteel llegó a su lado al instante y la atrapó antes de que corriera peligro real de caerse. Eloana se rio mientras le echaba los brazos al cuello.

—Me alegré tanto de saber que planeabas visitarnos hoy. Mírate. —La madre de Casteel se echó atrás y le puso las manos en las mejillas. Retiró el pelo de su frente—. Mírate —repitió, y luego le dio otro abrazo, más fuerte y largo que el primero. Casteel no solo lo permitió, sino que se lo devolvió con agrado.

Verlo abrazado por su madre ablandó… bueno, me ablandó entera. Era Casteel, el Señor Oscuro. Lo había visto arrancar el corazón de un hombre con apenas una pizca de emoción y estrellarse contra árboles y utilizar sus colmillos para desgarrar cuellos. Era capaz de exhibir gran fuerza y una violencia terrible, y aun así, ahora mismo, no era más que un niño en brazos de su madre.

—Madre. —Su voz sonaba un poco quebrada por la periferia—. Puede que me estés rompiendo una costilla o dos.

La risa de la reina sonó ligera y alegre cuando se apartó.

—Lo dudo. —Le puso una mano en la mejilla otra vez—. ¿Has crecido?

—No, madre.

—¿Estás seguro? —insistió.

—El chico dejó de crecer hace una eternidad, más o menos cuando dejó de hacernos caso —dijo por fin su padre, y su tono fue afectuoso a pesar de las palabras.

La reina se rio de nuevo y le dio a Casteel unas palmaditas en la mejilla. Tal vez también le dijera algo más, porque Casteel asintió y luego dio un paso a un lado. Estiró una mano hacia mí.

—Me gustaría presentaros *de manera adecuada* a mi mujer —dijo, y me miró con sus ojos como miel fundida—. Penellaphe.

Sin apartar los ojos de los suyos, di unos pasos y puse mi mano en la de él. Me dio un apretoncito y mis sentidos se llenaron del sabor dulce del chocolate. Solté el aire despacio y le devolví el gesto mientras me giraba hacia su madre. Quizá se deba a mis años como Doncella, pero el instinto guio mis acciones y pude ignorar el zumbido de tensión que vibraba por mi sangre. Hice una reverencia inclinándome por la cintura y luego me enderecé.

—Es un honor conoceros en persona. —Las palabras salieron con tono suave por mis labios—. Casteel me ha hablado de vos con mucho afecto.

Percibí una oleada de diversión emanar del interior de Casteel, pero de su madre recibí lo que me pareció como una ducha de agua fría, mezclada con un toque de incredulidad. Fue casi como si por fin me mirase, y tal vez esta haya sido la primera vez desde que entré en la sala. No tenía ninguna duda de que le habían contado lo sucedido en las Tierras Baldías, así que no podía culparla realmente por sorprenderse de verme ahí de pie delante de ella, más o menos normal y no convertida en una *vampry* sedienta de sangre.

Una punzada de conciencia discurrió por mi interior porque, por increíble que pudiera parecer, a veces olvidaba, aunque solo fuera por unos segundos, lo que había sucedido. Cuando lo recordaba, como ahora, también sentía mi dosis de incredulidad.

Sin embargo, la madre de Casteel se había quedado paralizada mientras me miraba, y había palidecido a gran velocidad.

—¿Madre? —Casteel hizo ademán de ir hacia ella—. ¿Estás bien?

—Sí —se apresuró a responder. Se aclaró la garganta y su marido dio un paso adelante. Me puse tensa mientras ella seguía mirándome—. Es solo que... Lo siento. —Sus ojos dorados se abrieron más mientras formaba una sonrisa débil—. Es solo que no puedo creer lo que estoy viendo. Valyn me contó lo sucedido. Que te Ascendieron.

—No podía dejarla morir —declaró Casteel antes de que yo pudiera abrir la boca. La ira bullía en su interior como una contracorriente bajo aguas tranquilas—. Sabía exactamente lo que estaba haciendo y lo que hice solo es achacable a mí. No a ella.

Los ojos de la reina Eloana saltaron hacia su hijo.

—Lo sé. Eso fue lo que dijo tu padre. No la hago responsable de lo que hiciste tú.

Se me cortó la respiración.

—Tampoco deberíais responsabilizar a Casteel. No soy una *vampry*.

—Eso ya lo veo —dijo. Me miró con más atención, como si buscara alguna señal de los Ascendidos que todos conocíamos—. Pero ¿qué habría pasado si te hubieras convertido en una?

—¿Qué habría pasado? —repuso Casteel con un suave tono desafiante. Me soltó la mano.

Su padre bebió un trago largo del vaso que sujetaba y me dio la sensación de que empezábamos a bajar a toda velocidad por el mismo camino que habían tomado Casteel y su padre acerca de mi Ascensión. Y de verdad que no quería una repetición de aquello.

—No podemos cambiar lo que me hicieron ni lo que hizo Casteel para salvarme la vida. Ocurrió y ya está —dije, al tiempo que cruzaba las manos y las apretaba—. Y es obvio que todos somos afortunados de que no me haya convertido en una *vampry*. Parece bastante inútil seguir hablando de lo que podría haber pasado cuando simplemente no sucedió. Casteel comprendía el riesgo. Aun así se la jugó y yo sigo aquí. No convertida en una *vampry*. La cosa se acabó.

La ira se apaciguó dentro de Casteel, pero la sorpresa fría de su madre aumentó.

—Solo se acabó si ninguno de los presentes aquel día habla de lo que tuvo lugar en esas ruinas. Si alguna vez se sabe lo que ocurrió, hay quien podría verte como a una Ascendida más, así que no se acabó sin más porque parece que la cosa salió bien.

Su tono era sereno, pero llevaba un toque condescendiente que hizo que me abrasara la garganta y me escocieran los ojos. Una piel cálida rozó mi brazo. Kieran había dado un paso hacia mí y su simple contacto fue otra sorpresa, pues recordé cómo algo tan sencillo como eso me había estado prohibido cuando era la Doncella. Y eso me hizo pensar en todos esos años durante los que me había visto forzada a guardar silencio. A permitir que se dijese cualquier cosa delante de mí, o sobre mí, o a mí. A aceptar todo lo que me quisieran hacer.

Y había estado muy preocupada por que sus padres me aceptaran, incluso antes de que Casteel y yo dejáramos de fingir y admitiéramos que lo que sentíamos el uno por el otro era real. Todavía quería su aceptación, pero lo que me habían hecho nos lo habían hecho a los dos. Nosotros no habíamos elegido que nos pusieran en esa situación. Lo habían hecho las personas que consideraban a Atlantia su hogar. Lo había hecho la gente de la reina. Empujé a través del ardor de mi garganta porque tenía que hacerlo.

Porque ya no llevaba ningún velo.

Algún instinto oculto me decía que lo que ocurriera ahora mismo podía muy bien moldear la dinámica de mi relación con los padres de Casteel de ahora en adelante. Los dioses sabían que ya estaba sobre terreno pantanoso, pero no eran los Teerman, que habían sido mis guardianes cuando vivía en Masadonia. No eran la reina Ileana y el rey Jalara. Y yo no había escapado de una corona solo para ser silenciada y subestimada por otra.

La miré a los ojos y cerré mis sentidos para no permitirme leer los sentimientos de ninguno de los presentes en la sala. En ese momento importaba solo lo que sintiera *yo*.

—Se ha acabado porque darle un sermón a Casteel es irrelevante y no sirve para nada más que para sugerir que es culpable de algo, cuando en realidad vuestra gente es la única culpable. —Levanté la barbilla un pelín—. Y también porque, a estas alturas, es una conversación bastante repetitiva y cansina.

La reina Eloana abrió las aletas de la nariz al inspirar de manera brusca. Entreabrió los labios, pero yo aún no había terminado.

—Además, con respecto a que lo sucedido en las Tierras Baldías pueda acabar por extenderse más allá de los presentes, no creo que sea un problema. Como yo lo veo, los *wolven* me son leales y no harán nada que pueda infligirme algún daño. ¿Es correcto, Kieran?

—Es correcto —confirmó.

—Los atlantianos que estuvieron presentes son leales a Casteel y no creo que él piense que vayan a traicionarlo —dije, sin apartar aún los ojos de la reina—. ¿Estoy en lo cierto, Casteel?

—Lo estás —confirmó a su vez; su tono no era tan seco como el de Kieran, aunque llevaba un innegable toque ahumado.

—A excepción del rey, los demás testigos están muertos, y podemos dar por sentado que ellos no van a compartir lo sucedido esa noche con nadie —continué. Empezaban a dolerme los dedos por lo fuerte que apretaba mis manos—. Y de todos modos, en el caso muy poco probable de que lo sucedido esa noche saliera a la luz, sigo sin tener muy claro de qué hay que preocuparse. Los atlantianos me parecen bastante inteligentes como para darse cuenta de que, puesto que no tengo colmillos y puedo caminar a la luz del sol, no soy una *vampry*. ¿O acaso estoy sobreestimando el sentido común de la gente?

No respondió nadie.

La sala estaba tan callada que podría haber estornudado un grillo y lo hubiéramos oído.

Al final, fue Casteel el que rompió ese silencio tenso.

—No has sobreestimado a la gente, y esta conversación no solo es inútil sino que también es ofensiva, visto que Poppy fue atacada por nuestra gente.

—Ignorábamos por completo los planes de Alastir y no sabíamos que los Arcanos fuesen activos y estuviesen metidos en esto —declaró la reina—. Alastir no nos dio indicación alguna de que estuviese tramando nada semejante.

—Cuando Alastir vino con Kieran para alertarnos de la llegada de los Ascendidos a Spessa's End —intervino el padre—, nos habló de tu intención de casarte y de su creencia de que era algo que tenía que ver con... Malik. —Bebió un trago rápido y se aclaró la garganta. En cualquier caso lo sentí empujar contra las paredes que había levantado alrededor de mis sentidos antes de desaparecer: el fogonazo de agonía ácida, casi amarga—. Dijo que no estaba seguro de cuán comprometidos estabais el uno con el otro.

—Estamos comprometidos —lo interrumpió Casteel, y su punzada de ira ardiente se unió a mi irritación—. Mucho.

—A mí no me cabe ninguna duda —aceptó su padre—. Creo que habría que estar ciego para no darse cuenta de eso.

Pensé en cómo me había besado Casteel delante de su padre y me sonrojé.

—¿Eso es todo lo que dijo Alastir? —pregunté—. ¿Sabía que desciendo de las deidades?

—Alastir nos dijo quién eras y lo que podías hacer —reconoció la reina Eloana—. Sabíamos lo que significaba. Ningún mortal con sangre atlantiana podría tener esas habilidades. Cualquiera de nosotros que fuera lo bastante mayor para recordar a las deidades lo hubiese sabido, aunque quizá no inmediatamente. Nadie habría pensado en ello siquiera. Pero, en algún punto, Alastir se dio cuenta de tus orígenes y se percató de quién eras.

—Sin embargo, vos lo supisteis en cuanto me visteis —dije, recordando su expresión como si la hubiese contemplado justo la víspera—. Alastir os dijo que no era demasiado tarde.

—Porque sabía lo que significaba para la corona, como lo supe yo cuando te vi. Vi cómo irradiabas luz y supe lo que eras —nos dijo—. No entendí lo que quiso decir en las Cámaras, cuando aseguró que no era demasiado tarde, pero después, cuando nos enteramos de sus planes, supongo que creía que apoyaríamos lo que pretendía lograr.

—¿Entregarme a los Ascendidos para que pudieran matarme? —conjeturé, y tuve que reprimir un escalofrío por lo cerca que había estado de conseguirlo—. Igual que los de las Cámaras que me atacaron antes de que llegarais. Intenté detenerlos...

—¿Intentaste? —exclamó el rey Valyn con una risa de incredulidad que me recordó muchísimo a la de Casteel—. Yo diría que lo lograste, Doncella.

La cabeza de Casteel voló en dirección a su padre y la tensión puso rígidos sus anchos hombros.

—Se llama Penellaphe. Y si mi *mujer* te da permiso, puedes llamarla así. Si no, puedes llamarla «princesa». Lo que sea que salga con más respeto por tu boca. Pero *jamás* utilizarás el término «Doncella». ¿Entendido?

Apreté los labios. Sus palabras. Su tono. No sabía por qué, pero me entraron ganas de sonreír.

Su padre se echó atrás, con los ojos abiertos como platos, pero su mujer levantó una mano.

—Ni tu padre ni yo pretendemos ser irrespetuosos, Hawke.

—¿Ah, no? —espeté, y sus ojos dorados volaron hacia mí.

—No —declaró, con su delicada frente fruncida—. No queremos serlo.

Miré a la reina. A mi suegra.

—Cuando me visteis por primera vez, hablasteis como si Casteel hubiese traído consigo una maldición al reino en lugar de una esposa.

—Lo que vi me pilló por sorpresa —respondió—, como supongo que le habría pasado a cualquier otro. —Su ceño se frunció aún más—. No... no te esperaba a ti.

—Y yo nunca esperé *nada* de esto. —Le sostuve la mirada. Necesitaba que comprendiera que no era la Doncella, que no era la herramienta de los Ascendidos que los del templo creían que era—. Alastir no lo sabía, pero yo estaba ahí cuando los Ascendidos enviaron sus *regalos* en Spessa's End. —Se me comprimió el pecho al pensar en Elijah, en Magda... en todos los que habían sido asesinados de un modo tan absurdo—. Luché contra ellos al lado de Casteel. Maté a la duquesa de Masadonia. Curé a *vuestra* gente, aunque algunos me miraban como si fuese una especie de monstruo. Yo no forcé a vuestros guardias a atacarme, y eso es lo que eran algunas de esas personas, ¿verdad? Guardias de la corona. Miembros de los Arcanos.

La reina se mantuvo en silencio mientras me inclinaba hacia delante. No se me pasó por alto cómo se movió el rey, como si quisiera proteger a su mujer, ni el paso adelante que

438 • UNA CORONA DE HUESOS DORADOS

dio Hisa. Tal vez más tarde me sintiera avergonzada por el salvaje fogonazo de satisfacción que eso me proporcionó. O tal vez no.

—No sé lo que podéis pensar de mí ni lo que os contó Alastir, pero yo no elegí ser la Doncella, ni llevar el velo. No elegí ser la descendiente de no sé qué deidad ni venir aquí y romper vínculos o usurpar linajes. La única cosa que he elegido en mi vida es a vuestro hijo.

Casteel echó la cabeza atrás y su pecho se hinchó con una respiración profunda. Sin embargo, permaneció callado y dejó que hablara por mí misma.

—¿Os dijo *eso* Alastir cuando llegó desde Spessa's End? —pregunté.

—No —respondió el padre con voz queda—. No lo hizo.

—Eso me parecía.

Entonces habló Casteel.

—Vinimos aquí con la esperanza de que los dos pudieseis ayudarnos a determinar en qué se convirtió mi mujer cuando Ascendió. Y a título personal, había esperado que conocieseis un poco a Penellaphe, y viceversa. Pero si vamos a volver a discutir sobre el pasado, entonces no nos queda nada por hacer aquí más que marcharnos.

—Pero debemos hablar del pasado —se apresuró a decir su madre. Casteel se puso rígido—. Solo que no del modo que piensas —añadió con un gran suspiro.

Y por fin abrí mis sentidos para dejar que se estiraran hacia ella. La acidez de la aflicción era tan extrema que casi di un paso atrás. Deslizó una mano por su pelo ya peinado mientras su marido se reunía con ella y se colocaba a su lado del mismo modo silencioso en que Casteel se movía a menudo. Le puso una mano en el hombro.

—Debo disculparme —dijo la reina—. No pretendía ofender, pero sé que lo he hecho. Mi sorpresa por toda esta situación es obvio que me ha desconcertado —explicó. Levantó una mano y la cerró sobre la de su marido—. Pero no hay excusa. Porque los dos tenéis razón. —Sus ojos volvieron a mí—. Sobre todo tú. Lo que te hicieron no fue tu culpa ni la de mi hijo, y lo que había planeado decirte era lo mucho que sentía lo ocurrido. —Había sinceridad en sus palabras, con sabor a contrición. Me relajé un poco—. En cualquier caso, tanto Valyn como yo estamos aliviados de que estés... de que hayas venido a vernos con nuestro hijo. —Hubo un pálpito de emoción que no pude descifrar porque llegó y desapareció muy deprisa—. Debí decir esto en cuanto entraste en la sala, pero... —Dejó la frase sin terminar y sacudió la cabeza—. Lo siento muchísimo, Penellaphe.

Observé cómo el padre de Casteel bajaba la barbilla para besar a su mujer en la sien; un acto que me tocó el corazón, pues me recordó a Casteel. El aire que inspiré ya no escaldó mi garganta, aunque mi piel todavía hormigueara con toda la frustración acumulada. Sin embargo, los padres de Casteel habían sufrido una conmoción importante. No debía olvidar que la reina casi seguro sabía que yo compartía sangre con su primer marido; yo era un recordatorio doloroso de un pasado en el que era probable que no quisiera pensar nunca.

Y aunque una parte de mí, en el centro del zumbido de mi pecho, quería dar media vuelta y marcharse, sabía que eso sería tan inútil como darle un sermón a Casteel. Además, era capaz de ser compasiva, y sentía empatía por su madre; por sus padres. Yo no era lo que habían esperado. Jamás.

—No pasa nada. No habéis tenido ocasión de ver a Casteel de verdad, no digamos ya hablar con él. Y comprendo que estéis sorprendidos de verme como soy y no como *debería* ser después de una Ascensión —dije. Fue imposible pasar por alto los fogonazos gemelos de sorpresa procedentes de sus padres.

La reina Eloana parpadeó deprisa mientras su marido me miraba como si me hubiese salido un tercer brazo. Su mujer se recuperó primero.

—Gracias por ser tan comprensiva, sobre todo cuando somos nosotros los que más ofensas tenemos que reparar. Por favor —extendió un brazo hacia unos sofás idénticos enfrente del que ella había ocupado hasta hacía unos minutos—, tomad asiento.

Casteel me miró, con la pregunta evidente en sus ojos. Lo dejaba en mi mano. Yo decidía si nos quedábamos o nos marchábamos. Estiré la mano hacia él y agradecí el peso y el contacto de sus dedos alrededor de los míos. Asentí.

El alivio fue evidente tanto en su padre como en su madre.

—¿Queréis beber algo alguno de los dos? ¿Kieran? —preguntó la reina.

Declinamos la oferta y nos sentamos en el mullido sofá, del tipo en el que podía imaginarme hecha un ovillo mientras leía un libro.

Eso sí, no ese maldito diario.

Kieran permaneció en pie y adoptó una posición de vigilancia detrás del sofá. No se me escapó que eso era exactamente lo que estaba haciendo. Montaba guardia justo detrás de mí, con una mano apoyada en la empuñadura de su espada envainada.

Eso debía enviar un mensaje bastante incómodo.

—Espero que lo que viste de Atlantia ayer te haya demostrado que tus experiencias con nosotros hasta ahora no son representativas de quienes somos —declaró el rey Valyn, su mirada casi tan intensa como la de su hijo al revelar que sabían cómo habíamos pasado el día anterior. Su mujer y él se sentaron—. Y que pienses que lo que pudiste conocer ayer se ajusta más a la realidad.

—Deseo de todo corazón que eso sea verdad —admití—. Lo que he visto de la Cala de Saion hasta ahora me ha encantado.

Su padre asintió.

—Quiero asegurarme de que esa sea la única verdad que conozcas.

—Ayer por la noche nos enteramos de que te debemos nuestro agradecimiento, algo que también debí mencionar antes. —Los brillantes ojos cítricos de la reina se centraron en mí. Saboreé el limón de la curiosidad, un fogonazo ácido de confusión y el amargo aroma subyacente de la aflicción—. Gracias por ayudar a la niña que resultó herida en el accidente de carruaje. Evitaste una gran tragedia innecesaria.

Miré a Casteel de reojo, sin tener muy claro cómo contestar. *De nada* parecía una forma rara de responder en esta situación. Casteel apretó la mano en torno a la mía.

—Yo… solo hice lo que pude para ayudarla.

El rey arqueó una ceja.

—¿Solo hiciste lo que pudiste? Salvaste la vida de esa niña. No fue ningún acto simple.

Me moví en mi asiento, incómoda.

—Mi mujer es mucho más humilde que yo —afirmó Casteel, y hubo un resoplido suave y apenas audible pero reconocible detrás de mí. Las comisuras de mis labios se curvaron hacia abajo cuando Casteel deslizó la mirada hacia mí—. Si yo fuese capaz de hacer lo que hizo ella, llevaría mi grandeza tatuada sobre la piel.

—¿En serio? —le dije en tono seco—. Eso suena excesivo.

—Bueno, pero como ya sabes, soy excesivo en todas las cosas —me dijo con una voz sensual y seductora.

Un rubor traicionero trepó por mis mejillas al tiempo que un calor perverso se instalaba en mi bajo vientre. Pensé de inmediato en lo que habíamos hecho en la playa la noche anterior. Eso sí que había sido… excesivo.

Casteel sonrió de oreja a oreja.

Su padre se aclaró la garganta.

—¿Siempre has sido capaz de hacer lo que hiciste con la niña?

Aparté la vista de Casteel y mi mente de unos sitios muy inapropiados antes de responder.

—No, antes no podía —reconocí. Luego les hice un breve repaso de cómo habían evolucionado mis habilidades—. Ya estaban cambiando antes de que Ascendiera.

—Pensé que la cosa guardaría relación con el Sacrificio —aportó Casteel.

—El Sacrificio explicaría el cambio —convino su madre.

—¿Y todo eso fue antes de la Ascensión? No sé de ningún otro medio atlantiano que haya pasado por el Sacrificio. —Su padre me miró con atención—. Ni de ningún mortal Ascendido con sangre atlantiana que haya pasado por un Sacrificio y no se haya convertido en *vampry*. Aunque, claro, tampoco sé de ningún otro medio atlantiano descendiente de los dioses que siga con vida hoy en día.

—Yo tampoco —comenté, y luego me encogí un poco. Era obvio que no. *Por todos los dioses.*

Percibí la diversión que emanó de Casteel y, sorprendentemente, de su padre. Apareció una leve sonrisa en el rostro del rey.

—Has dicho que no sabes de ninguno que siga con vida. ¿Estás diciendo que *sí* hubo otros como ella antes?

Casi quise pegarme por no haber pillado eso antes. La reina asintió.

—No era frecuente, pero las deidades sí creaban hijos con atlantianos o con mortales. Cuando ocurría, el *eather* de la deidad a menudo se manifestaba en el niño de una manera o de otra. Por supuesto, esa manifestación era más fuerte cuando el otro padre era atlantiano.

—¿Y los hijos...? Los que tenían un padre mortal, quiero decir —empecé, muy necesitada de obtener respuestas—. ¿También eran mortales?

La reina asintió mientras recuperaba su tacita blanca de la mesa.

—Por lo que recuerdo, sus heridas se curaban más deprisa que las de la mayoría de los mortales, y no solían enfermar

—explicó mientras miraba a su marido y bebía un sorbito. Yo siempre me había curado deprisa y rara vez enfermaba—. Pero seguían siendo mortales. Envejecían al mismo ritmo que los demás. Probablemente habrían vivido unos cuantos años más que los demás si no hubiera sido por su necesidad de perseguir a la muerte.

—¿Qué significa eso? —preguntó Casteel.

—Los que llevaban sangre de los dioses solían ser guerreros; eran los primeros en interrumpir una pelea, y a veces, los que la provocaban —explicó el rey—. Eran los hombres y mujeres más valientes que he conocido nunca, luchaban en las trincheras al lado de los soldados atlantianos. La mayoría de ellos, si no todos, murieron en la guerra o fueron capturados por los Ascendidos cuando se dieron cuenta de la sangre que llevaban en su interior.

Se me agrió el estómago. Era probable que se alimentaran de ellos o los utilizaran para crear a más Ascendidos, sufriendo un periodo breve pero no menos horripilante que el que había padecido Casteel y que el que ahora mismo estaba viviendo su hermano. Mi labio se curvó en una mueca de desagrado y sacudí la cabeza.

—Santo cielo. —Tragué saliva y Casteel me dio un apretoncito en la mano—. ¿Cuánto tiempo llevan los Ascendidos haciendo esto?

—Desde que vieron la luz por primera vez —dijo el rey. Me estremecí—. Han cometido pecados atroces contra atlantianos, mortales y dioses.

Nada de lo que dijo fue una exageración.

—La cosa, sin embargo —continuó el padre de Casteel, un codo apoyado en el sofá—, es que ni siquiera los hijos de una deidad con un atlantiano tenían habilidades que se manifestaran en ellos con tanta fuerza como en ti. Lo que hiciste en las Cámaras es algo que ni siquiera los atlantianos elementales más poderosos pueden hacer —explicó. Deslizó un pulgar por su mandíbula mientras miraba a Casteel y luego a mí—. En el templo de Saion, me preguntaste si podía explicar lo que te había pasado cuando Casteel te Ascendió.

—Y nos dijiste que no lo sabías —repuso Casteel.

—No era del todo mentira —dijo, y lanzó una miradita rápida a su mujer antes de volverse hacia Casteel—. El pasado que mencionó tu madre juega un papel primordial en todo esto. En lo que se ha convertido Penellaphe. Aunque no explica cómo.

Unos dedos glaciales de inquietud rozaron mi nuca e hicieron que un escalofrío bajara rodando por mi columna.

—¿Tus padres? —preguntó la reina, inclinándose un poco hacia delante—. ¿Siempre creíste que los dos eran mortales?

—Sí —le dije, con los hombros cada vez más tensos—. Ahora no estoy segura. Ni siquiera sé si eran mis padres biológicos.

Su garganta subió y bajó al tragar saliva.

—¿Y tienes un hermano?

Estaba claro que Alastir los había informado bien.

—Sí. Es dos años mayor que yo.

—¿Y Ascendió? —preguntó. Asentí de un modo rígido. La reina cruzó las manos flojas en su regazo—. ¿Estás segura?

—Solo se lo ha visto de noche —confirmó Casteel—. Aparte de eso, no hay forma de saberlo. Pero se lo ha visto varias veces. No creo que lo estén utilizando para obtener sangre... del modo en que pretendían usar a Penellaphe.

Sabía lo que estaban pensando sus padres. Que o bien Ian era solo medio hermano mío o no era mi hermano biológico en absoluto. Si cualquiera de esas cosas fuese verdad, no me importaba. Seguía siendo mi hermano. Igual que mis padres, que habían dado sus vidas por protegernos, siempre serían la única madre y el único padre para mí.

—Creo que podemos contestar a algunas de las preguntas que tienes —declaró la madre de Casteel, tras cruzar una breve mirada con su marido.

Casteel me dio un apretón en la mano justo cuando empezaba a contestar.

—Alastir me dijo que comparto habilidades parecidas a las de…

—¿Malec? —aportó la reina Eloana, y su aflicción se volvió algo denso que arrojó una especie de mortaja sobre la sala—. Es verdad. Así debe ser. No mentía.

Se me cortó la respiración. Me quedé pasmada y aún más sorprendida por el hecho de estar tan consternada. Al parecer, alguna parte de mí no había querido creer que eso fuese verdad. Me eché hacia atrás e intenté liberarme del agarre de Casteel, pero no me soltó y giró el cuerpo hacia el mío.

—No importa, Poppy. Ya te lo dije. —Me miró a los ojos—. A mí no me importa en absoluto.

—A nosotros tampoco nos importa —afirmó Kieran con suavidad desde detrás de nosotros, hablando con valentía en nombre de todos los *wolven*.

—De hecho, te pareces a él —susurró la madre de Casteel, y mi cabeza voló hacia ella—. Aunque no hubiese visto el poder que irradia de ti, habría sabido exactamente de quién descendías. Tienes muchos de sus rasgos. Y su pelo, aunque el de él era de un tono rojo con más castaño, y su piel era un poco más oscura que la tuya.

Noté que la sangre corría más despacio por mis venas.

—Siempre me dijeron que me parecía a mi madre…

—¿Quién te lo dijo? —preguntó.

—Fue… —La reina Ileana era la que me lo decía. Desde que tenía recuerdos, había dicho que era la viva imagen de mi madre cuando ella tenía mi edad. Jamás lo cuestioné. Y aunque empezaba a sospechar que al menos uno de mis padres no era mi padre biológico, nunca me había planteado de verdad que fuese mi madre.

Casteel me miró durante unos instantes, luego se volvió hacia su madre y su padre.

—¿Qué estáis insinuando?

—Lo que estamos *afirmando* es que es imposible que las personas que creías que eran tus padres fuesen como las recuerdas. —El rey Valyn habló con un tono más suave del que jamás habría imaginado que sería capaz de utilizar—. O no eran tus padres en absoluto. Porque sabemos quién es uno de ellos.

La compasión que irradió de la reina casi me asfixió.

—Sin duda, Malec es tu padre, Penellaphe.

CAPÍTULO 27

Miré pasmada a los padres de Casteel, atrapada en un ciclón de confusión e incredulidad. Tenía ganas de ponerme de pie, pero Casteel seguía aferrado a mi mano. ¿Y a dónde podía ir?

—Para tener las habilidades que tienes, debes ser hija de una deidad y no solo compartir algo de sangre con ellos —explicó el rey Valyn, con la misma ternura que antes—. También significa que ninguno de tus padres pudo ser mortal.

—¿Qué? —solté, con una exclamación ahogada.

—Simplemente es imposible que hayas sido mortal en algún momento —dijo la reina Eloana. Sus ojos buscaron los míos—. Eso no significa que la madre que conociste no fuese tu madre. Solo significa que nunca fue mortal.

Sacudí la cabeza mientras mi cerebro trataba de procesar a gran velocidad toda esta información nueva.

—Pero ¿no lo hubiese sabido Alastir? Él la conoció.

La reina Eloana bajó la vista y supe que había dicho todo esto para reducir el impacto. Se me hizo un agujero en el estómago.

—No hagáis eso. No mintáis para suavizar el golpe. Lo aprecio. De verdad. —Y era así. Significaba que, de algún modo, se preocupaba por mis sentimientos—. Pero necesito saber la verdad. Necesito enfrentarme a ella.

Sentí que una oleada de respeto emanaba de la reina, que asintió.

—Sí, Alastir hubiese sabido que la mujer con la que se encontró no era mortal.

—Eso también significa que Leopold no podía ser Malec. —Kieran se había movido para sentarse sobre el reposabrazos del sofá—. Alastir lo hubiese sabido y lo habría dicho.

Me concentré en respirar profundo y con calma mientras me recordaba que ya había sospechado que al menos uno de mis padres no era mi padre biológico. Había empezado a aceptarlo incluso, y... y podía tolerar esto. Pero ¿que Malec fuese mi padre? Había algo que no cuadraba. Sin embargo, mis pensamientos eran un torbellino demasiado grande como para conseguir dilucidar qué era ahora mismo.

—Y de haberse cruzado con Malec, me lo habría dicho —afirmó la madre de Casteel. La miré de nuevo—. Nos lo habría dicho a los dos.

En ese momento, los dedos de Casteel resbalaron de los míos y mi corazón dio un traspié ante el aluvión de frialdad que brotó de él mientras miraba a sus padres estupefacto.

—¿Vosotros dos sabíais de la existencia de Penellaphe antes que yo? ¿Sabíais lo que hizo Alastir aquella noche en Lockswood?

Oh, por todos los dioses.

Ni... ni siquiera me había planteado eso. Pero noté el sabor ahora, la acidez de la vergüenza, que irradiaba de ambos. El centro de mi pecho zumbaba y Kieran aspiró una bocanada de aire tembloroso al tiempo que estiraba el cuello a izquierda y derecha.

—¿Lo... lo sabíais?

—Sabíamos que había encontrado lo que creía que era un descendiente de Malec —respondió la reina Eloana. Su marido se estiró hacia ella y le agarró la mano—. Pero no sabíamos nada más sobre ti ni sobre tu familia. En aquel momento, ni siquiera él supo que eras hija de Malec. Solo se dio cuenta de eso cuando se encontró contigo otra vez.

El cuerpo de Casteel mostraba una rigidez imposible y vi que Hisa se apartaba con discreción de la ventana para acercarse más a los reyes.

—Pero ¿sabíais que había matado a sus padres? ¿Que la dejó abandonada para que muriera?

Su padre lo miró a los ojos.

—Solo lo supimos después de que estuviera hecho. Ya no había nada que pudiésemos hacer.

Pasó un momento y entonces Casteel empezó a levantarse. Me eché hacia delante al instante y lo agarré del brazo.

—Tiene razón —le dije. Tragué saliva y él se giró con brusquedad hacia mí. Sus ojos me recordaron al topacio congelado—. No había nada que pudieran hacer. No fue culpa de ellos.

Al estar tan concentrada en Casteel, no pude ubicar del todo esa sensación extraña otra vez, una emoción fugaz que era ácido y al mismo tiempo amarga. No podía identificar de quién procedía ni si de verdad la había sentido, cuando la ira de Casteel era como una tormenta de fuego.

—No puedes culparlos por lo que hizo Alastir —le dije. Cerré la otra mano en torno a su brazo—. No puedes.

Durante unos instantes, no se movió. Luego se sentó otra vez a mi lado. Los músculos bajo mi mano permanecieron en tensión mientras Hisa retrocedía de vuelta a su lugar al lado de la ventana y separaba la mano de la empuñadura de su espada.

—¿Cómo? —exigió saber Casteel con la voz temblorosa—. ¿Cómo pudisteis cualquiera de los dos continuar vuestra amistad con ese bastardo después de saber lo que había hecho?

Esa…

Esa era una pregunta excelente.

El pecho de su padre se hinchó con una respiración profunda.

—Porque creímos que estaba haciendo lo mejor para Atlantia.

—Permitió que una niña pequeña fuese atacada por Demonios —bufó Casteel—. ¿Cómo diablos puede ser eso lo mejor para Atlantia?

—Porque Malik había desaparecido, tú no mostrabas ningún interés en hacerte cargo de la corona y una descendiente de Malec, criada entre los Ascendidos y cuidada por una doncella personal de la Corona de Sangre habría podido reclamar el trono —masculló su madre, y noté que Casteel se encogía un poco—. Y aun sin saber el alcance de la sangre que llevaba en su interior, no había manera de que Alastir o ninguno de nosotros creyera que era una coincidencia que una doncella personal se estuviera haciendo pasar por la madre de una niña que era la heredera de Atlantia.

Haciéndose pasar por la madre…

—*Por todos los dioses* —musitó Kieran, y se pasó una mano por la cara.

Casteel se echó atrás y un músculo se apretó en su mandíbula mientras me miraba.

—Poppy, yo…

—No. Ni se te ocurra. —Solté su brazo y le puse las manos en las mejillas—. No te atrevas a disculparte. Esto tampoco es culpa tuya. Por aquel entonces, estabas tratando de encontrar a tu hermano. No tenías ni idea de lo que iba a hacer Alastir y ni siquiera sabías que yo existía. No te eches encima ese tipo de culpa. Por favor.

—Tiene razón, hijo. —Su padre se aclaró la garganta—. Esto no es culpa tuya.

—¿Y vosotros de verdad creéis que no tenéis ninguna responsabilidad en esto? —preguntó Casteel, sin apartar los ojos de los míos en ningún momento.

—Sí que la tenemos —reconoció su madre con voz queda—. No nos gustó lo que se hizo, pero tampoco nos mostramos en contra. Y es algo con lo que hemos vivido desde entonces y con lo que tendremos que seguir viviendo.

—¿Igual que la gente a la que matasteis para mantener oculta la ubicación de Iliseeum? —Casteel se soltó de mi agarre y se giró hacia sus padres—. ¿Esa es otra cosa con la que vivís ambos?

—Lo es —confirmó el rey Valyn, y si alguno de ellos estaba sorprendido por que hubiésemos averiguado la localización de Iliseeum, no lo demostraron—. Y si te conviertes en rey, tendrás que hacer muchas cosas que te revolverán el estómago y atormentarán tus sueños, y con las que tendrás que vivir.

La verdad de esa afirmación silenció a Casteel. Durante un segundo.

—Estoy seguro de que sí, pero si descubro que cualquiera de los míos ha tenido algo que ver con hacer daño o matar a un niño, se encontrará en el Abismo, adonde pertenece. Esa sangre jamás manchará mis manos.

El dolor y la aflicción alancearon los muros que rodeaban al rey Valyn.

—Espero y rezo por que nunca ocurra.

—No se necesitan rezos —repuso Casteel con frialdad mientras levantaba mi mano y plantaba un beso en el centro de la palma.

—Esperad —farfulló Kieran de pronto—. No entiendo cómo puede Malec ser su padre. Sé que nunca se ha contado lo que le pasó, pero se ha dado por sentado con bastante seguridad que no está vivo. Y que no lo ha estado desde hace siglos. Después de todo, ¿por qué no habría regresado a reclamar el trono?

Di un respingo. *Eso* era lo que no tenía sentido de que Malec fuese mi padre. Vale, nadie parecía saber lo que había sido de él ni de Isbeth, pero ¿cómo podía seguir vivo?

—Es una suposición bastante segura —confirmó su madre mientras se levantaba—. Y por eso también es imposible.

Parpadeé una vez, luego otra.

—Repetid eso.

—Es imposible que Malec engendrara a un hijo hace diecinueve años. —Las faldas de su vestido chasquearon alrededor de sus tobillos cuando la reina Eloana fue hasta el aparador de madera de roble y levantó un decantador con un líquido ambarino—. ¿Estáis seguros de que nadie quiere una copa?

Kieran fue el único en reaccionar.

—De verdad que no entiendo lo que está pasando —dijo, con aspecto de necesitar esa copa.

—Después de que yo lograra anular el matrimonio y Malec fuese destronado, desapareció —explicó la reina, mientras se servía un vaso. Volvió a poner el tapón en el decantador y dejó la mano ahí, sin darse la vuelta hacia nosotros—. Por aquel entonces estaba ocupada con otras cosas, como la creciente amenaza de los Ascendidos y el principio de la guerra, así que no lo encontré hasta unos años más tarde, después de que Valyn y yo nos casáramos y la Guerra de los Dos Reyes terminara.

Tenía los hombros tensos mientras bebía un trago, pausado y largo.

—Sabía que tenía que hacerlo. Si no, sería un riesgo permanente no solo para Atlantia sino también para la familia que estaba intentando formar. Lo conocía bien. —Se giró un poco y bebió otro trago, para lo cual retrajo un poco los labios y dejó a la vista las puntas de sus colmillos—. Habría buscado vengarse por lo que yo había hecho. Así que lo busqué por todas partes, y cuando por fin lo encontré, en lo más profundo de Solis, lo sepulté.

—¿Us... usasteis las cadenas de hueso? —pregunté. Recibí un asentimiento seco como respuesta.

—Es extremadamente difícil matar a una deidad. Hay quien diría que es imposible sin la ayuda de otra deidad o de un dios —explicó, y recordé lo que había dicho Alastir sobre Malec: que había matado a muchas de las otras deidades.

Mi... padre no solo era propenso a la violencia caótica y al adulterio constante, sino que al parecer también era un asesino.

Bueno, eso si era mi padre, lo cual era algo que la reina Eloana todavía tenía que explicar.

—Eso fue hace unos cuatrocientos años. —Se giró hacia nosotros, el vaso sujeto contra el pecho—. Hubiesen hecho falta más de la mitad de esos años para que se debilitara la suficiente como para morir, pero sí habría estado muerto para cuando tú naciste.

Casteel frunció el ceño y me miró, luego a su madre y después a su padre.

—Entonces, ¿cómo es que Malec es el padre de Poppy?

—A lo mejor estáis equivocados —sugirió Kieran—. A lo mejor Malec no es su padre.

El rey Valyn sacudió la cabeza.

—No quedan más deidades. Malec mató a las últimas cuando regía. Pero no es solo por eso. —Levantó la vista hacia mí—. Es verdad que te pareces a él. Demasiado, para ser un descendiente de varias generaciones después.

Abrí la boca, pero no sabía qué decir.

—Y luego está lo que hiciste por esa niña ayer —intervino la madre de Casteel—. Por lo que nos han contado, la chiquilla estaba demasiado mal como para ser curada. Malec podía hacer lo mismo.

—Pero rara vez lo hacía, ¿no? —dije, repitiendo lo que había dicho Alastir. La reina asintió.

—Lo hacía cuando era más joven y estaba menos amargado y aburrido de la vida y la muerte. —Bebió otro trago y vi que su vaso estaba casi vacío—. De hecho, a mí me salvó la vida. Así fue como nos conocimos. —Su garganta subió y bajó al tragar y yo aproveché para mirar a Casteel. No sabía si él había tenido esa información—. Ninguna otra deidad podía hacer eso. Solo las que llevaban la sangre de Nyktos. Y solo estaba Malec. Era nieto de Nyktos. Por eso era tan poderoso, lo cual explica en parte por qué eres tan poderosa tú, pues Nyktos sería tu bisabuelo.

—Además, Malec era la deidad más vieja. —El padre de Casteel se inclinó hacia delante y se frotó la rodilla derecha con la palma de una mano—. El resto eran hijos de bisnietos de los dioses.

Lo cual significaba que si Casteel y yo teníamos hijos, serían... un poco como las deidades que gobernaban Atlantia durante un tiempo. Quizá un poco menos poderosos debido al linaje elemental de Casteel, pero aun así... poderosos.

En este momento, sin embargo, no podía ni pensar en eso.

—Pero Nyktos tuvo dos hijos —dije, al recordar el cuadro de los dos grandes gatos grises—. ¿Entre los dos solo tuvieron un hijo?

La reina asintió.

—Entonces, sigo sin entender cómo Malec es su padre —insistió Kieran, y yo estaba pensando justo eso.

—¿Dónde está sepultado Malec? —preguntó Casteel.

Su madre fue hasta donde estaba sentado el rey.

—No sabría cómo se llama esa zona ahora, y muchas de esas tierras han cambiado en los años transcurridos desde entonces, pero no debería ser difícil de localizar. Unos árboles del color de la sangre, como los que crecen en las Cámaras de Nyktos y ahora florecen en las montañas Skotos marcan la tierra donde está sepultado.

Solté una exclamación ahogada.

—El Bosque de Sangre a las afueras de Masadonia.

Casteel me miró y luego se volvió hacia Kieran.

—¿Sabes algo que siempre me he preguntado? Por qué la Corona de Sangre te envió a vivir en Masadonia cuando hubiese sido más seguro para ti estar en la capital.

Yo también me había preguntado eso.

—Porque su sangre hubiese sido una atracción demasiado grande para los Ascendidos y así estaría bajo los cuidados de alguien en quien la corona confiaba —explicó su padre, y se me revolvió el estómago.

—He tenido serias dudas sobre el buen juicio de la Corona de Sangre, pero si confiaban en los Teerman, eso muestra una falta de percepción sorprendente —aportó Casteel, al tiempo que deslizaba los dedos por el centro de la palma de mi mano.

—Bueno, nunca se alimentaron de mí —dije—. Por lo que yo recuerdo, al menos.

—No, solo te maltrataron. —Su tono se había endurecido—. No estoy seguro de que haya demasiada diferencia entre ambas cosas.

—Siento oír eso —murmuró la reina Eloana, y dejó su vaso ya vacío en la mesa al lado del sofá.

—Yo… —Se me revolvió un poco más el estómago cuando se me ocurrió algo—. ¿Es posible que Ileana o Jalara hayan averiguado dónde estaba sepultado Malec?

El rey Valyn respiró hondo y cada centímetro de mí se tensó aún más.

—Supongo que así fue. Es la única explicación plausible a cómo puede ser Malec tu padre.

Los dedos de Casteel se quedaron quietos sobre mi mano.

—¿Estás sugiriendo que los Ascendidos lo sacaron de su sepultura? Porque no les he oído mencionar algo así jamás.

—Tendrían que haber llegado hasta él antes de que muriera —indicó su padre—. Pero incluso aunque solo tardaran un siglo o dos en enterarse de que estaba sepultado ahí, habría hecho falta mucha sangre atlantiana para lograr que recuperara algún nivel de conciencia. E incluso entonces, habría estado… no demasiado bien de la cabeza. Dudo de que se pudiera recobrar de algo así en varios cientos de años.

Por todos los dioses.

Me planté la otra mano delante de la boca. Las implicaciones eran tan horripilantes que no podía hablar.

—¿Cuándo sospechasteis que lo habían desenterrado? —preguntó Casteel en voz baja.

—Cuando la vimos en las Cámaras. Cuando vimos con nuestros propios ojos lo que afirmaba Alastir —reconoció su madre—. Habríamos hablado con vosotros de inmediato, pero...

Pero no había habido tiempo para eso.

Una sensación de pánico salvaje surgió en mi interior y cada vez me costaba más respirar. Luché contra ella mientras mi corazón atronaba en mi pecho. Nada de esto cambiaba quién era yo. Nada de esto cambiaba en quién me convertiría. Al final del día, serían solo nombres e historias. No serían yo.

Respiré con un poco más de facilidad.

—La única manera de saber a ciencia cierta si Malec ha salido de su sepultura es ir al Bosque de Sangre —declaró Kieran—. Y eso sería casi la definición de «imposible», con todos los Demonios que hay ahí y lo profundo que está en Solis.

—¿Y de qué serviría? —pregunté. Miré al *wolven*—. Solo confirmaría lo que ya sabemos que es verdad. —Después de un momento, Kieran asintió—. ¿Por qué el árbol de sangre? —pregunté, mirando ahora hacia los padres de Casteel—. ¿Por qué crecen donde se derrama mi sangre y donde Malec está o estuvo sepultado? ¿Por qué cambiaron en las montañas?

—Los... los árboles de Aios una vez tuvieron hojas carmesíes —contestó la reina Eloana—. Cuando las deidades regían Atlantia. Se volvieron doradas cuando Malec fue destronado.

—Y creemos que cuando Casteel te Ascendió, algo cambió en ti. Quizás... haya desbloqueado el resto de tus habilidades o completado algún tipo de ciclo —explicó Valyn—. Sea como fuere, creemos que los árboles cambiaron para reflejar que ahora hay una deidad en la línea de sucesión al trono.

—O sea que... ¿no son algo malo? —pregunté. Los labios de la reina Eloana esbozaron una leve sonrisa cuando negó con la cabeza.

—No. Siempre han representado la sangre de los dioses.

—¿Por eso no Ascendí? ¿Por la sangre de los dioses, o porque... nunca fui mortal de verdad?

—Porque nunca fuiste mortal, sí —confirmó el rey Valyn—. ¿Que quién es tu madre? ¿Qué es? Tenía que ser alguien de ascendencia elemental, o de otro linaje, quizá de alguno que lleve extinto cientos de años. Y tendría que ser vieja, casi tan vieja como Malec.

Asentí despacio y me di cuenta de que era imposible que Coralena fuese mi madre biológica, a menos que de algún modo fuese plenamente consciente y cómplice de lo que estaban haciendo los Ascendidos. Dudaba de que ese fuese el caso, puesto que no creía que ningún atlantiano pudiese estar de acuerdo con eso.

Ni pudiese sobrevivir el tiempo suficiente en la capital si la Corona de Sangre me había sacado de ahí porque sería una atracción excesiva para los Ascendidos.

—Es posible —empezó Kieran, y miró más allá de mí hacia Casteel—. Lo es, ¿no? Es posible que la Corona de Sangre tuviese retenida a otra persona atlantiana.

—Solían ser medio atlantianos. Al menos eso es lo que yo vi o lo que oí —contestó Casteel, con la voz áspera—. Pero no es imposible que yo nunca lo supiera o que... la tuviesen retenida en otro lugar.

Si ese fuese el caso, ¿habrían... forzado a mi madre a quedar embarazada? ¿Habrían dejado que la violara una deidad desquiciada, manipulada de algún modo para que hiciera algo así?

Por todos los dioses.

Me temblaban las manos y, esta vez, cuando Casteel por fin me soltó, me froté las rodillas.

—Odio preguntarlo, pero... —susurró Casteel, aunque todos los presentes pudieron oírlo—, ¿estás bien?

—Tengo ganas de vomitar —admití—. Pero no lo haré.

—No pasa nada si lo haces.

Solté una carcajada estrangulada.

—También me siento como si pudiera convertirme en la Portadora de Muerte y Destrucción, como me llamaron los Arcanos enmascarados. —Levanté la vista hacia él—. Quiero destruir a la Corona de Sangre. —Se me llenaron los ojos de lágrimas—. Necesito hacerlo.

La reina Eloana nos observó mientras Casteel buscaba mis ojos con los suyos y asentía. No dijo nada, pero su gesto fue un juramento silencioso.

Tardé unos momentos en recuperar mi capacidad de hablar.

—Bueno, al menos puedes dejar de llamarme «diosa». Solo soy una... deidad.

Pasó una décima de segundo y Casteel sonrió de oreja a oreja. Aparecieron ambos hoyuelos.

—Para mí siempre serás una diosa.

Noté que me sonrojaba, así que me eché atrás en el sofá. Había cien preguntas o más rondando por mi mente, pero dos sobresalían por encima del resto.

—¿Alguna vez habéis oído de alguna profecía supuestamente escrita en los huesos de la diosa Penellaphe y que advierte de un gran mal que destruirá Atlantia?

Los padres de Casteel me miraron como si me acabara de salir un tercer brazo en la frente y los estuviese saludando con él. Fue su madre la que salió antes de su estupor. Se aclaró la garganta.

—No. Nosotros no tenemos profecías.

—Pero la verdad es que siento curiosidad por esta —murmuró el rey Valyn.

—Es una soberana tontería —le advirtió Kieran.

—Lo es. —Miré de reojo a Casteel antes de continuar—. ¿Sabéis si las deidades tienen que... si necesitan sangre? La necesité cuando desperté después de que Casteel me hubiera dado su sangre, pero no he sentido... sed de ella desde entonces.

El rey Valyn arqueó las cejas.

—Por lo que sé, las deidades no necesitan alimentarse. —Miró a su mujer, que asintió—. Por otra parte, sí recuerdo haber leído algo hace mucho sobre dioses que necesitaban alimentarse después de ser heridos o si su agotamiento físico llegaba al extremo. Puede que tu necesidad se debiera a haber recibido tanta sangre atlantiana —conjeturó, el ceño fruncido—. Pudo ser una necesidad puntual o algo que acabe por convertirse de verdad en una necesidad.

Casteel esbozó una sonrisilla mientras yo asentía. La idea de beber sangre todavía me resultaba extraña, pero podría acostumbrarme a ello. Eché una miradita a Casteel. No me cabía *ninguna duda* de que él se acostumbraría sin problema.

Los ojos de su madre se cruzaron con los míos.

—¿Te gustaría dar un paseo? ¿Tú y yo?

Casteel se puso tenso a mi lado y, dentro de mi pecho, mi corazón dio un vuelco.

—No me parece muy recomendable —contestó él, y percibí una punzada de dolor en su madre, cruda y brillante.

—Solo quiero conocer un poco mejor a mi nuera. No hay ninguna razón retorcida en mi petición, ni ninguna noticia sorprendente más para compartir.

No, no la había. Al menos no percibí ninguna hostilidad ni miedo en ella, solo tristeza y quizás el sabor a nuez de la determinación. No estaba del todo segura de estar preparada para estar a solas con su madre. La mera idea me provocaba la sensación de que un centenar de mariposas carnívoras volaba dentro de mi pecho, lo cual me proporcionó unas imágenes bastante inquietantes durante unos momentos.

—Lo prometo —insistió su madre—. No tiene nada que temer.

—No lo tengo —reconocí, y levantó la vista hacia mí—. No os tengo miedo en absoluto.

Y era verdad. Estaba nerviosa, pero eso no era lo mismo que el miedo.

La reina me miró durante un segundo y luego sonrió.

—No esperaba menos. Mi hijo solo elegiría a una mujer cuya valentía igualara a la suya.

La reina de Atlantia y yo caminamos por un sendero de piedra color marfil bordeado por enormes flores de un tono morado azulado. No estábamos solas, aunque a primera vista pudiera parecerlo. Hisa y otro guardia nos seguían a una distancia discreta. Kieran también. Y estaba segura de que había visto un destello de negro cuando salimos al camino. Supuse que sería Lyra, que se deslizaba entre los arbustos y los árboles.

—Mi hijo se muestra… muy protector contigo —señaló Eloana.

—Así es —admití. Casteel no se había mostrado emocionado, precisamente, cuando acepté dar un paseo con su madre. Estaba preocupado, y pensé que debía de tener miedo de que ella me dijera algo que hiriera mis sentimientos o, quizá, me abrumara. Pero yo no esperaba una amistad instantánea con su madre y ya me había habituado a sentirme abrumada casi constantemente.

Y la verdad, ¿qué más podía decirme, que fuese más impactante que lo que ya había oído? El hecho de que era capaz de andar y pensar en otras cosas era prueba de que lo más probable era que ya hubiese superado el punto de sentirme abrumada.

—Aunque me da la sensación de que eres más que capaz de protegerte a ti misma —comentó, sin dejar de mirar al frente.

—Lo soy.

Había una leve sonrisa en sus labios cuando la miré de reojo.

—¿Te gustan los jardines? —conjeturó, aunque era más una afirmación que una pregunta.

—Sí, los encuentro muy…

—¿Pacíficos?

—Sí. —Esbocé una sonrisa tentativa—. ¿Y a vos?

—Santo cielo, no. —Se rio y yo parpadeé, confundida—. Soy demasiado… ¿cómo lo llama Valyn? Demasiado frenética para encontrar paz entre flores y vegetación. Estos jardines —dijo, haciendo un amplio gesto con el brazo— son preciosos porque Kirha tiene buena mano con las plantas y se compadeció de mí. A ella le divierte pasar horas retirando pétalos marchitos y a mí me divierte pasar esas horas distrayéndola.

—Por fin he conocido a Kirha hoy —aventuré—. Ha sido muy amable.

—Lo es. —La reina asintió con énfasis. Respiré hondo antes de seguir hablando.

—Sin embargo, no creo que quisierais hablarme de Kirha.

—No. —Me miró y sus ojos recorrieron mi rostro antes de volver al sendero. Pasaron unos momentos—. Me encantaría que habláramos de algo normal y mundano, pero no será hoy. Quería que supieras que sabíamos de tu existencia cuando eras la Doncella, antes de que Alastir volviera con la noticia de que Casteel tenía intención de casarse contigo. No sabíamos que eras la niña que él había… conocido hacía todos esos años. Solo que había una niña que la Corona de Sangre afirmaba que había sido Elegida por los dioses, una a la que llamaban «la Doncella». He de reconocer que no prestamos demasiada atención a la noticia. Pensamos que sería alguna treta creada por los Ascendidos para reforzar sus afirmaciones... sus comportamientos, como el Rito.

—Se supone que hubo otra antes que yo —comenté después de un instante—. Su nombre no se conoce y se dice que el Señor Oscuro la mató.

—¿El Señor Oscuro? —caviló la reina—. ¿No es así como llaman a mi hijo?

—Sí, pero sé que él no la mató. Ni siquiera estoy segura de que existiera.

—Nunca había oído acerca de otra. Aunque eso no significa que no existiese —musitó, mientras nos acercábamos a los jacarandás—. ¿Te criaste en Carsodonia?

Crucé las manos delante de mí y asentí.

—Sí, después de que mataron a mis padres.

—Siento muchísimo lo de su muerte. —La empatía inundó mis sentidos mientras la reina giraba hacia la derecha—. Y fueron las personas que te cuidaron y te quisieron. Las que recuerdas. Ellos son tus verdaderos padres, Penellaphe.

—Gracias. —Se me hizo un nudo en la garganta y levanté la vista hacia el impoluto cielo azul antes de mirarla otra vez—. Estoy segura de que sabéis que pasé muchos años con la reina Ileana.

La tensión se marcó en sendos surcos a ambos lados de su boca.

—Ileana —repitió. Abrió las aletas de la nariz en muestra de desagrado—. La Reina de Sangre y Cenizas.

CAPÍTULO 28

Un escalofrío me recorrió de arriba abajo y me detuve.

—¿Qué?

La reina de Atlantia se giró hacia mí.

—Se la conoce así, como la Reina de Sangre y Cenizas.

No solo no había oído esa denominación jamás, sino que no tenía sentido para mí.

—Pero los Descendentes y los atlantianos…

—¿Usan esa frase? No fuimos los primeros en hacerlo, igual que los Descendentes no fueron los primeros en llevar esas máscaras —repuso—. Cuando la Corona de Sangre empezó su dinastía, se llamaron a sí mismos el rey y la reina de Sangre y Cenizas, en referencia al poder de la sangre y lo que queda después de la destrucción.

—No… no lo sabía —admití.

—Esas palabras, ese título, son importantes para nosotros porque significan que de la sangre de los que han caído a manos de los Ascendidos y de las cenizas de todo lo que han destruido, aún resurgiremos. —Ladeó la cabeza—. Para nosotros, indican que después de lo que intentaron hacernos, no nos derrotaron. Y debido a ello, resurgiremos.

Lo pensé un poco mientras la reina reemprendía la marcha, y la seguí.

—¿Los Ascendidos saben que los Descendentes y los atlantianos lo dicen por eso?

Apareció una sonrisilla en la cara de la reina.

—Lo saben, y estoy segura de que les molesta muchísimo reconocer que tomamos su título e hicimos que significara algo diferente. —La oleada de satisfacción que sentí en ella me hizo sonreír—. Por eso no has oído nunca ese título. Dudo de que muchos de los mortales vivos hoy en día, e incluso algunos de los Ascendidos, lo hayan oído jamás. Dejaron de utilizarlo hace varios siglos, más o menos en la época en que los primeros Descendentes dejaron su marca usando esas palabras. Buscaron distanciarse del título, pero alude a quiénes son. —Nuestros ojos se cruzaron antes de echar a andar otra vez—. ¿El ataque que mató a tus padres fue lo que te causó esas cicatrices? Eres muy afortunada de estar viva.

Tardé un momento en seguir el cambio de tema.

—Lo soy —admití, y entonces se me ocurrió algo—. ¿Creéis que se debe a mi linaje? Que sobreviviera, quiero decir.

—Diría que sí —musitó—. De pequeños, los atlantianos son casi mortales, pero tú… eres diferente. Es obvio que la sangre de las deidades es la más fuerte en ti y debió de protegerte.

—Yo…

—¿Qué? —Me lanzó una miradita rápida cuando no continué.

—Es solo que pasé mucho tiempo de mi vida preguntándome cómo pude sobrevivir a aquella noche, por qué había sido… elegida para ser la Doncella. Y ahora que sé la razón, tengo más preguntas debido a todas las mentiras que me dijeron —le conté—. Son muchas cosas para procesar.

—Bueno, pues parece que lo estás haciendo bien.

—Porque no tengo otra opción. No es como si pudiera negar nada de esto. Me pone enferma pensar en lo que ha hecho la Corona de Sangre para crearme. —También me daba miedo pensar en por qué habían hecho todo eso; aunque era algo en lo que no podía concentrarme ahora mismo—. No solo a quien pueda ser mi madre, sino también a Malec. Sé que no era un buen hombre, pero seguía siendo una persona —dije—. Y aun así, me siento como... desvinculada de toda esta cuestión. Siento pena y compasión por ellos, pero son desconocidos para mí y nada puede cambiar quién soy. Me da igual lo que crean Alastir y los Arcanos. No soy la suma de la sangre que corre por mis venas.

—No —reconoció después de unos momentos—. No creo que lo seas.

—¿De verdad? —farfullé, sorprendida. Apareció otra sonrisita en sus labios.

—Recuerdo a las deidades, Penellaphe. A pesar de que muchas podían ser propensas a todo tipo de fechorías, la mayoría no era así. ¿Las otras? Si se hubiesen ido a dormir como hicieron los dioses, ¿quién sabe qué habría pasado con las deidades? Nunca lo sabremos. Pero Malec... no era un mal hombre, Penellaphe.

Aunque acabara de decir básicamente que Malec no era nada más que un desconocido para mí, me picó en parte la curiosidad y la necesidad de averiguar más cosas acerca del hombre que era mi padre. Eso tenía que ser natural.

—¿No lo era? —pregunté al final.

El pelo de la reina brillaba de un negro azulado cuando negó con la cabeza a la luz del sol.

—No era mal regente. Durante mucho tiempo, fue justo y equitativo. Y podía ser muy generoso y amable. Y a mí nunca me trató mal ni fue cruel a propósito.

—Fue infiel. Repetidas veces —dije, y deseé de inmediato no haber dado voz a lo que estaba pensando—. Lo siento. No debería...

—No hay ninguna necesidad de que te disculpes —dijo con una risa grave—. Fue infiel y, sí, repetidas veces. El hombre tenía dos cabezas y estoy segura de que puedes adivinar cuál utilizaba más.

Tardé un momento en darme cuenta de lo que quería decir. Entonces abrí los ojos como platos.

—Pero no era así cuando nos conocimos. Fue solo cerca del final cuando empecé a ver esa… faceta de él. Y acabé por creer, incluso antes de lo que hizo con su amante, que esa inquietud que se manifestaba en él se debía a que se estaba convirtiendo en algo distinto. No… no sé lo que ocurrió, qué lo cambió de modo que ya no estuviese satisfecho conmigo y con la vida que tratábamos de construir. Por qué esa generosidad y esa amabilidad que una vez habían sido innatas para él habían empezado a diluirse. Lo que sí sé es que no fue culpa mía, y hace mucho que he dejado de preguntármelo y de preocuparme de por qué buscaba un complemento y un propósito en los brazos de otras. Lo que intento decir es que tu padre no era un monstruo, Penellaphe. Era una deidad. La más poderosa que había. Pero seguía siendo un hombre que se había perdido.

Mi respeto por la reina aumentó. Hubiese sido muy fácil para ella pintarlo de un solo tono. De hacerlo, no la habría culpado. Pero quería que yo supiera que había algo de bondad en el hombre. El aire que exhalé fue un poco más relajado, más fácil. Apreciaba lo que había hecho más de lo que ella podía imaginar.

Pero también me dejó con otra pregunta.

—Dijisteis que lo buscasteis porque…

—Porque hubiese querido vengarse de mí. De Atlantia. Cuando el Consejo le exigió que se encargara de la amante a la que él había Ascendido, se sintió traicionado por ellos. Y cuando anulé el matrimonio y asumí el trono con ayuda del Consejo, aumentó aún más ese sentimiento. No podía creérselo. Que él, una deidad y descendiente directo de Nyktos, pudiese ser destronado. —Retiró un mechón de pelo de su cara—. Y para entonces las cosas se habían agriado mucho entre nosotros. Habría vuelto y, después de lo que había hecho, ya no estaba capacitado para gobernar.

—¿Creéis que Casteel lo estará? —pregunté, aun a riesgo de sacar a la luz otra vez lo que había dejado a un lado antes—. Él hizo lo mismo que Malec. No tenía ni idea de que no fuese a convertirme en *vampry*.

Deslizó los ojos hacia mí cuando pasamos por al lado de unas matas de lavanda y unos hibiscos de un rojo intenso.

—No creo que Casteel habría intentado reclamar el trono si te hubieses convertido en una. Conozco a mi hijo. Se habría marchado contigo a otro lugar, para no poner en riesgo tu vida ni a Atlantia. Malec quería a Atlantia *y* a su amante *vampry*. Aunque el riesgo que corrió Casteel me inquieta, las situaciones no son iguales.

Tenía razón. Las situaciones no eran iguales. Y también tenía razón en lo que habría hecho Casteel.

Aunque supuse que si me hubiese convertido en una *vampry* al Ascender, Casteel habría acabado con unas cuantas personas antes de marcharnos.

Nos quedamos en silencio y, entre los enormes tallos de flores moradas y azules, vi a Kieran seguir nuestros movimientos por el jardín. Si estaba intentando ser discreto, no estaba teniendo mucho éxito. La reina Eloana vio hacia dónde se habían ido mis ojos.

—Tendrás que acostumbrarte a llevar siempre a alguien a poca distancia.

Deslicé la mirada hacia ella.

—Tenía muchas sombras cuando era la Doncella.

—Mi hijo era una de ellas. —Se detuvo delante de un inmenso arbusto de flores rosa pálido que formaba un arco por encima de un banco de piedra.

—Así es.

—¿Te importa que nos sentemos un rato? —preguntó—. Soy mucho más vieja de lo que aparento y el último par de noches no he dormido demasiado. —Me pregunté cuántos años tendría, pero no dije nada y me senté—. Tengo una pregunta para ti —dijo, una vez que estuvo sentada a mi lado—. Casteel y tú... —Aspiró una bocanada de aire breve, pero lo sentí, el puñetazo de potente aflicción mientras soltaba el aire despacio—. ¿Planeáis liberar a Malik?

Esta era la razón de que quisiera hablar conmigo en privado. Empecé a responder, pero me callé. Iba a mentir, pero ya no tenía ninguna necesidad de hacerlo. Casteel y yo ya no estábamos fingiendo estar enamorados para obtener lo que queríamos. Era *verdad* que estábamos enamorados, y eso no cambiaba ni nuestras creencias ni lo que pretendíamos conseguir. Sin embargo, cuando me concentré en sus emociones, su aflicción me dejó un sabor ácido y amargo en la parte de atrás de la garganta, y no quería empeorarlo.

En cualquier caso, si tenía alguna esperanza de entablar una buena relación con la madre de Casteel y no ser solo una antagonista, no podía construirla sobre cimientos de mentiras.

—Sí, planeamos liberar a Malik.

—¿Y por eso te secuestró mi hijo? —preguntó, con sus brillantes ojos ambarinos. Demasiado brillantes—. Al principio, quiero decir. ¿Te raptó?

Asentí.

—Planeaba utilizarme como moneda de cambio, y esa fue la razón inicial de que acordáramos casarnos.

Ladeó la cabeza un poco.

—¿Por qué querrías aceptar eso?

—Porque necesito ver a mi hermano, averiguar en qué se ha convertido. Y tendría más posibilidades de conseguirlo con Casteel a mi lado que sola —confesé—. Por eso acepté casarme con él al principio, y no me importa si Ian es mi hermano biológico o no. Es mi hermano. Eso es todo lo que importa.

—Tienes razón. Es tu hermano, igual que las personas que recuerdas como tus padres son justo eso. —Pasó un momento—. ¿Qué crees que encontrarás cuando veas a tu hermano?

Su pregunta fue tan parecida a la de Casteel que tuve que sonreír un poco.

—Espero encontrar a mi hermano como lo recuerdo: amable, considerado, paciente y gracioso. Lleno de vida y de amor.

—¿Y si no es eso lo que encuentras?

Cerré los ojos un instante.

—Conozco a Ian. Si se ha convertido en algo frío e inmoral, algo que acecha a niños e inocentes, eso lo mataría poco a poco, mataría cualquier parte de su ser que aún quedara en su interior. Si se ha convertido en ese ser, le proporcionaré paz.

La reina Eloana me miró al tiempo que algo que me recordaba al respeto atravesó su aflicción. Iba acompañado del sabor cálido a vainilla de la empatía.

—¿Podrías hacerlo? —preguntó con voz queda.

—No es algo que quiera hacer. —Observé cómo la brisa removía las torres de flores—. Pero es algo que tendría que hacer.

—¿Y ahora? ¿Tu plan sigue siendo ese?

—Lo es —le dije, pero no me contenté con eso—. Sin embargo, ya no estamos fingiendo estar enamorados para lograr nuestros objetivos, majestad. Es verdad que amo a vuestro hijo y sé que él me ama. Cuando dije que él era la primera cosa que había elegido en la vida para mí misma, no mentía. Él es…—Sonreí a través del nudo de emoción que se acumulaba en mi garganta—. Lo es todo para mí y haría cualquier cosa por él. No sé exactamente cuándo cambiaron las cosas para nosotros, pero los dos nos estábamos enamorando mucho antes de que supiese siquiera que Hawke no era su verdadero nombre. Nada de eso altera el camino que seguimos para llegar hasta este momento, ni las mentiras, ni las traiciones. Pero ahora estamos aquí y eso es lo que importa.

La reina tragó saliva.

—¿De verdad lo has perdonado por esa traición?

Lo pensé unos instantes.

—Creo que se le da demasiado valor al perdón cuando es más fácil perdonar que olvidar. Esa aceptación es mucho más importante que perdonar a alguien —expliqué—. Comprendo por qué mintió. No significa que esté de acuerdo con ello ni que esté bien, pero lo he aceptado y he pasado página. Los dos hemos pasado página.

La reina inclinó la cabeza y asintió. No tenía ni idea de si eso significaba que me creía o no. Su dolor interno oscurecía todo lo demás que pudiera estar sintiendo. Pasaron varios instantes.

—¿Crees que Malik está vivo todavía?

—Casteel cree que sí.

Entornó los ojos en mi dirección.

—Te he preguntado si tú crees que Malik esté vivo. No si lo cree mi hijo.

Me puse tensa y eché un vistazo hacia el jardín, donde Kieran montaba guardia de espaldas a nosotras.

—Él… tiene que estar vivo. No porque quiera que lo esté por el bien de Casteel y de vuestra familia, sino porque ¿cómo, si no, hubiese Ascendido mi hermano? No estamos del todo seguros de que tengan a otro atlantiano retenido —proseguí, y mi mente voló hacia la mujer sin nombre ni rostro que podría ser mi madre biológica—. Y la duquesa de Teerman dijo que Malik estaba vivo. No era la fuente más fiable del mundo, pero creo que decía la verdad. Es solo que no…

—¿Qué? —insistió cuando me quedé callada, y percibí un pelín de esperanza procedente de ella.

—Es solo que no sé en qué… estado estará. —Me retorcí los dedos en el regazo y me preparé para la oleada de dolor crudo que vendría de ella. Las lágrimas me escocían cuando la miré. Le temblaban los labios cuando los apretó—. Lo siento. No puedo ni imaginar cómo os sentís. Saber que transformaron a mi hermano y probablemente también a mi mejor amiga ya es bastante duro de por sí, pero esto es diferente. Lo siento muchísimo.

Respiraba como si el aire estuviese lleno de esquirlas de cristal.

—Si sigue vivo y hace tanto tiempo que lo tienen cautivo... —Sus ojos se posaron en los míos y luego volaron hacia el cielo—. Casi sería mejor que...

No terminó su frase, pero no necesitaba hacerlo.

—¿Que estuviera muerto?

Sus hombros dieron una sacudida y parpadeó varias veces.

—Esa es una cosa terrible de pensar, ¿no crees? —Se llevó una mano al pecho y tragó saliva varias veces—. Sobre todo como madre, es terrible desear eso para tu hijo.

—No. Solo es... real —dije, y sus ojos volaron hacia los míos—. Sentirse así no significa que no lo queráis o no os preocupéis por él, o incluso deseéis que no siga con vida.

—¿Cómo puedes decir eso cuando sabes que parte de mí desea que hubiese pasado al Valle?

—Sabéis que puedo percibir emociones —le dije, y la tensión talló dos surcos profundos a ambos lados de su boca—. Puedo sentir vuestra aflicción, pero también sentí vuestra esperanza y vuestro amor por Malik. Sé que todo eso es real —repetí. Busqué sus ojos—. Y creo que desear que un ser querido esté en paz no está mal. Yo quiero a mi hermano. Lo que puede que tenga que hacer no cambia eso.

—No —convino con voz queda—. Solo demuestra lo mucho que lo quieres.

Asentí.

—Pues lo mismo puede aplicarse a vos y a Malik.

Me miró durante unos segundos y después apareció una pequeña sonrisa temblorosa.

—Gracias —susurró. Alargó la mano y me dio unas palmaditas en el brazo—. Gracias.

No sabía qué decir a eso, así que no dije nada. Me limité a esperar a que recuperara la compostura. La reina Eloana tragó saliva una vez más y luego soltó el aire despacio. Su congoja se alivió entonces y volvió a niveles que me recordaban a cómo se había sentido Casteel cuando lo conocí. Sus rasgos se suavizaron cuando se aclaró la garganta y levantó apenas la barbilla. Y francamente, fue una cosa asombrosa de ver, porque era muy consciente de lo profundo y terrible que era su dolor.

Puede que la madre de Casteel nunca me tomara afecto de verdad, y tal vez nunca tuviésemos una relación estrecha, pero eso no cambiaba el hecho de que era una mujer de una fuerza increíble, digna de respeto y admiración.

—Bueno —empezó ahora, cruzando las manos en el regazo—, ¿cómo pensáis mi hijo y tú lograr esto?

—Le ofreceremos un ultimátum a la Corona de Sangre. Tendrán que liberar a su hermano, aceptar que dejarán de crear más *vamprys* y de matar a aquellos que estén dispuestos a alimentarlos, y deberán cedernos el control de las tierras al este de New Haven hasta Atlantia. —No estaba segura de cuánto de esto podía saber ya—. Si se niegan, habrá guerra.

Observó cómo un pajarillo de alas azules saltaba de rama en rama en un rosal cercano.

—¿Y creéis que la Corona de Sangre lo aceptará?

—Creo que los Ascendidos son listos y que saben que su control de Solis se ha construido solo sobre mentiras y miedo. Le dijeron a la gente de Solis que yo había sido Bendecida y Elegida por los dioses. Y también le han dicho a la gente que Atlantia fue abandonada por esos mismos dioses. Estoy segura de que sabéis lo que le dicen a la gente de Solis sobre los atlantianos, lo de que vuestro beso es una maldición que crea Demonios. —Vi cómo ponía los ojos en blanco y no pude evitar sonreír—. Mi unión con el príncipe de Atlantia demostrará que eso no es verdad. Servirá como primera grieta en las mentiras. La gente de Solis cree lo que le han dicho porque nunca ha podido ver otra verdad. Nosotros cambiaremos eso. Los Ascendidos no tendrán elección.

—Pero ¿será suficiente con que renuncien al poder, con que renuncien a alimentarse y a crear más *vamprys*?

Decirle que eso era lo que esperaba no sonaría demasiado tranquilizador.

—Si alguno de los Ascendidos tiene la esperanza de seguir con vida, lo harán.

—¿Incluidos el rey y la reina? —preguntó—. ¿Conservarán sus vidas y el poder?

—No. No lo harán, acepten las condiciones o no —sentencié. Estudié su perfil. No sabía si estaba al tanto de mi pasado con la reina de Solis—. Ileana me cuidó durante muchos años. Fue ella la que me cambió las vendas y la que me abrazaba cuando tenía pesadillas. Por aquel entonces era lo más parecido a una madre, y yo le tenía mucho cariño —le conté, mientras forzaba a mis manos a relajarse—. Ha sido difícil conciliar la idea de la reina que conocí con el monstruo que obviamente es. No sé si lo lograré alguna vez, pero no necesito aunar esas dos cosas para saber que ni ella ni el rey Jalara pueden vivir. No después de lo que le hicieron a Casteel, a Malik, a mi hermano y a todos los demás.

—¿Y a ti? —Asentí, y la reina Eloana me observó en silencio durante unos instantes—. Lo dices en serio.

No era una pregunta, pero contesté de todos modos.

—Sí.

Deslizó los ojos por mi cara y se demoró un instante en las cicatrices.

—Mi hijo dijo que eras valiente y fuerte. Veo que no es una exageración.

Oír eso de boca de la madre de Casteel significaba mucho, pero saber toda la fuerza y las agallas que tenía hacía que significara aún más. Había muchas posibilidades de que hiciera algo ridículo como echar a correr por el jardín o... abrazarla.

Conseguí permanecer sentada y guardarme los brazos para mí misma.

—Sin embargo, lo que mi hijo olvidó mencionar es que también eres increíblemente lógica —añadió.

Solté una risotada. No pude evitarlo, y fue bastante sonora como para que Kieran se girara hacia nosotros con un arqueo de cejas inquisitivo.

—Lo siento —me disculpé, aunque tuve que reprimir otra risita—. Es solo que Casteel diría que la lógica no es uno de mis puntos fuertes.

Vi una leve curva en sus labios.

—No me sorprende en absoluto. La mayoría de los hombres no reconocerían la lógica ni aunque se estampara contra su cara.

Esta vez mi risa fue mucho más suave, en parte por su respuesta y en parte por el ceño fruncido de Kieran al oírla.

—En cualquier caso, como pareces ser lógica aun cuando están implicadas las emociones, tengo la sensación de que puedo ser franca contigo —continuó, y mi buen humor se marchitó—. Y puedo reconocer que sí tenía otra razón para hablar contigo en privado. Mi marido quiere ir a la guerra con los Ascendidos, con Solis. Hay muchas personas que pretenden lo mismo.

—¿El… Consejo de Ancianos?

Una sombra cruzó su rostro.

—La mayoría de ellos quieren ver a Solis destruida. ¿Los lores y las damas de Atlantia? Muchos de ellos también lo quieren. Es más que lo que les han hecho a nuestros hijos. Es lo que le han hecho a Atlantia entera, una y otra vez. Quieren sangre.

Casteel había dicho eso mismo.

—Lo entiendo.

—Cuando estábamos dentro, dijiste que querías traer muerte y destrucción a Solis —señaló, y me estremecí a pesar

JENNIFER L. ARMENTROUT • 475

del calor—. Es probable que Valyn se alegrara de oír que tal vez tendría tu apoyo en esto, pero no creo que entiendas lo que de verdad significa ni lo que ya ha comenzado.

Estiré las manos sobre mi regazo.

—¿Lo que ya ha comenzado?

—Casteel lleva mucho tiempo fuera de casa para saber que hemos estado entrenando a nuestros ejércitos a diario fuera de Evaemon. Tampoco sabe que ya hemos desplazado a una unidad de tamaño considerable a las laderas del norte de las montañas Skotos —me dijo, y percibí la sorpresa fría procedente de Kieran—. Estoy segura de que su padre le está contando esto ahora mismo, o se lo contará pronto, pero ya estamos preparados para la guerra. Y si cruzamos esa línea roja, iremos a por todos los Ascendidos. No habrá ninguna oportunidad para que demuestren que pueden controlar su sed de sangre, que pueden gobernar sin tiranía ni opresión. —Sus ojos serenos me sostuvieron la mirada mientras yo me ponía tensa—. ¿Tu hermano? ¿Ian? ¿Esa amiga de la que hablaste? Si alguno de los dos demuestra ser lo que esperas, será destruido de todos modos junto con el resto. Morirán todos.

Capítulo 29

—Pero… —Se me cortó la respiración.

—Les hemos dado oportunidades antes —me interrumpió la reina Eloana, al tiempo que alargaba una mano para tocar una de las rosas—. Todo el reino de Atlantia lo hizo. Dejamos que los *vamprys* crecieran y prosperaran, convencidos de que sería lo mejor para todos nosotros, siempre y cuando pudieran controlarse. Fuimos unos tontos al creerlo. Esa elección, ese optimismo, no volverá a producirse con la generación que ya ha vivido con ese fracaso descorazonador.

Cada parte de mí se concentró en sus palabras mientras su ira zumbaba en mi pecho.

—¿Y vos? ¿Vos queréis ir a la guerra?

—Muy pocos hombres no quieren ir a la guerra, mientras que casi todas las mujeres quieren acabar con ella. La mayoría creería que lo primero es lo que causa más derramamiento de sangre —dijo. Deslizó un dedo por el pétalo color rubí—. Estarían equivocados. Lo segundo siempre es lo más sangriento y siempre requiere un gran sacrificio. Sin embargo, a veces, da igual las medidas que se tomen ni lo mucho que unos u otros estén dispuestos a aceptar, la guerra no siempre puede evitarse.

JENNIFER L. ARMENTROUT • 477

Permanecí muy quieta, cada centímetro de mi ser se quedó callado. Lo que había dicho se parecía muchísimo a la voz, la extraña voz ahumada, que había oído cuando nos acercábamos a los límites de la ciudad en la Cala de Saion. Tenía que ser una coincidencia, porque aquella voz no había sido la de la reina.

—Pero ¿qué medidas ha tomado Atlantia para llegar a algún tipo de acuerdo desde el final de la última guerra?

—Hay quien diría que permitir que Solis existiera es el mayor acuerdo que hemos ofrecido jamás —repuso.

—Yo diría que eso no suena a acuerdo en absoluto —afirmé—. Suena como que Atlantia se limitó a cerrar sus fronteras y se ha pasado varios siglos preparándose para la guerra, esperando su momento en lugar de tratar de negociar con Solis, a pesar de los fracasos del pasado. Entre tanto, los Ascendidos han seguido creciendo, matando y aterrorizando. Así que no, no suena como un acuerdo. A mí me suena a complicidad. Y creedme, sé de lo que hablo, puesto que yo misma fui cómplice durante años. La única diferencia es que yo no sabía la verdad; aunque es una excusa bastante pobre cuando todo lo que tenía que hacer era abrir los ojos a lo que de verdad estaba ocurriendo. Sin embargo, los que vivían en Atlantia siempre supieron la verdad y no hicieron nada, por lo que permitieron que los Ascendidos echaran raíces.

Una sensación de recelo emanó de Kieran cuando Eloana dejó la flor en paz y me miró. No obstante, si mis palabras habían enfadado o molestado a la reina, en ese momento me tenía sin cuidado. Acababa de decirme, básicamente, que matarían a mi hermano y que no importaba si alguno de los Ascendidos era capaz de cambiar. Y, sí, yo misma tenía mis dudas, pero eso no significaba que no pudieran hacerlo. Y estaba más claro que el agua que la gente inocente que moriría se merecía al menos que lo intentáramos.

—Valiente —murmuró la reina—. Eres muy valiente.

Negué con la cabeza.

—No sé si es valentía o no. Sé que la implicación de Atlantia hubiese sido complicada, pero ni Casteel ni yo queremos una guerra.

—Pero has dicho...

—Dije que quería ver destruidos a los Ascendidos —la interrumpí—. Y es verdad. Quiero ver destruida la Corona de Sangre, pero eso no significa que quiera una guerra abierta. Es obvio que no estaba viva durante la última guerra, pero sé que los inocentes serán los que más sufran, los de Solis y los atlantianos. Tal vez los habitantes de Atlantia no puedan sentir simpatía por los de Solis, pero ellos no son el enemigo. También son víctimas.

—Parte de lo que dices es correcto. Hemos estado esperando nuestro momento —admitió después de una pausa de silencio—. Pero en lo que te equivocas es en nuestra falta de empatía hacia la gente de Solis. Sabemos que son víctimas. Al menos, la mayoría de nosotros lo sabemos.

—Espero que sea verdad.

—¿Pero? —No dije nada y un lado de sus labios se curvó hacia arriba—. No has tenido las mejores experiencias con la gente de Atlantia. No puedo culparte por dudar de eso.

Eso sí influía en mi incredulidad, pero no era la única razón.

—Si los atlantianos sienten alguna simpatía o compasión por la gente de Solis, entonces deberían estar dispuestos a tratar de evitar la guerra.

—Pero una vez más, los que toman esa decisión son los que han vivido la última guerra o han crecido en los años posteriores a ella. Su sed de venganza es tan fuerte como la sed de sangre de los Ascendidos —rebatió y, otra vez, su elección de las palabras llamó mi atención.

—¿Qué es lo que me queréis decir en realidad, majestad? —pregunté.

—Llámame Eloana, por favor, y tutéame —me indicó y parpadeé, confundida. No entendía exactamente en qué punto de nuestra conversación habíamos pasado de los títulos formales a los nombres íntimos—. ¿Qué sucederá si vuestro ultimátum fracasa?

No se me pasó por alto que no había contestado a mi pregunta.

—Entonces, como habéis… has dicho, la guerra será inevitable. —Me costó ignorar el escalofrío que me recorrió al decir esas palabras—. Pero al menos lo habremos intentado. No nos habremos limitado a llevar nuestros ejércitos a Solis y prenderle fuego al reino.

—¿Eso es lo que crees que haremos nosotros?

—¿No lo es?

—Queremos poder utilizar esas tierras, Penellaphe. No queremos quedarnos colgados con otra docena de Tierras Baldías —señaló—. Pero quemaríamos Carsodonia. Le cortaríamos la cabeza a la serpiente. Es la única manera de hacerlo.

La miré, horrorizada.

—En Carsodonia viven millones de personas.

—Y podrían morir millones —admitió. Soltó el aire despacio. Sentí una punzada de angustia, que no creía que tuviera nada que ver con Malik—. No quiero que eso suceda. Valyn tampoco lo quiere. Los dioses saben que los dos hemos visto sangre de sobra, hemos derramado sangre de sobra. Pero hemos decidido ir a la guerra, igual que lo han hecho los Ancianos. Está hecho —me advirtió. Mi corazón aporreaba en mi pecho. No había esperado oír esto hoy. Percibí que Kieran tampoco. Su sorpresa era tan potente como la mía, mientras Eloana apretaba la mandíbula y luego la relajaba—. Solo el rey y la reina pueden detener la guerra ya.

—Entonces detenedla —exclamé.

Despacio, giró la cabeza hacia mí, y mi siguiente respiración se me quedó atascada en la garganta. Supe lo que estaba diciendo sin dar voz a las palabras. Supe lo que quería decir cuando continuó explicando que su generación no le daría a los Ascendidos la oportunidad de negociar, que ni el rey Valyn ni ella podían volver a hacer eso.

Mientras que Casteel y yo, sí.

Sus ojos volvieron a las rosas.

—Quiero a mi reino casi tanto como quiero a mis hijos y a mi marido. Quiero a todos y a cada uno de los atlantianos, sin importar cuánta sangre atlantiana corra por sus venas. Haría cualquier cosa por mantener a mi gente a salvo, sana y entera. Sé lo que les hará la guerra; Valyn también lo sabe. También sé que la guerra no es la única cosa sobre la que mi gente debe preocuparse. Dentro de poco, se cocerá una batalla de otro tipo dentro de los Pilares de Atlantia, entre los que no puedan confiar en que los gobierne una desconocida y los que te consideren la legítima reina, la única reina.

Mis manos se cerraron en mi regazo una vez más.

—No importaría si te marcharas. La división sería tan destructiva como la guerra, y solo serviría para debilitar a Atlantia —continuó. Con eso confirmaba lo que había dicho Casteel y demostraba también lo bien que conocía a su hijo—. Casteel ama con la misma ferocidad que su padre y que yo misma, y por lo poco que sé de tu pasado, no te obligará a tomar esta decisión. También sé lo que significa: que podría perder a mis dos hijos. —El corazón se me retorció en el pecho—. Y no saco este tema para cargarte aún más peso sobre los hombros. Por lo que sé, ya llevas bastante. Me da la sensación de que si te pidieran que aceptaras la corona hoy, la rechazarías.

La miré pasmada.

—¿Tú querrías que la aceptara?

—Quiero lo mejor para mi reino.

Casi me eché a reír de nuevo.

—¿Y crees que eso soy yo? No tengo ni diecinueve años. Apenas sé quién soy ni entiendo lo que soy. Y no tengo ni idea de cómo se gobierna un reino.

—Lo que creo que es mejor para mi reino sois mi hijo y tú. —Sus ojos color ámbar me miraron—. Sí, eres joven, pero yo también lo era cuando me convertí en reina. Y cuando los mortales gobernaban las tierras antes de que existieran nuestros reinos, había reyes y reinas más jóvenes que tú. Eres una deidad, desciendes del Rey de los Dioses. Esa es quien eres ahora, y no existe ninguna norma que te impida descubrir en quién te convertirás mientras gobiernas.

Hizo que sonara muy sencillo, pero tenía que saber que no lo era.

—Tampoco estoy de acuerdo contigo cuando dices que no tienes ni idea de gobernar un reino —continuó—. Solo en esta conversación conmigo ya has demostrado que ese no es el caso.

—Solo porque no quiera que haya una guerra no significa que esté capacitada para gobernar.

—Que estés dispuesta a pensar en la gente, a hablar con honestidad y a dar tu opinión, y a hacer lo que sea necesario aunque eso mate una parte tierna de ti misma, significa que estás suficientemente capacitada para llevar la corona —replicó—. Se puede aprender a gobernar un reino.

Todo lo que pude hacer fue mirarla alucinada. Estaba dispuesta a plantearme aceptar la corona, pero no había esperado que ella lo apoyara.

—¿Por qué no quieres ser reina? —preguntó.

—No es que no quiera serlo. Es solo que jamás me había planteado algo así. —*Tengo miedo*. Aunque eso no lo dije. Compartirlo con Casteel era un caso aparte—. No es lo que elegí.

—Voy a ser franca una vez más —me advirtió, y me pregunté cuándo había parado de serlo—. Siento todo lo que te han obligado a hacer y a soportar a lo largo de los años. Imagino que tu necesidad de libertad y de tener el control de tu vida es tan grande como la necesidad de venganza que tienen muchos otros. Pero, sinceramente, no me importa lo más mínimo.

Oh. Vale. Eso sí que era ser franca.

—Puede que suene cruel, pero mucha gente ha sufrido cosas horribles; les han robado la libertad, sus elecciones y sus vidas de un modo completamente injusto. Sus tragedias no son peores que las tuyas, y la tuya no es mayor que las de ellos. Siento empatía por lo que has sufrido, pero desciendes de un dios y, debido a lo que has experimentado en tu corta vida, precisamente tú puedes llevar el peso de una corona. —No se mordió la lengua. Ni una sola vez—. Pero si al final decides tomar lo que es tuyo por derecho propio, lo único que te pido es que lo hagas por las razones correctas.

Me costó unos instantes reunir el cerebro suficiente para responder.

—¿Cuáles consideras que son las razones correctas?

—No quiero que aceptes la corona solo para encontrar a mi hijo o a tu hermano. No quiero que aceptes la corona solo para salvar vidas, ni siquiera para detener a los Ascendidos —dijo, y ahora sí que estaba confundida, puesto que todas esas me parecían razones excelentes—. Quiero que aceptes la corona porque amas Atlantia, porque amas a su gente y su tierra. Quiero que ames Atlantia tanto como lo hace Casteel, tanto como la amamos su padre y yo. Eso es lo que quiero.

Me incliné hacia atrás, un poco sorprendida por no haberme caído del banco.

—Si no amas Atlantia ahora, no te culpo. Como he dicho, no has tenido las mejores experiencias, y mucho me temo que no tendrás tiempo de enamorarte antes de que tengas que tomar tu decisión.

La preocupación cortó a través de su aflicción. Estaba preocupada por esto. Muy preocupada. Noté que mi corazón latía demasiado deprisa.

—¿De cuánto tiempo dispongo?

—Días, quizá. Poco más de una semana, si tienes suerte.

—¿Si tengo suerte? —Me reí y sonó a huesos secos. Casteel había insinuado que no teníamos mucho tiempo, pero ¿días?

—La noticia de tu aparición y de quién eres ya ha llegado a la capital. Los Ancianos lo saben. Hay preguntas y preocupaciones. Estoy segura de que hay quien duda de tu origen, pero después de ayer, después de lo que hiciste por esa niñita, eso cambiará —me dijo. Me puse tensa y ella entornó los ojos—. ¿Te arrepientes de lo que hiciste? ¿Por la confirmación que brinda?

—Santo cielo, no —le aseguré—. Jamás me arrepentiré de haber utilizado mis dones para ayudar a alguien. Los Ascendidos no me permitían emplearlos, me ponían excusas diversas, pero ahora sé por qué no querían que usara mis habilidades. Lo que era capaz de hacer revelaba demasiado. Lo odiaba. Odiaba ser incapaz de ayudar a alguien cuando podía.

—Pero ¿lo hiciste? ¿Encontraste maneras de ayudar a la gente sin que te pillaran?

Asentí.

—Así es. Si podía encontrar una forma de hacerlo, ayudaba a la gente, aliviaba su dolor. La mayoría ni siquiera lo supo nunca.

Sentí que emanaba de ella una oleada de aprobación que me recordó a tartas mantecosas. Luego esbozó una sonrisa rápida.

—No podemos dejar a la gente de Atlantia colgada en el limbo demasiado tiempo.

—En otras palabras, ¿el plan de invadir Solis con vuestros ejércitos tendrá lugar dentro de unos días?

—Sí —confirmó—. A menos que…

A menos que Casteel y yo lo impidiésemos.

Por todos los dioses.

—Sé que ayer viste un poco de Atlantia, pero no conociste ni de lejos a la gente suficiente. No disponéis de mucho tiempo, pero podéis partir hoy mismo hacia Evaemon. Llegaríais mañana por la mañana y entonces podrías aprovechar todos los días que nos queden para explorar lo que pudieras de Atlantia. Hablar con la gente. Oír sus voces. Verlos con tus propios ojos. Comprobar que no todos ellos habrían tomado parte en lo que sucedió en las Cámaras o se habrían puesto del lado de Alastir y los Arcanos. —Se estiró hacia mí para poner una mano sobre la mía—. No tienes mucho tiempo, pero puedes aprovecharlo para darle a la gente de Atlantia la oportunidad que estás dispuesta a darles a nuestros enemigos. Tus planes y los de mi hijo pueden esperar unos días, ¿no crees?

Estaba claro que Casteel era hijo de su madre.

Miré los tallos de flores moradas y azules que se mecían con suavidad por efecto de la brisa. Quería ver más de Atlantia, y no solo porque tuviera curiosidad por conocer la capital. Necesitaba hacerlo porque tenía que tomar una decisión, una que nunca me había planteado, pero que tendría que aceptar más pronto que tarde. Tragué saliva y me volví hacia la reina.

Antes de que pudiera decir nada, nos llegó el sonido de unas pisadas. Las dos nos giramos hacia el sendero por el que habíamos llegado hasta ahí y nos pusimos en pie. Mi mano se deslizó hacia el borde de mi túnica mientras Kieran salía de entre los altos tallos con flores, a pocos palmos de mí.

—Son Casteel y su padre —me informó.

—Vaya —comentó la reina mientras alisaba con las manos la cintura de su vestido—. Dudo de que se hayan aburrido tanto como para venir a interrumpirnos.

Yo también.

Un segundo más tarde, doblaron la esquina. El sol iluminó el pelo negro azulado de Casteel y una sensación densa seguida de un sabor ácido llegó hasta mí. Estaba preocupado. Y en conflicto.

No solo venían él y su padre por el sendero de adoquines. Detrás de ellos caminaba una figura alta y despampanante; su piel era del precioso tono de las rosas de floración nocturna y tenía delgadas trencitas que caían hasta su cintura.

Vonetta.

Miré a su hermano, confundida. Pero él parecía tan sorprendido como yo por su presencia. Se había quedado en Spessa's End para ayudar a proteger y construir la ciudad, y solo planeaba volver a la Cala de Saion cuando su madre diera a luz.

Mis ojos volaron de vuelta a Casteel. Con los músculos en tensión, respiré hondo. Visiones de los *regalos* de la duquesa llenaron mi mente, junto con los fuegos con los que habían reducido Pompay a cenizas.

—¿Qué ha pasado?

—Ha llegado un convoy de Ascendidos a Spessa's End —contestó Casteel.

—¿Sigue en pie? —pregunté, preparada para el horror que pudiera causarme su respuesta.

Casteel asintió, los ojos fijos en los míos.

—No han atacado. Esperan —dijo, y un miedo distinto me invadió—. A nosotros. Han solicitado una audiencia.

—¿Ah, sí? —La reina dejó caer las manos a los lados y soltó una carcajada breve y ronca—. ¿Un Ascendido cualquiera cree que tiene el derecho de solicitar algo así?

—No fue un Ascendido cualquiera —dijo Vonetta, dando un paso al frente. Casteel apretó la mandíbula. La incomodidad impregnaba la piel de la *wolven*, y supe que lo que estuviera a punto de decir, lo decía a regañadientes—. Dice ser tu hermano. Ian Balfour.

Capítulo 30

Me moví antes de darme cuenta siquiera. En un abrir y cerrar de ojos, me había plantado delante de Vonetta.

—¿Lo has…? —Cerré la boca e hice un esfuerzo por que mi corazón se apaciguara un poco. No tenía ni idea de si Vonetta había viajado hasta aquí a caballo o en su forma de *wolven*. Fuera como fuere, no había parado a descansar. Un halo de cansancio rondaba a su alrededor. Me estiré hacia ella y la agarré de las manos—. ¿Estás bien?

—Sí, sí —dijo—. ¿Y tú?

—No lo sé —reconocí, pues me daba la impresión de que mi corazón estaba a punto de salírseme del pecho—. ¿Lo has visto? —Hubo un momento de vacilación antes de que asintiera, y cada parte de mi ser se concentró en ese segundo—. ¿Hablaste con él? ¿Parecía estar bien? —pregunté, mientras Casteel me ponía una mano en el hombro—. ¿Parecía contento?

La garganta de Vonetta subió y bajó al tragar saliva y echó un rápido vistazo por encima de mi hombro en dirección a Casteel.

—No sé si estaba contento, pero estaba ahí y parecía gozar de buena salud.

Por supuesto, ¿cómo iba a saber ella si estaba contento? Además, dudaba mucho de que su encuentro hubiese sido demasiado cálido. Abrí la boca, la cerré, luego lo intenté de nuevo.

—¿Y… había Ascendido?

—Vino de noche. —Vonetta se retorció las manos y agarró las mías al tiempo que soltaba un gran suspiro—. Había…
—Lo intentó otra vez—. Nosotros podemos sentir a los *vampry*. Había Ascendido.

No.

Aunque debería de haberlo sabido, debería de habérmelo esperado, mi mismísima alma se rebeló contra lo que había dicho y un escalofrío se abrió paso a través de mí.

Casteel deslizó una mano por la parte superior de mi pecho, enroscó el brazo a mi alrededor desde atrás y agachó la cabeza para ponerla al lado de la mía.

—Poppy —susurró.

No.

Mi pecho se comprimió y la pena hincó sus garras tan profundo dentro de mí que noté el sabor amargo en la garganta. No debería sorprenderme tanto. Casteel me había dicho que creía que Ian había Ascendido. Esto no debería ser ninguna novedad, pero una parte de mí había deseado… había *rezado* por que Ian no lo hubiese hecho. No tenía absolutamente nada que ver con que confirmaba que, o bien compartíamos un solo padre, nuestra madre biológica sin nombre, o quizá ninguno de los dos. Eso no me importaba lo más mínimo, porque él seguía siendo mi hermano. Solo había querido que fuese como yo, que hubiese Ascendido para convertirse en algo distinto. O que simplemente no se hubiese convertido en *vampry*. Entonces no tendría que hacer esa elección de la que acababa de hablarle a la reina Eloana.

—Lo siento —susurró Vonetta.

Me ardía la parte de atrás de la garganta cuando cerré los ojos. Imágenes de Ian y yo centellearon a toda velocidad detrás de mis párpados: los dos recolectando caracolas en las relucientes playas del mar Stroud; él, mayor, y sentado conmigo en mi austero cuarto de Masadonia, contándome cuentos de criaturas diminutas con alas de gasa que vivían en los árboles; Ian despidiéndose de mí con un abrazo cuando se marchó a la capital...

¿Y todo eso había desaparecido ahora? ¿Sustituido por algo que acechaba a otras personas?

La ira y la aflicción me inundaron por dentro como un río al desbordarse por sus orillas. A lo lejos, oí el lastimero aullido de un *wolven*.

Vonetta dejó caer mis manos al tiempo que otro aullido desgarrador atravesaba el aire, más cerca esta vez. La ira aumentó en mi interior. Mi piel empezó a zumbar. Esa necesidad celular de hacía un rato, cuando me había dado cuenta de lo que tal vez les habían hecho a mis padres biológicos, volvió con fuerzas redobladas. Quería *destruir* algo por completo, de arriba abajo. *Quería* ver actuar a esos ejércitos que había mencionado la reina Eloana. *Quería* verlos llegar a la cima de las montañas Skotos y abalanzarse sobre Solis. *Quería* verlos destruir las tierras y reducir todo a cenizas. *Quería* estar ahí, a su lado...

—Poppy. —La voz de Kieran sonó equivocada, rasposa y llena de rocas cuando me tocó el brazo y luego la mejilla. El brazo de Casteel se apretó a mi alrededor y presionó el pecho contra mi espalda.

—Ya pasó. —Rodeó mi cintura con el otro brazo—. Ya pasó. Solo respira hondo —me indicó en voz baja—. Estás llamando a los *wolven*. —Una pausa—. Y estás empezando a refulgir.

Tardé un momento en registrar la voz de Casteel, en que sus palabras cobraran sentido. Los *wolven*... estaban reaccionando a mí, a la ira que inundaba hasta el último poro de mi piel. Mi corazón tropezó consigo mismo a medida que la necesidad de venganza me roía las entrañas. Esa sensación... ese *poder* que invocaba... me aterraba.

Hice lo que me había indicado Casteel y me obligué a respirar hondo y a soportar la manera en que el aire escaldó mi garganta y mis pulmones. No quería eso. No quería que nada ardiera. Solo quería a mi hermano. Y quería que los Ascendidos no pudiesen hacerle eso a nadie más.

Las respiraciones profundas despejaron la neblina empapada en sangre de mis pensamientos. Cuando llegó la claridad, también lo hizo la idea de que todavía había una posibilidad de que Ian no estuviese perdido del todo. Lo más probable era que solo hubieran pasado dos años desde su Ascensión y, sin embargo, ¿confiaban en él para que hiciera el viaje desde Carsodonia hasta Spessa's End? Eso tenía que significar algo. Que quien era antes de la Ascensión no había desaparecido del todo. Los Ascendidos podían controlar su sed de sangre. También se podían negar a alimentarse de los que no lo hacían de manera voluntaria. Ian podía ser uno de esos. Tal vez había conservado el control. Todavía había esperanza.

Me aferré a eso. Tenía que hacerlo, porque era lo único que contenía mi ira, ese espantoso deseo y esa necesidad que casi bullían en mi interior. Cuando abrí mis sentidos encontré a Vonetta mirándome, su boca apretada en una fina línea, y recuperé cierta calma.

—¿Te… te he hecho daño? —Miré a Kieran y vi que él también estaba más pálido que de costumbre. No oía a los *wolven*, pero vi a Lyra y a los otros tres *wolven* agazapados detrás de los padres de Casteel como si esperaran una orden. Mis ojos volvieron a Vonetta—. ¿Lo he hecho?

—No. No. —Sacudió la cabeza—. Es solo… —Soltó una bocanada de aire temblorosa—. Eso ha sido salvaje.

Las líneas tensas del rostro de Kieran se suavizaron.

—Estabas muy enfadada.

—¿Pudisteis sentirlo? —preguntó Casteel por encima de mi cabeza—. ¿Sentíais lo que sentía ella?

Hermano y hermana asintieron.

—Sí —confirmó Vonetta, y se me revolvió el estómago. Sabía que los *wolven* podían sentir mis emociones, que esas emociones podían hacer que acudieran, pero me había dado la impresión de que Lyra y los otros *wolven* estaban esperando para actuar. Por fortuna, no creía que los padres de Casteel hubiesen sido conscientes de lo que estaba pasando—. Lo sentí también hace un par de días. Todos los *wolven* de Spessa's End lo sentimos. —Los ojos de Vonetta saltaron de uno a otro mientras yo miraba a Lyra. Ella y los otros *wolven* se habían relajado—. Tengo muchas preguntas.

—Genial —musitó Kieran, y Vonetta le lanzó a su hermano una mirada asesina. Casteel bajó la barbilla hasta mi mejilla.

—¿Estás bien?

Asentí, aunque en realidad no lo estaba en ese momento. Solo que tendría que estarlo. Puse una mano sobre su antebrazo.

—No pretendía hacerlo. Convocar a los *wolven*, quiero decir. —Mis ojos encontraron a los padres de Casteel. Los dos estaban muy quietos, pero en ese momento no pude ni empezar a preguntarme qué debían de estar pensando o sintiendo. Volví a centrarme en Vonetta—. ¿Mi hermano está ahí? ¿Me espera?

Vonetta asintió.

—Él y un grupo de soldados.

—¿Cuántos? —Casteel retiró los brazos, pero mantuvo una mano sobre mi hombro.

—Unos cien —respondió ella—. También había Caballeros Reales entre ellos.

Lo cual significaba que, entre los soldados mortales, había Ascendidos entrenados para luchar. Eso también significaba que Ian estaba bien protegido en el caso de que alguien de Spessa's End decidiera actuar. Odié el alivio que sentí. No estaba bien, pero no pude evitarlo.

—Dijo que tenía un mensaje de la Corona de Sangre —nos informó Vonetta—. Pero que solo hablaría con su hermana.

Su hermana.

Se me cortó la respiración.

—¿Dijo alguna cosa más? —preguntó el rey Valyn.

—Juró que no estaban ahí para causar más derramamiento de sangre —explicó—. Que hacerlo empezaría una guerra que él había venido a prevenir.

—Eso es muy improbable —gruñó el padre de Casteel, al tiempo que una chispa de esperanza brotaba en mi interior. Una chispa de esperanza diminuta y demasiado optimista. Me volví hacia Casteel.

—Tenemos que ir a Spessa's End.

—Esperad —dijo Eloana, dando un paso al frente—. Hay que pensarlo bien.

—No hay nada que pensar —la contradije, negando con la cabeza. Sus ojos encontraron los míos.

—Sí, Penellaphe, hay muchas cosas en las que pensar.

No sabía si hablaba del reino, de los Arcanos, o incluso de Casteel y de mí. Pero no importaba.

—No. No es así —le dije—. Mi hermano está ahí. Necesito verlo y necesitamos averiguar qué mensaje puede tener para nosotros la Corona de Sangre.

—Comprendo tu necesidad de ver a tu hermano. De verdad que sí —insistió, y noté la verdad detrás de sus palabras, y la empatía que emanaba de ellas—. Pero ahora ya no se trata solo de ti y de tus necesidades…

—Ahí es donde te equivocas —la interrumpió Casteel, sus ojos ahora duros como esquirlas de ámbar—. Sí se trata de sus necesidades, y eso es prioritario.

—Hijo —empezó su padre—, respeto tu deseo de cuidar de las necesidades de tu mujer, pero el reino siempre va primero, seas el príncipe o el rey.

—Es una verdadera pena que creas eso —repuso Casteel, tras girarse hacia su padre—. Porque, para mí, que cada uno atienda a las necesidades del otro garantiza que los requerimientos del reino puedan cumplirse. Una cosa no puede ocurrir sin la otra.

Miré a Casteel boquiabierta. Era... por todos los dioses, había momentos en que no podía creer que una vez lo había apuñalado en el corazón.

Este era uno de ellos.

—Eso lo dice un hombre enamorado y no alguien que haya gobernado jamás un reino —replicó su padre—. Uno que tiene muy poca experiencia...

—Nada de eso importa ahora —lo cortó la reina, su irritación era casi tan fuerte como su aflicción—. Lo más probable es que esto sea una trampa diseñada para atraeros no solo a uno sino a los dos.

—Muy bien podría serlo —admití—, pero mi hermano está justo al otro lado de las montañas Skotos con un mensaje de la Corona de Sangre. No puedo pensar en nada más hasta que lo vea. —Mis ojos buscaron los de Casteel—. Tenemos que irnos —le dije—. Necesito ir ahí.

Un músculo se apretó en la mandíbula de Casteel. No logré distinguir ninguna emoción en él, pero asintió con un gesto seco.

—Partimos hacia Spessa's End —anunció, y su padre maldijo. Casteel le lanzó al rey una mirada que no dejaba lugar a discusión—. De inmediato.

Los padres de Casteel protestaron de manera sonora, pero ninguno de nosotros se dejó convencer. No estaban ni remotamente contentos cuando salimos de la propiedad. No podía culparlos por ello. Mi llegada había empujado la corona hasta el borde del caos e íbamos a perder un tiempo crucial al ir a Spessa's End, pero no había forma de hacer lo que la reina me había pedido si me hubiera quedado. Quería ver todo lo que pudiera de Atlantia, pero mi hermano era más importante que una corona dorada o un reino.

Los padres de Casteel regresarían a la capital y nosotros nos reuniríamos con ellos cuando volviéramos de Spessa's End. Sabía que su decisión de retornar a Evaemon significaba que tendría que tomar mi decisión entonces, en función de lo poco que habría visto de Atlantia.

Pero, ahora mismo, no podía pensar en nada de eso.

En cuanto llegamos a casa de los Contou, Kieran y Vonetta fueron a ver a sus padres. Tanto Jasper como Kirha acudieron a nuestra habitación mientras yo me trenzaba el pelo a toda prisa antes de meter un jersey y una túnica más gruesa en una alforja tanto para Casteel como para mí, pues no había olvidado el frío que podía hacer en las montañas Skotos. De camino afuera, paré en el vestidor y agarré una camisa más para cada uno, las dos negras, y otro par de pantalones para él, solo por si nuestra ropa se ensuciaba… o se manchaba de sangre.

Cosa que parecía suceder a menudo.

—Los *wolven* irán con vosotros —dijo Kirha cuando entré en el salón. Estaba sentada en la butaca que ocupaba Jasper la víspera, y él estaba ahora de pie detrás de su mujer—. Es la única forma de garantizar que la trampa sea un fiasco. Si es que es una trampa.

—¿Cuántos? —preguntó Casteel al tiempo que tomaba las alforjas de mis manos. Sus cejas salieron volando hacia el cielo y bajó la vista hacia la bolsa de cuero—. ¿Qué has metido aquí? ¿A un niño pequeño?

Fruncí el ceño.

—Solo una muda de ropa. —Me miró, dubitativo—. O dos.

Esbozó una sonrisa torcida.

—Al menos docena y media pueden estar listos para partir de inmediato. Quizás algunos más. Kieran está reuniéndolos —nos informó Jasper—. Y además mis hijos y yo.

—¿Tú vienes con nosotros? —Me volví hacia él—. ¿Y Vonetta? Acaba de llegar, ¿no?

—Le dije que podía quedarse —explicó Kirha. Se movió en la butaca para buscar una posición más cómoda—. Que podía mantenerse al margen esta vez. Pero se negó. Spessa's End se ha convertido en una parte de su corazón y no quiere estar ausente mientras los Ascendidos acampan al otro lado de sus murallas. Se está dando una ducha ahora mismo, solo para, ya sabes, poder ensuciarse de nuevo.

Sonreí al oírla. No sabía cómo podía volver a hacer ese trayecto. La verdad es que no sabía cómo lo había hecho Kieran dos veces cuando Spessa's End había estado sitiado, pero me sorprendía aún más que lo fuera a hacer Jasper. No sabía cómo comentar con tacto que su mujer estaba superembarazada.

—No te preocupes por mí. Estaré bien —dijo Kirha, y me guiñó un ojo cuando los míos se abrieron como platos—. No voy a tener a este bebé en la siguiente semana. Jasper estará aquí para el nacimiento.

El *wolven* de pelo plateado asintió.

—Además, no creo que estemos ausentes demasiado tiempo. Supongo que viajaremos recto a través de las montañas.

Miré a Casteel, que asintió.

—Hacerlo así significa que llegaremos unas horas antes del anochecer de mañana. Nos dará algo de tiempo para ver qué pueden tener planeado y para descansar un poco.

—Va a ser un viaje duro y rápido, pero más que factible —declaró Jasper—. ¿Os veo en las cuadras en unos minutos?

Casteel aceptó y yo observé cómo Jasper ayudaba a su mujer a levantarse. Esperé a que la puerta se cerrara a su espalda para hablar.

—Desearía que Jasper no sintiera que tiene que venir con nosotros. No cuando Kirha está tan cerca de dar a luz.

—Si Jasper pensara por un segundo que Kirha iba a tener a ese bebé en el próximo par de días, te aseguro que no vendría

—explicó Casteel—. Yo no me preocuparía por eso ni por Vonetta. Ella no volvería a hacer el viaje si no creyera que puede aguantarlo. —Sonó el cierre de una alforja—. ¿De qué quería hablar mi madre contigo?

—Del futuro del reino —le dije, y me volví hacia él, consciente de que solo disponíamos de unos minutos para hablar de estas cosas. Le hice un repaso rápido—. Dijo que los ejércitos atlantianos se estaban preparando para entrar en Solis. ¿Te lo contó tu padre?

—Sí. —Volvió a apretar la mandíbula—. Sabía que planeaba eso. Sin embargo, no sabía cuán avanzados estaban los planes. Por lo que me pareció entender al hablar con él, la mitad de los Ancianos están de acuerdo. No es que quiera ir a la guerra. Es que no ve ninguna otra opción.

Crucé los brazos y miré hacia fuera por las puertas de la terraza.

—¿Y tú todavía la ves?

—Creo que merece la pena intentarlo. Creo que es más que eso.

Me alivió oírlo.

—Tu madre quería que empleara el siguiente par de días en viajar a Evaemon, para ver la ciudad antes de tomar mi decisión acerca de la corona. Me dijo que su generación es incapaz de darles a los Ascendidos una oportunidad debido a lo que han tenido que vivir. Que tendríamos que ser nosotros los que corriéramos ese riesgo. Parecía… apoyar que yo aceptara la corona. Dijo que sería lo mejor para el reino —terminé. Lo miré otra vez y descubrí que me estaba observando con atención. No registré ninguna sorpresa por su parte—. ¿Esto no te asombra?

—No. —Un mechón de pelo ondulado cayó por su frente—. Ella siempre ha puesto al reino por delante de todo, por encima de sus propias necesidades.

—¿Y de verdad crees que no es eso lo que hace un buen rey o una buena reina?

—Mis padres han gobernado Atlantia con justicia y lo han hecho lo mejor que han podido, mejor de lo que lo hubiese hecho nadie. A lo mejor no soy del todo imparcial al creerlo, pero bueno. Sin embargo, personalmente, no creo que un rey o una reina distraídos o infelices puedan ser buenos regentes —me dijo—. Y si hubieras decidido no acudir a la llamada de tu hermano, no habrías podido disfrutar de un solo segundo del tiempo que dedicaras a explorar Atlantia. A mí me pasaría lo mismo si supiese que Malik estaba cerca. Tendría que ir con él.

Lo bien que me conocía era algo que nunca dejaba de asombrarme, y eso que él no podía leer mis emociones.

—Además —continuó—, planeamos negociar con la Corona de Sangre. Si tienen un mensaje, tenemos que oírlo.

Con un gesto afirmativo, me volví otra vez hacia las puertas de la terraza y observé cómo las plantas se mecían con suavidad a la brisa salada.

—¿Qué opina tu padre de nosotros? ¿De nosotros y la corona?

—No sabe qué pensar. Es más... reservado que mi madre cuando se trata de revelar lo que está elucubrando —precisó Casteel—. Siempre lo ha sido, pero sabe que, si reclamas la corona, hay poco que él o los Ancianos puedan hacer.

CAPÍTULO 31

En el trayecto entre la Cala de Saion hasta salir por los Pilares de Atlantia una vez más, pusimos a Vonetta al día de todo lo que había pasado desde que la habíamos visto por última vez. La pena que sintió por Beckett perduró durante mucho rato después de que adoptara su forma de *wolven* y cruzáramos el prado de flores.

El viaje a Spessa's End fue tan duro y rápido como nos había avisado Jasper, mucho más brutal que cuando habíamos cruzado desde las Tierras Baldías. Bajo la cubierta de hojas rojas, nos detuvimos solo para ocuparnos de nuestras necesidades personales y para dejar que Setti y los *wolven* descansaran y comieran.

Yo me entretuve en buscar con mi mente a cada *wolven* que veía y así leer sus improntas. Vonetta me recordó a su hermano: silvestre. Pero en lugar de cedro, su huella era como roble blanco... y vainilla. Su padre me recordaba a tierra fértil y a hierba cortada; una sensación terrosa y mentolada. Había otros parecidos, que hacían que evocara montañas frías y aguas calientes. Seguí las improntas de todos ellos; repetí el camino una y otra vez hasta que todo lo que tenía que hacer era mirar a uno de ellos para encontrar su huella. Cuando hablé con Vonetta la primera vez a través de esa cuerda que nos unía, casi le dio un pequeño ataque al corazón.

Llegamos a la cima de las montañas cuando cayó la noche, y la niebla... era diferente. Solo finas volutas de vapor se deslizaban por el suelo cubierto de musgo, en lugar de la espesa niebla que había ocultado otras veces los árboles y los vertiginosos precipicios.

—Creo que eres tú —me había dicho Casteel mientras Setti seguía su camino a toda velocidad—. La otra vez dijiste que creías que la niebla había reaccionado a ti. Tenías razón. Debió de reconocer tu sangre.

En la oscuridad había buscado con los ojos a Kieran, con la esperanza de que estuviese lo bastante cerca para oír que yo había tenido razón sobre la niebla cuando la cruzamos la primera vez.

Porque ahora la niebla no nos ralentizó y fuimos capaces de continuar nuestro avance durante toda la noche, con lo que cuando la luz grisácea se filtró entre las hojas habíamos llegado más lejos de lo esperado.

Me dolían los músculos de las piernas cuando por fin dejamos atrás las Skotos y seguimos a Vonetta por el valle. No podía ni imaginar cómo eran capaces de andar aún Setti o cualquiera de los *wolven*. Tampoco podía imaginar cómo el agarre de Casteel sobre mí no había flojeado ni un solo instante durante todo el trayecto. Sus brazos y la ansiedad de saber que pronto iba a ver a mi hermano eran las únicas cosas que me mantenían bien sentada.

Llegamos a Spessa's End varias horas antes del anochecer. Cabalgamos a través de una zona boscosa tupida que bordeaba la muralla por el este y entramos en la pequeña ciudad por una puerta oculta, desconocida para cualquiera que pudiese estar acampando al otro lado de la pared norte.

Mi estómago empezó a retorcerse y a acalambrarse debido a la ansiedad mientras el sol nos seguía por el patio, donde

Coulton emergió de los establos mientras se pasaba un pañuelo blanco por la cabeza calva. El maduro *wolven* nos dedicó una sonrisa forzada al agarrar la cabeza de Setti.

—Ojalá os estuviera viendo en mejores circunstancias.

—Lo mismo digo —convino Casteel. Vi a varias de las guardianas vestidas de negro entre otros efectivos apostados sobre las murallas. Todos los que trataban de hacer de Spessa's End un hogar estaban allí arriba.

Coulton se guardó el pañuelo en el bolsillo de atrás y me ofreció la mano. La tomé, y me fijé en cómo el hombre abría un poco las aletas de la nariz.

—Ahora sé por qué sentí esa corriente estática —comentó, mirándome con los ojos guiñados—. *Meyaah Liessa*.

—¿Cómo lo supiste? —pregunté, mientras me ayudaba a bajar. No era algo que hubiésemos tenido ocasión de preguntarle a Vonetta.

—Todos nosotros sentimos algo hace unos días —explicó mientras Casteel echaba pie a tierra—. Difícil de explicar, pero fue como esta oleada de percepción. Ninguno supo exactamente qué era, pero ahora que te veo, lo sé. Tiene sentido —declaró, como si el hecho de ser una deidad no fuese sorprendente en lo más mínimo, ni gran cosa.

La verdad es que eso me gustó.

—Por cierto, no tienes que llamarme así.

—Lo sé. —Coulton sonrió, y me dio la sensación de que seguiría llamándome así—. ¿Estás manteniendo a nuestro príncipe a raya?

—Lo intento. —Le sonreí y me dirigí hacia la cabeza de Setti sobre unas piernas débiles después de un viaje tan largo. El *wolven* se rio mientras yo acariciaba los ollares del caballo.

—Supongo que es un trabajo a jornada completa.

—Me ofendes. —Casteel se pasó una mano por el pelo revuelto por el viento y guiñó los ojos en dirección al adarve de la muralla—. ¿Cómo están todos con estos invitados inesperados?

—Nerviosos, pero están bien y preparados —contestó Coulton. Enredé los dedos en la crin—. Cuando haya terminado de atender a Setti, supongo que querréis que os envíen a todos algo de comida a la habitación, ¿no?

—Sería genial —aceptó Casteel. Se echó la alforja al hombro y vi que los cansados *wolven* se desperdigaban por el patio, muchos de ellos jadeando. Incluso Delano.

Me preocupé cuando vi a Vonetta pegar la barriga al suelo, con su pelo pardo idéntico al de su hermano. Jasper estaba sentado a su lado, dedicado a escudriñar el patio; su gran corpachón se veía un pelín encorvado. Busqué a Kieran y lo encontré dando un empujoncito amistoso a un *wolven* más pequeño de pelo marrón oscuro. Abrí mis sentidos y me concentré en ese *wolven*. Me llegó la aspereza del agotamiento. Empujé más allá de eso mientras mi pecho zumbaba, y por fin encontré el camino individual. A través de él, sentí las… aguas cálidas y ondulantes. El *wolven* marrón era Lyra. Trasladé mi atención a Kieran. Busqué un poco hasta que me llegó el tenue aroma a cedro. Sin tener ni idea de si lo que pretendía funcionaría, seguí esa cuerda individual y envié mis pensamientos a través de ella. *¿Estáis todos bien?*

La cabeza de Kieran giró hacia mí mientras Coulton se llevaba al cansado Setti a las cuadras, donde esperaba que lo rociaran de zanahorias y heno verde y fresco. Pasó una décima de segundo y entonces sentí el susurro de la voz de Kieran. *Estamos cansados pero bien.*

Me estremecí ante la desconcertante sensación de sentir sus palabras. *Debéis descansar todos*, le envié de vuelta. No era una pregunta sino más bien una exigencia. Me daba la impresión de que se quedarían todos de guardia con los Ascendidos ahí cerca.

Lo haremos. Su presencia se retiró un instante y luego sentí el roce de sus pensamientos contra los míos. *Meyaah Liessa.*

Entorné los ojos.

—¿Te estás comunicando con uno de los *wolven*? —preguntó Casteel mientras pasaba un brazo alrededor de mis hombros y seguía la dirección de mi mirada hacia donde Kieran le estaba lanzando un mordisquito juguetón a Lyra.

—Sí. —Dejé que me condujera hacia la esquina este de la fortaleza de Stygian—. Quería asegurarme de que descansaran y de que no patrullaran.

Me dio un apretoncito en el hombro. Entramos en la pasarela cubierta y pasamos por delante de varias habitaciones cerradas.

—Tengo muchísima envidia de esa habilidad tuya.

—¿No será que estás preocupado por que podamos estar hablando de ti sin que lo sepas? —bromeé cuando ya nos acercábamos a la terraza del fondo. Estaba justo como la recordaba, el diván y las sillas bajas con un aspecto tentador.

—¿Por qué habría de estarlo? —Casteel abrió la puerta y nos recibió un aroma a limón y a vainilla—. Estoy seguro de que solo tienes cosas asombrosas para decir.

Me eché a reír.

—Tu confianza es una habilidad de la que tengo mucha envidia.

Soltó una carcajada mientras cerraba la puerta a nuestra espalda.

—Deberías descansar hasta que llegue la comida.

—No puedo descansar. —Crucé la zona de estar que tan familiar me resultaba. No tuve ningún problema en ver a Alastir ahí sentado en el sofá. Paré a la entrada del dormitorio y, por un momento, me vi transportada a la noche que parecía haber ocurrido hacía una eternidad, en la que Casteel y yo por fin habíamos dejado de fingir—. No creo que pueda comer.

—Deberías intentarlo. —Casteel estaba muy cerca, detrás de mí.

—*Tú* deberías intentarlo —murmuré.

—Lo haría, pero no puedo si no lo haces tú —dijo—. Así que como ninguno de los dos vamos a descansar ahora mismo, bien podemos hablar de esta noche.

Me giré hacia él. Estaba en proceso de quitarse las botas.

—Vale. ¿De qué quieres hablar?

Arqueó una ceja mientras dejaba las botas cerca de una de las sillas.

—Debemos tener cuidado con lo que le decimos a tu hermano. Es obvio que es muy probable que sepan lo que es tu sangre, pero puede que no estén al tanto de cómo han cambiado tus dones. No hay que decírselo. Cuanto menos sepan sobre nosotros, mejor. Nos da ventaja.

Me había sentado en el borde de la silla y me estaba quitando las botas despacio.

—Tiene sentido. —Y como lo tenía, me hizo sentir un poco mal—. ¿Qué pasa si... si Ian es como lo recuerdo?

—Incluso entonces, no queremos darles información que no tengan ya. —Se quedó callado un momento mientras soltaba la espada de su lado izquierdo y luego la del derecho. Las dejó sobre un viejo baúl de madera—. Espero que sea como lo recuerdas, pero, aunque lo sea, no puedes olvidar que está aquí en nombre de la Corona de Sangre.

—No voy a olvidarlo, no. —Me quité los calcetines y los dejé hechos una pelota al lado de mis zapatos mientras Casteel colgaba los suyos de sus botas. Me miró durante unos segundos.

—Mi madre y mi padre podrían tener razón. Esta noche podría ser una trampa.

Me levanté y empecé a caminar de un lado a otro delante de las puertas de la terraza.

—Lo sé, pero eso no cambia que mi hermano esté aquí.

—Debería cambiarlo, Poppy —me contradijo—. Los Ascendidos quieren capturarte y saben con exactitud cómo atraerte.

—¿De verdad tengo que repetirme? —espeté cortante. Pasé por su lado hacia la sala de estar. Él me siguió—. *Sé* que esto podría ser una trampa, pero, como he dicho, mi hermano está aquí. —Di media vuelta y volví hacia el dormitorio—. Tiene un mensaje de la Corona de Sangre. Vamos a ir a verlo. Y si estás tratando de detenerme ahora, después de haber recorrido todo ese camino, te vas a llevar una desilusión muy grande.

—No estoy tratando de detenerte.

—Entonces, ¿qué es lo que quieres? —exigí saber.

—¿Me vas a mirar y me vas a escuchar?

Mi cabeza voló en su dirección.

—Te estoy mirando. ¿Qué?

Sus ojos ardieron de un dorado llameante.

—Pero ¿estás escuchando?

—Por desgracia —repliqué.

—Eso ha sido grosero, pero lo voy a pasar por alto. —Un músculo se apretó en su mandíbula cuando ladeó la cabeza—. Sabes que lo que estamos haciendo es un riesgo.

—Por supuesto que lo sé. No soy tonta.

Arqueó las cejas.

—¿Ah, no?

Entorné los ojos.

—Comprendo los riesgos, Casteel. Igual que los comprendiste tú cuando decidiste hacer el papel de guardia mortal.

—Eso es diferente.

—¿De verdad? ¿En serio? Podrían haberte descubierto y capturado en cualquier momento. ¿Y entonces qué? —exclamé—. Pero lo hiciste de todos modos porque lo estabas haciendo por tu hermano.

—Vale. Tienes razón. —Se interpuso en mi camino, los ojos chispeantes con motas de ámbar caliente—. Estaba dispuesto a correr esos riesgos y a jugarme la vida en ello...

—Juro por los dioses que si vas a decir que no estás dispuesto a que yo corra los mismos riesgos, te voy a hacer daño —le advertí. Un lado de sus labios se curvó hacia arriba.

—Si eso es una amenaza, es del tipo que más me gustan.

—No será de un modo que te guste. —Lancé una mirada significativa por debajo de su cintura—. Créeme. —Le di la espalda y luego avancé un paso. Sin previo aviso, de repente estaba delante de mí. Me eché atrás del susto—. Maldita sea. ¡Odio cuando haces eso!

—Sabes que jamás te impediré defenderte, agarrar una espada o un arco y luchar —masculló. Dio un paso adelante, pero yo me mantuve firme—. Pero no te dejaré caer de cabeza en una trampa con los brazos abiertos.

—Y si es una trampa, ¿crees que me voy a limitar a rendirme y a decir «Me habéis pillado»? —lo reté—. Tú mismo lo has dicho: sé defenderme. No dejaré que nadie se apodere de mí ni de ti, y según lo que soy capaz de hacer, creo que puedo garantizar eso.

—Hace bien poco te mostrabas muy vacilante con respecto a utilizar tu poder —me recordó—. ¿Has cambiado de opinión?

—¡Sí! —Y era verdad, sin lugar a dudas—. Usaría todo lo que tengo dentro para asegurarme de que yo y las personas a las que quiero no volvamos a ser atrapados por los Ascendidos.

—Es un alivio oírlo —dijo.

—Bueno, pues me alegro de que estés aliviado. Si no estás tratando de detenerme, ¿por qué estamos teniendo esta discusión siquiera?

—Todo lo que estoy tratando de hacer es sugerir que te quedes atrás hasta que tengamos la certeza de que esto es seguro para ti…

—No. —Agité una mano por el aire para cortarlo—. Eso no va a pasar. No me voy a quedar atrás. ¿Lo harías tú si se tratase de tu hermano? —exigí saber—. ¿Serían esos riesgos mayores que tu necesidad de acudir a él? ¿Te quedarías sin hacer nada?

Echó la cabeza atrás y respiró hondo. Pasó un momento largo.

—No, esos riesgos no superarían a mi necesidad.

—Entonces, ¿por qué estás intentando detenerme? —De verdad que no sabía por qué se estaba comportando de este modo—. Justo tú deberías entenderlo.

—Lo entiendo. —Alargó los brazos hacia mí y cerró las manos sobre mis hombros. Una corriente estática pasó de su piel a la mía—. Te dije que creía que Ian había Ascendido, pero en el fondo, no lo habías aceptado y yo entendía por qué. Necesitabas creer que todavía había una oportunidad de que fuera mortal o como tú.

El aire que aspiré me quemó la garganta. No podía negar nada de lo que decía.

—¿Qué tiene eso que ver con todo esto?

—Tiene que ver porque cuando te enteraste de que era un Ascendido, te disgustaste tanto que perdiste el control de tus emociones. Empezaste a refulgir y a llamar a los *wolven* hacia ti —dijo. Bajó la barbilla para que nuestros ojos estuviesen a la misma altura—. Percibieron tu ira, y no sé si te diste cuenta o no, pero estoy seguro de que si les hubieses ordenado que atacaran, lo habrían hecho sin dudar.

Sí me había dado cuenta.

—Y aunque he de reconocer que es una habilidad bastante impresionante, también temo lo que puede ocurrir cuando veas a Ian y ya no lo reconozcas —dijo, y se me comprimió el corazón—. Y no temo tu ira ni lo que puedas hacer con ese inmenso poder que hay dentro de ti. No le temo a eso para nada. Temo lo que te hará *a ti*… la certeza de haber perdido de verdad a tu hermano.

Aspiré una bocanada de aire temblorosa y cerré los ojos con fuerza durante unos segundos. Su preocupación me tocó. Venía de un lugar muy bonito.

—¿Crees que de verdad estás preparada para eso? —preguntó. Me puso las manos en las mejillas—. ¿De verdad estás preparada para hacer lo que crees necesario, si descubres que se ha convertido en algo irreconocible?

El aire que respiraba seguía doliendo. Le puse las manos en el pecho, sentí cómo su corazón latía con fuerza bajo las palmas. Levanté la vista hacia él y vi las motas de ámbar.

—Sabes que espero encontrar una parte de él aún ahí dentro, pero sé que tengo que estar preparada para lo que sea. Tengo que estar preparada si no queda nada de Ian.

Casteel deslizó los pulgares por mi piel.

—¿Y si no estás preparada cuando llegue el momento de liberarlo de su maldición?

—Estoy dispuesta a soportar cualquier dolor que surja de proporcionarle paz a mi hermano —afirmé. Vi que lo recorría un leve escalofrío—. Tengo que ver a mi hermano.

—Lo sé y juro que no te lo voy a impedir. No se trata de eso. Sí, estoy preocupado por que esto sea una trampa. Como te he dicho, saben exactamente cómo atraerte. Pero ni por un segundo pretendo impedir que vayas a ver a Ian. Solo… quiero evitar que sufras ese tipo de dolor, si puedo. Esperaba… —Negó con la cabeza—. No sé. Esperaba que no tuvieras que lidiar con eso encima de todo lo demás —murmuró—. Pero no sé para qué me hice ilusiones. La vida no espera a darte un puzle nuevo hasta que hayas dilucidado el anterior.

—Sería agradable que lo hiciera, eso sí. —Solté el aire con fuerza—. Puedo hacer esto, sin importar lo que pase.

Casteel apoyó la frente en la mía.

—Pero no tienes ni idea del peso que supone ese tipo de dolor. Yo, sí —susurró—. Sé lo que significa matar a alguien a quien una vez quisiste y respetaste. Ese dolor siempre está ahí.

Sabía que hablaba de Shea, así que me reprimí de quitarle su dolor.

—Pero fue menguando, ¿no?

—Sí. Un poco cada año, y más aún cuando te encontré —me confió—. Y eso no es ninguna mentira.

Cerré los puños contra su camisa.

—Para mí también menguará porque te tengo a ti.

Tragó saliva y luego me atrajo hacia su pecho y cerró los brazos a mi alrededor.

—Sé que es egoísta por mi parte no querer que soportes ese dolor.

—Que no lo desees es una de las razones por las que te quiero. —Levanté la boca hacia la suya, porque decirlo no era suficiente.

Y ese beso de gratitud y afecto se convirtió en algo más ansioso, más exigente. Ese único beso se desmadró enseguida, o quizás eso sea lo que tienen los besos. Que no están diseñados para ser controlados.

No supe cómo me desnudó tan deprisa, pero cuando conseguí quitarle la camisa por encima de la cabeza, ya estaba completamente en cueros. Me encajonó, la espalda pegada a la pared y mi pecho contra el suyo. Mis sentidos casi sufrieron un cortocircuito al sentir su piel caliente y dura.

Arañó un lado de mi cuello con un colmillo mientras deslizaba sus manos hacia abajo; una se detuvo en mi pecho y la otra se coló entre ambos y se demoró donde se me había clavado el virote. No quedaba ni una señal ya, pero sabía que él nunca olvidaría el punto exacto de la herida. Sus manos continuaron su camino por la piel suave de mi vientre y las cicatrices, serpenteando entre la uve de mis piernas. Abrió los dedos y las yemas rozaron mi mismísimo centro, provocándome un escalofrío de placer.

—¿Sabes qué he estado anhelando? —Capturó mis labios en un rápido beso abrasador mientras su otra mano estimulaba la dolorida punta de mi pezón—. ¿Poppy?

Tragué saliva y su pelo me hizo cosquillas en la mejilla.

—¿Qué?

—¿Me estás escuchando siquiera? —me dio un mordisquito en el cuello y me estremecí—. ¿O es que no eres capaz de escuchar?

—Totalmente. —Todo mi ser estaba concentrado en cómo sus dedos se enroscaban en torno a mi pezón, cómo su otra mano me acariciaba con pereza entre los muslos—. Soy totalmente capaz de... —Solté una exclamación ahogada y le clavé los dedos en los hombros cuando deslizó un dedo dentro de mí—. De... de escuchar.

Se rio contra mi cuello mientras movía el dedo despacio, adentro y afuera, una y otra vez, hasta dejarme sin aliento.

—¿Entonces? ¿Sabes lo que anhelo?

En verdad, lo rápido que me distraía me tenía asombrada por completo. El placer se enroscó en mi bajo vientre y despertó algo más profundo.

—¿Qué?

—Miel —susurró contra mis labios, y aceleró sus caricias al tiempo que inclinaba la cabeza—. Podría vivir de tu sabor. Te lo juro.

Mi pulso se desbocó cuando su extravagante juramento se grabó en mi corazón. Levantó la cabeza e insertó otro dedo mientras sus ojos se volvían brillantes y llenos de promesas más perversas. Me observó, empapándose en cada suave gemido y en cada aleteo de mis pestañas, sin dejar de mover los dedos adentro y afuera. Me miró a los ojos y se negó a dejar que yo apartara la vista, que escapara del desquiciante aluvión de sensaciones que estaba creando.

Tampoco era que quisiese hacerlo.

Apareció un hoyuelo en su mejilla derecha mientras pasaba el pulgar por mi zona más sensible, sus ojos eran brillantes cuando tuve que reprimir una exclamación aguda. Empezó a trazar un círculo perezoso alrededor del tenso botón, cerca de tocarlo pero siempre alejándose en el último momento.

—Cas —jadeé.

—Me encanta cómo dices eso. —Las motas doradas de sus ojos cobraron vida, chispeantes—. Me encanta el aspecto que tienes ahora mismo.

—Lo sé. —Mis caderas se movieron hacia delante, pero él las contuvo.

—Quédate quieta —me ordenó con voz ronca. Su pulgar dibujó otro círculo tentador—. No he terminado de mirarte. ¿Sabes lo preciosa que eres? ¿Te lo había dicho ya hoy? —me preguntó. Estaba casi segura de que sí lo había hecho—. ¿Lo despampanante que estás? ¿Con las mejillas arreboladas y los labios hinchados? *Preciosa.*

¿Cómo podía no creerlo cuando podía *sentir* que lo decía en serio? Sentía como si me estuviera quemando por dentro, como si estuviese en llamas. Mis manos bajaron por su pecho. Asombrada por la manera en que su corazón palpitaba contra la palma de mi mano, forcejeé contra su agarre y rocé sus labios con los míos. Se apretó contra mí, su erección presionó contra mi cadera mientras me besaba.

—Tengo que hacer algo con ese anhelo —me dijo, y ese fue todo el preaviso que tuve.

Antes de que pudiera protestar por la ausencia de su mano entre mis piernas, estaba arrodillado delante de mí.

—Podría pasar una eternidad de rodillas ante ti —juró, sus ojos eran como joyas de ámbar.

—Eso sería doloroso.

Casteel apretó el pulgar contra el haz de nervios y solté un grito de placer al tiempo que mis caderas se arqueaban hacia su mano.

—Nunca.

Su boca se cerró sobre mí e hizo algo realmente perverso con la lengua. Se me escapó otro gemido, llevada al límite por su ataque sensual. Mi espalda se arqueó hacia atrás todo lo que él me lo permitió.

Pero yo quería más.

Quería que esto fuese algo para los dos. No solo para mí.

Quizá por todo lo que había pasado y a lo que tendría que enfrentarme pronto. Quizá por su boca contra mí. Puede que solo fuese el hecho de que lo necesitaba. Necesitaba que los dos recordáramos que, sin importar cómo concluyera esta noche, estábamos vivos, estábamos aquí, juntos. Y nada podría cambiar eso jamás.

Tal vez todas esas razones alimentaran mis acciones, me dieran la fuerza para tomar el control de mis deseos, de la situación y de Casteel… y para demostrar que podía manejarlo en su estado más calmado y en el más salvaje, el más cariñoso y el más indecente.

Me aparté de la pared y cerré las manos por detrás de su cuello. No estaba segura de si solo lo había sorprendido o si lo había subyugado. No importaba. Cerré la mano por detrás de su cabeza y lo insté a que se pusiera de pie. Atraje su boca hacia la mía y lo saboreé sobre mis labios. Lo saboreé a él y a nosotros. Deslicé las manos dentro de sus pantalones y los abrí mientras lo hacía caminar hacia atrás y lo ayudaba a deshacerse de ellos. Cuando sus piernas golpearon la cama, lo empujé.

Casteel se sentó arqueando las cejas mientras me miraba.

—Poppy —jadeó.

Puse las manos sobre sus hombros y planté las rodillas a cada lado de sus muslos.

—Te deseo, Casteel.

—Me tienes —murmuró, con un escalofrío—. Siempre me tendrás.

Y sí que lo tenía. Se recolocó debajo de mí y yo descendí sobre él. Se me quedó el aire atascado en la garganta cuando nos fundimos en un solo ser.

Con el pulso desbocado, cerré el brazo alrededor de su cuello, enterré los dedos en su pelo y dejé caer la frente contra la suya mientras agarraba su brazo con la otra mano. Empecé a moverme despacio sobre él. Solté una exclamación cuando el calor inundó mi pecho y se asentó entre mis muslos en un deseo apretado y ardiente. Mi aliento rozó sus labios.

—Demuéstralo —le ordené—. Demuestra que eres mío.

No hubo ni un momento de vacilación. Su boca se estrelló contra la mía y el beso fue impactante en su intensidad. Me dejó sin respiración. Todo mi cuerpo se tensó mientras me separaba un poco, solo para volver a bajar sobre él. Bebí de sus labios con la misma ansia que él de los míos. Los finos y ásperos pelos de su pecho tentaban mis pezones tensos y dolorosos mientras lo cabalgaba.

—Tuyo. —Un deseo voraz brilló a través de las ranuras que eran ahora sus ojos—. Ahora. Siempre. Por toda la eternidad.

Mis dedos se apretaron en torno a su pelo. A cada embestida de mis caderas, su miembro llegaba a ese sitio dentro de mí, el que enviaba oleadas de placer hasta la punta de todos mis dedos. Me moví más deprisa, gimiendo mientras cambiaba el ángulo de mi cuerpo hacia el suyo. Me estremecí. Solté su brazo y deslicé la mano por su pecho. Una especie de arrebato salvaje inundó mis venas cuando la fricción de su duro miembro en mi interior me prendió fuego. Lo besé con ansia, succioné su labio, su lengua. Sus manos me agarraron por las caderas mientras él levantaba las suyas para recibir mis embestidas.

—Debería de haberlo sabido —musitó, su aliento en jadeos cada vez más cortos y rápidos—. Que te encantaría hacerlo así.

—Me encanta… simplemente me encanta hacerlo —susurré—. Contigo.

Sus manos recorrieron mi trasero, y se cerraron en torno para hacerme empujar con más fuerza contra él.

—Sí que te encanta, sí. —Me apretó y me sujetó con energía hasta que no hubo ni un resquicio entre nosotros—. Prométemelo.

Toda la palpitante tensión en mi interior se enroscó con fuerza. Intenté levantar el cuerpo, pero Casteel me lo impidió.

—Lo que sea —jadeé, mientras le clavaba las uñas en la piel—. Lo que sea, Cas.

—Si Ian es lo que temes y proporcionarle paz es algo que no puedes hacer sin correr peligro… —dijo, y sus palabras hicieron que mi corazón ya errático dejara de latir por un instante. Subió una mano por mi espalda y cerró el puño en torno a mi pelo. Tiró de mi cabeza hacia la suya—. Prométeme que si corres el más mínimo peligro, no lo intentarás. Que esperarás hasta que sea seguro. Prométemelo.

Las palabras brotaron por mi boca.

—Te lo prometo.

Y entonces se movió. Me levantó de su regazo y me tumbó boca abajo. Y antes de que tuviera ocasión de respirar siquiera, me penetró muy hondo. Mi espalda se arqueó y eché la cabeza atrás de golpe, su nombre fue un grito ronco en mis labios. Continuó con sus embestidas, apretando las caderas contra mi trasero.

Di un grito y dos palabras escaparon por mi boca, una exigencia que me escaldó las mejillas.

—Más fuerte.

—¿Más fuerte?

—Sí. —Roté el tronco hacia él, estiré los brazos hacia atrás y agarré sus caderas—. Por favor.

—Joder —gruñó, y sentí cómo se estremecía en lo más hondo de mi ser—. Cómo te quiero.

No hubo ocasión de decirle lo mismo. Metió un brazo y lo cerró justo por debajo de mis senos. Su pecho cayó sobre mi espalda, su peso soportado por el brazo que tenía apoyado al lado de mi cabeza. Y entonces me dio lo que quería: embestidas *fuertes*.

Casteel fue implacable, su cuerpo empujando una y otra vez contra el mío. Nos convertimos en llamas gemelas, ardimos brillantes e incontrolables, perdidos en el fuego. Fue una locura bienvenida, el frenesí en nuestra sangre y en nuestros cuerpos, y fue algo más allá del sexo y la búsqueda de placer. Fue una cuestión de los dos tomando y dando, cayendo y

soltando. Arrebatados por temblorosas oleadas de placer rutilante.

Pero cuando los temblores amainaron y Casteel se dejó
caer para quedar los dos tumbados de lado, la promesa que le
había hecho volvió a mí como un fantasma vengativo que había venido a advertirme que a lo mejor no podría cumplirla.

Casteel y yo nos vestimos mientras los últimos vestigios de luz
jugueteaban por el suelo. Los dos nos pusimos las túnicas negras de recambio que había empacado, y conseguí comer algo
del pollo asado que nos habían llevado a la habitación. También pudimos refrescarnos un poco y yo me tomé el tiempo de
recoger mi pelo en una trenza.

Vonetta llegó poco después, con sus despampanantes rasgos contraídos por la tensión.

—Han llegado.

CAPÍTULO 32

—Es solo un carruaje y cuatro guardias —nos informó Vonetta mientras cruzábamos el patio, pasando por el lugar en el que Casteel y yo nos habíamos arrodillado y habíamos intercambiado nuestros votos matrimoniales. Vonetta llevaba las trenzas recogidas en un moño apretado, y una mano apoyada sobre la corta espada dorada que colgaba de su cadera—. Los demás Ascendidos se han quedado atrás.

—¿Son Caballeros Reales? —preguntó Casteel. Vonetta asintió mientras las antorchas encendidas titilaban a causa de la brisa.

Observé a las guardianas sobre la muralla y vi la gruesa trenza rubia a la luz de la luna. Ahí estaba Nova, con sendas espadas en las manos. A su lado, otra guardiana sujetaba un arco.

—¿Mi hermano?

—No se le ha visto, pero creemos que permanece dentro del carruaje.

Los interminables retortijones de mi tripa amenazaron con regresar, pero me forcé a mantener la calma. Lo último que necesitaba era empezar a brillar.

A medida que nos acercábamos a las verjas, vi a varios hombres armados con espadas y ballestas. Reconocí a unos cuantos a los que había ayudado después del asedio. Hicieron una reverencia cuando nos acercamos. Kieran y Delano salieron con sigilo de entre las sombras en sus formas de *wolven*.

—¿Habéis descansado todos? —le pregunté a Vonetta. Ella asintió, justo cuando aparecían su padre y varios *wolven* más.

—Sí, espero que vosotros dos también.

El rostro de Casteel mostraba el fantasma de una sonrisa, y recé para que Vonetta no la viera.

—Siento todo esto —le dije—. Este estrés es lo último que necesita la gente de Spessa's End.

—No es culpa tuya, alteza —empezó.

—Poppy —la corregí—. Somos… amigas, ¿no? —Un rubor trepó por mi cuello—. Quiero decir… llevé tu vestido en mi boda y… —Dejé la frase a medio terminar cuando mis antiguas inseguridades levantaron sus malvadas cabezas. Vonetta no había sido más que amable y cariñosa conmigo, pero era amiga de Casteel y me había conocido cuando me postulaba para convertirme en princesa. Y ¿ahora que era la *Liessa* de los *wolven*? Me daba la sensación de que era la misma historia que con Tawny otra vez, y me sentí aún más tonta. Porque, en serio, este no era el momento para este tipo de cosas—. Nada, ignórame. Ni siquiera sé por qué estoy pensando en esto cuando hay Ascendidos esperándonos al otro lado de la verja.

—Creo que hay quien lo llamaría «evadirse» —comentó Casteel. Le lancé una mirada asesina y apareció un hoyuelo en su mejilla.

—Somos amigas —confirmó Vonetta con una sonrisa—. Al menos, creía que lo éramos. Así que me alegro de oír que tú también lo piensas, porque, joder, hubiese sido muy incómodo, si no.

Sentí una oleada de alivio.

—Creo que ya es un poco incómodo. Al menos para mí —precisé, mientras percibía una corriente de diversión que irradiaba más o menos desde donde esperaba Kieran. Imbécil.

—No te preocupes por ello. —Se inclinó hacia mí y me dio un apretón en el brazo. Si notó la extraña corriente estática, no lo demostró—. Y no te disculpes por lo que está pasando esta noche. Todo el que está aquí conoce los riesgos. Los Ascendidos podrían venir en cualquier momento. Estamos preparados.

Por lo deprisa que se habían reunido antes de que los Ascendidos trataran de apoderarse de Spessa's End con la duquesa, era obvio que de verdad lo estaban.

Nova, que había bajado de la muralla, se reunió con nosotros. La guardiana rubia se llevó un puño al pecho e hizo una reverencia por la cintura. La luz de la luna centelleó sobre la banda dorada que rodeaba su bíceps.

—¿Cuál es el plan?

Casteel me miró, pero no dije nada, porque creía que la guardiana buscaba un plan más detallado que el simple intento de que yo no perdiera el control de mis emociones.

—Kieran y Delano irán con nosotros —decidió Casteel—. Netta, sé que eres rápida con la espada, así que te quiero allí también. Y a ti, Nova.

Las dos mujeres asintieron.

—Tenemos arqueros sobre la muralla —nos informó Nova—, y ya hay varios *wolven* fuera, escondidos en el bosque.

—Perfecto —repuso Casteel. Abrí la boca para hablar, pero luego lo pensé mejor. Cas se dio cuenta—. ¿Qué?

—Es solo… siento curiosidad sobre por qué has elegido solo a Kieran y a Delano en sus formas de *wolven*, y a Vonetta y a Nova —admití. Me sonrojé mientras miraba a las dos mujeres—. No es que tenga ninguna duda acerca de lo hábiles que sois. De hecho, sé a ciencia cierta que lo sois, así que por favor no os toméis mi pregunta así. Solo siento curiosidad para entender la estrategia. —Y era la verdad. Quería saber por qué Casteel querría acercarse a los Ascendidos sin el respaldo de todos los *wolven* presentes y todos los soldados armados con los que contábamos.

—Hay dos razones —explicó Casteel, mientras yo estiraba a toda prisa mi don, aliviada de no percibir ira ni irritación por parte de Nova o de Vonetta—. No tenemos por qué contarles lo bien organizados que estamos. Cuanto menos vean, mejor. Nos da el factor sorpresa, si lo necesitamos.

—Tiene sentido. —Asentí.

—Y como bien sabes, ni los Ascendidos ni la gente de Solis esperan que las mujeres sean tan diestras como los hombres cuando de una batalla se trata —continuó—. Es algo que tienen grabado de un modo tan inherente que ni siquiera los que han oído sobre las habilidades para la lucha de las guardianas están dispuestos a considerarlas una amenaza.

Debía de haberme percatado de eso.

—Pues se equivocarían muchísimo si creyeran eso.

—Y es una equivocación que pretendemos explotar —afirmó Nova. Recé por que las guardianas ya no me consideraran una posible distracción para Casteel o un punto débil.

—Gracias por explicármelo —le dije, mientras archivaba la información. Casteel asintió.

—¿Estás lista?

Aspiré una bocanada de aire que no fue a ninguna parte y asentí, aunque no lo estaba. Pero tenía que estarlo.

—Sí.

—Tu promesa. —Dio un paso hacia mí y agachó la cabeza—. No la olvides.

—No la he olvidado —susurré. La daga de hueso de *wolven* amarrada a mi muslo de repente parecía pesar como el plomo. Me resultaría casi imposible dejar con vida a Ian si se había convertido en lo que tanto temía; no sin saber cuándo volvería a tener una oportunidad como esta.

—Puedes hacerlo —me dijo Casteel. Luego me dio un beso en el centro de la frente, tomó mi mano y se giró hacia los hombres de la verja. Con un gesto de la cabeza, las pesadas puertas se abrieron con un chirriar de piedra contra piedra.

Habían colocado antorchas encendidas a ambos lados del camino; proyectaban una luz tenebrosa sobre el carruaje carmesí sin ventanas que nos aguardaba. En el costado habían repujado un círculo atravesado por una flecha. El escudo real.

Ian viajaba en un carruaje utilizado por la Corona de Sangre. Sentí náuseas en la boca del estómago.

Al lado de los caballos que tiraban del carruaje había dos guardias con armadura negra y capas a juego por encima de los hombros. Otros dos esperaban al costado de la puerta cerrada, con sus manos firmes sobre las espadas. Los caballeros tenían un detalle nuevo en su atuendo. Llevaban cascos adornados con crestas de crin de caballo y brillaban rojos a la luz de la luna. Unas máscaras pintadas de rojo y con ranuras por ojos encajaban a presión en la parte superior del rostro de los caballeros para ocultar sus identidades. Me recordaron a las máscaras utilizadas durante el Rito.

—Las máscaras —murmuró Vonetta desde detrás de nosotros— son una elección interesante.

—Los Ascendidos son dramáticos en todos los aspectos —dijo Casteel, y tenía razón.

Mi corazón latía a una velocidad endiablada mientras Casteel entrelazaba los dedos con los míos y echábamos a andar, acompañados por Kieran y Delano y flanqueados por Vonetta y Nova.

No percibí ninguna sensación procedente de los Caballeros Reales mientras la gravilla crujía debajo de nuestras botas. Nos detuvimos a pocos metros del carruaje. Puesto que los caballeros hacían voto de silencio, ninguno de ellos habló. Al menos estos no lo hicieron. Los que habían ido a New Haven habían tenido mucho que decir.

—Nos habéis convocado. —Casteel fue el primero en hablar, y su tono rezumaba un aire de indiferencia—. Nosotros hemos respondido.

Se produjo un momento de silencio y después oímos unos golpecitos desde el interior del carruaje. Se me cortó la respiración cuando uno de los caballeros alargó la mano para abrir la portezuela.

El tiempo pareció ralentizarse cuando un brazo envuelto en la tela de una capa se estiró desde el habitáculo y una mano pálida se cerró en torno a la puerta. Me dio la impresión de que se me paraba el corazón cuando un cuerpo largo y fibroso emergió para erguirse en el camino. La capa negra se arremolinó en torno a unas largas piernas enfundadas en oscuros pantalones ceñidos. Una camisa blanca asomaba entre los pliegues de la capa. Dejé de respirar cuando el cuerpo se giró hacia donde estaba yo y levanté la vista. Pelo castaño rojizo a la luz del fuego. Un rostro ovalado y atractivo, una barbilla suave. Labios carnosos no curvados en una sonrisa juvenil, como los recordaba, sino fijos en una línea recta.

Ian.

Oh, por todos los dioses, era mi hermano. Sin embargo, cuando mi mirada siguió su camino para centrarse en su cara, vi los ojos que tan a menudo cambiaban del marrón al verde según la luz. Ahora eran de un insondable negro carbón.

Los ojos de un Ascendido.

No dijo nada mientras me miraba, su expresión era totalmente indescifrable. El tenso silencio se estiró entre nosotros como un golfo cada vez más ancho.

Noté cómo una grieta se abría y se ensanchaba en mi interior. Se me quedaron los dedos flácidos, pero el agarre de Casteel sobre mi mano no vaciló. De hecho, la apretó para recordarme que no estaba sola, que estaba convencido de que yo podría manejar la situación, porque podía. Forcé a que el aire entrara en mis pulmones.

Puedo hacerlo.

Levanté la barbilla y me oí hablar.

—Ian.

Hubo un asomo de movimiento en torno a su boca que casi podría haber sido una mueca. Parpadeó.

—Poppy —dijo. Y sentí otro desgarro en el corazón. Su voz sonó suave y ligera como el aire. Era su voz. Las comisuras de sus labios se curvaron un pelín hacia arriba en una sonrisa casi familiar—. He estado muy preocupado.

¿Lo había estado? ¿De verdad?

—Estoy bien —le dije, sorprendida por lo serena que sonaba mi voz—. Pero ¿tú? Tú no lo estás.

Inclinó la cabeza hacia un lado.

—Estoy más que bien, Poppy. Yo no soy el que ha sido secuestrado por el Señor Oscuro ni el que está retenido como rehén…

—No soy ninguna rehén —lo interrumpí, al tiempo que una flecha de ira incandescente me atravesaba. Me aferré a ella, pues era mucho mejor que esta aflicción creciente—. Estoy aquí con mi marido, el príncipe Casteel.

—¿Marido? —La voz de Ian se volvió más áspera, pero la entonación era forzada. Tenía que serlo. Los Ascendidos podían ser propensos a emociones extremas como la ira o la lujuria, pero ¿preocupación? ¿Compasión? No. Ian dio un paso al frente—. Si esto es una farsa, puedo…

A mi derecha brotó un retumbar de advertencia y Kieran avanzó un poco. Ian se detuvo con los ojos como platos al ver al *wolven* de piel parda.

—Por todos los dioses —exclamó, y sonó realmente sorprendido… quizás incluso asombrado—. De verdad son enormes.

Los labios de Kieran se retrajeron en un gruñido al tiempo que todo su cuerpo se tensaba. Me concentré en él y abrí esa cuerda, nuestra conexión. *No pasa nada.*

Temí que Kieran no pudiera oírme y se abalanzara sobre Ian, pero el gruñido se diluyó.

—Mi *mujer* está aquí por voluntad propia —aclaró Casteel entonces, y vi que su tono había perdido su dejo de aburrimiento—. Y aunque he estado dispuesto a que se celebrara esta reunión, no toleraré insinuaciones acerca de la legitimidad de nuestro matrimonio.

—Por supuesto que no. —La mirada oscura de Ian se deslizó hasta el príncipe. Había una dureza en sus facciones que nunca había estado ahí—. ¿Qué es lo que espera ganar Atlantia en realidad llevándose a mi hermana?

Una ráfaga de conciencia bajó reptando por mi columna cuando el caballero a la izquierda de Ian giró la cabeza hacia él. Me sorprendió que no se refiriera a mí como lo hacían todos los Ascendidos. Como la Doncella. Recuperé una diminuta chispa de esperanza.

—Atlantia tiene muchas cosas que ganar —respondió Casteel—. Pero yo lo he ganado todo con esta unión.

Ian lo miró, con el ceño fruncido. Después me miró y dio varios pasos tentativos hacia delante. Los *wolven* lo permitieron.

—¿Se supone que tengo que creer que te has casado por voluntad propia con el monstruo responsable de la muerte de nuestros padres?

—Me casé encantada con el príncipe, que tanto tú como yo sabemos que no tuvo nada que ver con la muerte de nuestros padres.

Ian negó con la cabeza y arqueó las cejas.

—No puedo ni imaginar qué te habrán contado para que te pusieras del lado del enemigo. De las personas responsables de tanto terror y dolor. No te guardaré rencor por ello —me dijo—. Como tampoco lo hará la Corona. El rey y la reina están preocupadísimos por ti, y habíamos puesto muchas esperanzas en poder liberarte en las Tierras Baldías.

—No necesito que nadie me libere. —Me enrosqué alrededor de la ira que sentía y sonreí con suficiencia—. Estoy segura de que están muy preocupados por haber perdido su bolsa de sangre.

—Poppy, eso no...

—No lo hagas —lo interrumpí. Solté mi mano de la de Casteel—. Sé la verdad sobre los Ascendidos. Sé cómo se crean los Demonios, sé por qué retienen al príncipe Malik y sé para qué planeaban utilizarme. Así que no finjamos que no sé la verdad. Que no la sabes tú. La Corona de Sangre es la raíz de todos los males que atormentan a la gente de Solis. Son los opresores, no los héroes.

Pasó un instante de silencio.

—El villano siempre es el héroe de su propia historia, ¿verdad?

—Este no —repliqué. Ian se quedó callado durante unos segundos largos.

—Me gustaría hablar contigo. —Sus ojos oscuros se posaron en la tormenta que bullía en mi interior—. A solas.

—Eso no va a suceder —le dije. Mi corazón se agrietó un poco más.

—¿Porque no confías en mí? —Un músculo se frunció cerca de la boca de Ian—. ¿O porque el Señor Oscuro no lo permitiría?

Una risa oscura y retumbante brotó del interior de Casteel.

—No conoces demasiado bien a tu hermana si crees que alguien puede impedirle hacer lo que quiera.

Esa era la cosa. Otra fisura cruzó mi corazón. Ian solo me conocía como su hermanita pequeña y luego como la Doncella. Solo me conocía de cuando hacía lo que me decían. Y por todos los dioses, quería que me conociera ahora. Que conociera mi verdadero yo.

Aunque al ver esa frialdad inhumana grabada en su rostro, supe que eso no ocurriría jamás.

Tenía ganas de llorar.

Tenía ganas de sentarme ahí mismo y venirme abajo. No cambiaría lo que estaba de pie delante de mí, pero me haría sentir mejor. Al menos durante un tiempo. Sin embargo, no podía hacer eso. No aquí. No en ningún momento pronto. Así que pensé en la madre de Casteel e hice lo que había hecho ella delante de mí. Me recompuse y zurcí todas mis heridas con tal fuerza que solo un hilillo de aflicción discurría por mi interior.

Una vez que estuve segura de que lo tenía todo bajo control, di un paso hacia Ian.

—Eres mi hermano. Siempre te querré. —Se me quebró la voz—. Pero tienes que saber lo que les hacen a esos niños entregados en el Rito. No sirven a ningún dios. ¿Cómo puedes estar de acuerdo con eso? El Ian que yo conocía estaría horrorizado de saber que asesinan a niños... que gente inocente es masacrada mientras duerme... Y todo para que los Ascendidos puedan alimentarse.

Algo destelló en su rostro, pero desapareció tan deprisa que no pude saber que había estado ahí de verdad. Su expresión se suavizó.

—Pero yo soy un Ascendido, Poppy.

Aspiré una bocanada de aire temblorosa y me enderecé. El calor del cuerpo de Casteel se apretó contra mi espalda.

—¿Y Tawny? —pregunté con voz áspera.

—Tawny está a salvo —declaró en tono neutro—. Lo mismo que el hermano del Señor Oscuro. Los dos están bien cuidados y atendidos.

—¿De verdad quieres que creamos eso? —exigió saber Casteel, su ira ya asomada a la superficie.

—No tenéis que creerme. Los dos podréis verlo por vosotros mismos —repuso Ian. Sus palabras cayeron como lluvia helada—. Por eso estoy aquí.

Reprimí un escalofrío cuando la chispa de esperanza se apagó. Ahora no había nada familiar en el tono de Ian y sus palabras significaban más de lo que decían. No había venido porque estuviera preocupado por mí.

—¿El mensaje de la Corona de Sangre? —conseguí balbucear. Ian asintió.

—La verdadera reina ha solicitado una reunión con el príncipe y la princesa de Atlantia.

¿La verdadera reina? Casi me reí. Me sorprendió que Casteel no lo hiciera. Lo miré de reojo. Sus despampanantes rasgos se habían afilado.

—Qué curioso, nosotros también deseamos hablar con la *falsa* reina.

—Entonces, se alegrará de saber que os reuniréis con ella dentro de dos semanas para hablar acerca del futuro. En la residencia real de Oak Ambler —añadió Ian, en referencia a una pequeña ciudad portuaria justo antes de las Tierras Baldías—. Por supuesto, extiende esta propuesta con una promesa de que ninguno de los dos sufriréis ningún daño y con la esperanza de que honraréis el convite y dejaréis al norte a los ejércitos que habéis reunido.

Se me cayó el alma a los pies al tiempo que recibía una ducha fría de sorpresa procedente de los *wolven* y de Casteel. ¿Cómo se habían enterado?

—Sí. —Ian sonrió, y ver un indicio de colmillos a lo largo de ambas filas de dientes me mató un poco—. El rey y la reina saben sobre los ejércitos que estáis reuniendo. Esperan que esta reunión sirva para evitar un derramamiento de sangre innecesario. Miró hacia donde estaba Vonetta—. Y tú eres más que bienvenida si quieres unirte a nosotros.

Mis cejas treparon por mi frente. Ian había sido bastante ligón mientras crecía, pero ¿no estaba casado ahora? Aunque bien era verdad que apenas había hablado de su mujer, y no era como si yo hubiese visto alguna vez una relación cariñosa entre una pareja de Ascendidos.

—Gracias, pero creo que paso —repuso Vonetta con sequedad. Percibí que la irritación de Kieran aumentaba.

—Es una pena —murmuró Ian—. Había tenido la esperanza de poder continuar con nuestra conversación.

—Yo, no —musitó ella, y me picó muchísimo la curiosidad sobre a qué conversación se refería.

—¿Por qué confiaríamos en esa proposición en cualquiera de los reinos? —Casteel se había movido con discreción para colocarse a mi lado una vez más, algo que produjo que los caballeros hicieran además de acercarse. Ian levantó una mano para detenerlos.

—Porque la Corona de Sangre no tiene ningún deseo de iniciar otra guerra —repuso—. Una que espero que os deis cuenta de que no ganaríais.

—Vamos a tener que mostrarnos en desacuerdo con eso —escupió Casteel.

—Que así sea. —Ian inclinó la cabeza—. En cualquier caso, también deberíais saber que si venís con malas intenciones, no solo seréis destruidos, sino que también lo será Atlantia. Empezando por Spessa's End.

La ira impregnó la parte de atrás de mi garganta y me estiré hacia Casteel, cerré una mano en torno a su brazo. Un ligero temblor lo recorrió de arriba abajo. Había agachado la cabeza, sus rasgos se habían afilado aún más. Le di un apretoncito en el brazo y él miró mi mano un instante como si no supiera quién lo estaba tocando. Tardó unos segundos en recuperar el control de su ira.

—La Corona de Sangre parece bastante confiada —dije, con el mismo tono de indiferencia que había utilizado Casteel al principio. Los ojos oscuros de Ian se cruzaron con los míos—. Lo cual me indica que la reina no sabe de verdad qué ejércitos se están reuniendo al norte. —Dado que yo tampoco tenía ni idea, el comentario no era nada más que un farol.

—Hermana —dijo Ian en un tono meloso que me revolvió el estómago—. Podríais tener cientos de miles de soldados, la mitad de ellos *wolven* más grandes que los que tengo delante, y no derrotaríais a lo que ha creado la reina.

Inquieta, lo miré.

—¿Qué ha creado la reina, Ian?

—Espero que no lo averigüéis nunca.

—Quiero averiguarlo —insistí.

—¿Te refieres a más caballeros? —Casteel lanzó una sonrisa desdeñosa en dirección a los que estaban de pie detrás de Ian—. Porque, si es así, no nos preocupa.

—No. —Ian aún sonreía, mientras que los caballeros no mostraron reacción alguna a la pulla de Casteel—. Los Retornados no son caballeros. No son Ascendidos, ni mortales, ni atlantianos. Son algo mucho más... singular que eso.

¿Retornados? No tenía ni idea de lo que podía ser eso siquiera.

—Ahora debo irme. Es un largo viaje de vuelta a la capital. Espero veros en Oak Ambler. —Deslizó los ojos hacia mí—. Me gustaría darte un abrazo, Poppy. Espero que puedas dejar a un lado nuestras diferencias y concederme ese favor.

Me quedé paralizada mientras el peso de la daga de heliotropo me recordaba el juramento que me había hecho a mí misma y lo que le había prometido a Casteel. Ian era... ya no era mi hermano. Había momentos en los que lo veía, pero esos segundos no significaban nada en realidad. Ya no estaba ahí.

Mis ojos volaron hacia los caballeros. Se movían incómodos. Estaba claro que la petición de Ian no los emocionaba, tampoco lo lejos que estaba ahora de ellos. También percibí el recelo de todos los que estaban a mi alrededor, en especial de Casteel.

Esta... podía ser mi oportunidad. Estaría más que bastante cerca para usar la daga. No creía que Ian se lo esperara. Podía hacerlo. Y en lo más profundo de mi corazón, sabía que era verdad. Pero ¿a qué precio? Casteel y los otros podrían acabar con los caballeros sin ningún problema. No lo dudaba ni por un segundo, pero ¿y si la Corona de Sangre se lo tomaba como una declaración de guerra? ¿Y si Ian había dicho la verdad acerca de esos Retornados? ¿Y si mi acción solitaria provocaba la guerra que Casteel y yo estábamos intentando evitar?

Yo... no quería eso.

El alivio guerreó con una desilusión tan potente que me dio la sensación de haber sacado la daga y haberla usado contra mí misma. Sin embargo, preferiría cargar con la culpa de dejar que mi hermano siguiera de este modo que tener que soportar los remordimientos de hacer que un montón de gente perdiera la vida.

—No pasa nada —le dije a Casteel. Di un paso al frente—. No me hará daño.

Ian frunció un poco el ceño, pero crucé los dedos por que Casteel comprendiera lo que quería decir. Me llegaron oleadas de recelo de todos los que vigilaban detrás de mí, y hubiese podido jurar que incluso la daga de hueso de *wolven* palpitaba su advertencia. Sin embargo, lo ignoré todo para poder pararme delante de Ian. Ya no olía como el mar y el sol. En lugar de eso, capté el toque floral y almizcleño de una colonia cara. La piel de Ian estaba fría, incluso a través de la camisa, y todo parecía equivocado mientras cerraba los brazos a mi alrededor. Cerré los ojos y me permití imaginar solo por un segundo que este era el Ian que recordaba, que estaba abrazando a mi hermano, que estaba sano y salvo.

—Poppy, escúchame —susurró. Abrí los ojos de golpe—. Sé la verdad. Despierta a Nyktos. Solo sus guardias pueden detener a la Corona de Sangre.

CAPÍTULO 33

—Vaya… —Jasper pronunció la palabra despacio desde donde estaba sentado en una de las salas privadas de detrás del Gran Salón de la fortaleza. Delano y Lyra estaban siguiendo a los Ascendidos para asegurarse de que se marcharan, pero el resto de nosotros estábamos ahí—. Eso sí que ha sido inesperado.

Casi me reí, pero pensé que no sería apropiado. Ya estaba tallando un camino en el suelo de piedra de tanto andar de un lado para otro por la habitación. No podía sentarme. No con la locura que eran ahora mismo mis pensamientos. No con mis emociones desbocadas por todo el lugar, saltando de la aflicción a la esperanza, pasando por la incredulidad.

Ian seguía ahí dentro.

Para decir lo que había dicho, *tenía* que estarlo. Y… podría haberlo apuñalado. Mi estómago dio una voltereta y después un brinco. Ian seguía ahí dentro. Por todos los dioses, tenía ganas de gritar de alegría, pero también de dejarme caer de rodillas y llorar, porque eso significaba que era él mismo mientras estaba rodeado de Ascendidos. Lo que tendría que soportar. No podía permitirme pensar en ello. Ian era listo y avispado. Y era obvio que, para sobrevivir como lo había hecho, era más fuerte de lo que yo jamás había pensado.

Pero ¿y las implicaciones de que Ian siguiese siendo él mismo? ¿De ser capaz de representar una verdad tan convincente para sobrevivir tan joven en su Ascensión? Podría haber más como él. Muchos más.

—¿Qué crees que quiso decir con los guardias de Nyktos? —pregunté.

—No estoy seguro, la verdad. —Casteel me observaba desde donde estaba sentado—. Sería difícil imaginar que sus guardias lo dejaran solo.

Nova frunció el ceño desde donde vigilaba al lado de la puerta.

—¿Crees que decía la verdad? ¿Que esto no es algún tipo de trampa?

—Dijo que sabía la verdad —le dije a Nova, a todos los presentes. Casteel había estado lo bastante cerca como para oír las palabras susurradas de mi hermano. No así los demás—. Tenía que referirse a los Ascendidos.

—No sonaba como si supiera la verdad sobre los Ascendidos —comentó Jasper con una mueca de disgusto—. Sonaba justo como todos los Ascendidos con los que me he cruzado jamás.

—Tenía que ser una actuación —musité.

—Entonces, es un actor de puta madre —replicó el mayor de los *wolven*.

Sí que era una buena actuación, pero estábamos pensando en dos situaciones diferentes.

—De pequeños, Ian inventaba un montón de historias que luego me contaba. Lo hacía porque sabía que me sentía… que a menudo me sentía sola y aburrida. —Retomé mis paseos, jugueteando con el final de mi trenza—. Fuera como fuere, cuando me contaba esas historias, las actuaba. Adoptaba distintos acentos y actitudes. Se le daba muy bien. Tan bien que se sentiría como en casa sobre un escenario.

—Y yo apenas oí lo que le susurró a Poppy —apuntó Casteel—. Es imposible que los caballeros lo oyeran.

Asentí.

—Se aseguró de que no pudieran hacerlo. Por eso se alejó tanto de ellos. Algo que noté que los hacía sentir incómodos.

—Sea verdad o no, el hecho de que Ian mencionara a Nyktos me hace pensar que sabe acerca de tu origen —empezó Kieran, apoyado contra la mesa sobre la que se había encaramado su hermana, los pies sobre una silla—. Y eso significa que la Corona de Sangre es muy probable que también lo sepa. Lo cual no es que sea precisamente una sorpresa, pero podría significar que tienen alguna noción respecto de tus habilidades.

—Es posible. —Dejé de jugar con la trenza para empezar a hurgar en un pellejo de mi dedo gordo—. Quiero decir, suena como que orquestaron mi creación —murmuré, sin entrar en demasiados detalles. Era extraño cómo hacía menos de veinticuatro horas me había quedado impactada por la noticia de que Malec era mi padre. Ahora, sustituida por algo mucho más importante, parecía un asunto trivial—. O sea que es probable que tuviesen una idea bastante aproximada de cómo podían evolucionar mis dones. Pero ¿lo de esos Retornados? Jamás había oído hablar de ellos hasta ahora.

—Yo tampoco —reconoció Casteel, lo cual era inquietante, dado que había pasado tiempo en la capital hacía mucho menos tiempo que yo.

—Sean lo que fueren, deben de ser mala cosa, si Ian ha dicho que un ejército grande no podría derrotarlos.

—Eso, si lo que dijo es verdad —señaló Kieran.

—Tal vez no lo sea. Pero, quizá, sí. —Casteel guiñó los ojos mientras deslizaba el pulgar por su labio de abajo y me observaba—. Despierta a Nyktos.

Nuestros ojos se cruzaron. Lo que me había dicho mi hermano sonaba demasiado extraño para planteárnoslo siquiera, pero…

—Dudo de que ningún dios se alegrase demasiado de que lo despertaran, no digamos ya Nyktos —caviló Vonetta—.

¿Y si Ian lo dijo con la esperanza de que el dios acabase contigo?

Se me revolvió el estómago solo de pensarlo. Enfadar a un dios sería una forma infalible de quitarme de en medio. Pero entonces recordé lo que había dicho la duquesa: que yo había triunfado donde ella no había podido. ¿El hecho de despertar a Nyktos podría ser una parte de eso?

No lo creía. La duquesa de Teerman se refería a Atlantia. Además, estaba convencida de que Ian trataba de ayudarnos.

—Pero la Corona de Sangre quiere a Poppy viva —apuntó Casteel—. Y la quieren en esta reunión. Si el plan es conseguir que muera al despertar a Nyktos, ¿para qué concertar un encuentro?

—Ahí tienes razón. —Vonetta tamborileó con los dedos sobre sus rodillas flexionadas mientras nos miraba, primero a Casteel y después a mí—. Os lo estáis planteando en serio, ¿verdad? Lo de despertar a Nyktos, quiero decir.

Casteel no había apartado la mirada de mis ojos.

—Si lo que ha dicho Ian es verdad, puede que necesitemos a los guardias de Nyktos. Sea como fuere, Atlantia ha perdido el factor sorpresa con respecto a nuestros ejércitos.

Asentí antes de darle un giro a la conversación.

—¿Conoces Oak Ambler?

Esbozó una sonrisa malvada al tiempo que intercambiaba una miradita con Kieran.

—Hemos estado ahí y nos colamos en el castillo de Redrock.

—¿Quiero saber por qué hicisteis eso y cuál fue el resultado? —pregunté, con las cejas arqueadas. Su mirada se afiló, ardiente.

—Probablemente, no.

—Digamos sin más que hay unos cuantos Ascendidos ahí a los que los habitantes de Oak Ambler no echarán de menos —comentó Kieran—. Lo más probable es que sea mejor que no sepas nada más.

—Sería sensato llegar antes de lo esperado —caviló Casteel, y yo asentí.

—Estoy de acuerdo. También puedo decir sin temor a equivocarme que tu padre se va a cabrear mucho cuando se entere de que la Corona de Sangre sabe que Atlantia ha estado reuniendo fuerzas al norte —masculló Jasper. Se pasó una mano por la cara mientras se giraba hacia Casteel—. Mierda.

Me quedé muy quieta y busqué los ojos de Casteel una vez más. Cuando Ian había dejado caer esa información inesperada, no había entendido cómo podía saberlo. Ahora, sí.

—Alastir.

Casteel apretó la mandíbula.

—Por lo que dijo mi padre, solo el Consejo era consciente del propósito de que los ejércitos se estuvieran trasladando al norte. La gente cree que son maniobras de entrenamiento. Pero Alastir lo sabía.

—Y se había estado comunicando con los Ascendidos. —Sacudí la cabeza—. ¿Cómo podía justificar siquiera que compartir ese tipo de información con los Ascendidos beneficiaría a Atlantia?

Jasper resopló con desdén.

—Creo que Alastir tenía muchas ideas sin sentido, pero quizá lo hiciera con la esperanza de que Solis golpeara primero y forzara así a Atlantia a actuar. Un plan B en caso de que todo lo demás fracasara.

Por desgracia, eso tenía sentido.

—¿Quién sabe qué más pudo contarles?

Eso silenció a la sala y, en el silencio, mi mente volvió a rebotar entre Ian y lo que eso significaba para los Ascendidos, antes de por fin asentarse sobre algo en lo que ni siquiera me había permitido pensar.

La corona.

Los planes que ya estaban en marcha no cambiarían con la noticia de que Ian no era la reencarnación del mal. Y que era muy posible que hubiese más Ascendidos como él. Cuando el rey se enterara de que Solis sabía lo de los ejércitos atlantianos, serviría de acicate para un ataque. Ian y cualquier otro Ascendido como él podrían morir si los ejércitos de Atlantia tuvieran éxito. Si no, si esos Retornados fuesen algo terrible y poderoso, capaces de devastar a los ejércitos de Atlantia... no caería solo Spessa's End, sino que podría sucumbir todo el reino de Atlantia. Fuera como fuere, moriría gente inocente en ambos bandos. Me detuve cerca de la silla de Casteel, que levantó la vista hacia mí y buscó mis ojos.

Casteel y yo podíamos parar esto.

Lo cual significaba que solo yo podía pararlo.

Se me aceleró el pulso cuando bajé la vista hacia él. Sabía lo que teníamos que hacer. Lo que *yo* tenía que hacer. Me dio la impresión de que el suelo se movía bajo mis pies. Floreció una semilla de pánico, pero usé todo lo que tenía dentro para reprimirla.

Casteel alargó un brazo hacia mí. Abrió la mano y yo puse la mía en ella.

—¿Qué? —preguntó con voz queda.

—¿Podemos hablar?

Se levantó al instante y le lanzó al grupo una rápida mirada.

—Volveremos en un rato.

Nadie dijo nada mientras salíamos por la puerta y después cruzábamos el Gran Salón desierto en donde los estandartes de Atlantia colgaban de las paredes.

—¿A dónde quieres ir? —me preguntó Casteel.

—¿A la bahía? —sugerí.

Así que ahí es donde fuimos. Casteel me guio alrededor de la media muralla de piedra que aún permanecía en pie. Bajo la brillante luz de la luna y en el aire mucho más fresco de la noche, la hierba y la tierra dieron paso a la arena mientras el olor de la lavanda nos rodeaba.

Nos paramos al borde de la bahía color medianoche, las aguas eran tan oscuras que captaban las estrellas en lo alto. Se rumoreaba que la bahía de Stygian era la puerta de entrada a los Templos de la Eternidad. Reprimí un escalofrío al pensar en que el dios del hombre común y los finales dormía bajo las tranquilas aguas.

—¿Estás bien? —se interesó Casteel. Consciente de que se refería a Ian, asentí.

—Es extraño. Cuando decidí no proporcionarle paz a Ian, me sentí al mismo tiempo aliviada y desilusionada.

—¿Qué te hizo decidir no hacerlo? —Casteel apartó la vista de la bahía y la deslizó hacia mí—. Porque yo estaba convencido de que ibas a hacerlo.

—Es que iba a hacerlo. Era la oportunidad perfecta. Sabía que los demás hubieseis acabado con los caballeros sin ningún problema. Pero aparte del hecho de que no tenemos ni idea de lo que son estos Retornados, también estamos tratando de evitar una guerra. Si hubiese terminado con Ian, la Corona de Sangre podría haberlo tomado como un acto bélico contra ellos y quizá lo hubiesen pagado con Spessa's End. No podía arriesgarme a que ocurriera eso.

Casteel estiró un brazo y me frotó la espalda con una mano.

—Estoy orgulloso de ti.

—Cállate.

—No. Lo digo en serio. —Apareció una leve sonrisa—. Tomaste la decisión antes de que Ian te hablara, cuando todavía pensabas que lo habías perdido del todo. No pensaste en lo que querías tú, sino en lo que era mejor para la gente tanto de Solis como de Atlantia. Muchas personas no lo habrían hecho.

—¿Lo habrías hecho tú?

Frunció el ceño y devolvió la mirada a la bahía.

—No estoy seguro. Me gustaría pensar que sí, pero creo que es algo que no puedes saber de verdad hasta que estás en esa situación.

La luz plateada centellaba contra la curva de su mejilla y su mandíbula, como si los rayos de luna se viesen atraídos por él.

—Entonces, ¿crees que Ian no es como los otros? ¿Que lo que dijo es verdad?

No contestó durante un buen rato.

—Creo en las cosas que tienen sentido, Poppy. Que Ian te dijera que despertaras a Nyktos porque sus guardias pueden derrotar a la Corona de Sangre solo tiene sentido si estaba intentando ayudarnos. No se me ocurre ninguna forma de que eso ayudara a la Corona de Sangre. Como he dicho ahí dentro, no han dado muestras de querer verte muerta. Sí creo que Ian trata de ayudarte, de ayudarnos, con gran riesgo para su persona. Que estuviese dispuesto a hacer esto para auxiliar a su hermana tiene que significar que sigue ahí dentro. Un Ascendido normal miraría solo por sí mismo. No es como los demás.

Cerré los ojos unos instantes y asentí. Oír que Casteel creía que Ian seguía ahí dentro borraba las pequeñas dudas que todavía tenía y hacía que fuese más fácil hablar de lo que teníamos que hablar.

—Eso podría significar que algunos Ascendidos, algunos jóvenes como Ian, que no hayan tenido años y años para controlar su sed de sangre, tal vez no sean una causa perdida.

—Podría ser.

—Y Atlantia se está preparando para ir a la guerra. Para matar a todos los Ascendidos. Tu madre me dijo que no importaría si Ian no fuera como los otros. Que no correrían ese riesgo. —Fui hasta lo que quedaba de un muelle y me senté sobre un poste de piedra—. No puedo permitir que eso ocurra. No podemos permitirlo.

Casteel se volvió hacia mí, pero se quedó callado. Respiré hondo y lo miré.

—No se trata solo de mi hermano. Sí, él es una razón de peso. Sé que tu madre quiere que elija la corona porque amo

Atlantia, pero no hay tiempo suficiente para que me sienta así. Yo… no sé si necesito sentir eso ahora mismo. Porque ya siento que debo proteger a Atlantia y a su gente. No quiero ver cómo los utilizan los Ascendidos ni quiero verlos dañados por una guerra. Tampoco quiero ver a Solis arrasada. Sé que tú tampoco lo quieres.

—Así es.

Me empezaron a temblar las manos, así que las crucé entre las rodillas.

—No tengo ni idea de cómo gobernar un reino, pero sé que es algo que puede aprenderse. Tú lo dijiste. Tu madre lo dijo. No sé si estoy preparada para eso, o si al final seré una buena reina, pero quiero mejorar las cosas para la gente de Solis y la de Atlantia. No hago más que pensar en que hay que detener a los Ascendidos. Sé que debe ocurrir, y eso tiene que significar algo, ¿no crees? Y tengo que creer que merece la pena intentar averiguar cómo hacerlo si con eso somos capaces de, probablemente, evitar una guerra. La vida de la gente lo merece, incluida la vida de mi hermano. Tú estarías a mi lado. Gobernaríamos juntos y tendríamos a tus padres para ayudarnos. —Y tal vez llegaría a querer a Atlantia tanto como lo hacían él y sus padres. Ya me parecía mi hogar, así que todo era posible. Aunque también me sentía un poco culpable. Quería que su madre aprobara mis razones para decidir aceptar la corona. Tragué saliva, pero todavía tenía un nudo en la garganta—. Es decir, si tú también quieres esto. Si crees que puedes ser feliz con esta decisión. No quiero que te sientas forzado a hacerlo —dije, mientras él daba un paso silencioso hacia mí—. Sé que dijiste que una parte de ti sabía que esto sucedería antes o después, pero quiero que estés bien seguro de que esto es lo que quieres y que no… que no lo haces solo porque yo elijo hacerlo —terminé. Lo observé y esperé una respuesta. Cuando se detuvo delante de mí, sin decir nada, el nudo se agrandó en mi garganta—. ¿Vas a decir algo?

Casteel se agachó delante de mí y apoyó una rodilla en la arena.

—Ya te dije que si querías aceptar la corona, te apoyaría. Que estaría ahí mismo, a tu lado. Eso no ha cambiado.

—Pero ¿qué quieres tú? —insistí. Casteel puso sus manos sobre mis rodillas.

—Esto no es una cuestión de mí ni de lo que yo quiero.

—Y una mierda —exclamé. Casteel se echó a reír.

—Lo siento. —Agachó la cabeza con una sonrisa—. Es que eres adorable cuando dices palabrotas.

—Qué extraño, pero da igual. No se trata solo de mí.

—Sí se trata de ti porque sé lo que supone gobernar un reino. Crecí con una reina como madre y un rey como padre. También crecí sabiendo que algún día podría ocupar el trono. —Sus ojos dorados se cruzaron con los míos—. Aunque me haya estado resistiendo a asumir el cargo, no fue porque no quisiera ser rey.

—Lo sé —admití en voz baja—. Fue por tu hermano.

—Sé que puedo hacerlo. Sé que tú también. Pero para mí no es un impacto tan grande. —Casteel metió los dedos entre mis rodillas y soltó mis manos. Las sujetó con suavidad entre las suyas—. Quiero proteger a mi gente y al reino, y si ocupar ese trono logra eso, entonces es lo que quiero. *Pero* —dijo con énfasis— quiero que tengas elección. Libertad para tomar esa decisión. También quiero que sepas que no necesitas justificar ni explicar tus razones para aceptar la corona. Ni ante mí. Ni ante mi madre. Y no existe una sola razón correcta, siempre y cuando sea tu elección. Así que —dijo, deslizando el pulgar por mis nudillos—, ¿es tu elección aceptar la corona?

Mi corazón dio un traspié.

—Lo es —susurré. No eran más que dos palabras, pero eran aterradoras y me cambiarían la vida. Pero era extraño pensar que antes de que pudiera recordar que me llamaran «la Doncella», ya había habido unas fuerzas en juego que se

538 • UNA CORONA DE HUESOS DORADOS

esforzaban por evitar que este mismo momento sucediera. La idea me dejaba un regusto agridulce, pero también había una sensación de… *corrección*, que zumbaba por mis venas, en la sangre de los dioses. Como lo que sentí la primera vez que estuve en las Cámaras. Casi esperaba que la tierra temblara y los cielos se abrieran.

Pero todo lo que ocurrió fue que Casteel agachó la cabeza y se llevó nuestras manos unidas al corazón.

—Mi reina —murmuró, y sus espesas pestañas se levantaron para mirarme a los ojos. Y esa conexión, la que estaba atada a mi corazón y a mi alma, me cambiaba la vida en la misma medida que mi decisión—. Supongo que tendré que dejar de llamarte «princesa».

Fruncí un poco los labios.

—Apenas me has llamado así desde que llegamos aquí.

—¿Te habías dado cuenta? —Arqueó las cejas y me besó las manos—. No me parecía correcto llamar «princesa» a una reina. No importaba si no aceptabas la corona nunca.

—Estás siendo dulce otra vez.

—¿Vas a llorar?

—No lo sé.

Con una risita, soltó mis manos y me acarició las mejillas.

—¿Estás segura de esto?

Mi corazón dio otra voltereta.

—Lo estoy. —Entonces se me ocurrió algo—. Quiero que cambien el escudo. Quiero que la flecha y la espada sean iguales.

Con eso aparecieron sus dos hoyuelos.

—Me gusta cómo suena eso.

Respiré hondo y dejé que escapara el aire despacio.

—Vale.

—Vale —repitió, al tiempo que asentía—. Tendremos que pasar aquí la noche, pero enviaré a alguien por delante para que vaya a Evaemon. Mañana partiremos hacia la capital.

Donde seríamos coronados.

Y después iríamos a Iliseeum para despertar al Rey de los Dioses.

—Tienes que soltarme, cariño. Tienes que esconderte, Poppy...

Mamá se quedó muy quieta, luego soltó su brazo de un tirón y metió la mano en su bota. Sacó algo, algo negro como la noche y delgado y afilado. Se movía tan deprisa... más deprisa de lo que la había visto moverse jamás. Giró en redondo mientras se ponía en pie, con la pica negra en la mano.

—¿Cómo pudiste hacerlo? —exigió saber mamá mientras yo huía hasta el borde del armario.

Había... un hombre a pocos pasos de ella, envuelto en sombras aterradoras.

—Lo siento.

—Yo también. —Mamá atacó, pero el hombre sombra la agarró del brazo.

—¡Mamá! —grité, y crujió un cristal. Mamá giró la cabeza hacia mí.

—Corre. Corre...

Los cristales se hicieron añicos y la noche entró en la cocina, rodó por la pared y cayó al suelo. Me quedé paralizada, incapaz de moverme mientras las criaturas de piel gris se alzaban ante mí, sus cuerpos demacrados y con aterradoras bocas manchadas de rojo. Inundaron la cocina y ya no pude verla.

—¡Mamá!

Los cuerpos giraron en mi dirección. Las bocas se abrieron. Unos aullidos estridentes cortaron a través del aire. Unos dedos esqueléticos y fríos se clavaron en mi pierna. Grité mientras retrocedía a toda prisa para meterme en el armario.

—Mierda —maldijo el hombre oscuro, y un chorro de algo podrido salpicó mi cara. La cosa soltó mi pierna y empecé a dar media *vuelta, pero el hombre sombra metió la mano en el armario y me agarró del brazo—. Que los dioses me ayuden —musitó, al tiempo que me sacaba de un tirón.*

Muerta de miedo, forcejeé contra su agarre mientras esas cosas se abalanzaban sobre él. Columpió un brazo por el aire y yo me retorcí y pataleé. Mi pie resbaló en algo mojado. Me giré hacia un lado...

Mamá estaba ahí, con la cara cubierta de sangre. Incrustó esa pica negra en el pecho del hombre sombra, que gruñó una palabrota. Su agarre se aflojó y su mano resbaló mientras él se desplomaba hacia atrás.

—Corre, Poppy —boqueó mamá—. Corre.

Y eché a correr. Hacia ella.

—Mamá... —Unas garras me agarraron del pelo, arañaron mi piel, me quemaron como aquella vez que toqué la tetera. Grité y estiré los brazos hacia mamá, pero ya no podía verla en la masa caótica del suelo. Unos dientes se hincaron en mi brazo al tiempo que el amigo de papá retrocedía en silencio. Un dolor atroz rugió a través de mí, me contrajo los pulmones y el cuerpo...

Vaya florecilla más bonita.

Vaya amapola más bonita.

Córtala y mira cómo sangra.

Ya no es tan bonita...

Me desperté sobresaltada. Un grito quemaba en la parte de atrás de mi garganta mientras deslizaba los ojos muy abiertos por la oscura habitación.

—Poppy —murmuró Casteel, la voz gruesa por el sueño. Un segundo después, su pecho se apretó contra mi espalda y pasó un brazo por mi cintura—. No pasa nada. Estás a salvo. Estás aquí.

Con el corazón acelerado, miré a la oscuridad y me repetí que estaba en Spessa's End. No estaba atrapada en Lockswood, sola y...

Se me cortó la respiración.

—No estaba sola.

—¿Qué?

Tragué saliva, con la garganta dolorida.

—Había alguien más en aquella cocina en la que me escondí en el armario. Alguien a quien mi madre conocía. Sé que así era.

—Alastir...

—No —susurré con voz ronca. Sacudí la cabeza—. Era alguien más. Era como... como una sombra, vestido de negro. —Me giré entre los brazos de Casteel. Apenas lograba distinguir sus rasgos en la oscuridad—. Iba vestido como el Señor Oscuro.

CAPÍTULO 34

Casteel había enviado a Arden, un *wolven* de Spessa's End, por delante de nosotros. Iría primero a la Cala de Saion y luego a Evaemon para alertar al rey y a la reina de nuestra inminente llegada.

Casteel me dejó llevar las riendas de Setti y guiar al caballo hasta que nos encontramos con terreno más traicionero. Esta vez, tardamos día y medio en llegar a la Cala de Saion, pues paramos a mitad de las montañas Skotos para descansar. Pasamos esa noche en casa de Jasper y de Kirha. La costurera a la que habíamos ido mientras explorábamos la ciudad había podido terminar ya varios pares de pantalones, túnicas e incluso un vestido de gasa de tono esmeralda para mí, junto con algo de ropa ínterior. Todas esas cosas estaban ahora bien empacadas y el resto de las prendas en las que estaba trabajando las enviaría a Evaemon. Esa noche compartimos cena con los Contou, varios de los *wolven*, y Naill y Emil. Había sido un encuentro tan normal que casi costaba creer que acabáramos de ver a Ian y que estábamos planeando entrar en Iliseeum.

Y despertar al Rey de los Dioses.

O que Casteel y yo estuviésemos a punto de convertirnos en rey y reina.

Lo habíamos hablado todo en profundidad con Kirha y con Jasper al llegar. Tendríamos que viajar a Iliseeum lo más pronto que pudiéramos si queríamos llegar a Oak Ambler antes de lo esperado. Un grupo vendría con nosotros. No seríamos muchos, pues Casteel y Kieran habían explicado que los túneles podían ser estrechos y agobiantes. Y luego ¿desde ahí? Bueno, esperábamos que alguno de los Ancianos supiera dónde dormía Nyktos y que mi sangre nos ayude a entrar ilesos.

Pero durante la cena no hablamos de nada de eso, aunque todos los presentes sabían lo que estaba a punto de suceder. En vez de eso, Kirha y Jasper nos habían entretenido con historias sobre sus hijos y Casteel cuando eran más jóvenes, para gran enfado y reticente diversión por su parte. No creía haberme reído nunca tanto como lo había hecho esa noche. Y más tarde, cuando Casteel y yo estuvimos solos, no creí que fuese posible ser amada más de lo que lo era yo.

Me aferré a esas cosas mientras salíamos de la Cala de Saion a primera hora de la mañana siguiente, vestida con unos suavísimos pantalones negros ceñidos y una túnica a juego, con medias mangas, y que constreñía mi pecho para luego abrirse en las caderas. Había sonreído al ver que la costurera había dejado una raja en el lado derecho para que pudiera tener fácil acceso a mi daga. Jasper se quedó atrás con Kirha, aunque a cambio tuve la agradable sorpresa de saber que Vonetta vendría con nosotros a Evaemon. Había esperado que se quedara con sus padres o que regresara a Spessa's End, pero había dicho que quería ser testigo de nuestra coronación.

No era la única.

Docenas de *wolven* viajaban con nosotros, muchos a los que aún no conocía y unos pocos, como Lyra, a la que justo empezaba a conocer ahora. Emil y Naill también venían con nosotros, y escuchar a esos dos reñir sobre cualquier cosa, desde qué whisky era el que mejor sabía hasta si una espada o una flecha eran preferibles como armas, era bastante entretenido. Eso sí, todos iban alerta, solo por si los Arcanos hacían acto de aparición.

La sensación de alegría mantenía todas las preocupaciones a raya, como lo hacían mis prácticas continuas de hablar con los *wolven* a través de sus improntas. Incluso la pesadilla que, de ser verdad, seguramente confirmaba lo que había defendido Alastir.

Que él no había matado a mis padres.

No podía pensar en eso mientras viajábamos al norte a través de Atlantia. Ya habría tiempo más adelante para lidiar con esa posibilidad, pero si algo había aprendido en los últimos meses era a compartimentar. O tal vez fuese solo el consejo de Casteel de no preocuparnos hoy por los problemas de mañana.

Fuera como fuere, no me costó demasiado solo existir en las horas que tardamos en llegar a Evaemon porque me perdí un poco en la belleza de Atlantia, con sus casitas de piedra caliza y tejados de terracota, desperdigadas por las ondulantes colinas, además de los pueblitos granjeros y los turbulentos arroyos que cortaban la tierra y bajaban con fuerza desde las montañas de Nyktos, coronadas de nieve, que pronto se hicieron visibles en la distancia. Una cosa quedó clara enseguida a medida que avanzábamos.

Con escasas zonas boscosas vírgenes y muy separadas unas de otras, no había ni un pedazo de tierra sin usar dentro de los Pilares de Atlantia.

Ya fuese por los campos arados para cultivos o por la tierra utilizada para viviendas y comercios, Atlantia se estaba quedando sin sitio…

O ya lo había hecho.

Aun así, el entorno era precioso. Las casas, las tiendas, las granjas. Estaba todo abierto, desde los pueblos hasta las ciudades, sin muros que los separaran ni murallas para mantener a raya a criaturas monstruosas. Era como imaginaba que había sido Solis en el pasado.

Casteel me había vuelto a ceder el control de Setti y continuamos así hasta que estuvimos a medio camino de Evaemon. Paramos en Tadous para pasar la noche, un pueblo que me recordó mucho a New Haven. Cerca de la posada, niños atlantianos nos saludaron desde las ventanas de un edificio que me dijeron que era parecido a los colegios de Carsodonia, donde aprendían historia, letras y números en grupos de la misma edad. La diferencia aquí era que todos los niños asistían a clase, sin importar a qué se dedicaban sus padres. En Solis, sin embargo, solo los niños con medios podían permitirse una educación.

Las temperaturas también eran más frescas. Nada que requiriera una capa gruesa, pero había un leve aroma a humo de chimenea en el ambiente. Esa tarde nos reunimos para cenar, pidiendo cosas de un menú que el amistoso posadero y su mujer nos proporcionaron.

Sentada entre Casteel y Kieran en una mesa larga, escudriñé el menú con Vonetta sentada enfrente de mí, tronchada de risa por algo que le había dicho Delano.

—¿Te gustaría tomar una cazuela? —me ofreció Kieran—. Podemos compartirla.

—¿Qué es una… cazuela?

Casteel se giró hacia mí. Una sonrisa lenta se desplegó por sus labios.

—Poppy…

—¿Qué?

—¿Nunca has tomado una cazuela?

Entorné los ojos.

—Es obvio que no.

—Está buena —aportó Kieran—. Creo que te gustará.

—Lo está —confirmó Vonetta. Casteel me dio un tironcito de un mechón que se había soltado de mi trenza.

—Sobre todo si lleva mucha… *carne*.

Lo miré y sospeché de inmediato.

—¿Por qué lo dices de ese modo?

—¿De qué modo? —preguntó.

—No intentes hacerte el inocente.

—¿Yo? —Se llevó una mano al corazón—. Yo soy siempre inocente. Solo digo que creo que te gustaría una cazuela de carne.

No confiaba en él ni un poquito. Me giré hacia Kieran.

—¿A qué se refiere?

Kiean frunció el ceño.

—A una cazuela de carne.

Miré a Vonetta y a Delano.

—¿Es verdad?

Unas cejas oscuras se arquearon cuando Vonetta miró de reojo a Casteel.

—De verdad que no sé a qué se refiere este, pero yo estaba pensando en una cacerola de judías verdes.

—Oh, tío, hace una eternidad que no me tomo una de esas —murmuró Naill.

Me eché hacia atrás y crucé los brazos delante del pecho.

—No la quiero.

—Qué pena —murmuró Casteel.

—Me da la sensación de que al final de la noche voy a tener ganas de apuñalarte.

—¿Y qué cambia eso con respecto a cualquier otra noche? —comentó Kieran con una carcajada. Suspiré.

—Cierto.

Casteel se inclinó hacia mí y me dio un beso en la mejilla. Luego devolvió su atención al menú. Nos decidimos por pato asado con verduras. Con el estómago lleno y satisfecho, me trasladé más cerca de la chimenea apagada, a una de las gordas butacas de respaldo alto, mientras Casteel discutía con Vonetta sobre… bueno, no estaba muy segura sobre qué estaban discutiendo ahora. Antes había sido sobre si las batatas podían considerarse patatas dulces, lo cual era una discusión bastante extraña, aunque me daba la impresión de que no era la más rara que habían tenido.

Se comportaban como hermanos, sin importar que compartieran sangre o no. Observarlos hizo que me doliera el corazón de la envidia. Ian y yo podíamos haber tenido eso, hubiésemos podido discutir sobre verduras. De haber tenido una vida normal.

Pero nos la habían arrebatado.

Todo porque yo era hija de Malec y llevaba sangre de los dioses en mi interior. Era la razón de que me hubiesen obligado a usar el velo y de que me hubiesen mantenido encerrada la mitad de mi vida bajo el pretexto de que era la Elegida. En realidad, lo era, pero no del modo que había pensado.

Ya no creía que hubiese habido otra Doncella. Eso había sido solo una mentira para mantener la farsa en pie. Lo que no sabía era lo que esperaba ganar la reina Ileana con todo esto. En poco menos de dos semanas, lo averiguaría. La inquietud reptó por mi interior como una serpiente.

Aunque al menos parte del Ian que conocía seguía ahí. Todavía podíamos tener esa vida normal en la que discutir sobre verduras.

Kieran se dejó caer en la silla a mi lado.

—¿En qué estás pensando sentada aquí, sola?

—En nada —repuse, y él me lanzó una mirada dubitativa—. En todo.

Se rio bajito.

—¿Te estás arrepintiendo de tu decisión?

—No. —Y era verdad, por sorprendente que pudiera parecer. ¿De ir a Iliseeum? Quizás un poco—. ¿Crees que ir a Iliseeum es una mala elección de vida? —le pregunté, mientras Casteel pescaba lo que me dio la impresión de que era una bola de queso lanzada por Vonetta.

—¿Si me lo hubieses preguntado hace un año y supiese cómo entrar en Iliseeum? —Se rio mientras se pasaba los dedos por la frente—. Te hubiese dicho que sí. Pero ¿ahora? Desde que mi padre nos contó cómo se puede llegar a Iliseeum por los túneles, he estado pensando en que es una coincidencia de mil demonios. Después de todos esos años que pasamos investigándolos.

—Yo he pensado lo mismo —admití. Dejé caer la cabeza hacia atrás, contra el respaldo blando de la butaca, y me giré hacia él—. Es como si fuese demasiado oportuno que os vierais atraídos hacia ahí.

Kieran asintió.

—Eso me hizo pensar en el destino. En cómo pasaron todas estas cositas pequeñas, y también las grandes, y en cómo todo tal vez estuviese... predeterminado. Como si todo aquello condujera a esto.

—¿A que yo me convirtiera en reina? —Me reí—. Espero que te refieras a otra cosa porque esa es mucha presión.

Me dedicó una sonrisa.

—Ser reina *es* mucha presión —señaló.

—Sí, lo sé. —Me mordí el labio—. ¿Crees que es una mala elección de vida?

—Si me lo hubieses preguntado hace un año...

—Hace un año no me conocías, Kieran.

Agachó la cabeza y se rio entre dientes. Luego me miró.

—¿Quieres que sea del todo sincero? Creo que es la mejor elección para ti. Y para el futuro de Atlantia y de Solis.

—Vaya, pues eso me pone aún más presión.

—Lo siento. —Se arrellanó en su asiento—. Pero en serio. Como te decía, creo que las cosas apuntaban a esto. A algo mayor. Estás haciendo lo correcto. —Sus ojos encontraron a Casteel—. Los dos lo estáis haciendo.

Respiré hondo y asentí. Parecía lo correcto. Aterrador, pero correcto.

—Solo rezo por que nadie espere que me pasee todo el día con una corona puesta —murmuré.

Kieran soltó una sonora carcajada, que atrajo la atención tanto de Casteel como de Lyra. El primero arqueó las cejas y yo me hundí un poco más en mi butaca.

—Tienes una mente de lo más extraña, te lo juro —dijo Kieran, sacudiendo la cabeza.

—Las coronas tienen pinta de pesar —repliqué, mientras Lyra no le quitaba el ojo de encima a Kieran, con una tenue sonrisa en su bonita cara—. Y de ser irremplazables si las rompes o las pierdes. —Kieran se quedó callado, pero podía sentir sus ojos en mí—. Parece que le gustas mucho a Lyra —me apresuré a decir para cambiar de tema.

—Parece que tú también le gustas.

—Me alegro de saberlo, pero creo que estamos hablando de dos formas distintas de que te guste alguien. —Kieran encogió un hombro—. ¿A ti te gusta ella?

—Me gusta. —Apoyó una bota en la pata de otra butaca—. Es divertida. Buena persona.

Arqueé las cejas y eché una miradita a Lyra. Estaba hablando con Delano y con Naill. ¿Divertida? ¿Buena persona? Kieran solía ser tan transparente como un muro de ladrillo, pero así no es como hablaría yo de Casteel si alguien me preguntara lo que opinaba de él. Lo más probable era que me enrollara en tono poético durante un rato… y luego enumerara todas las formas en que era completamente irritante.

Estudié el perfil de Kieran y pensé en lo que había dicho un día que estábamos sentados en la bahía de Stygian.

—Voy a ser un poco cotilla.

—¿Como cuando nos observabas a Lyra y a mí en la playa?

Me atraganté con mi respiración, con mi propia respiración, y me puse roja como un tomate.

—No era a *eso* a lo que me refería.

La sonrisa de Kieran era tan amplia que me sorprendió que no se le agrietara la cara.

—¿No lo vas a negar?

—¿De qué serviría? —musité. Kieran me miró con atención.

—Intrigante.

—Cállate.

Se echó a reír.

—¿Con qué quieres ser cotilla?

Bajé la vista y deslicé un dedo por mi alianza.

—Esa persona a la que dijiste haber amado y perdido, ¿qué le pasó?

Kieran se quedó callado tanto rato que pensé que no iba a contestar. Pero entonces lo hizo.

—Murió.

Se me comprimió el pecho.

—Lo siento.

Kieran asintió y pasó otro momento largo.

—Fue hace bastante tiempo.

—¿Cómo… Qué pasó? —Me encogí un poco al preguntarlo.

—Los *wolven* gozamos de bastante buena salud, como los atlantianos y otros linajes, pero hay unas cuantas enfermedades a las que somos susceptibles. Todas inherentes —explicó—. Elashya nació con una. Una enfermedad degenerativa que se remonta a los primeros *kiyou*. Ataca al cuerpo y luego lo anula todo. —Se rascó la barbilla y guiñó los ojos—. Ella sabía que su familia llevaba la enfermedad en sus genes, pero no afecta a todo el mundo, así que estaba esperanzada. Pero su abuela la tenía, y suele aparecer cada generación o dos. El problema es que alguien puede estar sano durante cien años o así, y luego simplemente enferma. Empieza con movimientos y espasmos musculares involuntarios, casi tan pequeños que no te darías ni cuenta. Pero luego, en cuestión de días… ya está. Se acabó.

Mi dedo se quedó quieto sobre la alianza.

—¿Te... te enamoraste de ella a pesar de que sabías que podías perderla?

—Al corazón no le importa de cuánto tiempo dispones con una persona. —Kieran me miró con los ojos entrecerrados—. Solo le importa que tengas a esa persona todo el tiempo que puedas.

A la mañana siguiente me acerqué a Casteel con una petición, al salir de la posada.

—Tengo que pedirte un favor.

—Lo que quieras —repuso. Sonreí.

—¿Sería posible conseguir otro caballo? —pregunté de camino a donde Emil y Naill estaban preparando sus monturas. Llevábamos otros dos caballos de silla, pero pertenecían a Kieran y a Delano, que habían adoptado sus formas mortales y estaban ahora montados en los dos corceles—. Me... me gustaría entrar en la capital montada en mi propio caballo. Me acuerdo de lo que me enseñaste —añadí cuando Casteel bajó la vista hacia mí. Vonetta se había detenido, e incluso en su forma de *wolven* le lanzó a Casteel una mirada como si le advirtiera de no discutir—. Creo que estoy preparada, que puedo controlar a uno tranquilo.

Los ojos de Casteel se caldearon a la tenue luz mañanera.

—Yo también creo que estás preparada —dijo. Le regalé una sonrisa radiante—. Aunque echaré de menos llevarte delante de mí.

—Yo también lo echaré de menos —reconocí, y sentí cómo me sonrojaba—. Pero...

—Lo sé —dijo en voz baja, y pensé que de verdad entendía por qué quería entrar en la capital sobre mi propio caballo. Lo que significaba para mí. Me plantó un beso en la frente y luego se giró.

—Voy a ello —se apresuró a decir Emil, haciendo una reverencia con una floritura—. Te encontraré un corcel digno de tu belleza y de tu fuerza, alteza —añadió, con un guiño y una sonrisa.

Le devolví la sonrisa.

—Cada vez que te sonríe, me entran ganas de arrancarle los labios de la cara.

Me giré hacia Casteel, con las cejas arqueadas.

—Eso es excesivo.

—No lo bastante excesivo —refunfuñó, mirando hacia el establo cercano en el que había desaparecido el atlantiano.

—A veces —musitó Naill mientras se encaramaba en su caballo—, creo que Emil quiere morir.

—Lo mismo digo —masculló Casteel y yo puse los ojos en blanco.

Emil volvió con una preciosa yegua torda que le habían asegurado que tenía muy buen carácter. Setti dio su aprobación empujando a la yegua con el hocico. Le di las gracias a Emil.

—¿Tiene nombre?

—Tormenta —contestó, mientras Casteel comprobaba los estribos y la silla—. Bautizada por la hija del posadero.

Sonreí y acaricié el suave pelo del cuello de la yegua.

—Es un placer conocerte, Tormenta.

Casteel me miró con las cejas arqueadas desde el otro lado del animal, pero por lo menos no le estaba arrancando el corazón a Emil.

Sin dejar de repetirme que esto no era mala idea, me subí a lomos de Tormenta. Mi estómago dio vueltas en todas direcciones. No tenía ni idea de si Casteel había percibido de algún modo mi nerviosismo, pero tomó las riendas y las sujetó durante un rato. Una vez que me acostumbré al movimiento y a estar sola, las recuperé. Puesto que no estábamos haciendo nada más que un trote alegre, me sentía bastante confiada de que no me caería.

En cualquier caso, tanto Casteel como Kieran se quedaron cerca de mí, a derecha e izquierda.

—¿Tienes algo pensado para la coronación? —preguntó Casteel mientras cruzábamos una zona arbolada—. Lo típico es que los festejos duren todo el día. Un banquete y luego un baile.

¿Un banquete? ¿Un baile? Sentí una oleada de emoción. Durante muchísimos años no había deseado nada más que poder asistir a los bailes celebrados en el castillo de Teerman, fascinada por los sonidos y las risas, los vestidos y el elaborado maquillaje, y por cómo la anticipación se extendía entre la multitud. Era una felicidad medio insensata. Y yo... quería eso. Quería ponerme un vestido bonito, que me hicieran un peinado elaborado, maquillarme la cara... y bailar con Casteel.

Pero se tardaba semanas en organizar un baile, y suponía que las coronaciones requerirían aún más tiempo. Y no nos sobraban días para dedicar a ese tipo de eventos.

—Me encantaría celebrar un baile —dije—. Pero no creo que tengamos tiempo para eso.

—Creo que tienes razón. —Casteel asintió.

—¿Es algo que podríamos hacer más adelante? —me pregunté—. Quiero decir, después de que nos coronen de manera oficial y nos hayamos encargado de la Corona de Sangre y todo lo demás.

Apareció un hoyuelo en su mejilla derecha.

—Poppy, vas a ser la reina. Podrás hacer lo que quieras.

—Oh —murmuré, mientras Delano se reía entre dientes. ¿Podría... podría hacer lo que quisiera? Parpadeé para volver a enfocar la vista en el camino que teníamos delante. ¿Cualquier cosa? Esa era una sensación peculiar. Impactante. Solté el aire a trompicones—. Entonces, creo que...

Una flecha silbó por al lado de mi cabeza. Solté una exclamación ahogada y me eché hacia un lado mientras Casteel estiraba los brazos hacia mí.

—Agarra sus riendas —escupió, y me pasó un brazo por la cintura.

Con una maldición, Kieran se inclinó hacia Tormenta, agarró sus riendas y Casteel fue libre de arrastrarme sobre Setti. Otra flecha voló por sobre nuestras cabezas.

—Hijos de puta —gruñó Naill. Por encima de su hombro, vi cómo bajaba la vista hacia su brazo.

—¿Estás bien? —grité, mientras Casteel hacía girar a Setti para colocarlo de tal modo que su cuerpo protegiera al mío.

—Apenas un arañazo —gruñó el atlantiano. Enseñó los colmillos—. No podré decir lo mismo de esos imbéciles.

Me giré en la montura. Y todo lo que vi fueron máscaras de bronce.

Los Arcanos.

Había docenas de ellos en medio del camino, algunos armados con arcos, otros con espadas. *Gyrms*. La piel de sus pechos desnudos mostraba la palidez grisácea de alguien que no había vivido nunca.

Y entonces no vi nada más que *wolven*. Corrían por la carretera adoquinada y entre las altas hierbas, directos a por los que sostenían arcos. Sus gritos se cortaron en seco a medida que los colmillos se clavaban bien hondo en sus gargantas. Naill pasó volando por nuestro lado para incrustar su espada hasta la empuñadura en el pecho de un *gyrm*, y Vonetta saltó por encima de un Arcano caído para estamparse contra la espalda de otro. Varios *gyrms* abrieron una brecha entre los *wolven* y corrían hacia nosotros. Emil pasó galopando al tiempo que lanzaba una daga. La hoja se clavó en una máscara y derribó al Arcano, que cayó de espaldas. Ni siquiera hubo tiempo de sentir desilusión por lo que estaba pasando, por que esto significara que todavía quedaban Arcanos empecinados en evitar que la corona descansase sobre mi cabeza.

Que lo que Alastir había prometido y demostrado la noche de la Cala de Saion era verdad, que esto no había acabado cuando él murió.

—Agárrate. —Casteel giró con brusquedad y columpió la pierna por encima del lomo de Setti. Me sostuve mientras se apeaba del caballo. Aterrizó sin tambalearse siquiera y luego me ayudó a bajar. Puso una mano detrás de mi cabeza y luego se inclinó hacia mí—. Mata a todos los que puedas. —Entonces plantó la boca sobre la mía. El beso fue rápido y crudo, una colisión de dientes y lenguas.

En cuanto me soltó, alargué la mano hacia la daga de heliotropo y di media vuelta justo cuando Kieran se llevaba a Setti y a Tormenta del camino, con suerte a lugar seguro.

Casteel desenvainó sus espadas cortas y echó a andar hacia la refriega.

—Vosotros, panda de imbéciles, habéis interrumpido una conversación muy interesante. —Se inclinó hacia un lado tan deprisa que la flecha destinada a él voló inofensiva por su lado—. Y eso ha sido muy grosero.

Daga en mano, salí disparada hacia el *gyrm* más cercano. Me agaché cuando columpió su espada y emergí al otro lado de la criatura. Hinqué la daga en su espalda y luego di un salto atrás para evitar el inevitable estallido de gas. Giré en redondo para ver cómo Delano liberaba a un *gyrm* de su cabeza con la espada. Un Arcano brotó de entre los árboles, el arma en alto. Esperé un instante y luego corrí hacia él, roté en el sitio con una pierna estirada y le di de lleno en la rodilla. El hueso crujió y cedió. Un grito ahogado salió por la boca del hombre mientras yo giraba otra vez y le estampaba la daga contra un lado del cuello. Di una sacudida y arrastré la afiladísima hoja por su garganta al mismo tiempo. El hombre cayó de bruces. Me giré y estudié a los que todavía permanecían en pie. No vi a ninguno con máscara plateada ni ninguno que llevara la cadena de huesos consigo.

Estaba claro que no tenían intención de atraparme viva.

Salió otro corriendo de entre los árboles. No era un *gyrm*. Era más listo, corría hacia la izquierda y luego hacia la derecha. Columpió la espada a su alrededor, pero yo la esquivé hacia la derecha y la hoja se estrelló contra un árbol cercano.

—Si me mancho la ropa nueva con sangre —le advertí, mientras me abalanzaba sobre el hombre y le incrustaba la daga en el pecho—, me voy a enfadar mucho.

—Te conseguiré ropa nueva —dijo Casteel, al tiempo que agarraba el hombro de un Arcano y le clavaba la espada en el estómago. Di un salto hacia atrás.

—Pero es que me gusta esta túnica.

—Joder —gruñó Emil desde varios pasos de distancia. Miraba hacia el bosque.

Me giré hacia ahí y se me cayó el alma a los pies. Al menos dos docenas de atacantes surgieron de entre las espesas sombras de los árboles, la mitad Arcanos y la otra mitad *gyrms*. Los *wolven* y los otros estaban dando debida cuenta de los de la carretera, pero había muchísimos, y era probable que alguno de los nuestros acabara herido o algo peor.

Y no quería que sucediera eso.

Más tarde habría tiempo de preguntarse cómo se habían enterado los Arcanos de que íbamos de camino a Evaemon. Y en algún momento, tal vez pensara en lo fácil y deprisa que había decidido recurrir al zumbido de poder que se acumulaba en mi pecho. En cómo no me paré a temer si sería o no capaz de controlarme. Solo reaccioné y permití que el instinto tomara el control.

Quizá después pensaría incluso en la conversación que había tenido con Casteel, aquella en la que había dicho que les daría una segunda oportunidad a todos los que se opusieran a mí, y en cómo esto era justo lo contrario.

Aunque en verdad, estos hombres y estas criaturas estaban haciendo todo lo posible por matarme, así que quizá no pensara nada de eso.

Abrí mis sentidos de par en par y dejé salir el otro lado de mi don, la mitad que acababa con vidas en lugar de dar vida. Me di cuenta de que era muy parecido a cuando curaba a alguien, solo que al revés. Mi piel empezó a vibrar cuando el sabor a metal llenó la parte de atrás de mi garganta. El abrasador ardor ácido de la ira de los Arcanos y la cruda y aterradora vaciedad de los *gyrms* se estiraron hacia mí y los acogí con los brazos abiertos, el odio e incluso el vacío. Dejé que entraran en mis venas e inundaran mi pecho donde se unieron al *eather*. Debajo de mis pies, noté que el suelo empezaba a temblar un poco. Deslicé los ojos por encima de todos los que llevaban máscara. El poder primigenio de los dioses invadió todos mis sentidos.

Mi piel se llenó de chispas.

Unas brasas plateadas brotaron por toda mi piel y, por el rabillo del ojo, vi a Casteel dar un paso atrás y a los *wolven* retirarse.

—Acaba con ellos, chica.

Sonreí cuando las finas cuerdas chisporroteantes brotaron de mi interior. Alguien soltó una exclamación, supuse que un Arcano, a medida que las centelleantes telarañas de luz se estiraban desde mí hacia ellos, reptando por el suelo en una red de venas radiantes. Varios Arcanos dieron media vuelta, echaron a correr, pero no lo lograrían. Yo me aseguraría de ello.

En mi mente, vi las redes de luz caer sobre los Arcanos y los *gyrms*. Vi cómo sus cuerpos se rompían y desintegraban, cómo sus armas caían al suelo. Me concentré en esa imagen mientras tomaba todo el odio y el miedo y la vaciedad que contenía en mi pecho, y se los devolvía a través de la miríada de cuerdas.

El aluvión de poder pasó por encima de los árboles, sacudió sus hojas hasta que varias cayeron. Las redes de luz se levantaron y después aterrizaron sobre los Arcanos y los *gyrms*. Los de la carretera, los que corrían hacia nosotros, e incluso los que habían huido.

Los huesos crujían como truenos, los brazos y piernas se partían y las espaldas se retorcían. Los cuerpos de las criaturas inhumanas colapsaron sobre sí mismos para luego desintegrarse y esfumarse como polvo. Uno detrás de otro, o bien se rompían, o bien se desintegraban, hasta que no eran más que cosas sobre el suelo. Luego imaginé que los restos se convertían en ceniza para que se confundieran con los montones de tierra.

Después de todo, parecía poco higiénico dejar todos esos cuerpos atrás.

Llamas plateadas y blancuzcas brotaron por encima de las cosas que aún se retorcían en el suelo. Las engulleron y luego se fueron apagando hasta que no quedó más que ceniza. La red plateada zumbó cuando ese antiquísimo poder crudo palpitó a través de mí.

—Poppy.

La electricidad estática crepitó por el aire cuando giré la cabeza hacia donde estaba Casteel a un lado de la carretera, con la barbilla levantada y el pelo alborotado. Lo que percibí en él no fue ácido ni vacío. Fue caliente y sensual, especiado y dulce.

—Eso me ha puesto muy cachondo —comentó.

Una risa grave y retumbante escapó por mis labios. Su comentario, por retorcido y equivocado que fuera, me ayudó a volver a guardar todo ese poder en mi interior. Me imaginé cómo la rutilante red se iba esfumando, y cuando lo hizo, cerré mis sentidos y el resplandor plateado desapareció también de mi piel.

Contemplé lo que quedaba de los atacantes y busqué alguna señal de remordimiento, pero todo lo que encontré fue una sensación de tristeza por una vida malgastada. Esa gente, los

JENNIFER L. ARMENTROUT • 559

miembros de los Arcanos, podía haber elegido lo que hubiese querido para sí misma, pero habían escogido esto: acciones basadas en creencias sesgadas sobre linajes y una profecía falsa.

—¿Estás bien? —La pregunta suave de Delano interrumpió mis pensamientos. Lo miré y asentí.

—¿Tú?

Sus ojos pálidos buscaron los míos.

—Sí.

—Por todos los dioses. —Emil puso una mueca de asco mientras se pasaba una mano por la cara e intentaba retirar la sangre grasienta. Miró las cenizas y los montones de tierra aceitosa—. En serio, ¿qué esperaban conseguir?

Para mí estaba muy claro lo que querían.

Busqué a Casteel con la vista y, cuando lo encontré, sus ojos, como vibrantes esquirlas de topacio glacial, me sostuvieron la mirada.

—No quieren verme coronada —dije—. Han fracasado. Igual que lo hará cualquier otro que crea que puede detenerme.

Una sonrisa fina como una cuchilla apareció en la cara de Casteel.

—Tienes toda la razón.

CAPÍTULO 35

—Pudo haber sido alguien de la posada de Tadous —caviló Emil mientras seguíamos nuestro camino, atentos a nuevos ataques. Naill y él iban ahora delante de nosotros, cosa que me parecía... extrañamente divertida. Cabalgaban en una formación destinada a protegerme, a protegernos a Casteel y a mí, y pensé que quizá debería ser yo la que cabalgara delante *de ellos*—. O pudo ser alguien que viera a Arden de camino a Evaemon y diera por sentado que llevaba a la capital la noticia de nuestra llegada.

Recé por que Arden hubiese llegado al palacio sano y salvo.

—Eh —me dijo Casteel en voz baja. Me giré hacia donde cabalgaba a mi lado y me di cuenta entonces de que Kieran y Delano se habían abierto un poco para darnos algo de espacio personal—. ¿Lo que hiciste ahí atrás? Hiciste lo correcto.

—Lo sé —dije, y era verdad—. Podríamos haber seguido luchando con ellos, pero alguien hubiese resultado herido y no iba a permitir eso.

—Eres asombrosa —repuso. Me reí con suavidad—. Lo digo en serio, Poppy. De hecho, puede que no seas una deidad, pero parecías una diosa.

—Vaya, gracias. —Le sonreí—. Solo me alegro de haberlo hecho y de haber podido controlarlo.

—Lo mismo digo. —Un lado de sus labios se curvó hacia arriba—. Ese tipo de habilidad nos vendrá bien para lo que nos espera.

Pensé en la Reina de Sangre.

Sí que nos vendría bien.

Pasó un momento.

—Esos Arcanos… no representan a Atlantia. Lo que piensan o quieren no es reflejo de este reino.

Lo miré a los ojos.

—Lo sé. —Y era… bueno, no estaba segura de si era verdad o no. Había conocido a muchos atlantianos que se habían mostrado cordiales, amistosos incluso. Había conocido a unos cuantos que se mostraron recelosos y reservados. Pero había habido al menos dos docenas de Arcanos entre los *gyrms*. ¿Cuántos más habría ahí afuera? ¿A cuánta gente habrían infectado con sus creencias de que yo destruiría Atlantia?

No lo sabía, pero como antes, me guardé esas preocupaciones porque, como había dicho en el bosque, no me iban a detener.

No detendrían tampoco a Casteel.

Seguimos nuestro camino, y en algún momento cerca del mediodía supe que nos estábamos acercando a la capital cuando coronamos una colina y ante nosotros aparecieron grandes árboles de anchas copas, cada uno lleno de hojas carmesíes. Los árboles de sangre salpicaban todo el paisaje y bordeaban la ancha carretera pavimentada que conducía hasta Evaemon, árboles que ahora sabía que representaban la sangre de los dioses y no el mal o algo a lo que temer.

Los árboles de sangre se extendían a ambos lados de la carretera. Me senté más erguida cuando Evaemon por fin apareció ante nuestros ojos.

Me quedé boquiabierta, los ojos como platos.

Altísimas estructuras color marfil con afilados pináculos espirales se alzaban hacia el cielo a ambos lados de puentes de piedra construidos sobre grandes pilares por encima de un ancho canal con forma de medialuna y un agua tan azul como el cielo. Pude ver tres puentes: uno al este y uno al oeste conducían a islas que eran casi del tamaño de la Cala de Saion, llenas de enormes edificios que acariciaban el cielo. Cada puente conectaba con unas estructuras abovedadas con soles tallados en piedra y que se alzaban por encima de campanarios. Y el puente por el que cruzamos llevaba al corazón de Evaemon.

Edificios cuadrados y achaparrados con columnatas tan anchas como manzanas enteras dieron paso a edificios grises y color marfil construidos mucho más cerca que los de la Cala de Saion, aunque estos subían muy alto hacia el cielo y formaban elegantes torres y pináculos. Como en la Cala de Saion, había parches de verdor allí donde miraras, franjas que rodeaban las elegantes y sofisticadas estructuras, o que cubrían los tejados de edificios más pequeños y bajos. Por toda la ciudad decenas de templos rielaban, reflejando la luz del atardecer. Se me secó la garganta cuando mis ojos se fijaron en el extremo occidental de la ciudad, donde una estructura gigantesca erigida en piedra negra se asentaba sobre una colina elevada. Las alas del edificio terminaban en pórticos circulares. Numerosos tejados de cristal abovedados y pináculos de distintos tamaños brillaban con intensidad bajo el sol a medida que el ala central fluía hacia un templo construido en la misma piedra color medianoche que los de Solis. Arrodillados a lo largo del campanario del templo había soldados de piedra, con sus cabezas azabaches inclinadas mientras sujetaban sus escudos contra el pecho y las espadas en alto; las hojas de piedra eran como rayos negros contra el cielo.

Alucinada, aparté la vista de lo que solo podía suponer que era el palacio y la paseé por todo Evaemon. Me ardía la nariz, también los ojos, mientras me empapaba de lo que siempre creí que había desaparecido.

Mientras que la Cala de Saion era casi del tamaño de la capital de Solis, Evaemon era el triple de grande y se extendía a este y a oeste hasta donde alcanzaba la vista, donde puntitos blancos pastaban en los prados. Más allá de la densa zona boscosa que seguía a las montañas de Nyktos y en la cara de la montaña, se alzaban once estatuas más altas que el Ateneo de Masadonia. Cada figura sujetaba una antorcha encendida en el brazo estirado y las llamas ardían con la misma intensidad que el sol del atardecer.

Eran los dioses, todos ellos, que vigilaban la ciudad o montaban guardia.

No podía ni empezar a imaginar cómo habrían construido estatuas de semejante tamaño o cómo las habrían subido a la montaña. O incluso cómo habrían encendido esas antorchas, cómo seguían ardiendo.

—Preciosa, ¿verdad? —Casteel no necesitaba preguntarlo. Era la ciudad más bonita que había visto en mi vida—. Casi todos los edificios que ves fueron construidos por las deidades.

Por todos los dioses, eso tenía que significar que tenían miles de años. Cómo podía algo durar tanto se me escapaba por completo. Cómo una ciudad podía ser tan impactante e intimidante también estaba más allá de mi entendimiento.

Unos pájaros de alas blancas volaron por encima de nuestras cabezas mientras cruzábamos el puente, dando pasadas sobre los *wolven* que caminaban acechantes delante de nosotros. Miré las grandes ruedas en el agua y me pregunté si sería así como abastecían de electricidad a la ciudad. Carsodonia utilizaba una técnica parecida, pero no a una escala tan grande. A lo lejos, pude ver las velas de pequeños barcos en el canal.

—Tengo muchísimas preguntas —susurré.

—No hay una sola persona a la que le sorprenda saber eso —comentó Kieran, y Delano se rio entre dientes.

—Pero ahora mismo ni siquiera soy capaz de formular palabras —admití, aclarándome la garganta.

Casteel acercó más a Setti y me miró con atención.

—¿Estás... llorando?

—No —mentí, parpadeando para eliminar las lágrimas de mis ojos—. ¿Quizá? Ni siquiera sé por qué. Es solo que... jamás había visto algo así.

Una campana sonó en alguna parte, sobresaltándome a mí y a los pájaros, que salieron volando del campanario. Hubo una rápida sucesión de tres campanadas, lo cual era diferente de las campanas que tañían en la Cala de Saion para dar la hora.

—Solo están alertando a la ciudad de nuestra llegada —me tranquilizó Casteel, y yo asentí.

Emil se giró hacia nosotros y sus ojos encontraron a Casteel por encima de mi hombro. El atlantiano asintió y luego guio a su caballo hacia la parte de delante del grupo. Lo puso al galope y pasó a través de las estructuras del final del puente.

—¿A dónde va? —pregunté.

—Al palacio, para comunicarles que estamos aquí —me informó Casteel—. Vamos a tomar una ruta mucho más discreta. Habrá gente, pero nada parecido al camino que va a seguir Emil.

Huelga decir que me sentí agradecida por ello. Mis sentidos ya estaban abrumados y no quería encontrarme por primera vez con los ciudadanos de Evaemon hecha un mar de lágrimas.

Los *wolven* permanecieron con nosotros, junto con Naill. Entre las guardianas había soldados que esperaban entre las sombras del edificio de entrada. Se inclinaron por la cintura a nuestro paso. Mi corazón aporreaba en mi pecho cuando giramos hacia el este y entramos en una calle desierta por fuera de las largas columnatas que había visto desde la boca del puente.

—¿Para qué se usan estos edificios? —pregunté.

—Albergan la maquinaria que convierte el agua en electricidad —explicó Casteel, que mantenía a Setti cerca de mí—. Verás varios como estos por toda la ciudad.

—Es asombroso —murmuré, mientras caras curiosas se asomaban por puertas que se abrían despacio en edificios de piedra caliza.

—Y de una complicación aburridísima —declaró Naill desde detrás de nosotros.

—Aunque podrías recitar cada pieza del equipo y decir para qué sirve —apuntó Kieran.

—Cierto. —Naill sonrió cuando me giré hacia atrás para mirarlo—. Mi padre es uno de los muchos que supervisan los molinos.

—¿Supervisa? —preguntó Casteel con ironía—. Más bien es el corazón de los molinos. Su padre es en gran medida el responsable de mantener estas viejas ruedas en funcionamiento para que todo el mundo tenga acceso a todo lo que la electricidad puede proporcionar.

—Tu padre debe de ser muy listo —comenté. Mis ojos se posaron ahora en los rostros que asomaban por las ventanas. No noté miradas ni sentimientos hostiles. La mayoría parecían concentrados en la maraña de *wolven* que convergía en la calle.

—Lo es —contestó Naill, su orgullo era tan cálido como el sol.

Más o menos media docena de *wolven*, junto con Delano, se habían quedado rezagados. Estiré mi don hacia él hasta encontrar la frescura primaveral de su impronta.

Todo va bien, me aseguró después de un momento; su respuesta fue dubitativa, como si todavía se estuviese acostumbrando a comunicarse de este modo. *Solo nos aseguramos de que el príncipe y tú estéis protegidos por todos los frentes*.

¿Estaban preocupados por los Arcanos o por alguna otra cosa? Me centré en la calle por la que íbamos. Al cabo de un rato, pasamos por debajo de otro puente que conducía hacia el este, un barrio de Evaemon que Casteel había dicho que se llamaba Los Viñedos.

—Vino —explicó, mientras avanzábamos por la orilla del canal principal. Había barcos con velas blancas y doradas atracados en los numerosos muelles, gente que se afanaba en cargar y descargar barcos, con grandes cajas en las manos—. Este barrio recibe su nombre de las plantaciones de vid.

El otro barrio se llamaba El Esplendor, por su colección de museos, arte y algunos de los edificios más antiguos de Atlantia. Estaba impaciente por explorar sus calles, pero eso tendría que esperar.

Avanzamos por un paseo bordeado de un bosquecillo de relucientes árboles de sangre y que ascendía por las ondulantes colinas de prados. Me empezó a faltar el aire a medida que los árboles comenzaban a ralear y la suave piedra negra como el carbón comenzó a ser visible entre ellos.

—¿Por qué es el palacio tan diferente del resto de los edificios de Atlantia? —pregunté, mientras hacía un esfuerzo por no apretar las manos en torno a las riendas de Tormenta.

—No siempre tuvo este aspecto. Malec lo remozó cuando subió al trono —me contó Casteel, y sentí que se me revolvía el estómago—. Decía que era para honrar a Nyktos, pues afirmaba que estaba más en línea con los templos de Iliseeum, según creo recordar.

Lo pensé un poco.

—¿Crees que viajó a Iliseeum?

—No lo sé, pero es posible. —La brisa más fresca levantó varios mechones del pelo de Casteel—. Si no, ¿cómo sabría qué aspecto tenían los templos ahí?

—Eso es verdad —murmuré—. La sacerdotisa Analia me dijo una vez que los templos de Solis eran los edificios más antiguos, que ya estaban en pie mucho antes de que los Ascendidos se adueñaran del poder.

—Por una vez, esa zorra dijo la verdad —repuso Casteel, y no hubo ni una sola cosa en lo que la llamó que me ofendiera. Analia *era* una zorra—. Esos templos están hechos de piedra umbra, un material que se extraía de las Tierras Umbrías y que los dioses transportaron a este mundo hace una eternidad, depositando parte de él en los Picos Elysium.

Eso no lo había sabido.

Claro que no tenía ni idea de que las Tierras Umbrías existieran siquiera hasta hacía poco. Sin embargo, me resultaba extraño que los Ascendidos quisieran cambiar tantas cosas sobre la verdadera historia de los dioses y aun así dejaran los templos como eran. Tal vez fuera una línea que ni siquiera ellos querían cruzar.

Fuera como fuere, todo pensamiento sobre piedras umbra y antiguos templos quedó relegado cuando salimos de entre los árboles y la parte posterior del palacio se alzó ante nuestros ojos.

Desde ese punto privilegiado, podíamos ver la ciudad entera a nuestros pies. Las casas y los negocios se extendían por las colinas y los valles y entre los canales. El palacio de Evaemon estaba construido dentro de la ladera de la montaña; su reluciente estructura negra brindaba una imagen formidable, con numerosas ventanas alineadas por las torres y a lo largo de los pisos inferiores. No obstante, algo saltaba a la vista de inmediato.

No había murallas alrededor del palacio, ni del patio trasero, ni del delantero que conducía hasta el templo. Varias columnas de ébano conectaban una pasarela que iba del palacio al templo y luego rodeaba la mayor parte del edificio; en esos momentos estaba patrullada por guardias de la corona. Me di cuenta entonces de que tampoco había murallas alrededor de la residencia de la Cala de Saion.

Varios guardias de la corona, adornados en blanco y oro, estaban repartidos bajo arcos y ante puertas de un tono más oscuro que la yegua sobre la que cabalgaba.

No podía creer lo abierto que era el palacio. En todas las ciudades de Solis donde gobernaba un Regio, sus residencias estaban protegidas por muros casi la mitad de grandes que el Adarve que resguardaba la ciudad. Nadie podía acercarse a los castillos ni a ninguna de las fortalezas o mansiones de los Regios, pues siempre había enormes patios separando las casas de los muros interiores. Pero ¿aquí? En principio, cualquiera podía caminar directo hasta los mismísimos puntos de entrada en el palacio.

Estaba claro que a la clase gobernante le agradaba la interacción con sus ciudadanos. Otra diferencia radical con cómo gobernaban Solis los Ascendidos.

Casi dejé caer las riendas de Tormenta cuando vi el patio por primera vez.

—Rosas de floración nocturna —susurré. Los aterciopelados pétalos negros, cerrados ahora contra los rayos de sol, trepaban por las columnas de la fachada principal del palacio y reptaban por las paredes de ónice para subir por las torres y los pináculos.

Los ojos de Casteel siguieron la dirección de los míos.

—Quería hablarte de ellas cuando mencionaste que eran tus flores favoritas, pero no pude. —Frunció el ceño—. Y luego, no sé, se me fueron de la cabeza.

Parpadeé, un poco conmocionada por la imagen. Menuda coincidencia que las flores que tanto me habían atraído siempre tapizaran las paredes del castillo al que ahora llamaría «hogar».

—¡Cas! —exclamó una voz. Mi atención voló hacia los establos. Un hombre joven cruzaba el patio, vestido con pantalones ceñidos de un tono pardo y una camisa blanca como la de Casteel solo que sin remeter. Una amplia sonrisa se desplegó por el marrón intenso de su cara. La sonrisa solo vaciló un instante cuando los *wolven* se percataron de su presencia—. ¿De verdad eres tú? ¿O es solo una extraña alucinación?

El uso casual del nombre de Casteel indicaba que el hombre debía de ser un amigo, alguien en quien Casteel confiaba.

A medida que se acercaba, vi que sus ojos eran de un ámbar claro. Era un atlantiano elemental, y bastante guapo además; sus rasgos eran francos y cálidos, y tenía el pelo muy corto, como lo llevaba Kieran.

—Sí que sería una alucinación extraña, sí —bromeó Casteel. Estiró el brazo y le dio la mano al hombre mientras yo me afanaba por frenar y luego detener a Tormenta—. Ha pasado mucho tiempo, Perry.

El atlantiano asintió y un *wolven* pardo se acercó con sigilo para observar al hombre de cerca. Por suerte, Tormenta no había mostrado reacción alguna a que hubiera tantos *wolven* alrededor.

—Es verdad. Me sorprendí al saber que volvías a casa. Casi no creí que fuese verdad cuando nos llegó la noticia.

—Supongo que mucha gente se habrá sorprendido —contestó Casteel sin alterarse—. ¿Cómo andas?

—Siempre metido en los mejores líos. —La mirada curiosa de Perry saltó hacia mí mientras Casteel se reía bajito. Me miró durante un instante antes de deslizar los ojos hacia Kieran—. Aunque no tanto como cuando vosotros dos estabais por aquí.

Arqueé las cejas al oír eso.

—¿Qué haces aquí fuera? —preguntó Kieran.

—Darle palique a Raul con mi conversación estimulante y entretenida.

—Más bien irritarme hasta la hartura —nos llegó una voz áspera. Un hombre mayor con el pelo del color de las nubes y una barba del mismo tono pero entreverada de negro salió de las cuadras con una ligera cojera. Se secaba las manos con un trapo que metió en el bolsillo delantero de su túnica marrón—. Vaya, diablos. ¿De verdad es el príncipe descarriado que regresa a casa? —caviló—. Debo de estar viendo visiones.

La sonrisa de Perry se ensanchó otro poco.

—Eso es solo por tus ojos deteriorados, Raul.

—Bueno, eso encajaría bien con mi cuerpo deteriorado —contestó.

—Hablando de cuerpos deteriorados, me sorprende que sigas vivo —comentó Kieran mientras se apeaba de su caballo. Parpadeé, confundida, y Casteel soltó un resoplido desdeñoso.

—¿Qué dices? Raul vivirá más que todos nosotros.

—Joder, espero que no... mierda. —Raul se detuvo al lado de Perry y guiñó los ojos cuando levantó la vista—. Aquí estoy, venga a decir barbaridades, y resulta que traéis a una dama con vosotros.

—Una dama a la que todavía no nos ha presentado —apuntó Perry, su mirada un poco coqueta. Estiré mis sentidos hacia el atlantiano y no percibí nada más que diversión y curiosidad—. Una dama muy callada a la que jamás había visto pero de la que creo haber oído hablar.

—Eso es porque no conoces a muchas damas —se burló Raul. Alargó la mano hacia las riendas de Tormenta y le rascó el cuello. Perry asintió con una carcajada.

—Eso no puedo discutírtelo. Pero de esta dama en particular he oído hablar. Es decir, si es que los rumores son ciertos. —Hizo una pausa y miró hacia donde los *wolven* lo observaban—. Y me da la impresión de que los rumores son muy ciertos.

—Esta es la princesa Penellaphe. Mi mujer —anunció Casteel, y mi corazón dio un alegre brinco en respuesta a sus palabras—. Si ese es el rumor al que te refieres, entonces es verdad.

—Parte del rumor —repuso Perry.

—Vaya, joder —musitó Raul.

No tenía ni idea de si la respuesta de los dos hombres era normal o era una señal de algo, pero entonces Perry hizo ademán de acercarse más. Un *wolven* de pelo pardo apareció delante de Tormenta, con las orejas gachas. Perry arqueó las cejas.

—¿Eres tú, Vonetta?

Lo era.

Pero la *wolven* no respondió, solo mantuvo los ojos clavados en el atlantiano, con el cuerpo tenso y quieto. Si Vonetta y Perry habían tenido buena relación, ya no parecía importar. Aunque si a Perry se le permitía que llamara «Cas» al príncipe, debía ser de confianza.

Seguí la impronta de vainilla y roble de Vonetta. *No pasa nada. Es amigo de Casteel, ¿no?*

Hubo un momento de silencio antes de que el susurro de Vonetta encontrara mis pensamientos. *Amigos de Cas lo han traicionado.*

Bueno, ahí tenía cierta razón. *De todos modos, démosle una oportunidad.*

Vonetta me lanzó una mirada bastante significativa para venir de una *wolven*, pero retrocedió varios pasos.

—Mierda —repitió Raul.

—Bueno, pues si eso no confirma el otro rumor, no sé qué podría hacerlo. —La sonrisa volvió al apuesto rostro de Perry. Levantó la vista hacia mí y un sabor fresco y burbujeante impregnó el interior de mi boca. Perry sentía curiosidad… y todavía le divertía el tema—. ¿Debería llamaros «princesa» o «reina»?

Nadie respondió por mí.

—Puedes llamarme Penellaphe y tutearme —decidí. La sonrisa de Perry se ensanchó y las puntas de sus colmillos asomaron tras sus labios.

—Bueno, Penellaphe, ¿puedo ayudarte a bajar?

Asentí y Raul sujetó a Tormenta mientras Perry me ayudaba a echar pie a tierra.

—Gracias —les dije.

—El placer es todo mío. —Miró a Casteel sin soltar mis manos—. Qué propio de ti aparecer después de varios años de ausencia con una esposa bonita a tu lado.

Casteel desmontó con una facilidad irritante.

—Ya sabes que me encanta hacer entradas espectaculares. —Pasó por mi espalda y soltó mis manos de las de Perry, que miró de reojo a Kieran.

—Puesto que este bobo está contigo, ¿significa eso que Delano también ha vuelto? No lo he visto.

—Así es. —Casteel entrelazó sus dedos con los míos—. No debería tardar demasiado en llegar.

La sonrisa de Perry volvió a aparecer a tal velocidad que dudé de que *no* sonriera demasiado a menudo. Sin embargo, el sabor ahumado de la atracción acompañaba ahora a sus labios.

—¿Alguna idea de dónde están mis padres? —preguntó Casteel. Perry asintió en dirección al edificio de los soldados de piedra arrodillados alrededor de la cúpula—. Nos pondremos al día luego —le dijo Casteel a Perry antes de volverse hacia Raul—. ¿Te vas a ocupar de los caballos por mí?

—¿No es ese mi trabajo? —replicó Raul, y una risa sorprendida escapó por mis labios, una que me ganó un apretoncito suave en la mano por parte de Casteel—. Al menos lo era la última vez que lo comprobé. Si me han despedido, nadie ha decidido informarme al respecto.

—Como si alguna vez fuésemos a pensar siquiera en hacer algo así —repuso Casteel con una sonrisa.

—Como si tú pasaras mucho tiempo pensando en nada —espetó Raul de vuelta.

Me gustaba ese anciano algo gruñón, así que mis labios se curvaron en una sonrisa.

—¿En serio le estás sonriendo después de que acaba de sugerir que no tengo cerebro? —me preguntó Casteel fingiendo ofenderse.

—Me da la impresión de que ha sugerido que no usas el cerebro a menudo —lo contradije—. No que no tengas cerebro. Y sí, le estoy sonriendo. Me gusta.

—Su alteza tiene muy buen gusto. —Raul asintió en mi dirección—. Sin contar el gusto que te llevó a estar de pie al lado de este.

Me reí de nuevo.

—Créeme, yo también me he preguntado eso.

Perry se rio y luego llegó la risa áspera del anciano.

—Me gusta, Cas —declaró el atlantiano.

—Por supuesto que te gusta —musitó Casteel—. ¿Puedes darles a Setti y a Tormenta unos azucarillos extra? Se los merecen.

—Así lo haré.

Entonces nos fuimos cada uno por nuestro lado. Cruzamos el patio, seguidos de los *wolven*, y abrí la boca…

—Deja que lo adivine —me interrumpió Kieran—. Tienes preguntas.

Hice caso omiso.

—¿Perry vive aquí? ¿En el palacio?

—Tiene habitaciones aquí, pero también tiene su propia casa con su familia en Evaemon. —Casteel retiró el pelo de sus ojos con la mano libre—. Básicamente, crecimos juntos.

—¿Por qué tiene habitaciones aquí, si tiene su propia casa?

—Porque es un lord, igual que su padre, Sven —explicó—, que es uno de los Ancianos. Todos los Ancianos tienen habitaciones aquí.

Dado que el palacio parecía bastante grande como para albergar a un pueblo entero, no me sorprendió oír eso.

—Además, apuesto a que han convocado al Consejo y están esperando nuestra llegada —continuó Casteel.

Mi corazón tropezó un poco consigo mismo. Aunque los *wolven* que habíamos mandado como avanzadilla no les habrían contado a los padres de Casteel nuestra decisión, como tampoco creía que lo hubiese hecho Emil, supuse que los reyes debían de tener la sensación de que habíamos tomado una decisión.

Aunque esto era un templo, una perversa sensación de *déjà vu* me recorrió de arriba abajo cuando nos acercamos a las escaleras semicirculares y dos guardias abrieron la puerta. Sin embargo esta vez era diferente, porque no entraba como una princesa insegura de su futuro.

Entraba como una mujer que estaba a punto de convertirse en reina.

Emil nos esperaba justo a la entrada del templo, de pie bajo un estandarte atlantiano que colgaba del techo. Mis ojos se clavaron en las puertas cerradas a su espalda, donde había apostados al menos diez guardias. Todos ellos irradiaban desconfianza, causada por lo que era probable que fuese una imagen muy inesperada de las varias docenas de *wolven* que subían las escaleras a nuestro lado.

Mi corazón trastabilló dentro de mi pecho, pero no dejé de caminar. Mi mano temblaba incluso encerrada dentro de la de Casteel. Sabía que estaba tomando la mejor decisión posible. Estaba tan preparada como lo estaría jamás, pero me sentía como si una docena de aves carroñeras hubiesen alzado el vuelo dentro de mi pecho. Esto era... esto sería algo inmenso. Estaba entrando ahí como Poppy y saldría como reina. Reina de una gente que no me conocía y en la que muchos puede que no confiasen.

Casteel se detuvo y se giró hacia mí. Sus dedos rozaron mi mejilla, justo por debajo de las cicatrices. Guio mis ojos hacia los suyos.

—Te has enfrentado a Demonios y a *vamprys*, a hombres con máscaras de piel humana, a criaturas sin rostro, y has amilanado a atlantianos que querían hacerte daño con el tipo de fuerza y valentía que a la gran mayoría le falta —susurró—. Recuerda lo que eres. Intrépida. Valiente.

Unos dedos tocaron el otro lado de mi mejilla y los ojos pálidos de Kieran se encontraron con los míos.

—Desciendes de los dioses, Poppy. No huyes de nadie ni de nada.

Se me cortó la respiración mientras le sostenía la mirada a Kieran; luego deslicé los ojos hacia Casteel. El centro de mi pecho zumbaba. Pasó un instante y entonces levanté la vista hacia las puertas cerradas. No había nada malo en estar nerviosa. ¿Quién no lo estaría en mi situación? Pero no tenía miedo.

Porque ellos tenían razón.

Era valiente.

Era intrépida.

Y no huía de nadie ni de nada. Y eso incluía la corona.

Mis ojos se deslizaron hacia los *wolven*, se detuvieron en Vonetta. Solté el aire despacio y asentí. Nos giramos hacia las puertas, que se abrieron para dar a una zona iluminada por el sol procedente de los laterales de cristal de la bóveda.

Había filas y filas de bancos semicirculares a ambos lados del pasillo, con sitio suficiente para albergar a varios miles, quizás incluso a más. En lo alto, sobresalía una zona volada en donde podía sentarse aún más gente, y debajo de eso había diez estatuas de los dioses, cinco a cada lado. Sujetaban antorchas apagadas contra sus pechos de piedra negra. Delante de nosotros, la estatua de quien solo podía suponer que era Nyktos se alzaba en el centro del estrado. Detrás de ella había otro juego de puertas tan altas como las que habíamos cruzado al entrar. Una serie de guardias estaban allí, y reconocí a Hisa. Los tronos se alzaban delante de la estatua de Nyktos.

Ambos estaban fabricados en reluciente piedra umbra nacarada, veteada de gruesas venas doradas. Su forma me fascinó. Los respaldos eran circulares y con púas, con la forma de un sol y sus rayos, y en el centro de la parte superior, talladas en la misma piedra, había una flecha y una espada cruzadas.

Los actuales reyes de Atlantia estaban de pie al lado de sus tronos y, a medida que su hijo y yo nos acercábamos y los *wolven* que nos seguían se dispersaban entre las filas de bancos, me di cuenta de que ambos llevaban puestas sus coronas.

La que reposaba sobre la cabeza del rey era de hueso retorcido y descolorido, pero la de la reina era de brillantes huesos dorados. No había vuelto a ver la corona desde las Cámaras de Nyktos. Eloana y Valyn esperaron en silencio a que nos acercáramos, las manos de la madre de Casteel cruzadas a la altura de la cintura.

—Madre —la saludó Casteel cuando nos detuvimos al pie de las escaleras que subían al estrado. Kieran y los otros se quedaron unos metros más atrás—. Padre.

—Nos alegra ver que los dos habéis regresado —repuso su padre, una mano apoyada en la empuñadura de su espada.

—No sin interrupciones. —Casteel ladeó la cabeza—. Nos atacó un grupo de miembros de los Arcanos.

—¿Hubo heridos? —preguntó su madre.

—No. —Casteel me miró—. Mi mujer se encargó de eso.

—Todos nos encargamos de eso —lo corregí.

—Me alivia saberlo —dijo ella—. Pero no debería haber ocurrido.

No, no debería.

Pero había ocurrido.

—¿Arden llegó sano y salvo? —inquirió Casteel. Su padre asintió.

—Sí. Está descansando en una de las habitaciones. Todo lo que nos dijo el *wolven* fue que la reunión había ido bien.

—¿Tu hermano? —Los ojos de la madre de Casteel buscaron los míos; la corona marcaba un contraste llamativo con su pelo oscuro—. ¿Estaba como lo recordabas?

—No, no lo estaba —admití—. Y aun así, sí lo estaba. No es como los otros Ascendidos.

Su pecho subió de manera brusca detrás del vestido color marfil.

—No sé si eso es algo bueno o algo malo.

—Yo tampoco —reconocí.

—Debe de haber muchas cosas que necesitéis compartir con nosotros —empezó el rey, y vi movimiento por el rabillo del ojo. En los recesos más oscuros del estrado, había varias personas. Estiré mis sentidos hacia ellas para encontrar un surtido de emociones: todo, desde curiosidad hasta una leve desconfianza—. Pero suponemos que habéis venido a hablar de más cosas que de vuestra reunión con el Ascendido.

Sentí un fogonazo de irritación cuando se refirió a Ian como *el Ascendido*, aunque lo era… un Ascendido. Sabía que era irracional, pero aun así no sofocó el ardor del enfado.

—Tienes razón —repuso Casteel. Entonces me miró y nuestros ojos se cruzaron—. Hemos venido a algo más que a eso.

Me concentré solo en Casteel, sin permitirme leer las emociones de sus padres, ni de las sombras que rondaban por los rincones. El sabor a bayas recubiertas de chocolate calmó mis nervios y la serenidad de sus ojos dorados alivió la tensión que se iba acumulando en mi cuello.

Era valiente.

Era intrépida.

Apreté la mano de Casteel y me giré hacia sus padres.

—Hemos venido a reclamar lo que es mío: la corona y el reino.

Capítulo 36

Eloana descruzó las manos y las dejó caer a sus lados. Una respiración pesada salió por su boca, una que esperaba que fuera de alivio, o como mínimo de aceptación.

Valyn dio un paso al frente.

—¿Y si impugnamos vuestra reivindicación?

Mi cabeza voló hacia él.

—Podéis hacerlo —dije, antes de que Casteel tuviese ocasión de responder—. Pero eso no cambiará lo inevitable. —Vonetta rozó contra mi pierna al avanzar un poco. Lyra había saltado sobre uno de los bancos de piedra y, sin mirar, sabía que los otros también se habían acercado más. Solté mi mano de la de Casteel y di un paso al frente, con los ojos fijos en su padre—. Las únicas personas a las que conoceré jamás como mis padres fueron asesinadas para evitar este momento. Me dejaron dándome por muerta y llena de cicatrices debido a mi derecho de nacimiento y me obligaron a llevar un velo debido a mi estirpe. A mi hermano lo Ascendieron también en virtud de ello. He pasado muchos años en los que me arrebataron el derecho a controlar mi propia vida. Gente inocente ha muerto a causa de lo que se me debe. Yo misma casi muero. Y de camino hacia aquí, nos han atacado. Nada de eso ha evitado que llegara este momento. La corona me pertenece, a mí y a mi marido, y creo que ya lo sabéis.

Valyn me miró desde lo alto, su expresión era indescifrable, y dudé de que fuese a tener éxito si intentaba leer sus emociones. Sus ojos se deslizaron hacia donde esperaba su hijo.

—¿Tienes algo que añadir?

—En realidad, no. —La sombra de una sonrisa teñía su tono—. La verdad es que lo ha resumido bastante bien. Sabéis que la corona le pertenece. Nos pertenece a ambos. Necesitaremos vuestra ayuda, la de los dos, en lo que respecta a gobernar Atlantia. Pero no nos hace falta un drama innecesario.

Reprimí una sonrisa y su padre entornó los ojos.

—Mis disculpas, hijo. No querría causar ningún *drama* innecesario —repuso su padre con sequedad.

—Disculpas aceptadas —murmuró Casteel y oí el sonido del aliento de un *wolven* que se rio detrás de mí. Valyn volvió a entornar los ojos.

—Casteel tiene razón —continué—. Es verdad que necesitamos vuestra ayuda. Tengo muchísimas cosas por aprender y hay muchas cosas que Casteel y yo tenemos que hacer.

—¿Y tu razón para haber tomado esta decisión? —intervino Eloana.

Pensé en lo que me había dicho Casteel y la miré a los ojos.

—Mis razones no importan, siempre y cuando sean mis razones.

Me miró durante unos instantes, y entonces uno de los lados de sus labios se curvó hacia arriba. Con un asentimiento, se giró hacia su marido.

—Es la hora —dijo—. Hace mucho que lo es.

—Lo sé —confirmó Valyn con un gran suspiro—. Solo espero que los dos comprendáis que esta responsabilidad no termina cuando lográis lo que buscáis.

—Lo sabemos —contestó Casteel, dando un paso al frente para situarse a mi lado otra vez.

—Así es. —Asentí.

Valyn y su mujer se acercaron al borde del estrado.

—Sospecho que ninguno de los dos querrá hacer esto al modo tradicional, ¿me equivoco?

Casteel me miró. Dando por supuesto que el *modo tradicional* consistía en bailes y festejos, me giré hacia sus padres.

—Una vez que nos hayamos ocupado de la amenaza al oeste, nos gustaría que hubiera una… coronación más elaborada. Pero no pensamos que este sea el mejor momento para eso.

Eloana asintió.

—La celebración de la coronación puede tener lugar en cualquier momento, cuando vosotros queráis.

Un escalofrío me recorrió de arriba abajo. Alargué una mano y, en un abrir y cerrar de ojos, la de Casteel se cerró en torno a ella.

—Entonces, ¿qué pasará ahora?

—Es bastante simple —respondió su padre—. En presencia del Consejo de Ancianos, renunciaremos a nuestras coronas y os entregaremos el control a mi hijo y a ti. Y después le anunciaremos a la ciudadanía que la corona ha cambiado de manos.

Mi corazón se paró un instante cuando miré hacia los recovecos en sombras.

—¿Eso ocurrirá ahora, dado que el Consejo ya está presente?

—Puede ocurrir, sí. —Valyn esbozó una sonrisa tenue.

Casteel miró hacia las sombras.

—¿Y alguno de ellos se opone a esta coronación?

Hubo unos momentos de silencio y, entonces, a nuestra izquierda, un hombre alto salió de entre las sombras. Sus ojos eran de un vivo tono amarillo y su pelo oscuro empezaba a ponerse plateado por las sienes, lo cual significaba que era un atlantiano muy, muy viejo.

—Lord Gregori. —Casteel inclinó la cabeza y dio la impresión de reconocer al hombre—. ¿Tienes algo que decir?

—Así es, alteza. —El hombre hizo una reverencia mientras Eloana le lanzaba a su marido una mirada irónica—. Sé que no hay nada que podamos decir para suspender lo que está a punto de suceder, pero como uno de los Ancianos mayores del Consejo, tengo la sensación de que debo hablar por mí y por los otros que están preocupados por este desarrollo de los acontecimientos.

Si era uno de los miembros más viejos del Consejo, sospeché que sería un cambiaformas. Mis dones apretaban contra mi piel y permití que mis sentidos se abrieran justo lo suficiente para echar un vistacito en su interior. El sabor inflexible de la desconfianza me secó la boca, pero no fue una sorpresa demasiado grande después de haber oído sus palabras.

—Vuestras preocupaciones serán tenidas en cuenta —comentó Casteel—. Pero, como sospechabas, no retrasarán esto.

Un fogonazo ácido de irritación brotó del interior de lord Gregori. Empecé a retroceder.

—¿Cuáles son vuestras preocupaciones? —pregunté con una curiosidad genuina.

Los ojos de lord Gregori saltaron hacia mí. Su expresión no mostraba nada del recelo que sentía.

—Estamos al borde de una guerra, y algunos de nosotros creemos que este no es el mejor momento para transferir el poder.

La ansiedad zumbó en mi pecho mientras lo miraba con atención. Hace un año, no hubiese tenido la oportunidad de encontrar el valor para hacer semejante pregunta. Hace seis meses, puede que hubiese aceptado que lo que sabía era solo la mitad de la respuesta. Pero hoy ya no.

—¿Y eso es todo?

Lord Gregori me sostuvo la mirada, con la espalda rígida.

—No. No te conocemos —especificó con frialdad—. Puede que compartas la sangre de los dioses…

—Es una deidad —lo corrigió Valyn con severidad, lo cual me sorprendió—. Desciende del Rey de los Dioses y es hija de Malec. No es alguien que simplemente comparte sangre de los dioses. Ya lo sabes.

Abrí los ojos como platos. Las mejillas de lord Gregori se motearon de rosa.

—Mis disculpas —murmuró—. Eres una deidad, pero sigues siendo una extranjera en nuestras tierras.

—Y criada por el enemigo como la Doncella —terminé por él, al tiempo que me preguntaba si sería demasiado aventurado pensar que el hombre tal vez fuese simpatizante de los Arcanos. Quizás incluso los apoyara—. Nuestros enemigos son los mismos, lord Gregori, igual que lo son nuestras lealtades. Espero que me deis la oportunidad de demostrar que eso es cierto.

Un fogonazo de aprobación cruzó el rostro del padre de Casteel, y mentiría si dijera que no me sentí bien.

—Rezo a los dioses por que lo hagas. —Lord Gregori hizo una reverencia rígida antes de volver a ocultarse entre las sombras.

—¿Alguien más siente la necesidad de compartir su opinión? —preguntó Casteel. No hubo más movimiento, aunque era obvio que otras personas compartían los recelos de lord Gregori—. Bien. —Casteel esbozó una sonrisa tensa—. Porque hay muchas cosas que debemos hablar con el Consejo.

—Están impacientes por oír lo que debes compartir con ellos —repuso Eloana—. Podemos renunciar a nuestras coronas ahora y, mientras os reunís con el Consejo, anunciaremos a la gente de todo Evaemon que sus nuevos reyes los van a saludar —dijo. Se giró y estiró una mano hacia las altas puertas a la espalda de la estatua de Nyktos—. Desde los balcones del templo de Nyktos.

Un escalofrío recorrió mi piel mientras contemplaba la suave piedra negra reflectante del suelo, un poco perturbada al percatarme de que estaba en *su* templo. Tragué saliva y levanté la vista.

—¿Todo eso puede hacerse hoy? ¿El intercambio de poder? ¿Hablar con el Consejo y luego saludar a la gente?

—Sí —confirmó Eloana. Casteel me dio un apretón en la mano.

—Entonces, hagámoslo.

Una expresión de cariño se instaló en la cara de su madre, que nos hizo unos gestos para que nos reuniéramos con ellos.

—Venid. No deberíais estar más abajo sino delante de nosotros.

Respiré hondo y Casteel y yo subimos el escueto tramo de escaleras. Lo que ocurrió a continuación fue surrealista. Mi corazón se ralentizó y se calmó. El leve temblor se apaciguó a medida que el zumbido de mi pecho se extendía por todo mi cuerpo, eliminando el nerviosismo y sustituyéndolo por una intensa sensación de corrección. Bajé la vista hacia la mano que sujetaba la de Casteel. Casi esperaba verla brillar, pero mi piel lucía normal.

—Inclinaos —ordenó la reina con voz dulce.

Siguiendo los gestos de Casteel, hinqué una rodilla en tierra delante de su madre. Nuestras manos permanecieron entrelazadas y su padre se colocó justo delante de él. Giré la cabeza un poco y vi que los *wolven* se habían tumbado en el suelo por todo el templo; tenían las cabezas gachas pero mantenían los ojos abiertos y fijos en el estrado. Kieran, Naill y Emil habían hecho otro tanto, y vi que Delano se había reunido con nosotros en su forma mortal y estaba al lado de ellos.

—De cuerpo presente en el templo del Rey de los Dioses y ante el Consejo de Ancianos como testigo, renunciamos a las coronas y a los tronos de Atlantia —anunció Valyn—, y a todo el poder y la soberanía de la corona. Hacemos esto por

voluntad propia, para allanar el camino de la ascensión pacífi-
ca y legítima de la princesa Penellaphe y su marido, el príncipe
Casteel.

Una oleada de sorpresa me salpicó en respuesta al hecho
de que mi título fuera anunciado antes que el de Casteel.

Eloana levantó las manos y se quitó la corona dorada. A su
lado, Valyn hizo lo mismo con la suya. Las dejaron sobre el
estrado.

Un remolino de aire sopló a través del templo y revolvió
mi pelo. Ante nosotros, los huesos blanquecinos de la corona
que Valyn había depositado en el suelo se agrietaron y cayeron
como copos para revelar el hueso dorado que había debajo.
Ambas coronas brillaron con una luz procedente de su interior
que palpitó con intensidad antes de difuminarse, hasta que
solo refulgieron por efecto de la luz del sol.

Un suspiro tembloroso brotó de Valyn cuando él y su mujer recogieron las coronas una vez más. Su voz sonó serena
cuando habló.

—Casteel Hawkethrone Da'Neer, ¿juras cuidar de Atlantia
y de su gente con amabilidad y fuerza, y guiar con compasión
y justicia, desde este momento hasta tu último momento?

Esas palabras. *Desde este momento hasta tu último momento.*
Se me comprimió la garganta.

—Juro cuidar de Atlantia y de su gente —respondió Casteel,
su voz gruesa por la emoción—. Con amabilidad y fuerza, y
guiar con compasión y justicia, desde este momento hasta mi
último momento.

—Entonces, que así sea. —Su padre depositó la corona
sobre la cabeza de Casteel.

—Penellaphe Balfour Da'Neer —dijo Eloana, y sentí una
ráfaga de emoción al oír el apellido de Casteel unido al mío—,
¿juras cuidar de Atlantia y de su gente con amabilidad y fuerza, y guiar con compasión y justicia, desde este momento hasta tu último momento?

Mi piel vibraba, pero una vez más hice lo mismo que Casteel.

—Juro cuidar de Atlantia y de su gente con amabilidad y fuerza, y guiar con compasión y justicia, desde este momento hasta mi último momento.

—Que así sea —contestó Eloana, y depositó la corona sobre mi cabeza.

Unas intensas llamas brotaron de las antorchas antes apagadas de los dioses que estaban a ambos lados, unas después de otras, hasta que el fuego brotó también en la antorcha que sujetaba Nyktos. Las llamas que crepitaban y ondulaban por encima de las antorchas eran de un blanco plateado.

—Levantaos —nos ordenó Eloana con dulzura; sus ojos centelleaban de lágrimas frescas cuando levanté la vista hacia ella. Sonrió—. Levantaos como el rey y la reina de Atlantia.

CAPÍTULO 37

El peso de la corona dorada fue inesperado, más ligero de lo que imaginaba, pero solo en el sentido físico. Llevaba aparejado un peso intangible, que hablaba de miles de años de decisiones, elecciones, sacrificios y ganancias.

Pero soportaría ese peso porque había jurado hacerlo, igual que lo había hecho Casteel, que impresionaba bastante con la corona sobre la cabeza.

Lo miré desde donde estábamos, justo dentro del vestíbulo del palacio, delante de una hilera de estandartes que colgaban del techo para descansar a apenas un dedo o dos del suelo. Habían hecho llamar al personal del palacio y Eloana y Valyn nos los habían presentado a todos. Había cientos de personas, desde trabajadores de la cocina y de la limpieza, hasta mozos de cuadra y personal de mantenimiento. Me daba vueltas la cabeza con tanto nombre y tanta cara, pero ya se estaban marchando del vestíbulo mientras yo miraba a Casteel.

Llevaba la corona como si hubiese nacido para ello.

Eloana se acercó a nosotros, acompañada de una mujer mayor con un vestido de manga larga dorado, del mismo color que el del resto del personal. Me habían dicho que muchos de ellos vivían en el palacio, en los pisos altos, mientras que algunos tenían casas en la ciudad con sus familias. Me había sorprendido saber que sus aposentos estaban mezclados con los de los lores y las damas. En Solis, a los miembros del personal se los consideraba sirvientes y compartían habitaciones austeras con varias camas alineadas y muy pocos artículos personales.

—Me gustaría presentarte a Rose —dijo la madre de Casteel, al tiempo que tocaba el brazo de la mujer—. Es la gerente del palacio, o la maga del palacio. Necesites lo que necesites o cualquier cosa que quieras que se haga, ella es la persona a la debes que recurrir.

Rose hizo una reverencia y una felicidad cálida y burbujeante irradió de ella.

—Será un honor servir a vuestras majestades.

—Será un honor que continúes con nosotros como maga del palacio —repuso Casteel con cordialidad.

Una sonrisa radiante se desplegó por la cara de Rose.

—Los aposentos reales están siendo despejados en estos momentos y me he encargado personalmente de que algunas de vuestras pertenencias personales sean trasladadas ahí, majestad. —Eso se lo dijo a Casteel, y sentí curiosidad por descubrir qué eran esas *pertenencias personales*—. Ya he encargado que envíen un refrigerio a la Sala de Estado para vuestra sesión con el Consejo de Ancianos. ¿Deseáis algo más?

No se me ocurría nada.

—Hay una cosa. —Casteel me miró, con los ojos centelleantes—. Mi mujer y yo quisiéramos hacer un cambio.

Mis ojos volaron hacia los estandartes.

—El escudo —farfullé, y tanto Rose como la madre de Casteel se volvieron para mirar los estandartes—. Quiero decir, me gustaría cambiar el escudo de Atlantia. Me dijeron que podía hacerlo.

—Puedes. —Eloana se giró otra vez hacia nosotros.

—Sí —confirmó Rose—. ¿Qué cambio queréis hacer?

Miré a Casteel y sonreí cuando él me guiñó un ojo.

—Me gustaría que la flecha y la espada se cruzasen de manera equitativa, de modo que ninguna de las dos sea más larga que la otra.

—Podemos hacerlo —afirmó Rose, al tiempo que yo sentía un chorro frío de sorpresa procedente de la madre de Casteel—. Haré que bajen los estandartes de inmediato e informaré a los forjadores, las modistas y las curtidurías de que pueden esperar un aluvión de trabajo. Cosa que les alegrará saber —añadió a toda prisa con tono alegre—. Hay monturas y sellos, escudos y banderas, que habrá que cambiar. A los estandartes podremos completarlos a lo largo de la semana; los escudos llevarán un poco más de tiempo. Y el resto...

—No hay prisa —la tranquilicé—. Cuando pueda hacerse estará bien.

Su expresión se volvió perpleja.

—Se hará de inmediato. ¿Algo más?

—No... no lo creo —balbuceé. Casteel negó con la cabeza.

—Eso será todo por ahora.

—Perfecto. —Hizo una reverencia y dio media vuelta para salir corriendo al tiempo que gesticulaba en dirección a varios miembros del personal que esperaban al lado de las paredes.

—Es mortal. Sé que lo ibas a preguntar —aportó Casteel antes de que pudiera hacer justo eso—. No creo que tenga nada de sangre atlantiana. ¿La tiene, madre?

Eloana negó con la cabeza.

—Hace muchas generaciones su familia sí la tenía, pero a estas alturas ya es de una estirpe mortal. Me ha sorprendido vuestra petición —admitió, girándose hacia mí—. La espada representa al más fuerte de la unión. Esa serías tú, majestad.

Casteel no se alteró lo más mínimo por esa afirmación tan cruda.

—Yo creo que los dos somos igualmente fuertes —razoné, un poco sorprendida de que Eloana lo cuestionara siquiera—. Quiero que la gente de Atlantia nos vea de ese modo.

Eloana me sostuvo la mirada unos momentos y luego asintió.

—Creo que ha sido una elección sabia —dijo al final.

—Y, por favor, llámame solo Penellaphe —añadí.

Su sonrisa se ensanchó mientras asentía.

—Me reuniré con vosotros enseguida en la Sala de Estado. —Hizo ademán de dar media vuelta, pero antes se paró delante de Casteel. Estudió su rostro unos segundos—. Estoy muy orgullosa de ti hoy. —Se puso de puntillas y le dio un beso en la mejilla.

Casteel se aclaró la garganta.

—Gracias.

Su madre sonrió y después se marchó por el mismo pasillo por el que había desaparecido Rose. Iba a asegurarse de que se difundiera la noticia de nuestra coronación.

—¿Lista? —me preguntó Casteel. Yo asentí.

Tomó mi mano y echamos a andar por debajo de los estandartes hacia una sala que teníamos justo enfrente. El palacio de Evaemon era una sorpresa. Por su aspecto exterior, habría imaginado que el interior sería frío y poco acogedor, pero solo los suelos estaban hechos del negro que ahora conocía como piedra umbra. Las paredes estaban cubiertas con una especie de enyesado de tono crema y todas las ventanas y los techos de cristal dejaban pasar una cantidad sorprendente de luz natural.

El personal se afanaba por los laterales del pasillo, cerca de las paredes, y paraba solo para hacer reverencias apresuradas antes de desaparecer por otros pasillos más anchos. Capté un atisbo de un pequeño patio interior, lleno de rosas de floración nocturna, y en el pasillo en el que entramos había un montón de puertas cerradas.

—Son espacios de reunión —explicó Casteel, la mano cerrada con fuerza en torno a la mía. Kieran, Delano, Emil y Naill caminaban con nosotros. Algunos de los *wolven* se habían quedado en el vestíbulo, pero Vonetta y Lyra nos seguían con una docena de lobunos.

No eran los únicos. Desde el momento en que nos habían puesto las coronas sobre la cabeza, Hisa y varios guardias de la corona también nos escoltaban. Me pregunté si les resultaría extraño cambiar de protegidos tan deprisa, y también si sería raro para los padres de Casteel no contar de repente con esas sombras familiares... aunque al menos dos de los guardias aún flanqueaban a Eloana cuando se separó de nosotros en el vestíbulo.

El pasillo por el que caminábamos fue a parar a otro vestíbulo, en el que una gran escalinata giraba en espiral hacia el primer piso y varios más por encima de ese.

—Arriba están los cuartos de invitados, junto con las habitaciones del personal.

Me resistí al impulso de separarme de Casteel y correr hacia las escaleras para ver si la piedra negra del pasamanos era tan suave como parecía.

—¿Y... nuestras habitaciones?

—Son el ala este —contestó, al tiempo que saludaba con la barbilla a un hombre mayor que bajaba por las escaleras con una bandeja de vasos vacíos.

—Oh —murmuré, y luego fruncí el ceño—. Espera. *Están* en el ala este, ¿verdad?

Una sonrisilla burlona apareció mientras Kieran precisaba esa información.

—Los aposentos de sus majestades los reyes *son* el ala este.

Yo...

Bueno, no tenía nada que decir a eso mientras entrábamos en el pasillo del otro lado de las escaleras y pasábamos por delante de varios cuadros que me tendría que parar a admirar más tarde, cuando no estuviese pensando en el hecho de que los aposentos reales eran un ala entera del palacio.

—¿Dónde vivirán tus padres? —farfullé en cuanto se me ocurrió pensarlo. Casteel sonrió.

—Supongo que se quedarán aquí durante un tiempo, hasta que se complete la transición, y luego, o bien se quedarán, o bien se instalarán en alguna de las fincas.

—Oh —repetí.

Entramos en una sala circular en donde las pasarelas conectaban el ala este y el ala oeste. En el centro, se alzaba la estatua de una diosa, con los brazos estirados por encima de la cabeza y las palmas de las manos giradas hacia arriba. No tenía ni idea de qué diosa era, pero desde luego que era... amplia en las zonas de las caderas y el pecho.

Pasamos por una salita de estar familiar, un sitio bastante acogedor, con sofás y gruesas alfombras y el techo de cristal, y luego continuamos a través del Gran Salón y por una zona de comedor lo bastante grande para acoger a docenas de comensales.

La Sala de Estado era más de un espacio, situada hacia el ala oeste del palacio. La recepción estaba bordeada de sofás color crema, donde personas que supuse que serían miembros del Consejo se servían bebidas y picaban de los aperitivos que les habían llevado. Al fondo, dos puertas abiertas conducían a una cámara larga y ovalada, con una mesa que ocupaba casi toda la longitud de la sala.

Habíamos dado quizá dos pasos dentro de la habitación cuando los Ancianos se apartaron de la mesa de los aperitivos y, junto con todo el personal presente, hicieron una profunda reverencia, incluso Gregori, el único al que reconocí.

—Levantaos —les indicó Casteel con un asentimiento, y yo me grabé la indicación en la memoria mientras el personal y los Ancianos se enderezaban al instante.

El padre de Casteel se separó de donde estaba con una mujer de piel oscura y un hombre de pelo castaño rojizo.

—Todavía estamos esperando que algunos regresen de sus habitaciones, pero no deberían tardar —dijo Valyn. Plantó una mano en el hombro de Casteel y bajó la voz—. Esperan que elijas a un consejero. Los dos. No tiene por qué ser hoy, pero deberíais designar a uno pronto.

—Ya sé a quién voy a elegir. —Casteel me miró y solo se me ocurrió una persona. Miré hacia donde Kieran aguardaba ahora justo a la entrada, con la cabeza ladeada mientras Delano le hablaba en voz baja. Asentí para indicar que estaba de acuerdo—. Aunque tendré que hablar con él primero.

Los ojos de Valyn volaron hacia Kieran.

—Es buena elección. —Le dio a Casteel un apretoncito en el hombro y me sentí aliviada de ver el gesto—. Para los dos. —Hubo una pausa mientras miraba a su hijo y se aclaraba la garganta.

Abrí mis sentidos y percibí... un sabor que me recordaba a vainilla: sinceridad. Pero también había un sabor cálido, como a canela: *orgullo*. Las emociones se filtraban entre las grietas de los muros que su padre había construido a su alrededor, e incluso sin mi don pude sentir que parecía querer hablar con su hijo a solas. Solo los dioses sabían cuánto tiempo llevaba Valyn deseando que llegara este momento, después de haber pasado de esperar que un hijo asumiera el puesto a rezar por que el otro terminara algún día por ocupar el trono.

Mis ojos pasearon hacia donde Naill y Emil acababan de entrar en la cámara adjunta.

—Vuelvo ahora mismo —dije, y Casteel se giró hacia mí. Le sonreí y después a su padre—. Perdonadme.

Vonetta venía a mi lado cuando entré en la cámara, consciente de todos los ojos que seguían mis pasos. Dejé que mis sentidos se abrieran de par en par y, una vez más, noté la frescura primaveral de la curiosidad y el trasfondo de la preocupación, espesa como suero de mantequilla. Continué andando, con la barbilla levantada y los ojos saltando entre Naill y Emil y las ventanas redondas dispuestas entre espejos con la misma forma a lo largo de toda la sala. Podía ver el gris acero y el marfil de los edificios. Ansiosa por ver más de

Evaemon, casi no capté mi reflejo en el espejo que había justo a la entrada.

Pero lo hice.

Mis pasos vacilaron. Tenía los ojos más brillantes de lo normal, la pátina plateada de detrás de mis pupilas era más perceptible. Mis mejillas mostraban un tenue rubor rosáceo y casi no noté mis cicatrices. La corona de huesos retorcidos que reposaba sobre mi cabeza fue lo que atrajo mi atención.

Y el hecho de que llevaba el pelo un poco desgreñado. Estaba recogido en una trenza, pero la cabalgata y la refriega con los Arcanos habían hecho que muchos mechones escaparan de la trenza.

Al darme cuenta de que, durante mi coronación y para mi primera reunión del Consejo, todavía llevaba la ropa polvorienta del camino y que era probable que estuviera manchada de sangre, me tragué un suspiro y miré hacia la sala de recepción. Ladeé la cabeza mientras estudiaba a los Ancianos. Hasta entonces no me había dado cuenta de que iban todos vestidos con ropas parecidas a las de Casteel y a las mías. Llevaban túnicas negras o grises y pantalones con ribetes dorados, incluso las mujeres. No había elegantes vestidos de gasa fabricados en sofisticadas telas vaporosas. La ropa era pragmática. Sospeché que todos eran luchadores de un tipo o de otro.

Miré mi reflejo una vez más, todavía un poco sorprendida de ver la corona dorada. Por todos los dioses, ¿qué pensaría Tawny si viera esto? Lo más probable era que se riera sorprendida y luego cayera en un silencio aturdido. Una sonrisa triste tironeó de mis labios. ¿Y Vikter? Por todos los dioses, él...

Solté un resoplido largo y conseguí resistirme a la tentación de levantar las manos y tocar la corona. Me forcé a seguir camino y dejar el espejo atrás. Estaba segura de que Vonetta debía de estar preguntándose cuánto tiempo pensaba pasar contemplando mi reflejo.

—Veo que has encontrado refugio y más.

Esa voz ronca pero sensual hizo que me detuviera. Un estremecimiento me puso la carne de gallina. Me giré y sentí como si el suelo desapareciera debajo de mis pies. Me topé con una mujer de brillante pelo negro, con rizos apretados, que colgaba suelto para enmarcar una piel de un intenso tono marrón. Sus carnosos labios rojos se curvaron en una sonrisa traviesa mientras hacía una reverencia que fue sutil incluso con pantalones y túnica gris.

Mis labios se entreabrieron. No podía creer a quién estaba viendo.

—Tú estabas en la Perla Roja —exclamé. Vonetta levantó la vista e inclinó la cabeza hacia un lado—. Me enviaste a la habitación en la que estaba Casteel.

La sonrisa de la mujer se amplió mientras se enderezaba, y nos envolvió un suave aroma a jazmín.

—Tenía razón, ¿verdad? —susurró—. Sobre lo que encontraste en esa habitación.

—La tuviste, sí, pero ¿cómo…? —¿Era una cambiaformas? Sabía que podían captar cosas con solo hablar con alguien o tocarlo. Otros simplemente sabían cosas. Se me ocurrían muchísimas preguntas, empezando con por qué había hecho eso y qué estaba haciendo en la Perla Roja. Había estado vestida como una de las empleadas…

Casteel deslizó su brazo por mis riñones cuando llegó a mi lado. Agachó la cabeza y apretó los labios contra mi mejilla.

—Me sentía solo y vine en tu busca —me dijo.

En otra situación, habría comentado que no estaba precisamente solo, y me habría emocionado en secreto por que estuviera dispuesto a decir semejante cosa delante de otras personas, pero esta no era una situación normal. Miré pasmada a la mujer que teníamos delante.

—Ah, ya habéis llegado todos —anunció Valyn cuando se reunió con nosotros. Se paró al lado de la mujer de la Perla Roja y por encima de su hombro, vi a Eloana. Valyn le sonrió a la mujer—. No creo que hayáis tenido ocasión de conoceros hasta ahora.

—No la hemos tenido, no —confirmó Casteel. Yo mantuve la boca cerrada y la mujer me sonrió.

—Os presento a Wilhelmina Colyns —anunció Valyn, y hasta el último rincón de mi piel ardió en llamas para luego congelarse al instante—. Se unió al Consejo después de que te...

Valyn siguió hablando, pero mi corazón martilleaba tan deprisa que ni siquiera estaba segura de que estuviera hablando en un idioma que yo entendiera. Oh, por todos los dioses, era la *señorita Willa*.

La señorita Willa.

Ahí, de pie, delante de nosotros.

¿Cómo podía haber olvidado que era miembro del Consejo?

Una salvaje oleada de diversión emanó de Casteel, tan fuerte que casi me eché a reír.

—Wilhelmina —la saludó Casteel con voz seductora, y mis ojos volaron hacia él.

Entonces recordé que este era Casteel y que podía decir cualquier cosa delante de su padre. Y de su madre. Y, oh, santo cielo...

—No nos conocíamos —me apresuré a decir. Aproveché para estirar el brazo y poner una mano sobre el de Casteel. Lo apreté con fuerza—. Es un honor conocerte.

—Un gran honor —añadió Casteel, mientras la confusión fruncía el ceño de su padre. La señorita Willa sonrió.

—El honor es todo mío.

—¿Estáis listos? —preguntó Eloana, cuya llegada fue una bendición. Podría haber abrazado y besado a la mujer.

—Sí. —Apreté el brazo de Casteel, porque sabía que estaba a punto de decir algo más—. Lo estamos.

—Perfecto. —Eloana miró a Willa—. ¿Quieres beber algo?

—Whisky, si tenéis —contestó. Eloana se rio.

—Sabes muy bien que siempre tenemos de eso a mano.

El resto de los Ancianos entraron en la sala y ocuparon sus asientos alrededor de la mesa. Solo Vonetta permaneció dentro con nosotros; el resto de los *wolven* montaban guardia al otro lado de las puertas cerradas. Willa se unió a los Ancianos, whisky en mano. Los padres no se sentaron a la mesa, sino en sendos asientos contra la pared en la que Naill, Delano y Emil vigilaban junto con Kieran e Hisa. No había más guardias en la sala. Quedaban dos puestos libres a la cabecera de la mesa, reservados para el rey y la reina.

Para nosotros.

Ocupar esos asientos me pareció tan surrealista como me había parecido la coronación, y todo pensamiento sobre Willa se desvaneció mientras hacían las presentaciones. Había ocho miembros presentes. Nos faltaba solo Jasper, que se había quedado en la Cala de Saion. Otro *wolven* había ocupado su lugar, una tal lady Cambria, cuyo pelo rubio estaba salpicado de hebras grises. Después de todo lo que estaba ocurriendo, sabía que me costaría recordar la mayoría de los nombres, pero me acordaría de Sven, que se parecía mucho al hijo que había conocido a la puerta de los establos. Había dos más, un hombre y una mujer, que sospeché que eran mortales.

Se quedaron todos sentados en silencio, con los ojos fijos en Casteel. La suma de sus años y su experiencia me resultaban absolutamente intimidantes. Notaba tensos los músculos del cuello y de los hombros, y de repente la corona parecía más pesada. Sentí unas ganas infinitas de encogerme en la silla, de hacerme lo más pequeña e invisible que pudiera, pero fue una sensación breve, porque no era ni pequeña ni invisible.

Y jamás volvería a serlo.

—No sé cómo son las formalidades para este tipo de reuniones, pero aquellos de vosotros que ya me conocéis sois muy conscientes de que no me van demasiado las formalida-des —anunció Casteel. Se giró hacia mí—. A mi mujer, Penella-phe, tampoco. Así que podemos ir al grano. Hay muchas cosas de las que hablar y poco tiempo que perder.

—Yo quisiera decir algo —murmuró un hombre de piel pálida y ojos dorados sentado cerca del centro de la mesa. Lo único en lo que pude pensar fue en la última vez que había estado sentada a una mesa con Casteel y alguien pronunció unas palabras parecidas. Este hombre no había estado en la sala de recepción. Hubiese reconocido su pelo rubio hielo.

—Por supuesto, lord Ambrose. —Casteel se echó atrás y apoyó las manos en los reposabrazos de la silla.

—Lord Gregori habló en nombre de los que estamos preo-cupados —empezó el atlantiano y mis sentidos se centraron en él. Rezumaba desconfianza—. Comprendemos que no había nada que pudiera detener la coronación, pero sí creemos que deberíamos hablar de esas preocupaciones.

Enfrente del hombre, Willa bebió un sorbo de su whisky y puso los ojos en blanco de un modo no demasiado discreto.

—¿No habló de ellas ya lord Gregori en el templo? —pre-guntó Casteel, la cabeza ladeada—. Me parece que las expresó de la manera más sucinta posible. O más bien que vuestra rei-na las expresó de la manera más sucinta posible.

Ambrose miró en mi dirección.

—Así fue y tenía razón. No la conocemos y fue criada por el enemigo. Eso se dijo pero no se discutió.

—No hay nada que discutir más allá de lo que ya se ha dicho —intervine con voz alta y clara. Miré a Ambrose a los ojos—. Comprendo vuestra preocupación, pero también sé que nada de lo que yo diga va a cambiarla. Todo lo que puedo hacer es demostrar que no tenéis nada que temer.

—Entonces, si deseáis demostrar que no hay nada que te-mer, no deberíais tener ningún problema con que expresemos en voz alta nuestras preocupaciones —rebatió Ambrose.

—No lo tengo —repuse, mientras Casteel empezaba a tamborilear con un dedo sobre el reposabrazos. Su anillo daba golpecitos suaves contra la madera—. Me han dicho que lo más sensato es seguir las recomendaciones del Consejo, y que cuando no se ha hecho, los resultados no han sido buenos. Casteel y yo tenemos la intención de seguir esas recomendaciones. Pero ya sé cómo te sientes, lord Ambrose. Ya sé cómo os sentís varios de vosotros. —Paseé la vista por la mesa. Los labios de Gregori se apretaron. Una mujer de pelo oscuro se echó hacia atrás en su silla. La sonrisa de lady Cambria reflejaba la de Willa. Sven parecía aburrido—. Hay demasiadas cosas que discutir como para perder el tiempo en hablar de cuestiones que no pueden cambiarse hablando. Tampoco estoy dispuesta a quedarme aquí sentada ni a responder por crímenes o delitos, o por elecciones o decisiones, que los Ascendidos o las deidades hicieron antes de mí. Ya he pagado un alto precio por sus pecados. —Mis ojos volvieron a Ambrose—. No pienso volver a hacerlo.

El atlantiano tragó saliva.

—Hemos oído del resurgimiento de los Arcanos y del ataque que sufristeis. Todos lo condenamos y no apoyo ese tipo de acciones. —Aplanó las manos sobre la mesa—. Pero...

—No hay ningún «pero» —lo interrumpió Casteel, su tono era suave pero lleno de humo. La boca de Ambrose se tensó, pero el hombre asintió.

—Entendido.

Empecé a relajarme, pero Casteel ladeó la cabeza.

—No estabas en la sala de recepción cuando llegamos.

—No lo estaba, majestad.

—Y no has hecho una reverencia al entrar en esta cámara —continuó. Lo miré de reojo.

—Cas —empecé en voz baja.

—Es una cortesía habitual —dijo Casteel, con los ojos fijos en el atlantiano—. La más básica de ellas. Tampoco te has dirigido en ningún momento a tu reina como «majestad», ni siquiera como «alteza», mientras hablabas con ella. Una vez más, la más habitual de las cortesías y muestras de respeto. —Se hizo un silencio pesado en la sala—. ¿Tengo razón, padre? ¿Madre?

—Tienes razón —confirmó Eloana—. Aquellos que no os saludaran a alguno de los dos de ese modo a la entrada deberían haberlo hecho al veros.

—Además, lord Ambrose, sí hiciste una reverencia ante mi hijo —añadió Valyn.

Noté la ira bullir en lord Ambrose, así como la vergüenza. No dijo nada.

—Te inclinarás ante tu reina. —Casteel miró al atlantiano con frialdad—. O sangrarás ante ella. Queda a tu elección.

Un gruñido grave de aquiescencia brotó de donde Vonetta estaba agachada a mi lado.

Me puse tensa. Quería intervenir, poner freno a todo esto antes de que ocurriera algo innecesariamente sangriento durante nuestra primera reunión del Consejo como regentes, pero el instinto me advirtió que se estaba sentando un precedente, que indicaría si Casteel o yo toleraríamos o no la falta de respeto. Y el respeto era importante. Si no gozábamos del respeto de los Ancianos, ¿cómo podíamos esperar tener el respeto del reino? Aun así, la amenaza hizo que me picara la piel.

Se oyó madera arrastrar contra piedra cuando Ambrose se levantó. Hizo una reverencia rígida.

—Mis disculpas, majestad —me dijo—. No pretendía ofenderos.

Asentí mientras él se enderezaba, y recurrí a lo que había dicho Casteel.

—Puedes sentarte.

Ambrose hizo justo eso, y el halo de tensión se aflojó en torno a la sala.

—Ahora, ¿podemos empezar? —preguntó Casteel mientras escudriñaba a los Ancianos. Recibió varios gestos afirmativos—. Bien, porque queremos parar una guerra antes de que empiece.

Sven se inclinó hacia delante.

—Vaya, estoy muy interesado en oír esto.

Otros parecían compartir ese sentimiento, aunque algunos no, pero todos escucharon nuestro plan de reunirnos con la Corona de Sangre en Oak Ambler y presentarles nuestro ultimátum. Y explicamos por qué creíamos que funcionaría.

—Podría ser —convino lady Cambria, con el ceño fruncido—. Vuestra unión hace añicos los cimientos sobre los que se basan todas sus mentiras. Los Ascendidos son muchas cosas, pero no son estúpidos. Saben lo que esto le hará a su gente.

Miré a Valyn.

—Esto reducirá, si no destruye, su control sobre la gente de Solis y desestabilizará a su sociedad. No creo que vayan a arriesgarse a que eso ocurra.

—Ninguno de nosotros quiere una guerra —declaró lord Gregori, mirando por la mesa a su alrededor—. Los que estaban vivos durante la Guerra de los Dos Reyes todavía están atormentados por esos horrores. Pero ¿nos estáis pidiendo que aceptemos darles a los Ascendidos una segunda oportunidad? ¿Para que puedan demostrar que son capaces de controlar su sed de sangre? Ya hemos hecho eso antes.

—Lo sabemos. Ahora mismo, lo que os pedimos es que entendáis nuestra decisión de mantener en espera a los soldados del norte —dijo Casteel, dejando claro que no estaba pidiendo su permiso—. Una vez que nos hayamos reunido con la Corona de Sangre y tengamos su respuesta, entonces podremos volver a reunirnos y hablar de si creéis o no que se les pueda dar una segunda oportunidad. Pero todavía no hemos cruzado ese puente, y no tenemos ninguna intención de quemarlo de antemano.

—Yo tengo innumerables razones para querer ver muertos a los Ascendidos —dijo una mujer atlantiana. Su piel color arena no mostraba ni una arruga y su pelo castaño no tenía gris ni blanco. Creía recordar que se llamaba Josahlynn—. Pero solo necesito una. Mi marido y mi hijo murieron en esa guerra.

Se me comprimió el corazón.

—Siento mucho oírlo.

—Gracias, majestad. —Su pecho subió con una inspiración profunda—. Como todos sabéis, he estado indecisa acerca de lo que debemos hacer. Si podemos evitar que más maridos y mujeres, hijos e hijas mueran, deberíamos hacerlo.

Hubo muchos asentimientos de aceptación, pero lady Cambria se inclinó hacia delante y apoyó un brazo sobre la mesa.

—En cualquier caso, es demasiado peligroso que seáis vosotros dos los que os reunáis con la Corona de Sangre. Sois el rey y la reina. Nuestra *Liessa*. Deberíamos enviar a otras personas en vuestro lugar. Yo iré encantada.

—Yo también —anunció Sven, igual que lo hicieron muchos otros.

Percibí la diversión irónica de Kieran en cuanto nuestros ojos se cruzaron.

—No le pediremos a nadie que haga lo que no estamos dispuestos a arriesgarnos a hacer nosotros mismos —declaré—. Además, será mucho más seguro para nosotros que para cualquiera de vosotros. La Corona de Sangre no quiere vernos muertos.

—Y vamos a entrar en la ciudad antes de lo esperado —explicó Casteel—. Así dispondremos de algo de tiempo para ver lo que pueden tener preparado.

—¿Quién ha orquestado esta reunión?

Me preparé para lo que pudiera pasar.

—Mi hermano, que fue Ascendido.

Como esperaba, esta noticia provocó varios comentarios airados y preguntas. Una vez que se acallaron, expliqué quién era Ian para mí y que, aunque al final fuese verdad que no compartíamos sangre, seguía siendo mi hermano. Durante toda mi explicación, Casteel había estirado un brazo para poner su mano sobre la parte de atrás de mi cuello, donde sus dedos se movían en círculos lentos y relajantes. Percibí ecos de empatía de varios de los presentes, mezclados con compasión pura y dura.

—Antes de marcharnos, Ian me dijo que la única manera de que pudiéramos derrotar a la Corona de Sangre, de forzarla a aceptar nuestro ultimátum, era despertando a Nyktos y obteniendo la ayuda de sus guardias.

—Planeamos viajar a Iliseeum por la mañana —anunció Casteel.

—¿Viajar a Iliseeum? ¿Despertar a Nyktos? —exclamó un Anciano mortal—. No pretendo ofender a nadie con esto, pero ¿habéis perdido la cabeza? ¿Despertar al Rey de los Dioses? Y de verdad que no quiero ofender —repitió cuando Casteel clavó los ojos en él—. Pero tendremos otra coronación antes incluso de que os marchéis a reuniros con la Corona de Sangre.

—Vaya, eso es muy alentador —murmuró Casteel, y yo esbocé una sonrisa.

—El lugar de descanso de los dioses está bien protegido, ya sea por magia primigenia o por guardias —caviló lord Ambrose, las cejas arqueadas—. Supongo que el Rey de los Dioses cuenta con ambos tipos de protección.

—Sí, pero Penellaphe pertenece a su linaje —apuntó Willa—. Lo que sea que lo proteja debería ser capaz de sentir eso. —Hizo una pausa—. Esperemos.

La parte de *esperemos* sí que fue tranquilizadora.

—O podría enfadarse muchísimo por semejante intrusión y matar a cualquiera que osase despertarlo —señaló otro Anciano.

—También es verdad. —Willa levantó su vaso.

—¿Creéis que tenéis que viajar a Iliseeum? —preguntó el padre de Casteel—. No sabemos si vais a necesitar a los guardias de Nyktos. Podría ser un riesgo innecesario.

—O podría ser lo que obligue a la Corona de Sangre a aceptar el trato —lo contradijo Eloana.

Los dedos de Casteel todavía se movían por mi nuca cuando se giró hacia mí.

—¿Tú qué opinas, mi reina? El plan no es inamovible.

No lo era, pero creía en mi hermano. Fuesen lo que fueren esos Retornados, necesitaríamos toda la ayuda que pudiésemos conseguir.

—Ya lleva dormido mucho tiempo, ¿no? —dije, y la aprobación destelló en esos ojos ambarinos, a pesar de la absoluta locura de lo que nos estábamos planteando hacer—. Lo despertaremos.

—¿Cómo vais a empezar siquiera a localizar su lugar de descanso? —preguntó lady Josahlynn.

Esa era una buena pregunta. Cuando estaba girando hacia Casteel, Willa alzó la voz.

—Supongo que duerme en su templo. No debería ser difícil de encontrar, puesto que se parece al palacio y al templo de Nyktos aquí, solo que más grande.

Vaya, supuse que Malec había estado en lo cierto al creer que sus reformas estaban más en línea con los templos de Iliseeum.

Casteel arqueó una ceja y se inclinó hacia mí.

—Ya sabemos dónde encontrarlo —murmuró.

Asentí, preguntándome cómo lo sabría Willa. ¿Habría estado en Iliseeum? Aunque también había que tener en cuenta que me había enviado a la habitación de Casteel sin que él lo supiera. Los atlantianos no creían en las profecías, pero sí en los videntes.

—¿Estáis dispuestos a hacer esto… todo esto? —preguntó Ambrose a la vez que sacudía la cabeza—. ¿A partir de lo que os ha dicho un Ascendido? ¿Cuando todos sabemos que no se puede confiar en los Ascendidos?

Willa puso los ojos en blanco con un delicado resoplido de desdén.

—Cualquiera que haya vivido lo suficiente y pueda mirar más allá de su propio culo sabe que ni siquiera los *vamprys* son inherentemente malvados.

Estalló un coro de escarnio entre los otros Ancianos. Miré de reojo a Casteel y vi que sus labios se fruncían un poco mientras me echaba hacia delante.

—¿Te refieres a aquellos que han logrado controlar su sed de sangre?

—Los que lo han logrado han sido muy pocos y fue hace mucho tiempo —la contradijo Gregori—. Llegados a este punto, son más leyenda que realidad.

—Leyenda o no, cuando están recién convertidos, a los *vamprys* los consume su sed de sangre. Es verdad. —Los ojos de Willa se cruzaron con los míos y me lanzó una mirada que me hizo pensar en mi Ascensión—. Y puede que tarden un poco en encontrar cómo salir de eso, pero es quiénes son en su corazón y en su alma lo que determina si se puede confiar en ellos o no.

Se me cortó la respiración. ¿Podía ser esa la razón de que aún quedara una parte de Ian? ¿Que se debiera a que había sido una buena persona antes de su Ascensión? Si era así, entonces había esperanza también para Tawny. ¿Y para cuántos más?

—Esa es una visión extremadamente optimista e ingenua de los Ascendidos —afirmó Gregori. Willa miró al Anciano.

—Prefiero ser optimista que prejuiciosa y cerrada de mente, pero lo que nunca soy es ingenua. Tengo al menos mil años más que tú —dijo con suavidad, y yo parpadeé alucinada—. Recuérdalo antes de hablar de un modo tan ignorante y quizá te ahorres futuros bochornos.

Me… me encantaba Willa.

Y no tenía nada que ver con su diario.

Le sostuvo la mirada a Gregori hasta que él la apartó, un músculo apretado en la mandíbula. Willa se giró entonces hacia Casteel y hacia mí.

—Tenéis mi respaldo, aunque no lo necesitéis. También tenéis mi consejo. Nunca he estado en Iliseeum. Como es obvio —nos dijo, y apuró el vaso de whisky—. Pero conozco a varios que sí.

Una idea que no quería ni plantearme se coló en mi cabeza. Al parecer, Malec sabía cómo eran los templos de Iliseeum, y mi *padre* había tenido muchas amantes.

Y Willa había tenido muchas parejas.

¿Y si había escrito sobre él? Nop. No pensaba meterme en ese jardín. No quería pensar en eso.

Willa me miró a los ojos, y luego a Casteel.

—Sin importar lo que hagáis, no entréis en Dalos, la Ciudad de los Dioses. Sabréis cuál es cuando la veáis. Si entráis en ella, no regresaréis jamás.

Capítulo 38

Después de la inquietante advertencia de Willa, los Ancianos expresaron su respaldo reticente a nuestros planes de viajar a Iliseeum y luego reunirnos con la Corona de Sangre. El respaldo cauto provino sobre todo de los que estaban preocupados por nuestra seguridad, pero aún pude sentir que unos pocos simplemente no estaban de acuerdo con nada de lo que dijimos.

Eran los que creían que la guerra era inevitable.

Lord Ambrose y lord Gregori eran dos de ellos.

Aunque tampoco me dio la impresión de que de verdad quisieran una guerra. Era solo que no veían otra forma para salir de aquello. Esperaba que pudiéramos demostrar que estaban equivocados.

La reunión se cerró y ya solo quedaba una cosa por hacer. Debíamos saludar al público, junto con los Ancianos y los padres de Casteel. Su presencia sería una muestra de apoyo y aprobación.

Y después, Casteel y yo nos quedaríamos solos. Por supuesto, aún teníamos que hablar con Kieran, pero tendríamos que procesarlo todo e incluso quizá vivir un poco antes de embarcarnos en nuestro viaje a Iliseeum.

Me rezagué a medida que todo el mundo salía de la sala, de camino al templo de Nyktos otra vez. Quería hablar con

Willa, que se había tomado su tiempo para levantarse de la mesa.

O simplemente sabía que quería hablar con ella.

Sea como fuere, tenía muchas preguntas y solo unos minutos para hablar con ella. Solo Vonetta se había quedado atrás y ahora esperaba al lado de la puerta.

—¿Puedo hacerte una pregunta? —le dije.

Willa me miró, sus ojos de un marrón dorado iluminados por el mismo brillo extraño de entendimiento que había estado presente cuando la vi por primera vez.

—Eres la reina. Puedes preguntar lo que quieras.

No creía que ser reina me diera carta blanca para hacer preguntas. Y tenía muchas que me gustaría hacer.

—¿Por qué estabas en la Perla Roja? —pregunté.

—Tengo un alma inquieta que siempre está hambrienta por explorar —contestó, y visto su diario, podía estar de acuerdo con ella en eso.

—Pero ¿no es peligroso para ti?

Su risa fue gutural.

—Las mejores aventuras siempre conllevan un pelín de peligro, como tú lo sabes —dijo. Me sonrojé—. Y hacía muchos años que no había estado en Masadonia. Sentí el extraño impulso de viajar hasta ahí.

Su extraño impulso aumentó mis sospechas acerca de lo que era.

—¿Por qué me enviaste a la habitación en la que estaba Casteel?

Sus labios rojos se curvaron hacia arriba en una leve sonrisa.

—Simplemente... me pareció correcto hacerlo.

—¿Eso es todo?

Asintió y se acercó a mí.

—Deberíamos confiar siempre en nuestros instintos.

—Eres una cambiaformas, ¿verdad? —Cuando asintió, seguí preguntando—. O sea que ¿tus instintos son mucho más... perspicaces que los de los demás?

Soltó una risa suave.

—Hay quien diría eso, sí. Hay quien también diría que esa perspicacia instintiva me ha llevado a ser una de las mejores videntes que Atlantia ha conocido jamás.

Una vidente. ¡Lo sabía!

—Cuando te vi en la Perla Roja, supe que llevabas una máscara. No la que ocultaba aquella noche tu identidad, sino una que te habías visto forzada a llevar durante muchos años debajo del velo. Una que ni siquiera sabías que llevabas. Te vi y supe que eras la Doncella. —Los ojos de Willa buscaron los míos mientras se me ponía la carne de gallina—. Supe que eras una segunda hija, que compartía la sangre de los dioses. —Sus ojos se deslizaron hacia la puerta—. Y sabía que *él* estaba buscando la misma cosa que te había conducido a ti a la Perla Roja esa noche.

Fruncí el ceño.

—Él había ido ahí a hablar de sus planes.

Sus gruesos rizos oscilaron de un lado a otro cuando sacudió la cabeza.

—Esa era una de las razones, pero en lo más profundo de su ser buscaba lo mismo que tú. —Hizo una pausa—. Vivir.

Se me quedó el aire atascado en la garganta.

—¿Puedo contarte algo? —Willa se inclinó hacia mí, me tocó el brazo. Una débil corriente eléctrica danzó por mi piel—. Tú no eras la única que buscaba refugio esa noche. Él también lo necesitaba. Un refugio que pudiera soportar el peso de sus deseos, de su amor y de su dolor. Y lo encontró. Puede que él te haya dado la libertad, pero tú le has dado mucho más de lo que podrás imaginar jamás.

La emoción me atoró la garganta y me robó todas las palabras que había estado a punto de decir.

—No lo olvides —me dijo.

—No lo haré —conseguí balbucear.

Willa sonrió.

—Penellaphe —me llamó Eloana desde la puerta—. ¿Estás lista?

Respiré hondo y asentí.

—Lo estoy —repuse, luego bajé la voz—. Gracias por responder a mis preguntas.

Willa inclinó la cabeza.

—Siempre. Y si sientes suficiente… curiosidad por hacer esas otras preguntas que sé que bullen en tu cabeza, estaré más que contenta de responder a ellas o de referirme a cierto… capítulo.

Oh.

Oh, cielos.

—Gr… gracias —farfullé. Luego me dispuse a salir.

—Majestad. —Willa me detuvo y, cuando me giré hacia ella, su sonrisa había desaparecido—. Una vidente no siempre puede saber cosas acerca de otra persona. La mayoría tampoco puede cerrar los ojos y mirar más allá del ahora al mañana y a los días después de eso. Yo no puedo —me informó, y se me volvió a poner la carne de gallina—. Los atlantianos pueden ser supersticiosos, aunque no crean en las profecías. ¿Sabes por qué no las creen?

Se me heló la piel.

—No.

—Porque creemos que los días que todavía están por verse no pueden ser predichos. Que incluso lo que los dioses puedan tener pensado para nosotros no está escrito en piedra —explicó Willa, y las motas doradas de sus ojos ardieron con intensidad—. Pero lo que está escrito en hueso es diferente, y lo que no se cree no debería ignorarse.

Con el corazón atronando y consciente de que Eloana me esperaba, di un paso hacia Willa.

—¿Te refieres a la profecía en la que creen los Arcanos?

Willa volvió a tocar mi brazo y la misma corriente de energía giró en espiral por encima de mi piel.

—Tu tocaya era muy sabia. Ella podía ver más allá del día que tenía delante, pero lo que vio no es lo que ellos creen. No eres la gran conspiradora, sino una de las dos personas que se interpondrán entre lo que ha despertado y la venganza que busca cobrarse de los hombres y de los dioses.

Las palabras de Willa atormentaron mis pasos a través del palacio y del templo de Nyktos. Aunque la parte lógica de mí quería rebelarse ante la idea de que algo de la profecía pudiera ser cierto, había sentido cierto alivio al oírla decir que yo no era la gran conspiradora que los Arcanos creían que era.

Sin embargo, si lo que decía era verdad (¿y cómo podía no serlo cuando sabía tantas cosas más?), tenía que estar hablando de la Corona de Sangre y de Casteel y de mí. Podía imaginar que los Ascendidos buscaban venganza por un montón de cosas, pero ¿qué podía haber despertado? Lo único que se me ocurría era Malec. Era obvio que para que yo estuviera ahí, tenía que haberse recuperado.

El suave murmullo de voces me sacó de mi ensimismamiento cuando nos paramos al lado de la estatua de Nyktos y sus llamas blanquecinas y plateadas. Hisa vigilaba al lado de las puertas. Los Ancianos ya habían salido al balcón, junto a Willa. Los padres de Casteel esperaban con su comandante.

Eloana había preguntado si Casteel o yo queríamos cambiarnos antes de saludar a la gente de Evaemon. Aunque había habido un momento en que me imaginé con un vestido bonito, había declinado la oferta y solo me había tomado el tiempo de domar los mechones de pelo que habían escapado de mi trenza. Era bastante poco probable que la gente me viera con nada distinto a lo que llevaba puesto en esos momentos, o cosas parecidas, durante un tiempo, así que no tenía mucho sentido presentarme vestida de otra guisa.

Además, eso solo retrasaría nuestra inevitable conversación con Kieran y mi relato a Casteel de lo que Willa me había contado. Así que ahí estábamos ahora, vestidos como cuando habíamos entrado en Atlantia hacía unas horas.

En verdad, había sido un día largo.

—¿Estáis listos? —preguntó Valyn. Casteel me miró y yo asentí.

—Lo estamos.

Miré hacia el costado, donde Vonetta permanecía en su forma de *wolven* y Kieran esperaba en su forma mortal. Los demás *wolven*, incluido Delano, nos flanqueaban. Naill y Emil estaban entre ellos. Volví a mirar a los padres de Casteel.

—¿Nos vais a presentar vosotros?

Eloana negó con la cabeza.

—Nosotros estaremos a vuestro lado, pero el miembro más anciano del Consejo será quien os presente a ti y a Casteel.

—¿Willa? —pregunté, recordando quién era el miembro más anciano.

Valyn asintió sin quitarle el ojo de encima a su hijo, que sonrió.

—Me da la impresión de que se me está escapando algo —murmuró Valyn.

—No, qué va —me apresuré a decir al ver que Casteel abría la boca para agregar algo. No tenía ni idea de por qué nadie en Atlantia parecía saber nada sobre el diario de Willa—. Lo prometo.

Casteel me lanzó una mirada significativa a la que hice caso omiso.

—Esto no os llevará demasiado tiempo —dijo Eloana, con un dejo de cansancio en la voz. Había sido un día largo también para ellos—. Y después os podréis retirar... o hacer lo que os venga en gana.

—Una cama sería genial —dijo Casteel, y recé por que no empezara a dar detalles sobre esa idea.

—¿Vosotros os vais a quedar en el palacio? —pregunté—. Espero que lo hagáis.

—Yo también —confirmó Casteel.

Valyn miró a Eloana antes de asentir.

—Planeamos quedarnos. Al menos, hasta que volváis de Iliseeum y de vuestra reunión con la Corona de Sangre. Supusimos que nos querríais como regentes hasta entonces.

—Ellos se encargarán de temas menores durante nuestra ausencia —explicó Casteel en pocas palabras—. Suele hacerlo el consejero o, de manera muy excepcional, el Consejo.

Asentí.

Los ojos de Eloana pasaron de uno a otro y supe que había llegado la hora. Hisa y otro guardia dieron un paso al frente. Cada uno de ellos agarró el asa de una puerta. Kieran me miró a los ojos, luego a los de Casteel. Sonrió mientras se unía a Emil y a Naill.

Mi corazón empezó a latir con fuerza cuando las puertas se fueron abriendo poco a poco. El sonido de la multitud se hizo más y más alto mientras los últimos rayos de sol entraban por el techo y se colaban por las puertas.

El balcón era redondeado y bastante largo como para que todos los Ancianos se alinearan a derecha e izquierda contra la barandilla de piedra negra. Willa había estado esperando en la parte de atrás del balcón, pero ahora se había adelantado; sus rizos eran de un negro azulado a la tenue luz del sol. Empezó a hablar y la multitud se fue callando. No estaba segura de lo que decía porque mi sangre palpitaba con fuerza en mis oídos y mi pecho zumbaba. De lo único que era consciente era de que los padres de Casteel se habían movido para colocarse a ambos lados de nosotros, y del completo surrealismo de que la señorita Willa (la señorita Willa) estuviese a punto de presentarnos ante el reino como el rey y la reina.

Nunca, ni en un millón de años, habría podido imaginar este momento.

Una risa burbujeó en mi garganta, pero conseguí reprimirla. No era momento para risas histéricas.

Casteel estiró el brazo hacia mí y me agarró de la mano. Mi mirada voló hacia él. Esos ojos suyos eran como insondables charcos de miel fundida y, cuando inspiré, el único sabor que noté fue a chocolate y a bayas.

—Te quiero —susurré, y se me llenaron los ojos de lágrimas.

Casteel sonrió. Aparecieron dos hoyuelos, uno después del otro. Vi la punta de un colmillo y una espiral totalmente inapropiada se enroscó en mi bajo vientre.

Y entonces estábamos andando hacia la puerta y salimos a lo que quedaba del sol vespertino y a la brisa fresca para alzarnos ante una multitud tal que casi se me paró el corazón.

Debía de haber *miles* de personas, decenas de miles. Había un mar de gente en el patio debajo del templo, algunos en la ondulante colina verde y más allá, en los edificios y balcones cercanos, y ante ventanas abiertas. Había gente incluso sobre los tejados de los edificios más bajos. Hasta donde alcanzaba mi vista, las calles de Evaemon estaban a reventar de gente.

—Con el respaldo y el respeto del Consejo de Ancianos y de los anteriores reyes de Atlantia, la abdicación y la posterior coronación han tenido lugar. —La voz de Willa se proyectaba desde el balcón y caía sobre la gente como una suave lluvia veraniega—. Es un gran honor para mí presentar a aquel que nació del Primer Reino, creado de la sangre y las cenizas de los que cayeron antes que él, el segundo hijo de los anteriores regentes, el rey Valyn y la reina Eloana... Casteel Hawkethrone Da'Neer, el Rey de Sangre y Cenizas.

Se me cortó la respiración ante el título que pertenecía a los Ascendidos, a la Corona de Sangre. Casteel se puso rígido a mi lado, pero el gentío estalló en aplausos, gritos y vítores. El rugido de la ovación resonó por los valles y las calles como un trueno.

Willa levantó el puño y se hizo el silencio otra vez.

—Él cuenta con el apoyo de aquella que lleva la sangre del Rey de los Dioses, la *Liessa* y legítima heredera de Atlantia... Penellaphe Balfour Da'Neer, la Reina de Carne y Fuego.

Di un respingo, con el corazón medio parado. Y solo hubo silencio, intenso y tan intimidante...

Empezaron a llegar aullidos desde atrás. Largas llamadas apasionadas que recibieron respuesta por toda la ciudad. A nuestros pies y más allá, hombres y mujeres, los viejos y los jóvenes en forma mortal, respondieron con aullidos graves y roncos que terminaban en agudos gritos de alegría.

Y entonces nos llegó un fuerte golpe desde el patio. Un hombre había estampado el pie contra el suelo. La mujer a su lado hizo lo mismo, y luego otro y otro, igual que el día en el que había llegado a la Cala de Saion. Pero estos no eran solo los *wolven*. Eran atlantianos y mortales, todos dando pisotones en la tierra, sus puños golpeando contra la piedra. El sonido reverberó por todo el patio, por las calles, los balcones, desde las terrazas. Muchos estaban de rodillas y estampaban las manos contra el suelo.

—Esto... esto es bueno, ¿verdad? —pregunté.

—Están mandando un mensaje —dijo Eloana desde detrás de nosotros.

—¿Qué tipo de mensaje?

Casteel me sonrió desde lo alto.

—Dicen que son *tuyos*. Y que, si hiciera falta, irán a la guerra por ti.

La guerra era lo que tratábamos de evitar, pero... supuse que su disposición a hacerlo era algo bueno.

—Querrás decir que son *nuestros*.

Su sonrisa se ensanchó, pero no dijo nada.

Los golpes de puños y pies fueron amainando, y el siléncio se extendió a nuestro alrededor. Se me pusieron los pelos de punta por todo el cuerpo mientras miraba despacio hacia la ciudad. Decenas de miles de cabezas estaban levantadas ahora. Nos observaban. O me observaban. Expectantes.

Casteel me apretó la mano.

—Esperan tu respuesta.

¿Mi respuesta?

—¿Por qué me da la sensación de que un *gracias* no bastará?

Casteel se atragantó con lo que tenía toda la pinta de ser una carcajada. Lo miré, arqueando las cejas.

—Lo siento.

Entorné los ojos.

—No parece que lo sientas en absoluto. —Se mordió el labio de abajo, pero las comisuras se curvaron hacia arriba y aparecieron, no uno, sino sus dos estúpidos hoyuelos—. Eres muy irritante —mascullé.

—*Adorablemente* irritante —me corrigió, mientras su padre suspiraba.

—Más bien como que es buena cosa que seas atractivo —refunfuñé entre dientes.

Casteel tiró de mí hacia su lado, pasó un brazo a mi alrededor y, antes de que pudiera protestar, acercó la boca hasta quedar a apenas un dedo de la mía.

—Más bien como que es buena cosa que me amas de manera incondicional.

—Sí, eso también. —Suspiré.

Casteel agachó la cabeza y me besó. Y no hubo nada rápido ni casto en la forma en que sus labios reclamaron los míos. Puede que incluso fuese un poco inapropiado. O mucho. Pero también lo fue la forma en que me pegué contra su duro cuerpo.

Me sobresalté cuando un coro de aullidos y vítores estalló entre los *wolven* y los atlantianos del patio, y luego en la ciudad, mezclados con silbidos y gritos insinuantes.

Casteel se rio contra mis labios mientras apoyaba la frente contra la mía.

—A nuestra gente le encantan las muestras de afecto en público, por si no lo has notado.

—Lo he notado, sí. —Con la cara seguramente del color de un árbol de sangre, miré hacia la ciudad. Hacia *nuestra* gente.

Willa se dirigió a la multitud, que había vuelto a callarse.

—De la Sangre y las Cenizas y del Reino de Carne y Fuego, nuestro rey y nuestra reina han ascendido al trono, han jurado defender Atlantia de enemigos conocidos y por conocer, gobernar con amabilidad y fuerza, y guiaros con compasión y justicia. Desde este momento hasta sus últimos momentos, son vuestros protectores.

Los brillantes ojos ambarinos de Casteel captaron mi mirada. Tomó nuestras manos unidas y las levantó por el aire. Y la gente… la gente lo *celebró*.

Por los sonidos alegres que se oían a lo lejos desde los aposentos reales, la gente de Atlantia todavía estaba celebrando la coronación.

Y Kieran no había estado de broma cuando dijo que nuestras habitaciones componían el ala este entera. El vestíbulo daba a una zona de estar y, a ambos lados, unas puertas llevaban a espacios para él y para ella. No estaba segura de por qué se necesitaban ambos, pero también había un comedor privado amueblado con una mesa redonda bastante grande como para acoger a varias personas. También había un patio interior, con cómodas sillas y sofás, además de mullidas alfombras y rosas de floración nocturna que habían abierto sus delicados pétalos con los primeros rayos de luna.

El dormitorio era… excesivo.

En el centro de la habitación, se alzaba una cama con dosel que ocupaba casi todo el espacio. Las cortinas estaban recogidas para dejar a la vista las sábanas limpias y una montaña de mullidas almohadas. Había solo dos divanes situados delante de las puertas que conducían a una terraza y a un jardín privados. A la entrada del dormitorio había un gran baúl de madera. Los armarios se hallaban en una sala del tamaño de mi cuarto en Masadonia. Casteel me había explicado que se llamaba «vestidor» y pensé que ahí podía vivir alguien sin problema.

La sala de baño... bueno, hacía que la de la Cala de Saion pareciera irrisoria en comparación. El inodoro estaba escondido detrás de una pared, y había dos tocadores, una bañera de un tamaño indecente y el cubículo de la ducha que me había cambiado la vida. Este, además, contaba con múltiples alcachofas y bancos de piedra.

Se me ocurrieron un montón de cosas *indecentes* que podrían ocurrir ahí.

Desde la entrada principal, una puerta daba al pasillo del personal y a las escaleras privadas que conducían al piso de arriba, a las habitaciones reservadas para los invitados del rey y la reina. Los que habían viajado con nosotros se estaban instalando en ellas ahora mismo, y los padres de Casteel acababan de marcharse después de decirnos que si había algo que quisiéramos cambiar en las dependencias, no teníamos más que comunicárselo a Rose.

Puesto que muy pocos de los artículos que encontramos ahí podían haber pertenecido a Eloana o a Valyn, me daba la sensación de que muchas de las cosas que había en nuestros aposentos eran nuevas y que los reyes salientes habían planeado este momento desde el mismo instante en que regresaron a Evaemon.

Mientras Casteel hablaba con uno de los miembros del personal para que nos hicieran llegar algo de comer, paseé por las habitaciones en busca de esas pertenencias personales que habían enviado de antemano.

Las encontré desperdigadas por el lugar. Un adorable oso de peluche que seguro había tenido épocas mejores descansaba sobre una balda. Varios libros con tapa de cuero ocupaban las estanterías de la zona de estar (algunos eran libros infantiles y el resto parecía una colección de fábulas). No encontré ni un solo libro de texto. Con una sonrisa, descubrí dos espadas de entrenamiento colgadas en el pasillo entre el salón y el comedor, las hojas romas. Había varios cuadros colgados de las paredes del comedor, y el de lilas y piedra gris y cristalinas aguas azules tenía que ser de Casteel.

Era la caverna.

En el vestidor, hallé la ropa que habíamos llevado con nosotros y las cosas que habíamos enviado por adelantado, todo colgado y doblado. Dentro del baúl había un tesoro oculto de armas capaces de perforar carne y piedra, algunas hechas de un metal dorado, otras de acero, y aun otras de heliotropo. Al otro lado, entre las puertas que daban a la sala de baño y el armario, había dos pedestales de piedra con una delgada repisa. Supe por instinto lo que eran, porque además tenía un vago recuerdo de haber visto algo parecido en el castillo de Wayfair.

Levanté las manos y me quité la corona. Los huesos dorados estaban suaves y fríos al tacto; me recordaron al hueso de *wolven* del mango de mi daga. La deposité con cuidado en el pedestal y dejé que se apoyara contra la repisa.

La Reina de Carne y Fuego.

Carne y fuego. Había oído esa frase dos veces. La madre de Casteel la había dicho cuando me vio por primera vez, y se había mencionado también en la profecía que había recitado Alastir.

Pero yo no era la gran conspiradora.

Y el título… bueno, sonaba muy chulo.

Con una sonrisa, di media vuelta y fui hasta la mesilla. Encontré un caballito de juguete hecho de madera. Lo levanté, maravillada por lo intrincado de su elaboración. No le faltaba ni un detalle. Le di la vuelta, sorprendida al ver el nombre de Malik grabado por debajo. Deslicé el pulgar por los trazos en la madera.

—Lo hizo Malik —me dijo Casteel desde el umbral de la puerta. Me giré y observé cómo se quitaba la corona y la dejaba en el pedestal al lado de la mía—. Fue por mi cumpleaños. Por el sexto, creo. Por todos los dioses, eso fue hace una eternidad. —Hizo una pausa—. Lo cual me recuerda que no creo que sepamos la fecha de nuestros cumpleaños, ¿verdad? Quiero decir, cada uno la del otro.

—Estoy segura de que hemos… —Me reí al darme cuenta de que tenía razón. Dejé el caballito donde lo había encontrado. Sabíamos muchas cosas uno del otro, pero aun así había otras muchas que no—. ¿Cuándo es tu cumpleaños?

Me sonrió mientras se apoyaba contra la pared.

—Yo nací el primer día del sexto mes. ¿Y tú?

Se me empezó a borrar la sonrisa.

—Nací en el cuarto mes.

—¿Y? —Arqueó una ceja. Di unos pasos hacia él.

—Y… no lo sé. Quiero decir, no me acuerdo. Tengo recuerdos vagos de haber celebrado mi cumpleaños cuando era pequeña, pero después de que mis padres murieran, ni Ian ni yo volvimos a festejar nada. —Encogí un hombro—. Y supongo que, con el paso de los años, no sé, nos olvidamos de la fecha, así que elegíamos un día aleatorio en abril para mí y en diciembre para él.

La sonrisa de Casteel había desaparecido.

—Elige un día.

—¿Para qué?

—Para tu cumpleaños. Elige un día en abril y ese será tu cumpleaños.

Una punzada de tristeza alanceó mi corazón.

—Vikter me preguntó una vez cuándo era mi cumpleaños. Me dijo lo mismo. Elige un día en abril. —Solté el aire despacio—. Elegí el veinte, y ahí fue cuando me regaló la daga de hueso de *wolven*.

—Perfecto. —Su sonrisa volvió, pero no le llegó a los ojos—. ¿Qué tal estás aguantando todo esto?

—Estoy bien. No me siento… diferente. Quiero decir, ¿quizá sí? No lo sé. —Me reí, un poco avergonzada mientras me acercaba a él. Casteel se separó de la pared—. Eso sí, estoy tranquila. ¿Y tú, qué tal?

—Me siento igual. —Abrió sus brazos y fui hacia él. Pasé los míos alrededor de su cintura y apoyé la mejilla contra su pecho. Cerré los ojos y me hundí en su abrazo, aspiré su aroma a especias y a pino—. Aunque he de admitir que cuando la corona se volvió dorada, me sentí aliviado. Quería una corona tan elegante como la tuya.

Me reí.

—He hablado con Willa.

—Ya me di cuenta. —Sus labios rozaron la parte de arriba de mi cabeza—. Sentía mucha curiosidad por saber de lo que podíais estar hablando. Me sentí también un poco celoso.

Sonreí y me estiré hacia él para besar la comisura de sus labios.

—De nada que fuese a aprobar tu mente obscena.

Hizo un mohín.

Un mohín ridículo y aun así encantador, *adorablemente* encantador. Le conté que era la mujer que había estado en la Perla Roja y que ella me había enviado a su habitación. Eso lo sorprendió mucho. No tenía ni idea de que los Ancianos viajaran a Solis, pero visto su diario, la cosa tenía sentido. No le conté lo que había dicho acerca de él. No creí que quisiera saber que alguien conocía los entresijos de su corazón, pero sí le hablé de lo que había dicho sobre la profecía.

Casteel seguía un poco dubitativo mientras volvíamos hacia el salón.

—No es que no pueda creerle —se justificó, un brazo aún por encima de mi hombro—. Es solo que me cuesta creer que, si hay una que podría ser verdad, ¿cómo puede ser que no haya más? Profecías de las que no hemos oído hablar.

—No lo sé —admití—. A lo mejor las profecías no están hechas para saberse.

—Eso suena a algo que diría una vidente.

—Es verdad —dije con una risita.

Apareció un hoyuelo cuando me acarició la mejilla y retiró un mechón de pelo descarriado.

—La comida debería llegar enseguida y supongo que estás cansada y es probable que le hayas echado ya el ojo a esa ducha. Yo desde luego que lo he hecho, pero quería hablar con Kieran primero. ¿Te parece bien?

—Por supuesto.

—Genial. Porque va a llegar aquí abajo en unos minutos —me informó, y me eché a reír otra vez. Y lo vi: el chispear de esas vívidas motas doradas en sus ojos. Sus labios se entreabrieron hasta que asomaron las puntas de sus colmillos—. Me encanta ese sonido. Me encanta que ahora te rías mucho más.

—A mí también —admití en voz baja—. Y es gracias a ti.

Cerró los ojos un instante y apoyó su frente en la mía. Nos quedamos así un ratito, simplemente ahí de pie.

—Antes de que llegue Kieran, quería preguntarte algo.

—Eso suena serio.

—Lo es. Más o menos. —Levantó la cabeza—. ¿Has tenido hambre?

—¿De comida? —pregunté con suspicacia. Sus labios quisieron sonreír.

—No del tipo que estás pensando.

—Oh. —Abrí mucho los ojos—. ¿De sangre?

Entonces sí que sonrió.

—No tienes por qué decirlo en un susurro.

—No lo he hecho.

—Oh, sí que lo has hecho.

—Lo que tú digas. —Me mordí el labio—. No lo sé, no creo. Quiero decir, no he vuelto a sentir ese ansia voraz. Lo sabría si hubiese sido así.

—No siempre es así, mi reina.

Mi reina. Me gustaba. Casi tanto como cuando me llamaba «princesa». Aunque no se lo diría jamás.

—¿Qué sentiría?

—Te sentirías inexplicablemente cansada, incluso después de dormir. Comerías, pero seguirías teniendo hambre. La comida acabaría por perder su atractivo —me contó—. Te irritarías con mayor facilidad, cosa que tampoco sería nueva para ti.

—¡Eh! —Le di un manotazo en el brazo.

—A lo mejor tienes que alimentarte ahora —se burló, los ojos centelleantes—. Una vez que llegas al punto en que la comida ya no alivia tu hambre, necesitarás alimentarte.

—Vale. —Asentí.

—En cualquier caso, lo más probable es que todavía no necesitaras alimentarte, si nos basamos en la frecuencia con la que tienen que hacerlo los atlantianos —caviló—. Pero puede que tú seas diferente. Quizá ni siquiera lo necesites, pero quería preguntártelo.

Busqué una sola chispa de inquietud ante la posibilidad de tener que alimentarme, pero no encontré ninguna. Entonces llamaron a la puerta.

Casteel hizo pasar a Kieran. El *wolven* parecía haber conseguido darse una ducha y cambiarse de ropa. Una camisa blanca limpia y pantalones negros habían sustituido a la ropa que llevaba antes. Sentí celos.

—No te retendremos mucho tiempo —dijo Casteel cuando llegó a mi lado—. Pero hay algo importante que queríamos preguntarte.

Kieran arqueó una ceja y nos miró.

—¿Tiene que ver con la Unión?

Por segunda vez en veinticuatro horas me atraganté con mi propia respiración.

—¿*Qué?*

—¿Me equivoco? —Kieran cruzó los brazos.

—Sí —afirmé. Casteel parecía estar haciendo un esfuerzo supremo por no estallar en carcajadas—. Eso no era para nada lo que pretendíamos decirte. Y por cierto, la Unión no es necesaria, ¿no? Soy una deidad. Ahora tengo una esperanza de vida incomprensible.

—Bueno —dijo Casteel, alargando la palabra. Lo miré y entonces lo recordé. Lo que me había preocupado cuando me enteré de que podía ser inmortal o lo más parecido posible a uno.

—Voy a vivir más que tú, ¿no?

—Las deidades tienen unas vidas el doble de largas que los atlantianos, quizás incluso más largas si se sumen en un sueño profundo —explicó Casteel. No percibí ni un ápice de preocupación en él, pero yo estaba a cinco segundos de desmayarme—. Pero nos queda un montón de tiempo antes de tener que empezar a estresarnos al respecto.

—Yo ya me estoy estresando al respecto.

—Es obvio —declaró Kieran—. Estoy vinculado a ti. Todos los *wolven* lo estamos. No del mismo modo en que funcionaban los vínculos con las estirpes elementales, pero un *wolven* seguiría siendo la pieza de conexión que fusiona dos vidas. —Frunció el ceño—. O tres, supongo. La de él solo estaría vinculada a la tuya. —Lo miré, pasmada—. De todos modos, podría ser con cualquier *wolven*. —Kieran se encogió de hombros.

Seguí mirándolo.

—Vale. Es bueno saberlo. —Casteel me dio unas palmaditas en el hombro y me senté en el grueso cojín negro de una butaca—. Pero en realidad no era de eso de lo que queríamos hablar contigo.

—No jodas —murmuró Kieran.

Parpadeé y sacudí la cabeza. Estábamos a punto de pedirle que fuese nuestro consejero. Al día siguiente, partiríamos hacia Iliseeum y luego iríamos a Solis. Así que el tema de la Unión era lo último en lo que tenía que pensar ahora mismo.

—Queríamos preguntarte si querrías hacernos el honor de ser el Consejero de la Corona —empezó Casteel—. Tenía todo este discurso preparado en la cabeza sobre cómo has sido un hermano para mí y que no hay nadie en quien confíe más, pero ahora las cosas se han puesto un poco incómodas, así que... sí. Nos gustaría que fueses nuestro consejero.

Ahora fue el turno de Kieran de mirarnos con los ojos como platos, y percibí la frescura de la sorpresa en él, algo que no creía que sintiera a menudo.

—Estás... sorprendido —murmuré—. ¿Cómo puede ser? Tienes que saber que Casteel confía en ti. Igual que lo hago yo.

—Sí, pero... —Kieran se frotó el pecho con el talón de la mano—. El consejero de la corona suele ser alguien mucho mayor que yo, con más experiencia y conexiones.

—El rey y la reina suelen ser personas mucho mayores que nosotros —respondió Casteel con sequedad.

—Lo sé, pero... ¿por qué no elegiríais a mi padre? —preguntó—. Él os serviría bien.

—No tan bien como tú —le dijo Casteel—. No tienes que aceptar...

—No, no. Acepto —confirmó Kieran—. Será un honor. —Sus grandes ojos pálidos saltaron de Casteel a mí y vuelta—. Es solo que... de verdad creía que se lo pediríais a mi padre.

Me dejó impactada que creyera eso.

—Literalmente, no se me pasó nadie más por la cabeza. —Casteel dio un paso al frente y plantó una mano detrás del cuello de Kieran—. Siempre habrías sido tú.

Lo que sentí procedente de Kieran me caldeó el pecho. Estaba sorprendido pero orgulloso; nadaba en ese calor. Hubiese jurado que unas lagrimillas brillaban en sus ojos cuando habló.

—Siempre será un honor para mí servir de consejero para vosotros —repitió—. Desde este momento hasta el último momento.

—El honor es *nuestro* —dijo Casteel, y lo abrazó con un solo brazo—. En serio.

Kieran le devolvió el abrazo. Verlos así trajo una sonrisa a mi cara. La amistad era un vínculo mucho más fuerte incluso que algo que pudieran crear los dioses.

—Vale. —Kieran se aclaró la garganta al apartarse.

—Sé que suele haber una ceremonia —dijo Casteel. Me miró un instante—. Es como la que hicimos en el salón del trono en el templo. —Se volvió hacia Kieran de nuevo—. Podríamos hacerla durante la verdadera fiesta de coronación.

Kieran asintió.

—Me gustaría que asistieran mis padres y mis hermanas.

Hermanas. Mi sonrisa se ensanchó. Ya estaba pensando en su hermanita.

—A mí también —confirmó Casteel. Kieran se pasó una mano por la cabeza.

—Creo que necesito un trago. O cinco.

Casteel se rio.

—Creo que a todos nos vendría bien uno después del día que hemos tenido. —Se volvió hacia el aparador, donde había varias botellas y vasos con motivos florales tallados en el cristal—. ¿Qué quieres tomar? —me preguntó.

—Lo que tomes tú.

—Intrigante —comentó, con una ceja arqueada. Sacudí la cabeza.

—¿Sabéis? —empezó Kieran, mirándome mientras tomaba asiento en una butaca idéntica a la mía—. Jamás había oído de una respuesta semejante a una coronación. La gente está contenta. Eso es lo que están celebrando.

—Supongo que están aliviados de que ya no vaya a haber tensiones con respecto a todo el tiempo que han estado gobernando los padres de Cas. —Me eché atrás y vi que Casteel me lanzaba una mirada ardiente mientras servía tres vasos de algo de lo que era probable que me arrepintiera después.

—Creo que tiene más que ver contigo —precisó Casteel.

—Porque yo soy especial. —Apoyé la barbilla en mi puño y puse los ojos en blanco—. Un copo de nieve único.

—Demonios. —Se rio con ganas—. Sí que lo eres.

Aunque seguía sin ser tan especial como los que podían cambiar de forma. Jamás superaría eso, pero era probable que la reacción de la gente también se debiera al hecho de que su príncipe había Ascendido...

Abrí los ojos de pronto y me senté muy erguida.

—Oh, santo cielo. Acabo de pensar en algo.

—No puedo esperar a oír eso —murmuró Kieran.

—Nyktos está protegido por guardias —empecé, recordando lo que se había dicho durante la reunión del Consejo. No era que fuese una noticia nueva, exactamente—. Los... *drakens*... o bien se fueron a dormir o bien protegen el lugar de descanso de los dioses, ¿no?

Kieran aceptó el vaso que le ofrecía Casteel.

—Sí.

Se me cayó el estómago a los pies.

—¿Y los guardias que Ian nos dijo que necesitamos? ¿Serían por casualidad los que protegen el lugar de descanso de Nyktos?

Casteel me puso un vaso en la mano.

—¿Te estás dando cuenta ahora mismo de quiénes y qué son los guardias de Nyktos?

Sí.

Eso era justo lo que estaba haciendo.

—¿Se supone que tenemos que conseguir que nos ayuden los *drakens*? —exclamé—. ¿Esos que, básicamente, son capaces de adoptar la forma de un *dragón*?

Casteel me miró y asintió despacio.

—Creí que ya lo sabías.

—¡No! —grité, y las cejas de Kieran salieron disparadas hacia arriba—. Sí, recuerdo que alguien me lo dijo, pero también me han dicho muchas otras cosas desde entonces y... por todos los dioses, ¿voy a ver a un *draken*?

—Sí, mi reina. —Casteel se sentó en el brazo de mi butaca—. Es posible que veas a un *draken*.

—No sé por qué estás tan emocionada —comentó Kieran—. Los *drakens* eran un linaje famoso por su... antipatía, con temperamentos que harían que el tuyo pareciera el de un animalito achuchable.

Levanté la mano derecha y extendí el dedo corazón. Kieran sonrió.

—Pero yo tengo la sangre de Nyktos en mi interior —señalé.

—Y también pueden echar fuego por la boca. —Kieran levantó el vaso en mi dirección—. Así que esperemos que ninguno de nosotros los cabree.

CAPÍTULO 39

A la mañana siguiente estaba en el vestíbulo del templo de Nyktos al lado de Casteel, jugueteando con la correa pectoral que había encontrado entre sus armas. También me había apoderado de la daga de hierro que había en las profundidades del baúl y llevaba ahora asegurada a mi arnés. La daga de heliotropo iba, como siempre, pegada a mi muslo. Ninguno de los dos llevábamos la corona, que habíamos dejado en el dormitorio. Estábamos ahí reunidos con Kieran y su hermana, Emil y Delano. Naill se iba a quedar atrás esta vez; había optado por pasar algo de tiempo con su padre. Mientras observaba a Delano ajustar el cinturón que sujetaba sus espadas a su cintura, deseé que hubiese encontrado tiempo de informar a Perry de que había regresado a la capital.

—Kieran y yo estamos casi seguros de que el túnel que lleva hacia las montañas es el de abajo —nos informó Casteel—. Es uno estrecho con nada demasiado emocionante.

Con *demasiado emocionante* supuse que se refería a la caverna tapizada de lilas.

—Mira que hacíais cosas raras de niños, chicos. —Vonetta estaba entre su hermano y Emil, con los brazos cruzados. Llevaba dos espadas cortas amarradas a la cadera y había retirado sus largas trenzas de su cara para que colgaran a su espalda—. Solo como comentario.

Sonreí.

—Yo ni siquiera sabía que había túneles. —Emil echó una miradita a los suelos negros como el carbón.

—Los hay. —Hisa se adelantó, dos guardias a sus lados—. Se accede a ellos por las criptas.

Criptas.

Me estremecí.

—Lo siento. —Casteel me dio un apretoncito en la parte de atrás del cuello—. La buena noticia es que no tienen nada que ver con el lugar donde te tuvieron retenida.

—No pasa nada —le dije, y era verdad. Tampoco era como si fuésemos a estar mucho tiempo ahí.

Con una pesada argolla llena de llaves, Hisa continuó hacia una puerta estrecha. Giró la llave y el picaporte al mismo tiempo y la puerta se abrió con un chirrido.

Una luz tenue guio nuestros pasos por una escalera que hacía ruidos espantosos bajo nuestro peso. La temperatura descendía al menos cinco grados con cada escalón que bajábamos y el familiar olor almizcleño me revolvió el estómago.

Hisa continuó, pasando por delante de varias tumbas de piedra. Casteel iba pegado a mí, una mano sobre mi hombro. Tenía razón. Las criptas estaban limpias y bien mantenidas, con guirnaldas de flores amontonadas sobre las tapas de los sarcófagos.

—¿Estáis seguros de esto? —Hisa se había detenido delante de otra puerta y rebuscaba entre las llaves.

—Lo estamos —contesté.

Asintió y procedió a abrir la cerradura de la segunda puerta.

—Antaño, estos túneles servían para mover artículos y bienes entre distintas partes de la ciudad, pero luego empezaron a usarse solo para transportar a los muertos —nos explicó, y Emil enroscó el labio en una mueca de desagrado—. En cualquier caso, hace varias décadas que no se los utiliza, así que no tengo ni idea del estado en el que están. Es improbable que haya habido algún tipo de desplome —continuó—, pero a ver si hay suerte y la ruta que buscáis aún está abierta.

—Por lo que recuerdo, es un camino bastante recto con solo unos pocos giros. —Casteel agarró una antorcha y Delano se adelantó para golpear la parte superior, sobre el pedernal. Saltaron chispas que prendieron fuego. Le dio la antorcha a Kieran—. Deberíamos tardar solo una hora en llegar a las montañas.

—¿Y luego? —pregunté, mientras Casteel agarraba otra antorcha. Más llamas cobraron vida.

—Eso ya no lo sé. —Casteel miró a Kieran—. Nunca fuimos más allá de las montañas.

—La cordillera es alta pero no especialmente ancha en esta zona —razonó Hisa, el ceño fruncido—. Ahora mismo estamos al pie de las montañas, así que supongo que será una caminata de medio día o así. Más al sur o al norte es probable que se tarde más en llegar al otro lado.

—¿Hasta dónde has llegado por las montañas? —preguntó Vonetta, y pensé que seguramente habíamos hecho bien en cargar la mochila amarrada a la espalda de Emil con tanta comida como pudimos. Cada uno llevaba su propia cantimplora. No era demasiada agua, pero tendría que bastar.

—Hasta donde la niebla se funde con las nubes en misiones de exploración. Sé que en esta zona se llega a la niebla más deprisa que en otras —contestó. Miró la puerta de reojo—. Si tuviese alguna idea de lo que nos aguarda en esa niebla… —Dejó la frase en el aire con un gesto negativo de la cabeza—. Tened cuidado, por favor. Todos vosotros. —Se giró hacia Casteel y hacia mí antes de añadir—: La gente quiere tener la oportunidad de conocer a su reina y de averiguar en quién se ha convertido su rey.

—Lo harán —prometió Casteel.

Hisa soltó el aire despacio antes de abrir la puerta. Un vacío de oscuridad nos llamaba desde el otro lado.

—Esperaremos impacientes vuestro regreso.

Observé cómo la comandante se reunía con los guardias a la entrada de las criptas.

—Gracias a todos por hacer esto con nosotros.

Vonetta sonrió.

—Tampoco es como si ninguno fuésemos a rechazar una oferta de ver Iliseeum.

—Solo porque ninguno de nosotros tiene sentido común en absoluto —musitó Emil.

—Eso también. —Delano sonrió.

—Yo, para empezar, estoy contento de estar rodeado de gente que tiene más lealtad y sed de aventuras que sentido común —apuntó Casteel—. Y ahora hablemos de las normas.

—¡Qué rollo!

Me reí.

—Bueno, con suerte, estas normas mantendrán a todo el mundo con vida. Casteel y yo hablamos de ciertas cosas esta mañana…

—¿Eso era lo que estabais haciendo? —preguntó Kieran.

—Sí —espeté cortante, las mejillas arreboladas porque eso no era *todo* lo que habíamos hecho—. En cualquier caso, si alguien ve un solo asomo de niebla, retrocedéis y me dejáis a mí ir delante.

—No dije que estuviera del todo de acuerdo con eso —refunfuñó Casteel.

—Sí que lo dijiste. La niebla se despejó para mí en las montañas Skotos. Es de suponer que aquí hará lo mismo —dije con convicción—. Así, ninguno de vosotros se adentrará en ella y se asfixiará hasta la muerte.

—Sí, me gustaría evitar eso —comentó Emil.

—Y si nos topamos con algo, debería evitar utilizar el *eather* —continué, recordando lo que había dicho Kieran acerca de que los dioses podían sentir cuándo se usaba *eather*—. No sé lo que hará en Iliseeum, si será diferente de alguna forma o si los dioses pueden percibirlo. No estoy segura de que sea así como queremos despertar a Nyktos.

—¿Cómo lo vamos a despertar? —preguntó Delano.

—Bueno —eché una miradita a Casteel—, hemos pensado que ya cruzaremos ese puente cuando lleguemos a él.

Vonetta arqueó las cejas. Pasó un momento.

—Eso suena como un plan superdetallado.

—¿No te alegras de haberte apuntado? —preguntó Casteel con una sonrisa.

—Un montón —repuso Vonetta, y sonó igualita que su hermano.

—¿Listos? —preguntó Casteel, buscando mis ojos otra vez.

No estaba del todo segura, pero no tenía ningún sentido seguir demorándolo, así que asentí y seguimos a Casteel hacia la nada.

El tiempo era un ente extraño en los túneles. Sin luz alguna aparte de la de las antorchas, solo supimos que habían pasado las horas cuando sentimos hambre. Nos detuvimos para satisfacer esa necesidad y encargarnos de otras más personales en las salas excavadas en la tierra, que tuve que autoconvencerme de que no estaban llenas de insectos de seis patas. Podíamos llevar horas en esos túneles enrevesados y agobiantes. O más. Pensé que no había forma de saberlo.

—Cuidado —me advirtió Casteel en algún punto del interminable túnel, mientras sujetaba la antorcha delante de él—. El suelo parece débil en esta sección. Quedaos cerca de las paredes.

No estaba segura de cómo sabía eso, pero hice lo que me pedía y avancé con el cuerpo pegado a la fría piedra. La cantimplora se me clavaba en la espalda al andar. Kieran iba pisándome los talones, pero aun así se me comprimió el pecho cuando me di cuenta de que el túnel había vuelto a estrecharse. Nunca había tenido problemas con los espacios cerrados, pero me daba la sensación de que iba a tenerlos ahora. Sin pensarlo de manera consciente, alargué una mano para agarrar la parte de atrás de la camisa de Casteel. Había adoptado la costumbre de hacerlo cada vez que las paredes o el techo se cerraban sobre nosotros.

—Poppy —susurró Casteel.

—¿Qué? —Me concentré en el resplandor rojizo por delante de él.

—¿Sabes qué debería haber traído? —me preguntó.

¿Más comida? ¿Una bolsita de queso, quizá? Tenía hambre otra vez.

—No —contesté.

—El diario de la señorita Willa.

Me paré en seco un momento y Kieran se estampó contra mí. Por suerte, le había dado la antorcha a Delano, porque, si no, mi pelo estaría en llamas ahora mismo.

—¿De verdad?

—Sí. —Casteel siguió andando—. Podríamos haber pasado el rato leyendo partes de tus capítulos favoritos.

—¿Estamos hablando de la misma Willa? —preguntó Vonetta desde algún lugar detrás de nosotros.

—Sí. Verás, hay un libro extremadamente popular en Solis. De hecho, es el favorito de Poppy...

—No es mi libro favorito, idiota —espeté.

—Por favor, no lo apuñales en este túnel —rogó Delano desde atrás. Puse los ojos en blanco.

—No te lo puedo prometer.

Casteel se echó a reír.

—¿De qué va el libro? Me da la sensación de que podría interesarme —comentó Vonetta, y oí a Kieran gemir—. ¿De qué...? —Un sonoro crujido cortó sus palabras y luego todo el suelo de la caverna pareció retumbar debajo de nosotros.

Me giré justo a tiempo para ver que Vonetta pisaba hacia el otro lado de la pared y luego desaparecía en medio de una nube de polvo. El horror se apoderó de mí.

—¡Netta! —gritó Kieran, su miedo pegajoso contra mi piel al mezclarse con el mío.

—¡La tengo! —gritó Emil de vuelta—. Más o menos.

El alivio que me proporcionaron sus palabras fue breve. Delano se adelantó, la antorcha en alto. El resplandor naranja iluminó el desplome parcial y el suelo a su alrededor. Emil estaba tumbado sobre la barriga, un brazo estirado por la abertura. Cómo había sido capaz el atlantiano de moverse tan deprisa como para atrapar a Vonetta era algo que se me escapaba.

—Sigo aquí —gritó Vonetta, mientras su hermano se arrastraba hasta el otro lado—. Creo.

Casteel me agarró por la parte de atrás de la camisa cuando hice ademán de ir hacia ellos.

—Demasiado peso en esa sección —me advirtió, mientras Delano escudriñaba el suelo. El *wolven* pisó hacia el lado que permanecía intacto.

Cas tenía razón, y eso me molestó porque todo lo que podía hacer era observar cómo Kieran estiraba la mano por el agujero.

—Dame tu otra mano —ordenó Kieran—. Tiraremos de ti a la vez.

—Si alguno de los dos me deja caer —llegó la voz de Vonetta desde la oscuridad—, me voy a cabrear un montón.

—Netta, si te dejamos caer, me voy a tirar detrás de ti —le advirtió Emil—. Y entonces los dos vamos a averiguar lo que hay debajo de estos túneles.

—Entonces los dos estaremos muertos —bufó Vonetta.

—Una cuestión semántica —repuso Emil—. Te tengo. Suelta lo que sea a lo que te estés agarrando.

—Creo que es una raíz.

—Gracias por compartirlo con nosotros —masculló Emil—. Suelta la raíz y estira el brazo hacia Kieran.

Hubo un suave sonido gutural y luego una maldición por parte de Kieran.

—No llego hasta él —boqueó Vonetta.

—Inténtalo otra vez. —Emil se recolocó, como si tratara de agarrar la única mano de Vonetta con las dos suyas, lo cual le permitiría subirla él solo, pero percibí su miedo y su preocupación.

Me dio un vuelco al corazón. Comprendía perfectamente las dudas de Vonetta. Me moví, inquieta, mientras abría y cerraba las manos a los lados.

Casteel enroscó un brazo a mi alrededor desde atrás. Me dio un apretón.

—No le va a pasar nada. La tienen.

Asentí y me volví hacia donde Delano estudiaba el suelo una vez más. Su preocupación se había triplicado y me dio la sensación de que la sección más próxima a él no aguantaría mucho más. La frustración bulló en mi interior. ¿De qué servían todos mis dones ahora? Podía controlar el *eather* para aliviar el dolor, para curar y para hacer daño. ¿Por qué no podía usarlo ahora, cuando necesitábamos ayuda de manera tan desesperada?

¿Por qué no podía? Mejor aún, ¿quién decía que no podía?

Otro crujido me produjo una oleada de miedo y vi cómo pedazos del túnel debajo de Emil empezaban a romperse. Casteel maldijo. Si la sección entera cedía, no solo los perderíamos, sino que tampoco seríamos capaces de regresar.

Tenía que hacer algo.

Tenía que intentarlo.

Me forcé a calmarme lo suficiente como para concentrarme en la imagen que estaba construyendo en mi mente. Cerré los ojos e imbuí todos mis pensamientos buenos a lo que estaba creando. No quería que el *eather* hiciera daño. Mi pecho zumbó y vi la red de luz rutilante extenderse por el suelo. Imaginé cómo se colaba en el agujero y envolvía a Vonetta. Vi cómo la levantaba…

Vonetta soltó una exclamación ahogada y abrí los ojos de golpe. Un resplandor plateado reptaba por las paredes de la caverna. Kieran se inclinó hacia delante, el brazo estirado por la grieta mientras las hebras de luz levantaban a Vonetta. Agarró la mano de su hermana y la izó mientras yo tiraba del *eather* hacia mí. Emil soltó su mano y se arrastró hacia atrás, aún sobre la tripa. Kieran y Vonetta se desplomaron hacia un lado.

Solté un suspiro entrecortado y tiré del *eather* de vuelta a mi interior al tiempo que me dejaba caer contra Casteel. El resplandor retrocedió y luego desapareció.

—¿Estás bien, Netta? —preguntó Casteel.

—Genial. —Vonetta rodó sobre la espalda, resollando. Inclinó la cabeza hacia atrás en dirección a donde estábamos Casteel y yo—. Eso… ha sido extraño.

—¿Lo sentiste? —pregunté.

—Sí, lo noté… caliente y cosquilloso. —Se pasó un brazo por la frente—. Gracias. A todos vosotros.

—¿Cómo lo has hecho? —preguntó Casteel mientras Emil se ponía de pie.

—Lo imaginé. Como tú dijiste. —Mi corazón todavía no se había apaciguado—. Solo esperaba que no… ya sabes, que no le rompiera los huesos.

Vonetta se paró a medio camino de levantarse. Sus ojos encontraron los míos a la tenue luz del fuego.

—¿No sabías que no pasaría eso?

—No —admití con timidez. Se puso las manos en las caderas.

—Por todos los dioses, creo que necesito tumbarme otra vez.

Capítulo 40

Seguimos camino, recelosos de la estabilidad del túnel. Una vez más, me dio la sensación de que continuamos durante una pequeña eternidad, pero el repentino y familiar aroma a lilas me produjo una chispa de esperanza. Tras doblar a duras penas el estrecho recodo, un puntito de luz apareció en la oscuridad.

Habíamos llegado al final del túnel. A Iliseeum.

—Neblina —anunció Casteel—. La veo entrar por la abertura.

Le di unos golpecitos en el hombro cuando vi que no se movía.

—Cas.

Emitió un gruñido grave con la garganta pero se pegó a la pared y levantó la antorcha bien alto. Al pasar por su lado, le di un beso en la mejilla.

—Eso no ayuda —refunfuñó.

Hubiese sonreído, pero las vi: volutas de espesa niebla que se filtraban por la abertura del túnel y se deslizaban hacia nosotros. Di unos pasos hacia delante, rezando una plegaria por que Jasper hubiese tenido razón acerca de mi capacidad para pasar a través de la niebla y por que fuese verdad mi sospecha de que no solo me permitiría pasar a mí sino que se dispersaría de modo que fuese seguro también para los otros.

La magia primigenia se elevó del suelo de la caverna para formar efímeros dedos que se estiraban hacia mí. Levanté mi mano.

—Esto no me gusta —musitó Casteel desde detrás de mí.

—No debería hacerle daño —le recordó Kieran, aunque sus palabras rezumaban preocupación.

La neblina rozó mi piel. La sensación era fría y húmeda, como si estuviera *viva*. El *eather* se replegó, bajó al suelo y luego desapareció.

Solté el aire despacio y me giré hacia atrás.

—Vía libre.

Casteel asintió y seguí adelante. La boca del túnel no era demasiado grande. Poco menos de un metro de altura y poco más de medio de anchura.

—Tendréis que pasar a gatas.

—Solo ve despacio —me aconsejó Casteel—. No tenemos ni idea de lo que hay al otro lado.

—Con un poco de suerte, no será un *draken* con ganas de cenar carne roja braseada —musitó Emil desde alguna parte en la oscuridad.

—Vaya, eso sí que ha plantado una imagen agradable en mi cabeza —comentó Delano.

Deseando exactamente lo mismo que Emil, me arrodillé y empecé a gatear.

—Esperad un momento —les dije. Había más niebla, tan densa que era como si las nubes hubiesen descendido al suelo. Alargué una mano tentativa y la magia se dispersó y se fue aclarando. La brillante luz del sol penetró en lo que quedaba de la niebla y tuve que guiñar los ojos después de haber estado sumida en la oscuridad durante tanto tiempo. Deslicé todo mi cuerpo fuera de la abertura, mis rodillas y mis manos pasaron de la piedra a un terreno arenoso y de tierra suelta.

Con una mano en la daga que llevaba al pecho y la otra en la daga de heliotropo pegada a mi muslo, me levanté y di un paso.

El suelo tembló un poco bajo mis pies. Me quedé paralizada y bajé la vista para ver pequeñas piedras y terrones de tierra y arena estremecerse. Después de un instante, el temblor cesó y levanté la vista. La niebla había desaparecido por completo y pude echar mi primer vistazo a Iliseeum.

Me quedé boquiabierta, mis manos se separaron de mis dagas. El cielo era de un tono azul que me recordaba a los ojos de los *wolven*, *pálido* e invernal, pero el aire era cálido y olía a lilas. Paseé la vista por el paisaje.

—Por todos los dioses —susurré. Levanté la barbilla a medida que mis ojos trepaban más y más alto a lo largo de las gigantescas estatuas talladas en lo que supuse que era piedra umbra. Eran tan altas como las que había visto en Evaemon, las que parecían rozar el cielo, y tenía que haber cientos de ellas ahí en línea. Se perdían a derecha e izquierda hasta donde alcanzaba mi vista.

Las estatuas eran de mujeres, con las cabezas gachas. Cada mano sujetaba una espada de piedra que sobresalía hacia delante. Las mujeres de piedra tenían alas que brotaban de la espalda, desplegadas en toda su envergadura, cada una tocando las alas de las estatuas que se alzaban a ambos lados de ellas. Formaban una especie de cadena que bloqueaba lo que fuese que hubiera detrás. Solo se podía pasar por debajo de las alas.

Eran preciosas.

—¿Poppy? —La voz de Casteel se acercaba ya a la abertura—. ¿Estás bien ahí afuera?

—Sí. Lo siento. —Me aclaré la garganta—. Es seguro.

En cuestión de segundos, Casteel y los otros salieron del túnel para colocarse a mi lado en silencio. Todos miraban las estatuas, su asombro era burbujeante y azucarado.

—¿Se supone que representan a los *drakens*? —pregunté.

—No lo sé. —La mano de Casteel tocó la zona de mis riñones—. Eso sí, son impactantes.

En verdad lo eran.

—Supongo que echamos a andar y miramos a ver si lo que protegen es lo que estamos buscando.

Empezamos a caminar por esa tierra inhóspita en busca de alguna señal de vida. No había nada. Ni un ruido. Ni siquiera una brisa o el lejano trino de un pájaro.

—Esto da un poco de mal rollo —murmuré, sin dejar de mirar a nuestro alrededor—. El silencio.

—Estoy de acuerdo. A lo mejor debería llamarse la Tierra de los Muertos —comentó Delano mientras pasaba por debajo del ala en sombras de una mujer de piedra.

Un leve temblor sacudió el suelo bajo nuestros pies. Casteel levantó una mano y nos paramos todos.

—Esto ya pasó antes —les dije—. Paró…

El suelo estalló en varios géiseres por todas partes a nuestro alrededor, lanzando nubes de polvo al aire y vomitando pequeñas rocas en todas direcciones.

—Voy a suponer que *eso* no ocurrió la última vez —sugirió Vonetta.

—Nop. —Levanté una mano cuando los terrones golpearon mi cara y mi brazo y el suelo se agrietó entre Casteel y yo.

Otra columna de tierra explotó justo delante de Emil, que se vio forzado a retroceder varios pasos. Empezó a toser.

—Eso ha sido bastante grosero.

El suelo se asentó de nuevo y la tierra y el polvo volvieron a caer a nuestros pies.

—¿Estamos todos aquí todavía? —preguntó Delano mientras trataba de limpiarse la cara.

Lo estábamos.

—Cuidado. —Casteel se arrodilló cerca de la abertura entre nosotros—. Este es un agujero de mil demonios. —Levantó la vista y me miró a los ojos, luego a Kieran. Se levantó despacio—. Me da la sensación de que puede que hayamos activado algo.

—¿Activado qué? —preguntó Emil. Se asomó por el borde, los ojos guiñados—. Espera. —Ladeó la cabeza—. Creo que... ¡por todos los diablos! —Dio un salto atrás, se tropezó con sus propios pies y solo recuperó el equilibrio un segundo antes de caer de culo al suelo.

—¿Qué? —preguntó Vonetta, al tiempo que echaba mano de sus espadas—. *Detalles*. Serían muy útiles aho...

Entre Casteel y yo aparecieron de pronto los huesos descoloridos de una mano. Sus dedos se clavaban en la tierra suelta.

—¿Qué demonios de pesadilla es esta? —escupió Casteel.

Esos dedos estaban conectados a un brazo. Un brazo que no era nada más que un esqueleto. Entonces apareció la parte de arriba de una calavera. Abrí los ojos como platos, espantada. Un río de tierra salía por las cuencas vacías.

—¡Esqueletos! —gritó Vonetta, desenvainando sus espadas—. ¿No podías haber dicho que habías visto esqueletos en el agujero? —Casteel maldijo cuando otra mano huesuda asomó, esta con una espada agarrada—. ¡Esqueletos armados! —chilló Vonetta—. ¿No podías haber dicho que habías visto esqueletos *armados* en el agujero?

—Perdona. —Emil desenganchó sus espadas—. Me había quedado algo impactado al ver unos jodidos esqueletos totalmente funcionales *con* armas. Mis disculpas.

Miré la espada del esqueleto. La hoja era tan negra como las estatuas. El mismo tipo de hojas que había visto en las criptas con las deidades.

—*Piedra umbra*. —Una imagen de mi madre destelló ante mis ojos: sacaba una hoja delgada y negra de su bota—. Sus armas son como la que tenía mi madre. Eso tenía que ser un recuerdo verdadero.

—Poppy, me alegro de que sepas que era verdad. —Casteel desenvainó sus espadas—. Pero creo que deberíamos dejar esta conversación para más tarde, como para cuando no tengamos que enfrentarnos a un ejército de muertos.

—Pregunta —dijo Delano para que lo oyéramos todos, una daga en la mano, justo cuando una calavera asomaba por el agujero más próximo a él—. ¿Cómo matas exactamente a lo que se supone que ya está muerto?

—Supermuerto —aclaró Vonetta, mientras el que tenía ella delante ya había sacado medio esqueleto del agujero, una andrajosa túnica marrón mate colgada de un hombro. A través de la tela desgarrada, vi una retorcida masa de tierra palpitar detrás de sus costillas.

Casteel se movió tan deprisa como un relámpago embotellado, incrustó su espada en el pecho del esqueleto, justo a través del pegote de tierra. El esqueleto se desintegró, espada incluida, para quedar hecho añicos sobre la tierra.

—¿Así?

—Oh —repuso Vonetta—. Entonces, vale.

Me giré justo cuando Kieran clavaba su espada en el pecho de otro. Había más o menos una docena de agujeros detrás de nosotros, una docena de guardias esqueléticos a medio salir del suelo. Otra imagen llenó mi mente, una que no era de mi madre sino de una mujer con el pelo de un blanco plateado, la que había visto en mi cabeza cuando estuve en las Cámaras de Nyktos. Había estampado las manos sobre el suelo y la tierra se había agrietado. Dedos huesudos habían empezado a arañar la tierra para salir de ella.

—Sus soldados, los de la mujer —susurré.

—¿Qué? —preguntó Casteel.

—Estos son *sus*...

Libre del agujero del que había salido reptando, literal, uno de los soldados esqueleto corrió hacia mí con la espada en alto. Solté la daga de mi arnés pectoral y me abalancé sobre él para incrustar la hoja en ese pegote de tierra palpitante. El esqueleto explotó, pero otro ocupó su lugar. Detrás de ese, otro soldado esqueleto levantó su espada. Lancé una patada, planté la bota en el pecho del soldado y lo empujé hacia atrás contra otro.

Casteel vino en mi ayuda y clavó su espada en el corazón de tierra del más cercano a él. Giré en redondo y estampé mi daga contra el pecho de otro esqueleto. Hice una mueca cuando la hoja rozó contra hueso antes de alcanzar el corazón.

—Cortarles la cabeza no funciona —gritó Emil. Me volví para ver a... a un esqueleto decapitado que perseguía al patidifuso atlantiano—. Repito. ¡No funciona!

Vonetta giró sobre sí misma, atravesó con una espada el pecho de un soldado y con la otra al esqueleto decapitado.

—Tú eres un desastre —le dijo a Emil.

—Y tú eres preciosa —repuso él con una sonrisa.

La *wolven* puso los ojos en blanco mientras daba media vuelta y derribaba a otro, al tiempo que Emil incrustaba su espada en el pecho de uno que iba a por él.

Casteel empujó a un soldado hacia atrás mientras le clavaba la espada entre las costillas. Desde otro punto, un soldado corría hacia él. Pasé por al lado de Casteel a toda velocidad y apuñalé a la criatura en el pecho...

La tierra volvió a temblar y se abrieron nuevos géiseres que lanzaron tierra y piedras por los aires otra vez.

—Tienes que estar de broma —gruñó Kieran.

Me giré con el corazón atronando para descubrir... *cientos* de erupciones por todo ese lugar inhóspito, desde la ladera de las montañas de Nyktos, todo el camino hasta las mujeres de piedra. Estos soldados eran más rápidos y lograron salir de sus agujeros en cuestión de segundos.

—Por todos los dioses. —Vonetta se tambaleó hacia atrás contra Emil, que la enderezó antes de colocarse espalda con espalda.

Un soldado esqueleto echó a correr sobre sus pies huesudos, la espada en alto. Sus mandíbulas se desencajaron y se abrieron de par en par para revelar nada más que un vacío negro y el sonido de un viento aullante. La fuerza sopló mi trenza hacia atrás y tironeó de mi túnica.

—Maleducado —musité, casi asfixiada por el olor a lilas putrefactas.

Un humo negro y aceitoso brotó por la boca del esqueleto. A medida que caía al suelo, se espesó y solidificó para formar gruesas cuerdas que *reptaron* hacia delante...

—¡Oh, santo cielo! —chillé—. ¡No son cuerdas! ¡No son cuerdas! ¡Serpientes!

—Mierda —exclamó Delano, mientras Casteel incrustaba su espada en la espalda del esqueleto que gritaba—. Esto está muy equivocado.

—Me arrepiento de mi decisión de unirme a vosotros —anunció Emil—. Me arrepiento de esta decisión muchísimo.

Serpientes. Qué horror. Odiaba las serpientes. Se me llenó la boca de bilis mientras me ponía fuera del alcance de esos bichos. Un grito se acumuló en mi garganta cuando oí aullar a varios de los otros esqueletos. Más humo negro salió por sus bocas. Más *serpientes*.

Giré en redondo y clavé mi daga en el pecho de un soldado. Tendría que tragarme lo que estaba viendo y lidiar con una vida entera de pesadilla más tarde.

Casteel derribó a un soldado al tiempo que estampaba una bota sobre una serpiente. La serpiente de humo quedó reducida a un manchurrón aceitoso que me revolvió el estómago.

También tendría que vomitar por eso más tarde.

—Poppy. —Casteel levantó la cabeza hacia mí—. Sé que dijiste que no creías que fuese buena idea usar el *eather*, pero estoy convencido de que ahora sería buen momento para volverte toda deidad contra estos cabrones.

—Apoyo la moción —gritó Vonetta mientras se quitaba de encima a una serpiente de una patada. Esa cosa aterrizó cerca de su hermano, que le dedicó a Netta una mirada asesina.

Tuve que estar de acuerdo con ellos mientras clavaba la daga en el pecho de otro soldado. Las jodidas serpientes de humo superaban en mucho a cualquier riesgo que pudiera introducir en Iliseeum mi uso del *eather*. Envainé mis dagas y me concentré en el zumbido de mi pecho. Dejé que llegara a la superficie de mi piel. *No*, pensé, lo *invoqué* a la superficie. La luz blanca y plata invadió la periferia de mi visión al tiempo que chisporroteaba por toda mi piel...

Los soldados esqueleto se volvieron hacia mí. Todos ellos. Las bocas abiertas mientras gritaban. Brotó humo de esos agujeros vacíos, cayó al suelo...

—Oh. —Kieran se enderezó—. *Mierda.*

Eso no se acercaba ni remotamente a lo que yo sentí cuando cientos de serpientes empezaron a reptar por la tierra, alrededor de los agujeros. Con una violenta maldición, Casteel dio otro fuerte pisotón con su bota. Los soldados se movieron al unísono, echaron a correr hacia mí...

En mi mente, no imaginé la fina telaraña. Necesitaba algo más rápido, más intenso. Algo fulminante. Y ni siquiera supe por qué, pero pensé en las antorchas del interior del templo de Nyktos y sus llamas plateadas.

Fuego.

Por todos los dioses, si me equivocaba, no sería la única en arrepentirme de esto, pero imaginé las llamas en mi mente, de un blanco plateado y muy intensas. Mis manos se calentaron y hormiguearon. Todo mi cuerpo palpitaba por el calor. Calor y *poder*. No supe si fue instinto o si fue porque las serpientes estaban tan cerca, pero levanté las manos.

Unas llamas blancas y plateadas bajaron en espiral por mis brazos y estallaron en las palmas de mis manos. Estallaron de *mi interior*. Alguien soltó una exclamación ahogada. Puede que haya sido yo. El fuego rugió, lamió el suelo y prendió a las serpientes. Las criaturas sisearon y chillaron mientras las llamas las consumían. El infierno se extendió por todas partes, golpeando también a los esqueletos con una oleada de llamas. Una luz crepitante y ardiente serpenteó entre Casteel y Kieran y se estrelló contra todos los soldados que tenía ante mí, los más cercanos y los más lejanos, siguiendo el camino exacto de lo que veía en mi mente. Quemó solo los esqueletos y las serpientes y dejó todo lo demás intacto. Después, recuperé el *eather*; imaginé cómo retrocedía y regresaba a mí. El fuego palpitaba con fuerza, se estiraba hacia Casteel y los otros como si quisiera consumirlos también a ellos, pero yo no quería eso. Las llamas se volvieron de un blanco brillante, escupieron chispas muy alto por los aires y luego menguaron chisporroteando hasta que solo quedaron tenues volutas de humo pálido.

Todo el mundo me miraba.

—Yo... no sabía si eso iba a funcionar o no —reconocí.

—Bueno... —Vonetta alargó mucho la palabra, sus ojos pálidos abiertos de par en par—. Estoy segura de que no soy la única que se alegra de que lo hiciera.

Bajé la vista hacia mis manos y luego las levanté hacia Casteel.

—Supongo que sí soy la Reina de Carne y Fuego.

Casteel asintió y vino hacia mí, sus ojos eran como ámbar ardiente.

—Lo que sé es que eres la reina de mi corazón.

Parpadeé y bajé las manos. Se detuvo delante de mí.

—¿De verdad acabas de decir eso?

Uno de sus hoyuelos hizo acto de aparición mientras pasaba una mano por detrás de mi cabeza y bajaba la suya.

—Desde luego que sí.

—Ha sido muy... cursi —le dije.

—Lo sé. —Casteel me besó, y no hubo nada ridículo en eso. Su lengua separó mis labios y agradecí su sabor.

—Esto es un poco incómodo —comentó Vonetta.

—Lo hacen todo el rato —suspiró Kieran—. Te acostumbrarás.

—Mejor que verlos pelearse —apuntó Delano. Casteel sonrió contra mis labios.

—Eres extraordinaria —murmuró—. No lo olvides jamás.

Lo besé a modo de respuesta y después, por desgracia, tuve que soltarlo.

—Supongo que deberíamos ponernos en marcha. Podrían venir más.

—Esperemos que no —dijo Emil. Envainó sus espadas.

—¿Estáis todos bien? —preguntó Casteel mientras echábamos a andar—. ¿Ninguna mordedura de serpiente?

Por suerte, todo el mundo estaba bien. En cualquier caso, según nos acercábamos a las sombras de las mujeres de piedra, me giré hacia los demás.

—Quizá debería ir yo primero.

Delano hizo una reverencia con un brazo extendido mientras Vonetta se sacudía restos de polvo de las trenzas.

—Pasa, pasa.

Mi sonrisa se congeló cuando introduje un pie en la sombra de un ala. El suelo volvió a temblar, pero fueron los agujeros, que se volvieron a llenar de tierra. El paisaje quedó plano y entero una vez más.

—Vale —murmuré—. Esa es buena señal.

Casteel fue el primero en reunirse conmigo y luego vinieron los otros. Continuamos adelante y pasamos por debajo del ala. La tierra arenosa se endureció bajo nuestros pies. Aparecieron parches de hierba que luego dieron paso a un exuberante prado de flores de un naranja intenso.

—*Poppies*… Amapolas —susurró Delano.

Con los labios entreabiertos, miré hacia Casteel, que sacudía la cabeza con cierta incredulidad. Las flores entre las que caminábamos podían ser solo casualidad, pero…

Ralenticé el paso cuando me di cuenta de que estábamos llegando a la cima de una colina de pendiente suave, y por fin vimos lo que las mujeres de piedra y esos soldados esqueleto estaban protegiendo.

Un enorme templo se alzaba en el valle. Unas columnas de piedra umbra bordeaban la ancha escalinata con forma de medialuna y la columnata. La estructura era colosal, casi el doble que el palacio de Evaemon, incluso sin las alas adicionales. Subía hacia el cielo azul con altísimas torres y afilados pináculos como si los dedos de la noche se estiraran desde la tierra para tocar la luz del día. Había formas más pequeñas situadas en torno al templo, probablemente túmulos o estatuas. No lograba distinguir lo que eran desde esta distancia, pero esas no eran las únicas cosas protegidas. Era lo que descansaba sobre las colinas y en los valles muchos kilómetros más allá del templo.

Era Dalos, la Ciudad de los Dioses.

Cálidos rayos de luz rebotaban contra las paredes brillantes como diamantes que se extendían por las colinas. Torres cristalinas ascendían hacia el cielo en elegantes arcos, atravesando las finas nubes blancas desperdigadas por encima de la ciudad y más allá, y centelleando como si un millar de estrellas las hubiesen besado. Un silencio estupefacto cayó sobre nosotros mientras contemplábamos la ciudad.

Pasaron unos largos minutos de silencio antes de que Emil hablara con voz pastosa.

—Tengo que creer que este es el aspecto que tiene el Valle.

Era verdad que podía ser así. Nada podía ser más bonito.

—¿Creéis que habrá alguien despierto en la ciudad? —preguntó Vonetta con voz queda. Mi corazón dio un traspié.

—¿Podría haberlo?

Casteel sacudió la cabeza.

—Es posible, pero no... no vamos a averiguarlo. —Sus ojos tocaron los míos—. Recuerda la advertencia de Willa.

Tragué saliva y asentí.

—No podemos entrar en la ciudad —le recordé a todo el mundo—. Quizás ahí los dioses estén despiertos y esa sea la razón de que no podamos ir. —Miré a Emil—. O quizá Dalos sea parte del Valle.

Emil se aclaró la garganta y asintió.

—Sí.

Si los dioses estaban despiertos en la ciudad, tuve que preguntarme si no eran conscientes de lo que estaba ocurriendo al otro lado de las montañas de Nyktos. O si simplemente no les importaba.

—¿Creéis que ese es el templo donde puede que duerma Nyktos? —preguntó Delano. Kieran respiró hondo.

—Más nos vale averiguarlo.

Marchamos colina abajo, con la hierba hasta las rodillas. El ambiente olía a lilas frescas y a… algo que no lograba identificar del todo. Era un aroma silvestre, pero dulce. Un olor más que agradable. Traté de dilucidar qué era, pero cuando llegamos al pie de la colina aún no lo había conseguido.

La hierba se convirtió en tierra blanca que me recordaba a arena, pero no había playa que yo pudiera ver. Además, era más brillante que la arena. Centelleaba a la luz del sol y crujía bajo nuestros…

—¿Estamos caminando sobre diamantes? —Vonetta miraba el suelo. Rezumaba incredulidad—. Creo que estamos andando sobre diamantes de verdad.

—No tengo palabras para describir esto —comentó Casteel. Delano se agachó y recogió un pedacito—. Pero los diamantes nacen de las lágrimas de alegría de los dioses… de dioses enamorados.

Mis ojos se deslizaron hacia el templo y pensé en Nyktos y en la consorte con la que tan protector se mostraba. Nadie conocía su nombre siquiera.

—Estáis todos mirando los diamantes —empezó Kieran, y su recelo presionó contra mi piel—, mientras que yo solo estoy esperando a que os deis cuenta de lo que es esta estatua gigantesca.

Miré hacia lo que se refería Kieran y se me cayó el alma a los pies. Los túmulos que había visto desde la cima de la colina no eran varias estatuas pequeñas sino una grandísima de…

de lo que parecía ser un dragón dormido ante las escaleras del templo, justo a la derecha. Se parecía a los dibujos que había visto en libros de fábulas, excepto por que su cuello no era tan largo ni de lejos e, incluso con las alas talladas para que quedaran replegadas contra el cuerpo, era muchísimo más grande.

—Guau —murmuró Vonetta mientras nos acercábamos a la estatua y a las escaleras del templo.

—Vayamos paso a paso, despacio —aconsejó Casteel—. Si este es el lugar de descanso de Nyktos, puede que sus guardias estén cerca. Y no guardias de piedra.

Drakens.

—Si esta cosa cobra vida, salgo pitando de aquí —refunfuñó Emil—. Jamás veréis a un atlantiano correr más deprisa.

Una sonrisilla tironeó de mis labios mientras me acercaba con cautela a la estatua, maravillada por la escultura. Desde los ollares hasta las elaboradas púas alrededor de la cabeza de la bestia, pasando por las garras y los cuernos de las puntas de sus alas, cada intrincado detalle había sido captado con sumo realismo. ¿Cuánto tiempo habrían tardado en tallar algo tan enorme? Estiré una mano y deslicé los dedos por un lado de la cara. La piedra era áspera e irregular, sorprendentemente...

—Poppy. —Casteel tiró de mi muñeca—. Todo eso de procedamos con cautela también incluía no tocar cosas sin ningún cuidado. —Se llevó mi mano a la boca y me dio un beso en los dedos—. ¿Vale?

Asentí y dejé que me alejara un poco.

—Sin embargo, la piedra estaba realmente caliente. ¿No te parece...?

Un sonoro trueno reverberó por todo el valle. Bajé la vista, esperando que la tierra se abriera otra vez.

—Uhm. —Kieran empezó a retroceder sin apartar la vista de algún punto detrás de nosotros—. Chicos...

Giré en redondo y me quedé boquiabierta cuando un pedazo de piedra se hizo añicos en el lado de la cara de la bestia.

El trozo cayó al suelo para dejar al descubierto un tono de gris más oscuro y…

Un ojo.

Un ojo real, abierto, de un azul intenso con un aura de blanco luminoso detrás de una delgada pupila vertical.

—Oh, mierda —susurró Emil—. Mierda. Mierda. *Corred*…

Un sonido grave y retumbante brotó de algún lugar dentro de la estatua e hizo que un miedo gélido me empapara la piel. La piedra se llenó de fisuras. Secciones enteras, tanto grandes como pequeñas, se deslizaron para rebotar contra el suelo.

Me quedé paralizada en el sitio. Nadie echó a correr. Ellos también se habían quedado bloqueados. Quizá fuera por la incredulidad, o por una certeza intuitiva de que correr no nos salvaría. Este no era ningún dragón de piedra.

Era un *draken* en su forma verdadera que se levantaba ahora de donde había estado descansando sobre el suelo. Su enorme cuerpo musculoso se sacudió el polvo y los trocitos de piedra restantes.

En ese momento, puede que yo haya dejado de respirar.

El profundo sonido retumbante continuó cuando el *draken* columpió la cabeza hacia nosotros, su gruesa cola con púas se movió por encima de los diamantes. Dos vibrantes ojos azules se clavaron en los míos.

—Quédate completamente quieta —me ordenó Casteel en voz baja—. Por favor, Poppy. No te muevas.

Como si pudiera hacer otra cosa.

Un gruñido grave vibró desde el interior del *draken*, que retrajo los labios para mostrar una hilera de grandes dientes más afilados que cualquier espada. El *draken* bajó la cabeza hacia mí.

Y entonces puede que se me haya parado el corazón.

Estaba mirando a un *draken*, a uno que estaba vivito y coleando, y que era magnífico y aterrador y precioso.

Los ollares de la bestia se abrieron mientras olisqueaba el aire. Mientras me olisqueaba *a mí*. El gruñido amainó, pero siguió mirándome con unos ojos tan llenos de inteligencia que me tenían alucinada. Ladeó la cabeza. Un ronroneo suave y vibrante brotó por su garganta; no tenía ni idea de lo que significaba, pero tenía que ser mejor que el gruñido. Una fina membrana aleteó por delante de sus ojos y entonces su mirada apuntó más allá de mí, más allá de donde esperaban Casteel y los otros... apuntó hacia el templo.

Una oleada de conciencia me atravesó como un escalofrío y me puso todos los pelos de punta. Una presión empujó contra mi nuca, se clavó en el centro de mi espalda. Me di la vuelta sin haber tomado conscientemente la decisión de hacerlo. Casteel hizo lo mismo. No supe si los demás nos imitaron porque lo único que podía ver ya era al hombre que estaba de pie en las escaleras del templo, entre dos columnas.

Era alto, incluso más alto que Casteel. El pelo castaño le caía hasta los hombros y centelleaba de un rojo cuproso a la luz del sol. La oscura tez trigueña de sus facciones era todo planos y ángulos, ensamblada con la misma bella maestría que la caracola de piedra que había rodeado al *draken*. Podría haberse tratado del ser más hermoso que había visto jamás de no haber sido por la infinita frialdad de sus rasgos y por sus luminosos ojos del color de la más brillante de las lunas. Sabía quién era aunque su rostro jamás hubiese sido pintado o tallado.

Era Nyktos.

CAPÍTULO 41

El Rey de los Dioses se alzaba ante nosotros, vestido con una túnica blanca que llevaba por encima de unos holgados pantalones negros.

También iba descalzo.

No sabía por qué me había fijado en eso, pero así fue.

También fue la razón de que me hubiese retrasado un poco con respecto a todos los demás que ya habían hincado una rodilla en tierra y se habían llevado una mano al pecho, con la otra palma pegada al suelo.

—*Poppy* —susurró Casteel, la cabeza agachada.

Me desplomé tan deprisa que casi caí de bruces al suelo. Las afiladas aristas de los diamantes se clavaron en mi rodilla, pero apenas las sentí mientras plantaba mi mano derecha sobre mi corazón y la palma izquierda sobre la superficie rocosa. Un aliento cálido removió los pelillos de mi nuca e hizo que un escalofrío de inquietud bajara rodando por mi columna. Un sonido áspero y entrecortado lo siguió; me recordó muchísimo a una risa.

—Interesante —llegó una voz, tan cargada de poder y autoridad que presionó contra mi cráneo—. Habéis despertado a Nektas y aún respiráis. Eso solo puede significar una cosa. Mi sangre está arrodillada delante de mí.

El silencio reverberó a mi alrededor cuando levanté la cabeza. Había pocos metros entre el dios y yo, pero su mirada de ojos plateados me atravesó de lado a lado.

—Soy yo.

—Eso lo sé —contestó—. Te vi mientras dormía, arrodillada al lado del que ahora se arrodilla delante de ti.

—Fue cuando nos casamos —dijo Casteel, sin levantar la cabeza.

—Y os di mi bendición —añadió Nyktos—. Y aun así, osáis entrar en Iliseeum y despertarme. Menuda manera de mostrar vuestra gratitud. ¿Debería mataros a todos antes de averiguar por qué, o debería molestarme siquiera en descubrir las razones?

Pudo ser por todo lo que había experimentado en mi vida y que me había conducido hasta este momento. Pudo ser por el miedo amargo que irradiaba de Casteel. Miedo por mí, no por él. Pudo ser por *mi* propio miedo por él y por mis amigos. Era probable que hayan sido todas esas cosas las que me impulsaron a ponerme de pie y soltaron mi lengua.

—¿Qué tal si no matas a ninguno, dado que llevas dormido desde hace una eternidad y hemos venido aquí en busca de tu ayuda?

El Rey de los Dioses bajó otro escalón.

—¿Qué tal si te mato solo *a ti*?

Casteel se movió tan deprisa que apenas lo vi hacerlo hasta que estuvo delante de mí, usando su cuerpo como escudo.

—No pretende ser irrespetuosa.

—Pero es que me ha faltado el respeto.

Se me hizo un nudo en el estómago mientras Kieran hundía los dedos en los diamantes. Sabía que ni siquiera los *wolven* me protegerían en esta situación. Tal vez yo representara a las deidades para ellos, pero Nyktos era el dios que les había dado forma mortal.

—Lo siento —me disculpé. Intenté dar un paso a un lado, pero Casteel hizo otro tanto para mantenerme detrás de él.

—Entonces, ¿debería matarlo a él? —sugirió Nyktos y el terror convirtió mi sangre en hielo—. Me da la sensación de que sería una lección mejor que tu muerte. Estoy seguro de que entonces prestarías más atención a tus modales.

Un miedo real por Casteel se apoderó de mí, hurgó bien hondo y clavó sus violentas garras en mi pecho. Nyktos podía hacerlo con solo pensarlo, y esa certeza cortó cualquier ápice de autocontrol que pudiera tener. Un intenso calor rodó por todo mi ser, derritió el hielo de mis venas. La ira inundó hasta el último rincón de mi cuerpo y parecía tan potente como el poder de la voz del dios.

—No.

Casteel se puso tenso.

—¿No? —repitió el Rey de los Dioses.

La furia y la determinación se fusionaron con la vibración de mi pecho. El *eather* palpitó por todo mi cuerpo y esta vez, cuando esquivé a Casteel, no fue lo bastante rápido como para bloquearme.

Me planté delante de Nyktos, las manos a los lados y los pies separados. Una luz plateada crepitaba sobre mi piel, aunque sabía que no podía detener al dios. Si quería matarnos, moriríamos, pero eso no significaba que fuese a quedarme de brazos cruzados. Moriría mil muertes antes de permitirlo. Haría…

Sin previo aviso, una imagen destelló en mi cabeza. La mujer de pelo plateado de pie delante de otras personas mientras caían estrellas del cielo, los puños cerrados. Sus palabras salieron por mis labios.

—No permitiré que le hagas daño a él ni a ninguno de mis amigos.

Nyktos ladeó la cabeza y sus ojos se abrieron un poco más.

—Interesante —murmuró. Me miró de arriba abajo—. Ahora entiendo por qué nos ha costado tanto dormir en los últimos tiempos. Por qué tenemos sueños tan intensos. —Una pausa breve—. Y no necesitas que nadie se ponga delante de ti para defenderte. —Su afirmación me sacudió bastante como para que el *eather* se diluyera—. Aunque —continuó, y sus ojos se deslizaron hacia donde estaba Casteel—, es admirable por tu parte hacerlo. Veo que mi aprobación de la unión no fue un error.

El suspiro que se me escapó fue de un alivio tembloroso, pero entonces Nyktos dio media vuelta. Empezó a subir las escaleras. ¿A dónde iba? Di un paso al frente y el dios se detuvo. Giró la cabeza hacia atrás.

—Querías hablar. Ven. Pero solo tú. Nadie más puede entrar, o morirán.

Con el corazón desbocado, me volví hacia Casteel. Sus rasgos lucían afilados cuando sus ojos relucientes como el cristal se cruzaron con los míos. Una desesperada sensación de impotencia irradiaba de él. No quería que entrara en el templo, pero sabía que tenía que hacerlo.

—No te hagas matar —me ordenó—. Me enfadaré mucho si lo haces.

—No lo haré —le prometí. Al menos eso esperaba. El *draken* llamado Nektas hizo ese ruido sordo y ronroneante otra vez—. Te quiero.

—Demuéstramelo más tarde.

Aspiré una pequeña bocanada de aire, asentí y luego di media vuelta para seguir al Rey de los Dioses. Esperaba ante las puertas abiertas y extendía una mano hacia el oscuro interior. Con la esperanza de poder volver a salir, entré.

—Asegúrate de que se comporten, Nektas —indicó el dios.

Me giré para ver a Casteel y a los otros levantarse mientras el *draken* golpeaba con la cola el suelo cubierto de diamantes. Las puertas se cerraron sin hacer ni un ruido y, de repente, estaba sola con el Rey de los Dioses. Esa valentía estoica que me había invadido antes se esfumó de un plumazo cuando Nyktos no me dijo nada y se limitó a mirarme. Decidí hacer lo que no me había permitido desde que lo vi por primera vez. Abrí mis sentidos, dejé que se estiraran…

—Yo no haría eso. —Solté una exclamación ahogada—. Sería muy poco sensato. —Nyktos inclinó la cabeza. Sus ojos ardían de un intenso tono plateado—. Y muy maleducado.

El aire se atascó en mi garganta mientras forzaba a mis sentidos a volver a mi interior. Mis ojos volaron a mi alrededor en busca de otra salida sin darle la espalda. No había nada más que paredes negras y candeleros. Pero ¿a quién quería engañar? Sabía que huir no serviría de nada.

Nyktos se movió entonces. Me puse tensa y apareció una sonrisa.

—¿Ahora sí tienes cuidado con tus modales?

—Sí —susurré.

Se rio, y el sonido… era como el viento en un día cálido.

—La valentía es una bestia efímera, ¿verdad? Siempre ahí para meterte en un lío, pero rápida en desaparecer una vez que estás donde quieres estar.

Jamás había oído unas palabras más verdaderas.

El olor a sándalo flotó a mi alrededor cuando pasó por mi lado. Me giré y por fin vi el resto de la cámara. Había dos grandes puertas cerradas. A ambos lados subían unas escaleras de caracol construidas en piedra umbra.

—Siéntate —me ofreció, haciendo un gesto hacia las dos sillas blancas del centro de la sala. Había una mesa redonda entre ellas, hecha de hueso. Sobre ella, había una botella y dos copas.

Fruncí el ceño y aparté la vista de la mesa y de las sillas para mirar al dios.

—Nos esperabas.

—No. —Se sentó en la silla y alargó la mano hacia la botella—. Te esperaba *a ti*.

Me quedé ahí de pie.

—Entonces, no te hemos despertado.

—Oh, me despertaste hace ya algún tiempo —repuso. Sirvió lo que parecía vino tinto en una copa delicada—. No estaba del todo seguro de la razón, pero empiezo a entenderlo.

Mis pensamientos daban vueltas a toda velocidad en mi cabeza.

—Entonces, ¿por qué has amenazado con matarnos?

—Dejemos una cosa clara, Reina de Carne y Fuego —dijo, y un estremecimiento me recorrió de arriba abajo cuando lo miré—. Yo no amenazo con matar. Yo hago que la muerte ocurra. Solo sentía curiosidad por ver de qué pasta estabais hechos tus amigos y tú. —Esbozó una leve sonrisa y sirvió vino en la otra copa—. Siéntate.

Forcé a mis piernas a moverse. Mis botas no hicieron ni un ruido al caminar. Me senté toda tiesa y me ordené no hacer ninguna de las miles de preguntas que bullían en mi interior. Lo mejor sería ir al grano y luego salir pitando de ahí lo más deprisa posible.

Eso no fue lo que ocurrió.

—¿Hay algún dios más que esté despierto? ¿Tu consorte? —farfullé.

Nyktos arqueó una ceja mientras dejaba la botella otra vez en la mesa.

—Ya sabes la respuesta a eso. Tú misma viste a una.

Se me cortó la respiración. Era *verdad* que Aios había aparecido cuando estuvimos en las montañas Skotos. Me detuvo a tiempo de evitar lo que hubiese sido una muerte muy pringosa.

—Algunos están bastante espabilados como para ser conscientes del mundo exterior. Otros han permanecido en un estado semilúcido. Unos pocos siguen sumidos en el más profundo de los sueños —contestó—. Mi consorte duerme ahora, pero es un sueño inquieto, a tirones.

—¿Cuánto tiempo llevas despierto? ¿Y los otros?

—Es difícil de decir. —Deslizó la copa hacia mí—. Ha sido un sueño entrecortado durante siglos, pero más frecuente en las últimas dos décadas.

No toqué la copa.

—¿Y sabes lo que ha pasado en Atlantia? ¿En Solis?

—Soy el Rey de los Dioses. —Se inclinó hacia atrás, cruzó una pierna por encima de la otra. Su calma y toda su actitud en general eran relajadas. Me inquietaba, porque había un indicio de intensidad por debajo de la soltura—. ¿Tú qué crees?

Me quedé boquiabierta debido a la incredulidad.

—Entonces sabes de la existencia de los Ascendidos, lo que le han hecho a la gente. A los mortales. A tus hijos. ¿Cómo es que no has intervenido? ¿Por qué no ha actuado ninguno de los dioses para detenerlos? —En el mismo momento en que mis preguntas salieron por mi boca, todo mi cuerpo se puso tenso por el miedo. Ahora sí que me iba a matar, por mucha sangre que compartiéramos.

Sin embargo, sonrió.

—Te pareces tanto a ella. —Se rio—. Se va a alegrar muchísimo cuando se entere.

Mis hombros se tensaron.

—¿Quién?

—¿Sabías que la mayoría de los dioses que duermen ahora no fueron los primeros dioses? —preguntó Nyktos en lugar de contestar. Bebió un traguito de vino—. Hubo otros conocidos como los Primigenios. Fueron los que crearon el aire que respiramos, la tierra que cultivamos, los mares que nos rodean, los mundos y todo lo que hay entre medio.

—No, no lo sabía —admití, pero pensé en lo que había dicho Jansen de que Nyktos había sido el dios de la muerte y el dios primigenio del hombre común y los finales.

—La mayoría no lo sabe. Durante un tiempo fueron grandes gobernantes y protectores de la humanidad. Pero eso no duró. De un modo muy parecido a los hijos de los que duermen ahora, los Primigenios se volvieron retorcidos y oscuros, corruptos e incontrolables —me explicó. Deslizó la mirada hacia su copa—. Si supieses en lo que se convirtieron, en el tipo de cólera y maldad que extendieron por las tierras y entre la humanidad, eso te atormentaría hasta el final de tus días. Teníamos que detenerlos. Y lo hicimos. —Esa única ceja, la derecha, volvió a trepar por su frente—. Pero no antes de terminar con las tierras de los mortales, como recordaban los pocos supervivientes. Las sumimos en la Edad Oscura, y tardaron siglos y siglos en salir de ella con sangre, sudor y lágrimas. Apuesto a que eso tampoco lo sabías.

Negué con la cabeza.

—Es imposible que lo supieras. La historia de todo lo que hubo antes fue destruida. Solo sobrevivió un puñado de estructuras —continuó, mientras hacía girar el líquido rojo en su copa—. Se hicieron sacrificios impensables para asegurar que su enfermedad no volviera a infectar el mundo jamás, pero, como es obvio, los mortales desconfiaban de los dioses. Y con razón. Llegamos a un acuerdo de sangre con ellos, que garantizaba que solo los dioses nacidos en el reino mortal podrían retener sus poderes ahí. —Sus ojos de mercurio se levantaron hacia los míos otra vez—. Ninguno de los dioses puede entrar en el mundo mortal sin debilitarse mucho… y sin recurrir a lo que está prohibido para garantizar su fuerza. Por eso no hemos intervenido. Por eso duerme mi consorte de manera tan inquieta, Poppy.

Me sobresalté al oír mi apodo. Todo eso sonaba como una explicación razonable de por qué no se habían implicado, pero algo había llamado mi atención.

—¿Cómo… cómo nace un dios en el reino mortal?

—Buena pregunta. —Sonrió detrás de su copa de vino—. No debería hacerlo.

Fruncí el ceño.

Su sonrisa se ensanchó un poco.

Y entonces se me ocurrió. Lo que había dicho de que solo había unos pocos dioses primigenios entre los que dormían ahora. Si lo que afirmaba Jansen era verdad y Nyktos ya era un dios antes de convertirse en este...

—¿Tú eres un Primigenio?

—Lo soy. —Me miró—. Y eso significa que llevas sangre primigenia en tu interior. Eso es lo que alimenta tu valentía. Por eso eres tan poderosa.

Entonces sí que bebí un sorbo. Di un trago entero del vino dulce.

—¿Significa eso que mi madre podría haber sido mortal?

—Tu madre podría haber tenido cualquier tipo de sangre y tú seguirías siendo quien eres hoy. Inesperada, pero... bienvenida en cualquier caso —dijo, y antes de que tuviera ocasión de procesar siquiera lo que eso podía significar, continuó hablando—. Pero eso no es de lo que has venido a hablarme, ¿verdad? Y apuesto a que tienes muchas preguntas. —Un lado de sus labios se curvó hacia arriba y una expresión un pelín... cariñosa se coló en su rostro por lo demás frío—. ¿Es tu hermano quien quieres que sea? ¿Es la madre que recuerdas tu madre? —Sus ojos taladraron los míos y se me puso toda la carne de gallina—. ¿Son tus sueños realidad o son tu imaginación? ¿Quién mató en verdad a las personas a las que llamabas «mamá» y «papá»? Pero no dispones de demasiado tiempo para hacer todas esas preguntas. Solo tienes tiempo para una. Estas tierras no están indicadas para tus amigos, ni para tu amante. Si se quedan aquí mucho más tiempo, no podrán marcharse.

Me puse rígida.

—Ninguno de nosotros ha entrado en Dalos.

—No importa. ¿Has venido a pedir mi ayuda? No hay nada que pueda hacer por vosotros.

—No necesito tu ayuda —aclaré. Dejé la copa en la mesa. Solo los dioses sabían todas las preguntas que quería hacer, sobre Ian, sobre mis padres y los recuerdos, pero este viaje no era sobre mí. Era sobre los que esperaban ahí afuera y todos a los que aún tenía que conocer—. Necesito la ayuda de tus guardias.

Nyktos arqueó las cejas.

—Sabes quiénes son mis guardias.

—Ahora, sí —farfullé entre dientes. Nyktos ladeó la cabeza y yo me aclaré la garganta—. Sabes lo que están haciendo los Ascendidos, ¿verdad? Están usando a atlantianos para crear más Ascendidos, y se alimentan de mortales inocentes. Tenemos que detenerlos. Me he enterado de que los Ascendidos han creado algo que me han dicho que solo tus guardias pueden ayudarnos a detener. Algo llamado «Retornado».

El cambio que barrió al dios fue instantáneo y definitivo. La fachada de relajación desapareció. Vetas blancas se extendieron por sus iris, luminosas y crepitantes. Todo en él se endureció y mis instintos se pusieron en máxima alerta.

—¿Qué? —aventuré—. ¿Sabes lo que son los Retornados?

Un músculo se apretó en su mandíbula.

—Una abominación de la vida y la muerte. —Se puso de pie con brusquedad, los ojos asentados en un nacarado tono acerado—. Os enfrentáis a un mal mayor que no debería existir y yo… siento que vayáis a ver lo que está por venir.

Vaya, eso no auguraba nada bueno en absoluto.

—Tienes que marcharte, reina. —Las puertas se abrieron por sí solas a mi espalda. Me levanté.

—Pero tus guardias…

—Naciste de carne con el fuego de los dioses en tu sangre. Eres una Portadora de Vida y una Portadora de Muerte —me interrumpió Nyktos—. *Eres* la Reina de Carne y Fuego, debido más que a una corona, a un reino. Lo que buscas, ya lo tienes. Siempre tuviste el poder en ti.

CAPÍTULO 42

Siempre tuviste el poder en ti.

Las palabras resonaban a través de mí mientras paseaba por los salones del palacio de Evaemon unos días después, tratando de descubrir a dónde llevaban todos esos pasillos y el propósito de todas esas habitaciones mientras Casteel pasaba tiempo con su padre y con su madre en el luminoso salón familiar.

Un malestar implacable me mordía los talones, siguiendo mis pasos igual que lo hacían Arden, el *wolven* blanco plata, e Hisa y otro guardia de la corona. Excepto que ellos eran mucho más callados que mis pensamientos.

No podía quitarme de encima la sensación de que había puesto en riesgo la vida de mis amigos. ¿Y para qué? ¿Para enterarnos de que estos Retornados eran el mayor mal que conocíamos? Cosa que, por cierto, significaba que eso era todo lo que sabíamos. Nadie, ni siquiera los padres de Casteel, podía aventurar una conjetura sobre los Retornados ni sobre por qué la advertencia estaba justificada.

Recorrí el pasillo de atrás del ala oeste, donde se encontraban las oficinas de administración, así como la lavandería y las cocinas. Un agradable calor llenaba el ambiente, junto a los aromas de la ropa recién lavada y la carne asada, mientras admitía que el viaje a Iliseeum no había sido una absoluta pérdida de tiempo. Me había enterado de que Nyktos era un dios primigenio, algo que Valyn recordaba vagamente haberle oído mencionar a su abuelo una vez. Aunque, hasta ahora, había pensado que su padre había estado hablando de los dioses que siempre habíamos conocido. Descubrir que yo tenía sangre primigenia explicaba por qué mis habilidades eran tan poderosas. También significaba que la madre que recordaba, la que Alastir había dicho que era una doncella personal, podía muy bien haber sido mi madre de verdad. Y, una vez más, había vuelto a la posibilidad de que Ian pudiese ser mi hermanastro, que quizá compartiéramos la misma madre pero distinto padre. Descubrir eso era enorme e importantísimo para mí, pero solo para mí. No era lo que buscábamos al hacer el viaje.

Buscábamos la ayuda de los guardias de Nyktos. Los *drakens*.

Al menos, había conseguido ver a uno, lo que ya era algo. Con un suspiro, remetí un mechón de pelo detrás de mi oreja. Había dejado la corona en el dormitorio y deseé haber dejado también el cerebro ahí, donde Casteel había conseguido apartar mis pensamientos del viaje a Iliseeum múltiples veces en los días posteriores.

Desde que habíamos vuelto, Casteel y yo apenas habíamos tenido tiempo de estar a solas. Había reuniones con el Consejo. Tiempo pasado con Eloana y Valyn, cuando me enseñaban las distintas leyes del reino a una velocidad endiablada. Sesiones en las que los ciudadanos de Atlantia podían acudir a nosotros para solicitar ayuda u ofrecer sus servicios para diversas cosas por todo el reino. Las cenas habían sido tardías y habíamos pasado la mayor parte con Kieran, planeando la mejor manera de entrar en Oak Ambler sin ser vistos. Entrar en el castillo de Redrock no sería un problema, pero colarnos por el Adarve de la ciudad sin que nos detectaran sí lo sería, y hasta la noche anterior no se le había ocurrido a Kieran un buen plan.

Todavía no me había aventurado fuera del recinto del palacio, pero al menos por la noche Casteel y yo estábamos solos. Pasábamos el tiempo charlando. Me contó más cosas sobre su hermano y sobre cómo había sido para él crecer en Atlantia como el segundo hijo, que su padre había esperado que dirigiera los ejércitos atlantianos.

—Así fue como te volviste tan diestro en la lucha —comenté, tumbados juntos en la cama, frente a frente. Casteel asintió.

—Malik entrenó conmigo durante años, pero cuando llegó el momento de que aprendiera a gobernar, me tocó el momento de aprender a dirigir un ejército y a matar.

—Y a defender —lo había corregido con dulzura mientras trazaba pequeños circulitos en su pecho—. Aprendiste a defender a tu gente y a las personas a las que quieres.

—Cierto.

—¿Querías ser eso? —le había preguntado—. ¿Un comandante?

—*El* comandante —me había corregido él, con un beso juguetón—. Era la única destreza que conocía de verdad y quería ser capaz de servir a mi hermano cuando ocupara el trono algún día. En realidad, no lo cuestioné.

—¿Nunca?

Se había quedado callado unos minutos y luego se había reído.

—En realidad, eso no es del todo verdad. De niño, estaba fascinado con la ciencia que había detrás de la agricultura. Cómo los granjeros aprendían cuál era la mejor época del año para plantar determinados cultivos, cómo montaban los sistemas de irrigación. Y había algo maravilloso en ver cómo todo ese duro trabajo daba sus frutos cuando llegaba la época de la cosecha.

Granjero.

Parte de mí no se lo había esperado, pero entonces recordé lo que había dicho sobre la profesión de su padre cuando hablé con él en la Perla Roja. Había sonreído y lo había besado, y luego él demostró que luchar no había sido la única destreza que había aprendido.

Otra noche, cuando su cuerpo estaba enroscado alrededor del mío y después de un largo día de reuniones, me había preguntado algo que incluso yo había olvidado.

—Hay algo que me he estado preguntando y que no hago más que olvidar. Cuando entramos en Iliseeum y viste a los soldados esqueleto, dijiste que eran de ella. ¿A qué te referías?

Me había dado cuenta entonces de que no había compartido esa imagen con él, así que aproveché para contarle lo que había visto cuando estaba en las Cámaras de Nyktos.

—La vi otra vez cuando estaba durmiendo después del ataque... después de que tú me salvaste. Parecía un sueño... pero no. En cualquier caso, la vi tocar el suelo y luego vi manos huesudas que escarbaban para salir. —Me había girado hacia él—. ¿Quién crees que puede ser? Si es que es o fue real.

—No lo sé. ¿Has dicho que tenía el pelo plateado?

—Sí, era de un rubio como plateado.

—No se me ocurre ningún dios que se parezca a ella, pero quizá sea una de las Primigenias de las que habló Nyktos.

—Quizá —murmuré.

También habíamos pasado tiempo usando nuestras bocas y lenguas para hablar las palabras de la carne. Disfruté de las dos actividades a fondo y por igual.

Casteel, sin embargo, no pensaba que el viaje hubiese sido una pérdida de tiempo. Mientras que yo consideraba que las palabras de despedida de Nyktos no servían para gran cosa, Casteel se las había tomado como que significaban que algún día yo gobernaría tanto sobre Solis como sobre Atlantia. Pero a mí esas palabras me hacían pensar en lo que había dicho la duquesa.

Que la reina Ileana era mi abuela. Era muy improbable, pero era la única manera de que pudiese tener un derecho legítimo al trono. Sucesión en vez de conquista. O tal vez Nyktos se refiriera a que conseguiríamos la Corona de Sangre de ese modo... No lo sabía y la presión para convencer a la Corona de Sangre en nuestra inminente reunión crecía por momentos. No podíamos permitir que esto diera lugar a una guerra que incluyera a esos Retornados. Tenía la horrible sensación de que solo habría una manera de impedir esto. Quizás eso fuera lo que había querido decir Nyktos. Que yo tenía el poder en mí para impedirlo.

Unos dedos gélidos rozaron mi nuca. Había oído esas palabras antes, pronunciadas por la niñita que había resultado tan gravemente herida, pero cuando ella las dijo me habían sonado familiares. A lo largo de los últimos días había intentado recordar, pero eran como un sueño al que procuras retener horas después de haber despertado.

Tras pasar por delante de la entrada a las ajetreadas cocinas, doblé una esquina del pasillo y casi me di de bruces con lord Gregori. Di un salto hacia atrás, sorprendida. El atlantiano de pelo oscuro no estaba solo.

—Mis disculpas. —Frunció un poco el ceño al fijarse en la ausencia de mi corona.

No se me pasó por alto que no mencionó mi título. Lord Ambrose tampoco lo había hecho cuando me lo crucé unos días atrás por un pasillo mientras exploraba los alrededores con Vonetta.

—Soy yo la que debería disculparse. No estaba prestando atención a por dónde iba. —Mis ojos saltaron hacia la joven que estaba detrás de él. Parecía tener más o menos mi edad, pero supe de inmediato que era una *wolven*, así que podía tener docenas o incluso cientos de años más que yo.

Sus pálidos ojos invernales marcaban un contraste impactante con el tono dorado de su piel y el pelo rubio que caía sobre sus hombros en ondas sueltas. Sus rasgos eran una mezcla de características que hubieras podido encontrar en distintas personas. Tenía los ojos bastante separados, pero con gruesos párpados, y suavizaban los afilados ángulos de sus mejillas y su estrecha nariz. Sus cejas eran pobladas y varios tonos más oscuras que su pelo. Tenía la boca pequeña, pero de labios carnosos. Era bajita, varios centímetros más baja que yo, pero el corte de su túnica exhibía las curvas de sus pechos y la voluptuosidad de sus caderas, que parecían no cuadrar con alguien de su estatura. Nada en ella tenía sentido, y aun así todo encajaba de un modo tan imperfecto que cualquier artista hubiese estado deseoso de plasmarla en un lienzo a carboncillo o al óleo. Era quizá la persona de belleza más peculiar que había visto en mi vida, y no podía dejar de mirarla.

Y estaba segura de que debía de estar asustándola, dada su creciente inquietud.

—De hecho, estaba buscando al rey —anunció lord Gregori—. Pero ya veo que no está contigo.

Aparté la vista de la *wolven* desconocida y me centré en el atlantiano. El halo de desconfianza era evidente, aunque no fuese capaz de leer sus emociones. O bien el atlantiano no hacía más que olvidar que podía hacerlo, o bien simplemente no le importaba.

—Está con sus padres. ¿Puedo ayudarte con algo?

Un fogonazo de diversión cruzó a través de él, diversión de la malvada.

—No —se apresuró a decir; su sonrisa era afectada, y su tono, demasiado conciliador—. No será necesario. Si me excusas.

No lo había excusado, pero aun así pasó por mi lado. Me giré mientras Arden agachaba las orejas y observaba al lord, que asentía en dirección a Hisa y al otro guardia. La impactante imagen de Arden corriendo tras el lord para morderle la pierna llenó mi mente y tuve que reprimir una risita ante semejante ridiculez. La cabeza de Arden giró otra vez hacia mí y luego miró a la persona que quedaba.

En ese momento recordé a la *wolven* y roté otra vez hacia ella.

—Lo siento. Creía que estabas con él.

—Oh, por todos los dioses, no, *meyaah Liessa*. Solo dio la casualidad de que entramos en el pasillo al mismo tiempo —dijo, y sonreí ante la desvergüenza de su respuesta—. De hecho, estaba buscando a alguien que hace tiempo que no veo.

—¿A quién? ¿A lo mejor puedo ayudarte a encontrarlo?

Su sonrisa se diluyó un poco y la inquietud regresó.

—Es probable que puedas. Estaba buscando a Kieran.

La sorpresa arqueó mis cejas.

—Está con su hermana. Creo que estaban en… —Fruncí el ceño y repasé en mi cabeza las muchas puertas y habitaciones diferentes—. Una de las quinientas mil habitaciones que hay aquí. Lo siento.

La *wolven* se echó a reír.

—No pasa nada. —Levantó la vista y miró a su alrededor, hasta los techos abovedados y las claraboyas—. Es un sitio al que hay que acostumbrarse.

—Es verdad. —Mi curiosidad se apoderó de mí—. Creo que no nos habíamos visto antes.

—No. Estaba en Aegea con mi familia cuando tú y Cas… tú y el rey… fuisteis coronados —explicó. Su elección de palabras llamó mi atención. Había estado a punto de llamar a Casteel por su nombre de pila o por su mote, lo cual no era demasiado sorprendente, dado que iba en busca de Kieran. Si era amiga de uno, estaba segura de que debía de ser amiga del otro—. Y si nos hubiésemos visto antes, estoy segura de que te acordarías.

Su nerviosismo me hacía cosquillas en la parte de atrás de la garganta. Eso avivó mis recelos.

—¿Qué quieres decir con eso?

La *wolven* cuadró los hombros.

—Me llamo Gianna Davenwell.

Se me quedó el aire atascado en la garganta. Su incomodidad tenía sentido ahora a varios niveles. Tragué saliva mientras la miraba con nuevos ojos. Por supuesto que la mujer con la que el padre de Casteel hubiese querido que se casara tenía que ser de una belleza tan fascinante y no parecerse en lo más mínimo a un Demonio.

Y por supuesto que, en el momento de conocernos, yo no llevaría puesto ninguno de los preciosos vestidos que habían llegado ya de Spessa's End. Me había recogido el pelo en una trenza y llevaba pantalones y una túnica bonita de tono amatista, que pensaba que le sentaba bien a mi figura antes de ver a Gianna y darme cuenta de que ella era la mujer con la que se habría casado Casteel de no haber aparecido yo.

Ahora deseaba haberme puesto la corona.

—Siento muchísimo la trama que orquestó y en la que participó mi tío abuelo —añadió a toda prisa, su ansiedad ahora ribeteada con la amargura del miedo—. No teníamos ni idea. Mi familia quedó muy conmocionada y horrorizada cuando nos enteramos de…

—No pasa nada —la tranquilicé, y una oleada de sorpresa rodó a través de ella… a través de *mí* cuando tuve que sacar mi cabeza de golpe de un lugar muy innombrable—. Si tú y tu familia no sabíais nada de lo que planeaba Alastir, entonces no tienes de qué disculparte. —Y era verdad. Uno no era culpable de lo que hacían sus parientes—. Siento lo que le pasó a tu primo. Conocí a Beckett. Era amable y, desde luego, demasiado joven para morir.

Una ola de aflicción emanó de Gianna, que aspiró una temblorosa bocanada de aire.

—Sí, era demasiado joven. —Tragó saliva—. Planeaba ir a veros al rey y a ti, pero... pensé que sería mejor que hablara con Kieran primero. Para ver si pensaba si...

Si sería sensato acercarse a mí. No hacía falta que lo dijera. Comprendía su preocupación.

—Ninguno de nosotros consideramos que la familia de Alastir haya sido responsable de nada. Solo él y los que conspiraron junto con él son responsables.

Gianna asintió y sus ojos se desviaron hacia donde Arden estaba sentado y los guardias esperaban. Lo que quedaba sin decir entre nosotras ejercía tal tensión sobre el silencio que alcanzó un nivel de incomodidad casi doloroso.

Decidí atacar el tema de frente como imaginé que hubiera hecho la madre de Casteel. Como sabía que haría incluso la reina Ileana.

—Sé que Alastir y el padre de Casteel tenían la esperanza de que te casaras con él.

Los ojos ya de por sí grandes de Gianna se agrandaron aún más mientras Arden refunfuñaba con suavidad. Me di cuenta entonces de que la *wolven* me recordaba a una de esas muñecas de porcelana que me había dado Ileana cuando era niña. Sus mejillas se tiñeron de rosa.

—Yo... Vale, para ser sincera, esperaba que no lo supieras.

—Yo también —admití con ironía, y sus labios formaron un óvalo perfecto—. Solo porque eres muy guapa y no te pareces a un *barrat* —continué, y su boca se cerró—. Y porque me gustas después de haber hablado contigo solo unos minutos. Preferiría que no me gustara la persona con la que mi suegro hubiese querido que se casase su hijo. Pero esto es lo que hay.

Gianna parpadeó.

La diversión azucarada que percibí estaba claro que procedía de Hisa, y pensé que a lo mejor no tenía que haber sido tan sincera. En cualquier caso, Arden y los guardias estaban a punto de entretenerse con una sinceridad aún más franca.

—Casteel me dijo que sois amigos, pero que nunca habías mostrado ningún interés en casarte con él. ¿Es verdad?

Gianna tardó un momento en responder.

—Estoy segura de que hay pocas mujeres que *no* se sentirían honradas de casarse con él —empezó, y noté que mi pecho comenzaba a zumbar—. Y sí, somos amigos. O al menos lo éramos. Hace una eternidad que no lo veo. —Frunció el ceño—. Ni siquiera estoy segura de que vaya a reconocerme.

Eso era muy improbable.

—Pero las cosas no eran así entre nosotros —continuó—. Al menos, yo no lo sentía de ese modo, y él... estaba prometido con Shea, y eso... no sé, me resultaba muy incómodo.

La vibración se apaciguó.

—Bueno, en eso último estamos de acuerdo.

Una sensación de alivio empezó a filtrarse en ella.

—No siento nada de ese estilo por tu marido —dijo—. No lo sentía antes y desde luego que no lo siento ahora.

—Bien. —La miré a los ojos con una sonrisa—. Porque, si lo hicieras, probablemente te haría pedazos y luego le echaría tus restos a una manada de *barrats* hambrientos —declaré—. Y ahora, ¿quieres encontrar a Kieran? Creo que me acuerdo de en qué habitación está.

—Hoy he conocido a Gianna —anuncié esa noche cuando Casteel y yo ocupábamos nuestros puestos en la Sala de Estado.

Casteel se atragantó con su bebida mientras Kieran tomaba asiento a nuestro lado procurando, y fracasando, disimular una sonrisa.

—Es muy guapa —dije, pendiente de la puerta. Muy poca gente se iba a reunir con nosotros esta noche, pero por el momento solo Hisa y Delano estaban a la entrada—. Algo que se te pasó por alto mencionar.

Casteel dejó su vaso en la mesa para mirarme.

—Es algo que he olvidado si es verdad.

Oculté mi sonrisa mientras bebía un sorbito de mi vino.

—Pero es muy agradable.

Casteel me miró con suspicacia.

—¿De qué hablasteis?

—Se disculpó por Alastir y le dije que ella y su familia no tenían por qué disculparse —le conté—. Y después le dije que conocía los planes de Alastir y de tu padre.

—Eso no es todo lo que dijiste.

Le lancé a Kieran una mirada asesina.

—¿Y tú cómo lo sabes? —pregunté. Cuando por fin encontramos a Kieran y a su hermana, no mencionamos nada de mi conversación con Gianna. Tampoco me había quedado ahí demasiado rato y dudaba mucho de que Gianna hubiese repetido lo que le había dicho.

—¿Tú qué crees? —comentó Kieran—. A Arden le faltó tiempo para contarle a todo el que quisiera escucharlo lo que habías dicho.

Fruncí el ceño.

—¿Qué más dijiste? —preguntó Casteel. Me encogí de hombros.

—En realidad, nada. Solo que si tenía algún interés en ti, le…

Casteel acercó más la cabeza a la mía.

—¿Qué?

Fruncí los labios.

—Puede que le dijera algo así como que la haría pedazos y se los serviría luego a una manada de *barrats*. —Me miró alucinado. Suspiré—. Reconozco que no fue uno de mis momentos más brillantes.

—Maldita sea. —Casteel rompió el silencio, sus ojos eran del color de la miel fundida—. Ojalá no estuviésemos a punto de celebrar esta reunión, porque lo que de verdad quisiera ahora mismo es follarte sobre esta mesa.

Abrí los ojos como platos.

—*Por todos los dioses* —musitó Kieran. Se echó atrás y se pasó una mano por la cara.

—¿Va todo bien? —preguntó la madre de Casteel al entrar en la habitación, con su marido a su lado.

Me puse roja como un tomate y Casteel apartó la mirada de la mía.

—Todo va deliciosamente genial —les dijo, y se echó atrás en su silla.

Me volví hacia Kieran.

—Muchas gracias —le susurré. Esbozó una sonrisita de labios apretados.

—De nada.

Me resistí al impulso de darle un puñetazo y opté por mirar en cambio hacia donde Hisa estaba cerrando las puertas. Lord Sven y lady Cambria se habían unido a nosotros, junto con Emil, Delano y Vonetta. Lyra, en su forma mortal, también había acudido, junto con Naill. En los últimos días me habían contado que tanto Sven como Cambria colaboraban con la seguridad del reino y ocupaban puestos de relevancia en los ejércitos atlantianos. No había ningún otro Anciano presente.

Fue Kieran el que empezó a hablar cuando Hisa hubo tomado asiento a su otro lado.

—Estamos todos listos para partir hacia Oak Ambler mañana —anunció—. Con el rey y la reina viajará un grupo pequeño. Seremos solo Delano y yo.

Valyn soltó una exclamación y se echó atrás en su silla.

—Eso no es suficiente ni de lejos.

—Tengo que estar de acuerdo en eso —aportó Hisa—. Vais a entrar en Solis, os vais a reunir con la Corona de Sangre. Es muy poco probable que sus ejércitos no tengan una presencia significativa. Cuatro de vosotros no será suficiente ni de lejos si algo se torciera.

—No lo es —admitió Casteel—. Pero ese es solo uno de los grupos.

Hisa arqueó una ceja.

—Te escucho.

—Esperarán que lleguemos a caballo —explicó Kieran—. Que entremos por las puertas orientales del Adarve, pero no queremos hacer lo que ellos esperan.

—Ahí es donde entras en escena tú —dije—. Tú, junto con Emil, Vonetta y Lyra partiréis por la mañana con un pequeño contingente de guardias para llegar a las puertas orientales. Seguro que piensan que llegaremos con algún tipo de séquito, aunque se quede fuera del Adarve.

Hisa asintió.

—¿Y vosotros?

—Nosotros viajaremos por mar. —Kieran miró hacia donde estaba Sven—. Gracias a ti, tenemos un barco.

Sven sonrió.

—Más bien gracias a mi hijo, que está ahora mismo cargándolo con varias cajas de vino. Bueno, en su mayor parte botellas de vino llenas de agua y pis de caballo —dijo, e hice una mueca de asco—. No vamos a regalarle sin más a la Corona de Sangre setecientas botellas de nuestro vino.

Eloana se puso una mano delante de la boca, pero no lo bastante deprisa como para ocultar su sonrisa.

—Como casi todo el mundo sabe, estamos al tanto de los envíos entrantes y salientes de los puertos cercanos —continuó Sven—. Y puesto que Oak Ambler es el más próximo, sabemos qué vino y qué artículos se envían con menor frecuencia a la ciudad. Nadie cuestionará el envío.

—No esperarán que lleguemos por mar. —Casteel levantó su copa—. No con la niebla que se extiende desde las montañas Skotos, Por lo que la gente sabe, tanto los mortales como los *vamprys*, las montañas continúan mar adentro. Eso es lo que la niebla les hace creer.

—Yo puedo confirmar eso —comenté—. En Solis, creíamos que el mar Stroud terminaba en las Skotos.

—Eso no quiere decir que la Corona de Sangre lo crea —señaló Valyn—. Pueden haber obtenido esa información de cualquiera de los atlantianos que han capturado a lo largo de los años.

—Cierto. —Casteel asintió—. Pero también estoy seguro de que tendrán vigías en el camino que conduce a Oak Ambler. Verán al grupo que viaja por tierra. Lyra y Emil viajarán de incógnito. Vonetta irá en su forma de *wolven* y Naill irá al lado de Emil.

—¿Cuánto se tarda? ¿Cuatro días por tierra en llegar a Oak Ambler? —Lady Cambria ladeó la cabeza—. ¿Cuántos por mar?

—¿Con nuestros barcos? —Sven sonrió de oreja a oreja—. Menos que con cualquiera de los que tiene Solis, pero tendréis que cruzar la niebla despacio. Así que será más o menos el mismo tiempo.

La comprensión iluminó el rostro de Hisa, que esbozó una sonrisa tensa.

—Tardaremos un par de días en cruzar las Skotos y en entrar en las Tierras Baldías. Nos verán antes de que vosotros lleguéis.

—Lo cual significa que pondrán toda su atención en vosotros —confirmó Kieran—. Emil y Lyra, junto con Vonetta y Naill, entrarán y viajarán hasta el castillo de Redrock.

—Con suerte, así será —musitó Eloana, pero se movió incómoda en su silla—. Todavía hay posibilidades de que os descubran.

—Ese riesgo siempre existe —reconoció Casteel—. Pero de este modo tenemos una oportunidad mejor de lograrlo.

—¿Y después? —inquirió Valyn—. Una vez que estéis delante de la Corona de Sangre, ¿cómo pensáis huir de ahí si las cosas no salen de acuerdo con el plan? ¿Si es una trampa? Yo iré al norte a esperar vuestras noticias con los ejércitos, pero ¿qué haréis si es una trampa?

Mi mente voló hacia lo que creía que quería decir Nyktos cuando se refirió a que el poder ya estaba dentro de mí. Levanté la vista hacia Casteel.

—¿Qué estás pensando, mi reina? —preguntó.

La manera en que esas dos palabras brotaron por su boca hizo que una tensión perversa se avivara en mi bajo vientre. La forma en que sus ojos se incendiaron mientras me sostenía la mirada me indicó que sabía exactamente cuál era su efecto.

Era… incorregible.

Bebí un sorbo.

—No fui capaz de obtener la ayuda de los guardias de Nyktos —empecé, y sentí que Casteel se estaba preparando para negarlo, así que me apresuré a seguir—. Y con lo que él y mi hermano dijeron acerca de los Retornados, no queremos entrar en guerra con Solis. Así que he pensado que si esto es una trampa, o si la Corona de Sangre no acepta nuestro ultimátum, solo nos queda un recurso.

La sala se quedó en silencio al comprender a lo que me refería.

—¿Y si eso provoca lo que estáis intentando evitar? —preguntó lord Sven.

—El rey y la reina no sobrevivirán ni aunque acepten nuestra oferta —dijo Casteel después de unos momentos—. Si logramos un acuerdo, tendríamos cuidado de asegurarnos de que ni Ileana ni Jalara sean ya una amenaza… una vez que estemos seguros de que el resto de la Corona de Sangre está de acuerdo con lo que les planteamos. —Uno de sus dedos trazaba círculos sin pensar en la parte de abajo de su copa. Sus ojos volvieron a mí—. Pero no creo que sea eso lo que estás diciendo.

Negué con la cabeza.

—Si no aceptan la oferta, la única opción que nos queda es garantizar que esos Retornados no puedan ser utilizados o que podamos encargarnos de ellos. Y hay solo una manera de que podamos hacer eso. —Busqué los ojos de Eloana al otro lado de la sala—. Le cortaremos la cabeza a la serpiente. Destruiremos la Corona de Sangre por completo, y yo... puedo hacerlo.

CAPÍTULO 43

Agarrada a la barandilla del alcázar del barco, mantuve los ojos abiertos mientras contemplaba las revueltas aguas azul acero del mar Stroud. La cosa no había ido mal cuando el barco se alejó de las orillas de Atlantia y se adentró sin vacilar en la neblina. El suave cabeceo del barco había sido una experiencia divertida en cierto modo.

Pero entonces habíamos salido de la niebla, y todo lo que había eran aquellas aguas azul oscuro que se extendían hasta donde alcanzaba mi vista. Parecía como si el mar besara el cielo. Había pensado que cerrar los ojos ayudaría.

Nop.

Eso era mucho peor, porque sin los ojos abiertos para confirmar que de verdad estaba de pie y estable, tenía la sensación de estar cayéndome.

¿Qué había dicho Perry no hacía demasiado? Que mis piernas se harían al mar en poco tiempo, o algo así. No creía que eso fuese a ocurrir en absoluto. Y sin embargo, la pequeña tripulación que manejaba las jarcias en los mástiles hacía que pareciera muy fácil.

—Por favor, no vomites —me dijo Kieran.

Miré hacia donde estaba y entorné los ojos. Se había unido a mí en cuanto Casteel se marchó de mi lado para hablar con Delano y con Perry en el timón.

—No puedo prometértelo.

Se rio entre dientes y giró la cara hacia el cielo, hacia los últimos rayos de sol.

—Bueno, si lo haces, al menos apunta por encima de la barandilla.

—Me aseguraré de apuntar a tu cara —repliqué.

Eso me ganó otra risa del *wolven*. Apreté más los dedos en torno a la barandilla y me giré otra vez hacia el mar.

—¿Sabes? —empezó—, puede que te fuera mejor si dejaras de mirar el agua.

—Ya lo he intentado. —Me forcé a tragar saliva—. No ayudó.

—Entonces, tienes que distraerte —repuso.

—Y es una suerte que yo sea un maestro en el arte de la distracción —dijo Casteel, que llegaba justo en ese momento. Alargó una mano desde detrás de mí y soltó mis dedos tensos de la barandilla—. Ven —me dijo y empezó a alejarme de ahí mientras la brisa soplaba contra su holgada camisa blanca y revolvía las ondas de su pelo.

—Divertíos —nos deseó Kieran desde atrás.

—Cállate —espeté cortante, caminando toda tiesa al lado de Casteel.

Perry y Delano nos saludaron con la mano al ver que Casteel me guiaba hacia las escaleras que conducían abajo, a los camarotes. Bajo cubierta, la luz era tenue, y solo había estado ahí durante un ratito para intentar comer algo, pero había descubierto que los suelos del majestuoso camarote que nos habían adjudicado eran tan inestables como los de arriba.

Casteel abrió la puerta y entré arrastrando los pies. Todo estaba anclado al suelo. La mesa y las dos sillas. La superficie desnuda de un amplio escritorio de madera. El armario. La ancha cama en el centro del camarote. La bañera con patas. El espejo de pie y el tocador. Incluso las lámparas de gas estaban aseguradas. Me condujo hasta el escritorio.

—Toma asiento —me dijo. Hice ademán de sentarme en la silla de delante del escritorio, pero él chasqueó la lengua con suavidad. Soltó mi mano, me agarró por las caderas y me sentó sobre la mesa.

Mi corazón dio un tropezón tonto ante el despliegue de fuerza mientras él abría una de las ventanas del camarote. Yo no era pequeña ni delicada, pero a menudo me hacía sentir así. Observé cómo recogía del suelo una de las bolsas que habíamos traído y la dejaba al lado del escritorio.

—Estabas a punto de ocupar mi asiento. —Regresó a mi lado y se sentó en la silla que había justo delante de mí.

Arqueé una ceja y me agarré al borde de la mesa. Él me dio unos golpecitos suaves en la caña de la bota que cubría mi pantorrilla y me hizo un gesto para que levantara la pierna.

—¿Qué estás tramando? —pregunté con suspicacia.

—Distraerte. —Me quitó la bota y la dejó caer al suelo con un ruido sordo.

Observé cómo me quitaba la otra bota y luego mis gruesos calcetines.

—Creo que sé lo que tramas, pero ni siquiera eso me distraerá del hecho de que todo parece estar oscilando y que podríamos volcar en cualquier momento.

Me miró otra vez, con las cejas arqueadas.

—Primero, deberías tener mucha más fe en mis habilidades cuando de distraerte se trata —declaró, y mis pensamientos volaron de inmediato a la noche del Bosque de Sangre. Me sonrojé—. Y que el barco vuelque no es lo que va a ocurrir a continuación.

—¿Qué va a ocurrir? —pregunté, mientras sus manos subían con suavidad por mis piernas.

—Voy a hacer lo que quería hacer ayer por la noche y te voy a follar sobre esta mesa —me dijo, y se me apretaron todos los músculos del estómago.

—Esto no es una mesa.

—Hará el apaño. —Agarró la cinturilla de mis pantalones—. Pero, primero, tengo hambre.

El aire que inspiré se me quedó atascado.

—Entonces, deberías ir a buscar algo para comer.

—Ya lo he hecho.

Mi cara empezó a arder. Sus ojos dorados echaban chispas cuando me sostuvo la mirada.

—Levanta el culo, mi reina.

Se me escapó una risita.

—Esa frase suena muy inapropiada.

Casteel sonrió y apareció un indicio de hoyuelo.

—Lo siento. Deja que reformule la frase. Por favor, levanta el culo, mi reina.

El barco cabeceó y me zarandeó de un lado a otro. Mi culo se levantó y Casteel aprovechó la oportunidad. Me quitó los pantalones y dejó que se reunieran con las botas en el suelo. Una brisa fresca rondó en torno a mis piernas y removió los bordes de mi combinación.

—Vas a tener que soltar el escritorio. —Cerró los dedos sobre el faldón de mi camisa de manga larga.

Forcé a mis dedos a relajarse y mi estómago dio una voltereta cuando el barco cabeceó de nuevo. Fui a agarrarme otra vez, pero él fue más rápido y me levantó la camisa para sacármela por encima de la cabeza. En cuanto mis brazos estuvieron libres, me aferré al tablero una vez más.

—Bonitos —murmuró, mientras jugueteaba con los finos tirantes de la combinación y luego con el encaje del corpiño ceñido. Sus dedos hábiles liberaron los botones con una facilidad asombrosa e impresionante. La tela se abrió y dejó mi piel expuesta al salado aire nocturno que entraba por la ventana del camarote. Casteel deslizó el pulgar por encima de la punta rosada de uno de mis pechos y contuve la respiración—. Aunque no tan bonitos como estos.

Mi corazón aporreaba en mi pecho y no supe si se debía a los movimientos del barco o a la intensidad de sus palabras.

Bajó los tirantes por mis brazos y solo paró cuando cayeron contra mis muñecas. Después alzó las manos y las estiró por detrás de mí para agarrar mi trenza. Quitó el lazo de cuero y empezó a soltarme el pelo poco a poco.

—Te voy a obligar a que rehagas la trenza —le advertí.

—Puedo hacerlo. —Extendió la melena por encima de mis hombros. Luego agarró el borde de la combinación y lo subió por mis caderas hasta que la tela se arremolinó alrededor de mi cintura. Las palmas de sus manos callosas se deslizaron una vez más por mis piernas mientras él se echaba hacia atrás. Agarró mis tobillos, separó mis piernas y colocó mis pies de modo que colgaban de los reposabrazos de la silla. Jamás había estado tan expuesta en toda mi vida.

Pasó un dedo por su labio inferior mientras me miraba de arriba abajo.

—Jamás había visto una cena más tentadora. Me dan ganas de precipitarme hacia el plato principal. —Sus ojos se demoraron en la zona oscura entre mis muslos—. Pero la verdad es que me encantan los entrantes.

Oh… santo cielo.

Casteel levantó la vista hacia mí con una sonrisilla enigmática dibujada en los labios mientras su excitación me golpeaba como un huracán y se mezclaba con la mía.

—Casi lo olvido. Durante una cena, lo mejor es una buena conversación, pero lo segundo mejor es leer un buen libro.

Abrí los ojos como platos mientras se agachaba y metía la mano en la bolsa.

—No has…

—No te muevas. —Casteel me lanzó una mirada ardiente y me quedé inmóvil. Sacó el libro de tapas de cuero que tan familiar me era ya. Se enderezó y lo entreabrió.

—Elige una página, mi reina.

¿Me lo iba a leer?

—No... no sé. La 238.

—238, pues. —Encontró la página y después le dio la vuelta al libro para dármelo—. Léemelo. ¿Por favor? —Lo miré, pasmada—. Me costaría muchísimo disfrutar de la cena y leer al mismo tiempo —susurró para convencerme, los ojos centelleantes—. ¿O leer esto en voz alta es demasiado escandaloso para ti?

Lo era, pero el desafío en su tono me provocó. Solté el escritorio y le arranqué ese maldito libro de la mano.

—¿De verdad quieres que te lea esto?

—No puedes ni imaginar las ganas que tengo de oírte decir palabras como *pene*. —Sus manos se apoyaron en mis rodillas.

Eché un vistazo a la página. Busqué la palabra a toda prisa y la encontré. Maldita sea. Maldito fuera él y... contuve la respiración de golpe cuando rozó con los labios la cicatriz de la cara interna de mi muslo.

—No estás leyendo. —Besó la rugosa piel—. ¿O es que ya estás así de distraída?

Así era, más o menos, pero me obligué a centrarme en la primera frase. Y me arrepentí de inmediato.

—*Su... su virilidad estaba gruesa y orgullosa mientras la acariciaba, disfrutando de la sensación de su propia mano, aunque no tanto como...* —Di un respingo cuando sus labios danzaron en torno a mi mismísimo centro.

—Sigue leyendo —me ordenó con suavidad, y sus palabras provocaron un escalofrío perverso y caliente por todo mi ser. Mis ojos volvieron a la página.

—*Pero no tanto como yo disfrutaba al observar cómo se daba placer a sí mismo. Se acarició hasta que la punta de su...* —Mi cuerpo entero se estremeció cuando su lengua mojada y caliente resbaló por encima de mí—. *Hasta que la punta de su... su orgulloso pene relució.*

Un sonido grave retumbó dentro de Casteel e hizo que se me enroscaran los dedos de los pies.

—Estoy seguro de que hay más. —Su lengua no paraba de bailar sobre mi piel—. ¿Qué hace con ese orgulloso y reluciente pene suyo, Poppy?

Mi pulso atronaba en mis oídos mientras echaba un vistazo rápido al resto de la página.

—Él... —Se me escapó un gemido jadeante cuando perforó la piel de la zona—. Al final deja de acariciarse.

—¿Y?

Por un momento, las palabras no tuvieron ningún sentido.

—Y le da placer a ella con él.

—No me lo cuentes. —Me dio un mordisquito en la piel, lo que me provocó un gemido entrecortado—. Léemelo.

—Eres... perverso —le dije.

—Y también siento mucha curiosidad por ver cómo le da placer a ella —repuso—. Puede que aprenda algo.

Mi risa terminó en otro gemido cuando volvió a su cena.

—*Me agarró las caderas con esas grandes manos suyas y me sujetó ahí, entre él y la pared, mientras se deslizaba dentro de mí. Intenté mantenerme callada, pero nadie...* —Di un grito cuando su boca se cerró sobre el haz de nervios y succionó fuerte.

El roce de sus colmillos me produjo un intenso fogonazo de placer que me recorrió de arriba abajo. Mis piernas trataron de cerrarse por acto reflejo, pero Casteel me agarró de un tobillo para impedirlo mientras tironeaba de la piel de mi propio centro. La tensión se apretó y se enroscó y palpitó...

Su boca me abandonó.

—Sigue leyendo, Poppy.

Me costaba respirar y no estaba segura de poder seguir leyendo, pero conseguí encontrar el sitio donde me había interrumpido.

—*Pero nadie... follaba de manera tan apasionada como un soldado en la víspera de una batalla.*

La risita que se le escapó a Casteel fue sensual y seductora.

—Continúa. —Acarició con la lengua el palpitante pináculo—. Y yo continuaré disfrutando de mi entrante.

Parpadeé varias veces.

—*Me tomó… con fuerza y con furia, y supe que me quedarían marcas de ello en la columna, pero yo…* —Mis caderas se levantaron cuando deslizó un dedo dentro de mí. No fue lento. No necesitaba serlo. Estaba tan preparada para ello como imaginaba que lo había estado la señorita Willa—. *Llevaré esas marcas con un recuerdo más que cariñoso. Pensaré en cómo sus caderas empujaban contra las mías, en cómo su… su pene se estiraba y me llenaba…* —Mientras continuaba leyendo ese diario indecente, Casteel disfrutó de su aperitivo con los dedos y la boca, hasta que yo ya no pude reconocer lo que estaba escrito. Hasta que no lograba encontrarle el sentido a las palabras y el diario escapó de mis dedos para caer cerrado sobre la mesa, y yo me restregaba sin ningún pudor contra su boca y su mano. El clímax llegó de golpe y se estrelló contra mí en asombrosas oleadas violentas.

Seguía temblando cuando Casteel se alzó por encima de mí, quitándose los pantalones con ansia. Su… su pene estaba igual de duro que el que acababa de describir en mi lectura, igual de orgulloso y de… reluciente, con una gota de líquido.

—¿Poppy? —murmuró, mientras sus labios bailaban por mi mandíbula y descendían por mi cuello.

—¿Cas?

El sonido que emitió casi me hizo caer al abismo de nuevo.

—Solo quiero que sepas una cosa. —Su boca levitó por encima de mi pulso desquiciado antes de tumbarme de espaldas. Me agarró por las caderas y tiró de mí hasta el borde de la mesa. Mis pies resbalaron de los reposabrazos de la silla. Enrosqué las piernas alrededor de su cintura mientras sus labios recorrían mi cuello, mi torso, hasta el dolorido pezón de un pecho—. Todavía lo tengo todo bajo control.

Me penetró en el mismo momento en que sus colmillos perforaron mi piel. Unos estallidos gemelos de dolor ardiente alancearon mis pechos. Me quedé aturdida durante un segundo, y luego todo mi cuerpo sufrió un espasmo ante la profunda e impactante succión de su boca. Me devoró y me folló, justo como había dicho que quería hacer. Un intenso calor discurría por todo mi cuerpo, prendió un fuego que no podía controlarse. Bebió de mí mientras su cuerpo se movía adentro y afuera, y cuando levantó la cabeza de la cosquillosa piel de mi pecho y se mordió la muñeca, no aparté la mirada del brillante líquido rojo que se arremolinaba sobre su piel.

—Solo por si la necesitas —dijo con voz rasposa, los labios manchados de rojo, de mi sangre, de la suya.

No lo pensé ni un instante. Tal vez más tarde me preguntaría por qué me parecía tan natural sentarme y cerrar la boca sobre la herida, y lo que podía significar para luego, pero ya no podía pensar con racionalidad.

Succioné su sangre, sorprendida primero por el aroma a cítricos en la nieve y luego por su delicioso sabor lujurioso. Mi boca y mi garganta cosquillearon a medida que me llenaba de su sangre, espesa y caliente. Bebí mientras destellaban ante mis ojos imágenes de pinos y ramas cubiertas de nieve, mientras la sensación de la nieve fría sobre mi piel salía a la superficie. Supe que estaba pensando en nosotros, cuando estuvimos juntos en el bosque. Me dejé sumir en ese recuerdo, en su sabor y en el poder que era su sangre. No supe cómo habíamos llegado a la cama, pero de repente estábamos ahí y su boca estaba sobre la mía y nuestros sabores combinados estaban dentro de mí. Casteel se movía ahora despacio, con ternura, y esto... era diferente a lo que habíamos hecho sobre el escritorio. En este momento me sentí vinculada a él. Era más que solo sexo, más que dos cuerpos disfrutando uno del otro. Éramos nosotros, viviendo y amándonos.

Casteel y yo nos quedamos ahí, tumbados, y dejamos que la brisa que entraba por el ventanuco del camarote nos refrescara la piel mientras el barco se mecía con suavidad sobre las aguas del mar Stroud. Tenía el pecho apretado contra mi espalda mientras dibujaba circulitos por mi brazo y yo jugueteaba con su otra mano. Se había quitado la ropa en algún momento y la suave piel de la manta estaba enroscada a nuestros pies. Hubo un tiempo en el que me hubiese resistido a la idea de estar tan expuesta, pero no con Casteel. Con él, nunca.

—Eres digno —le dije, solo porque quería que lo supiera. Levanté su mano y besé el dorso de sus nudillos. Él apretó los labios contra la parte de atrás de mi hombro.

—Y tú estás endulzándome los oídos.

—Estoy siendo real —lo contradije. Su mano se detuvo sobre mi brazo y se quedó callado. Me giré hacia él. Percibí varias emociones rondando en su interior. El sabor dulce y especiado de lo que sentía por mí, pero también la intensa amargura de la agonía que me dejó sin respiración—. ¿Qué? —Rodé sobre la espalda y busqué sus ojos—. ¿Qué pasa?

—Nada. —Su garganta subió y bajó al tragar saliva.

—No hagas eso. —Me apoyé en el codo de modo que quedamos cara a cara—. No me digas «nada». Siento que hay algo.

Sus pestañas descendieron para ocultar sus ojos, pero vi sombras oscuras. Fantasmas.

—Ocultar mis sentimientos más íntimos no es exactamente fácil contigo.

—Lo sé. Te diría que lo siento.

—Pero ¿no es así? —Un lado de sus labios se curvó hacia arriba.

—Sí y no. No me gusta husmear cuando sé que la otra persona no quiere que lo haga. —Hablé en el aliento entre nuestros labios—. Habla conmigo, Cas.

—Cas. —Se estremeció y luego levantó las pestañas—. ¿Sabes por qué me encanta oírte decir eso? —Tragó saliva otra vez mientras acariciaba mi mejilla con las yemas de los dedos. Pasó un momento largo—. Cuando los Ascendidos me tenían retenido, hubo veces en las que temí que olvidaría mi nombre, que olvidaría quién era. De hecho, lo hice… cuando me mataban de hambre. Cuando me usaban. Era una cosa. No una persona. Ni siquiera un animal. Una cosa.

Me mordí el labio por dentro al tiempo que se me encogía el corazón. No dije ni una palabra. No me atrevía a moverme ni a respirar demasiado hondo. No quería hacer nada que lo invitara a dejar de hablar.

—Incluso después de que me liberaran, a veces me sentía así. Como si no fuese más que esa cosa sin nombre ni autonomía —admitió con voz ronca—. Era una sensación que me… invadía de repente, y tenía que recordarme que no era así. A veces, eso no funcionaba, y siempre eran Kieran y Netta o Delano, Naill o incluso Emil, quienes me sacaban de ese estado. Igual que mis padres. Ni siquiera se daban cuenta. Ninguno de ellos, aparte de quizá Kieran. —Sus dedos bajaron por mi brazo hasta donde mi mano descansaba sobre su cadera, por encima de la marca a fuego del escudo real—. Era solo alguien que decía «Cas». O cuando mi madre me llamaba «Hawke». Eso era lo que me recordaba que no era una cosa.

Unas lágrimas de dolor e ira anegaron mis ojos. Quería abrazarlo. Quería tirarme del barco y nadar hasta la orilla para encontrar al rey y a la reina y matarlos ahora mismo. Pero me obligué a quedarme quieta.

—Que era una persona —susurró—. Que no era esa cosa en la jaula ni esa cosa que no podía controlar nada a su alrededor… ni siquiera lo que me hacían ni cómo utilizaban mi cuerpo. Oírlos decir «Cas» me sacaba de ese paisaje infernal. —Sus dedos subieron ahora todo el camino hasta mi mejilla. Inclinó mi cabeza hacia atrás—. Cuando me llamas «Cas», me recuerdas que soy real.

—Cas —susurré, mientras parpadeaba para reprimir las lágrimas.

—No lo hagas —suplicó con voz queda—. No llores.

—Lo siento. Es solo que quiero... —Por todos los dioses, había tantas cosas que quería para él. Quería que nunca hubiese sufrido nada de aquello, pero no podía deshacer el pasado—. Quiero que sepas que siempre eres Cas. Jamás fuiste una cosa y no lo eres ahora. —Me erguí más y lo hice rodar sobre la espalda. La luz mantecosa de la lámpara de gas fluyó por las preciosas líneas de su rostro—. Eres Casteel Hawkethrone Da'Neer. Un hijo. Un hermano. Un amigo. Un marido. —Me incliné sobre él y no hubo manera de pasar por alto cómo se oscureció el color de sus ojos cuando bajó la vista hacia mis pechos. Puse una mano sobre su mejilla y devolví sus ojos a los míos—. Eres un rey. *Mi* rey. Y siempre serás mi todo, pero jamás serás una cosa.

Casteel se movió a la velocidad del rayo para inmovilizar mi espalda contra la cama con el cálido peso de su cuerpo.

—Te quiero.

Y le demostré que lo quería. Con mis palabras, mis labios, mis manos, y luego con mi cuerpo. Una y otra vez, hasta que esos preciosos ojos ambarinos quedaron despejados de todas y cada una de sus sombras.

Durante el viaje hasta Oak Ambler fui... distraída a fondo y repetidas veces del constante cabeceo del barco, pero para cuando el mar dio paso a la tierra y la oscura piedra rojiza del castillo de Redrock se alzaba imponente sobre la ciudad y el pueblo que había crecido al pie del Adarve, mis piernas aún no se habían hecho al mar. El intenso sol del mediodía brillaba por encima de nuestras cabezas mientras Casteel y yo regresábamos al camarote. Sería más seguro para nosotros movernos por ahí durante el día. Habíamos llegado con dos días de antelación, lo cual significaba que Vonetta y su grupo llegarían más o menos a la vez, o quizás un pelín antes.

El objetivo era fundirnos con la gente y pasar inadvertidos. Mis cicatrices harían que fuese un poco más difícil, pero por suerte las temperaturas más frescas hacían que llevar una capa con la capucha puesta no llamara demasiado la atención. En esos momentos, vestía un par de pantalones ceñidos que me había conseguido Casteel, unos que tenían las rodillas desgastadas. La ropa que había adquirido en la Cala de Saion hubiese sido demasiado elegante para alguien que no fuese un Ascendido o de una clase adinerada.

Y los ricos de Solis no caminaban por las calles de ninguna ciudad. Iban en carruajes, incluso cuando solo tenían que recorrer una manzana. Me puse una anodina camisa blanca, de mangas anchas pero ajustadas en las muñecas. Era extrañamente... liberador que la camisa blanca no me afectara, que apenas lo hubiese pensado siquiera cuando me puse el corpiño sin mangas por encima y lo apreté con fuerza en la cintura y en el pecho, con un corsé frontal de encaje como el que solían llevar muchas mujeres de clase trabajadora en Solis. Estaba asegurando el arnés pectoral cuando levanté la vista y me di cuenta de que Casteel me estaba mirando.

Iba vestido como de costumbre, lo cual se traducía en que estaba despampanante con sus pantalones negros y su túnica de manga larga. Pasar inadvertido era mucho más fácil para los hombres.

—¿Qué?

Me miró de arriba abajo, y se demoró más en las curvas del corpiño a lo largo de mi pecho.

—Me gusta lo que llevas puesto —dijo—. Mucho. —Noté cómo me sonrojaba, así que alargué la mano hacia una daga y la aseguré en el arnés. Luego envainé la daga de heliotropo en mi muslo—. Ahora sí que me gusta lo que llevas puesto. —Casteel vino hacia mí.

—Estás como una cabra.

—Solo un poco. —Echó mi trenza por encima del hombro. Agachó la cabeza y me besó. Después enderezó el arco del corsé del corpiño—. No puedo esperar a desatar esto luego.

Sonreí al tiempo que sentía esa espiral lujuriosa en mi bajo vientre. La sonrisa se esfumó demasiado deprisa cuando mi corazón tropezó consigo mismo. *No está garantizado que vaya a haber un «luego»*, susurró una vocecilla irritante, y si esa voz tuviese un cuerpo que no fuese el mío, le daría un puñetazo.

Sí habría un «luego».

Nosotros nos aseguraríamos de ello.

Llamaron a la puerta justo cuando Casteel terminaba de atarse las espadas a los lados. Entró Perry, con la gorra en la mano.

—Estamos a punto de atracar.

—Perfecto —repuso Casteel, mientras la tensión se colaba en mis músculos—. En cuanto descarguéis las cajas, quiero que salgáis de aquí y volváis a Atlantia.

—Podría esperar por aquí cerca —se ofreció Perry—. Podríais enviarme alguna señal y vendría a buscaros para llevaros a todos de vuelta a Atlantia.

—Sería demasiado arriesgado —le dije—. Y ya estamos arriesgando demasiadas vidas de por sí.

Casteel me lanzó una medio sonrisa sabihonda.

—Eso, y que es probable que Poppy no quiera pasar cuatro días más a bordo de un barco.

No dije nada, pero lo fulminé con la mirada. Perry me sonrió.

—Algunas personas tardan más que otras en acostumbrarse a viajar por mar.

—Yo creo que algunas personas simplemente no están hechas para navegar —masculé—. Y con «algunas personas», me refiero a mí.

Se rio entre dientes. Entonces se oyó una voz en cubierta. Un saludo. Perry nos miró de nuevo.

—¿Puedo pediros un favor?

—Claro, lo que sea —dijo Casteel, al tiempo que me tiraba la capa. Perry deslizó los dedos por el borde de su gorra.

—Mantened un ojo puesto en Delano por mí —nos pidió. Levanté la vista hacia él mientras empezaba a abrochar la hilera de botones de la parte delantera de la capa—. A veces es un poco demasiado valiente.

—Delano regresará contigo —lo tranquilizó Casteel mientras se ponía la capa. Yo asentí.

—Gracias. —Nos dedicó una breve sonrisa—. Os veo arriba.

Cuando se hubo marchado, me volví hacia Casteel.

—¿Perry y Delano están juntos?

—Lo han estado. —Se acercó a mí y remetió mi trenza por la espalda de la capa antes de deslizar una gorra sobre mi cabeza—. De forma intermitente desde hace un par de años, creo.

Sonreí y pensé en ellos detrás del timón, riéndose de algo que había dicho el otro.

—Son muy monos cuando están juntos.

—Tú sí que eres mona. —Casteel tiró del borde de la gorra y luego levantó la capucha de la capa de modo que pasara por encima de la gorra—. Aunque prefiero cuando puedo verte la cara. —Tiró de su propia gorra y, de algún modo, las sombras que creó por la mitad inferior de su rostro lo hicieron parecer aún más misterioso. Una vez que tuvo la gorra bien puesta, se volvió hacia mí—. Esto está hecho.

Me dio un vuelco al corazón.

—Lo sé. Lo está.

—Entonces, ¿estás lista?

Sabía que no se refería solo a lo de bajar del barco.

—Estoy lista para hacer todo lo que haya que hacer.

Asintió y salimos del camarote, dejando ahí nuestras pertenencias. Perry y su tripulación llevarían todas nuestras cosas, incluido ese maldito diario, de vuelta a Atlantia. El grupo que había hecho el viaje con Hisa llevaba equipaje extra.

Subimos las escaleras y fuimos hasta donde esperaban Kieran y Delano al lado de las cajas del supuesto vino. Tanto ellos como la tripulación iban vestidos de manera parecida a nosotros, con capas y gorras para ocultar sus rostros. Me giré hacia atrás para ver las rampas que habían dispuesto en la cubierta del barco y que lo conectaban con el muelle. Con una gorra bien calada sobre la cara, Perry hablaba con unos hombres vestidos de negro. Eran guardias del Adarve. Detrás de ellos, el muelle era una masa de caos controlado. Había hombres que corrían de barcos a almacenes y carros; vendedores ambulantes que ofrecían comida y otros productos. Mis ojos subieron por las oscuras paredes grises del Adarve, construido con piedra caliza y hierro. Multitud de guardias patrullaban por la muralla, montaban guardia tras las almenas y estaban encaramados en sus nidos como aves de presa. No vi capas negras, pero había… *muchos* guardias. Más de los que uno esperaría encontrar en Oak Ambler en un día normal.

Pero hoy no era un día cualquiera.

La Corona de Sangre estaba dentro de esas murallas.

CAPÍTULO 44

—Venga, vamos, bastardos perezosos —gritó Perry, y mis cejas salieron disparadas por mi frente al verlo caminar por la cubierta dando sonoras palmadas—. Poneos en marcha.

—De verdad que esto lo está divirtiendo demasiado —musitó Delano en voz baja, y tuve que reprimir una risita.

Casteel y yo levantamos una caja y empezamos a movernos hacia el muelle. La rampa de madera se tambaleó bajo nuestros pies y solté una exclamación ahogada al mirar en dirección a las revueltas aguas sucias.

—Despacio —murmuró Casteel.

Asentí, mientras Perry nos conducía hasta un carro. Kieran y Delano venían justo detrás de nosotros. Mi corazón atronaba en mi pecho cuando pasamos por delante de los guardias, pero los hombres no nos hicieron ni caso; toda su atención estaba centrada en las mujeres que silbaban y llamaban con voz sensual a los hombres que aún estaban en los barcos. Tenían los rostros muy maquillados.

Gracias a los dioses por la incapacidad de algunos hombres para fijarse en nada más si había cerca una cara bonita.

—¿Qué demonios estáis haciendo todos? —exigió saber un hombre que acababa de aparecer desde el otro lado del carro, con una mueca severa entre los gruesos carrillos de su rostro—. Este no es…

—Silencio. —Casteel se giró hacia el hombre y el poder, la convicción de esa única palabra, me dejó sin respiración.

El hombre se quedó callado sin poder apartar la vista de los ojos de Casteel. Todo su cuerpo se había quedado rígido mientras las hebras invisibles de la coacción lo sujetaban como suspendido en el sitio. Yo misma estaba fascinada, pues era muy raro ver a Casteel utilizando ese don.

—No dirás nada, ni una palabra, mientras estas cajas son cargadas en tu carro. No harás ni un solo ruido —le ordenó Casteel, su voz era suave y fluida—. Una vez que las cajas estén cargadas, las llevarás adonde sea que te dirijas. ¿Entendido?

El hombre asintió, parpadeando despacio, y luego se limitó a quedarse ahí plantado mientras el resto de la tripulación nos rodeaba con sus cajas. No pude evitar mirar alucinada la expresión en blanco del rostro del hombre.

—Marchaos —susurró Perry cuando asomó la cabeza entre nosotros. Unas botellas tintinearon dentro de la caja que Delano y Kieran colocaron en el carro—. Y que los dioses cuiden de vosotros.

—Que los dioses cuiden también *de ti* —repuso Casteel. Se deslizó en torno a Perry y me dio un golpecito en el hombro al pasar por mi lado. Me giré para mirar a Perry un instante.

—Ten cuidado.

—Lo tendré, mi reina.

Entonces di media vuelta y empecé a caminar al mismo paso que Casteel para colarnos con disimulo entre la masa de trabajadores con capas y chaquetas que entraban y salían por las verjas del Adarve. Paseé la vista por entre la gente, pero sabía bien que no debía mirar atrás para comprobar que Delano y Kieran nos seguían. Ya nos encontrarían. Volví la vista al frente.

Cuanto más me acercaba… peor se volvía el olor. Sudor y aceite mezclado con el hedor a pescado podrido. Sabía que solo empeoraría, cada vez más intenso por la mera existencia de todos los que se veían obligados a vivir en los míseros hogares al pie del Adarve, casi apilados, donde el sol parecía no penetrar nunca. El olor nauseabundo no fue en lo único en que me fijé. El estado del Adarve también llamó mi atención. Había pequeñas... fisuras por toda la alta y ancha estructura. Jamás había visto nada por el estilo y no podía ni imaginar qué podría haber causado esos daños.

—Mira el Adarve —le dije a Casteel en voz baja, y él levantó la cabeza de un modo muy sutil.

No dijo nada mientras cruzábamos las verjas con la masa de trabajadores que estaba entrando en la ciudad. Nos encaminamos hacia las estrechas callejuelas del barrio comercial, donde los mercados atestaban la calle cubierta de desechos dejados tanto por los caballos como por los humanos. Noté una sensación cosquillosa en la espalda y supe que Kieran y Delano nos habían encontrado.

Un carro tirado por caballos pasaba por nuestro lado, el conductor encorvado hacia delante y ajeno al niño que corría por la acera adoquinada cargado con una montaña de periódicos. Tenía las mejillas arreboladas, la cara manchada de hollín y el pelo rubio sucio y enmarañado. Se lanzó a cruzar la calle...

La mano de Casteel salió disparada para agarrar al niño por el pescuezo y tirar de él hacia atrás.

—¡Eh! ¡Suélteme, señor! —gritó el niño, aferrado a los periódicos con todas sus fuerzas—. No he hecho... —Cerró la boca cuando los poderosos cascos de los caballos y las pesadas ruedas del carro pasaron a apenas unos centímetros de su cara—. Mierda —susurró.

—De nada —repuso Casteel, dejando al niño en la acera. El chiquillo giró en redondo, con los ojos como platos.

—¡Gracias, señor! Habría quedado aplanado como el pan de mi mamá. —Giró otra vez sus ojos como platos hacia la calle

—¿Aplanado como el pan de su mamá? —susurró Delano detrás de mí, y tuve que contener mi risa.

—Puedes agradecérmelo contándome qué le pasó al Adarve —dijo Casteel, mientras deslizaba la mano dentro de su capa—. Para que tenga todas esas grietas.

El niño frunció el ceño y levantó la vista hacia las zonas más oscuras del rostro de Casteel.

—Fue la tierra, señor. Se sacudió aquí, y oí a Telly decir en el puesto de pescado que la tierra tembló todo el camino hasta la capital. Mi mamá dijo que fueron los dioses. Que algo los había enfadado.

No sabía qué podía haber causado semejante terremoto, pero sí que no habían sido los dioses.

—¿Cuándo ocurrió esto? —preguntó Casteel.

—No sé. Hace un mes o así. —El niño se movió incómodo de un pie a otro—. ¿Cómo es que no sabe cuándo tembló todo?

—Supongo que estaba dormido —contestó Casteel, y yo puse los ojos en blanco.

El niño lo miró incrédulo, pero su expresión enseguida se convirtió en asombro cuando Casteel sacó la mano de la capa y dejó caer varias monedas encima del montón de periódicos. Los ojillos del pequeño se abrieron aún más.

—La próxima vez, procura mirar a un lado y a otro antes de salir corriendo a la calzada —le dijo Casteel antes de retomar la marcha.

—¡Gracias! —exclamó el chiquillo, y luego echó a correr.

—Solo para que lo sepas —murmuró Kieran unos segundos más tarde—, no ha mirado a un lado y a otro.

—Por supuesto que no —repuso Casteel, caminando de tal modo que su cuerpo quedara entre el mío y la calle.

—¿Qué crees que provocó el terremoto? —pregunté mientras nos adentrábamos en la ciudad y cortábamos por una callejuela rebosante de basura. Intenté no respirar.

—No tengo ni idea. —Casteel me miró de reojo—. Nunca había oído de un temblor que se extendiera desde aquí hasta Carsodonia.

—Bueno, si los dioses estuvieran despiertos y tuviesen que oler esta callejuela —empezó Kieran—, comprendería que hicieran que la tierra se sacudiese.

—No es todo así —les recordé—. Las personas que viven aquí no tienen elección, aparte de sobrevivir con lo que tienen.

—Lo sabemos —dijo Casteel en voz baja mientras nos conducía a otra calle mugrienta y atestada de gente.

Íbamos a paso ligero, serpenteando por las congestionadas calles y los distintos vecindarios. Nos abríamos paso entre los vendedores, la gente que se afanaba, apresurada, en sus tareas diarias, y aquellos que parecían arrastrar los pies sin rumbo, vestidos con su ropa andrajosa y raída, los rostros demacrados y la piel de una palidez cadavérica. Me recordaban tanto a los Demonios que se me revolvió el estómago. Me pregunté y luego temí que estuvieran sufriendo una enfermedad degenerativa que a menudo atacaba por la noche para robar las vidas de las personas mientras dormían.

Una enfermedad cuyo origen ahora conocía: la sed de sangre de los Ascendidos.

Yo no era la única que estaba contemplando a esas pobres almas; también habían captado la atención de Kieran y Delano. La consternación y la suspicacia de los *wolven* nubló las ya de por sí asfixiantes calles.

Casteel y yo nos deshicimos de las gorras pero nos quedamos con la capucha puesta al llegar a las zonas interiores de la ciudad, mientras que Delano y Kieran dejaron sus capas tiradas para quien las pudiera necesitar. Vestidos de negro de la cabeza a los pies y equipados con espadas cortas de heliotropo, tenían el mismo aspecto que cualquier guardia que uno pudiera encontrar en el reino de Solis.

La diferencia entre el barrio próximo al Adarve y la zona asentada a los pies del castillo de Redrock era asombrosa. Ahí fluía el aire entre casas más espaciadas y las callejuelas daban paso a patios enrevesados y jardines. La electricidad en lugar del aceite iluminaba restaurantes y hogares, y menos carros y más carruajes ocupaban calles adoquinadas y niveladas, libres de desechos. El aire era más limpio, las aceras y los parterres estaban cuidados. Nos vimos forzados a ralentizar el paso para no llamar la atención de los guardias que patrullaban por la zona a fin de mantener a los que no necesitaban protección a salvo de los que sí. Pasamos por al lado de parejas vestidas con capas forradas de piel y vestidos enjoyados que entraban en tiendas y subían a carruajes. Casteel me rodeó la cintura con un brazo y yo encorvé los hombros. De un rápido vistazo, supuse que parecía como si Casteel quisiera mantenerme caliente mientras dábamos un paseo por debajo del follaje de frondosos helechos y pasarelas en alto.

Delante de nosotros, el castillo parecía una costra de sangre reseca a la luz del día. Cruzamos la ancha calle bordeada de árboles y entramos en un parque con una densa arboleda al pie de la muralla secundaria que rodeaba el castillo de Redrock. Una vez ocultos por el bosque, Casteel y Kieran nos condujeron a través del laberinto de árboles y arbustos de bayas silvestres. No más de media hora después, la muralla exterior de Redrock apareció ante nuestros ojos.

—¿Vamos a escalar la muralla? —pregunté. Casteel se rio.

—Eso no será necesario, mi reina. Nos vamos a limitar a pasar por debajo para entrar en uno de los viejos pasadizos subterráneos.

Lo miré de reojo y luego a Kieran, y recordé la muralla interior que rodeaba al castillo de Teerman y la sección próxima a los jacarandás. Mi cabeza voló de vuelta hacia Casteel.

—¿Me estás diciendo en serio que parte de la muralla baja también hasta aquí?

Con una sonrisa, Casteel tiró de la solapa de mi capa al pasar por mi lado de camino a varias ramas más bajas.

—Los Ascendidos son famosos por gastar sumas extravagantes en vestidos elegantes y gemas preciosas. Pero ¿sabes por qué otra cosa son famosos? —Levantó una de las ramas y, a través del resto de las ramas delgadas y desnudas, vi un montón de rocas grises al pie de una estrecha abertura en la pared—. Su poca disposición a gastar nada de ese dinero en el más básico mantenimiento de sus ciudades e incluso de sus castillos.

—Por todos los dioses —musité, sacudiendo la cabeza. Casteel me guiñó un ojo.

—Es una verdadera vergüenza. —Delano retiró varios mechones de pelo pálido de su cara. Un lado de sus labios se curvó hacia arriba—. Y también muy beneficioso para nosotros.

Casteel encabezó la marcha. Levantaba las ramas a medida que pasaba por debajo de ellas y las sujetaba en alto para mí. El olor terroso, a moho y a humedad, que nos recibió cuando entramos por la brecha de la muralla y pasamos a un espacio oscuro me recordó muchísimo a los túneles que conducían a Iliseeum. Forcé a mi mente a concentrarse en el plan que teníamos entre manos. Según Casteel y Kieran, se podía acceder a los patios desde pasarelas y salas subterráneas. Desde ahí, podríamos hacernos una idea del tipo de fuerzas a las que nos enfrentaríamos.

Y ¿después? Bueno, íbamos a meternos de lleno en el corazón del castillo de Redrock, íbamos a entrar en el Gran Salón e íbamos a anunciar que habíamos llegado antes de lo esperado. Los pillaríamos desprevenidos y eso seguro que alteraría las cabezas tanto de los guardias como de la Corona de Sangre, el hecho de que hubiéramos sido capaces de colarnos delante de sus propias narices. Y que te pillaran desprevenido solía ser una debilidad fatal.

—Cuidado. —Casteel encontró mi mano en la oscuridad—. El suelo está en pendiente.

—¿Para qué construyeron esto los Ascendidos? —pregunté mientras intentaba encontrarle un sentido a la zona en la que estábamos.

702 • UNA CORONA DE HUESOS DORADOS

—Ya estaba aquí antes de los Ascendidos —explicó Casteel, que se movía como una sombra a través de la nada. Se paró y empujó con el hombro una puerta que chirrió con suavidad. Al otro lado aguardaba un túnel de tierra iluminado por antorchas—. El bosque llevaba a un sendero que conducía directo a los acantilados. Supongo que antaño lo utilizaban para algún tipo de contrabando.

—Y te diré que los Ascendidos que residían aquí antes lo usaban para un contrabando de otro tipo —comentó Kieran desde detrás de mí.

Personas.

Podían usar los túneles para introducir o sacar a mortales del castillo sin que los vieran entrar en el recinto.

Me estremecí mientras caminábamos entre las húmedas paredes de piedra de un pasadizo, mi mano sobre la empuñadura de hueso de *wolven*. Llegamos a un tramo corto de escaleras, donde el pasillo se dividía en dos. Casteel giró hacia la derecha.

—Como vuestro consejero... —empezó Kieran en voz baja mientras pasábamos por delante de habitaciones, algunas con viejas puertas de madera ahora condenadas, y otras abiertas para revelar estantes de botellas polvorientas de lo que supuse, o esperé, que fuese vino—. Me gustaría sugerir formalmente la colocación de guardias a las entradas de todos los túneles de cualquiera de las residencias en las que podáis acabar viviendo.

Casteel soltó una carcajada.

—Creo que es una sugerencia excelente.

Una sensación de recelo emanó de pronto de Delano y llamó mi atención.

—¿Qué pasa?

Sus pálidos ojos lucían concentrados y alerta mientras escudriñaba las habitaciones por las que pasábamos.

—Saben que veníamos hacia acá. Sería lógico imaginar que alguien de su guardia haya pensado en apostar efectivos en estos túneles solo por si acaso, sobre todo cuando ya hubo una intrusión en el castillo en el pasado.

—Sí, pero no sabían que íbamos a entrar por aquí —le dijo Kieran.

Kieran tenía cierta razón aunque, por lo que sabía, la Corona de Sangre rara vez salía de la capital. ¿Sabrían de la existencia de estos túneles? ¿Los habría descubierto quien fuese que hubiesen colocado en esa sede real? Di por sentado que sí, aunque solo fuese por lo fácil que les resultaría introducir a gente de incógnito en el castillo o... deshacerse de cadáveres.

Una sensación de inquietud reptó por mi piel mientras seguíamos nuestro camino. Cruzamos otro breve tramo de escaleras y mi mirada deambuló hacia otro pasillo estrecho que Casteel y Kieran ignoraron, toda su atención concentrada en seguir adelante. Había una cámara a un lado, con varias antorchas encendidas. Me paré en seco y Delano apenas pudo evitar estamparse contra mí.

—¿Qué...? —La sorpresa lo sacudió cuando vio lo mismo que había visto yo—. Joder.

—¿Qué? —Casteel dio media vuelta al tiempo que yo giraba hacia la cámara en cuestión—. ¿Qué estás haciendo?

—La jaula... mira lo que hay en la jaula de esa habitación. —Corrí hasta ahí, sin creerme del todo lo que estaba viendo.

En el centro de la pequeña habitación, un gran felino gris se puso en pie a duras penas detrás de unos barrotes de un blanco descolorido. Una retorcida sensación de *déjà vu* se filtró a través de mí.

—Mira —repetí, sacudiendo la cabeza. No podía ser el mismo, pero...—. Eso se parece muchísimo al gato de cueva que vi de niña.

—¿Qué diablos? —masculló Kieran al detenerse ante la boca de la cámara mientras Casteel caminaba hacia mí.

—Eso... sí que parece un gato de cueva —murmuró Casteel. El gran gato caminaba ahora inquieto, sus músculos se tensaban y abultaban debajo de su lustroso pelo mientras miraba hacia nosotros entre los barrotes con vibrantes ojos verdes. Ojos inteligentes. Ojos sabios—. ¿Por qué demonios mantendrían a este bicho aquí dentro?

—¿Por qué lo traerían aquí, para empezar? —añadió Delano en voz baja, con sus ojos entornados en dirección a la criatura—. El jodido animal parece famélico.

En verdad lo parecía.

Di unos pasos hacia él. El gato se detuvo a observarme.

—Poppy —susurró Casteel—. Tenemos que darnos prisa.

—Lo sé. Es solo… —No sabía cómo explicar lo que sentía. Por qué el *eather* en mi pecho zumbaba ahora de un modo tan violento.

—Vale. Tenías razón. Tienen a un gato de cueva. —La voz de Kieran rebosaba tensión—. Pero no tenemos tiempo de liberar a las mascotas del castillo.

Sabía que no teníamos tiempo que perder, y también dudaba mucho de que un gato de cueva o cualquier otro animal salvaje pudiera mantenerse con vida tanto tiempo en una jaula. Pero… no pude reprimirme. Me arrodillé delante de la jaula y los ojos del gato se cruzaron con los míos, sin parpadear en ningún momento. Alargué un brazo entre los barrotes…

—¡Poppy! Ni se te ocurra meter la mano… —Casteel corrió hacia mí.

Tarde.

Las yemas de mis dedos acariciaron pelo suave justo antes de que la mano de Casteel se cerrara en torno a mi brazo. Dio un tirón para sacar mi mano de la jaula mientras el gato se estremecía … y seguía estremeciéndose.

—¿Qué está pasando? —Sentí una oleada de pánico mientras Casteel me arrastraba hacia atrás y me ponía en pie—. ¿Le he hecho daño? No pretendía…

Me paré.

Todos nos paramos y miramos.

Incluso Kieran.

El pelo del felino se puso de punta. Se sentó y siguió temblando con violencia. Una luz blanca con toques plateados se filtró en sus ojos, que empezaron a sisear y a chisporrotear. Debajo del lustroso pelo del animal, su piel empezó a brillar.

—Oh, por todos los dioses —gimió Delano—. De verdad que tienes que dejar de tocar cosas, Poppy.

El pelo se retrajo para convertirse en piel, que se alisó y se volvió de un tono dorado trigueño. Una mata de pelo largo, de un tono castaño rojizo, cayó hacia delante hasta rozar el suelo de la jaula, ocultando gran parte del hombre desnudo arrodillado ahora detrás de los barrotes, con el tronco pegado a las piernas. Los marcados huesos y los músculos de sus hombros y sus piernas mostraban lo frágil que estaba, pero a través del pelo apelmazado unos vívidos ojos verdes se clavaron otra vez en los míos.

El hombre se estremeció otra vez y, a la misma velocidad que se había convertido en mortal, volvió a convertirse en un felino grande. El gato quedó ahora tumbado sobre la barriga, temblando y tiritando, con la cabeza gacha.

—Lo preguntaré otra vez —masculló Kieran—. ¿Qué diablos?

—A lo mejor es un *wivern* —murmuró Delano, en referencia a uno de los linajes que se creían extintos—. O quizás un cambiaformas. Algunos de los más viejos podían adoptar la forma de un animal.

—No lo sé. —Casteel tragó saliva, consternado mientras contemplaba a la criatura—. Pero… tenemos que seguir adelante.

—¿Qué? —Me giré hacia él a toda velocidad—. No podemos dejarlo ahí.

—Tenemos que hacerlo, Poppy. —Me agarró de los brazos—. ¿Has visto qué tipo de barrotes son? —me preguntó. Los miré otra vez y se me cayó el alma a los pies—. Son de hueso, y dudo que sean los huesos de un mortal. Tus habilidades no funcionarán con ellos y no vamos a poder romperlos sin provocar un ruido de mil demonios.

—Pero…

—Y aunque lo consiguiéramos, ¿qué haríamos con él? —preguntó Casteel. Buscó mis ojos con los suyos. Respiró hondo y levantó las manos para ponerlas en mis mejillas—. Escúchame. Sé que no quieres dejarlo ahí. Yo tampoco. Pero no hay nada que podamos hacer ahora mismo.

—Tiene razón —aportó Kieran. Miró hacia el pasillo detrás de nosotros—. No lo vamos a abandonar.

—¿No? —pregunté.

—Sabemos que está aquí. Pediremos que lo pongan en libertad —explicó Casteel—. Se acaba de convertir en parte de nuestro plan.

—Esa… es una idea ingeniosa —dije. Eché otra miradita al gato. Tenía los ojos cerrados y sus flancos subían y bajaban a toda velocidad.

—Eso es porque soy ingenioso. —Casteel inclinó la cabeza y me dio un beso en la frente—. Me encanta tu compasión, Poppy —susurró—. De verdad que sí, pero debemos continuar.

Con el corazón en un puño, asentí sin apartar la vista de la criatura.

—Volveremos —le prometí, sin tener muy claro si entendía lo que le decía o si era consciente siquiera de que seguíamos ahí.

Me costó un esfuerzo sobrehumano salir de la habitación, mi mente estaba llena de la intensa mirada del hombre. No creía que fuese un *wivern* ni un cambiaformas, porque no necesitarían los huesos de una deidad para enjaular a uno de esos.

Estaba claro que no podía ser…

—¿Malec podía cambiar de forma? —pregunté cuando entramos en una escalera estrecha.

—No —contestó Casteel desde delante de mí—. Sé lo que estás pensando, pero ese no es él. No era del tipo de deidades que podían cambiar de forma.

De algún modo, eso no me alivió como debería. Doblamos una esquina de las escaleras y Casteel abrió la puerta despacio.

—Despejado —murmuró.

Emergimos en la planta baja del castillo, en un pasillo de servicio. Por las paredes desnudas y la mínima iluminación, habría apostado a que solo lo usaban los sirvientes. En silencio, nos dirigimos hacia el final del pasillo, donde colgaba un estandarte carmesí con el escudo real bordado en oro. Estábamos a pocos metros del final cuando Casteel maldijo en voz baja y me agarró de la mano para ponerme detrás de él al tiempo que daba un paso al frente y desenvainaba una espada.

Una figura apareció en la entrada del pasillo y se plantó delante del estandarte. Era una mujer joven con el pelo color medianoche retirado de la cara y recogido en una gruesa trenza. Una tela de encaje cubría sus brazos y la parte superior de su pecho y su cuello; el material era transparente, excepto por la tela más gruesa que se entrelazaba por el encaje como una enredadera. Su túnica era ceñida en el pecho y en el abdomen, y luego se abría para dar cabida a sus caderas redondas. Había rajas a ambos lados que dejaban ver unos pantalones negros con botas que se ataban hasta sus rodillas.

No era ninguna sirvienta. Si la ropa por sí sola no lo hubiese revelado, las espadas con forma de medialuna que sujetaba a ambos lados lo habrían hecho; sus hojas eran del negro reluciente de la piedra umbra.

También habría sido un buen indicador la máscara pintada, o tintada, de un intenso tono negro con toques rojizos. Un disfraz que ocultaba la mayor parte de sus rasgos, pues subía por encima de sus cejas hasta el nacimiento del pelo y luego se extendía por debajo de sus ojos, que eran de un tono de azul plateado tan increíblemente pálidos que parecían casi desprovistos de color, y por fin llegaba casi hasta su mandíbula por ambos lados. Alas. La máscara se parecía a las alas de un ave de presa por encima de la piel aceitunada de su rostro.

¿Sería... una doncella personal? No estaba segura, pero sabía que no era una *vampry*. Tenía emociones. Podía sentirlas tras gruesos muros mentales.

—Hola —nos saludó, con bastante educación—. Os hemos estado esperando.

Deslicé la mano hacia mi daga de hueso de *wolven* justo cuando Delano salía disparado hacia la mujer con su espada de heliotropo y...

La joven se movía a una velocidad endiablada, un fogonazo de encaje negro e intenso carmesí. Se coló por debajo del brazo de Delano, subió de golpe para atrapar su brazo entre el de ella y el cuerpo de él, luego giró en redondo y enganchó una pierna alrededor de su cintura. Giró de nuevo y forzó al cuerpo de Delano a alejarse de ella. Y en un abrir y cerrar de ojos, tenía una espada curva debajo de su barbilla y la otra apretada contra su abdomen.

Todos nos quedamos paralizados.

Creo que estábamos un poco aturdidos por lo que acabábamos de ver.

—Suéltalo —ordenó Casteel con esa voz poderosa y autoritaria, la que usaba para la coacción y la respuesta deseada—. Ahora.

La mujer lo miró.

—Lo haré cuando me dé la gana.

Una oleada de sorpresa y consternación nos atravesó tanto a Casteel como a mí. Esta mujer no era susceptible a la coacción. Me dio un pesado vuelco al corazón.

—Ahora bien, me han ordenado no derramar sangre de manera innecesaria, algo que reconozco que tengo cierta mala costumbre de hacer —nos informó. Miró las tensas líneas del rostro de Delano, que forcejeaba con ella pero era incapaz de romper su agarre, el agarre de una mujer pintada que tenía que medir varios centímetros menos que yo. Sujetaba a Delano en el sitio mientras se sostenía de puntillas—. Así que, por favor, no pienses en cambiar de forma, porque eso me obligaría a convertir el derramamiento de sangre en algo por desgracia necesario.

—¿Qué demonios eres? —gruñó Delano.

—¿Una doncella personal? —sugerí, pensando en la mujer que conocí como mi madre… y que muy bien podía haber sido mi madre biológica.

—Sí. Soy eso y muchas cosas más. —Unos labios sin pintar se curvaron hacia arriba en una sonrisa tensa cuando sus ojos volaron hacia nosotros—. Pero, ahora mismo, soy solo vuestra amistosa escolta. —Su mirada no vaciló ni un instante cuando empezaron a sonar muchas pisadas desde ambos lados del pasillo—. Es decir, una de muchas escoltas.

En cuestión de segundos, un batallón de guardias reales llenó ambos lados del pasillo sin ventanas, con las espadas desenvainadas. Entre ellos había caballeros con armadura. Había *docenas*, y los caballeros aparecieron como habían estado en Spessa's End: con una cresta teñida de carmesí sobre los yelmos y máscaras pintadas de rojo para ocultar la parte superior de sus caras.

Solté un suspiro entrecortado.

—Suéltalo —exigió Casteel, con la cabeza agachada—. Y nos comportaremos si vosotros hacéis lo mismo.

Esos ojos espeluznantes se centraron en él y percibí un repentino estallido de acidez por parte de la mujer: una gran inquietud. Pero fue algo breve y después esbozó una amplia sonrisa que reveló dos filas de… dientes sin colmillos.

—Por supuesto —respondió con alegría—. Soy una experta en comportarme.

Me dio la sensación de que era mentira.

Esperamos con el corazón atronando y el *eather* en mi pecho presionando contra mi piel para que lo liberara. Podía acabar con todos ellos, igual que lo había hecho con los Arcanos de camino a Evaemon.

—¿Me vas a soltar? —preguntó Delano, y la mujer asintió—. Entonces tienes que soltarme de verdad.

—Lo haré —lo tranquilizó, y deslizó los ojos de vuelta a mí—. Pero, verás, ya os habéis portado mal al colaros por los túneles. —Chasqueó la lengua con suavidad y la energía palpitó en mi interior, debajo de mi piel—. Yendo adonde no deberíais haber ido. —Sus ojos planos taladraron los míos—. Viendo lo que no deberíais haber visto.

—¿El hombre de la jaula?

Su sonrisa se esfumó.

—Nuestra reina no se va a poner demasiado contenta cuando se entere de eso, pero estoy dispuesta a daros a todos el beneficio de la duda. Sobre todo a ti —me dijo—. No intentes nada. Si lo haces, no será tu vida la que pierdas. Serán las vidas de los que cabalgaban hacia nuestras puertas orientales.

Me puse rígida por la incredulidad. Vonetta y los otros no deberían de haber llegado a las puertas todavía.

—¿Cómo puede ser?

—Los vimos y aceleramos su llegada —repuso, sin que las espadas del cuello y el abdomen de Delano vacilaran ni un ápice—. Esta mañana, para ser más exactos.

Por todos los dioses.

—¿Dónde están? —exigió saber Casteel con los dientes apretados.

—Están a salvo y ahora mismo os esperan para que os reunáis con ellos.

—¿Y se supone que tenemos que creerte? —la acusó Kieran.

—Dice la verdad —nos llegó una voz familiar desde nuestra derecha.

Se me cortó la respiración al girarme. Casteel se puso tenso, como si se preparara para lanzarse delante de mí. Ian salió del pasillo, deslizó los ojos de nosotros hacia la mujer y Delano. Parecía... tenso, sus rasgos eran más pálidos de lo que deberían, como la otra vez, pero también forzados.

—Te dijeron que no debía haber ningún derramamiento de sangre innecesario —dijo Ian con tono calmado.

—¿Veis? —La mujer arqueó las cejas en nuestra dirección—. Y no he derramado ninguna. Ni una sola gota. —Sin previo aviso, soltó a Delano y dio un paso atrás. Bajó sus espadas.

Delano se giró hacia ella a toda velocidad, con el pecho agitado, y fulminó a la joven con la mirada. Ella le guiñó un ojo.

—Os ha dicho la verdad. Vuestros amigos están bien. —Los ojos de Ian tocaron los míos—. Puedo llevaros con ellos y la reina se reunirá con nosotros ahí. Podéis conservar vuestras armas.

Miré de reojo a Casteel, que hizo un gesto afirmativo.

—Bueno, ¿por qué no? Después de todo, estamos aquí para ver a la Corona de Sangre.

Y tampoco era que tuviésemos otra opción.

Por todos los dioses, por esto no había habido guardias en los túneles subterráneos. También podía ser la razón de que no hubiésemos tenido problemas para entrar en la ciudad. Ya sabían que íbamos a entrar por una ruta diferente, y antes de lo esperado. Habíamos perdido todas nuestras ventajas antes de saberlo siquiera, y ahora éramos *nosotros* a los que habían pillado desprevenidos.

Los guardias esperaron hasta que empezamos a andar, guiados por esa extraña mujer. Casteel se quedó muy pegado a mí mientras Ian caminaba a mi lado.

Mantuvo la vista al frente mientras recorríamos el pasillo sin ventanas.

—Espero que estés bien, hermana —comentó. Levanté la vista hacia él, pero no dije nada—. Y que tus viajes después de nuestro último encuentro hayan sido exitosos.

Clavé los ojos en él y me lanzó una mirada breve. No pude leer nada en esos ojos insondables ni en él, pero ¿estaba tratando de preguntar acerca de los guardias de Nyktos sin revelar nada?

—Así fue —mentí.

Sus facciones se relajaron de manera casi imperceptible y habría jurado que había alivio.

—Bien.

—¿Estás en…? —Me callé antes de soltar lo que sospechaba. La mujer delante de nosotros giró la cabeza hacia atrás—. ¿Estás solo? ¿Dónde está tu mujer?

—Lady Claudeya permanece en la capital.

La mano de Casteel rozó la mía cuando entramos en el Gran Salón. Igual que en el pasillo, ahí no había luz del sol. Unos gruesos cortinajes carmesíes tapaban las ventanas y había un caballero apostado delante de cada una. Varias mesitas de comida y bebida sin tocar estaban dispuestas entre un puñado de sillas, butacas y sofás, delante de un estrado elevado. Las sillas estaban ocupadas. Vonetta se levantó al instante, seguida de Emil, Lyra e Hisa. Naill ya estaba de pie detrás de ellos. Ninguno parecía demasiado emocionado, pero sentí alivio procedente de ellos y de nosotros. Alguien más permanecía sentado en una de las sillas, bloqueado en parte por…

Vonetta captó la dirección de mi mirada y dio un paso a un lado.

Todo el aire salió de golpe de mis pulmones cuando vi a Tawny levantarse, una imagen preciosa con un sencillo vestido rosa de mangas largas y vaporosas.

—¿Poppy? —susurró. Dio unos pasos hacia mí mientras miraba de reojo a Vonetta y a Emil—. De verdad eres…

—Es mi hermana —la interrumpió Ian, y los dos intercambiaron una mirada que podría haber sido de advertencia. Pero un nudo se expandió y triplicó en mi garganta porque Tawny no era…

No había Ascendido.

Hice ademán de ir hacia ella, pero Casteel me agarró de la mano.

—No pasa nada —declaró Ian con calma, pero la mirada que le lanzó Casteel indicaba que le importaba un bledo todo lo que pudiera decir mi hermano.

Emil, sin embargo, asintió.

—Es verdad.

Un músculo se tensó en la mandíbula de Casteel, pero me soltó la mano y eché a correr en el mismo momento en que Tawny pasaba por al lado de Emil, con su masa de rizos castaños y dorados más salvajes y preciosos que nunca. En cuanto llegué hasta ella envolví mis brazos a su alrededor, y cuando sentí su piel cálida debajo de su vestido, empecé a temblar. Temblé aún más fuerte cuando enroscó los brazos a mi alrededor y me abrazó con la misma fuerza que yo la abrazaba. Y noté que temblaba con la misma intensidad. También pude sentir sus emociones. Asombro burbujeante y azucarado. Alivio terroso y silvestre. Y el sabor amargo del…

—La reina no es lo que parece —me susurró Tawny al oído mientras su miedo impregnaba la parte de atrás de mi garganta—. Tienes que…

—Poppy está muy cambiada —la interrumpió Ian, que se había acercado a nosotros por detrás—. ¿No crees?

Me eché atrás y busqué los ojos de Tawny, que asintió. Eché también un rápido vistazo a Ian y vi que la doncella personal nos miraba mientras se deslizaba con disimulo detrás de Casteel y de Kieran. Los dos se habían acercado más a nosotras. Tawny… sabía la verdad sobre la reina y los Ascendidos, e Ian estaba tratando de protegerla.

714 • Una corona de huesos dorados

—Lo *sé* —dije, mirándola a los ojos—. Sí que estoy cambiada sin el velo.

A Tawny le temblaban los labios, pero forzó una sonrisa mientras sus ojos saltaban de Ian a mí.

—Estás preciosa sin el velo.

Deslicé mis manos a sus brazos.

—Me alegro tanto de verte. Te he echado muchísimo de menos. Y he estado muy preocupada por ti.

—Yo también te he echado de menos —admitió Tawny, consciente de los guardias que caminaban en torno a la sala—. Pero no hay razón para que te preocupes. —Tragó saliva al mirar hacia donde Casteel había ido a ponerse a mi lado—. Hola. —Hizo una pausa y entornó un poco los ojos—. *Hawke*.

La forma en que dijo su nombre y la mirada que le lanzó eran tan Tawny que casi me eché a llorar.

—Hola, Tawny. —Casteel inclinó la cabeza—. Me alivia ver que estás bien. Aunque desearía estar confirmándolo en otras circunstancias.

—Como desearíamos todos —murmuró Ian en voz baja.

La mujer joven se acercó más, daba la impresión de que a sus ojos no se les escapaba nada. Tawny empezó a girar la cabeza hacia ella, pero entonces la mirada de la doncella personal voló hacia la entrada del Gran Salón.

Una ráfaga de conciencia presionó contra mi nuca y estalló en un aluvión de escalofríos gélidos. Ian dio un paso atrás y utilizó el brazo para indicarle a Tawny que hiciera lo mismo. Supe antes de darme la vuelta lo que iba a encontrar, pero aun así me moví como si estuviera atrapada en fría nieve a medio derretir. Miré más allá de la fila de guardias con sus capas negras.

Faldas de seda negra y carmesí que fluían como el agua por el suelo de piedra. Profundo escote en uve que cortaba entre los pechos hasta la cintura de una estrechez imposible, ceñida por hileras de rubíes encadenados. Dedos de uñas rojas en las manos cruzadas. Granates engarzados y ceñidos en torno a delgadas muñecas y a un cuello pálido. Exuberantes labios rojos curvados en una leve sonrisa. Una nariz respingona con un ónice como *piercing*. Pómulos altos maquillados con destreza para darles color. Ojos negros que centelleaban bajo las lámparas de araña doradas, perfilados en negro. Oscuras cejas arqueadas. Pelo que brillaba de un profundo tono caoba, recogido de tal modo que la espesa mata cayera por encima de un elegante hombro en gruesos rizos sueltos que rozaban las hileras de rubíes de la cintura. Tallada en puro rubí pulido y consistente en doce aros de piezas ovaladas de ónice conectadas entre sí y coronados por diamantes tallados como espinas, la Corona de Sangre era una de las obras de arte más bellas y más horrendas jamás creadas.

Como la mujer que la llevaba.

La reina Ileana tenía exactamente el mismo aspecto que recordaba: preciosa de un modo sensual que muy pocos podían lograr nunca y que le daba a sus rasgos una calidez que aún menos Ascendidos habían sido capaces de dominar jamás. Nuestros ojos se cruzaron y no fui capaz de apartar la mirada mientras me golpeaban una y otra vez recuerdos de ella retirando el pelo del lado desfigurado de mi cara, leyéndome cuentos cuando no podía dormir, o abrazándome cuando lloraba y llamaba a mi madre y a mi padre.

Quizás haya sido por eso que no vi a quien estaba justo detrás de ella, a su derecha. Quizá por eso tardé un momento en registrar la repentina explosión de sorpresa gélida procedente de Casteel, que había dado un brusco paso atrás. Mis ojos se deslizaron hacia el hombre que estaba ahí de pie. No era el rey Jalara.

El pelo de este hombre le llegaba casi a los hombros, de un tono castaño claro que mostraba asomos de rubio. Pero los pómulos marcados, la nariz recta y la orgullosa línea de su mandíbula me resultaban inquietantemente familiares. Y entonces levantó la vista hacia nosotros y su boca carnosa se curvó hacia arriba. Y apareció un... un *hoyuelo* en su mejilla izquierda. La sonrisa, sin embargo, estaba toda mal, le faltaba calidez y todo trazo de humanidad.

—Hermano —dijo el desconocido, y una intensa oleada de escalofríos me recorrió de arriba abajo al oír el sonido grave y áspero de su voz—. Ha pasado mucho tiempo.

Casteel se había puesto tenso a mi lado.

—Malik.

CAPÍTULO 45

—Menuda reunión más agradable —anunció la reina Ileana; su sonrisa era tensa mientras miraba a los dos hermanos, que no podían quitarse el ojo de encima.

Apenas la oí. Apenas era consciente de la doncella personal que serpenteaba entre nosotros como un espectro para por fin colocarse al otro lado de la reina.

Lo que estaba viendo no tenía sentido.

Y no era la única que parecía paralizada por la sorpresa mientras mirábamos al príncipe Malik Da'Neer. ¿Cómo era posible que estuviera libre? ¿De pie al lado de la Reina de Sangre, con aspecto de estar sano y de una pieza? No se parecía en nada al hombre demacrado y esquelético que habíamos visto abajo, en la jaula. Su piel broncínea no mostraba el tono macilento de la inanición. Su pelo estaba reluciente y el brillo pulido de sus botas, el corte de sus pantalones, la elaborada confección de su camisa y el chaleco gris oscuro que llevaba rezumaban riqueza y privilegio.

No tenía sentido.

O no debía de tenerlo, porque la única razón de que pudiese estar ahí era incomprensible.

—Por todos los dioses —musitó Kieran. Levantó una mano, pero luego suspendió el movimiento.

—Malik. —La voz de Casteel sonó ronca y la agonía que cortaba a través de él me dejó sin respiración. Me estiré para agarrar su mano. Sus ojos saltaban de su hermano a la Reina de Sangre y vuelta. Su sorpresa, y la de todos los demás, me golpeó como una lluvia glacial—. No.

La cabeza de su hermano se ladeó y sus ojos se posaron en donde mi mano estaba envuelta en torno a la de Casteel.

—Veo que has contraído matrimonio, Cas —le dijo, y Casteel dio un respingo cuando el aire que inspiró salió al instante de sus pulmones—. Desearía haber podido estar ahí. —Unos brillantes ojos dorados se cruzaron con los míos y noté que Kieran se estremecía, de pie a mi lado—. Enhorabuena.

—¿Qué te ha hecho la reina? —preguntó Casteel, conmocionado hasta la médula.

—Me ha abierto los ojos —repuso Malik.

—¿A qué? —escupió Casteel.

—A la verdad. —Malik irguió la cabeza y estiré mis sentidos hacia él. Todo lo que encontré fue un grueso muro para ocultar sus emociones—. Igual que os abrirá los ojos a todos.

Casteel dio un paso atrás, su incredulidad era tan potente como su aflicción.

—Esto no puede ser real. —Su cabeza giró a toda velocidad en dirección a la reina e hizo ademán de ir hacia ella, pero apreté mi mano sobre la suya al tiempo que varios de los caballeros se adelantaban. Pero ellos no me preocupaban. Me preocupaba la doncella personal, cuyos ojos penetrantes estaban clavados en Casteel—. ¿Qué demonios le has hecho?

—*Casteel*. —La voz de la reina nos llegó como una serpiente en la hierba.

Todo el cuerpo de Casteel se puso rígido a mi lado y los labios rojos de la reina se curvaron hacia arriba mientras estiraba una mano hacia él.

Reaccioné sin pensarlo. La agarré del brazo y la seda de su manga se arrugó bajo mis dedos.

—Jamás volverás a ponerle un dedo encima.

La doncella personal dio un paso, pero la reina Ileana levantó una mano mientras posaba en mí su mirada oscura.

—Penellaphe. —Esos ojos negros recorrieron mi cara, se demoraron un instante en las cicatrices y luego siguieron su camino. Y creí ver... oh, cielos, creí ver que sus facciones se suavizaban y se caldeaban—. No tengo ningún interés en poner ni una mano sobre tu marido. Eso sería una falta de respeto increíble.

—Como si te importara lo más mínimo lo que es respetuoso —espeté, cortante.

Sus cejas se arquearon, luego se rio con suavidad.

—Ian —dijo en voz más alta y, por el rabillo del ojo, vi a mi hermano ponerse tenso—. No me habías dicho que nuestra querida Penellaphe no solo había encontrado su lengua sino que también la había afilado.

Ian no dijo nada.

La reina Ileana tiró de su brazo, pero yo la sujeté un momento más. No sabía por qué lo hacía. Quizá solo para demostrar que podía, que mi lengua no era lo único en mí que tenía bordes afilados. La solté despacio, levantando un dedo cada vez.

Una ceja se arqueó mientras me miraba con más atención. Luego acercó la cabeza a mí y me llegó un aroma a rosas y a vainilla.

—Poppy —dijo con voz dulce, sin apartar los ojos de los míos. Vista tan de cerca, pensé que sus ojos... no eran tan oscuros como solían ser los de un Ascendido. Podía ver sus pupilas. Abrí mis sentidos, pero no sentí nada en ella, lo cual no fue ninguna sorpresa—. Qué deprisa te has vuelto contra mí, después de todos los años que pasé protegiéndote, cuidándote y manteniéndote a salvo.

Sus palabras no afectaron lo más mínimo a mi corazón.

—¿Te refieres a todos los años que pasaste mintiéndome y manteniéndome en una jaula?

—No estabas en una jaula, niña. Estoy segura de que tu querido príncipe puede decirte eso.

La cabeza de Casteel voló en su dirección y su furia impactó contra mi piel.

—Una habitación y una vida de mentiras también es una jaula —escupí, negándome a apartar la mirada—. Y no soy una niña, ni él es un príncipe.

El ceño de la reina Ileana se frunció y luego se suavizó mientras miraba a Casteel. Soltó otra risa suave y se echó atrás.

—Bueno, eso explica muchas cosas. —Se giró hacia atrás en dirección a Malik—. El hermano pequeño sobrepasa al mayor. —Se volvió otra vez hacia nosotros—. Y la Doncella se convierte en reina. —Las comisuras de sus labios se curvaron hacia arriba otra vez—. Como siempre había deseado para ti.

Unas campanas de advertencia resonaron con fuerza, aunque llevaban tañendo desde que entró en la sala con el príncipe Malik a su lado como si fuese su consorte.

—¿Dónde está el rey? —pregunté.

—En la capital —respondió. Ahora miraba a Kieran. Hizo ademán de enderezar el cuello de su túnica, pero captó mi movimiento hacia ella—. Qué territorial, ¿no? Jamás lo hubiese esperado de ti. Tengo una pregunta, querida. Una que puede que incomode mucho a Ian. —Su corona centelleó cuando inclinó la cabeza hacia atrás—. ¿Estás Unida a este *wolven*? ¿O es al rubio guapo? ¿O quizás a una de esas hembras despampanantes?

El hecho de que supiera qué era la Unión no se nos escapó a ninguno.

—Estoy vinculada a ellos, sí —contesté, y esperé a que sus ojos se posaran de nuevo en mí—. A todos ellos.

Sus ojos se abrieron un pelín, pero luego dio una sonora palmada, lo cual me sobresaltó. Casteel me lanzó una mirada rápida mientras la reina se giraba otra vez hacia Malik.

—Mira todo lo que te has perdido.

—Estoy mirando —repuso él con frialdad—. Y estoy viendo.

—¿Qué demonios se supone que significa eso? —gruñó Casteel. Su sorpresa al ver a su hermano, al ver su traición, había dado paso a una furia que sabía a sangre más que a ira.

—Verás, siempre vi a mi querida Penellaphe como a la reina de Atlantia. —La reina Ileana se volvió hacia Delano, cuyo labio se retrajo en una mueca de desagrado cuando ella sonrió de nuevo. Levantó una mano y chasqueó los dedos. Me puse tensa, pero fue una pequeña horda de sirvientes la que respondió a su llamada. Entraron en la sala cargados de bandejas con vasos—. Solo que se ha casado con el hermano equivocado.

Me atraganté con mi propia respiración mientras Casteel la miraba pasmado.

—¿Qué? —No podía haberla oído bien.

—¿Una bebida, alguien? —ofreció la reina Ileana, pero ninguno de nosotros aceptó, ni siquiera Emil o Naill, que tenían aspecto de necesitar una botella entera en ese momento. La reina encogió un hombro en un gesto delicado en respuesta a su negativa.

—¿Qué se supone que significa eso? —insistió Casteel.

—Había planeado que mi Penellaphe se casara con Malik —contestó, y sí, la había oído bien la primera vez.

—Es verdad —confirmó Malik. Aceptó un vaso de lo que de verdad esperaba que fuese vino tinto. Lo levantó en mi dirección—. Yo era tu Ascensión. —Sus labios esbozaron una sonrisilla—. O al menos así es como podríamos llamarlo. —Me guiñó un ojo y bebió un sorbo—. Aunque supongo que podría considerarse una Ascensión de la... ¿carne?

Casteel explotó.

Se abalanzó hacia su hermano con los labios retraídos, los colmillos a la vista. Casteel era rápido, pero Kieran saltó tras él y envolvió ambos brazos alrededor de su cintura.

—Eso es lo que quieren —dijo Kieran—. No se lo des, hermano. No lo hagas.

La risa de la reina Ileana fue como el tintineo de un carrillón. Aceptó también una copa.

—Por favor, hazlo —dijo, y vi que los caballeros y los guardias retrocedían para alejarse de Malik y de Casteel—. Siento curiosidad por saber quién ganaría esta pelea. Apuesto por Casteel. Él siempre ha sido un luchador. —Sonrió mientras levantaba una de las trenzas de Vonetta al pasar por su lado. Vonetta retrajo los labios en un gruñido silencioso—. Incluso cuando estaba a punto de ser destruido.

Mi cabeza voló hacia ella.

—Cierra la maldita boca.

Su risa murió en sus labios y se volvió hacia mí. La doncella personal retrocedió mientras Malik bebía otro sorbo de su vino, con una ceja arqueada. Ian se acercó a mí con discreción y Tawny palideció. Casteel dejó de forcejear por llegar hasta su hermano y tanto él como Kieran se giraron hacia donde yo estaba; el pecho me zumbaba por el *eather* y por la ira mientras subía y bajaba a toda velocidad con mis respiraciones.

—Estoy siendo amable, *reina* Penellaphe, y hospitalaria. Porque siempre te tendré mucho cariño, más allá del lado que estemos —precisó, su voz fría mientras le sonreía a Naill—. Os he invitado a hablar conmigo para que, con suerte, podamos llegar a un acuerdo sobre lo que nos deparará el futuro. Supongo que esa es la razón de que vosotros dos aceptarais.

—Lo es —masculle.

—Incluso os he servido bebidas y he ofrecido comida a tus amigos, a pesar de que intentaron engañarme y hacerme creer que eras tú en lugar de ella. —La reina Ileana hizo un gesto hacia Lyra con su copa. La *wolven* le gruñó—. Pero no confundas mi cariño con debilidad ni con permiso para hablarme como si no fuese nada más que basura de alcantarilla. Soy *la* reina, así que muéstrame un poco de maldito respeto.

Abrí la boca para decirle exactamente lo que opinaba de mostrarle respeto, pero Casteel se me adelantó.

—Tienes razón en por qué estamos aquí. Estamos aquí para hablar del futuro. Del vuestro.

De pie delante del estrado, la reina Ileana se volvió hacia nosotros con la doncella personal como sombra a un lado y Malik al otro.

—Entonces, hablad.

Casteel había conseguido recuperar el control de su ira mientras que yo estaba perdiendo el manejo de la mía a toda velocidad.

—Vinimos con un...

—¿Un ultimátum? Ya lo sé —dijo, y Casteel cerró la boca de golpe—. Queréis que libere a tu hermano y permita a Atlantia recuperar las tierras al este de New Haven, ¿no? O contaréis al mundo entero la verdad sobre los Ascendidos y sobre Atlantia usando a la antigua Doncella como prueba. Y nos destruiréis minando nuestros cimientos basados en mentiras. ¿Estoy en lo cierto?

Me quedé de piedra.

Todos nosotros lo hicimos.

—¿Cómo? —gruñó Casteel—. ¿Cómo sabes todo eso?

—Oh, tenéis... o más bien *teníais* un consejero que estaba muy ansioso por liberar a Atlantia del legítimo heredero al trono —respondió—. Tan ansioso, de hecho, que les contó vuestros planes a varios de mis protegidos.

Alastir.

—Ese hijo de puta —musitó Naill.

Apenas podía respirar a través de mi ira.

—Tengo unas ganas inmensas de matarlo otra vez —bufé.

—¿Está muerto? —La reina Ileana sonrió—. Por todos los dioses, no tienes idea de lo feliz que me hace eso. Gracias.

—No queremos tu gratitud —espetó Casteel.

La reina se encogió de hombros otra vez.

—En cualquier caso, vuestro plan es astuto. Si vosotros dos entráis bailando en Solis, enamorados y felices, eso podría hacer que nuestro control se tambaleara. Puede que incluso destruyera la... ¿cómo la llamáis? ¿La Corona de Sangre? Después de todo, sí que creen que la Doncella fue Elegida por los dioses. Pero veréis, eso solo funcionaría si creyerais que cualquiera de nosotros simplemente entregaría Solis. Preferiría ver arder todo el maldito reino antes de permitir que Atlantia se apoderara de un solo acre de tierra.

Aspiré una brusca bocanada de aire mientras Ian cerraba los ojos y bajaba la barbilla.

—¿Y ya está? —Casteel dio un paso al frente—. ¿De verdad quieres una guerra?

—Quiero Atlantia —repuso.

—Entonces, es la guerra —declaré. La corona de rubí centelleó cuando negó con la cabeza.

—No necesariamente.

—No veo cómo puede haber ninguna otra opción —la contradijo Casteel—. Has rechazado nuestra oferta.

—Pero vosotros no habéis rechazado la mía.

Casteel se rio con tono sombrío.

—Será un «no».

—No habéis oído lo que tengo para decir. —La Reina de Sangre sujetó su copa con las dos manos—. Reclamaréis Atlantia en mi nombre y me juraréis lealtad. Podéis conservar vuestros títulos de príncipe y princesa, pero os aseguraréis de que varios de mis duques y duquesas puedan cruzar sanos y salvos las Skotos para establecer sedes reales por todo Atlantia. Desmantelaréis vuestros ejércitos y convenceréis a la gente de Atlantia de que todo esto, por supuesto, es para mejor. —Ladeó la cabeza—. Oh, y quiero que al exrey y a la exreina los traigan a la capital, donde serán juzgados por traición.

Malik no mostró respuesta alguna. Se limitó a quedarse donde estaba, al lado de la doncella personal. Ni un atisbo de emoción por lo que sería la sentencia de muerte para sus padres.

—Has perdido la cabeza —murmuró Casteel, y tenía razón. No había ninguna otra explicación para que pudiera creer que aceptaríamos eso.

—Si rechazáis mi oferta, entonces la guerra será inevitable —continuó, como si Casteel no hubiese hablado—. Pero, primero, creo que deberíais comprender a lo que os enfrentaríais si vuestros ejércitos cruzaran las Skotos. Tenemos más de cien mil guardias que han jurado lealtad a la Corona Real. Puede que sean mortales, pero quieren dinero y una vida de riquezas. Cosas que yo les puedo proporcionar. Están más que dispuestos a luchar y a morir por eso, lo cual es mejor que minimizar riesgos con la esperanza de que Atlantia pueda ser diferente a lo que tienen ahora —nos explicó—. Tenemos varios miles de caballeros, y no os resultará en absoluto tan fácil como pensáis enfrentaros a ellos en combate. Pero eso no es todo lo que tenemos.

—¿Los Retornados? —terminé por ella.

Las cejas de la reina Ileana treparon por su frente, pero enseguida se nivelaron.

—Interesante —murmuró, y mi corazón dio un traspié. No me atreví a mirar a Ian—. Pero ¿sabéis lo que es un Retornado? —Cuando ninguno de nosotros contestó, cambió su copa a una mano y le hizo un gesto a la doncella personal para que se acercara.

La mandíbula de Malik se apretó cuando la joven fue a reunirse con la reina. Fue breve y ni siquiera estaba segura de que su reacción tuviera que ver con esa llamada. La doncella personal envainó las espadas al lado de sus muslos y se colocó perfectamente quieta al lado de la reina.

—Un Retornado es una cosa asombrosa. —La reina Ileana giró el cuerpo hacia la mujer—. Una cosa muy antigua que perdió el favor de todos allá cuando los dioses caminaban entre los hombres —explicó. Levantó la trenza de la joven y la pasó por encima de su hombro—. Son más rápidos de lo que la mayoría de los atlantianos podría esperar ser jamás. Quizás incluso más rápidos que un *wolven*. Tienen una fuerza increíble, también los que tienen limitaciones verticales como esta que está a mi lado.

La joven había dicho que era muchas cosas cuando le pregunté si era una doncella personal. También era una Retornada, y habíamos visto en primera persona lo rápida y fuerte que era.

Y no parecía ni remotamente contenta de que hicieran referencia a su altura.

—Son unos luchadores con un entrenamiento excepcional, con habilidades innatas. Son buenos para una cosa. —La reina sonrió mientras deslizaba un pulgar por la máscara pintada de rojo—. Y esa cosa es matar.

Los extraños ojos de la Retornada permanecían abiertos, fijos en algún punto detrás de nosotros.

—Cualquier mortal puede adquirir gran destreza para matar, ¿no es así? —preguntó la reina Ileana—. Pero un Retornado no es mortal en realidad. Es algo completamente diferente.

La reina Ileana le hizo un gesto a un caballero cercano. El hombre fue hasta ellas al tiempo que desenvainaba un cuchillo de hoja larga. Me puse tensa cuando un fogonazo de desesperación quemó a través de mí, dejando a su paso el asfixiante humo de la impotencia. Provenía de ella. De la Retornada. A pesar de que se quedó ahí plantada, inexpresiva, con su mirada perdida. No quería…

Malik dio una sacudida, como si estuviera a punto de dar un paso adelante, pero se detuvo un segundo antes de que el caballero clavara el cuchillo en el pecho de la joven. En su corazón.

Tawny soltó un grito y se plantó una mano a toda prisa sobre la boca. Yo di un paso atrás por la sorpresa. Choqué con Casteel, que tenía los ojos muy abiertos mientras observaba al caballero extraer el cuchillo. Ian había girado la cabeza y el caballero dio un paso a un lado. El encaje de la túnica de la doncella personal enseguida se empapó y la mujer se tambaleó hacia un costado para caer después sobre una rodilla.

Brotó sangre por su boca y estiró el cuello hacia atrás.

—Auch —dijo con voz rasposa, y luego se desplomó hacia un lado.

—También es una luchadora —comentó la reina, mientras un charco rojo se extendía a toda prisa desde debajo de su cuerpo, que había quedado boca abajo. La reina Ileana levantó la vista hacia Vonetta—. Tú. ¿Quieres comprobar por mí si está viva?

Vonetta nos lanzó una mirada rápida y luego fue hasta el cuerpo. Se arrodilló y apoyó los dedos contra un lado del cuello de la mujer. Tragó saliva y sacudió la cabeza mientras retiraba la mano.

—No hay pulso y... puedo olerlo. Muerta.

Me dio la sensación de que no se refería al mismo olor que percibían en mí.

Vonetta se levantó y se reunió a toda prisa con Emil y los otros.

—Está muerta.

—Por todos los dioses —musitó Kieran, sin apartar la vista de la joven que yacía en el suelo. Su sangre llenó las grietas entre las baldosas, se extendía hacia nosotros—. ¿De qué ha servido eso?

—Paciencia —dijo Ileana, y bebió otro sorbito.

La mano de Casteel se aplanó contra mi espalda mientras mis ojos saltaban de la Retornada a la reina y de ahí a Malik, cuya mirada no se había apartado ni un segundo del cuerpo inmóvil.

—¿A ti qué...? —Forcé el aire a salir por mi boca—. ¿A ti qué te pasa? —le pregunté a la reina mientras contemplaba a la mujer y la sangre que se extendía por debajo de su mano...

Un dedo se movió.

Solté una exclamación y Casteel se inclinó hacia delante con los ojos entornados. Otro dedo sufrió un espasmo, y luego el brazo. Pasó un segundo y todo el cuerpo de la joven se movió, su espalda se arqueó y su boca se abrió. Aspiró profundas bocanadas de aire, jadeando, y apretó una mano sobre donde debería estar la herida, donde habían perforado su corazón. Se sentó, parpadeó varias veces y luego se puso en pie y nos miró con esos ojos sin vida.

—Tachán —exclamó la reina con un chasquido de sus dedos. Kieran se echó atrás.

—¿Qué diablos?

—El «qué diablos» por el que estás preguntando es un Retornado —repuso la reina—. No se los puede matar con facilidad. Puedes apuñalarlos con piedra de sangre o con cualquier otra piedra. Puedes cortarles el cuello. Prenderles fuego. Cortarles los brazos y las piernas y luego dejar que se desangren. Y siempre volverán de una pieza. —Le sonrió casi con cariño a la Retornada—. *Siempre retornan.*

Siempre retornan.

Me estremecí mientras miraba a la joven, incapaz de procesar cómo aquello era posible, porque no era lo mismo que curar a alguien, ni siquiera era lo mismo que arrancar a alguien de las garras de la muerte. No creía que mi contacto pudiera hacer... crecer extremidades seccionadas.

—¿Y su cabeza? —preguntó Casteel—. ¿También le vuelve a crecer?

La sonrisa de la reina se ensanchó mientras asentía.

—Imposible —murmuró Delano.

—¿Queréis que os lo demuestre? —se ofreció.

—No —me apresuré a decir, la desesperación de la Retornada todavía era un eco en mi alma—. Eso no será necesario.

La reina parecía un poco desilusionada incluso, mientras Emil se frotaba el centro del pecho con la palma de la mano.

—Eso es… una abominación de los dioses.

La Retornada no dijo nada, pero la reina sí.

—Para algunas personas, lo son.

Pensé en lo que había dicho Nyktos. Tenía razón. Eran abominaciones de la vida y de la muerte.

—¿Cómo? —logré preguntar—. ¿Cómo se crean?

—No se crean sin más. Nacen. Los terceros hijos e hijas de dos padres mortales. No todos llevan esta… característica, pero los que sí la tienen no muestran rasgos especiales a menos que se los descubra —explicó, y me golpeó una certeza nauseabunda. Los niños entregados al Rito. Esto es en lo que se convertían algunos de ellos—. Se necesita la sangre de un rey o de alguien destinado a serlo para asegurar que alcancen todo su potencial, pero al parecer… —miró al príncipe Malik—, ya no dispongo de eso.

Malik esbozó una sonrisa a modo de disculpa.

—Y bueno, el resto no es tan importante —declaró—. Tengo muchos, los suficientes como para crear un ejército al que no tendréis ninguna posibilidad de derrotar jamás.

Ian… no había exagerado. ¿Cómo se podía luchar contra un ejército cuyos efectivos no hacían más que levantarse todo el rato después de haber caído? ¿Podrían los guardias de Nyktos derrotarlos siquiera?

—Bueno… —dijo la reina Ileana, alargando la palabra—, pues a esto es a lo que os enfrentaríais en una guerra. —Sus ojos oscuros se posaron en mí—. La Guerra de los Dos Reyes no terminó nunca —dijo—. Solo ha habido una tregua tensa. Eso es todo. Y ahora debéis ver cuán inútil sería creer que podríais luchar contra Solis.

—Entonces, ¿por qué no os habéis limitado a conquistar Atlantia? —preguntó Casteel.

—La mitad de mis ejércitos moriría o se perdería cruzando las Skotos. Ni siquiera a los Retornados les iría bien en la niebla —afirmó—. Además, no quiero que la gente de

Atlantia me odie. Quiero su respeto. Su lealtad. No su aversión.

—Bueno —empezó Casteel—, ese barco ya ha zarpado.

—Los sentimientos pueden cambiarse —dijo, restándole importancia al comentario—. Sobre todo cuando su reina es la hija de la reina de Solis.

—¿*Mi madre?* —Solté una carcajada sin ningún humor—. Creía que eras mi abuela.

—No sé por qué esa zorra estúpida te dijo eso —repuso—. La duquesa de Teerman era leal, pero no precisamente la más inteligente.

Sacudí la cabeza con absoluta incredulidad.

—Tu afirmación de ser mi madre es una mentira tan ridícula que no puedo creer que pensaras que la creería jamás.

—Oh, por favor, no me digas que todavía crees que Coralena es tu madre. Esa zorra traicionera no te llevó dentro durante nueve meses ni pasó luego horas chillando de dolor para traerte a este mundo —escupió. Dio media vuelta y subió a paso airado las cortas escaleras que rodeaban toda la sala y conducían al nicho de las ventanas y sus pesadas cortinas.

—Tú tampoco —gruñí.

—¿Ah, no? —repuso ella.

—Eres una *vampry*. —La mano de Casteel se apretó contra la zona de mis riñones—. No puedes tener hijos.

—No es una *vampry* —dijo Ian mirándome. Tenía la cara tensa—. Y dice la verdad. Es tu madre.

—Coralena era la madre de Ian. Leopold era su padre —precisó la reina Ileana. Dejó su copa vacía sobre un podio de mármol. Fue entonces cuando me percaté de que no había ya sirvientes en la sala—. Y Cora era mi doncella personal favorita, en la que más confiaba. Hice que cuidara de ti para que ninguno de los que buscaban obtener lo que yo tenía pudiera utilizarte, a mi propia hija, contra mí. Y muchos hubiesen sido bastante tontos como para intentarlo. Yo confiaba en ella, y ella me traicionó. Ella y el inútil de su marido creyeron que podían raptarte. Al parecer, descubrió mi intención de casarte con el príncipe Malik para, por fin, unir los dos reinos, y no lo aprobaba.

Mi corazón aporreaba en mi pecho mientras hablaba.

—Por cierto, Coralena sobrevivió al ataque. Después de todo, era una Retornada. —Deslizó las manos por las cadenas de rubíes de su cintura—. Sin embargo, no sobrevivió a mi cólera.

Me estremecí y Casteel me pasó un brazo por la cintura.

—No quería hacerlo. Aquello me dolió más de lo que jamás podrías creer. Era como una hija para mí. Y me traicionó. —La reina respiró hondo y luego le hizo un gesto al caballero para que se apartara de las cortinas de la ventana—. No soy una *vampry*. Mi nombre tampoco es Ileana. Bueno, no es mi primer nombre. —Cerró los dedos alrededor del borde de la cortina y yo me agarré al brazo de Casteel—. El primer nombre con el que nací es uno que probablemente conozcáis: Isbeth.

CAPÍTULO 46

La sorpresa que recorrió la sala fue contagiosa.

—Sí, *esa* Isbeth —continuó, deslizando la mano a lo largo de la cortina—. Era la amante de Malec… su confidente, su amiga y… su todo. Y vuestra madre… —Se giró hacia Casteel, cerró el puño en torno a la cortina—. Ella me lo quitó todo. Me envenenó con belladona. ¿Os lo podéis creer? Qué vulgar. —Hizo una mueca de asco—. Si Malec no me hubiese encontrado a tiempo, no estaría aquí delante de vosotros, pero lo hizo. De algún modo… supo que algo iba mal. —Se puso una mano contra el pecho mientras nos mantenía a todos en un silencio expectante—. Éramos corazones gemelos. Habría hecho cualquier cosa por mí.

La reina Ileana… no, si era verdad lo que decía… la reina *Isbeth* echó la cabeza hacia atrás.

—Me dio su sangre, sin saber bien lo que pasaría. Simplemente estaba desesperado y se negaba a permitir que yo muriera.

Pensé en Casteel. En lo que había hecho para salvarme.

—Pero no me convirtió en *vampry*. Yo no fui la primera. Veréis, las deidades no son como los atlantianos. Su sangre es mucho más poderosa que eso.

Miré a Casteel.

—¿Eso es verdad?

—Lo es —contestó su hermano—. Cuando las deidades Ascienden a un mortal, no se convierten en *vamprys*. Se convierten en algo sin las molestas limitaciones que tienen los Ascendidos.

Casteel soltó un resoplido y supe que estaba pensando lo mismo que yo. Que sus padres *tenían* que saber desde un principio que la reina Ileana era... que era Isbeth.

Justo entonces, la Reina de Sangre arrancó la cortina para dejar entrar la brillante luz del sol. Los caballeros se apresuraron a retroceder de donde el sol proyectaba sus rayos por el suelo. Ian se movió deprisa para evitar el contacto, pero ella...

Se quedó de pie en el charco de luz; la corona y las joyas en su cuello, sus muñecas y su cintura centelleaban al sol. No empezó a gritar de dolor, ni a retorcerse de la agonía ni a descomponerse.

No pasó nada.

Igual que no había pasado nada cuando yo salí a la luz del sol.

La miré pasmada, mi pecho subía y bajaba agitado.

—¿Qué... qué eres?

—He sido muchas cosas en mi vida. Hija. Amiga. Zorra. Amante.

—Es una lista muy impresionante de la que estar orgullosa —gruñó Casteel, y vi a Naill agarrado al respaldo de una silla, sacudiendo la cabeza—. La amante del rey Malec. Enhorabuena.

—Malec. —Isbeth le sonrió a Casteel con suficiencia mientras los guardias se acercaban más a ella para sustituir a los caballeros que ahora estaban refugiados en los recovecos más sombríos—. Era su amante. Lo amaba. Aún lo amo. Eso no es ninguna mentira. Pero entonces tu madre tuvo que destruirlo. Pero no, ya no soy la amante de ningún hombre, ni mortal ni dios.

—¿Dios? —farfullé—. Malec era…

—Un dios —me interrumpió Isbeth—. Era el hijo de Nyktos, y Nyktos no es ningún dios normal. Es un Primigenio, algo mucho más antiguo y mucho más poderoso —continuó, y yo sabía que esa parte era verdad—. Cualquiera que llevase su sangre sería un dios. Pero Eloana nunca lo supo, ¿verdad? Yo, sí. Sabía exactamente quién y qué era Malec. Una deidad no puede crear a un *vampry*. Un dios, tampoco.

La mano de Casteel resbaló de la mía.

—Mientes.

—¿Por qué habría de mentir acerca de eso? —Sacudió la cabeza y siguió los rayos de sol hacia las escaleras—. Malec era un dios.

—¿Por qué iba a fingir ser una deidad si era un dios? —exigió saber Casteel.

—Porque se cansó de estar retenido en Iliseeum mientras a los hijos, generaciones posteriores a él, se les permitía explorar más allá de las montañas de Nyktos. Y él podía hacer justo eso. Los hijos de Nyktos nacieron en el reino mortal, igual que su consorte.

Di un respingo al recordar lo que había dicho Nyktos sobre los poderes de los Primigenios en el mundo más allá de Iliseeum. Solo los nacidos dentro de este mundo podían conservar sus poderes aquí.

Le eché un rápido vistazo a Casteel cuando Isbeth volvió a hablar.

—Venga, hombre, conoces tu propia historia, ¿no? Yo la viví, Casteel. ¿Cómo crees que consiguió Malec matar a las otras deidades? ¿Apoderarse del control como lo hizo? Una deidad no hubiese podido hacer eso, ni siquiera una que descendiera de Nyktos. Y no había deidades de esa estirpe. Nyktos solo tuvo dos hijos.

Se produjo un largo momento de silencio, durante el cual pude sentir que las cadenas de la incredulidad se soltaban y caían mientras mirábamos a la Reina de Sangre, que estaba claro que no era una *vampry*.

—¿Sabía mi madre lo que Malec era en realidad? —se forzó Casteel a preguntar.

—Esa es al menos una mentira que no contó. Y como he dicho antes, no soy una *vampry* y no soy una deidad. —Volvió a mirarme—. Puesto que me Ascendió un dios, me convertí en una diosa.

—Así no es como funciona la cosa —gruñó Casteel y, aunque yo no sabía demasiado acerca de los dioses, tenía que creer en que él estaba en lo cierto. Uno no podía ser convertido en dios sin más.

Isbeth arqueó una ceja.

—¿Ah, no?

Vonetta y Lyra se acercaron con disimulo a Casteel y a mí, igual que Naill y los otros, después de varios minutos de estar intentándolo. Su odio y su miedo estaban al mismo nivel que en Delano y en Kieran, y eso decía algo de ellos. Si Isbeth de verdad era una diosa, ¿no se sentirían atraídos hacia ella como les sucedía conmigo?

—Sin embargo, por aquel entonces muchos Atlantianos no lo sabían, y cuando empezaron a Ascender a otros, simplemente dieron por sentado que yo era igual. —Tenía los ojos cerrados—. Malec me contó sus planes. Que fingiría ponerse del lado de Eloana y del Consejo para ayudar a erradicar a los Ascendidos. Dijo que era la única forma. Porque veréis, no podía dejar que los Ascendidos continuaran. Comprendía su amenaza mejor que la mayoría. —Se rio entonces, un sonido desprovisto de humor—. Incluso exiliado, quiso quedarse y luchar porque tenía honor. Pero apuesto a que eso no lo cuenta nadie, ¿verdad?

Eloana lo había hecho, en cierto modo. Había dicho que Malec era en su mayor parte un buen hombre y un buen rey. Que simplemente no era buen marido.

—Así que me sacó a escondidas de Atlantia cuando la guerra acababa de empezar, pero tuve que hacerlo sola. Habría sido demasiado arriesgado llevar a nadie conmigo, ni siquiera à nuestro hijo.

Me dio un vuelco al corazón.

—¿Un hijo? —preguntó Casteel con voz ronca. Isbeth asintió.

—Lo tuve antes de ser envenenada y era... como tú, Penellaphe. Una bendición. Era el bebé más bonito que haya habido jamás. E incluso de pequeño, tenía el toque. El *don*. —Un delicado escalofrío la recorrió de arriba abajo—. Malec me encontraría. Me prometió que cuando pudiese marcharse, lo haría. Mantendría a nuestro hijo a salvo y luego me lo traería, y simplemente pasaríamos una eternidad juntos, solos nosotros tres, sin corona y sin reino. Prometió llevarnos a Iliseeum.

Abrió los ojos y... centelleaban empapados de lágrimas.

—Pasaron los años y la guerra se extendió por las tierras. Yo... tuve que ocultar lo que era. Con mis ojos tan oscuros, los otros Ascendidos jamás cuestionaron lo que era, así que me escondí de la luz del sol y me refugié entre ellos, aún convencida de que Malec vendría a por mí. Jamás perdí la fe. Conocí a muchos que me refugiaron y conocí a Jalara, de las islas Vodinas. Descubrí que iba a reunir sus fuerzas a las puertas de Pompay, donde se había congregado una considerable fuerza atlantiana. Supe que esa era mi oportunidad de averiguar qué les había pasado a Malec y a mi hijo. —Abrió las aletas de la nariz—. Para entonces, habría estado a punto de convertirse en un hombre y era probable que no me reconociera, pero no me importaba. Sabía que lo ayudaría a recordar.

Bajó un escalón.

—Así que me reuní con Jalara en Pompay y ¿sabéis lo que vi? Vi al recién coronado rey Valyn Da'Neer encabezando al ejército atlantiano. Y lo supe. —Cerró los puños con fuerza y se le quebró la voz—. Supe que mi hijo había desaparecido. Supe que era probable que hubiese desaparecido apenas me marché de Atlantia, y que solo podrían haberlo encontrado si le habían hecho algo a Malec. Los esperé durante años, sin rendirme jamás, y ¡ellos me lo quitaron! ¡Él era todo lo que quise jamás! —gritó, y me estremecí ante sus palabras. Su pecho estiró la tela de su vestido cuando respiró hondo—. Me lo quitaron *todo*. Mi *hijo*. Mi Malec y yo no habíamos hecho nada malo excepto amar, y por todos los dioses, *jamás* volveré a amar de ese modo. Eso fue todo. Ese fue el final. —Hizo un gesto cortante con la mano—. Podrían haber parado esto en cualquier momento. Solo tenían que decir la verdad sobre Malec y sobre mí. Que no era una *vampry*. Que lo habían exiliado de manera injusta. Pero, si lo hacían, tendrían que confesar también lo que habían hecho *ellos*. Revelar todas sus mentiras. Reconocer que habían asesinado a *niños* —bufó, y me encogí un poco porque… sabía que lo habían hecho—. Y tendrían que devolverle la corona a Malec, si eso era lo que él quería. Así que, como es obvio, no dijeron nada. Y aquí estamos ahora —terminó con voz queda—. ¿Todo esto? —Levantó las manos por los aires y abrió los brazos a los lados—. Todo esto se debe a ellos. Ellos prendieron este fuego y lo avivaron, y ahora está fuera de control porque yo soy el fuego y les quitaré todo lo que tengan.

Les quitaré. A ellos.

No a Atlantia.

Ni siquiera a ellos en realidad. *A ella*, era lo que quería decir Isbeth. A Eloana.

El aire que inspiré se quedó atascado en mi garganta. Todas esas mentiras… Tantas malditas mentiras empapadas en sangre. Los dos reinos tenían la culpa de todo este embrollo.

Las dos reinas.

—¿Todo esto, por venganza? —susurré—. ¿Has creado este reino de sangre y de mentiras por venganza?

738 • UNA CORONA DE HUESOS DORADOS

—Al principio, sí, pero ahora es mucho más que eso. Ahora, es más que yo. —Los ojos de Isbeth se clavaron en los míos. Los ojos de mi madre se clavaron en los míos—. Tú lo ibas a recuperar todo para mí. Te casarías con Malik y, a través de ti, me apoderaría de Atlantia.

Me estremecí.

—¿Por eso me convertiste en la Doncella? ¿Hubo alguna vez otra Doncella siquiera?

—Eso no importa —sentenció. Juntó las manos con fuerza—. Tenías que ser protegida. Así fue como te mantuve a salvo hasta que llegó la hora.

—¿Hora de casarme con un hombre al que has tenido prisionero durante… cuántos años? —exclamé.

—¿A ti te parece que tiene pinta de prisionero? —La reina Isbeth miró hacia donde Malik estaba de pie al lado de la Retornada.

—Sé lo que le hiciste a Casteel. No soy tan tonta ni tan ingenua como para dejarme convencer de que no le hiciste lo mismo a Malik —dije en voz baja mientras daba un paso para ponerme delante de Casteel, como si así pudiera protegerlo de las palabras que acababa de pronunciar—. Da igual lo que digáis cualquiera de los dos, y lo siento. Por todos los dioses, ni siquiera puedo creer que esté diciendo esto, pero siento lo que os hicieron a ti y a tu hijo.

—Que hubiese sido tu hermano —apuntó ella, con los ojos muy abiertos.

—*Él* es mi hermano. —Señalé a Ian—. Él es mi hermano —repetí—. Lo que te hicieron estuvo mal. Lo que le hicieron a tu hijo fue horrible.

—Lo fue —murmuró—. De verdad que lo fue.

—Pero tú no eres mejor en absoluto —le dije—. ¿Lo que les has hecho a infinidad de niños? ¿A los entregados a los templos que no tienen el rasgo de Retornado? ¿Y los que murieron de esa enfermedad que los consumía, los que sirvieron de alimento para los *vamprys* que ayudaste a crear? ¿Y los segundos hijos e hijas a los que engañaste para que creyeran que la Ascensión era un acto otorgado por los dioses? ¿Y la pobre gente de Solis, que vive con el temor a unos dioses que ni siquiera están despiertos? ¿Que apenas pueden mantener a sus familias mientras los obligan a entregar a sus hijos? ¿Y qué me dices de los Demonios, *Isbeth*? —exigí saber—. ¿Qué pasa conmigo? Soy tu hija y me enviaste a vivir con un hombre cuyo pasatiempo favorito era azotarme y humillarme.

Levantó la barbilla con una exclamación ahogada.

—No sabía nada de eso. De haberlo sabido, lo hubiese despellejado y lo hubiese dejado con vida para que se lo comieran los bichos.

—Eso no importa —grité, con los ojos empañados por las lágrimas, porque esto… todo esto era un lío espantoso. Algo horrible—. No puedes culpar a Eloana ni a Valyn ni a Atlantia por nada más. Esto lo has hecho tú. Todo tú. Tú te has convertido en esto.

Casteel dio un paso a un lado y me obligó a retroceder hasta que sentí las manos de Kieran sobre mis hombros.

—Creo que es seguro decir que no aceptamos tus términos.

—En realidad, tú no tienes la autoridad para decir eso, ¿verdad? —dijo la reina Isbeth, con los labios apretados en una línea fina—. Sé lo que ella es. Es la legítima gobernante de Atlantia. Tú no eres más que un accesorio bonito.

—Oh, sí que soy bonito, sí. —Casteel agachó la cabeza—. Y también soy un accesorio bastante letal. No lo olvides.

La Reina de Sangre esbozó una sonrisilla.

—No lo he hecho. Créeme.

Asqueada por la verdad, por las implicaciones y la realidad de lo que… lo que mi madre le había hecho a Casteel, y a tantísima gente… a punto estuve de desplomarme.

—No —logré escupir—. No, no aceptamos ahora ni aceptaremos jamás tus exigencias.

—No os van a gustar las consecuencias si rechazáis mi oferta —dijo con voz suave—. No hagas esto, Penellaphe. Dame lo que quiero y ponle fin a esta situación.

—¿Por qué crees que entregarte Atlantia pondrá fin a esta situación? —pregunté con curiosidad sincera—. ¿Significaría que impedirías que los Ascendidos se alimentaran de gente inocente? ¿Suprimirías el Rito? ¿Cómo crees que entregarte Atlantia cambiaría lo que les hiciste a ellos?

Sus ojos oscuros me miraron.

—No lo hará, pero no estás en posición de negociar. —Negó con la cabeza—. No puedo creer que me vayas a obligar a hacer esto.

—No te estoy obligando a hacer nada.

—Oh, sí. —La reina Isbeth cuadró los hombros, con los ojos aún fijos en los míos—. Matadlo.

Todo mi cuerpo sufrió un espasmo y estiré los brazos para agarrar a Casteel, porque tenía que estar refiriéndose a él. Sin embargo, ningún guardia o caballero se movió hacia nosotros. Tampoco la Retornada. Miré a mi alrededor…

—¡No! —gritó Casteel.

Mis ojos se cruzaron con los de Ian. Un caballero se había acercado a él por la espalda, con la espada ya desenvainada. El caballero fue rápido. Columpió la espada por el aire y luego cortó a través de tejidos y músculos y huesos. Poniendo fin a una vida.

Capítulo 47

El tiempo se ralentizó y no lograba comprender lo que estaba viendo. Que Ian ya no estuviera de una pieza. Que hubiera tanto rojo por todas partes. En el suelo, sobre mí. Que era su cuerpo el que estaba cayendo y que era su cabeza la que rodaba por el suelo. No tenía sentido.

Tampoco lo tenía el hecho de que la doncella personal se llevara la mano a la boca, los labios entreabiertos en una exclamación de horror. Ni cómo el príncipe Malik daba un paso hacia atrás, espantado, y cómo su expresión impasible y engreída escapaba de su apuesto rostro cuando el muro que rodeaba sus emociones se agrietaba lo suficiente como para que pudiera sentir el latido de incredulidad que palpitaba en su interior. No entendía los gritos de Tawny mientras retrocedía, ni por qué Emil tenía los ojos tan abiertos, ni lo deprisa que había desaparecido toda la sangre del rostro de Kieran, ni el grito silencioso que se grabó en las facciones de Vonetta. No comprendía por qué Naill había cerrado los ojos ni por qué Casteel estaba pasando el brazo alrededor de mi cintura e intentaba darme la vuelta, pero no lograba moverme. No permití que me moviera. La agonía desgarró mi corazón y se abrió paso a dentelladas a través de mi cerebro. Imágenes de Ian y de mí destellaron una y otra vez en mi mente, cada uno

de los recuerdos que tenía de él cobraron forma a toda velocidad.

—Yo lo quería. ¡Lo quería como si fuese de mi propia carne y sangre! —chilló Isbeth. Luego se calmó—. Mira lo que me
has obligado a hacer.

El mundo se paró a mi alrededor, el reino entero pareció
cernirse sobre mí. Levanté la mirada de donde yacía Ian.

Los brazos de Casteel se apretaron en torno a mí.

—Zorra vengativa —gruñó.

Los ojos oscuros de Isbeth relampagueaban, anegados de
lágrimas, mientras se estremecía.

—No es mi culpa. —Se volvió hacia mí—. Te avisé. Y tú no
escuchaste.

Y entonces… todo se aceleró.

Lo que salió por mi garganta fue un ruido que jamás en la
vida había hecho. Mi pecho se abrió en canal y lo que brotó de
él fue una ira pura y sin límites. No hubo pensamientos. No
hubo comprensión. No habría ningún ultimátum. Todo lo que
importaba era que me lo había arrebatado. Lo había matado.
Dejé que ese antiquísimo instinto tomara el control. Él sabía
qué hacer con toda esa ira y ese dolor.

Abrí los brazos a los lados y me deshice del agarre de Casteel mientras la onda de energía brotaba de mi interior y
avanzaba por la sala. Casteel resbaló hacia atrás al tiempo que
Kieran se giraba. Los guardias reales y los caballeros corrieron
hacia delante. Se estrellaron contra Tawny, que se había quedado paralizada con la boca abierta mientras me miraba alucinada. La perdí de vista en la avalancha de hombres y escudos
y espadas desenvainadas que se movió para rodear a la Reina
de Sangre. Y vi el destello de sorpresa en la cara de Isbeth justo
cuando las ventanas cubiertas de las paredes se agrietaban y
estallaban en mil pedazos. Una intensa luz plateada ocupó
toda mi visión y se formó en mi mente, una gruesa red que se
extendió desde mí cuando di un paso adelante. Me deshice de

los guardias reales primero. Hice añicos sus escudos y espadas, y con el siguiente aliento, los destruí.

Casteel desenvainó sus espadas cuando un aluvión de guardias entró en tromba en el Gran Salón, pero no había nadie entre Isbeth y yo. Absorbí la ira y el miedo que palpitaban a mi alrededor, y tiré de mi propio odio para canalizarlo por las cuerdas que crepitaban y se extendían hacia ella. Iba a derribar los muros que rodeaban su mente igual que había querido hacer con los del padre de Casteel. Esta vez no me detendría. Haría trizas su mente, capa a capa, mientras le rompía cada maldito hueso del cuerpo. La luz blanca y plata palpitó por encima de ella y entonces...

Isbeth se rio.

Tiró la cabeza atrás y se echó a reír. Perdí el control de mi voluntad al tiempo que Casteel giraba en redondo y levantaba la vista hacia la Reina de Sangre.

—¿Acaso no has creído lo que he dicho, querida niña? —Estiró un brazo y, con una uña pintada de rojo, le dio un golpecito al vibrante muro de poder. La luz se intensificó y luego colapsó, convertida en polvo rutilante—. Esa ha sido siempre una de tus mayores debilidades, Penellaphe. Tu manera de dudar de lo que ves con tus propios ojos y lo que sabes con el corazón. Si de verdad hubieses creído lo que te decía, no habrías osado hacer algo tan imprudente. Habrías sabido que éramos diosas, y no se lucha contra un dios de esta manera.

Levantó una mano. Unos dedos gélidos se cerraron en torno a mi garganta, se hundieron en mi tráquea. Intenté agarrar las manos... unas manos que no estaban ahí. Una finísima hebra de aire surcó mi garganta mientras abría mucho los ojos y después... nada. Me tambaleé hacia atrás arañándome el cuello.

—¡Poppy! —gritó Casteel. Dejó caer una espada para agarrarme por la cintura. Lo miré. Mi boca se movía pero sin aire para darle vida a mis palabras. Giró la cabeza hacia la Reina de Sangre—. ¿Qué le estás haciendo?

—Darle otra valiosa lección.

Por el rabillo del ojo vi a Lyra transformarse, oí su ropa desgarrarse. Fue tan rápido… Un momento había sido mortal y al siguiente era *wolven*, y…

Isbeth giró la cabeza hacia ella.

Kieran gritó una advertencia y entonces se oyó el agudo gemido de Lyra y el sonido grave de huesos que se partían y se trituraban. Intenté apartar la mirada pero no pude. La mano se apretó en torno a mi garganta.

—Una lección que solo empeorará si un solo *wolven* de los que me miran como si fuese su cena da un solo paso más hacia mí. Lo mismo va por los atlantianos —dijo, y yo resollé de manera lastimera. Tenía la piel empapada de sudor—. Le romperé el cuello.

—¡Alto, todos! —bramó Casteel—. Atrás. ¡Ahora!

Me arañé el cuello, una oleada de pánico brotó en mi pecho. No podía respirar. Un dolor atroz bajó por mi garganta cuando mis uñas me hicieron sangre.

—Suéltala —dijo Casteel. Dejó caer su otra espada y cerró la mano en torno a mi muñeca—. ¡Maldita sea, suéltala!

—No creo que lo haga. Verás, necesita comprender la misma lección a la que tú tanto te resististe —dijo Isbeth—. No tiene elección. Nunca la tiene. Y veo que todavía cree lo contrario. Quizá sea perfecta para ti y nunca aprenda. Tu hermano ha sido mucho más complaciente.

Me ardían los pulmones mientras unas punzadas agudas y dolorosas atacaban mis manos y mis brazos… mis piernas. Puntitos negros empezaron a empañar mi visión. Sentí una gran presión sobre el cráneo. Esos dedos gélidos se clavaron en mi cabeza, en mi cerebro. El dolor cortó a través de mí. El tipo de dolor que tomaba el control de todo mi cuerpo y esto… oh, por todos los dioses, esto era lo que había planeado hacer con ella, pero no había sido bastante rápida para saber cómo hacerlo. Me daba la sensación de que me estaba haciendo pedazos desde el interior, de que estaba haciendo añicos mi cerebro. Sufrí un espasmo y forcejeé contra Casteel mientras me sostenía los lados de la cabeza. Me retorcí, consciente de que respiraba porque pude *gritar*.

—¡Poppy! —Casteel me agarró del brazo mientras yo me apretaba la cabeza, me mesaba los cabellos, mientras esas garras seguían clavándose. El pánico invadió sus ojos cuando algo cálido y mojado brotó por mi nariz, por mis orejas—. No. No. No. —Me abrazó contra su pecho mientras se giraba hacia ella—. Por favor. Te lo ruego. Para. Por favor, maldita sea. ¡Para! Haré cualquier cosa. ¿Quieres Atlantia? Es tuya...

—Tú no eres el legítimo heredero —lo interrumpió—. No puedes darme lo que quiero.

—Ella tampoco te lo podrá dar si la matas —gritó, mientras mis *dientes* sangraban—. ¿Quieres controlarla? Entonces, me quieres a mí. Tómame. No lucharé contra ti. Lo juro. No lo haré. Solo para. *Por favor*. —Se le quebró la voz.

Empezaba a perder la conciencia a medida que caía más y más hondo en ese dolor que me desgarraba el alma. Apenas oía sus palabras ni las entendía. Estaba perdiendo la capacidad para formular... pensamientos. Pero oí eso. Oí a Casteel suplicar, y a través de un dolor torrencial, sacudí la cabeza. Agarré todos esos gritos que rugían a través de mí y todas esas esquirlas de pensamientos deshilachados para formar una palabra, una y otra y otra vez.

—No. No. No —susurré y grité, mientras toda la luz se apagaba a mi alrededor porque preferiría estar muerta. Preferiría estar...

—La estás matando. Por favor —suplicó Casteel—. *Por favor*, para.

—Tú. Oh, siempre has sido mi mascota favorita. Y cuando ella se despierte, sabrá qué hacer para mantenerte con vida —repuso, su voz cada vez más débil, más lejos, hasta que no estuve segura de si lo que estaba oyendo era real—. Malik. Ve a por tu hermano.

Y entonces no hubo nada.

Cuando abrí los ojos, mi cabeza palpitaba sin parar y noté un saborcillo metálico en la boca. Rayos de sol fragmentados se colaban entre las gruesas ramas de un olmo.

—¿Poppy? —La cara de Kieran se inclinó sobre mí. Mi cabeza… mi cabeza estaba en su regazo—. ¿Estás ahí?

Tragué saliva e hice una mueca ante el dolor que me provocó.

—Eso creo. —Empecé a sentarme—. ¿Dónde estamos?

—En el bosque justo a las afueras de Oak Ambler —contestó Hisa mientras Kieran me ayudaba a levantarme.

Me froté la cabeza dolorida y guiñé los ojos contra el sol. La expresión de Hisa era seria. Seguí mirando a mi alrededor mientras mi mente se iba despejando poco a poco de su embotamiento. Delano estaba sentado al lado de Naill, que tenía una mano sobre el corazón. Emil y Vonetta estaban arrodillados al lado de… al lado de un cuerpo tendido.

—¿Tawny?

—Está viva. —Emil levantó la vista a toda prisa, con los ojos atormentados—. Pero resultó herida. —Dio un paso a un lado y vi la oscuridad que manchaba el rosa de su vestido en la zona del hombro—. La hemorragia se ha cortado, pero…

Vonetta abrió el cuello del vestido de Tawny y aspiré una temblorosa bocanada de aire. Sus venas sobresalían hinchadas y negras debajo del cálido tono marrón de su piel.

—No sé lo que le pasa.

Me puse de pie, algo inestable. Mi ropa estaba tiesa de sangre. Parte era mía, pero la mayoría había pertenecido a Ian.

—Puedo ayudarla.

—Creo que deberías volver a sentarte un ratito. —Kieran estaba de pie a mi lado.

Me llevé una mano a la cabeza. Seguí mirando y seguí... buscando entre mis recuerdos fragmentados. El sonido de unos huesos que crujían al romperse volvió a mí.

—¿Lyra?

Kieran sacudió la cabeza.

Mi corazón se aceleró y deslicé una mano hacia mi cuello dolorido. *Isbeth.*

—¿Dónde está Casteel?

Vonetta se giró otra vez hacia Tawny. Sus hombros estaban tensos. Demasiado tensos.

Silencio.

Un ligero temblor empezó a recorrer mi cuerpo. El zumbido de mi pecho empujó y se expandió, y mi corazón... mi *alma*... se encogió porque ya lo sabía. Oh, por todos los dioses, en lo más profundo de mi ser ya conocía la respuesta. Y mi corazón se partió mientras aspiraba una bocanada de aire demasiado superficial.

Me tambaleé, giré en redondo. Clavé los ojos en Kieran y sentí que mi corazón roto se agrietaba aún más.

—No —susurré. Di un paso atrás y luego uno hacia Tawny. Tenía que ayudarla, pero me doblé por la cintura, después me derrumbé—. No. No lo hizo.

—Poppy —susurró Kieran—. No pudimos hacer nada. Casteel se entregó. Teníamos que marcharnos. Isbeth dijo que Tawny era un regalo. Una muestra de su buena voluntad, que esperaba que le devolvieras.

—*No.* —Las lágrimas anegaron mis ojos mientras intentaba forzarme a atender a Tawny. Se me hizo un nudo en el estómago cuando me erguí de pronto y miré la palma de mi mano izquierda. La marca seguía ahí. Cerré la mano y luego los ojos, y vi a Ian... lo vi caer. La oí a *ella* reír. Lo oí a él suplicar—. No. No. —Agarré mechones de pelo que se habían soltado de la trenza y tiré hasta que me ardió el cuero cabelludo. Volví a oír a Casteel, que decía: *No era más que una cosa sin nombre.* Eso era lo que Isbeth le había hecho. Lo que intentaría hacerle otra vez—. No. Esto no era lo que tendría que haber pasado.

—Poppy —dijo Delano, y odié cómo pronunció mi nombre, lo suave que lo dijo. Odié la pena que irradiaba al aire a su alrededor, que empapaba mi piel. Negué con la cabeza y me giré hacia Vonetta.

—Lo rescataremos —prometió Vonetta, pero ella… no podía hacer esa promesa—. Lo haremos, Poppy.

Kieran se acercó con cautela; tenía las manos a los lados.

—Mírame, Poppy.

Retrocedí, sin dejar de negar con la cabeza. No lograba recuperar la respiración. No podía respirar mientras mi pecho palpitaba lleno de *eather*. El dolor cortó a través de mí. Dolor y miedo porque Ian ya no estaba, y sabía lo que le ocurriría a Casteel. Sabía lo que le harían. Sabía lo que ella haría porque sabía lo que ya le había hecho. A Casteel, a Malik, a Ian.

Ian.

Mis ojos se posaron en Tawny y…

Eché la cabeza atrás y grité mientras la rabia brotaba de mi interior. Una y otra vez, vi a Ian caer. Una y otra vez, oí a Casteel gritar, suplicarle que parara. Unos relámpagos zigzaguearon por el cielo, caldearon el ambiente. Un trueno ensordecedor explotó en lo alto, sacudió los árboles e hizo que los pájaros salieran volando en todas direcciones. Hisa y los guardias se quedaron paralizados. Delano se echó atrás y chocó con Naill. Los dos empezaron a retroceder despacio, lejos de mí, mientras mi furia cargaba de electricidad el aire y preparaba una tormenta. Y en rincones lejanos de mi mente, me di cuenta de que siempre había estado en mí. No habían sido los dioses los que habían causado las tormentas. No había sido Nyktos. La lluvia de sangre sí había sido cosa de ellos, pero esto… esto era yo… este violento remolino de energía que colisionaba con el mundo a mi alrededor. Siempre había estado en mí, este poder absoluto.

Pero yo... no era yo.

No era la Reina de Carne y Fuego.

Mi pecho subía y bajaba con fuerza mientras abría los dedos por los aires. Yo era venganza e ira en carne y hueso, y en ese momento era exactamente lo que Alastir y los Arcanos tanto temían. Era la Portadora de Muerte y Destrucción. Y derribaría los muros con los que pretendían protegerse. Haría trizas sus casas, quemaría sus campos y llenaría sus calles de sangre hasta que no hubiera ningún sitio al que huir ni donde esconderse.

Y después, los destruiría a todos.

Fogonazos de energía plateada brotaban crepitando de mi piel cuando me giré hacia los límites del bosque, hacia la ciudad.

—Poppy. ¡Por favor! —gritó Vonetta, y se plantó de un salto delante de mí.

Hice un gesto brusco con la mano y la *wolven* resbaló por la alta hierba. Eché a andar, el viento era cada vez más fuerte por encima de nuestras cabezas. Las hojas empezaron a romperse y a caer. Los árboles se combaron bajo el peso de la ira que brotaba como una cascada de mi interior, sus ramas se estrellaban contra el suelo por todas partes a mi alrededor.

—¡Poppy! —El viento arrastró el grito de Vonetta—. ¡No hagas esto!

Seguí andando. El suelo temblaba bajo mis pies. Las imágenes de Ian cayendo, de Lyra derribada, se me aparecían una y otra vez con el trasfondo de Casteel suplicando. Suplicándole *a ella*.

Kieran esquivó una de las ramas cuando se estampó contra el suelo y levantó una nube de polvo.

—Escúchanos —gritó. La fuerza de mi ira azotaba su ropa—. Tú no...

Lo lancé hacia atrás con la fuerza de mi grito, sus pies desaparecieron de debajo de su cuerpo. Otro pulso de energía reverberó por el bosque. Los árboles que tenía delante se hicieron pedazos y vi el muro negro del Adarve más pequeño que rodeaba el pueblo a los pies de Oak Ambler. Los guardias me vieron venir. Iba a por ellos. Varios desenvainaron espadas de heliotropo mientras otros huían a través de la puerta. En mi mente, la red plateada cayó sobre la muralla, se filtró en ella, encontró esas grietas que había visto en el Adarve más grande. Me aferré a esos puntos débiles y destruí la muralla desde dentro. Las piedras explotaron, masacrando a los guardias.

Una nube de polvo grisáceo se extendió por el aire mientras resonaban gritos de pánico. Sonreí. Los gritos desgarraban el aire y sentí que algo horripilante curvaba las comisuras de mis labios. Seguí avanzando, la luz blanca chisporroteaba entre mis dedos con un resplandor plateado.

Entre el espeso polvo, una sombra inmóvil cobró forma. Era ella. La doncella personal. Era la única cosa inmóvil entre el humo, los chillidos y los gritos de pánico. Su pelo oscuro colgaba en una gruesa trenza por encima de un hombro.

—Esta gente no tuvo nada que ver con lo que pasó ahí dentro. Son inocentes. Detenedla. —La mujer levantó el arco, completamente ajena a la energía que se acumulaba y a los fogonazos de energía. No le temblaba ni un solo músculo mientras me apuntaba sin vacilar—. O lo haré yo.

Ladeé la cabeza, vi cómo la luz plateada se estiraba hacia ella y…

—Lo siento —dijo—. Eso no funciona conmigo.

La energía ni siquiera se acercó a la Retornada. Empujé más fuerte, pero el *eather* se encogió, crepitando y chisporroteando.

—Sigue intentándolo. —El resplandor de luz plateada brilló con fuerza sobre su cara—. Mientras tanto, ¿sabes lo que funcionará contigo? La piedra umbra, que es de lo que están hechas las puntas de todas mis flechas. Si te clavo una en la cabeza, puede que te levantes, pero no será pronto.

Mi pecho subía y bajaba a toda velocidad. Me concentré en la punta de la flecha. La mortecina luz del sol se reflejó sobre la reluciente superficie negra.

—Así que lo voy a decir una vez más —continuó, caminando hacia mí y levantando la voz—. Esta gente no tiene nada que ver con lo que ha pasado. Son inocentes. Detén esto, o yo te detendré.

Inocentes.

Detrás de ella, la gente se había lanzado en tropel a las sucias calles y corría ahora hacia el Adarve. No llevaban nada más que a sí mismos y a niños que gritaban con la cara congestionada. Eran tan solo mortales atrapados entre la Corona de Sangre y yo, y desde donde estaba, pude ver que las puertas de la ciudad estaban cerradas.

Y supe que los Ascendidos que todavía quedaban en el interior no las abrirían. Ya lo habrían hecho si alguno de ellos hubiese sido como... Ian. Aspiré una bocanada de aire rota mientras contemplaba a la gente que se agolpaba a las puertas del Adarve más grande; su miedo era como una masa palpitante.

Yo no era lo que había afirmado Alastir.

No era como las deidades a las que temían.

Y desde luego que no era como mi madre.

—Lo siento —dijo la doncella personal, y mis ojos volaron de vuelta hacia ella cuando su temblor entrecortado me sacudió—. De verdad que sí. Conocía a Ian. Me gustaba. No era como... muchos de los otros.

A pesar de la aflicción y la ira que me desgarraban por dentro, me concentré en ella y abrí mis sentidos. *Esa* habilidad todavía funcionaba como antes porque supe que estaba leyendo sus emociones. Notaba su sabor, la acidez de la incertidumbre y la amargura de la tristeza.

—Pero tenéis que marcharos. La Corona de Sangre ya lo ha hecho. No queda nadie aquí que tuviera nada que ver con lo sucedido.

—Excepto tú —la contradije. Hubo una ligera mueca.

—¿Tú tenías elección cuando eras la Doncella?

Miré a la doncella personal. Podría haberme derribado con una de sus flechas de umbra en cualquier momento, y no creía que hubiese fallado. Pero no lo había hecho. Se había interpuesto ante los aldeanos que vivían fuera de la ciudad, los más pobres de los que llamaban «hogar» a Solis, y yo. No entre los Ascendidos y yo.

Mi… Coralena había sido diferente, ¿no? Había sido una doncella personal, y una de esas cosas Retornadas, pero había tratado de llevarnos a Ian y a mí lejos de Isbeth. Había amado a Leopold. *Recordaba* cómo se miraban. Pensé en la expresión de la cara de la doncella personal cuando Isbeth había hecho que se acercara para demostrar lo que era un Retornado, la oleada de desesperación impotente y luego la sensación de rendición. Emociones que, por desgracia, yo conocía muy bien. Y pensé en cómo había reaccionado el príncipe Malik cuando Isbeth la había llamado a su lado. Había hecho ademán de dar un paso al frente y luego había dado la impresión de que se estaba conteniendo. Me pregunté cuántas veces la habrían utilizado para ese tipo de demostraciones… aunque luego me dije que no me importaba.

Me costó hasta el último ápice de autocontrol, pero reabsorbí toda la energía de vuelta a mi interior. La carga estática del poder fue desapareciendo del aire a mi alrededor. El viento amainó y los árboles dejaron de gemir a mi espalda.

—¿A dónde lo va a llevar? —pregunté. Di un paso adelante. La doncella personal entornó los ojos—. Si estás pensando en disparar esa flecha, más vale que apuntes bien —le advertí—. No necesito *eather* para luchar contigo. Supongo que el proceso de que te vuelvan a crecer las extremidades y una cabeza es bastante doloroso.

Sus labios se retorcieron en una sonrisa tensa y seca.

—No te preocupes. Dará en el blanco.

Le devolví la sonrisa.

—Dime a dónde lo llevan. Si no lo haces, más vale que me mates cuando me dispares, porque volveré. Y te mataré.

—¿De verdad crees que eso es una amenaza? ¿Que me da miedo morir? ¿Después de haberlo hecho tantas veces ya? —Se rio, y el sonido fue tan chirriante como esa mueca de sonrisa—. Agradecería la muerte final.

—¿Agradecerías también la muerte de las personas a las que buscas proteger ahora? —la desafié, haciendo caso omiso del arrebato de empatía que sentí por ella—. Porque si no temes a tu final, entonces quizá temas al de ellas.

Abrió las aletas de la nariz.

—Sois tan malos como ellos.

—Te equivocas. Yo me he detenido —dije—. ¿Crees que lo habría hecho alguno de ellos? ¿Lo habría hecho tu reina? —No dijo nada—. No tengo ningún deseo de matar a personas inocentes. Quiero ayudar a la gente de Solis, liberarlos de la Corona de Sangre. Eso era lo que queríamos hacer —le conté—. Pero entonces mataron a mi hermano y se llevaron a la persona que significa el mundo para mí. Haré cualquier cosa para recuperarlo. Por mucho que eso mancille mi alma.

—Entonces ya sabes cómo recuperarlo —espetó, cortante—. Muéstrale sumisión a ella y reclama Atlantia en su nombre. —Sacudí la cabeza—. Entonces, no harías cualquier cosa por él, ¿no crees?

—Porque una vez que tenga lo que quiere, lo matará —dije—. Y me matará.

—Entonces, supongo que estáis jodidos.

—No. Porque no voy a dejar que ocurra ninguna de esas dos cosas —dije—. Voy a darle lo que quiere, pero no del modo que ella cree.

La curiosidad parpadeó a través de la doncella personal, pero entonces sus ojos se desviaron hacia mi hombro, solo un pelín.

—Poppy —me llamó Kieran en voz baja mientras varios de los arqueros del Adarve trepaban a sus nidos. El pecho de la mujer subió con una respiración poco profunda.

—Lo llevará a la capital. No sé a dónde. Nadie sabe dónde guarda a sus… mascotas.

Un estremecimiento de rabia rozó mi piel y avivó el pulso de mi pecho. Pero su labio se retrajo en una mueca de disgusto. Fue breve, y no estaba segura de si ella había sido consciente siquiera, pero la vi.

—Pero no importa —continuó—. Pondrá a todos los Retornados que tenga a mano a vigilarlo. Hará que él vigile a tu rey —me dijo, y supe que se refería al príncipe—. No podrás acercarte a él. —Bajó su arco, relajó los hombros—. A menos que seas capaz de traer el fuego de los dioses contigo, ninguno de vosotros tenéis ni una sola oportunidad.

Me recorrió un escalofrío mientras la miraba. ¿Fuego de los dioses? Sus ojos encontraron los míos mientras daba un paso atrás.

—Estoy segura de que volveremos a vernos —dijo.

—Seguro que sí.

Estaba sentada en la silla de madera de la cabaña de caza a la que me había llevado Casteel después de salvarme la vida y arriesgar tantísimo en el proceso. Miré hacia la cama.

Tawny estaba ahí tumbada, con la tez demasiado pálida; su respiración era demasiado superficial. Había intentado curarla. Lo había intentado una vez cuando volví al bosque. Mi don había cobrado vida y la herida se había cerrado, pero ella no despertó. Lo intenté otra vez cuando paramos a medio camino de aquí, tras haber cabalgado sin descanso con los caballos que había conseguido Hisa. Puse mis manos sobre su piel demasiado caliente en cuanto llegamos a la cabaña, pero seguía sin despertar y esas venas oscuras se habían extendido por su cuello.

Habíamos viajado recto a través de las Tierras Baldías y habíamos llegado a la cabaña de caza justo al anochecer. Teníamos que parar. Todo el mundo estaba cansado y Tawny... No sabía lo que le pasaba ni qué había perforado su piel para hacerle eso, para que mi don no hiciese gran cosa aparte de cerrar la piel.

La flecha de la doncella personal había vuelto a mi mente. Estaba hecha de piedra umbra. La misma arma que había tenido mi madre la noche en que los Demonios atacaron la posada. El mismo tipo de arma con la que habían enterrado a las deidades y que habían blandido los soldados esqueleto. No recordaba haberme fijado en las armas que llevaban los guardias. Había... había destruido a los que tenía delante, pero la doncella personal había dicho que me dejaría incapacitada durante un tiempo. Miré de reojo a Tawny. ¿Podría haber sido umbra? ¿Sería por eso que mis dones solo habían funcionado hasta cierto punto?

Bajé la vista hacia mi mano. La giré para ver la palma y, a la luz de la vela, vi rielar la marca de matrimonio. Cerré la mano y apreté los ojos contra el escozor.

No había llorado.

Quería hacerlo. Quería llorar por Ian. Quería llorar por Lyra. Quería llorar por Tawny porque me daba miedo que no volviera a abrir los ojos nunca. Quería llorar por Casteel porque sabía lo que le esperaba, porque imaginaba lo que debía de pensar o sentir al saber que su hermano no solo lo había traicionado sino que también se convertiría en uno de sus guardianes.

La ira había aumentado a cada kilómetro que nos acercábamos a Atlantia. De haber sabido la verdad acerca de quién era la reina en realidad, habríamos podido prepararnos mejor. Habríamos sabido que era imposible que fuese una Ascendida. Habríamos sabido que cualquier cosa era posible. En lugar de eso, habíamos acudido a la reunión limitados y renqueantes a causa de las mentiras. Ninguna parte de mí creía ni por un segundo que Eloana no supiera la verdad. Era posible que incluso Valyn la supiera. La información que se habían guardado podría haberlo cambiado todo.

Porque ya lo había hecho.

Una llamada suave me sacó de mi ensimismamiento. Me levanté y fui, un poco tiesa, hacia la puerta. Encontré a Kieran al otro lado.

—No puedo dormir. Ninguno de nosotros puede. —Detrás de él, vi varias sombras sentadas alrededor de una pequeña hoguera—. ¿Cómo está?

—Aún dormida.

—Sé que tú no has dormido.

Sacudí la cabeza y salí al fresco aire nocturno. Cerré la puerta a mi espalda. Contemplé los árboles combados mientras caminaba con Kieran hacia donde estaban sentados los otros.

Vonetta levantó la vista cuando me senté a su lado. Me ofreció una petaca, pero negué con la cabeza. Me había disculpado con ella y con Kieran, pero sentía que debía hacerlo otra vez. Abrí la boca.

—No lo hagas —me cortó—. Sé lo que vas a decir. No es necesario. Lo entiendo. Todos lo entendemos.

Hubo varios murmullos de aquiescencia alrededor del fuego. Miré unos instantes a los ojos de Hisa, luego a los de Delano y por último a los de Naill.

—Sigue vivo —dije con voz ronca—. No lo matará. No cuando cree que lo puede utilizar para controlarme. Para controlar Atlantia.

Asintieron, pero percibí su alivio. Necesitaban oír eso y yo necesitaba decirlo.

—¿Alguien sabe algo acerca de la piedra umbra? Es lo que tenía la doncella personal.

—Sí, oí lo que decía —dijo Kieran.

—¿Creéis que eso es lo que puede estar causando las lesiones de Tawny? —pregunté.

—No sé. —Hisa se pasó una mano por la cabeza—. Es mortal. Nunca había visto a un mortal herido por piedra umbra. Muchos de los curanderos de Evaemon y algunos de los Ancianos mayores puede que hayan visto algo así.

Pensé en Willa y luego en su diario, y mi siguiente inspiración *dolió*.

—¿Cuál es el plan? —preguntó Emil. Vonetta le pasó la petaca y él bebió un sorbo.

En el trayecto desde Oak Ambler prácticamente no habíamos hablado. Acerca de nada. Pero yo había estado pensando, mucho, sobre lo que había dicho Isbeth, lo que había afirmado incluso la duquesa en Spessa's End, y lo que me había contado la doncella personal.

Aunque había rechazado la oferta de Isbeth, ella creía que todas las piezas iban encajando en su sitio. Ahora tenía al príncipe y al rey de Atlantia. Había encontrado una manera de controlarme y, por tanto, en su cabeza, controlaba Atlantia. Justo como la duquesa de Teerman había afirmado, yo tendría éxito donde la reina había fracasado.

Pero estaban equivocadas.

Me miré las manos, la marca del matrimonio. *Siempre tuviste el poder en ti.* Eso era algo en lo que también había pensado. Ahora sabía dónde lo había oído por primera vez. La mujer de pelo rubio plateado que había visto cuando estuve a punto de morir. Eso era lo que me había dicho.

Siempre tuviste el poder en ti.

Y era lo mismo que había dicho Nyktos. Una parte de mí se preguntó si la mujer a la que había visto sería su consorte. Si, en su sueño, había contactado conmigo, para ayudarme o para advertirme. Tendría sentido que así hubiese sido.

Después de todo, era su nieta, si es que era quien creía que era.

Cerré los puños. El centro de mi pecho zumbaba de poder, el *eather* del Rey de los Dioses. Del tipo que debería de haber sido suficiente para destruir cualquier maldita cosa que Isbeth creyese que era. Pero yo no había estado preparada. No había luchado como una diosa, porque no creía que fuese una.

Sin embargo, Casteel sí lo había hecho, ¿verdad? ¿Alguna vez había creído de verdad que yo era una deidad?

Solté el aire de golpe.

—Tenía razón.

Vonetta se giró hacia mí.

—¿Quién?

—La reina. Soy una diosa —declaré. Vonetta arqueó las cejas mientras miraba dubitativa a Emil y a Naill.

—Uhm...

—No. Espera. —Kieran se levantó, y un destello de comprensión le atravesó el rostro—. Si lo que dijo es verdad y Malec es uno de los hijos de Nyktos y de su consorte, y tú eres su nieta, entonces eres una diosa. —Con eso, reiteró lo que yo acababa de estar pensando. Delano asintió despacio.

—No importa qué demonios sea Ileana... Isbeth. Tú eres nieta de Nyktos, de un dios Primigenio. *Esa* es la razón de que seas tan poderosa. Eres una diosa, no una deidad.

—Mierda —musitó Emil, y bebió otro trago antes de que Vonetta le quitara la petaca de la mano.

—Eso era a lo que se refería Nyktos —dije. Tragué saliva—. Nunca necesité su permiso.

—¿Para qué? —preguntó Naill.

—Para utilizar a sus guardias —dije, segura de que eso era lo que había querido decir la doncella personal con lo del fuego de los dioses—. Para invocar a los *draken*.

Capítulo 48

Caminaba por los pasillos del palacio de Evaemon, el polvo del camino y la sangre aún estaban incrustados en mis pantalones y en mi túnica. Me dirigía al soleado patio interior del centro, seguida de Kieran y su hermana todavía en sus formas de *wolven*. Naill e Hisa venían detrás, con las manos sobre la empuñadura de sus espadas. Delano estaba con Tawny. Después de instalarla en una de las habitaciones por encima de la mía, había hecho llamar a curanderos y a Ancianos.

Los guardias de la corona hacían reverencias rígidas a mi paso. Los tacones de mis botas repicaban contra el suelo de azulejos con la misma nitidez que las garras de los *wolven*.

Vonetta era una bola gigantesca de estrés. No sabía si estaba más preocupada por que pudiera borrar del mapa a la madre de Casteel o si era por los planes que habíamos discutido en el camino de vuelta a Evaemon. Yo, en cambio, estaba extrañamente tranquila. No estaba preocupada por lo que estaba a punto de decirle a Eloana ni por lo que iba a hacer a continuación. Sentía solo determinación e ira, tanta ira que emanaba de mis huesos e impregnaba mi piel, pero estaba tranquila. No sabía que uno pudiese sentir tal ira y aun así notar semejante *silencio*.

Las puertas del salón familiar estaban abiertas y me llegó un aroma a café y a pan recién horneado que me revolvió el estómago en lugar de azuzar mi hambre.

Eloana no estaba sola.

Estaba sentada enfrente de lord Sven y lord Gregori. Había también varios guardias de la corona al fondo de la sala, pero toda mi atención estaba puesta en ella.

La madre de Casteel me miró. Luego sus ojos se deslizaron detrás de mí, en busca de algo que no encontraría. Y lo sabía. En el momento en que no vio a Casteel, su agonía fue punzante e intensa. Una mano aleteó contra sus pechos y estiró la otra hacia el espacio vacío que había a su lado. Dio la impresión de que acababa de percatarse de que su marido no estaba ahí.

Los dos Ancianos se pusieron en pie a toda prisa.

—Majestad —dijo Sven con una reverencia. Una ola de preocupación emanó de su interior cuando miró a los hermanos *wolven*—. ¿Estáis bien, majestad?

No. No lo estaba. No estaría bien hasta que Casteel estuviese a mi lado y la Corona de Sangre no fuese nada más que un montón de cenizas. Pero mi aflicción y mi miedo dieron paso a la ira cuando miré a la madre de Casteel. Me aferré a esa ira, dejé que se envolviera alrededor del zumbido de mi pecho, que llenara el vacío del lugar en el que latía mi corazón.

Y esa ira sabía a poder y a muerte, con un sabor muy parecido al que tenía cuando me dirigía hacia Oak Ambler, solo que esta vez la tenía controlada.

Apenas.

—Lo sabías. —Miré furibunda a Eloana—. Sabías lo que ella era y lo que *no* era.

La sangre huyó casi al instante del rostro de Eloana, que se echó atrás con brusquedad.

—Penellaphe…

—¿Dónde está el rey? —preguntó Gregori, dando un paso al frente.

JENNIFER L. ARMENTROUT • 761

Los *wolven* emitieron un gruñido grave de advertencia. Yo me giré hacia el hombre y las palabras cayeron de mis labios como dagas sumergidas en veneno.

—¿Dónde está el rey, *majestad*? —lo corregí con suavidad, en un tono inquietantemente parecido al que había empleado Casteel cuando estaba a apenas un segundo de aliviar a alguien del peso de su corazón.

Gregori se puso tenso.

—¿Dónde está el rey, majestad? —repitió, su irritación se sintió ácida en mi lengua, y su animadversión hacia mi persona, caliente contra mi piel.

Ladeé la cabeza al tiempo que todo llegaba a su punto de inflexión. Entonces ocurrió algo, algo que se abría paso desde lo más profundo de mi ser. Se había sacudido con tantas mentiras y luego se había soltado cuando Casteel me había salvado la vida. Se había agrietado y abierto cuando me planté delante de Nyktos y le dije que no les haría daño a mis amigos. Los cerrojos que lo habían reprimido entonces habían saltado por los aires cuando vi caer a Ian y luego desperté para descubrir que se habían llevado a Casteel. Era un despertar completamente nuevo.

No era la Doncella.

No era una princesa, ni siquiera una reina.

Era una diosa.

Y estaba muy harta de *todo esto*.

—No te gusto, ¿verdad? —pregunté con dulzura.

Un chorro de sorpresa gélida rodó a través del lord, pero la disimuló enseguida. Levantó la barbilla.

—Creo que ya sabes la respuesta a eso.

—Así es. Y ¿sabes qué? —pregunté. Mi piel zumbaba a medida que el aire se cargaba de electricidad a mi alrededor. Un resplandor plateado brotó de mi piel y ocupó la periferia de mi visión mientras Sven se alejaba de Gregori con disimulo—. En todo el territorio de los dos reinos, no podría importarme menos si te gusto a ti o a cualquier otro miembro del Consejo. Eso no cambia que soy vuestra reina y que tu tono y la manera en la que te diriges a mí son muy inapropiados. —Observé cómo un matiz rosa empezaba a colorear las mejillas del hombre y esbocé una sonrisa tensa—. No solo porque soy tu reina, sino porque soy la nieta de Nyktos y, por tanto, le estás hablando a una *diosa* con una falta de respeto extraordinaria.

Eloana contuvo la respiración mientras yo dejaba que la inquieta vibración del centro de mi pecho saliera a la superficie. Una luz blanquecina con un resplandor plateado se extendió por la sala, rebotó contra las paredes y convirtió todas las superficies de cristal en diamantes rutilantes. Sven tropezó con la esquina de la alfombra de rayas y tuvo que apoyarse en el borde de una silla para no caer. Los muebles y las ventanas se sacudieron cuando di un paso al frente. Luz plateada goteaba de las yemas de mis dedos para formar redes de luz iridiscente que caían al suelo y desaparecían en el interior de la piedra. Esa preciosa luz podía dar la vida. También podía quitarla.

Hisa fue la primera en reaccionar. Dobló una rodilla, se llevó una mano al corazón y apretó la otra plana contra el suelo. Los otros guardias siguieron su ejemplo, lo mismo que Sven. Gregori permaneció de pie, con los ojos como platos.

—Ponme a prueba —susurré, y esas tres palabras reverberaron por toda la sala.

Un ligero temblor se había apoderado del cuerpo de Gregori mientras se agachaba despacio para hincar una rodilla y agachar la cabeza.

—Lo siento —musitó. Se llevó una mano al pecho y puso la otra en el suelo—. Por favor, perdonadme.

En los rincones más oscuros y escondidos de mi ser, el deseo de arremeter contra él era una fuerza tentadora. Para dar rienda suelta a toda la aflicción y la ira que sentía, y dejar que rajara a Gregori de arriba abajo y le arrancara los huesos uno a uno. Podía hacerlo. Con solo un pensamiento, con solo mi voluntad. El hombre dejaría de existir, y sería el último en hablarme de semejante modo.

Isbeth lo haría.

Pero yo no era ella.

Tiré del *eather* y guardé el poder bien profundo en mi interior. El fulgor fue menguando y se filtró de vuelta en mi piel.

—Márchate —le ordené al Anciano—. Ahora. —Se levantó y pasó a trompicones por detrás de mí y de los *wolven*. Oí la risita burlona de Naill cuando el Anciano cruzó a toda prisa por delante de él. Deslicé los ojos hacia Sven—. Tú también deberías marcharte —dije—. Y los guardias. Marchaos.

Sven asintió y salió de la habitación con mucha más dignidad que su predecesor. Unos cuantos guardias de la corona se quedaron rezagados, obviamente aún leales a Eloana… o temiendo por ella. Me giré hacia donde vi que se había dejado caer al suelo.

Reprimí una sonrisa cruel justo antes de que alcanzara mis labios. Eloana levantó la vista hacia mí.

—No creo que quieras que muchos oigan lo que tengo que decir.

La piel de alrededor de sus ojos se frunció cuando los cerró.

—Escuchad a vuestra reina —susurró con voz ronca—. Marchaos.

Vonetta y Kieran vigilaron el progreso de los guardias y yo esperé hasta que Naill e Hisa cerraran la puerta para hablar.

—Puedes levantarte.

Eloana se puso en pie solo para dejarse caer en el sofá más cercano, tenía sus centelleantes ojos ámbar fijos en mí mientras daba unos pasos hacia ella y cerraba los dedos en torno al respaldo de una butaca. Las patas chirriaron contra el suelo mientras la arrastraba para plantarla delante de ella.

Despacio, tomé asiento y la miré a los ojos. Kieran y Vonetta se sentaron uno a cada lado de mí. Naill e Hisa se quedaron al lado de la puerta.

—Pregúntame de quién es la sangre que mancha mi ropa.

Los labios de Eloana temblaban

—¿De quién…? —Se le quebró la voz, miró a los *wolven* de reojo—. ¿De quién es la sangre que mancha tu ropa?

—De mi hermano. —Apoyé las palmas de las manos en mis rodillas—. Lo asesinaron cuando me negué a aliarme con la Corona de Sangre y a unificar los dos reinos bajo la soberanía de Solis. Él ni siquiera lo vio venir. Le cortaron la cabeza de los hombros. Y él no había hecho nada para merecer eso. Nada. *Ella* lo hizo porque podía. —Hinqué los dedos en mis rodillas, donde la tela estaba tiesa de sangre seca—. Ahora pregúntame dónde está tu hijo.

Empezó a cerrar los ojos…

—No. —Me incliné hacia delante—. No te atrevas a cerrar los ojos. Yo no lo hice cuando contemplé una espada cortar a través del cuello de mi hermano. No te atrevas a cerrar los ojos. Eres más fuerte que eso.

Su pecho se hinchó con una respiración profunda, pero mantuvo los ojos abiertos.

—¿Dónde está mi hijo?

—Ella se lo llevó —me forcé a decir. Las palabras cortaban mi piel como cuchillas—. ¿Y sabes por qué? Sabes muy bien por qué quería a *tus* hijos. No es solo para crear más Ascendidos. Es algo personal.

Sus labios se movieron, pero no salió sonido alguno por ellos.

—Lo sabías. Durante todo este tiempo. Sabías quién era en realidad la reina Ileana. —La ira calentó mi sangre, chisporroteaba en mi piel. Se inclinó un pelín hacia atrás—: Sabías que era Isbeth y que nunca había sido una *vampry*.

—Yo…

—Malec le dio su sangre cuando la envenenaste. —Salvé la distancia que ella había ganado—. Él no podía crear a una *vampry* con su sangre. Isbeth nunca fue la primera Ascendida.

—Al principio no lo sabía —se justificó Eloana—. Te lo juro. No tenía ni idea de que no fuese *vampry*. Tenía los ojos negros igual que todos los que fueron creados después de ella...

—Porque sus ojos son negros, pero no como los de los Ascendidos —la interrumpí—. Siempre han sido negros.

—No lo sabía —repitió, y una de sus manos se cerró en un puño apretado—. No lo supe hasta que encontré a Malec y lo sepulté. Ahí fue cuando supe que Isbeth nunca había sido *vampry*, que había Ascendido para convertirse en algo distinto...

—Algo parecido a él —la corté, sin importarme demasiado ya si decía la verdad o no—. Cuándo te enteraste de la verdad, no importa. Lo que importa es que sabías que Ileana era Isbeth, y que no nos lo dijiste. No nos preparaste para el hecho de que no estábamos lidiando con una *vampry*, sino con algo mucho más poderoso que eso. Esa es la razón por la que tu hijo no está aquí, conmigo.

—Yo... —Sacudió la cabeza, su rostro empezaba a desmoronarse—. ¿Mi hijo sigue vivo?

—¿Cuál de ellos?

Abrió los ojos como platos.

—¿Qu... qué quieres decir?

—¿Estás preguntando por Malik o por Casteel? —aclaré—. Malik está vivo. De hecho, se encuentra muy bien. Está muy cómodo con Isbeth, como amigos íntimos.

No movió ni un pelo. Pensé que ni siquiera respiraba. Podría haberle dado la noticia de un modo mucho más amable, pero ella también podría habernos contado toda la verdad.

—No —susurró.

—Sí —asentí, mientras la voz de Isbeth atormentaba mis pensamientos—. Fue él quien se llevó a Casteel.

Una lágrima cayó de su ojo y rodó por su mejilla.

—¿Casteel está vivo?

Levanté mi mano izquierda para mostrarle la centelleante marca de nuestro matrimonio.

—Lo está. —Tragué saliva—. Aunque estoy segura de que entiendes que eso significa muy poco en este momento.

Se estremeció, y no supe si era de alivio o de miedo. Se produjo un largo momento de silencio.

—Oh, Dios mío —susurró con la respiración entrecortada. Ocultó la cara entre las manos. Sus hombros se sacudían.

Me obligué a echarme hacia atrás y esperé a que recuperara la compostura... cosa que hizo, como sabía bien que haría. Tardó un par de minutos, pero sus hombros se apaciguaron y bajó las manos. Unos ojos vidriosos e hinchados me miraron desde detrás de unas pestañas empapadas de lágrimas.

—Es culpa mía.

—No jodas —espeté, cortante. Al menos en parte, lo era. Porque yo... había perdido el control. Le había dado a Isbeth la oportunidad que necesitaba. Eloana dio un respingo.

—Yo... no quería que la gente supiera que ella había ganado.

Me quedé muy quieta. Todo mi ser se quedó muy quieto.

—¿Qué?

—Fue... mi ego. No hay ninguna otra forma de explicarlo. Hubo un tiempo en que amaba a Malec. Creía que la luna y el sol se ponían y salían con él. Y ella no era como las otras mujeres. Ella le hincó las garras y lo *supe*... supe que la amaba. Que la amaba más de lo que me amaba a mí. No quería que la gente supiera que, al final, incluso con Malec encerrado en una tumba, ella no solo había ganado, sino que se había convertido en reina —admitió con voz ronca—. Se había convertido en la corona que nos forzaba a permanecer detrás de las montañas Skotos, la que utilizaba a nuestra gente para crear monstruos, y la que se había llevado... a mis hijos. No quería que Casteel supiera que la misma mujer que se había llevado a mi primer marido era la que lo tuvo retenido a él y ahora retiene a su hermano. Al final, ella ganó y... y todavía está consiguiendo hacer trizas a mi familia y a mi reino.

Ahora era yo la que me había quedado sin palabras.

—Estaba avergonzada —continuó—. Y no... Sé que no es excusa. Simplemente se convirtió en algo de lo que no se hablaba nunca. Una mentira que se convirtió en realidad después de cientos de años. Solo Valyn y Alastir sabían la verdad.

Alastir.

Por supuesto.

—¿Y su hijo? —pregunté—. ¿Qué hiciste con el hijo de Isbeth y de Malec? ¿Hiciste que lo mataran? ¿Fue Alastir el que lo llevó a cabo?

Apretó los labios y miró al techo.

—Fue Alastir. Él supo de la existencia del niño incluso antes que yo. Valyn no sabe nada acerca de lo del niño.

La miré, pasmada.

—¿Es por eso que no querías entrar en guerra con ellos? ¿Porque hacerlo supondría que la verdadera identidad de Ileana saliera a la luz, junto con todo lo demás?

—En parte —reconoció, mientras se secaba los ojos—. Pero también porque no quería ver morir a más atlantianos y mortales. —Bajó sus manos temblorosas—. Malik está... está bien... —Se aclaró la garganta—. ¿Está con ella?

—Parecía en buen estado y apoya a la Corona de Sangre. Eso es todo lo que sé —le dije. Me hundí más en mi butaca. No sabía cuánto de lo que había dicho ahora era verdad, pero sí que la agonía que sentía procedente de ella no había sido solo aflicción. Ahora sabía que también era en parte vergüenza, algo con lo que había cargado durante cientos de años y que tendría que seguir soportando. Para ser sincera, no tenía idea de lo que habría hecho yo de haber estado en su lugar. La guerra entre Isbeth y ella había empezado mucho antes de que el primer *vampry* hubiese sido creado, y no había terminado nunca—. Malec no era una deidad.

—Ya... ya lo veo. —Sorbió por la nariz—. Quiero decir, lo he visto cuando le mostraste a Gregori lo que eres. Pero no lo entiendo. Malec...

—Te mintió —le dije. Estiré las manos sobre los reposabrazos de la butaca—. No sé por qué, pero es uno de los hijos de Nyktos. Es un dios.

Su sorpresa no podía ser fingida y enfrió parte de mi ira.

—No lo sabía...

—Lo sé. —Cerré los dedos alrededor de los bordes de los reposabrazos—. Malec se lo contó a Isbeth. Ella sí lo sabía.

Eloana se encogió un poco y emitió un silbido.

—Eso duele más de lo que debería.

—Tal vez nunca dejaste de querer a Malec.

—Tal vez —susurró, con los ojos fijos en su regazo—. Quiero a Valyn. Lo quiero mucho y con pasión. También quería a Malec, a pesar de que no creo que... supiera nada de él. Pero creo que Malec siempre será el dueño de parte de mi corazón.

Y la parte que le pertenecía a Malec siempre le pertenecería, y eso era... simplemente era triste.

—Isbeth es mi madre —le dije, y sus ojos volaron hacia los míos—. Soy hija de ella y de Malec. Y me casé con tu hijo. —Palideció una vez más—. Era parte de su plan —continué. Vonetta se apoyó contra mi pierna—. Quería que yo me casara con Malik y así me apoderara de Atlantia. Con mi sangre y un príncipe a mi lado, nadie podría hacer absolutamente nada por evitarlo. Pero en un giro dramático del destino, me casé con Casteel.

—Entonces, su plan funcionó —dijo con voz rasposa.

—No, no ha funcionado —repuse—. No reclamaré Atlantia en su nombre.

—Tiene a Malik y a Casteel —insistió, su tono más duro ahora—. ¿Cómo puedes creer que no ha ganado?

—No los matará. Malik la está ayudando y puede utilizar a Casteel contra mí como usó a tus hijos contra Atlantia —le dije. Apretó los labios.

—Sigo sin ver cómo no ha ganado.

—Porque yo no soy tú. —Noté la leve mueca de dolor, pero ni siquiera quería sentirme mal por infligirlo—. Durante toda mi vida, he sido utilizada de un modo u otro, y nadie volverá a utilizarme jamás. Ahora sé lo que soy. Sé lo que significa haber tenido el poder en mí durante todo este tiempo. La muerte de mi hermano no ha sido en vano. Tampoco la de Lyra. Ahora lo entiendo.

Eloana frunció el ceño.

—¿A qué te refieres?

—Puedo invocar a los guardias de Nyktos y lo haré. Puede que Isbeth tenga a sus Retornados, sus caballeros, sus soldados y a todos los que la apoyan. —Apreté más las manos—. Pero yo tendré a los *drakens*.

Visiblemente conmocionada, Eloana tardó unos segundos en contestar.

—Pero ¿puedes...? Lo siento. Claro que puedes. Eres una diosa. —Deslizó una mano por su vestido, una costumbre cuando estaba nerviosa, según pude ver—. Pero ¿estás segura? Los *drakens* son un linaje feroz. Existe una razón para que se fueran a dormir con Nyktos. Solo él puede controlarlos.

—Soy su nieta —razoné, aunque en realidad no tenía ni idea de si los *drakens* responderían o no. Solo podía suponer que lo que había dicho Nyktos también significaba que reaccionarían de manera favorable—. Y no pretendo controlarlos. Solo necesito su ayuda.

La comprensión destelló en su rostro.

—Creía que Casteel y tú queríais evitar una guerra. No lo lograréis, una vez que los *drakens* se despierten.

—Al retener a Casteel, Isbeth cree que me anula. Pero a veces, la guerra no puede evitarse —dije, repitiendo sus propias palabras, unas que sabía que la consorte me había susurrado una vez, cuando llegué por primera vez a la Cala de Saion.

Y eso era algo de lo que me había dado cuenta en el viaje de vuelta a Atlantia. No habría más reuniones ni ultimátums. Lo que se avecinaba no podía evitarse. Nunca pudo evitarse. Y en cierto modo, la Guerra de los Dos Reyes no había terminado jamás. Solo había habido una tregua tensa, como había dicho Isbeth. Todos los años que había pasado Casteel tratando de mover piezas entre bambalinas, para liberar a su hermano y ganar tierras para Atlantia, no habían sido una pérdida de tiempo. Le habían dado a Atlantia el tiempo necesario para ganar lo que antes no tenían.

—No —convino Eloana en voz baja, con tristeza—. A veces, no se puede.

Miré hacia donde Hisa esperaba al lado de Naill.

—¿Puedes, por favor, enviar un mensaje a la Corona de Sangre de que me reuniré con ellos en los bosques de las afueras de Oak Ambler al final de la semana que viene? —le dije—. Asegúrate de que entiendan que quienquiera que envíen más vale que esté capacitado para recibir a una reina. Que solo hablaré con ella o con el rey.

Las comisuras de los labios de la comandante se curvaron hacia arriba. Hizo una reverencia por la cintura.

—Sí, majestad.

—¿Un mensaje? —preguntó Eloana—. ¿Qué estás planeando?

—Primero, he traído a mi amiga desde Solis. La que creía que había Ascendido. No lo ha hecho, pero resultó herida. Creo que pudo ser con piedra umbra y mis habilidades no están funcionando con ella. —Arrastré las palmas de las manos por mis rodillas—. Delano ha llevado a Tawny a una de las habitaciones y ha hecho llamar a un curandero. Me gustaría pedirte que cuidaras de ella. Es… —Respiré hondo—. Fue mi primera amiga.

Eloana asintió.

—Por supuesto, haré todo lo que pueda por ayudarla.

—Gracias. —Me aclaré la garganta—. Me voy a dar un baño. —Una ducha era… no podía darme una ducha y no pensar en Casteel, y la única forma en que estaba sobreviviendo ahora mismo era *no* pensando en él—. Luego voy a ir a Iliseeum. Una vez que regrese, le enviaré a la Corona de Sangre el tipo de mensaje del que solo Casteel estaría orgulloso.

—Sabiendo las cosas de las que estaría orgulloso mi hijo —dijo, su voz sonó gruesa—, solo puedo imaginar el tipo de mensaje que va a ser.

Sentí que mis labios se curvaban hacia arriba en una sonrisa tensa y salvaje.

—Y después voy a terminar lo que empezaste hace siglos. Voy a devolver esas tierras a Atlantia y voy a regresar con mi rey a mi lado.

Me miró con sus ojos dorados.

—¿Y si fracasas?

—No lo haré.

CAPÍTULO 49

Dormí unas horas y comí un poco, pero solo porque tenía que hacerlo. Luego me vestí con pantalones ceñidos y una sencilla camisa blanca que pertenecía a Casteel. Me quedaba enorme, pero el corpiño negro que llevaba por encima evitaba que nadara en ella.

El vestidor contenía ya muchas túnicas y camisas mías, pero llevar una camisa de Casteel contra la piel me hacía sentir bien. Y a él le había gustado cuando me puse el corpiño de este modo la… la última vez que lo había visto.

Me paré delante de la cama y mis ojos se posaron en la mesilla y en el caballito de madera. Se me comprimió el corazón. Por un impulso repentino, fui hasta él y tomé el juguete en mis manos. En el baúl de al lado de la puerta, encontré una bolsita. Metí el caballito dentro y luego salí del dormitorio y de los aposentos mientras ataba la bolsita a mi cintura.

Fui a ver a Tawny y la encontré como la había dejado: dormida y demasiado quieta. Las venas oscuras habían subido por la curva de su barbilla. Eloana estaba sentada a su lado.

—He llamado a Willa —me dijo, y mi siguiente inspiración fue dolorosa—. Ella traerá a uno de los curanderos más viejos. Él sabrá cómo tratarla.

—Gracias —dije, inspirando y exhalando despacio. Eloana asintió.

—Ten cuidado, Penellaphe.

—Siempre —susurré y luego salí de la habitación, con el pecho dolorido.

Kieran me esperaba en el vestíbulo y, desde ahí, nos reunimos con Hisa en el templo de Nyktos. Esta vez haríamos el viaje solo nosotros dos. Vonetta se quedaría atrás, pues sus padres iban de camino a Evaemon con su nueva hermanita. Le había dicho a Kieran que debería quedarse, pero le había entrado por una oreja solo para salir por la otra, incluso cuando saqué la carta de la reina y luego eché mano de la frase «soy una diosa y tienes que obedecerme». Insistió en acompañarme, porque decía que ninguno de los otros se acordaría del camino que habíamos seguido la última vez. Tal vez tuviera razón. O tal vez él tampoco podía dormir ni estarse quieto, mientras sus pensamientos saltaban de una posibilidad horrible a otra. ¿Y si mi plan fracasaba? ¿Y si los *drakens* se negaban a ayudar? ¿Y si *Isbeth* le hacía daño a Casteel? ¿Y si él necesitaba alimentarse? ¿Y si *yo* necesitaba… alimentarme? ¿Qué podría hacer? No podía ni pensar en beber la sangre de otro. ¿Y si perdía a Casteel? ¿Y si él se perdía a sí mismo otra vez?

Y sabía que esto tampoco era fácil para Kieran. Antes, había sido capaz de saber cómo estaba Casteel gracias al vínculo que los unía. Pero ya no tenía eso. Solo le quedaban todos los «y si» que yo tenía.

—¿Kieran? —pregunté mientras bajábamos por el estrecho túnel.

—¿Poppy?

Tragué saliva, con la garganta seca.

—¿Estás… bien?

No respondió de inmediato y me dio la impresión de que la mano con la que sujetaba la antorcha temblaba un poco.

—No. —Cerré los ojos un momento—. ¿Y tú?

—No —susurré.

Después de eso, caminamos por los serpenteantes túneles en un silencio casi total. No hubo bromas, ninguna conversación real en absoluto. Pasamos por la zona del derrumbe parcial varias horas antes que la vez anterior y yo me adelanté cuando vimos el puntito de luz. Salí a gatas por la abertura y luego cruzamos la tierra yerma. Según avanzábamos, me aseguré de ser yo la que pasara primero por debajo de la sombra de las mujeres aladas. El suelo no tembló. Lo que creía que eran los guardias de la consorte se quedaron debajo de nuestros pies. La ciudad de Dalos rielaba en la distancia mientras caminábamos hacia el templo de piedra umbra.

Lo primero en lo que me fijé era en que no había ningún *draken* de piedra dormido.

—¿Dónde está…?

—Allí. —Kieran ralentizó el paso y yo seguí la dirección de su mirada hacia las escaleras del templo. En el centro, se alzaba un hombre de pelo negro veteado de plata, vestido solo con unos pantalones negros—. ¿Crees que será Nektas? —preguntó en voz baja—. ¿En su forma mortal?

—Quizá. —Esquirlas de diamante crujían bajo mis botas.

—El *wolven* tiene razón —dijo el hombre, y mis cejas volaron hacia arriba. El oído del *draken* era extraordinario—. Habéis vuelto con varios miembros menos que la última vez. Eso no augura nada bueno. —Me puse tensa y me detuve a muchos metros del templo—. Si buscáis a Nyktos, no estáis de suerte —continuó Nektas—. Se ha reunido con su consorte otra vez en el sueño.

—No he venido a ver a Nyktos —dije, al tiempo que me fijaba en las finas rugosidades que recorrían su espalda. Parecían… escamas.

—Entiendo. —Un instante de silencio—. ¿Acaso has entendido ya el poder que encierras?

Sentía curiosidad por saber cómo se había dado cuenta el *draken* de mi epifanía, pero antes miré a Kieran. Él me lanzó una mirada que indicaba que sabía que estaba a punto de hacer una pregunta más bien irrelevante. Así que luché contra ese impulso y gané.

—Lo entiendo.

El hombre ladeó la cabeza, pero seguía sin mirarnos.

—Antes de que hables, debes estar segura, pues estas palabras no pueden rescindirse. Una vez que invocas la carne y el fuego de los dioses, para proteger y servirte, para mantenerte a salvo, quedarán grabadas a fuego y talladas en carne.

Se me secó la garganta.

—Estoy segura.

—¿Qué es lo que te hace estar tan segura?

—La Corona de Sangre me ha quitado lo que es mío. Me lo han quitado todo y seguirán quitándomelo todo.

—¿Y? —preguntó con voz suave—. Entonces, ¿buscas utilizarnos para quitarle todo a la Corona de Sangre? ¿Para destruirlos a ellos, a las ciudades en las que se protegen, y a aquellos que se interponen entre tú y ellos?

Apreté la marca de mi matrimonio contra la bolsita que contenía el caballito de juguete.

—Busco la *ayuda* de los *drakens* para luchar contra los Retornados y los Ascendidos. Para luchar al lado de Atlantia. No busco destruir ciudades ni matar a los que queden atrapados entre ellos y yo. En su mayor parte, la gente de Solis es inocente.

—¿Buscas luchar con los guardias de los dioses a tu lado, pero no esperas que caigan ciudades? —Soltó una risa ronca y corta—. No estás preparada para la guerra.

—Has malinterpretado mis palabras —dije con cautela—. O me he expresado mal. No busco hacer esas cosas, pero entiendo que pueden ser necesarias. Estoy preparada para la guerra. No estaría aquí si no lo estuviera. Pero no tengo planeado bañar las tierras en sangre y no dejar más que ruinas a mi paso.

Se produjo un momento de silencio.

—Entonces, ¿planeas tomar lo que se te debe y soportar el peso de dos coronas?

Obligué a mis manos a relajarse.

—Sí.

Inclinó un poco la cabeza.

—¿Y ayudarás a traer de vuelta lo que nosotros debíamos proteger? ¿Lo que permitirá que la consorte se despierte?

Kieran me lanzó una mirada de consternación y yo de verdad que no tenía ni idea de lo que hablaba Nektas ni de lo que ocurriría si la consorte se despertara. Pero pregunté de todos modos.

—¿Qué es lo que tengo que ayudar a traer de vuelta?

—A tu padre.

Abrí la boca, pero tardé unos momentos en encontrar la capacidad para hablar.

—¿Malec?

—Malec está perdido para nosotros. Ya estaba perdido mucho antes de que ninguno de nosotros se diera cuenta.

Tanto a Kieran como a mí nos golpeó una oleada de confusión.

—No lo entiendo —empecé—. Malec es…

—Malec no es tu padre —dijo Nektas—. La sangre que fluye por tus venas es la de Ires, su gemelo.

La sorpresa me atravesó de arriba abajo mientras miraba la espalda del *draken*. Isbeth… no había confirmado que Malec fuera mi padre… y había hablado de Malec en pasado, como si creyera que ya no estaba. Oh, por todos los dioses, Isbeth no sabía dónde estaba Malec, y…

—A Ires lo engatusaron para salir de Iliseeum hace algún tiempo —explicó Nektas—. Fue atraído al reino mortal junto con mi hija mientras dormíamos. No hemos sido capaces de ir a buscar a Ires. No sin ser invocados, y él... no nos ha llamado. Pero sabemos que está vivo.

Mi mente daba vueltas a mil por hora. Recordé el cuadro que había visto en el museo, de Nyktos y... los dos grandes gatos.

—Oh, Dios mío...

—¿Qué? —Kieran me miró. Tragué saliva, casi con miedo de preguntar.

—¿Podía Ires cambiar de forma?

—Él, como su padre, podía adoptar otras formas. Mientras que Nyktos prefería la de un lobo blanco, a Ires solía gustarle adoptar la forma de un gran gato gris, igual que a Malec.

—Mierda —susurró Kieran.

Yo... solo pude quedarme ahí pasmada, con la sensación de que se me había caído el corazón del cuerpo.

—Yo lo vi —musité—. Los dos lo vimos.

Los músculos de la espalda de Nektas ondularon y se flexionaron.

—¿Cómo?

—Lo... lo tenía enjaulado la misma persona que se llevó a Casteel —dije. Solo me había planteado por un momento que la criatura que vimos en la jaula era Malec, pero en ese momento creíamos que Malec era una deidad. No el hijo de Nyktos. No uno de los gemelos—. La Reina de Sangre —masculé. Luego vacilé—. Dice... dice que es una diosa porque Malec la Ascendió.

—¿Una diosa? —Una risa áspera y sin humor alguno brotó del viejo *draken*—. Un dios nace. No se crea. Lo que esa mujer es... Ella, como los Retornados, es una abominación de todo lo que es divino.

Casteel... había tenido razón.

Nektas cerró los puños.

—Entonces, tu enemiga es realmente nuestra enemiga.

Conmocionada por la revelación, me apreté la palma de la mano contra el pecho. ¿Cómo había logrado Isbeth atraer a un dios? ¿Habría compartido Malec algo con ella?

—¿Tu hija? ¿Sabes si vive?

Nektas tardó un rato en contestar.

—No lo sé. Era joven cuando nos fuimos a dormir, cuando entramos en estasis. Apenas había entrado en la edad adulta cuando Ires la despertó.

—¿Cómo se llama? —preguntó Kieran.

—Jadis.

—Es un nombre precioso —dije. Cerré los ojos un instante, pero deseé no haberlo hecho. Vi al hombre demasiado delgado detrás de los barrotes de hueso, sus facciones reflejaban el caos de su mente. Vi los ojos demasiado inteligentes del gato. Mi padre. Y lo había dejado ahí. Me estremecí.

No podía... no podía permitirme ir ahí.

La posibilidad de que Isbeth tuviera a un *draken* encerrado bajo llave en alguna parte era algo que tendría que archivar por el momento, junto con la información de quién era mi padre y las preguntas referentes a cómo él e Isbeth habían estado juntos. En todo lo que podía pensar era en lo que sabía ahora.

Que mi padre también era una víctima de Isbeth.

Y pensé en Malec, sepultado bajo el Bosque de Sangre.

—Si un dios de sangre primigenia es sepultado, ¿qué pasa con él?

—¿Sepultado por los huesos de las deidades? Simplemente se iría consumiendo, día a día, año a año, pero no moriría —respondió—. Se limitaría a existir en un lugar entre morir y la muerte, vivo pero atrapado.

Santo cielo.

Eso era un destino incluso más horripilante que el de las deidades que morían de inanición poco a poco. Pero eso también significaba que Malec aún vivía. E Isbeth aún lo amaba.

La piel de Nektas se había endurecido en escamas.

—¿Estás preparada, hija de Ires, el hijo de Nyktos y de su consorte?

Un intenso temblor recorrió mi cuerpo.

—Sí.

—Entonces, pronuncia las palabras y recibe lo que has venido a buscar.

Me hormigueaba la piel y mi pecho palpitaba. La mano de Kieran se cerró en torno a la mía. Me dio un apretón. Una suave brisa llegó de ninguna parte, giró en espiral por encima de los diamantes. Me llegó el aroma a lilas y entonces oí *su* voz entre mis pensamientos, oí a la consorte pronunciar las palabras que esperaba Nektas:

—Yo… invoco a la carne y el fuego de los dioses para protegerme a mí y a aquellos que me importan. Para cabalgar a mi lado y montar guardia a mi espalda. Llamo al linaje nacido de carne y fuego para que despierte.

Nektas giró la cabeza hacia el lado, el vibrante azul de sus iris en marcado contraste con el negro carbón de la pupila vertical.

El suelo tembló y emitió un retumbar sordo. Kieran apretó la mano en torno a la mía y dimos varios pasos atrás. Tierra y pequeños diamantes saltaron por los aires alrededor de la base del templo. Grandes pedazos de cristal explotaron hacia los lados. Unos espolones relucientes brotaron del polvo, se hundieron en la piedra negra. Una gran forma curtida cortó a través de la nube de escombros y se alzó muy arriba mientras docenas de garras se incrustaban en la torre por todos los lados. Emergieron de la tierra y extrajeron de ella sus cuerpos alados y escamosos. Treparon por los lados del pináculo más alto, uno detrás de otro; sus colas de un negro grisáceo daban latigazos por el aire. El primero llegó arriba. Sus oscuras escamas negras con reflejos morados centellearon al sol cuando se sacudió la tierra del cuerpo. Estiró su largo cuello, una gorguera de púas se abrió alrededor de su cabeza, su ancha boca se abrió de par en par y un rugido ensordecedor sacudió todos mis huesos.

Nektas se giró hacia mí.

—Desde este momento hasta el último momento, son tuyos, Reina de Carne y Fuego.

Se me quedó el aire atorado y quemó mi garganta, mientras volutas de humo brotaban de los ollares de la criatura negra y morada. Abrió sus fauces y soltó otro retumbante rugido. Entonces brotaron llamas de su boca, una marea ingente de llamas blancas con pátina plateada. Se dio impulso desde la torre de obsidiana y salió disparado hacia el cielo. Desplegó las alas y una intensa ráfaga de viento barrió el suelo. Los otros empezaron a bramar, y sus chillidos se volvieron pronto llamadas entusiastas. Despertados de su sueño profundo, docenas de *drakens* siguieron al primero, saltaron de la torre y emprendieron el vuelo, uno tras otro. Volaron hacia las montañas de Nyktos y luego, por fin, emprendieron el vuelo hacia Solis.

Hacia Carsodonia.

CAPÍTULO 50

—Tienes que despertarte pronto. Hay *drakens* aquí —le dije a Tawny—. *Drakens* de verdad.

No se despertó, pero la negrura de sus venas había dejado de extenderse. Lo que fuese que le había dado a Tawny el curandero que llevó Willa estaba funcionando. También la estaba cambiando.

Sus rizos broncíneos eran ahora blancos como el hueso. De algún modo, ese pelo níveo la hacía aún más despampanante.

—Los *drakens* son preciosos. —Retiré un rizo de su cara—. Aunque un poco… temperamentales. Llevan mucho tiempo dormidos, así que se les puede permitir que sean un poco cascarrabias.

—¿Cascarrabias? —bufó Kieran, sobresaltándome. No lo había oído entrar. Había estado con Vonetta, pasando tiempo con sus padres y su nueva hermanita. Si estaba aquí, sabía lo que significaba—. Más bien *mordiscones*.

—Te lo merecías —le recordé mientras arropaba bien a Tawny—. Se acercó demasiado a uno mientras descansaba. Casi perdió la mano.

—Más bien un brazo —refunfuñó. Me giré hacia él.

—Por cierto, no creo que *mordiscones* sea una palabra.

—¿No lo es? —caviló Kieran. Miró más allá de mí hacia donde yacía Tawny—. Tiene mejor aspecto.

—Cierto. —La miré de nuevo—. ¿Es la hora?

—Sí.

Le di a la mano de Tawny un último apretoncito, la dejé en la cama y me levanté. Luego deslicé una mano por un atuendo parecido al que había llevado a Iliseeum. El corpiño, eso sí, era de una lana más gruesa. El frío había llegado ya a gran parte de Solis.

—Volveré… —Me incliné sobre ella y le di un beso en la frente caliente—. Volveré pronto. Lo prometo.

Tardamos menos de medio día en hacer el trayecto al extremo norte de Atlantia, hasta la muralla que recorría todo el camino hasta los Pilares de Atlantia a las afueras de la Cala de Saion. Ahí, me reuní con Setti. Acaricié su hocico y le rasqué la oreja. Esperaba que fuese tranquilo conmigo. Mi destreza a caballo era muy deficiente y él, bueno, había una razón para que lo hubiesen bautizado con el nombre del caballo de batalla del dios de la guerra.

—Atenta —murmuró Kieran.

Por encima del hombro vi acercarse al padre de Casteel, su pecho y sus hombros cubiertos por una armadura oro y plata, un yelmo bajo el brazo. Se me hizo un nudo en el estómago. Lo había visto solo una vez desde que regresé a Evaemon, y fue un breve cruce por los pasillos. Valyn había retornado de inmediato al norte del reino.

Varios *wolven* se movieron entre las hierbas y levantaron la cabeza cuando lo vieron acercarse. Valyn hizo una reverencia y los lobunos volvieron a sus siestas o a soñar despiertos, o a lo que fuese que hubiesen estado haciendo.

—¿Todavía planeas enviar tu mensaje? —preguntó Valyn, sus ojos saltaron hacia donde la corona descansaba sobre mi cabeza. No sabía qué era lo que me había decidido a llevarla, pero aquí estaba y parecía lo correcto.

Asentí.

—Es lo que haría Casteel. —Y sabía que era verdad. Valyn hizo un sonido de aquiescencia y se produjeron unos momentos de silencio. Respiré hondo—. Lo voy a traer de vuelta —prometí—. Lo traeremos de vuelta. Lo juro.

Valyn tragó saliva con esfuerzo, asintió y luego me miró.

—Sé que lo haréis. —Hizo una pausa—. Mi hijo es un hombre muy afortunado de haberte encontrado y haber sabido hacerse tuyo.

Sus palabras abrazaron mi corazón herido y la aceptación que había tras ellas me emocionó. Necesité unos momentos antes de poder hablar.

—Soy yo la afortunada de haber encontrado a tu hijo y de haberme convertido en suya.

Valyn alargó un brazo y me puso una mano enguantada en la mejilla.

—Y Eloana y yo somos aún más afortunados de tenerte como nuera.

Se me anegaron los ojos de lágrimas. No había llorado y me dije que no lloraría ahora. Si lo hiciera, no podría parar.

—Gracias.

Asintió y luego bajó la mano. Fijó los ojos en la muralla.

—Tengo que pedirte un favor.

Busqué su perfil y abrí mis sentidos. No tuve que buscar mucho para sentir la agonía que palpitaba en su interior.

—¿Qué es?

Bajo la armadura de acero y oro, sus hombros se tensaron.

—Si ves a mi hijo antes que yo, solo te pido que le des la muerte más rápida e indolora que sea posible.

Solté un poco de aire mientras el nudo se expandía en mi garganta. Las dos palabras que pronuncié dolieron.

—Lo haré.

—Gracias. —Valyn asintió y se cambió el yelmo de mano—. Esperaremos vuestro regreso en las laderas de las Skotos, desde el umbral de las Tierras Baldías hasta las murallas de Spessa's End, majestad. —Hizo otra reverencia y partió.

Lo observé mientras caminaba de vuelta adonde lo esperaba su caballo. Iría a verlo después de enviar mi mensaje.

—Debió de costarle un mundo pedirte eso —murmuró Kieran, ya sobre su montura.

—Lo sé. —Sujeté las riendas de Setti y me subí, justo cuando se adelantaba Vonetta en su forma de *wolven* al lado de Delano.

Varias docenas de *wolven* se levantaron de donde descansaban en la mullida hierba, bajo los cálidos rayos del sol matutino, cuando las puertas de la muralla norte se abrieron, una tras otra. Encabezados por Valyn y las guardianas, los soldados a caballo salieron en grupos de varios cientos, con sus armaduras oro y plata centelleando bajo el sol de la mañana. El sonido de miles de cascos repicó contra la piedra y resonó por todas partes a nuestro alrededor, mientras se enarbolaban estandartes a lo largo de toda la línea. Se me cortó la respiración al ver el escudo de Atlantia. La flecha y la espada se cruzaban ahora por el centro.

Respiré hondo, con los ojos turbios, mientras los estandartes ondeaban al sol atlantiano. Cerré los ojos y me dije que Casteel los veía.

Nos llegó un retumbar sordo, un sonido similar al de los truenos. Le siguió otra llamada, más aguda y entusiasta. Abrí los ojos y los *wolven* se detuvieron. Levantaron la cabeza hacia el cielo. Las orejas tiesas. La mano en la que sujetaba las riendas se apretó cuando Setti bailoteó nervioso debajo de mí. Estiré un brazo y puse la otra mano sobre la pequeña bolsita que llevaba a la cadera. Las ondulantes formas del caballito de juguete presionaron contra mi palma. Contemplé los estandartes y el escudo que nos representaba a Casteel y a mí, mientras unas grandes sombras aladas caían sobre los ejércitos de Atlantia que cabalgaban hacia el oeste.

Cuatro días más tarde esperábamos en el bosque a las afueras de Oak Ambler, entre los árboles combados. Cuando los últimos rayos de sol nos abandonaron y las estrellas cobraron vida en el cielo nocturno, metí el caballito en su bolsa y me levanté de donde había estado sentada sobre la superficie elevada y plana de una roca.

—Deberías dormir un poco —murmuró Delano cuando vino hasta mí.

—Ya lo hice.

La preocupación manaba de todos los poros de su piel. No mentía. En realidad, no. Había dormido una hora o así, y después me quedé despierta y pasé ese tiempo como pasaba todas las horas en las que parábamos a descansar o a comer.

Practicaba a luchar como un dios.

Recogí la espada corta y la envainé. Luego miré a mi alrededor, el ceño un pelín fruncido.

—¿Dónde están...?

—¿Los *drakens*? —Los ojos de Delano centelleaban divertidos. Asintió hacia donde un grupo de árboles aún aguantaban rectos y orgullosos—. Reaver está ahí, enzarzado ahora mismo en una épica batalla de miradas con Kieran.

Una leve sonrisa tironeó de mis labios. Guiñé los ojos y justo logré distinguir la forma de Kieran, tumbado sobre la barriga. A pocos pasos de él, un *draken* de un tamaño relativamente grande se hurgaba entre los dientes con las garras. El *draken* no era tan grande como Nektas, pero medía como cinco Settis de largo y tres veces su anchura.

Reaver era el que casi había mordido a Kieran.

Arqueé una ceja. Ni siquiera había visto nunca a Reaver en su forma mortal. Nektas, que se había quedado en Iliseeum, era al único al que había visto durante un rato de ese modo. Solo conocía que se llamaba Reaver porque Aurelia, una hembra *draken* que había adoptado su forma mortal durante un tiempo breve, me había dichos sus nombres. Ella y otra eran las únicas hembras que habían despertado. Al parecer, las hembras de *draken* eran escasas.

—Es la hora —dije en voz alta, al tiempo que aseguraba el gancho de mi capa—. Recordad el plan.

Me llegó una especie de bufido desdeñoso de Reaver cuando se levantó, estiró su gran cuerpo negro con reflejos morados y alzó las alas. El sonido hizo que me preocupara un pelín que no fuese a seguir el plan. Kieran se incorporó también y, aunque esperaba que esquivara al *draken* con cierta prisa, logró venir hacia mí con un caminar bastante calmado.

Me giré hacia donde Vonetta y los demás *wolven* aguardaban con Naill y con Emil.

—Tened cuidado.

Una determinación férrea irradió de ellos cuando di media vuelta y eché a andar hacia la ciudad con Delano a mi lado, en su forma mortal. Si las cosas iban como esperaba, no habría ningún riesgo para la mayoría de los *wolven*. El crujido de hojas secas me indicó por dónde avanzaba Kieran, y las ramas que se sacudieron en lo alto me aseguraron que Reaver había emprendido el vuelo.

Pequeños fragmentos de luz de luna cortaban entre las ramas torcidas. Miré la palma de mi mano izquierda y vi que la marca de matrimonio refulgía con suavidad. Cerré la mano y levanté la capucha de la capa justo lo suficiente como para ocultar la corona. Deslicé la mano derecha dentro de la capa al ver una hilera de antorchas entre las ramas combadas.

—Los veo —dijo Delano en voz baja—. Hay como una docena.

Menos de los que había pensado que habría, lo cual era en cierto modo ofensivo.

Kieran se quedó atrás mientras Delano y yo nos acercábamos al límite de los árboles. Vi una fila de guardias; sus capas se fundían con la noche, incluso a la luz de la luna. Caballeros. Mis sentidos abiertos lo confirmaron, pero había otro... uno que se mantenía a un lado, vestido de negro. Un hombre joven de pelo oscuro. Sentí... no sentí nada de él, pero no era la absoluta vaciedad de un Ascendido. El joven de los brazos cruzados no era un *vampry*, y habría estado dispuesta a apostar que era un Retornado.

Los caballeros se movieron al unísono antes de que Delano y yo saliéramos de entre los árboles. Levantaron escudos con el escudo real labrado en el metal, las espadas sujetas a un lado. Miré el escudo: un círculo con una flecha perforando el centro. Simbolizaba el infinito y el poder, pero me di cuenta de que yo era la flecha en el escudo atlantiano. No la espada. Ahora veía el escudo real con una luz totalmente nueva. Sonreí.

—No sé por qué estás sonriendo —dijo el Retornado—. Creo que las cosas no fueron bien para ti la última vez que estuviste aquí.

Eché un breve vistazo en su dirección.

—De verdad que espero que no seas tú al que han enviado a hablar conmigo. Si es así, te puedo asegurar que esta noche no va a acabar bien para ti.

El Retornado arqueó una ceja oscura.

—Auch.

—Haceos a un lado —llegó una voz desde detrás de los caballeros. Una voz que no había oído en *años*.

Los caballeros se abrieron, bajaron los escudos, y vi quién estaba detrás de ellos.

El pelo dorado era más largo de lo que lo recordaba, rozaba las puntas de sus orejas, pero reconocí los rasgos de un hombre apuesto: la frente ancha, la nariz recta, la mandíbula cuadrada y los labios finos que rara vez había visto curvarse en una sonrisa. La corona de rubíes centelleaba de un modo tétrico a la luz de la luna.

Casi no podía creer que estuviera viendo al Rey de Sangre, vestido con una capa blanca ribeteada de rojo y negro con unos pespuntes carmesíes entrecruzados en el pecho. Isbeth había respondido a mi petición y había enviado al rey a que se reuniera conmigo. La risa subió por mi garganta tan deprisa que casi escapó por mi boca, pero entonces me di cuenta de que había solo un Retornado entre un puñado de caballeros para proteger al actual rey de Solis. Era obvio que la Corona de Sangre no me veía como una amenaza en absoluto.

Y bueno, ahora sí que estaba ofendida.

—Doncella —dijo el rey Jalara, y me puse tensa—. Ha pasado mucho tiempo, ¿verdad?

—Verdad —contesté, consciente de la creciente ira que percibí de Delano y de donde Kieran permanecía escondido entre las sombras de los árboles—. Han cambiado muchas cosas, empezando por el hecho de que ya no soy la Doncella. —Levanté mi mano izquierda y retiré la capucha de mi capa—. Pero eso ya lo sabes.

Abrió un poco los ojos.

—La corona dorada —murmuró el rey Jalara, sonando más asombrado de lo que jamás había oído a un Ascendido, que era una reacción tibia en el mejor de los casos. Su mano enjoyada centelleó a la luz de la luna cuando la apretó más en torno a la empuñadura de su espada—. Vaya, vaya, vaya, Penellaphe —murmuró, observando mejor la corona mientras daba varios pasos hacia mí—. Mírate.

Delano desenvainó su espada, sus rasgos se afilaron hasta una finura letal.

—Te dirigirás a ella como «reina Penellaphe» o como «majestad».

Despacio, el rey giró la cabeza hacia el *wolven*; el gesto era parecido al de una serpiente.

—¿Eso que tienes al lado? —Olisqueó el aire—. Nada más que un animalucho. Un perro extragrande. —El rey hizo una mueca—. Repugnante.

—¿Repugnante? —repetí—. El que está a mi lado proviene de una estirpe a la que dio vida Nyktos en persona. El que está a tu izquierda, sin embargo, apesta a descomposición y putrefacción.

El Retornado frunció el ceño.

—No es verdad. —Se toqueteó la parte de delante de la túnica—. Maleducada.

—Oh, lo siento. —Levanté la vista hacia el Rey de Sangre—. A lo mejor eres tú el que está ensuciando el aire.

Percibí un estallido de diversión azucarada por parte del Retornado mientras un músculo se apretaba en la mandíbula del rey Jalara.

—Deberías cuidar lo que dices, *Doncella*.

Levanté la mano izquierda mientras un gruñido grave retumbaba en el interior de Delano. El rey Jalara esbozó una sonrisita de suficiencia.

—O quizá no. Por cada palabra que digas y me irrite, me aseguraré de desquitarme con aquel a quien llamas «marido».

Cada centímetro de mi cuerpo aullaba de rabia, bramaba pidiendo sangre y dolor, pero aun así no mostré emoción alguna y me limité a levantar la vista hacia el Rey de Sangre. El Ascendido que nunca había sido cruel conmigo de niña. Que simplemente había estado ahí, en segundo plano.

—He de decirte que ha descubierto que su estancia con nosotros es menos que agradable. Mi querida Ileana casi logró convencerlo de que te había capturado a pesar de su sacrificio. Sus gritos de ira y de rabia fueron una serenata épica.

Apreté los dientes.

Una expresión de suficiencia se instaló en su rostro.

—¿Qué? ¿No tienes nada que decir? ¿No preguntas por su bienestar? ¿Ninguna súplica? —Ladeó la cabeza—. ¿Ninguna amenaza? Al menos espero una amenaza por tu parte después de haber oído a Ileana explayarse de manera poética sobre su…

—Llámala por su nombre real —lo interrumpí—. Estoy segura de que sabes que es Isbeth.

El rey entornó los ojos.

—Ya no es Isbeth.

—¿Y qué crees que es? ¿Ileana, la diosa?

—¿Qué crees tú? —me retó.

—Sé que un dios no puede hacerse —dije—. No es nada más que un retorcido batiburrillo de amargura y avaricia manifiestas.

—¿Y en qué te convierte eso a ti?

—En una diosa de verdad —repuse, con un tono tan inexpresivo como el que habría empleado Casteel.

—¿Y aun así no pudiste derrotarla? —Se rio con frialdad—. Puede que hayas nacido de la sangre de Nyktos, pero tú y yo sabemos lo que eres y lo que siempre serás: la Doncella que es en parte belleza y en parte desastre.

No dije nada. No sentí nada.

El rey agachó la cabeza cuando me acerqué más.

—Deberías hacer lo que te pide. Es tu madre.

—Y, aun así, no podría importarme menos. —Le sostuve la mirada—. Me creas o no, no he venido aquí a malgastar mi tiempo insultando a la Reina de Sangre.

El rey Jalara contuvo la respiración de repente.

—¿Has venido a rendirte? ¿A mostrar sumisión?

—He venido a enviar un mensaje a la Reina de Sangre.

Sus cejas volaron hacia arriba tan deprisa y tan lejos que me sorprendió que no volcaran su amada corona.

—¿Un mensaje? ¿Acaso he venido todo el camino hasta este lugar dejado de la mano de los dioses al borde de las Tierras Baldías para llevar conmigo un mensaje en tu nombre?

Asentí mientras mi mano derecha se movía por debajo de la capa y cruzaba por delante de mi estómago.

—Tienes que estar loca. Lo estás, ¿verdad? —La sonrisa del rey Jalara fue grotesca y mostró sus colmillos—. El único mensaje que entregaré en tu nombre es uno de sumisión.

—Lo siento, me he debido de expresar mal —dije, forzando una risita tonta—. El mensaje eres *tú*.

—¿Qué…? —Su sonrisa retorcida se congeló. Sus ojos volaron por encima de mi hombro…

Kieran surgió como un ariete de entre las sombras y se estrelló contra él. El rey Jalara se tambaleó, retrajo los labios en una mueca de rabia mientras Kieran cerraba las fauces sobre su brazo para impedir que se alejara. Saqué la espada de mi capa y giré en redondo. Dibujé un arco bien alto y bien amplio.

Muy pocas cosas en mi vida habían sido tan satisfactorias como la sensación de la hoja al toparse con la carne del rey Jalara, la resistencia del hueso, y luego la sorprendente facilidad con que cedió. La espada cortó profundo en su cuello y a través de la columna vertebral para separar la cabeza de cuerpo.

Levanté la mirada hacia donde los caballeros se habían quedado paralizados, hacia donde el Retornado nos miraba estupefacto, o bien inmovilizado por la imagen de la cabeza de su rey volando en dirección contraria a su cuerpo, o bien por la visión de los otros *wolven* que emergieron acechantes de la oscuridad.

Y entonces luché *como una diosa*.

No invoqué al *eather*. No lo visualicé. No me tomé tiempo para dejar que el poder aumentara en mi interior. No necesité hacerlo porque siempre había estado ahí. Me limité a echar mano de él.

Los escudos explotaron y luego las espadas. Los cuellos de los caballeros se retorcieron hacia un lado, silenciando sus gritos antes de que los formaran siquiera. Sus brazos se rompieron. Los huesos crujieron por todas partes de sus cuerpos. Sus piernas se doblaron hacia atrás y después los hice trizas desde *dentro*.

En la nube de sangre, el Retornado se apresuró a desenvainar dos espadas negras con forma de medialuna. Las sujetaba ante él mientras los *wolven* le gruñían y le lanzaban dentelladas.

—Eso no funcionará conmigo.

—No, no lo hará —admití, justo cuando nos llegó una fuerte ráfaga de viento desde lo alto. La luz de la luna se oscureció de pronto. El Retornado miró hacia arriba.

—¿Qué dem…?

Reaver aterrizó delante de mí e hizo que temblaran el suelo y los árboles. Su cola se columpió como un látigo para deslizarse entre los *wolven* mientras estiraba su cabeza hacia delante y abría la boca. Un rugido ensordecedor brotó de lo más profundo de su garganta al tiempo que una voluta de humo flotaba por encima de su gorguera.

—Pero esto sí —sentencié. Envainé mi espada—. El fuego de los dioses, ¿no? Eso te matará.

—Por los jodidos dioses, ¿eso es un…?

El Retornado se tambaleó, se tropezó con sus propios pies, pero recuperó el equilibrio justo cuando la cola con púas de Reaver se estampaba contra su pecho.

Bueno, eso no era parte del plan, pensé, mientras contemplaba al Retornado volar hacia un lado y estrellarse contra una roca. La golpeó con un sonoro ruido carnoso. Cayó de rodillas y luego sobre las manos con un gemido gutural.

Despacio, me giré hacia Reaver.

—¿En serio?

Hizo un ruido que sonó a que estaba muy contento consigo mismo y columpió la cola hacia atrás. Casi se llevó a Kieran por delante en el proceso y el *wolven* agachó las orejas al tiempo que gruñía.

—Tranquilo —le advertí mientras pasaba por encima de la cola de Reaver—. Esa no es una batalla que vayas a ganar.

Todo en la actitud de Kieran indicaba que le gustaría intentarlo. Me acerqué al Retornado, cuyos gemidos se acallaron cuando me arrodillé delante de él y lo agarré por el pecho.

—*Esa* es una parte del mensaje que quiero que le lleves a tu reina —le dije, y era el tipo de mensaje que enviaría Casteel.

El Retornado levantó la vista, sangraba por la boca. Sus ojos solo se apartaron de mí el tiempo suficiente para ver qué había dejado caer Delano a sus pies.

Era la cabeza del rey Jalara.

—Joder —gruñó el Retornado.

Tomé la corona de rubíes que me ofrecía Delano.

—Quiero que le lleves esto. Dile que tengo la corona del rey. Ahora es mía. Quiero que le des las gracias en mi nombre, por haberme enseñado a luchar como una diosa. Dile que esto ha sido por Ian.

Los ojos inexpresivos del Retornado se conectaron con los míos.

—Y ahora esta es la parte realmente importante. Necesito que te asegures de que entienda que voy a por ella. Que quemaré a cada Retornado que se interponga entre ella y yo. Que terminaré con todos los Ascendidos que la defiendan. Que derribaré cada castillo en el que intente esconderse. Asegúrate de que entienda que su supervivencia depende de Casteel. Lo liberará, o verá todas y cada una de sus ciudades *arrasadas*. Si lo vuelve a tocar, destruiré a su amado Malec, y puedo hacerlo. Sé dónde encontrarlo. Vive. Por ahora. ¿Y si mata a Casteel? ¿Si *cualquiera* lo mata? —Ladeé la cabeza para captar su mirada mientras él intentaba ver a dónde se había ido volando el *draken*—. Me aseguraré de que la muerte de tu reina sea muerte lenta, que tarde cientos de años en completarse. Si no, miles. ¿Lo has comprendido todo?

—Sí —boqueó.

—Bien. —Entonces me puse en pie; la corona de rubíes colgaba flácida de mis dedos—. Asegúrate de que sepa que soy la Elegida, la Bendecida, y de que llevo en mi interior la sangre del Rey de los Dioses. Soy la *Liessa* de los *wolven*, la segunda hija, la legítima heredera de las coronas de Atlantia y de Solis. Soy la Reina de Carne y Fuego y los guardias de los dioses cabalgan conmigo. Dile a la Reina de Sangre que se prepare para la guerra.

AGRADECIMIENTOS

Gracias a Liz Berry, Jillian Stein y M. J. Rose, que se enamoraron de estos personajes y este mundo tanto como yo. Gracias a mi agente Kevan Lyon y a Chelle Olson, Kim Guidroz, el equipo de Blue Box Press, Jenn Watson y mi ayudante Stephanie Brown, por vuestro duro trabajo y vuestro apoyo. Un millón de gracias a Hang Le, por haber creado unas portadas tan bonitas. Un gran gracias a Jen Fisher, Malissa Coy, Stacey Morgan, Lesa, J. R. Ward, Laura Kaye, Andrea Joan, Sarah Maas, Brigid Kemmerer, K. A. Tucker, Tijan, Vonetta Young, Mona Awad y muchos otros que han ayudado a mantenerme cuerda y alegre. Gracias al equipo ARC por vuestro apoyo y vuestras críticas sinceras, y un gran gracias a JLAnders, por ser el mejor grupo de lectores que puede tener una autora, y al Blood and Ash Spoiler Group, por hacer que la fase de escribir el borrador fuese tan divertida y por ser realmente asombrosos.

Nada de esto sería posible sin ti, lector. Gracias.

¿TE GUSTÓ
ESTE LIBRO?

Escríbenos a

puck@edicionesurano.com

y cuéntanos tu opinión.

ESPAÑA ❯ 🅕 /MundoPuck 🅧 /Puck_Ed 🅘 /Puck.Ed

LATINOAMÉRICA ❯ 🅕 🅧 🅘 /PuckLatam

🅓 /PuckEditorial

¡Gracias por vivir otra
#EXPERIENCIAPUCK!

Ecosistema digital

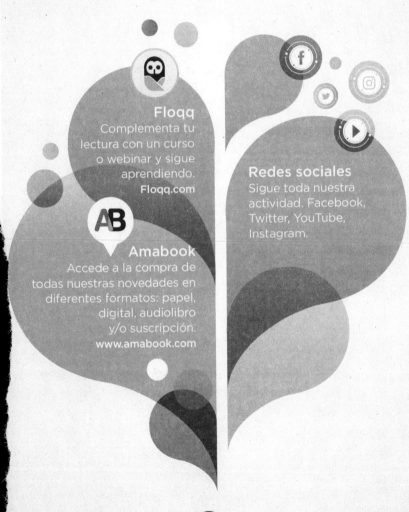

Floqq
Complementa tu lectura con un curso o webinar y sigue aprendiendo.
Floqq.com

Amabook
Accede a la compra de todas nuestras novedades en diferentes formatos: papel, digital, audiolibro y/o suscripción.
www.amabook.com

Redes sociales
Sigue toda nuestra actividad. Facebook, Twitter, YouTube, Instagram.

EDICIONES URANO